BASTEI LÜBBE TASCHENBUCH

Weitere Titel der Autorin:

Das Magdalena-Evangelium
Das Jesus-Testament
Das Magdalena-Vermächtnis

Über die Autorin:

Kathleen McGowan, geboren in Hollywood, war als Reporterin in Nordirland, Europa und im Nahen Osten tätig und arbeitete unter anderem für die »Irish News« und für die Walt Disney Corporation. »Die Magdalena-Verschwörung« ist der vierte, unabhängig lesbare Band ihrer erfolgreichen Magdalena-Serie. Kathleen McGowan lebt in Los Angeles, Schottland und Frankreich.

KATHLEEN MCGOWAN

# DIE MAGDALENA VERSCHWÖRUNG

THRILLER

Aus dem amerikanischen Englisch
von Barbara Först

BASTEI LÜBBE
TASCHENBUCH

BASTEI LÜBBE TASCHENBUCH
Band 16912

Die vorliegende deutsche Ausgabe weicht mit Zustimmung der Autorin vom amerikanischen Original ab. Die Gegenwartshandlung kommt im amerikanischen Original nicht vor.

Dieser Titel ist auch als E-Book erschienen

MIX
Papier aus verantwortungsvollen Quellen
FSC www.fsc.org
FSC® C083411

Vollständige Taschenbuchausgabe

Deutsche Erstausgabe


Titel des amerikanischen Originals: »The Boleyn Heresy«


Redaktion: Wolfgang Neuhaus, Oberhausen
Titelillustration und Umschlaggestaltung: www.buerosued.de
Satz: Dörlemann Satz, Lemförde
Gesetzt aus der Adobe Caslon
Druck und Verarbeitung: CPI books GmbH, Leck – Gemany
ISBN 978-3-404-16912-2

5 4 3 2 1

Sie finden uns im Internet unter www.luebbe.de
Bitte beachten Sie auch: www.lesejury.de

*Dieser Roman ist zwei wundervollen Mitstreitern gewidmet, die mich verlassen haben, als ich mit dem Manuskript beschäftigt war:*
*Philip Coppens, mein Ehemann und Dolmetscher für Französisch und Flämisch, der aus tiefstem Herzen an die Geschichte glaubte und der mich im Zuge meiner Recherchen Tausende von Meilen kreuz und quer durch Europa gefahren hat.*
*Stacey Matliss, meine Seelengefährtin aus Wiltshire, die mich Anfang der Neunzigerjahre darauf aufmerksam machte, dass die Forschung sich möglicherweise auf einem Irrweg befand, was die historische Bedeutung der Anne Boleyn betraf, und die mir riet, mich genauer mit der Geschichte dieser Frau zu beschäftigen.*
*Die Inspiration, die mir durch Philip und Stacey zuteil wurde, ist in diesen Roman eingeflossen. Ich hoffe, ich bin ihrer Leidenschaft für das Thema gerecht geworden.*

*Die Zeit kehrt wieder.*

Die Handlung dieses Romans ist frei erfunden. Doch in Teilen Europas finden sich Quellen verschiedener Art, die bis zu zweitausend Jahre zurückreichen und sich auf die in diesem Roman dargestellten »Häresien« beziehen. Diese Überlieferungen haben sich in mittelalterlichen Handschriften und in Gestalt lokalen Brauchtums bis zum heutigen Tag erhalten.

Vom Herbst 1515 bis zum Frühsommer 1516 unternahm die französische Königin in Begleitung der Mutter und der Schwester des Herrschers eine Pilgerreise in die Provence, um den Reliquien der Maria Magdalena und anderer Heiliger aus dem ersten nachchristlichen Jahrhundert zu huldigen – historische Persönlichkeiten, die nach der Kreuzigung Jesu Zuflucht im heutigen Südfrankreich fanden und deren Reiseroute ebenso aufgezeichnet wurde wie ihre Glaubensvorstellungen.

Entsprechende Dokumente werden in der Bibliothèque Nationale in Paris aufbewahrt.

Die drei Damen wurden von einem vierzehnjährigen englischen Mädchen begleitet, einer Hofdame der Königin. Der Name dieses Mädchens war Anne Boleyn. Was die Frauen während ihrer gemeinsamen Zeit in der Provence und in den darauffolgenden zehn Jahren miteinander teilten, hatte Auswirkungen auf den Lauf der europäischen Geschichte, wobei der spirituelle Einfluss, den Anne Boleyn in England ausübte, auf geheime Traditionen zurückzuführen war, in die sie während ihrer Jugendjahre auf dem Kontinent eingeweiht wurde.

Die junge Anne wurde von einigen der mächtigsten und

umstrittensten Frauen ihrer Zeit ausgebildet und erzogen – eine Tatsache, die von der offiziellen Geschichtsschreibung größtenteils ignoriert wird.

Doch es ist unbestritten, dass diese Frauen den Lauf der Geschichte verändert haben.

# Prolog

*Lavaur, Okzitanien*
*3. Mai 1211*

»Der Teufel hat sich in Lavaur niedergelassen, aber wir werden ihn noch heute mit Gottes Hilfe aus der Stadt vertreiben!«

Simon de Montfort, Generalkapitän der französischen Kreuzfahrer, schritt am Ufer des Agout entlang, wobei er darauf achtete, nicht im Schlamm auszurutschen. Sein Auftrag lautete, jede Spur der heidnischen Katharer in Okzitanien auszulöschen – ein Auftrag, den er mit bedingungsloser Härte erfüllen würde. Der Adel, dem Montfort seine Ernennung verdankte, konnte sich darauf verlassen, dass keiner dieser Ketzer davonkam. Der gesetzlose Landstrich zwischen Frankreich und Spanien, geschützt von der Bergkette der Pyrenäen, hatte der Ketzerei stets fruchtbaren Boden geboten. Die Katharer waren die Feinde Roms und aller guten Katholiken.

Während er einen Schlammspritzer von seiner Tunika strich, wandte Montfort sich an seinen Stellvertreter Bouchard de Marly, einen stämmigen, düsteren Mann, dessen zusammengekniffene Schweinsäuglein voller Hass auf die Festung am anderen Ufer des Flusses gerichtet waren.

»Der Matsch hier ist wie die Ketzer – dreckig, trügerisch und lästig.« Marly spuckte vor Ekel in den Fluss. »Dieses Ungeziefer hat sich lange gehalten, aber nun ist die Bresche geschlagen. Wir sind fast schon durch die Mauer. Heute ist der große Tag!« Er schaute zu Montfort. »War dieser Bote aus Toulouse?«

Simon de Montfort nickte, wobei sein linker Mundwinkel sich zur Andeutung eines Lächelns hob. Montfort war ein Mann, der selten lächelte, aber nach der einmonatigen Belagerung der wehrhaften Stadtmauern von Lavaur hatten seine Soldaten endlich die Schwachstelle gefunden und die Mauern der Ketzerfestung durchbrochen. Obendrein war ein Bote aus Toulouse mit der guten Nachricht erschienen, dass Verstärkung nahte – für Montfort ein Zeichen, dass er nach wie vor in der Gunst Gottes stand.

»Ja«, beantwortete er nun Marlys Frage. »Toulouse schickt fünftausend Mann und Pferde, die noch vor Mittag eintreffen sollen. Heute Abend werden wir auf das Ende von Lavaur und die Vertreibung dieser Teufel anstoßen.«

»Wir könnten die Ereignisse von Béziers wieder aufleben lassen. Was für eine Belagerung das war!« Marly rieb sich die fetten Hände, während er in Erinnerungen schwelgte. Vor zwei Jahren war beim Massaker in Béziers fast die gesamte häretische Bevölkerung der Stadt ausgelöscht worden – noch dazu am 22. Juli, dem der Hure Maria Magdalena geweihten Feiertag. Mehr als zwanzigtausend Menschen waren mit dem Schwert gerichtet worden, sodass die Straßen der Stadt vom Blut ihrer Einwohner überschwemmt wurden. Ein solches Gemetzel war für die Soldaten zu einer Art Spiel geworden, einem Wettstreit um die Frage, wer in kürzester Zeit die meisten Ketzer zu töten vermochte. Dass in der Hitze des Gefechts auch unschuldige Katholiken dran glauben mussten, wurde in Kauf genommen. »Schlagt alle tot, Gott kennt die Seinen!«, war der Schlachtruf von Béziers, der mittlerweile als offizielle Strategie im Vernichtungsfeldzug gegen die Ketzer galt. Und Lavaur war eine bedeutsame Zufluchtsstätte der ketzerischen Katharer, dieser merkwürdigen Geheimsekte, die sich Christen nannten und dennoch der Heiligen Römischen Kirche die Loyalität versagten. Simon de Montfort lehrte seine Soldaten, dass die Katharer Gesetzlose, Verworfene und schlimmer noch, Gotteslästerer seien. Ihr Glaube verstieße gegen die Gebote des Herrn; der Kreuzzug sei unumgänglich, um den Katholizismus zu schützen.

Doch wie die meisten Kreuzfahrer wusste Marly im Grunde gar nicht, woran die Katharer eigentlich glaubten. Es war ihm aber auch gleichgültig. Ihm reichte es vollkommen, dass seine Kirche und sein Heerführer sie als Häretiker und Gotteslästerer betrachteten. Das Katharertum breitete sich als Bedrohung des einen wahren Glaubens immer weiter in Europa aus und musste deshalb mit Stumpf und Stiel ausgerottet werden.

Montforts Reaktion auf Marlys Bemerkung über das Massaker von Béziers war ein Achselzucken – als ob ihn das Schicksal einer ganzen Stadt nicht mehr berühre als die Frage, ob er zum Essen Wein oder Bier trinken sollte. Die Eroberung Béziers' war besonders grausam gewesen, doch seinen Soldaten hatte es gefallen. Montfort selbst hatte die Nachwehen der Schlacht genossen. Die außergewöhnliche Stille, die nach der Einnahme über einer Stadt hing, wenn alles Leben ausgelöscht und die Straßen wie leergefegt waren, hatte ihn schon immer einen wohligen Schauder verspüren lassen. Die Gerüche von Blut und Eisen waren eine berauschende, ja heilige Mischung – obschon es einen Duft gab, den er noch mehr liebte.

»Nein, nicht wie in Béziers«, sagte er nun. »Ich dachte eher an ein Spektakel von der Art, wie wir es in Minerve erlebt haben.«

»Feuer!«, rief Marly voller Vorfreude. Im vergangenen Jahr hatten die Kreuzfahrer zur Feier des Jahrestages von Béziers einhundertvierzig Katharer aneinandergefesselt und in der Ketzerfestung Minerve bei lebendigem Leib auf einem gewaltigen Scheiterhaufen verbrannt. Was für ein aufsehenerregender Anblick! Und erst der Geruch! Es war ein Fest für die Sinne gewesen, als die verdammten Ketzerseelen von den Boten des Herrn zur Hölle geschickt worden waren.

Simon de Montfort schaute ein letztes Mal über den Fluss

auf die einst uneinnehmbaren Mauern von Lavaur, während er im Geiste seine Rede für den Angriff vorbereitete. In diesem Moment wurde er von einem Anblick abgelenkt, der ihm zuwider war: Auf dem Festungswall schritt eine Gestalt, die offenbar gesehen werden *wollte*, gemächlich auf und ab. Ihre langen kupferroten Zöpfe schimmerten in der Sonne, als sie innehielt und zu den Männern herüberschaute. Montfort schäumte. Diese Frau verhöhnte ihn, so wie sie es an jedem Tag dieser ermüdenden Belagerung getan hatte! Die Kränkung brachte sein Blut zum Kochen.

»Na warte«, zischte er ihr hasserfüllt über den Fluss hinweg zu. »Heute werde ich's dir heimzahlen. Wollen doch mal sehen, wie es um deine Tapferkeit bestellt ist, wenn mein Schwert deinen Leuten an der Kehle sitzt!«

Er wandte sich an Bouchard de Marly. »Wie mir scheint, ist Lavaur eine besonders abscheuliche Ketzerfestung. Wir sollten hier ein besonders drastisches Exempel statuieren, meint Ihr nicht auch?«

Wieder spuckte Marly zur Bekräftigung in den Fluss. »Lavaur verdient keine Gnade. Seine Herrin ist eine üble Ketzerin.«

»Die schlimmste Sorte, die es gibt.« Montfort nickte, während er wütend auf die Burg starrte, die über ihm auf dem Hügel thronte. »Eine Frau!«

»Bringt die Kinder in Sicherheit!«

Es kam selten vor, dass Dame Guiraude die Geduld verlor, doch sie musste den Frauen den Ernst der Lage klarmachen. Andererseits wollte sie nicht mehr Angst schüren als nötig. Ihr ging es nur darum, so viele Kinder wie möglich zu beschützen. Wurde die Belagerung kritisch, würde sie keine Zeit mehr haben, sich um die Kleinen zu kümmern.

Die Frauen, die der Herrin von Lavaur im Schloss dienten – ungefähr ein Dutzend –, hatten den Auftrag, alle Kinder der Stadt zu sammeln und in Sicherheit zu bringen. Lavaur zu verlassen, war unmöglich, da es auf allen Seiten von Montforts Truppen eingeschlossen war. Die Kreuzfahrer lauerten überall, selbst in den Flussläufen, auf eine Gelegenheit, die starken Mauern zu durchbrechen. Sie waren wie die Heimsuchung durch eine Heerschar tollwütiger Ratten, die sich täglich vermehrten. Doch Guiraude war eine begnadete Anführerin; sie besaß einen scharfen Verstand, Sinn für Strategie und ein gutes Herz.

Unter der Stadt waren bestens getarnte und mit Essens- und Wasservorräten bestückte Schutzräume angelegt worden, besonders für die Frauen und Kinder. Seit den Massakern von Béziers und Minerve wusste Dame Guiraude, dass es nur eine Frage der Zeit war, bis ihre schöne Stadt ebenfalls angegriffen würde. Lavaur hatte sich zur größten und am schnellsten wachsenden Trutzburg der Katharer in Frankreich entwickelt, was Guiraudes besonderen Anstrengungen zu verdanken war. Ihr Volk wurde von Außenstehenden als »Katharer« bezeichnet – ein Name, der aus dem griechischen Wort für »rein« abgeleitet war, denn ihre Glaubensvorstellungen stammten, so hieß es, unmittelbar von den Anhängern Jesu im ersten Jahrhundert, ohne Einwirkung durch die römische Kirche und ihre Dogmen. Doch die Gläubigen selbst gaben sich nicht diesen Titel; sie hielten sich nicht für reiner als andere Menschen. Sie nannten einander schlicht »gute Männer« und »gute Frauen«.

Dame Guiraude stand nun vor der Aufgabe, die guten Frauen und deren Kinder in Sicherheit zu bringen. Nach über einem Monat unablässiger Angriffe hatte sie nun die Nachricht erhalten, dass die Mauern der Stadt in der Nacht zuvor durchbrochen worden waren. Seit Ostern hatten die Rammböcke und Katapulte auf Lavaur eingehämmert; nun stand das letzte und entscheidende Gefecht bevor.

Am Morgen hatte Dame Guiraude ihre übliche Inspektionsrunde über die Wälle unternommen, denn sie hatte nicht vor, Schwäche zu zeigen oder sich von den Soldaten einschüchtern zu lassen. Sie glaubte, am anderen Ufer des Agout Simon de Montfort persönlich gesehen zu haben. Und der Generalkapitän war bekannt dafür, dass er sich niemals weit aus seinem Heerlager entfernte, es sei denn, er plante den Angriff. Deshalb galt es, keine Zeit mehr zu verlieren.

Mit lautem Knall flog die Tür auf, und Guiraudes älterer Bruder Aimery betrat das Zimmer. Im Gegensatz zu seiner zierlichen Schwester war Aimery von großer Statur, die durch seinen immensen Appetit noch an Umfang zugenommen hatte. Seine Stimme war ebenso kräftig wie alles andere an ihm.

»Warum sind die Frauen immer noch hier?«, brüllte er.

Guiraude sah ihn ungehalten an, antwortete aber so ruhig, wie es ihre Art war. »Sie werden jetzt gehen. Sag ihnen Lebewohl, Bruder.« Sie betonte das »Lebewohl« als düstere Mahnung, dass sie einander wahrscheinlich zum letzten Mal auf Erden sahen. Der Tod war ihnen sicher; er war das unvermeidliche Ende jeder Belagerung. In dem seit langer Zeit währenden Kreuzzug gegen die Katharer waren diese nie siegreich gewesen. Zwar waren manche von ihnen gut ausgebildete Ritter aus den vornehmsten Familien Südfrankreichs, doch das Kriegshandwerk lag ihnen fern. Sie predigten den Frieden; sie waren Heiler, Seelsorger und Lehrer ihrer Gemeinden. Den kampferprobten Soldaten und Söldnern, die töteten, um zu plündern, waren sie nicht gewachsen.

Aimery wirkte zerknirscht, als er die Frauen zum Abschied umarmte. »Gott behüte euch«, sagte er, während er vergeblich versuchte, seine Furcht zu bezwingen. Aimery wusste, dass die Stadt gegen Montforts wehrhafte Truppen keine Stunde lang gehalten werden konnte. Jetzt konnte man nur noch für die Sicherheit der Frauen und Kinder sorgen, so gut es eben ging.

Aimery und Guiraude stammten von Blanche de Laurac ab, die in ganz Okzitanien als freundlichste und gelehrteste aller *Perfecti* bekannt war, wie die katharischen Weisen genannt wurden. In der Tradition ihres Volkes waren die Frauen die Lehrenden und die Bewahrer von Geheimwissen, schon seit den Zeiten der heiligen Anna, der Mutter Marias und Großmutter Jesu.

Wie in jeder Katharerfestung gab es auch in Lavaur eine Statue der Anna; dort hatte Guiraude in den vergangenen Nächten um die Fürbitte der Heiligen gefleht. Auch Maria Magdalena und die Muttergottes hatte sie zum Schutz angerufen, auf dass sie gemeinsam mit der heiligen Anna die Seelen der Gläubigen erretteten. Blanche de Laurac, Guiraudes Ahnherrin, hatte ihre Kinder gelehrt, den Tod nicht zu fürchten: Der Körper sei lediglich das vergängliche Gefäß für die unsterbliche Seele, die Gott allein gehöre und deshalb nicht von Menschen angerührt oder gar getötet werden könne. Daher solle der Tod des Körpers nicht betrauert, sondern gepriesen werden, bedeute er doch die Rückkehr der Seele an ihren göttlichen Ursprungsort.

Guiraude war seit Wochen auf den Tod vorbereitet, ebenso wie ihre Leute. Jetzt betete sie nur noch darum, dass Gott den Schmerz und Schrecken des gewaltsamen Todes mildern möge.

In den letzten Tagen hatte Guiraude sich voller Liebe und Trauer von ihren Frauen verabschiedet, die ihr allesamt wie Schwestern waren und deren Kinder ihr so nahe standen, als hätte sie selbst ihnen das Leben geschenkt. Vor zehn Jahren war sie als Guiraude de Laurac in diese Stadt gekommen, Erbin des Katharertums der großen Blanche, um den Herrn von Lavaur zu heiraten. In ihrer Rolle als neue Burggräfin hatte sie die Menschen der Stadt mit ihrer Weisheit, ihrem Humor und ihrer Freigebigkeit beglückt. Jeder Reisende wurde zum Mahl ins Schloss geladen; jeder, der Fragen über die Lehren der Katharer auf dem Herzen hatte, erhielt Antwort, Guiraude richtete

Schulen und Unterkünfte ein und sorgte dafür, dass niemand in Lavaur Einsamkeit oder Hunger leiden musste.

Nach dem unerwarteten Tod ihres Mannes war Guiraude in dessen Fußstapfen getreten und hatte das Amt des Statthalters von Lavaur übernommen. Die Kultur der Katharer war von der Überzeugung durchdrungen, dass Frauen den Männern in Klugheit und spiritueller Führerschaft gleichgestellt seien – der Hauptgrund für die Feindschaft des Papstes, der die Katharer schon deswegen abscheulich fand.

Obwohl Guiraude sich als fähige Stadtherrin erwiesen hatte, waren Frauen in ähnlichen Machtpositionen nicht überall in Okzitanien gern gesehen. Das Land war zwischen Katharern und Katholiken aufgeteilt; viele Jahre lang hatten sie in Frieden miteinander gelebt, bis der Papst vor zwei Jahren zum Kreuzzug gegen die Ketzer aufgerufen hatte. Daraufhin war Aimery, Guiraudes Bruder, mit einem kleinen Ritterheer nach Lavaur gekommen, um die Stadt so lange wie möglich zu beschützen.

Als Aimery den Frauen nun Lebewohl sagte, beobachtete er aus dem Augenwinkel seine Schwester. Sie umarmte eine der jüngeren Frauen, eine Waise, die schon als kleines Mädchen bei ihr gewesen war. Guiraude sprach ihr Worte des Trostes und der Ermutigung ins Ohr.

*Sie ist unserer Mutter so ähnlich*, dachte Aimery. *Wenn ich sie doch nur dazu bewegen könnte, sich mit den anderen zu verbergen! Dann käme sie vielleicht mit dem Leben davon und könnte unsere Lehre weiter in die Welt tragen. Ich muss alles daransetzen, sie zu beschützen, denn sie ist unser größter Schatz!*

Guiraude warf ihm einen scharfen Blick zu, als hätte sie seine Gedanken erraten. Mit Nachdruck schüttelte sie den Kopf, während die letzte Frau bereits das Zimmer verließ.

»Nein, Aimery. Bitte mich nicht schon wieder darum. Ich bin die Statthalterin von Lavaur und werde mich nicht vor denen verstecken, die mein Volk unterdrücken. Ich werde an deiner Seite stehen und diesen Ort gemeinsam mit dir und deinen Rittern verteidigen, solange mein Herz schlägt. Ich muss die Soldaten von den Verstecken der Frauen und Kinder ablenken und versuchen, so viele wie möglich zu retten.«

»Du weißt doch wohl, dass auch viele der Bürgerinnen ihre Häuser nicht verlassen werden? Lieber wollen sie kämpfen und sterben. Du hast ihnen ein gefährliches Beispiel gegeben, liebe Schwester.«

Guiraude nickte. »Aber es ist ihre freie Entscheidung, genau wie bei mir. Wenn sie bleiben und Lavaur verteidigen wollen, ist es nicht an mir, sie davon abzuhalten. Ich habe jene beschützt, die ich schützen konnte. Für alle, die bleiben, können wir nur Gottes Hilfe erflehen, und dass er uns so rasch wie möglich in eine bessere Welt führt.«

Guiraudes letzter Wunsch sollte nicht erhört werden. Tapfer kämpfte sie an der Seite ihres Bruders und der achtzig Ritter aus den Katharerfamilien, die mit ihrem Eid geschworen hatten, die Stadt zu verteidigen. Doch sie waren machtlos gegen die fünftausend blutdürstigen Soldaten, die aus Toulouse eingetroffen waren. Lavaur fiel in die Hände seiner Feinde.

Simon de Montfort hatte seinen Sieg so rasch errungen, dass ihm jetzt mehr als genug Zeit blieb, aus der Bestrafung der Ketzerführer eine blutige Unterhaltung für seine Soldaten zu machen. Er befahl, im vorderen Hof des Château einen provisorischen Galgen zu errichten. Dann ließ er die Verräter, die heidnischen Ritter, in langer Reihe Aufstellung nehmen, um einen nach dem anderen zu hängen und sich am Todeskampf zu weiden. Sobald ihm diese Hinrichtungsart langweilig wurde, wollte er sich etwas anderes einfallen lassen.

Seine schönste Kriegsbeute stand neben ihm: Die dreiste

rothaarige Schlampe, die »Dame Guiraude« genannt wurde. Nun war sie gefesselt und geknebelt. De Montfort verkündete, dass die Ketzerin ihrem Bruder bei seinem langen und qualvollen Tod zuschauen sollte. Anschließend sollten einige der anderen, die diesem Teufel in Weibergestalt die Treue gehalten hatten, auf verschiedene Weise aufgeknüpft werden, damit die Soldaten ihren Spaß hatten. Alle sollten sehen, was Dummköpfen widerfuhr, die dem Befehl einer Frau folgten – oder schlimmer noch: Männern, die einer Ketzerin erlaubten, gegen die Kirche zu predigen.

*Sie* würde er sich bis zum Schluss aufheben.

Aimerys letzter Akt des Widerstandes bestand darin, Simon de Montforts Soldaten um das ersehnte Spektakel zu bringen. Als die Schlinge um seinen Hals gelegt war und der Schemel unter ihm fortgetreten wurde, war ein lautes Krachen zu vernehmen: Die Soldaten, die den Galgen gebaut hatten, hatten nicht bedacht, wie schwer ihr Opfer war. Aimerys Gewicht riss den Galgen nieder, sodass nur ein Haufen zersplittertes Holz davon blieb.

Simon de Montfort befahl, den geschundenen, blutigen, aber noch lebenden Körper Aimerys zu ihm zu bringen und seiner Schwester vor die Füße zu werfen. Dann zog er sein Kurzschwert und schnitt dem Gefangenen die Kehle durch. Ein Sonnenstrahl fing sich auf der Klinge, blendete Guiraude und verhüllte ihr gnädig die Augen vor dieser Gräueltat. Dennoch wandte sie sich ab, um das Sterben ihres Bruders nicht mit ansehen zu müssen – ein grausamer Tod, der sie ebenfalls erwartete, wie sie wusste.

Montforts Männer grölten, als das Blut aus der Halsschlagader des Sterbenden auf Guiraude spritzte, die regungslos an der Seite des Generalkapitäns verharrte. Die Soldaten waren inzwischen rasend vor Blutdurst, der erst befriedigt werden musste, bevor man ihnen die nächste Aufgabe zuweisen konnte. Neben den achtzig Rittern im Schlosshof gab es noch vierhundert Bürger der Stadt, die Marlys Bataillon gefangen genommen hatte. Diese Zivilisten sollten nicht durch das Schwert sterben, sondern durch die größte Massenverbrennung von Ketzern aller Zeiten. Montfort und Marly hatte diese Veranstaltung für den Nachmittag geplant.

Simon de Montfort reckte sein blutiges Schwert in die Höhe und gab die Losung aus: »Macht es mit den Übrigen genauso! Der Mann, der die meisten Kehlen durchschneidet, erhält eine Kriegstrophäe!«

Während er Guiraude ins Haar griff und sie brutal in die Höhe zerrte, stießen seine Männer raue Schreie aus und stürzten sich auf die Wehrlosen.

Das blutige Gemetzel färbte die Welt in stumpfes Rot.

Jene Bürger von Lavaur, die sich nicht hatten verstecken wollen, wurden auf die Wiese am Fluss gezerrt und aneinandergefesselt. Aus dem Holz des niedergerissenen Heerlagers errichteten die Kreuzfahrer den größten Scheiterhaufen der Geschichte. Sie gossen Pech auf die Bretter, damit das Feuer heißer und schneller brannte, denn je eher sie mit den Ketzern fertig waren, desto rascher konnten sie sich ihrem eigentlichen Ziel widmen, der Plünderung von Lavaur. Doch sie mussten nicht lange warten, denn die Häretiker hatten sich seit dem Fall der Stadt in ihr Schicksal ergeben. Ruhig schritten sie auf den Platz mit dem Scheiterhaufen zu, wobei sie Gebete sprachen. Sie beteten selbst dann noch, als sie von den Flammen erfasst wurden. Niemand schrie oder bettelte um Gnade. Die Katharer von Lavaur starben, wie sie gelebt hatten, in Würde und Gemeinschaft, mit der Stärke ihres Glaubens, dem sie nicht abgeschworen hatten.

So schrecklich die Massenverbrennung von Lavaur für die Katharer auch war, in der Legende sollten vor allem die Grausamkeiten fortleben, die Simon de Montfort und seine Männer der armen Guiraude antaten. Bald schon erkannten die französischen Soldaten, dass in dem eingenommenen Schloss ein bemerkenswerter Mangel an Frauen herrschte – tatsächlich war Guiraude das einzige weibliche Wesen auf dem Hof. Der Generalkapitän riss ihr den Knebel aus dem Mund, um das Versteck ihrer Damen zu erfahren. Doch Guiraude antwortete nicht, schien die Frage gar nicht gehört zu haben. Sie hatte sich in sich selbst zurückgezogen und befand sich an einem Ort, an dem sie nur noch die Erlösung durch den Tod erwartete, der sie bald ereilen würde. Die einzigen Worte, die ihr während der nächsten furchtbaren Stunden über die Lippen kamen, waren Worte des Gebets. Sie betete für ihren Bruder und seine Ritter; sie betete für ihr Volk, das den Flammentod starb, und für die Sicherheit der Frauen und Kinder von Lavaur, die in ihrem Versteck ausharrten.

Da der Verbleib der Schlossfrauen nicht geklärt werden konnte, warf Simon de Montfort seinen Soldaten Dame Guiraude zum Fraß vor. Zuerst sollte jener Mann zum Zuge kommen, der den Wettbewerb im Halsabschneiden gewonnen hatte, dann jeder weitere, dem Guiraude gefiel. Wenn sie den Soldaten unbedingt als einzige Frau zu Willen sein wollte, sollte es eben so sein. Immerhin glaubten die Ketzer an die freie Entscheidung, und dieses rothaarige Weib hatte seine Entscheidung getroffen.

Es dauerte nicht lange, bis Simon de Montfort von Langeweile gepackt wurde. Außerdem hatte er Hunger und wollte diese elende Stadt so schnell wie möglich verlassen. Er hatte seine Arbeit in Lavaur beendet; nun wollte er nur noch zurück in zivilisiertere Gefilde, wollte in einem weichen Bett ruhen und bei einem guten Glas Wein ein ausgezeichnetes Essen genießen. Es gab nur noch eines zu tun, bevor er diesem gottverlassenen Ort den Rücken kehren durfte: Er musste dafür sorgen, dass diese häretische Hexe, die der Kirche so viel Ärger gemacht hatte, ein für alle Mal zum Schweigen gebracht wurde.

Montfort schaute gebannt zu, als Guiraude von seinen Männern missbraucht wurde. Die Soldaten standen an, wobei sie das grässliche Schauspiel mit anzüglichen Bemerkungen und lautem Johlen kommentierten. Montfort konnte nicht erkennen, ob die Frau überhaupt noch am Leben war. Dies herauszufinden, gab es nur eine Möglichkeit: Mit einem Arm zog er den Mann, der an der Reihe war, von Guiraude herunter und schleuderte ihn beiseite. Die Frau blutete am ganzen Körper; ihre Gliedmaßen waren verdreht, und ihr Kiefer schien gebrochen zu sein. Doch nach ein paar Sekunden erkannte Montfort, dass sie noch atmete. Als er aufschaute, um Befehle zu erteilen, sah er mehrere seiner Soldaten an einem Brunnen stehen, wo sie ihren Durst stillten.

»Wie tief ist der Schacht?«, rief Montfort ihnen zu.

Einer der Männer stieg über den Brunnenrand, um in die Tiefe zu blicken. Dann ließ er einen schweren Stein hineinfallen und schaute ihm lange nach.

»Sehr tief, Herr.«

»Gut!« Montfort winkte zweien seiner Männer. »Bringt dieses Weib her.«

Die Soldaten schleiften Guiraude über das Kopfsteinpflaster und legten sie ihrem Heerführer zu Füßen. Simon de Montfort trat der Wehrlosen mit Wucht in die Rippen. Guiraude regte sich nicht. Wütend zerrte er ihre schlaffe Gestalt an den Haaren hoch und fauchte: »Wenn du in der Hölle brennst, dann richte dem Teufel aus, dass er in Okzitanien nicht mehr willkommen ist!«

Die Soldaten halfen ihm, den Körper vollends hochzuheben. Mit vereinten Kräften warfen sie die Herrin von Lavaur in den

Brunnen. Als ihr Körper nicht sogleich versank, erteilte Montfort seinen letzten Befehl: »Steinigt sie, bis sie untergeht.«

Guiraude starb in jenem Brunnen, doch ihre Legende lebte weiter.

Montforts Heer hielt Lavaur bis zu seinem Tod, der ihn sieben Jahre später, im Jahr 1218, ereilte. In der Schlacht von Toulouse wurde sein Kopf von einem gut gezielten Stein aus einem Katapult zerschmettert. Zielgenau und geschickt war die Waffe abgefeuert worden – von einer Verteidigungseinheit, die ausschließlich aus Frauen bestand.

»Jetzt bist du gerächt, Guiraude!«, lautete ihr Schlachtruf, als Montforts blutüberströmte Leiche mit dem zerschmetterten Kopf durch die Straßen der Stadt geschleift wurde.

1220 wurde Lavaur von einem Heer aus Katharern und Templern zurückerobert, welche die Stadt wieder für die guten Männer und Frauen öffneten. Von Neuem erblühte das Katharertum in der neu befestigten Burg Lavaur und behauptete sich entgegen aller Erwartungen über Jahrhunderte hinweg. Auch wenn jegliche Verbindung zur Häresie unter Todesstrafe stand, wurden die Traditionen der Katharer in der Umgebung von Lavaur bewahrt, zeitweilig unter Geheimhaltung. Es schien, als sei der Stadt so großes Leid zugefügt worden, dass selbst die überzeugtesten Kreuzfahrer es nicht übers Herz brachten, Lavaur noch einmal anzugreifen. Manche flüsterten gar, dass Gott selbst die Stadt beschütze, als ewigen Lohn für all jene, die ihren Glauben im Jahre 1211 mit dem Leben bezahlt hatten. Was immer der Grund dafür sein mochte – Lavaur war die einzige größere Stadt in Okzitanien, in der die Katharer niemals vollständig vernichtet wurden.

Der Bericht von Dame Guiraudes ruhmreichem Leben und

ihrem schrecklichen Tod sollte zu einer dauerhaften mittelalterlichen Legende werden. Balladen und Gedichte wurden über sie geschrieben und machten aus der tapferen Frau eine der größten Heldinnen der Region.

*Dame Guiraude, so geht die Legende,*
*fand im Brunnen ein grausames Ende,*
*doch Jesus nahm ihr Furcht und Schmerzen,*
*nun lebt sie fort in unseren Herzen.*

Lavaur war die größte Massenverbrennung der Geschichte. Das Ausmaß dieser Brutalität sollte in der westlichen Welt ohne Beispiel bleiben. Mehr als vierhundert Männer und Frauen waren aneinandergefesselt und auf einer Anhöhe am Fluss Agout verbrannt worden. Auch wenn es im Kreuzzug gegen die Katharer viele weitere Flammenopfer zu beklagen gab, so sollte die schiere Anzahl der Toten von Lavaur nie mehr erreicht werden.

Doch als der Kreuzzug gegen die Katharer sich im dreizehnten Jahrhundert immer mehr ausdehnte, mussten hunderttausend weitere Menschen auf grausame Weise sterben. Der letzte *Perfectus* der Katharer, der charismatische Guillaume Bélibaste, wurde im Oktober 1321 auf dem Scheiterhaufen hingerichtet. Als das Pech auf den Kienspan gegossen wurde, erhob Bélibaste seine Stimme und verkündete der Menge, dass eine Zeit kommen werde, in der die unverfälschte Lehre seines Volkes in die Welt zurückkehre. Wenn erst der Weg der Liebe, der für Frieden und Schönheit, Glauben, Gemeinschaft und Wohltätigkeit stand, dogmatische Engstirnigkeit und blutige Machtkämpfe besiegt habe, werde die Kraft *Romas* ihrer Umkehrung, der Kraft *Amors*, unterliegen.

Als die Flammen um ihn züngelten, rief Guillaume: »*Le temps viendra!*«

Die Zeit wird kommen.

Dreihundert Jahre nach der Belagerung von Lavaur hörte ein zwölfjähriges englisches Mädchen die Geschichte der Dame Guiraude, während es in einem Palast in den Habsburgischen Niederlanden weilte, inmitten ihrer Freundinnen aus halb Europa.

Die Legenden der guten Männer und Frauen sollten von diesem Mädchen im Gedächtnis bewahrt werden und ihm während seines stürmischen Lebens Beistand geben.

Der Name des Mädchens war Anne, nach der Großmutter Jesu Christi.

# ERSTER TEIL

## *La petite Boleyn*

*Tower of London*
*Gegenwart*

Abgeschlagene Köpfe waren in früheren Zeiten ein gewohnter Anblick auf der London Bridge.

Im Mittelalter war es für die hiesigen Scharfrichter alltäglich, Feinde des Königs mit der Axt hinzurichten. Wer Glück hatte, wurde mit einem einzigen Hieb ins Jenseits befördert; bei anderen Delinquenten brauchte es mehrere Schläge, bis sie endlich von ihrem Leiden erlöst waren.

Um Hochverräter zu entmutigen – und als Warnung für alle, die rebellische Gedanken hegten –, wurden die abgeschlagenen Häupter auf einen Speer gespießt und auf dem Brückentor oder in der Nähe zur Schau gestellt. Manchmal wurde der Kopf mit Teer überzogen, damit er sich in der feuchten Londoner Witterung länger hielt.

Den uralten keltischen Brauch, die Köpfe gefallener oder hingerichteter Gegner öffentlich zur Schau zu stellen, gab es auf den britischen Inseln schon länger. Im Jahre 1305 wurde diese abschreckende Gewohnheit von einem skrupellosen König namens Eduard I. wiederbelebt. Eduard, genannt Langbein, war der erste König, der den Kopf eines Erzfeindes auf der London Bridge ausstellte. Besagter Erzfeind war der Lordprotektor von Schottland, William Wallace, den Eduard wegen Verrats gegen die englische Krone exekutieren ließ. Im Prozess hatte Wallace betont, er sei kein englischer Untertan und habe weder England noch Eduard jemals die Lehnstreue geschworen; daher könne sein Aufbegehren nicht als Hochverrat betrachtet werden. Nur Schottland als einem unabhängigen Land gelte seine Treuepflicht, und Schottland sei England nicht untertan.

Der englische König war anderer Meinung und ordnete eine Hinrichtung an, die ihrer Brutalität wegen in die Geschichte eingehen sollte – selbst in einem Zeitalter, das sich ohnehin durch Grausamkeit auszeichnete. Langbein sorgte dafür, dass die extreme Härte der Bestrafung niemals vergessen werden sollte. Den Kopf des toten Wallace ließ er aufspießen und auf der London Bridge zur Schau stellen, damit jeder potenzielle Hochverräter von vornherein abgeschreckt wurde.

Es war ein drastischer Brauch, der sich auch bei den nachfolgenden Herrscherhäusern großer Beliebtheit erfreuen sollte. So wurden in den nächsten dreihundert Jahren in London unzählige aufgespießte Köpfe zur Schau gestellt – nicht nur auf der London Bridge, sondern auch auf den Rasenflächen vor einem Tor zu einem Gebäudekomplex, den man heute als Tower von London kennt, da der Platz auf der Brücke offenbar nicht ausreichte. Mit der Zeit wurden die auf Speeren steckenden Köpfe zu einem solch alltäglichen Anblick, dass sie ihre Symbolkraft verloren; irgendwann betrachtete man sie nur noch als Ausdruck königlichen Zorns.

Die Faszination einer solch makabren Zurschaustellung blieb bis in die Gegenwart ungebrochen. Londoner Souvenirläden stellten blutüberströmte Nachbildungen zur Schau, kitschig und grässlich zugleich, und verkauften Horror-Bleistifte mit darauf gespießten Köpfen. Zu Halloween konnte man vor dem geschichtsträchtigen Tower of London, vor dessen Mauern im sechzehnten Jahrhundert die meisten Enthauptungen stattgefunden hatten, Gummiköpfe und Masken an Stöcken sehen. Auch die berüchtigte zweite Frau Heinrichs VIII., Anne Boleyn, hatte 1536 im Tower den Kopf verloren.

Dumme Streiche mit abgeschlagenen Köpfen kamen in der

Gegend um den Tower so häufig vor, dass George Pedrick, seines Zeichens Fremdenführer, auf einem seiner frühmorgendlichen Rundgänge den Speer im Gras beinahe übersehen hätte. Pedrick wohnte und arbeitete seit über zwanzig Jahren im Tower of London und hatte in dieser Zeit viele Spaßvögel erlebt. Als Fremdenführer in einer der beliebtesten Sehenswürdigkeiten Englands kannte er jede Legende, jedes Gerücht. Im Geiste ging er die Daten durch und glich sie mit dem heutigen Tag ab: Die grausigsten Streiche wurden üblicherweise an den Jahrestagen der Hinrichtung berühmter Königinnen oder berüchtigter Verbrecher gespielt. Diesmal jedoch kam Pedrick zu keinem Ergebnis: Gestern, heute oder morgen war kein solcher Jahrestag. Also musste es sich um einen dummen Schülerstreich handeln. Pedricks Pflicht bestand nun darin, den Wartungsdienst anzurufen, damit das Ding entfernt wurde, bevor man den Touristen Einlass in den Tower gewährte.

Beim Nähertreten stellte Pedrick mit Entsetzen fest, dass die Nachbildung beinahe lebensecht war. Von der Seite erkannte er, dass er einen Frauenkopf vor sich hatte. Langes, dunkles Haar, augenscheinlich blutgetränkt, ringelte sich um den Speer. Auch auf dem hölzernen Schaft schimmerte Blut, das geronnen war und eine dickliche Konsistenz aufwies.

*Sehr viel plastischer als bei den üblichen dummen Streichen*, dachte Pedrick. Vielleicht das Werk von Kunststudenten? Oder Schauspielschülern? Das Theaterstück über Leben und Tod der Anne Boleyn, *Königin für tausend Tage*, wurde derzeit im West End aufgeführt. Möglicherweise ein geschmackloser Werbegag. Wer immer dafür verantwortlich war, hatte sich auf jeden Fall Zeit genommen, sein Schaustück so authentisch wie möglich aussehen zu lassen.

Pedrick umrundete das schauerliche Kunstwerk, bis er dem Kopf der Frau gegenüberstand. Erst jetzt sah er, dass man ihr irgendetwas in den Mund geschoben hatte, eine Kette aus runden weißen Perlen, die so arrangiert war, dass es aussah, als würde sie vom abgeschlagenen Kopf ausgespuckt. Eine großes goldenes »B« hing von der Kette; er war mit drei weiteren Perlen verziert, die vom unteren Bogen des Buchstabens hingen. Die Perlen bewegten sich im eisigen Wind, der von der Themse herüberwehte.

Pedrick zitterte in der nasskalten Brise, als er den grausigen Anblick in sich aufnahm: den Speer, das Blut und die Nachbildung einer der berühmtesten Ketten in der Geschichte Englands. Sein Herz schlug schneller, als ihm die schreckliche Wahrheit bewusst wurde. Er wollte unter keinen Umständen näher heran, erkannte aber auch so das entscheidende Detail: die Fliegen. Sie landeten auf dem Blut.

Und Fliegen pflegen nicht über Latex und Theaterschminke herzufallen.

Mit zitternden Fingern griff Pedrick nach seinem Mobiltelefon und forderte Unterstützung an.

# Quai de Louvre, Paris

*Privatbüro von Simone de Bourbon*
*Gegenwart*

Maureen Paschal war von einer Assistentin in das große, elegante Büro geführt worden, wo sie nun auf einem mit Leopardenfellimitat bezogenen Sessel wartete. Die Panoramafenster gewährten einen spektakulären Blick auf die Seine, die im hellen Licht des Morgens funkelte. Die berühmte Uhr des Musée d'Orsay am anderen Seineufer ließ Maureen erkennen, dass sie pünktlich zu ihrem Termin erschienen war.

Neugierig nahm sie die Einrichtung in Augenschein. Der Schreibtisch der Frau, der dieses Büro gehörte, lag voller aufgeschlagener Bücher und Papiere, was für einen regen Forschergeist sprach. Maureen registrierte es mit einem beifälligen Lächeln; ihr eigener Schreibtisch sah ähnlich aus.

In diesem Moment kam Simone de Bourbon wie ein Wirbelwind ins Büro. »Wie ich höre, wollen Sie einen Krieg anfangen«, sagte sie zur Begrüßung in akzentfreiem Englisch.

Das ungestüme Eintreten der blonden, jungen und modisch gekleideten Professorin schreckte Maureen auf, doch sie fasste sich rasch, erhob sich und streckte zur Begrüßung die Hand aus. »*Bonjour*, Madame Bourbon.«

Simone de Bourbon ergriff die dargebotene Hand und drückte sie fest. Fragend hob sich eine ihrer hübsch geschwungenen Brauen, doch ihr Gesicht zeigte keine Regung. Wortlos schaute sie ihrer Besucherin in die Augen.

Maureen wusste nicht, wie sie auf diese merkwürdige Begrüßung reagieren sollte, bis Simone lachend bemerkte: »Wunderbar! Wurde höchste Zeit, dass jemand den Mut aufbringt, der englischen Akademikerflotte einen Schuss vor den Bug zu setzen!«

Dass Simone ein lupenreines Oxford-Englisch sprach, war eine angenehme Überraschung. In Anbetracht des Namens und des französischen akademischen Grades Simones hatte Maureen damit gerechnet, auf eine mehr oder minder hohe Sprachbarriere zu stoßen. Stattdessen sprach Simone ein makelloses Englisch.

»Sind Sie Engländerin?«, fragte Maureen, ohne ihr Erstaunen verbergen zu können.

»Manchmal«, gab Simone zurück. »Ich bin in der Nähe von Paris geboren. In Versailles, genauer gesagt. Wo sonst hätte eine Bourbon zur Welt kommen sollen? Das französische Erbe verdanke ich meinem Vater. Meine Mutter ist Engländerin und wurde in Kent mit einem goldenen Löffel im Mund geboren. Ich bin die Kreuzung aus dieser Verbindung, genau wie meine Zwillingsschwester.«

»Sie haben eine Zwillingsschwester? Ist sie auch Professorin?«

»Ja. Sie hat Kunstgeschichte studiert und gehört dem Kuratorium des Louvre an, als Vertreterin des Europäischen Kunstrates. Deswegen dieses schicke Büro.« Mit einer Bewegung ihrer manikürten Hand umfasste Simone den eleganten Raum mit dem unbezahlbaren Blick über die Seine. »Sie ist ständig auf Reisen und treibt sich in Museen herum. Immer dann benutze ich dieses Büro. Da wir eineiige Zwillinge sind, fällt es niemandem auf. Bitte, nehmen Sie Platz.«

Maureen kehrte zum Leopardensessel zurück. »Danke«, sagte sie. »Um auf Ihre anfängliche Bemerkung zurückzukommen … Ich muss gestehen, dass ich mir keineswegs sicher bin, ob ich einen Krieg vom Zaun breche. Ich weiß nicht mal, wo

Sie von einer dahingehenden Absicht meinerseits gehört haben könnten.«

»Aha.« Simone warf ihr einen verschwörerischen Blick zu, während sie hinter ihrem Schreibtisch Platz nahm. Sie verschob einen Stapel Papiere, unter dem zwei Bücher aus Maureens Feder zum Vorschein kamen. »Der Grund dafür ist der, dass ich Ihre Bücher gelesen habe – auf Englisch und Französisch. Daher weiß ich, dass Sie es mit dem Patriarchat, dem Vatikan, den überkommenen Lehrmeinungen und überhaupt mit jedem aufnehmen, der Ihren akribisch recherchierten Theorien in die Quere kommt.«

Maureen war unsicher, wohin dieses Gespräch führen mochte. Simones Aussagen klangen doppeldeutig. War sie ein Fan? Eine Gegnerin? Ihre Hausaufgaben hatte sie auf jeden Fall gemacht, das schien zumindest der Bücherstapel auf ihrem Schreibtisch zu bestätigen.

»Ja, ich weiß alles über Sie«, fuhr Simone lachend fort. »Kein Grund zur Sorge. Genau wie Sie bin auch ich eine beharrliche Forscherin. Ihre Laufbahn als Journalistin hat mit dem Schwerpunkt Frauenthemen begonnen, nicht wahr? Mit *HERstory* konnten Sie dann einen weltweiten Erfolg verbuchen.«

Simones Einschätzung war zutreffend. Vor nunmehr acht Jahren war Maureens erstes Sachbuch erschienen: *HERstory. Ein Plädoyer für die meistgehassten Heldinnen der Geschichte*. Das Buch behandelte berühmte historische Frauengestalten – Frauen, die verleumdet und missverstanden worden waren: Maria Magdalena, Marie Antoinette, Lucrezia Borgia, Anne Boleyn, Katharina die Große und Maria Stuart. In jedem Kapitel hatte Maureen die traditionelle Geschichtsschreibung auf den Prüfstand gestellt und Argumente dafür geliefert, dass jede dieser Frauen ihres Geschlechts, ihrer Macht und ihres Einflusses wegen mit Absicht verunglimpft worden war. Es war ein brisantes Buch, aus dem sich eine erfolgreiche Fernsehserie entwickelt hatte, die Maureen selbst moderierte und die inzwischen weltweit ausgestrahlt wurde. Maureens Porträt mit dem charakteristischen roten Haar war bereits auf Zeitschriftencovern beiderseits des Atlantiks erschienen. Sie selbst schätzte ihren Ruhm eher zurückhaltend ein und bezeichnete sich scherzhaft als »D-Promi«.

»Außerdem muss ich Ihnen schmählicherweise gestehen, dass ich gelegentlich in der HELLO schmökere.« Simone nahm eine Ausgabe der englischen Boulevardzeitschrift vom Tisch und wedelte damit. Maureen erkannte das Exemplar sofort, denn darin war ihre Verlobung mit dem schottischen Ölmagnaten Berenger Sinclair porträtiert worden.

»Ich fühle mich geschmeichelt«, sagte sie mit leisem Auflachen. »Vor allem aber bin ich Ihnen dankbar, dass Sie mich empfangen haben.«

»*Bien sûr!* Wir müssen doch unsere Strategie im bevorstehenden Krieg besprechen.«

»Was meinen Sie eigentlich damit?«, fragte Maureen.

»Einen Krieg an vielen Fronten: Geschlecht, Geschichte, Religion. Und Sie und ich stehen in vorderster Linie. Wir beschäftigen uns mit denselben Themen und haben die gleichen Ziele. Wir wollen Frauen den ihnen zukommenden Platz in der Geschichte zurückgeben, was uns befähigen wird, die Gleichberechtigung aller Frauen auch in der Gegenwart und Zukunft durchzusetzen.«

Maureen nickte. »Wer die Vergangenheit beherrscht, wird auch die Zukunft beherrschen.«

»So ist es. Unsere Mission weitet sich aus, aber wir sind unserem Feind zahlenmäßig unterlegen. Also müssen wir klüger sein als er – und vorsichtig.«

Maureen beugte sich fasziniert vor, während Simone mit ihrem leidenschaftlichen Plädoyer fortfuhr.

»Nehmen Sie nur die letzte Präsidentschaftswahl in Ihrer

Heimat. Einer der Kandidaten war eine Frau, und kein Bewerber vor ihr war besser für das Amt qualifiziert als sie. Diese Frau trat gegen einen Mann an, der für das Amt weniger taugte als jemals ein Präsident zuvor. Sicher, die Frau hatte Fehler, so wie wir alle, aber ihr Konkurrent hatte weitaus mehr. Wo sie einen Fehler machte, beging er gleich zehn, und jeder war ungeheuerlicher als der vorherige. Doch er kam damit durch, während seiner Gegnerin kein Fehler verziehen wurde. Und warum? Weil sie eine Frau war und im Grunde schon dafür bestraft werden musste, dass sie die Macht anstrebte. Dennoch spricht kein Mensch von Frauenhass oder Sexismus. Die Experten liefern uns Dutzende von Gründen für den Wahlausgang, aber niemand redet ernsthaft über das schmutzige Geheimnis, das alle schlichtweg ignorieren.«

Maureen nickte. Das Ausmaß an Frauenhass während des Präsidentschaftswahlkampfs hatte sie schockiert. Noch nie war ein Kandidat derart mit Schmähungen überhäuft worden; selbst nach der Niederlage hatte es nicht aufgehört. Auf der ganzen Welt waren Frauen vom schockierenden Vorgehen des Patriarchats wachgerüttelt worden. Was das betraf, waren Maureen und Simone sich vollkommen einig.

»Es war ein verheerender Rückschlag«, sagte Maureen. »Kaum zu glauben, dass wir im 21.Jahrhundert noch für die grundlegenden Rechte der Frauen kämpfen müssen.«

»Das ist leider nur zu wahr.« Simone nickte. »Wir müssen aber auch das Positive sehen. Die Bundesrepublik Deutschland wird seit Jahren von einer sehr kompetenten Frau regiert, die in vieler Hinsicht Beispiele setzt für die freie Welt. Überhaupt sind Frauen aus Europa seit dem Mittelalter die Leuchtfeuer für Frieden und Fortschritt. Dieser Frauen müssen wir gedenken und ihnen nacheifern. Frauen wie ihr!«

Simone wirbelte mit ihrem Stuhl herum, um auf ein kunstvoll gerahmtes Porträt in Renaissancemanier auf der Wand hinter ihr zu deuten. Das Gemälde zeigte eine königlich aussehende Frau mit klugen Augen und einem leisen Lächeln, das dem der Mona Lisa glich. Sie schien in den Dreißigern zu sein und trug ein edles mitternachtsblaues Samtkleid im Stil der südfranzösischen Renaissance. Um ihren Hals lag eine Goldkette mit Fleur-de-Lis-Anhänger, dem Symbol der französischen Monarchie, von dem drei Barockperlen herabhingen. Nur der grüne Papagei, der auf der rechten Hand der Frau saß, mutete in dem klassisch gehaltenen Porträt ein wenig seltsam an.

»Marguerite von Navarra«, sagte Maureen ehrfürchtig. Sie kannte das Gemälde. Blieb die Frage, ob es sich um das wertvolle Original handelte oder um eine meisterhafte Kopie. Früher war dieses Gemälde Hans Holbein zugeschrieben worden, aber auch Leonardo da Vinci, bis sich die Kunstexperten des 19. Jahrhunderts darauf geeinigt hatten, dass es aus der Werkstatt des französischen Porträtisten Jean Clouet stammen müsse.

»Eine der interessantesten Frauen ihrer Zeit«, bestätigte Simone. »Vielleicht aller Zeiten. Ältere Schwester des französischen Königs Franz I., zugleich eigenständige Herrscherin über das Herzogtum Navarra. Eine hochbegabte Frau mit vielen Titeln, adelig von Geburt und Stellung. Sie sprach mehr als ein halbes Dutzend Sprachen und muss eine charismatische Person gewesen sein. Ihr Bruder hingegen war ein selbstverliebter Geck, der Marguerite nicht das Wasser reichen konnte. Ein arroganter, genusssüchtiger Trottel – aber eben ein Mann! Also fiel ihm der Königstitel zu, obwohl seine Schwester die glänzendste Herrscherin Frankreichs hätte werden können. Aber damals hatten Frauen kein Anrecht auf den Thron. Und auch wenn sich die Gesetze im Laufe der Jahrhunderte gewandelt haben – die frauenfeindliche Einstellung ist geblieben.«

Maureen nickte. Sie hatte Marguerite von Navarra während ihres Studiums in den Schriften des amerikanischen Gelehrten Samuel Putnam für sich entdeckt. Putnam bezeichnete Marguerite als »erste moderne Frau« und hatte ein Buch mit gleichnamigem Titel über sie verfasst. Marguerite wurde von einigen Historikern auch als »Mutter der Renaissance« bezeichnet, was aber nur denen bekannt war, die sich näher mit der französischen Renaissance beschäftigt hatten.

»Ich glaube, man kann Marguerite als Revolutionärin bezeichnen«, sagte Simone, den Blick auf das Porträt gerichtet. »Wäre sie nicht so kühn und visionär gewesen, hätten wir heute ein anderes Europa. Dennoch hat die Geschichtsschreibung sie vergessen und versagt ihr die Würdigung. Und warum? Weil sie eine Frau war. Wäre sie ein Mann gewesen, wäre ihr Name heute so bekannt wie die Namen Luthers und Calvins. Man würde sie in einem Atemzug mit Erasmus von Rotterdam nennen. Vielleicht hätte es ohne Marguerite keinen Calvinismus gegeben.«

»Eine kühne Behauptung«, sagte Maureen. »Der ich aber zustimme.«

Tatsächlich hatte Marguerite dem umstrittenen Theologen Johannes Calvin auf ihrem Territorium Zuflucht gewährt und seine wachsende Glaubensbewegung finanziert. Überdies war Marguerite berühmt für ihre provokanten Schriften, allen voran das *Heptaméron*, ein brisantes Buch voller Betrachtungen über die Sexualität und die Rollen der Geschlechter. Marguerite hatte einem humanistischen Hof vorgestanden; sie war Mystikerin, Feministin und kompromisslose Reformatorin gewesen. Alle diese Eigenschaften spiegelten sich in ihren Schriften.

Maureens Reise nach Paris war von einer modernen Übersetzung des eben erwähnten *Heptaméron* inspiriert worden. Autorin war Simone de Bourbon, die obendrein eine profunde Biografie Marguerites geschrieben und damit einen Umbruch in Gang gesetzt hatte, der Marguerite in die vorderste Reihe der Geschichte rückte. Maureen hatte mit wachsendem Interesse das Vermächtnis dieser faszinierenden Frau studiert. Doch es war ein spezieller Aspekt von Marguerites Leben, der sie zu dem Besuch bei Simone veranlasst hatte. Sie räusperte sich und beschloss, zum Thema zu kommen.

»Jetzt verstehe ich, warum Sie von einem Krieg gesprochen haben«, begann sie und fügte lächelnd hinzu: »Was das angeht, scheinen wir Waffenschwestern zu sein.« Sie wurde wieder ernst. »Wie ich Ihnen geschrieben hatte, habe ich das Leben der Anne Boleyn erforscht – aus einer anderen Perspektive als der üblichen, die traditionell von den Tudor-Gelehrten vertreten wird.«

»Wie meinen Sie das?« Simone täuschte Unglauben vor. »Wollen Sie damit sagen, Anne war nicht die Ehebrecherin, die durch ihren Inzest ein trautes Heim zerstört hat, wie wir seit jeher glauben sollen? Dass sie mehr getan hat, als im Alter von fünfunddreißig den Kopf zu verlieren, weil sie so geldgierig war? Wie schockierend!«

Maureen zuckte zusammen – wie immer, wenn sie mit der frauenverachtenden Behauptung konfrontiert wurde, die zweite Frau Heinrichs VIII. habe ihren furchtbaren Tod aufgrund ihres ehebrecherischen Verhaltens irgendwie verdient gehabt.

»Ich bin der Meinung«, erwiderte sie, »dass die Jahre, die Anne Boleyn als junges Mädchen in Frankreich verbracht hat, viel wichtiger sind, als die Geschichtsschreibung zugeben will. In diesem Zusammenhang, Simone, hat mich ein Satz in Ihrer Biografie über Marguerite sehr berührt. Sie schreiben, dass die Beziehung zwischen Anne Boleyn und Marguerite ›eine der wichtigsten Frauenfreundschaften der Geschichte war und doch praktisch ignoriert wurde‹.«

»*Absichtlich* ignoriert wurde«, berichtigte Simone, beugte sich vor und klopfte zur Unterstreichung ihrer Worte auf den Schreibtisch. »Es ist eine historische Verschwörung. Anne Boleyn verbrachte ihre prägenden Jahre hier in Frankreich, doch abgesehen von ihrem Hang zu französischer Mode, Tanz und Anspielungen auf französische Sexualpraktiken scheint das keinen Menschen zu kümmern. Englische Gelehrte wollen sich nicht näher mit französischen Themen befassen und übergehen sie einfach.« Simone hielt kurz inne; dann fragte sie: »Wissen Sie, wie ich auf Marguerite gestoßen bin?«

Maureen schüttelte den Kopf.

»Raten Sie«, forderte Simone sie heraus. »Ich habe Ihnen bereits einen Hinweis gegeben. Woher stammte meine Mutter ursprünglich?«

»Kent, nicht wahr?« Maureen kam schnell auf die Lösung. »Die Grafschaft der Boleyns!«

»Genau. Der Besitz meiner Mutter ist nur einen Spaziergang von Anne Boleyns Familiensitz auf Hever Castle entfernt. Wir haben dort früher die Sommerferien verbracht. Ich war vernarrt in Anne und habe in meiner Jugend jedes Buch über sie verschlungen. Weil sie halb französisch, halb englisch war, habe ich mich mit ihr identifiziert. Sie war mir ähnlich. Ich fand es sehr enttäuschend, dass über ihr Leben in Frankreich so wenig berichtet wurde. Also begann ich, in französischen Texten nach ihr zu forschen. Dabei habe ich dann Marguerite entdeckt, und von diesem Punkt an hat sie mein Leben bestimmt. Ich suche noch immer nach einem Buch über Anne Boleyn, über das ich mich nicht ärgern muss, weil der Autor oder die Autorin Annes Zeit in Frankreich unter den Tisch fallen lässt und ihre Freundschaft mit Marguerite herabsetzt. Das macht mich wütend, zumal es eindeutig Absicht ist!«

Maureen genoss diese Unterhaltung mit einer Gleichgesinnten, die genau über jene historischen Begebenheiten Bescheid wusste, die auch sie, Maureen, brennend interessierten. *Es ist eine historische Verschwörung.*

Doch da war etwas, das sie stutzig machte.

»Warum haben Sie dann nur über Marguerite geschrieben? Warum nicht auch über Anne Boleyn, abgesehen von ein paar flüchtigen Erwähnungen?«

Simone stieß ein kurzes, harsches Lachen aus. »Ha! Weil ich den Krieg nicht beginnen wollte, den *Sie* jetzt offenbar anzetteln möchten. Eine relativ unbekannte Angehörige der französischen Königsfamilie zu rehabilitieren, ist eine Sache. Doch es ist etwas vollkommen anderes, wenn man die anerkannte Biografie der übelst beleumdeten Königin aller Zeiten anzweifelt – der ersten Frau mit Macht und Einfluss, die vom eigenen Mann öffentlich hingerichtet wurde, während seine Höflinge ihm zujubelten.« Simone legte eine Pause ein, um ihre Worte wirken zu lassen; dann senkte sie die Stimme, als fürchtete sie, aus dem Nebenzimmer belauscht zu werden. »Tudor-Gelehrte sind gnadenlos«, sagte sie mahnend. »Sie sind eine in sich abgeschlossene Clique. Auf diese Weise beherrschen sie die Geschichte und sorgen dafür, dass niemand ihnen jemals das Gegenteil beweisen kann – und dass kein Außenseiter in ihre gut geschützte Festung einbricht. Die vereinheitlichte Geschichtsschreibung muss um jeden Preis bewahrt werden.«

»Ich denke, damit haben Sie die meisten Gelehrten treffend beschrieben«, gab Maureen trocken zurück.

»Leider geht es nicht nur um die Gelehrten. Es geht auch um die Öffentlichkeit, der man eine Gehirnwäsche verpasst hat. Die Leute glauben, dass sie an ihren veralteten Geschichtsbüchern festhalten müssen, in denen ein Übermaß an Rassismus, Sexismus und Klassendenken zu finden ist. Denken Sie nur an das Zitat aus meinem Buch, das Sie erwähnt haben, über die Freundschaft zwischen Anne und Marguerite. Sie sollten mal die Hass-Mails sehen, die ich wegen dieses Satzes bekommen habe. Ich hätte kein Recht, heißt es, die allgemein anerkannte historische Version infrage zu stellen. Manche der Mailschreiber sind noch Studenten.« Simone stieß einen Laut des Widerwillens aus. »Junge Menschen, die für alles offen sein sollten. Stattdessen hat man ihnen beigebracht, alles zu glauben, was ihnen Professoren eintrichtern, denen mehr daran gelegen ist, ihre wohldotierte Stellung zu behalten, als die Wahrheit zu verbreiten. Eine Sturzflut hässlicher Kommentare in Anne-Boleyn-Fansites im Netz, Verachtung vonseiten der Professoren, hasserfüllte Rezensionen – und das alles nur, weil keiner von denen seine kostbare Version der Geschichte infrage gestellt sehen will.«

Maureen musste ihr beipflichten. »Selbst heute noch, nach fünfhundert Jahren, gibt es Leute, die Annes Hinrichtung gerecht finden. In meinen Buch habe ich eine Theorie vorgeschlagen, die Anne eher als Heldin denn als Schurkin sieht. Daraufhin haben die Traditionalisten mich in der Luft zerrissen, denn sie wollten ihre Anne weiterhin als Dirne und Ehezerstörerin sehen …«

Plötzlich fiel ihr etwas ein, und sie verstummte. Simone erriet den Grund. Zögernd fragte sie: »Haben Sie Joanna Reed gekannt?«

Maureen fuhr sich mit den Händen übers Gesicht und rieb sich die Schläfen. Dann nickte sie. Die brillante Joanna Reed, die sich mit der Geschichte der Tudors bestens auskannte, war eine der Guten – eine Gelehrte, die gegen den akademischen Betrieb aufbegehrt hatte. Sie hatte ein umstrittenes Buch mit dem Titel *Die Märtyrerin – Leben und Tod einer Revolutionärin des Geistes* verfasst. Fachkollegen und Kritiker waren über dieses kühne Porträt Anne Boleyns hergefallen, die Joanna als leidenschaftliche Reformerin bezeichnet hatte, als Frau mit einer wichtigen spirituellen Mission.

Joanna Reed war von der gesamten Kritikerkaste nach allen Regeln der Kunst fertiggemacht worden – ein weiterer Fingerzeig, dass die Welt es vorzog, Anne Boleyn als seelenlosen Sukkubus zu sehen. Schmöker über die sexbesessene Königin und inzestuöse Ehebrecherin verkauften sich millionenfach, doch eine gut recherchierte Studie über ihr mögliches Potenzial und ihre spirituelle Bedeutung schienen keinen Gewinn abzuwerfen.

Joanna Reed war für den Versuch gegeißelt worden, aus Anne Boleyn eine Heldin zu machen.

Doch es kam noch viel schlimmer.

Joanna wurde Opfer eines grausamen Mordes.

Sie war enthauptet worden. Man hatte ihren abgetrennten Kopf auf dem Tower Green gefunden; er steckte auf einem Speer, wie als Nachahmung von Anne Boleyns grausigem Tod. Der Mörder hatte Joanna sogar eine Nachbildung von Annes berühmter Perlen-»B«-Kette in den Mund gestopft.

Maureen stieß den angehaltenen Atem aus. »Joanna und ich haben uns ein paar Mal in London getroffen. Ich hatte sie für meine Serie über Anne interviewt. Wir wurden Freundinnen und planten eine Reihe von Tagungen über historische Frauenfiguren. Außerdem wollten wir zusammen ein Buch schreiben.« Sie verstummte kurz, senkte den Blick. »Ich war in London und wollte sie treffen, als … als es geschah. Wir waren dabei, die Gedächtnisfeier auf Hever Castle für den Jahrestag von Annes Tod vorzubereiten. Ich kann es immer noch nicht fassen. Haben Sie Joanna gekannt?«

Simone nickte. »Ja. Es liegt allerdings Jahre zurück – wir haben zusammen studiert. Ich habe Joanna verehrt. Sie war hochbegabt.« Simone zögerte, ehe sie hinzufügte: »Als ich sie das letzte Mal gesehen habe, hatte sie Angst.«

»Angst?« Maureen hatte das Gefühl, als hätte man ihr Eiswasser über den Rücken gegossen. »Warum?«

»Sie sagte mir, sie fühle sich nach der Veröffentlichung von *Märtyrerin* nicht mehr sicher. Ständig bekäme sie Drohungen und Beschimpfungen. Wahrscheinlich kennen Sie dieses Gefühl. Mir selbst ist es auch nicht fremd.«

Maureen kannte es in der Tat. Alle Frauen, die ihre Stimme erhoben, kannten solche Situationen, besonders im Zeitalter des Internets. Androhungen von Gewalt und Vergewaltigung gehörten zu den gängigsten Waffen, die gegen Feministinnen eingesetzt wurden. Und da niemand wissen konnte, wie viele dieser Angriffe ernst gemeint waren und wie viele lediglich ein Amüsement für Trolle, waren die Attacken umso beängstigender.

»Glauben Sie, Joannas Tod war auf ihre Arbeit zurückzuführen?«, fragte Maureen.

»Ich sagte doch schon, dass es ein Krieg ist.«

»Aber das Verbrechen wurde doch aufgeklärt! Es war ihr Ehemann!«

»Glauben Sie das wirklich?«

»Wie meinen Sie das?« Maureen wäre beinahe aufgesprungen.

Simone zuckte die Achseln. »Der Mann wartet auf seinen Prozess, beteuert aber hartnäckig seine Unschuld. Dass er psychisch instabil und möglicherweise gewalttätig ist und deshalb der Mörder sein *könnte*, will ich ja gern zugeben …«

»Soweit ich gehört habe, gab es in der Ehe viel Gewalt.«

»Ja. Und wenn der Mann trank, verwandelte er sich in ein Monster. Deshalb hat Joanna ihn ja verlassen. Er hatte ihr mehrmals gedroht und sie angeschrien, sie habe es verdient, enthauptet zu werden wie Anne Boleyn. Einmal sagte er ihr, er wünsche sich, sie ein für allemal loszuwerden, dann müsse er das Vermögen nicht mit ihr teilen – ein Vermögen, das Joanna durch *ihre* Arbeit erworben hatte! Ich nehme an, das wird dem Kerl vor Gericht letztlich den Hals brechen. Fall abgeschlossen, und London kann wieder zur Tagesordnung übergehen, ohne befürchten zu müssen, dass irgendwo ein Verrückter herumläuft und klugen Frauen die Köpfe abschlägt.«

Maureen fühlte sich mit einem Mal unwohl. Sie konnte diese Art von Gewalt nicht fassen. »Aber man hat doch die Tatwaffe auf seinem Grundstück gefunden?«

»In seinem Geräteschuppen wurde eine Axt gefunden, an der Joannas Blut klebte. Alle Spuren führen also zum Ex-Mann. Aber …«

»Aber was?«

»Aber der Schuppen ist ein einzeln stehendes Gebäude, und er ist nicht verschlossen. Jeder hätte die Axt dort hineinlegen können.« Sie schaute Maureen an. »Hören Sie, ich behaupte ja nicht, dass dieser Mistkerl unschuldig ist. Vielleicht war er's. Und vielleicht war er einfach nicht schlau genug, die Axt abzuwischen oder sie in den Fluss zu werfen, statt sie mit Joannas Blut auf der Klinge herumliegen zu lassen. Aber bedenken Sie, auf welche Art und Weise die Leiche ... nun ja, hergerichtet wurde. Die Botschaft vermittels der Kette, die in den Mund der Toten gestopft wurde – als wollte man sie für alle Zeiten zum Schweigen bringen. Eine ziemlich durchdachte, frauenfeindliche Botschaft für einen Trinker aus den Midlands, finden Sie nicht auch?«

Maureen schwieg betroffen. Ihr war nie in den Sinn gekommen, dass der Mord an Joanna Reed etwas anderes gewesen sein könnte als die Tat eines gestörten Ex-Mannes.

»Ich werde in diesem Krieg an Ihrer Seite kämpfen«, versicherte Simone und lächelte Maureen aufmunternd an. »Wir werden ihn für Joanna ausfechten – das ist das Mindeste, was wir tun können. Aber Sie müssen die Herausforderung sehenden Auges angehen, Maureen. Die Geschichte hat ihren ganz eigenen Fundamentalismus. Wollen wir das ändern, müssen wir so kühn sein wie Anne Boleyn und so klug wie Marguerite von Navarra. Wir müssen unsere eigene weibliche Reformation erschaffen. Und wir wissen doch beide genug über Geschichte, um zu begreifen, dass Reformation etwas sehr Blutiges ist, *n'est-ce pas?*«

Maureen und Simone verabredeten sich für den nächsten Tag zum Lunch, um ihr Gespräch fortzusetzen und einen Schlachtplan zu entwerfen. Simone wählte eine Brasserie unweit des Louvre für dieses Treffen der Schwestern im Geiste.

Nach dem Gespräch mit Simone fühlte Maureen sich beschwingt und besorgt zugleich. Die Besorgnis rührte daher, dass sie über das tragische Ende von Joanna Reed gesprochen hatten. Seit dem Mord waren erst wenige Monate vergangen, und das Entsetzen darüber war immer noch groß. Was das Motiv des Mörders auch gewesen sein mochte – Joannas Tod war symbolisch für die Gewalt, die Frauen noch immer zu erleiden hatten. Dieses Wissen war nur schwer zu ertragen.

Auf der anderen Seite liebte Maureen ihre Arbeit und blühte auf, wenn sie bei ihren Recherchen bedeutenden historischen Spuren folgte oder einer verwandten Seele begegnete, wie etwa Simone, die für Joanna die gleichen Gefühle gehegt hatte. Maureen verglich diese Seelenverwandtschaft gern mit der Fähigkeit, eine längst vergessene Sprache zu sprechen. Begegnungen mit solchen Menschen waren selten und ein Grund zum Feiern.

Also gab Maureen Champagner aus.

Simone bestellte ihr Lieblingssandwich namens Croque Poulet – gleich für sie beide, denn sie bestand darauf, dass Maureen es probierte. Es glich dem klassischen Croque Monsieur, war jedoch mit Hühnchen statt mit Schinken belegt, und im Duft der Béchamelsauce lag ein Hauch von Curry. Maureen aß es mit Genuss und verlieh ihrer Verwunderung darüber Ausdruck, dass die Franzosen sogar ein simples Sandwich in Haute Cuisine verwandeln konnten.

Als sie mit den Sandwiches fertig waren, zog Simone einen Aktenordner aus ihrer ledernen Messenger Bag. »Ich habe hier etwas vorbereitet. Es sind Dokumente aus der Bibliothèque Nationale. Sie sind noch nie an die Öffentlichkeit gelangt und wurden niemals wissenschaftlich diskutiert. Die Unterlagen stammen aus der Zeit, als Anne Boleyn sich in Frankreich aufhielt. Ich möchte, dass Sie sich das Material ansehen, Maureen, und dann reden wir darüber. Wie steht es um Ihr Französisch?«

Maureen verzog das Gesicht. »Nicht so gut, fürchte ich. Ich kann es besser lesen als sprechen. Na ja, seit ich vorwiegend im Languedoc lebe, wird es besser. Und ich habe Unterstützung. Mein Verlobter spricht fließend Französisch.«

Simone hob ihr Champagnerglas. »Stimmt, auch das ging durch die Yellow Press. Sie und dieser heiße Schotte haben ein altes Château im Languedoc gekauft. Wie hieß er gleich?«

»Sinclair«, antwortete Maureen lachend. »Berenger Sinclair. Und hüten Sie sich davor, ihm zu sagen, dass er heiß ist.«

»Das kann ich nicht garantieren. Er hat nicht zufällig einen Bruder?«

»Doch, tatsächlich! Ich möchte aber nicht unsere eben erst entstandene Freundschaft aufs Spiel setzen, indem ich Sie ihm vorstelle. Berengers Bruder ist ein Halunke, wie er im Buch steht.«

Simone lachte. »Umso besser. Ich habe eine Schwäche für schwarze Schafe. Um ehrlich zu sein – ich habe heute Abend ein Date mit einem solchen Mann, sofern ich nicht so klug bin und vorher absage. Aber erzählen Sie mir doch etwas über dieses mysteriöse Château.«

Maureen berichtete, wie sie im Zuge ihrer Recherchen über Marguerite von Navarra und deren Herrschaftsgebiet im Südwesten Frankreichs und Nordspaniens auf einen obskuren Hinweis gestoßen war, in dem ein Ort namens Château Sabra erwähnt wurde.

»Château Sabra liegt in den Ausläufern der Pyrenäen, ganz in der Nähe von Foix«, sagte sie.

Bei diesen Worten richtete Simone sich kerzengerade auf. »Und Marguerite war Gräfin von Foix!«, stieß sie hervor.

Maureen nickte. »Mir kam zu Ohren, dass das Château zum Verkauf stand. Ich habe mich auf Anhieb darin verliebt.«

»Ist es so schön?«

»Im Gegenteil. Es ist eine Ruine. Das meiste liegt unter Schutt begraben, und nur ein Viertel der Gebäude ist bewohnbar. Aber früher muss es wunderschön gewesen sein – und vermutlich sehr bedeutend. Es hat etwas Magisches. Wir haben es gemeinsam mit einem anderen Paar erworben, sozusagen als Investition. Nicht als Geldanlage, eher deshalb, weil wir eine geschichtliche Verantwortung haben. Das Château atmet Geschichte, verstehen Sie? Und es birgt Geheimnisse.«

Simone lauschte aufmerksam. »Das Languedoc ist reich an Geschichten und Mysterien, und obendrein ist es eine wunderschöne Landschaft. Das Land der Katharer. Eine geheimnisvolle Gegend, selbst heute noch. Das wilde, unbezähmbare Okzitanien, das nie ein Teil Frankreichs sein wollte. Immer war es eine Welt für sich, mit seiner eigenen Sprache. Aber bei allen meinen Recherchen bin ich nie auf dieses Château gestoßen.«

»Es liegt sehr versteckt, mitten im Nirgendwo.«

Simone dachte drüber nach. »Weil es vor neugierigen Blicken verborgen werden sollte? Ein Unterschlupf für die Herrscherfamilie? Na ja, wie auch immer – dass dieses Château in der Geschichtsschreibung nicht vorkommt und so abgelegen ist, macht es nur noch faszinierender. Vielleicht war es ein Unterschlupf für die königliche Familie, wo man abtauchen konnte. Was meinen Sie?«

»Genau das ist meine Arbeitstheorie.«

»Gibt es weitere Hinweise, die dieses Schloss mit Marguerite in Verbindung bringen? Wann ist es erbaut worden?«

Maureen war nur zu deutlich bewusst, dass Simone die Expertin in Sachen Marguerite von Navarra war, und zögerte zunächst, ihre Theorie darzulegen. Doch ihr Instinkt riet ihr, Simone zu vertrauen, auch wenn sie sich keineswegs sicher sein konnte. »Es wurde Ende der 1520er Jahre errichtet. Marguerite war kurz zuvor Gräfin von Foix geworden, und ihr Bruder

Franz I. war König von Frankreich. Sein Wappentier ist im ganzen Gebäude zu finden.«

»Der feuerspeiende Salamander?«

»Ja. Er ist überall. Bisweilen ist er sehr kunstvoll gefertigt und besteht aus kostbaren Materialien. Die Türgriffe der Bibliothek beispielsweise sind Salamander aus purem Gold. Und über den Kaminen befinden sich aufwendige Marmorreliefs, die Franz' siegreiche Schlachten darstellen. Das lässt im Grunde nur einen Schluss zu.«

»Und welchen?«, fragte Simone gespannt.

»Ein solcher Aufwand ist nur erklärbar, wenn der König oder seine Familie tatsächlich in dem Schloss zu Gast waren. Es sind Kunstwerke von Königen für Könige. Und da sich das Château in Marguerites Herrschaftsgebiet befindet, bin ich mir ziemlich sicher, dass diese Kunstwerke zu ihrer Erbauung entstanden sind und von ihrem Geld bezahlt wurden. Was meinen Sie?«

»Möglich«, antwortete Simone. »Ich müsste es allerdings mit eigenen Augen sehen, um mir ein Urteil bilden zu können. Aber Marguerite und Franz standen einander sehr nahe. Wie Zwillinge. Zusammen mit ihrer Mutter wurden sie die ›Heilige Dreifaltigkeit von Frankreich‹ genannt. Marguerite hätte für ihren Bruder zweifellos eine erlesene Umgebung geschaffen. Und es hört sich ganz so an, als hätte sich nur ein Königshaus eine Ausstattung wie in Château Sabra leisten können.«

Maureen nickte. »Ja. Mir scheint, als hätte Marguerite das Château in Auftrag gegeben oder wäre zumindest auf irgendeine Weise mit seiner Errichtung verbunden gewesen. Nur das könnte erklären, warum Franz' Wappentier in jedem Zimmer im Erdgeschoss zu finden ist.«

Simone musste zugeben, dass Maureens Analyse schlüssig war. Auf jeden Fall war es faszinierend, von der Existenz eines Châteaus zu erfahren, das ihr bei den eigenen Recherchen zu Marguerite nicht untergekommen war.

Kurz entschlossen lud Maureen Simone ein, zu Besuch zu kommen und das Château zu besichtigen. Sicherlich würde eine Gelehrte wie Simone mit ihrem profunden Wissen über Marguerites Welt weitere Geheimnisse des alten Schlosses aufdecken.

»Das wäre großartig! Ich würde das Château zu gern sehen und herausfinden, ob es noch andere historische Symbole birgt.« Simone zeigte sich begeistert. »Alte Häuser in Frankreich warten oft mit solchen Überraschungen auf. Kennen Sie die berühmten Wandteppiche mit der Dame und dem Einhorn? Im Cluny-Museum?«

»Ob ich sie kenne? Ich bin besessen davon! Jedes Mal, wenn ich in Paris bin, versuche ich, sie mir anzuschauen.«

»Haben Sie gewusst, dass diese Teppiche in den 1840er Jahren auf dem Speicher eines verfallenen Châteaus entdeckt wurden? George Sand, die französische Schriftstellerin, hat eine maßgebliche Rolle dabei gespielt. Wie es heißt, soll auch Frédéric Chopin an der Entdeckung beteiligt gewesen sein – und die beiden waren ein Liebespaar! Das ist alles sehr romantisch, nicht wahr? Wer weiß, was Sie in Ihrem Schloss noch alles erwarten können. Magische Wandteppiche vielleicht. Oder etwas noch Bedeutenderes.«

»Ich hätte nichts dagegen«, sagte Maureen lachend und erhob ihr Glas. Sie kannte Simone noch nicht gut genug, um ihr anzuvertrauen, dass sie nicht bloß darauf hoffte, ihr Schloss berge bedeutende Geheimnisse – sie war überzeugt davon. Vielleicht gab es sogar einen Schatz, den es zu heben galt. Irgendetwas schlummerte dort. Sie spürte es schon seit dem Tag, als sie das Château entdeckt hatte, denn es *sprach* zu ihr.

Der Kellner kam, um ihnen aus der Flasche nachzuschenken, die in einem Sektkühler neben dem Tisch stand. Simone wartete, bis er fertig und außer Hörweite war.

»Maureen, ich wollte Sie etwas fragen«, sagte sie dann und nahm einen herzhaften Schluck. »Hatten Sie jemals das Gefühl, die Geschichte arbeitet gegen uns? Dass vielleicht gar kein Interesse daran besteht, die Geschichte zu ändern?«

Maureen hob fragend die Brauen. »Ich weiß nicht, worauf Sie hinauswollen …«

Simone wandte für einen Moment den Blick ab, ehe sie Maureen fest anschaute. »Denken Sie nur an den Widerstand, gegen den Frauen wie wir zu kämpfen habe. Joanna hatte schreckliche Angst, und das aus gutem Grund. Sie haben doch auch schon Todesdrohungen erhalten, nicht wahr?«

Maureen nickte. »Ja. Es wurden sogar schon Anschläge auf mein Leben verübt.« Sie hielt inne und blickte ihr Gegenüber einen Augenblick an, ehe sie leise fragte: »Sind Sie vor Kurzem bedroht worden, Simone?«

Simone tat die Frage mit einem Lachen ab. »Ich erhalte ständig Drohungen und habe mich daran gewöhnt. Ich bin sicher, dass armselige Internet-Trolle dahinterstecken – entweder Kids, die im Keller ihrer Eltern heimlich surfen, oder ultrarechte Handlanger, denen es einen Kick verschafft, Drohungen gegen Frauen wie uns auszustoßen. Das Gift, das sie versprühen, ist abscheulich. Man hat mich eine FemiNazi geschimpft und vorgeschlagen, ich solle mich umbringen, dann würde ich anderen die Mühe ersparen.«

Maureen nickte. Das alles hatte sie auch schon erlebt.

»Und das nur«, fuhr Simone fort, »weil wir den Frauen ihren rechtmäßigen Platz in der Geschichte zurückgeben wollen. Warum ruft dieser Wunsch so viel Gewalt hervor? Ich glaube, da steckt mehr dahinter. Etwas Größeres, das möglicherweise eine Eigenenergie besitzt, die wir nicht sehen, nicht einmal benennen können. Etwas, das dafür sorgt, dass die Geschichte auf ihren eingefahrenen Bahnen bleibt.«

»Meinen Sie etwas … *Übernatürliches?*«

»Schön möglich. Ich weiß, es klingt verrückt …« Simone hielt inne und trank einen Schluck Champagner.

»Nein, nein. Ich habe das nicht gefragt, weil es verrückt klingt, sondern weil das genaue Gegenteil der Fall ist. Verrückt mag es sich für jemanden anhören, der nicht in vorderster Front steht, aber nicht für Sie oder mich. Ich habe dieses Gefühl extremen Widerstands selbst erlebt. Es ist, als gäbe es unsichtbare Schranken oder eine Art Gegenwind, der sich erhebt, damit die Wahrheit nicht ans Licht kommt.«

Simone nickte. »Ja. Ich habe oft den Eindruck, als stünden wir kurz vor dem Ziel, um dann einen Rückschlag zu erleiden. Wie bei der Wahl in Amerika oder der Ermordung einer feministischen Autorin, die versucht hat, den Lauf der Geschichte ins rechte Licht zu rücken.«

»Dann haben Sie also auch das Gefühl, als würde die Geschichte selbst sich gegen Veränderungen sperren? Als gäbe es da irgendetwas, das Sie aufhält, ohne dass Sie es benennen könnten?«

»Ja. Und dieses Etwas ist nicht greifbar, aber es existiert! Macht Ihnen diese Erklärung Angst?«

Maureen dachte einen Moment nach, ehe sie aufrichtig antwortete: »Eigentlich nicht. Ich weiß, dass da ein Widerstand besteht, und ich weiß, dass es meine Aufgabe ist, ihn zu durchbrechen. Dafür bin ich auf die Welt gekommen. Und solange ich noch einen Atemzug in mir habe, werde ich kämpfen.«

Auch Simone dachte nach, bevor sie erwiderte: »Normalerweise geht es mir auch so. Aber es ist entmutigend, immer wieder Rückschläge durch Gewalt zu erleiden. Wie sollen wir einen Feind bekämpfen, den wir nicht einmal erkennen können?«

»Indem wir weiterhin zur Wahrheit stehen, was auch geschieht«, antwortete Maureen. »Wenn die Wahrheit unsere Verbündete ist, spielt es keine Rolle, wer unser Feind ist.« Sie hielt inne und griff an ihr linkes Handgelenk, wo ein Armband schimmerte. Es war aus zierlichen Goldgliedern gefertigt, die eine schmale goldene Gravurplatte mit einem Motto auf Französisch hielten: *Je n'ai pas peur … je suis née pour faire cela.*

Sie löste den Verschluss und reichte Simone das Armband, die es mit fragendem Blick entgegennahm. Dann las sie die Gravur und lächelte.

»Jeanne d'Arc?«

»Ja. Als Johanna von Orléans zur Rettung Frankreichs aufbrach, wurde sie von einer Frau gefragt, ob sie keine Angst habe, denn überall seien englische Soldaten, und es stehe schlecht um ihre Sache.« Maureen wies auf die Inschrift. »Das ist Johannas berühmte Antwort. ›Ich habe keine Angst. Ich wurde geboren, so zu handeln.‹ Für mich ist es ein Symbol, an meine eigene Mission zu glauben.«

Simone wollte das Armband zurückgeben, doch Maureen hob die Hand. »Nein. Ich möchte, dass Sie es behalten. Es hat mir gute Dienste geleistet, aber vielleicht brauchen Sie es nun eher als ich.«

Simone bedankte sich und befestigte das Armband an ihrem Handgelenk. Mit einem Lächeln, in dem ein Hauch von Ironie lag, sagte sie: »Ich werde Jeannes Worte mit Freuden tragen. Ich würde es allerdings vorziehen, wenn ich damit nicht auch Jeannes Ende auf mich lade.«

Gab es etwas Schöneres als einen freien Nachmittag in Paris?

Maureen schmunzelte bei diesem Gedanken, während sie in der Nähe von Pont Neuf auf die Seine zuschritt. Simone war in ihr Büro zurückgekehrt, und Maureen hatte Zeit bis zum Abend; dann würde Berenger per Flieger von seinem Firmensitz in Edinburgh einschweben und sie zum Dinner ausführen. Danach wollten sie ein paar Tage in seinem Pariser Domizil verbringen in der Hoffnung, endlich Entscheidungen bezüglich ihrer Hochzeitspläne im kommenden Jahr zu treffen. Sie mussten wählen, ob sie sich in Frankreich oder in Schottland trauen lassen wollten, Berengers Heimat. Maureen war mit beidem einverstanden. Ein schöneres Dilemma, sagte sie sich, konnte es für eine Braut nicht geben. Sobald sie beide ihre Besorgungen in Paris erledigt hatten, wollten sie einen Abstecher in den Süden machen, zu ihrem Heim im Languedoc.

Die nächsten Stunden jedoch standen Maureen zur freien Verfügung. Und Paris im Vorfrühling lud zu zahllosen Vergnügungen ein. Maureen stoppte an einem Eiswagen am Seineufer, um sich ihr französisches Lieblingsdessert zu gönnen: eine Kugel Pfirsichsorbet mit Fruchtstückchen. Während sie das Eis aß, erwog sie die Möglichkeiten, die nächsten Stunden zu gestalten: das Musée Gustave Moreau, das Cluny-Museum, ein Shoppingbummel …

Dann aber entschied sie sich für etwas anderes. In Paris gab es zwei großartige Buchhandlungen für englische Literatur – das elegante Galignani auf dem rechten Seineufer, wo auch ihre eigenen Bücher im Schaufenster lagen, sowie das bekanntere Shakespeare & Company am anderen Seineufer unweit der Notre-Dame. Shakespeare & Company strahlte eine Bohème-Atmosphäre aus und beherbergte ein erlesenes Antiquariat mit seltenen Werken, wo das Stöbern Riesenspaß machte.

Ein Spaziergang die Seine entlang war an einem klaren Tag wie diesem äußerst belebend, deshalb entschied Maureen sich für die Bibliophilie und lenkte ihre Schritte in Richtung Seine, um eine oder zwei beschauliche Stunden zwischen den alten Regalen von Shakespeare & Company zu verbringen. Die Buchhandlung befand sich in einem Gebäude aus dem 17. Jahrhundert in der Nähe des *Point Zero*, des zentralen Vermessungspunkts Frankreichs, von dem aus früher die Straßenkilometer gezählt worden waren. Somit bildete Shakespeare & Company im übertragenen Sinne das literarische Zentrum von Paris.

Maureen liebte die bunte Entstehungsgeschichte der Buchhandlung. Vor fünfzig Jahren hatte der Amerikaner George Whitman sein bereits bestehendes Buchgeschäft zu Ehren Sylvia Beachs, der ursprünglichen Gründerin, in Shakespeare & Company umbenannt. Whitman hatte eine Vision: Er wollte im Herzen von Paris Bücher und Platz für anglophone Menschen schaffen. Deshalb bot er mittellosen Künstlern an, in seiner Buchhandlung auf Matratzen zu schlafen, sofern sie versprachen, im Gegenzug jeden Tag ein Buch zu lesen und ein paar Stunden im Laden auszuhelfen. Das Paradies für Schriftsteller und Leser hatte sich zu einer Institution entwickelt, die Besucher aus aller Welt anzog. George war vor ein paar Jahren gestorben, doch seine Tochter war in seine Fußstapfen getreten und führte die Tradition fort.

An diesem Tag strich ein schwarz-weißer Hund zwischen den Regalen herum. Er blieb kurz stehen, um Maureens Hand zu lecken, als sie ihn streichelte. Ein riesiger einäugiger Kater hatte sich auf einem Bücherstapel ausgestreckt und warf jedem, der sich in seine Nähe wagte, böse Blicke zu. Maureen fand, dass er wie eine pariserische Version der Cheshirekatze aus *Alice im Wunderland* aussah – sie rechnete beinahe damit, dass er plötzlich zu ihr sprach.

Freudig ließ sie den Blick schweifen, nahm die Umgebung in sich auf: die zahllosen Bücherstapel, die hoch aufragenden Regale, die Stille, den Geruch nach Frühling und Fluss, der von einem Windhauch hereingetragen wurde, die entspannte Atmosphäre. Für Maureen war es der Himmel auf Erden.

Sie wählte ein paar Bücher zu ihren Lieblingsthemen Geschichte und Spiritualität aus, dazu eines über Mystikerinnen im Mittelalter und ein anderes über die Frauen von Franz I., denn es enthielt auch ein Kapitel über Marguerite. Dann entdeckte sie ein schön gestaltetes Kunstbuch über die Mysterien und die verborgene Symbolik französischer Kathedralen, nur war ihr der Wälzer zu schwer. Sie nahm sich vor, in den nächsten Tagen in Begleitung Berengers wiederzukommen – dann konnte der das gewichtige Werk schleppen. Schließlich hatte er immer schon herkommen wollen, um antike Bücher für seine Bibliothek zu ergattern.

Als Letztes wählte Maureen ein zerlesenes Exemplar von George Orwells *1984*, das sie für ganze zwei Euro erstand. Sie hatte Orwell seit ihrem ersten Studienjahr nicht mehr gelesen, ihn jedoch früher an diesem Tag zitiert: »Wer die Vergangenheit beherrscht, wird auch die Zukunft beherrschen.« Sie wollte sich in Erinnerung rufen, welcher Gedanke hinter diesem Zitat stand.

Maureen bezahlte die Bücher und setzte sich an einen Tisch des Cafés, das in die Buchhandlung integriert war und einen großartigen Blick auf Notre-Dame und die Seine bot. Sie bestellte sich einen Café crème und blätterte in dem Buch über König Franz, wobei sie zufrieden seufzte. Sie hatte ein gutes Leben, und sie war dankbar dafür.

Versunken in ihrer Pariser Seligkeit, bemerkte sie nicht den Mann mit dunkler Sonnenbrille und Strickmütze, der ihr seit dem Lunch mit Simone gefolgt war. Maureen hatte ihn nicht gesehen, als sie ihr Pfirsichsorbet am Seineufer aß, und sie bemerkte ihn auch jetzt nicht, als er zwischen den Regalen von Shakespeare & Company herumstrich, ein Buch in der Hand. Der Mann bezahlte das Buch an der Kasse, ohne Maureen auch nur eine Sekunde aus den Augen zu lassen.

Er war gespannt, wohin sein Wild ihn als Nächstes führen würde.

# Château Sabra

*Languedoc*
*Gegenwart*

»Willkommen in meinem Albtraum!«
Tammy Gelis übertönte den Lärm des Bulldozers. Überschwänglich begrüßte sie ihre Freunde Maureen und Berenger am Tor des baufälligen Châteaus, das sie mittlerweile ihr Heim nannte, und scheuchte sie dann über den verkrauteten Weg, der zum Portal des Renaissanceschlösschens führte. Das denkmalgeschützte Gebäude war verfallen und sanierungsbedürftig und daher erschwinglich für einen Käufer, der über viel Geld und noch mehr Geduld verfügte. Trotz der vielen Baufahrzeuge war das Château ein betörender Anblick: Die Mauern zeigten ein verblichenes Lachsrosa, und vier skurrile Türme unterschiedlicher Bauart zierten die Eckpunkte der Anlage. Ein Glockenturm überragte den gesamten Komplex, und große Holztore mit schmiedeeisernen Beschlägen sicherten den Eingang.

»Hat nicht jeder den Traum, ein altes Schloss zu sanieren?«, neckte Maureen.

»So lange vielleicht, bis er ernsthaft damit anfängt«, gab Tammy zurück, während sie eine beredte Geste zu der Baustelle machte. »Im Moment ist es ein dreckiges, lautes Groschengrab, wie ihr wisst.«

Der Bulldozer kroch langsam vorwärts und räumte den Schutt eines Hauses fort, das um die Jahrhundertwende auf dem Gelände errichtet worden war. Die neuen Besitzer hatten sich darauf geeinigt, im Sinne der Restauration sämtliche moderneren Gebäude abzureißen und nur die historischen Bauwerke zu bewahren.

Tammy führte Maureen und Berenger zu einem leichter erreichbaren Seiteneingang, wo eine große Marmorskulptur des heiligen Georg in einer Nische der Südmauer stand. Eine Legende aus der Gegend besagte, dass einer der Erbauer des Schlösschens aus einem Zweig der Familie de Saint-Georges stammte, die der Überzeugung war, von dem legendären Ritter und Heiligen abzustammen, was in Frankreich stets für hohes Ansehen gesorgt hatte, besonders im Mittelalter und der frühen Renaissance. Georg war berühmt für seinen Kampf mit dem Drachen und der Errettung der Prinzessin, die man dem Scheusal als Opfer dargeboten hatte. Der Name der geretteten Prinzessin in der Georgslegende dieser Gegend lautete Sabra; daher rührte der Name des Châteaus, das in den späten 1520er Jahren fertiggestellt worden war.

Weitere Statuen standen in Nischen zu beiden Seiten der Fensterschalungen. Maureen hielt einen Augenblick inne, um sich die Kunstwerke anzuschauen, wobei ihr der sanfte Frühlingswind die kupferroten Locken in die Augen blies. Berenger trat an sie heran, legte den Arm um ihre Schultern und zog sie an sich. »Wir haben es«, flüsterte er und gab ihr einen Kuss auf den Scheitel.

Maureen hatte Château Sabra eher durch Zufall entdeckt und sich sofort in das ebenso zauberhafte wie merkwürdige Schloss verliebt, das voller Kunst steckte und innen wie außen mit Geschichte getränkt war. Als sie dann erfuhr, dass es zum Verkauf stand, hatte sie alles getan, damit Berenger und ihre besten Freunde Tammy und Roland herkamen, um das Château gemeinsam mit einem Makler zu besichtigen. Maureens Plan war aufgegangen. Die drei hatten sich genauso in das alte Gemäuer verliebt wie sie selbst. Die beiden Paare erwarben das Château. Maureen und Berenger gaben das Geld, während Tammy und Roland sich um die Arbeit vor Ort kümmern sollten.

Es war der perfekte Kompromiss: Berenger und Maureen besaßen zwar Vermögen, aber nicht die Zeit, während Tammy und Roland nach einem Projekt im Languedoc suchten, aber kaum Geld hatten. Tammy war Amerikanerin mit einer Vorliebe für Frankreich, Kunst und Architektur. Ihr französisch-okzitanischer Mann Roland war tief in seiner Heimat verwurzelt; deshalb war es sein Traum, ihre Geschichte wieder aufleben zu lassen, wobei seine Verbindungen zu örtlichen Geschäftsleuten und seine Kenntnis der heimischen Kultur die Restaurierung erheblich vereinfachten. Kam hinzu, dass die beiden vor Kurzem Eltern geworden waren; nun wollten sie, dass ihre Tochter in der Gegend aufwuchs, die mit dem reichen Erbe ihres Vaters gesegnet war.

Die an der Außenmauer aufgestellten Statuen hatten bei der Kaufentscheidung eine wichtige Rolle gespielt. Berenger schätzte, dass allein sie schon den Kaufpreis wert waren. Doch über den reinen Geldwert hinaus boten sie ein faszinierendes Geheimnis, das nach Aufdeckung verlangte. Jedes der großen Fenster an der Westseite war von Marmorbüsten im Renaissancestil flankiert, die in die Mauern eingelassen waren. Die Büsten stellten Paare dar – zu jeder Seite eines Fensters ein Mann und eine Frau. Leider war das Wissen um die Identität der Personen im Laufe der Jahrhunderte verloren gegangen – mit einer bedeutenden Ausnahme.

»Ich rede jeden Tag mit ihnen«, sagte Tammy, wobei sie zu den Skulpturen aufschaute. Lachend fügte sie hinzu: »Vielleicht verraten sie mir dann irgendwann, wer sie gewesen sind.«

Maureen lächelte ihre Freundin an. »Geheimnisse sind doch etwas Wundervolles! Wir werden noch viele erbauliche Stunden damit verbringen, die Identität der Pärchen aufzudecken.«

Berenger stellte sich auf die Zehenspitzen, um eine der Büsten genauer in Augenschein zu nehmen. Es handelte sich um einen reich gekleideten Adeligen aus der Renaissance. Die Skulptur war, wenn man ihr Alter von fünfhundert Jahren in Betracht zog, in erstaunlich gutem Zustand. Die schöne marmorne Frau auf der anderen Seite des Fensters war von Gänseblümchen und Fleur-de-Lis umgeben. Ein anderer Name für Gänseblümchen war *Marguerite*; die Fleur-de-Lis wiederum, die Lilie, war das Symbol der französischen Königsfamilie. Somit ergab sich für den Eingeweihten die symbolische Inschrift: *Marguerite aus der königlichen Familie Frankreichs*. Der gut aussehende Mann ihr gegenüber war Marguerites zweiter Gemahl, Heinrich von Navarra.

»Jetzt wissen wir zumindest, wer diese beiden sind«, bemerkte Berenger. »Hat Roland bei seinen Nachforschungen mehr Erfolg gehabt?«

»Nicht, was die Skulpturen angeht. Aber er hat woanders einen interessanten Erfolg verbuchen können.«

»Wo steckt er überhaupt? Und wo ist mein hübsches Patenkind?«, fragte Maureen.

»Seraphina ist mit ihrer Nanny zu Hause, aber Roland ist hier.« Tammy und Roland hatten ein Häuschen in der benachbarten Kleinstadt gemietet; solange das Schloss umgebaut wurde, wollten sie ihre kleine Tochter in einer behaglicheren Umgebung wissen. »Er wartet oben und brennt darauf, euch etwas zu zeigen. Ihr werdet schon sehen!«

Tammy hatte Maureen am Vorabend angerufen und aufgeregt von einer Entdeckung im Château berichtet. Am Telefon hatte sie allerdings nicht mehr verraten wollen; stattdessen hatte sie darauf bestanden, dass Maureen und Berenger so schnell wie möglich herkamen.

»Du spielst nicht fair«, tadelte Berenger, wobei er seines schottischen Akzents wegen das »r« rollte. »Du weißt doch, dass man ein Geheimnis nur *andeuten* muss, schon lässt Maureen alles stehen und liegen.«

»Das musst du gerade sagen«, gab Tammy zurück, die Berenger seit zehn Jahren kannte. Niemand war versessener auf Abenteuer jeder Art als Berenger Sinclair. Obwohl Schotte von Geburt, hatte er den größten Teil seines Lebens im Languedoc verbracht und sogar sein eigenes Château geerbt. Sein Großvater Alastair Sinclair war ein Ölmagnat gewesen, Erbe eines Nordsee-Ölimperiums. Alastairs Verbindungen zur Freimaurerei und einem modernen Zweig der Tempelritter hatten seine Leidenschaft für die Geschichte und die Mysterien dieser Region Frankreichs geweckt. Daher hatte Alastair sich für einen Lebensabend im Languedoc entschieden und ein schmuckes Château erworben, das er später seinem Lieblingsenkel vermacht hatte.

Doch Berenger hatte von seinem Großvater nicht nur den Besitz, sondern auch die Leidenschaft geerbt. Hier gab es zahllose Legenden über die geheimnisvollen Katharer, die zu Abertausenden als Ketzer verbrannt worden waren. Hier gab es Mythen über die Tempelritter und ihren sagenumwobenen Schatz. Und nicht zuletzt kursierten hier Gerüchte über den Heiligen Gral und die Bundeslade, die einer Überlieferung zufolge im ersten Jahrhundert nach Gallien, dem heutigen Südfrankreich, gelangt waren. Wenn also jemand in dieser Gegend eine »Entdeckung« machte, konnte es weitreichende Folgen haben. Die vage Möglichkeit, dass auch dieses Schloss Geheimnisse barg, war einer der Gründe gewesen, dass Maureen und die anderen es gekauft hatten. Deshalb brannten Berenger und Maureen nun darauf zu erfahren, was ihre Freunde entdeckt hatten.

Sie betraten das Château durch den Seiteneingang, der von grinsenden Wasserspeiern bewacht wurde, und schritten durch die prachtvollen Räume. Das Erdgeschoss war im 19. Jahrhundert renoviert worden und daher bewohnbar. Die Restaurierung des gesamten Besitzes würde Jahre in Anspruch nehmen, das Erdgeschoss aber glich einem lebenden Museum. An zwei Wänden der Bibliothek stellten Fresken das Leben der Johanna von Orléans dar; an der Wand gegenüber befand sich ein wuchtiger Kamin. Maureen blieb stehen, um ihre Lieblingsdarstellung der jungen Johanna zu betrachten, die »ihre Stimmen« hörte, während der heilige Michael, hinter den Wolken verborgen, ihr zuflüsterte.

Maureen und Berenger hielten sich zum ersten Mal seit Beginn der Renovierungsarbeiten in Sabra auf. Berengers Familienschloss lag nur eine Stunde entfernt, doch er war geschäftlich durch halb Europa gejettet, während Maureen mit ihrem letzten Buch auf Lesereise gewesen war. Heute war der erste Tag seit Monaten, an dem sie freihatten und entspannen konnten. Außerdem hatte Maureen an diesem Wochenende Geburtstag und konnte es kaum erwarten, den Tag mit ihren Freunden zu verbringen.

Die beiden Paare nannten sich »die vier Musketiere«. Dementsprechend war Maureens und Berengers Einweihungsgeschenk an Tammy und Roland eine Tafel mit Fleur-de-Lis-Gravur und dem berühmten Zitat von Alexandre Dumas gewesen: *Einer für alle, alle für einen.* Dazu eine Erstausgabe der Dumas-Werke für ihre Bibliothek.

Die drei betraten den nächsten Raum, ein kleines Empfangszimmer, dessen Wände mit Stoff bespannt waren. Auf einem tiefroten Hintergrund war in immer gleicher Abfolge der goldene feuerspeiende Salamander zu sehen. Salamander zierten auch die Klinken der Türen, die in den Salon führten.

»Das Emblem Franz I., des französischen Renaissancekönigs!«, hatte Roland bei der Erstbesichtigung des Schlosses aufgeregt festgestellt. Als Kind des Languedoc war er mit der Symbolik vertraut. Deshalb wusste er, dass der Salamander ein alchemistisches Symbol war. Dementsprechend hatte Franz das

Motto dieses Wesens seinem Wappen hinzugefügt: »Nutrisco et Extinguo« – *Ich ernähre mich davon und lösche es aus.*

Die Entdeckung des königlichen Wappens an zahlreichen Stellen im Château machte den Freunden dessen historischen Wert erst richtig bewusst. Das Wappen konnte nur deshalb hier zu finden sein, weil der König persönlich hier geweilt hatte, denn nur der Herrscher und seine Familie hatten das Recht, das königliche Wappen zu verwenden. Monatelange Recherchen in Archiven sowie Treffen mit örtlichen Historikern und mit Einheimischen, deren Familien seit Generationen in dieser Gegend lebten, hatten auf die Schlüssigkeit ihrer Hypothese hingedeutet, aber noch war sie nicht bewiesen. Château Sabra lag abgelegen, weit entfernt von allen anderen Schlössern der Königsfamilie. Aber vielleicht war gerade das der Beweis für die Richtigkeit ihrer Hypothese: Dieses märchenhafte Schlösschen mit seinen über sechzig Morgen Wald und Ackerland roch geradezu nach einem »geheimen Königsversteck«. Vielleicht war es Absicht, dass Sabra nicht in den historischen Annalen verzeichnet stand.

Die Besitzerin des benachbarten Anwesens hatte großzügig ihre Familiendokumente zur Verfügung gestellt. Angeblich, so berichtete sie, habe Napoleon in diesem Château ein geheimes Stelldichein mit Josephine gehabt – dreihundert Jahre nach Franz' Regierungszeit. Dies bestärkte die Freunde noch mehr in ihrer Überzeugung, dass Sabra als königliches Refugium erbaut worden war. Selbst der Hope-Diamant sollte dort einst versteckt gewesen sein. Zweifellos war Château Sabra ein Ort voller königlicher Geheimnisse.

Sie schritten durch den Salon mit seinen alten Wandteppichen, auf denen Szenen höfischer Minne dargestellt waren, und dem aufwendig verzierten Marmorkamin. In diesem Teil des Schlosses befand sich die Haupttreppe. Wieder blieb Maureen kurz stehen, um eine weitere künstlerische Merkwürdigkeit zu bewundern: Über dem Durchgang, der zur Treppe führte, war ein Symbol aus zwei ineinander verwobenen Dreiecken eingemeißelt; die Form entsprach dem, was man gemeinhin als Davidstern oder Siegel des Salomon bezeichnet, umrankt vom Umriss einer Rose mit sechs Blütenblättern.

Maureen hatte ein ähnliches Symbol in einigen der ältesten Kirchen des Languedoc gesehen. Vor allem erinnerte sie sich an die Kirche im nahe gelegenen Städtchen Alet-les-Bains, wo einst eine Synagoge gestanden hatte. Der Davidstern als Symbol des Judentums und die sechsblättrige Rose als Sinnbild für ein durch die Katharer beeinflusstes Christentum waren gemeinsam abgebildet, um die Verwandtschaft zwischen beiden Religionen zu verdeutlichen. In diesem Landstrich hatten sie stets friedlich zusammengelebt. Die Christen in Alet-les-Bains hatten ihren jüdischen Ahnen Achtung bezeugt, indem sie deren Symbol mit einbezogen, als sie ihre Kirche erbaut hatten.

Berenger und Maureen folgten Tammy, die ihnen über die Schulter zurief: »Wir müssen in den zweiten Stock. Aber seid vorgewarnt, da sieht es aus wie auf einem Schlachtfeld.«

Während Berenger und Tammy sich unter einer Plastikplane auf dem Treppenabsatz in der zweiten Etage ducken mussten, konnte die kleine, zierliche Maureen aufrecht darunter durchgehen. Es roch muffig. Vor drei Jahren hatte das Château eine Überschwemmung erlebt, und die Schäden waren nie behoben worden. Aus diesem Grund musste nun ein großer Teil des Stockwerks entkernt werden, um den Schwarzschimmel zu entfernen, der zu Schäden an tragenden Wänden geführt hatte – einer der Gründe, warum dieses historische Prachtstück ein Schnäppchen gewesen war. Die Restaurierung kostete ein Vermögen.

»Es ist eine Schande«, sagte Tammy. »Einige der Schnitzereien und Stuckarbeiten aus dem 16. Jahrhundert waren Prachtstücke. Der größte Teil des Napoleonzimmers musste abgerissen werden. Ein schrecklicher Verlust! Aber wenn wir die Wände nicht niedergerissen hätten, wären wir nie auf unsere Entdeckung gestoßen.«

Als sie um eine Biegung kamen, sahen sie Roland am Ende des langen Korridors stehen, wo er auf den Bauleiter einredete. Roland war gebaut wie die Rugbyspieler, für die das Languedoc berühmt war, wirkte aber kein bisschen bedrohlich oder gar feindselig. Er war die Sanftmut in Person. Als er seine Freunde sah, tätschelte er dem Bauleiter zum Abschied die Schulter und kam ihnen entgegen.

»Mylady«, wandte er sich zuerst respektvoll an Maureen, nahm ihre Hände und beugte sich herab, um sie auf die Wangen zu küssen. »Mein Bruder!« Er umarmte Berenger so ungestüm wie schon seit Kindertagen. Dann lächelte er ihn und Maureen strahlend an. »Macht euch bereit für die Überraschung des Jahres!«

Er führte die anderen zum letzten Zimmer am Ende des Flures, vor dem ebenfalls eine Plastikplane hing. Geschickt wand er sich um eine Leiter herum und öffnete die Tür dahinter. »Kommt!« Er winkte die anderen in das Zimmer, das allem Anschein nach der Schlafraum des Herrscherpaares gewesen war. Deckenhohe Fenster gewährten einen atemberaubenden Blick auf die Ländereien mit dem malerischen See und den knorrigen alten Bäumen, die im 18. Jahrhundert gepflanzt worden waren, als man Château Sabra das »kleine Versailles des Südens« genannt hatte. Damals musste es ein elegantes Zimmer gewesen sein. Jetzt war der Putz von zwei Wänden und der Decke abgeschlagen worden. In einer Zimmerecke häufte sich der Schutt, und dicke Plastikplanen schützten den roten Marmorkamin aus dem 16. Jahrhundert.

Inmitten des Durcheinanders stand ein Tapeziertisch, der offenbar als Ablage für Werkzeuge gedient hatte. Jetzt stand ein

Gegenstand darauf, der mit einer Decke verhüllt war. Roland gab Tammy ein Zeichen, worauf sie die Decke an zwei Zipfeln fasste und vorsichtig hob.

Maureen schnappte nach Luft, als eine kunstvoll verzierte Holztruhe zum Vorschein kam, ungefähr so lang wie ein Arm und halb so breit.

Tammy wies auf eine der Wände. »Wir haben sie dort in der Wand gefunden, nachdem der Putz abgeschlagen war.«

Sanft strich Maureen mit den Finger über die Kanten. Auf jeder Seite der Truhe war in Schildpattintarsien ein gewundenes »M« angebracht, umrankt von Gänseblümchen und Lilien.

»Das muss Marguerites Truhe gewesen sein«, flüsterte sie.

Roland nickte. »Und sie war offenkundig schon lange in der Wand verborgen. Im Mauerwerk war früher ein Wandschrank, der als geheimes Versteck gedacht war.«

Maureen konnte den Blick nicht von der Truhe nehmen. »Sie ist atemberaubend. Aber … leer?«

Tammy und Roland feixten, dann platzte Tammy heraus: »Nein! Oh, Maureen, du wirst es nicht glauben!«

Gemeinsam hoben Tammy und Roland den Deckel an, langsam und behutsam, und legten ihn vorsichtig beiseite. Die Truhe, wie sich nun zeigte, war mit kostbarem rotem Samt ausgefüttert. Maureens Blick fiel auf Dutzende säuberlich gefalteter Briefe, die von brüchigen, aber intakten Kordeln in verblasstem Rot zusammengehalten wurden. Ein Knoten war bereits gelöst. Auf einem der Bündel lag ein Brief.

»Ihr habt ihn schon geöffnet?«, fragte Maureen. Als Historikerin wusste sie, dass alte Dokumente allein schon durch Berührung beschädigt werden könnten.

Die beiden nickten.

»Nur dieses eine Bündel«, versicherte Tammy ihr. »Das Papier ist noch nicht einmal mürbe. Keine Bange, wir waren vorsichtig, aber eben auch schrecklich neugierig. Als wir dann gesehen haben, worum es sich handelt, wussten wir sofort, dass wir erst auf dich warten müssen.«

»Allein in diesem einen Bündel befinden sich neunzehn Briefe«, ergänzte Roland, wobei er den Stapel behutsam aus der Truhe nahm und ihn Maureen reichte. »Die anderen Briefe haben wir natürlich noch nicht durchgezählt. In der Truhe liegen außerdem zwei ledergebundene Tagebücher. Wir haben sie nicht angerührt.«

Berenger schaute über Maureens Schulter, als sie das steife Pergament in der Hand hielt und die erste Seite des Briefes überflog. Der Brief war in Französisch geschrieben, die Handschrift gestochen scharf. Offenkundig war der Verfasser ein gebildeter Mensch gewesen.

»Die Jahresangabe … ich glaube, es ist 1514«, las Berenger. »Der Brief ist an die Herzogin von Alençon gerichtet.«

»Marguerite!«, stieß Maureen hervor. Ihr Herz schlug schneller. Sie wusste, dass diese Briefe unendlich kostbar waren. Ihre Hände zitterten – wie schon seit dem Augenblick, als sie die Truhe zu Gesicht bekommen hatte. Die Luft im Raum war angefüllt mit Spannung und der Verheißung, dass sich ein Geheimnis enthüllen werde. »Damit ist Marguerite gemeint! Ihr erster Mann war der Herzog von Alençon, deshalb war es ein früher Titel von ihr. Es ist verwirrend. Sie tritt als Marguerite von Navarra auf, als Marguerite von Angoulême, als Marguerite von Frankreich und als Gräfin von Foix. Bitte lies weiter, Berenger.«

Maureen wusste nur zu gut, dass ihr Französisch lückenhaft war. Berenger aber beherrschte die Sprache so perfekt wie Roland. Deshalb reichte Maureen ihm die erste Seite und wartete auf die korrekte Übersetzung. Es war ein gestelztes Französisch, mit dem sogar Berenger Mühe hatte.

»Die Verfasserin schreibt über eine junge Frau, die sie *la petite* nennt. Sie fragt Marguerite, wie *la petite* den ganzen Aufruhr überstanden hat. Sie fragt … nein, sie bittet Marguerite und ihre verehrte Mutter, das Mädchen zu beschützen und seine Erziehung fortzuführen, die sich in einem kritischen Stadium befindet, wie die Schreiberin es bezeichnet. Sie … o Gott!«

»Was ist?«, fragte Maureen.

»Sie nennt das Mädchen wieder *la petite*, setzt aber etwas hinzu. Sie nennt es *la petite Bollein* und spricht von den Wünschen, die ihr Vater Thomas Bollein für sie hegt, der englische Gesandte.«

»Bollein gleich Boleyn?«, wollte Tammy wissen.

Maureen nickte. »Der Name ist im Laufe der Zeit immer wieder anders geschrieben worden. Ursprünglich war es Bullen, dann Bollein, und schließlich Boleyn.« Wie erstarrt blickte sie auf die Briefbogen, die sie noch in Händen hielt. Behutsam hob sie eine Ecke an, um die Signatur in der untersten Zeile des nächsten Blattes zu lesen. Dann schaute sie zu Roland auf, der ihr bereits zunickte.

»Der Brief ist mit ›deine geliebte Tante Margarete‹ unterzeichnet und mit dem Siegel der Habsburger versehen«, sagte er. »Ich habe im Lexikon der Heraldik nachgeschaut. Bei der Briefeschreiberin muss es sich um Margarete von Österreich handeln, die Tochter des römisch-deutschen Kaisers Maxmilian I.«

Maureen schüttelte ungläubig den Kopf, so groß war der Schock dieser Entdeckung. »Margarete von Österreich war Anne Boleyns erste Mentorin … die vielleicht mächtigste Frau Europas.«

»Demnach ist es ein Brief der Margarete von Österreich an Marguerite von Navarra. Ein Brief, in dem es der ›geliebten Tante Margarete‹ um das Wohlergehen irgendeines dreizehnjährigen englischen Mädchens geht«, sagte Berenger.

»Nicht *irgendeines* englischen Mädchens«, warf Tammy ein.

»Sondern eines englisches Mädchens namens Anne Boleyn«, flüsterte Maureen.

Sie hoffte, die übrigen Briefe würden endlich Fragen beantworten, statt immer neue aufzuwerfen. Doch ihrer Erfahrung nach war das selten der Fall.

Die Überlegung, was mit Marguerites Truhe geschehen sollte, hatten die Freunde auf den Abend vertagt; dann würden die Bauarbeiten für diesen Tag beendet sein. Etwas so Kostbares wie die Dokumente musste um jeden Preis vor Staub und Schutt geschützt werden; deshalb hatten sie die Truhe wieder mit weichen Tüchern bedeckt und in die Plastikplane gehüllt. Anschließend hatten Tammy und Maureen ihre Männer auf der Baustelle zurückgelassen. Roland hatte es gar nicht erwarten können, seinem besten Freund den Stand der Abrissarbeiten zu zeigen; Berenger wiederum freute sich darauf, nach einem Monat voller Meetings in London und Edinburgh wieder mit den Händen arbeiten zu dürfen. Während seiner Aufenthalte im Südwesten Frankreichs konnte Lord Sinclair sich nach Herzenslust schmutzig machen, ohne sensationslüsterne Paparazzi fürchten zu müssen. Und auch Maureen war hier in Sicherheit.

Die beiden Frauen waren den Hügel zu dem Haus hinaufgestiegen, das Tammy und Roland während der Restaurierung des Châteaus als Basislager bezogen hatten. Maureen wollte zu gern ihre kleine Patentochter sehen, doch das Baby schlief, als die beiden Frauen das schmucke Häuschen betrafen. Tammy brühte Kaffee in der gemütlichen Küche auf, und sie setzten sich an einen alten Holztisch.

»Du siehst toll aus. Das Leben hier bekommt dir gut«, sagte Maureen und lächelte Tammy über den Rand ihrer Kaffeetasse hinweg an.

»Ja, wer hätte das gedacht«, antwortete Tammy. »Vor ein

paar Jahren noch Königin des Undergrounds, stehe ich jetzt mit Ehemann, Kind und einer renovierungsbedürftigen Hütte da.«

Maureen lachte. Sie kannte Tammy seit zwanzig Jahren, als sie beide noch an der Universität von Kalifornien Zimmergenossinnen gewesen waren. Sie waren so verschieden, dass man ihre Freundschaft nur als Wunder bezeichnen konnte. Tammy war ein dunkler, exotischer Typ gewesen; sie trug Tattoos und Piercings und hatte sich in der Underground-Szene herumgetrieben. Maureen war zierlich, sommersprossig, rothaarig, sehr fleißig, vernünftig und vorsichtig – Letzteres aufgrund einer nicht sonderlich geborgenen Kindheit in den Bayous von Louisiana. Tammy war auf Abenteuer aus, Maureen suchte Sicherheit. Aber nachdem beide die Eigenheiten der jeweils anderen akzeptiert hatten, wurden sie so unzertrennlich wie Schwestern. Tammy holte Maureen aus ihrem Schneckenhaus und beschützte sie, während Maureen für Stabilität und Rückhalt sorgte, wenn Tammy sich zu nahe an den Abgrund gewagt hatte. Einmal hatte sie sogar Kaution gestellt, um ihre Freundin nach einer wilden Party aus dem Gefängnis zu holen.

Nach Beendigung des Studiums hatte Tammy als Dokumentarfilm-Regisseurin Karriere gemacht. Sie drehte eine Serie über Geheimgesellschaften und Verschwörungen und wurde als »Queen of the Underground« bekannt.

»Du bist immer noch Königin des Undergrounds«, ging Maureen auf Tammys letzte Bemerkung ein. »Weil du den König des Undergrounds geheiratet hast. Deine renovierungsbedürftige Hütte ist ein Schloss voller Mysterien, und dein Baby ist das süßeste Geschöpf auf der ganzen Welt.«

»Darauf trinke ich.« Tammy hob ihren Kaffeebecher. »Und auf die verrückte Reise, auf die wir uns begeben haben. Wie steht's mit euren Hochzeitsplänen? Haben wir uns nun doch für Paris entschieden? Ich bin ja für Saint-Sulpice, schließlich hat es da *wirklich* begonnen.«

»Begonnen« bezog sich auf Maureens Leben und ihre Karriere, und wie beides mit dem Leben der drei anderen verknüpft war. Zweifellos hatte die bedeutendste Veränderung in Maureens Leben auf der »verrückten Reise« darin bestanden, dass sie Berenger kennengelernt hatte. Nachdem er Maureens Buch gelesen und ihr Foto gesehen hatte, war es ihm nach vielen Bemühungen und mit Tammys Hilfe – sie hatten gemeinsame Bekannte beim Film – gelungen, Maureen persönlich zu treffen, und zwar in Paris, in der mystischen Kirche Saint-Sulpice, zu der Berenger und seine Familie Verbindungen durch eine Geheimgesellschaft unterhielten. Später war er mit Maureen in sein sagenumwobenes Land an den Ausläufern der Pyrenäen gereist und hatte sie mit den Geheimlehren der Katharer und der Tempelritter bekannt gemacht.

Doch vollends gefesselt war Maureen erst von der Legende der Maria Magdalena, die nach der Kreuzigung Jesu an der Küste Südfrankreichs gelandet war, wo es noch heute alte Höhlen gab, die »Magdalenengrotten« genannt wurden. Dort soll die Heilige dereinst gelebt und den Weg der Liebe gepredigt haben, den sie aus dem Heiligen Land mitgebracht hatte. Es war keineswegs nur Folklore oder ein Mythos – es war bezeugte Geschichte. Mönche und Nonnen der Dominikaner hatten Magdalenas Leben aufgezeichnet. Sie hatten ihre Reliquien und die anderer Apostel des ersten Jahrhunderts aufgespürt und bewahrt. Magdalenas Erbe in Südfrankreich war eine Inspiration für die Troubadoure, für die höfische Minne und für die Gemeinschaften jüdischer Kabbalisten mit den gnostischen Christen. Einige der berühmtesten Königinnen der europäischen Geschichte waren zugleich Führerinnen von Geheimgesellschaften zu Ehren Magdalenas gewesen, die den weiblichen Mystizismus und die Gabe der Prophezeiung hervorhoben. Die meisten Arbeiten Maureens kreisten um Magdalenas Leben in Frankreich und ihren Einfluss auf Geschichte und Spiritualität dieser Region. Sie konnte noch immer nicht fassen, wie verbreitet und machtvoll die Magdalena-Legenden waren, und doch war ihr Einfluss auf die Weltgeschichte außerhalb dieses kleinen Winkels von Frankreich kaum bekannt.

Magdalenas Skelett und ihr Schädel, deren Alter mit Hilfe der Radiokarbonmethode bestimmt worden war, wurden heute in der Provence aufbewahrt. Die katholische Kirche hatte sie für authentisch erklärt. Doch trotz aller Beweise, dass Maria sich in Südfrankreich aufgehalten und gepredigt hatte, wollten die Menschen es nicht glauben. Maureens Buch und ihre Dokumentation *Magdalena in Frankreich* hatten weltweit Aufsehen erregt, weil sie die kühne Meinung vertrat, Maria Magdalena sei für die Gründung des Christentums ebenso wichtig gewesen wie Petrus und alle anderen männlichen Apostel. Damit hatte Maureen eine weltweite Fangemeinde gewonnen, sich aber auch harsche Kritik und Verleumdungen, sogar Todesdrohungen eingehandelt.

In all den Auseinandersetzungen der letzten Jahre war Berenger Maureens treuester Anhänger gewesen, und die beiden hatten sich leidenschaftlich ineinander verliebt. Ihre Beziehung hatte die Stürme einer zeitweiligen Trennung überstanden, die unvermeidlich ist, wenn zwei starke Persönlichkeiten aufeinandertreffen. Berenger hatte den größten Teil seines privilegierten Lebens als Playboy verbracht, sodass es ihm einiges abverlangt hatte, bis er Maureen ein treuer, zuverlässiger Partner geworden war. Doch jeder Zwist hatte ihre Beziehung gestärkt; inzwischen konnten sie besser denn je mit den ungewöhnlichen Lebensumständen umgehen, denen ein prominentes Paar wie sie ausgesetzt war.

Mitten in Maureen und Berengers stürmischer Liebesgeschichte hatte Tammy die Bekanntschaft Roland Gelis' gemacht, des attraktiven, hünenhaften Südfranzosen, der schon in der Kindheit oft mit Berenger zusammen gewesen war, wenn der sich Frankreich aufhielt. Ganze Sommer hatten die beiden damit verbracht, in alten Burgruinen herumzuklettern und Tempelritter zu spielen. Als Erwachsene wurden sie in jene geheime okzitanische Bruderschaft aufgenommen, deren Wurzeln bis zu den Katharern und Templern zurückreicht. Roland war heute Großmeister der Bruderschaft – ein Amt, das die Männer seiner Familie seit Jahrhunderten innehatten, weshalb Maureen ihn scherzhaft als »König des Undergrounds« bezeichnete. Roland würde als Trauzeuge fungieren, da er Berenger näherstand als dessen eigener Bruder, und Tammy würde Maureens Brautjungfer sein.

»Wir haben die Wahl auf Saint-Sulpice in Paris und Rosslyn Chapel in Schottland eingegrenzt«, sagte Maureen. »Berenger und ich lieben beide Orte.«

»Beide wären eine exzellente Wahl«, meinte Tammy. »Zu schade, dass wir die große Kapelle hier in Sabra nicht rechtzeitig fertig bekommen.« In Sabra gab es zwei Kapellen: eine größere für die Bevölkerung und eine kleinere für intime Gottesdienste im zweiten Stock des Châteaus. Die Restaurierungsarbeiten würden aber noch mindestens zwei Jahre in Anspruch nehmen.

Tammy schenkte aus der Cafétière nach. »Wie war es in Paris? Ich würde gern alles über dein Treffen mit Simone de Bourbon erfahren. Was für eine Frau ist sie?«

»Sie ist großartig. Du wirst sie mögen. Eine Weltbürgerin. Geboren in Paris, aufgewachsen in Frankreich und England. Spricht mehrere Sprachen flüssig. Leidenschaftliche Feministin, gescheit und humorvoll. Ich freue mich darauf, mit ihr zu arbeiten.«

»Dann ist es amtlich?«

»Wir haben noch keine Verträge, falls du das meinst. Aber zwischen uns stimmt die Chemie, und wir haben eine mündliche Vereinbarung getroffen. Ich habe Simone gesagt, dass es mein Traum wäre, ihre Übersetzung des *Heptamérons* für eine Fernsehproduktion zu verwenden und dazu eine Dokumentation über das Leben und die Zeit der Marguerite von Navarra zu machen. Simone ist schon ganz aufgeregt. Sie glaubt, dass Marguerite damit endlich die Wertschätzung erfährt, die ihr für ihre Rolle in der Entwicklung von Literatur und Religion gebührt. Ich bin der gleichen Ansicht.«

»Ist Simone tatsächlich ein Abkömmling des Hauses Bourbon, oder ist es nur ein Pseudonym?«

»Nein. Sie ist tatsächlich eine Nachfahrin von König Heinrich IV. – von einem seiner illegitimen Söhne, um genau zu sein. Ich habe sie übrigens hierher ins Château eingeladen, weil ich glaube, dass sie Dinge entdecken könnte, die wir möglicherweise übersehen.«

»Glaubst du, unser Schatzfund könnte ihr Interesse wecken?«

»Interesse? Sie wird sich darauf stürzen! Außerdem könnte sie uns helfen, die Briefe zu analysieren. Wobei mir einfällt … Wir wollten heute telefonieren, um darüber zu reden, wie es weitergeht, aber ich habe noch nichts von ihr gehört.« Maureen lächelte. »Ich werde ihr eine verlockende SMS schicken, dann meldet sie sich sofort, wetten?« Sie zog ihr Smartphone aus der Tasche und tippte:

*Stell dir vor, ich hätte verschollene Dokumente von Marguerite gefunden, die jetzt in meinem Besitz sind …*

»So. Wenn ich darauf keine Antwort kriege, habe ich die Frau total falsch beurteilt.«

Aus dem Nebenzimmer drang das Quäken eines erwachenden Babys. Amüsiert beobachtete Maureen, wie ihre Freundin, die wilde Braut aus früheren Zeiten, die Kaffeetasse auf den Tisch knallte und aus der Küche rannte.

Es versetzte ihr einen Stich, als Tammy mit einem kleinen Bündel wiederkam, das sie an ihre Brust drückte. »Sie wacht gerade auf.« Tammy lächelte das Baby zärtlich an. Maureen wurden beim Anblick von Mutter und Kind die Augen feucht. Tammy strahlte geradezu in ihrer mütterlichen Seligkeit – eine schöne, moderne Madonna.

Maureen konnte nicht umhin, ihre eigenen Entscheidungen in Sachen Ehe infrage zu stellen. Sie hatte Berengers Heiratsantrag zweimal abgelehnt, um ihn beim dritten Mal nur unter der Bedingung zu akzeptieren, auf Kinder zu verzichten. Schließlich werde sie nicht jünger, hatte sie argumentiert; falls sie es sich doch noch anders überlegte, dann erst, nachdem sie alles gründlich überdacht habe. Doch die Szene, die sie nun vor sich hatte, gab ihr zu denken.

Tammy hielt ihr das Baby hin. »Du kommst jetzt mal zu Tante Maureen auf den Arm, damit ich dir eine frische Windel holen kann«, sagte sie zu dem kleinen Mädchen.

Maureen nahm das Bündel vorsichtig entgegen und drückte es sanft an sich. Seraphina war das niedlichste Baby, das sie je gesehen hatte – eine kleinere Ausgabe ihrer Mutter mit einer Fülle dunkler Haare und großen braunen Augen.

»Na, meine Süße?«, flüsterte Maureen dem Baby zu und hielt ihm einen Finger hin, den es sogleich ergriff.

Tammy steckte den Kopf um die Ecke. »Wir überlegen, ob wir nicht mal über die Grenze nach Katalonien fahren sollen«, sagte sie. »Da bekommen kleine Mädchen in Seraphinas Alter schon Ohrlöcher gestochen.«

»Bist du verrückt? Warum willst du Löcher in dieses perfekte kleine Wesen bohren?« Maureen war entsetzt und drückte Seraphina fester an sich.

»Warum nicht? Du hast doch auch Löcher in den Ohren.«

»Die habe ich aber erst auf dem College gekriegt!«

Tammy lachte. »Du warst ja auch Spätentwicklerin. Außerdem ist es in Katalonien Tradition«, fügte sie hinzu. »Ich glaube, es würde Seraphina ganz toll stehen. Ich denke sogar über ein Nasenpiercing nach.«

Maureen wollte entsetzt Einspruch erheben, stutzte dann aber. »Moment mal … Du sagst das bloß, weil du mich provozieren willst, stimmt's? Du meinst es gar nicht ernst!«

Lachend kam Tammy mit einer Windel in die Küche. »Zumindest jetzt noch nicht. Ganz wie in den alten Zeiten, stimmt's?«

Maureen verzog das Gesicht und reichte der stolzen Mama das Baby zum Wickeln. Sehnsüchtig schaute sie Tammy nach, als diese mit Seraphina im Schlafzimmer verschwand. Ihre Arme, die eben noch das Kind gehalten hatten, fühlten sich seltsam leer an.

»Happy Birthday, Maureen!«

Die vier Freunde feierten im örtlichen Restaurant Maureens vierzigsten Geburtstag, der offiziell aber erst auf den folgenden Tag fiel, den 22. März. Sie bestellten Maureens Lieblingsgericht, das landestypische Cassoulet, ein Eintopf aus weißen Bohnen, Entenconfit und einer Wurstspezialität aus der Region. Genauso hatte Maureen es vor fast zehn Jahren von Berenger serviert bekommen, an ihrem ersten Abend im Languedoc. Sie liebte dieses Gericht aus kulinarischen und nostalgischen Gründen gleichermaßen. Außerdem vertrug es sich bestens mit dem kräftigen Rotwein, der in diesem Land der Reben und des Sonnenscheins in Strömen floss.

Heute war offiziell der erste Frühlingstag, doch es war noch ein wenig zu frisch, um draußen zu sitzen. Deshalb beschlossen sie, den Kaffee im Haus der Gelis zu nehmen, bevor Maureen und Berenger in ihr eigenes Château zurückkehrten. Dort hatte Berenger für den nächsten Morgen eine Überraschung geplant, also mussten sie noch heute Nacht dorthin.

Während Tammy den Kaffee ausschenkte, kam Roland mit

einem unerwarteten Geburtstagsgeschenk in die Küche, einem Kasten aus Holz, um den eine große rote Schleife gebunden war. Maureen stockte der Atem, als sie erkannte, um was es sich handelte.

Es war Marguerites Truhe.

»Aber … das kann ich unmöglich annehmen! Wir müssen zuerst herausfinden, was für Geheimnisse sie birgt, und darüber reden, was wir mit ihr machen sollen.«

»Das haben wir bereits«, sagte Roland. »Zumindest wir drei. Und wir sind uns einig, dass die Briefe dir gehören sollen.«

Sanft fuhr Maureen mit einer Fingerspitze über die Truhe und zeichnete den in Schildpatt eingelegten Buchstaben »M« nach.

»Ja, sie gehören dir, Reenie«, meldete Tammy sich zu Wort und nannte Maureen bei ihrem alten Kosenamen, den nur sie benutzen durfte. »Sie waren von Anfang an für dich bestimmt. Weißt du noch, was du gesagt hast, als wir das erste Mal staunend vor Château Sabra gestanden haben?«

Maureen schloss die Augen. Sie erinnerte sich so gut an die Szenerie, als wäre es gestern gewesen. Die Sonne des späten Nachmittags hatte das verblichene Rosa der Mauern und die alten Marmorbüsten in den Nischen in überirdischem Licht erstrahlen lassen, während sie, Maureen, trotz der Wärme von Kopf bis Fuß gezittert hatte. Es war, als wäre das Château ein lebendes Wesen, das sie zu sich rief, um ihr seine uralten Geheimnisse zu enthüllen.

Maureen schlug die Augen auf und wiederholte flüsternd ihre Worte von damals: »In diesen Mauern liegt etwas verborgen, das wir finden müssen.«

»Ja. Du hast es vorher schon gewusst. Seit dem Augenblick unserer Ankunft. Du wurdest zum Château geführt!«

Berenger nahm Maureens Hand. »Das Land hier spricht zu dir seit dem Tag, als du zum ersten Mal den Fuß darauf gesetzt hast. Denk nur an deine unumstößliche Überzeugung, dass wir Château Sabra kaufen müssten. Und du hattest recht. Nun haben wir es gefunden, und es ist dein.«

Maureen nickte unter Tränen, die ihre Dankbarkeit und ihr Staunen bezeugten. Sie konnte sich den Schatz, der in den Briefen und Tagebüchern der Marguerite von Navarra verborgen war, nicht einmal ausmalen. Aber schon morgen, schwor sie sich, würde sie ihre neue Freundin in Paris anrufen. Simone de Bourbon war als Linguistin genau die Richtige, um die Texte fachgerecht zu übersetzen. Ihre Bekanntschaft war gerade zum rechten Zeitpunkt gekommen. Simone würde ihr helfen, die Briefe auszuwerten und in das Leben der Marguerite von Navarra einzubetten.

Doch tief im Innern wusste Maureen, dass sie so lange nicht warten konnte. Morgen früh würde sie mit Berengers Hilfe anfangen, die Schichten der Jahrhunderte abzutragen und eine erste Untersuchung der alten Dokumente in Angriff nehmen.

Sie musste mehr über die Verbindung zwischen Anne Boleyn, Marguerite von Navarra und Erzherzogin Margarete von Österreich erfahren – so schnell wie möglich.

*Languedoc*
*Gegenwart*

Maureen fuhr mit der Hand an den Kanten des ledergebundenen Tagebuches entlang, ehe sie zu Berenger aufschaute und flüsterte: »Bester. Geburtstag. Aller Zeiten.«

Er nickte lächelnd. »Nur kann ich mir das leider nicht als Verdienst anrechnen. Dieses Geschenk kam von Marguerite … oder von Anne. Oder von Gott. Ich weiß es nicht. Vielleicht kam es von dir selbst. Schließlich bist du diejenige, die das Château ausfindig gemacht und verkündet hat, dass es einen Schatz enthalte.«

»Ich hätte mir nie träumen lassen, dass es ein so kostbarer Schatz ist«, sagte Maureen. »Was sollen wir jetzt tun, Berenger? Wir können so etwas Bedeutendes nicht für uns behalten.«

»Doch, können wir. Vorerst zumindest. Wir wissen ja noch gar nicht genau, was es ist, also lass uns erst Klarheit gewinnen, bevor wir allzu viele Außenstehende hinzuziehen. Es ist besser, wir halten die Briefe noch eine Weile unter Verschluss, in Ordnung?«

Maureen nickte. Sie hatte einen wundervollen Morgen verbracht. Berenger war früh aufgestanden, um Frühstück zu machen und in einer Patisserie frische Croissants zu besorgen. Er bereitete einen fürstlichen Café latte zu und brachte ihn Maureen ans Bett, damit sie ganz wach wurde, bevor sie zum Frühstück herunterkam. Unten bog sich der Esstisch – ein malerisches Stück aus dem 16. Jahrhundert, das aus dem Refektorium eines Klosters stammte – unter der Last aus Rührei, Käse und Prosciutto. Außerdem hatte Berenger spanische Erdbeeren besorgt, denn in Frankreich hatte die Obstsaison noch nicht begonnen. Um die Köstlichkeiten herunterzuspülen, hatte er einen Morgencocktail gemixt, den sie »Cathar Sunrise« nannten: Schaumwein aus der Blanquette de Limoux, einer hiesigen Rebsorte, gemischt mit Blutorangensaft. Obendrauf kam eine Erdbeere. Der Drink war köstlich.

Am anderen Ende des langen Refektoriumstisches stand Marguerites Truhe und harrte der Dinge, die da kamen. Maureen konnte es kaum abwarten, ans Werk zu gehen, zwang sich aber zur Ruhe und genoss das Frühstück. Sie stießen auf die Zukunft an, sprachen über das Glück von Tammy und Roland und darüber, wie dankbar sie sein konnten, Château Sabra trotz ihrer anfänglichen Vorbehalte gekauft zu haben.

Der Gedanke an den Zustand der Briefe machte Maureen nervös, denn sie befürchtete, dass das Papier mit der Zeit mürbe geworden war. Sie wollte auf keinen Fall das Risiko eingehen, Teile des kostbaren Fundes zu zerstören. Außerdem waren die Dokumente schon lange nicht mehr dem Tageslicht ausgesetzt gewesen. Daher nahm sie sich nach dem Frühstück als Erstes eines der ledergebundenen Tagebücher vor. Sie starb fast vor Neugier, den Inhalt zu erfahren. Natürlich konnte es sich um ein schlichtes Haushaltsbuch handeln, doch wenn sie Glück hatten, war es ein unveröffentlichtes Manuskript oder Gedichte von der Renaissancefürstin selbst.

Mit angehaltenem Atem blätterte Maureen behutsam die erste Seite um, die erstaunlich geschmeidig war, und stellte fest, dass sie ein Journal in der Hand hielt – das erste von zwei Tagebüchern, auf dessen Frontispiz *Malines 1513* stand – in säuberlicher Handschrift von dem Mädchen geschrieben, dessen Name auf der ersten Seite vermerkt war: Anne Bollein. Und als ob dies als Geschenk am Geburtstagsmorgen nicht reichte, war das Tagebuch obendrein in Englisch geschrieben – in einem sehr anspruchsvollen Englisch aus dem sechzehnten Jahrhundert, aber immerhin in Maureens Muttersprache.

»Es ist tatsächlich ein *Tagebuch*, Berenger! In Englisch. Geschrieben von Anne Boleyn. Sie war noch ein Kind. Das ist … einfach verrückt! Unbezahlbar!«

Sie schaute auf und ertappte Berenger dabei, wie er sie angrinste – ein wenig boshaft, wie ihr schien.

»Was grinst du so?«

Berenger lachte auf. »Ich wusste es bereits.«

»Was sagst du da? Moment mal … Bedeutet das, die beiden haben die Truhe nicht erst gestern gefunden?«

»Sie haben sie schon letzte Woche entdeckt. Aber wenn ich dir von unserer Entdeckung berichtet hätte, hättest du deinen Termin in Paris bestimmt abgesagt. Also habe ich einen Experten einfliegen lassen, der sich die Sache näher anschauen sollte – ich musste schließlich sichergehen. Du wirst den Mann, den ich ausgesucht habe, absolut vertrauenswürdig finden. Außerdem waren wir der Meinung, dass es ein weiteres nettes Geburtstagsgeschenk für dich wäre – besser als alles, was wir dir hätten kaufen können. Also haben wir beschlossen zu warten und die Überraschung ein wenig auszuweiten.«

Maureen stand der Mund offen, doch bevor sie etwas sagen konnte, schlug die Türglocke an.

Berenger sprang auf. »Rühr dich nicht vom Fleck. Die Überraschung kommt gleich zu dir.«

»Aber …«

»Bleib einfach sitzen. Ich bin sofort zurück.«

»Okay«, sagte Maureen. Während die Sekunden verrannen, strich sie erneut mit der Hand über den Ledereinband, wobei sie ein erwartungsvoller Schauer durchrieselte.

Einen Augenblick später trat ihr »Geburtstagsgeschenk« ein.

»Überraschung!«

»Peter!«, rief Maureen aus vollem Hals und rannte auf den dunkelhaarigen, gut aussehenden Mann zu. Er streckte die Arme nach ihr aus, packte sie und schwenkte sie herum, wie er es schon in Kindertagen getan hatte.

»Happy Birthday, meine Kleene!«, übertrieb Peter Healey um ihretwillen seinen irischen Landakzent. Peter war Maureens älterer Cousin und der einzige Blutsverwandte, der ihr geblieben war. Maureen vertraute ihm blind. Als sie unter außergewöhnlichen Begleitumständen Waise geworden war, hatte man sie nach Westirland geschickt, um bei der Familie ihrer Mutter zu leben. Peter hatte es übernommen, ihr den Übergang in die Fremde zu erleichtern. Maureen war ein sensibles Mädchen gewesen, das unter der Heimatlosigkeit litt, doch sie liebte Bücher und war wissbegierig ohne Ende. Also hatte Peter sie unter seine Fittiche genommen und mit ihr zusammen Geschichtsbücher über das Mittelalter gelesen, ihrer beider besonderes Interessengebiet.

Nun schaute sie zu Berenger auf. »Wann hast du das alles geplant?«

»Nun ja, eigentlich wollte ich dich zu deinem Geburtstag an einen fernen Ort entführen, aber dann haben wir die Truhe entdeckt. Ich wusste, dass ich dir diese Entdeckung nicht lange verschweigen durfte, sonst wärst du bitterböse auf mich geworden. Außerdem wusste ich, dass es nur einen Experten gibt, dem wir genügend vertrauen, dass wir ihn um Hilfe bitten können.«

Maureen musste lachen. »Und Peter ist der Experte, den du hast einfliegen lassen! Ihr Halunken! Wie konntet ihr mir das verschweigen?«

Wieder zog Peter sie an sich. »Herrgott, wie ich dich und deine abenteuerlichen Reisen durch die Zeit vermisst habe! Ich hätte wissen sollen, dass Gott noch anderes für dich bereithält.«

Bis zum vergangenen Jahr war Peter katholischer Geistlicher gewesen. Dann war er einen schönen Italienerin begegnet, hatte sich verliebt und die schwierige Entscheidung getroffen, sein Priesteramt an den Nagel zu hängen. Zuvor war Peter zwei Jahrzehnte lang in der Vatikanischen Apostolischen Bibliothek Experte für antike Handschriften gewesen. Er hatte an den Schriftrollen vom Toten Meer ebenso gearbeitet wie an Briefen der Frühchristen. Er lebte noch immer in Rom und beschäftigte sich mit Sonderaufträgen, die sein Fachwissen in Griechisch und Latein erforderten.

Peter hatte auch das Arques-Evangelium übersetzt, das verschollene Evangelium nach Maria Magdalena, das einst von den Katharern im Languedoc wie ein Schatz gehütet worden war. Als Maureen dieses Evangelium vor acht Jahren entdeckt hatte, begann die große Umwälzung, die sie alle in diesem Teil Frankreichs zusammengebracht hatte – eine Veränderung, die zeitweise für jeden von ihnen zur dramatischen Zerreißprobe wurde. Es war diese Entdeckung, die Maureen zu weiteren Recherchen angeregt und zum Schreiben ihres neuesten Buches über Maria Magdalenas Leben in Frankreich angeregt hatte. Seitdem pflegte Peter seine Cousine einen »Magneten« zu nennen, »der verschollene Manuskripte anzieht«, denn im Laufe der Jahre hatte Maureen noch weitere Briefe und Schriften von weitreichender Bedeutung entdeckt. Sie hatte gelernt, stets auf ihren Instinkt zu vertrauen, so verrückt es bisweilen auch erschien. Ihr Glaube und ihre Ausdauer waren bisher noch jedes Mal durch einen bedeutsamen Fund belohnt worden.

Als Maureen Château Sabra zum ersten Mal zu Gesicht bekam, rief sie umgehend Peter an und bat ihn, in den Vatikanischen Archiven nach historischen Unterlagen zu forschen, in denen Verweise auf das Schloss zu finden waren. Maureen hielt es für möglich, dass Sabra mit den Geheimnissen des frühen französischen Königtums in Verbindung stehen könnte.

Die Suche erbrachte zwar kein Ergebnis, doch Peter hütete sich, Maureens Eingebung als nichtig abzutun. Er glaubte fest daran, dass sie Gottes Werkzeug war; schließlich war er Zeuge der Wunder gewesen, die um sie herum geschahen. Deshalb hatte er begeistert zugesagt, als Berenger ihn anrief und berichtete, sie hätten in Sabra ein Geheimfach mit Dokumenten aus dem 16. Jahrhundert gefunden und benötigten nun seine Hilfe.

»Wann fangen wir an?«, fragte Peter nun.

Maureen zuckte die Achseln. »Am besten sofort.«

»Dann hole ich meine Taschen. Ich habe Utensilien für den fachgerechten Umgang mit alten Dokumenten dabei – Handschuhe, Pinzetten, Chemikalien, spezielle Lampen und dergleichen.«

Den Rest des Tages verbrachten sie damit, den Inhalt der Truhe gewissenhaft durchzugehen. Behutsam löste Peter die Pergamentseiten voneinander; dann entzifferten sie gemeinsam Grußworte und Signaturen. Viele Briefe stammten von Erzherzogin Margarete von Österreich und waren an ihre Schwägerin Louise von Savoyen gerichtet – und noch mehr Briefe an Louises Tochter, die Margarete liebevoll ihre »kleine Nichte Marguerite von Alençon« nannte.

Die Briefe im ersten Bündel schienen einen Zeitraum von dreizehn Jahren zu umfassen, von 1513 bis 1526. Die Briefe im zweiten, größeren Bündel waren sämtlich an Marguerite von Navarra gerichtet und stammten von Anne Boleyn; sie schienen zwischen 1527 und 1536 geschrieben worden zu sein.

Die Übersetzung und Transkription aus dem Französisch des 16. Jahrhunderts würde eine mühevolle Arbeit werden, doch Peter hatte gute Kontakte zu anderen Gelehrten, falls sie weitere Hilfe benötigten. Sie beschlossen, chronologisch vorzugehen und begannen mit dem ersten Tagebuch, das offenkundig die frühesten Einträge enthielt. Von dieser Basis ausgehend würden sie die Briefe mit dem Tagebuch vergleichen, um ein möglichst klares Bild von den Ereignissen – und den Frauen – zu gewinnen, die Europa für immer verändert hatten.

*Habsburgische Niederlande*
*Mai 1513*

Garsenda, Gräfin der Provence und Herrin von Forcalquier, war eine der mächtigsten Frauen im Süden Frankreichs – nicht nur zu ihren Lebzeiten, sondern in der Geschichte überhaupt. Wer kann mir den Grund dafür sagen?«

Die Frage war an die Mädchen im Salon gerichtet, junge Damen im Alter von zwölf bis fünfzehn Jahren, der weibliche Nachwuchs der bedeutendsten Familien Europas – eine Gruppe junger Frauen, die als *filles d'honneur* bekannt waren.

Die Fragestellerin war keine Geringere als Margarete von Österreich. Als Erzherzogin und Statthalterin der habsburgischen Niederlande, Tochter des Kaisers und Prinzessin aus dem Hause Habsburg war sie die mächtigste Frau Europas. Die jungen Mädchen waren ihre Nachwuchs-»Ehrendamen«, ihre jüngsten Hofdamen. Margarete holte sich stets die begabtesten jungen Frauen des Kontinents an ihren Hof, denn sie wollte ihnen die bestmögliche Erziehung angedeihen lassen und sie auf ein Leben als adelige Frauen vorbereiten. Die Mädchen erhielten den üblichen Unterricht in Geschichte, Sprachen, Literatur, Musik und höfischer Sitte, doch Margarete ließ es sich nicht nehmen, einmal in der Woche die Staatsgeschäfte ruhen zu lassen und selbst Lektionen über feminine Nobilität zu erteilen.

Wie keine andere kannte die Erzherzogin den europäischen »Prinzessinnenhandel«, war sie selbst doch dreimal in führende Dynastien verheiratet worden. Diese Erfahrungen hatten ihr

Einblick in fast jedes Herrscherhaus auf dem Kontinent und in Britannien verschafft.

Margarete war in einer so erlesenen Umgebung aufgewachsen wie kaum eine andere Frau. Ihre Eltern hatten über einige der reichsten und mächtigsten Gegenden Europas geherrscht: das Burgund der Herzöge von Valois, das österreichische Haus der Habsburger, später das Heilige Römische Reich unter ihrem Vater, Kaiser Maximilian. Margarete war Königin von Frankreich, Prinzessin von Spanien, Herzogin von Savoyen, Erzherzogin von Österreich und Statthalterin der Niederlande gewesen, noch bevor sie das dreißigste Lebensjahr erreicht hatte.

Nach dem tragischen Tod ihres dritten Mannes hatte sie sich strikt einer neuen Eheschließung verweigert. Nicht einmal ihr gestrenger Vater, der Kaiser, vermochte ihren Willen zu brechen, weder durch Drohungen noch durch Geschenke. Margarete teilte ihm unmissverständlich mit, sie werde bis an ihr Lebensende um ihren geliebten Philibert trauern. Tatsächlich hatte sich ihre dritte Ehe von einer arrangierten Verbindung zu wahrer Liebe entwickelt. Margarete und Philibert von Savoyen waren Herz- und Seelengefährten gewesen, und sie wollte das Andenken an ihn niemals schmälern.

Nach Philiberts jähem Ende war es Margarete gestattet worden, in das heimatliche Burgund zurückzukehren. Hier ließ sie sich in Mecheln nieder, wie die Stadt auf Flämisch heißt. Ihr französischer Name, Malines, ist jedoch genauso gültig, da in Burgund beide Sprachen gleichberechtigt nebeneinander gesprochen wurden. Margarete hatte keine Schwestern, nur einen älteren Bruder, Philipp den Schönen, der auch die Kaiserwürde des Vaters erbte. Philipp hatte den roten Backsteinpalast in Mecheln für sich beansprucht, obwohl er seit seiner Heirat mit der spanischen Prinzessin Johanna von Kastilien selten in die nördlichen Provinzen gereist war und in Spanien lebte. Doch die Festung in Burgund hatte er für seinen Sohn behalten wollen.

Margarete lag wenig an diesem Palast; deshalb hatte kein Grund bestanden, sich mit ihrem Bruder darum zu streiten. Wenn er ihn unbedingt als Erbe für seinen Sohn erhalten wollte, konnte er ihn gerne haben. Es war ein düsterer, klotziger Bau, der zum katholischen Traditionalismus passte, dem Philipp in Spanien – darin unterwiesen von seinen Schwiegereltern, den katholischen Königen Ferdinand und Isabella – immer mehr zugeneigt hatte.

Margarete wollte dem Haus Habsburg eine modernere Residenz errichten und die nördlichen Territorien ihres Vaters im Stil der humanistischen Herrscherhöfe regieren. Sie war von den Medici in Florenz beeinflusst, Förderin jener Kunstströmungen, die sich von Italien nach den Niederlanden ausbreiteten und Anhängerin der humanistischen Philosophie und des »neuen Gedankenguts«, das unter adeligen Damen immer mehr an Beliebtheit gewann. Man traf sich in geheimen Zirkeln, um über die neue Rolle der Frauen in einer sich wandelnden Gesellschaft zu sprechen, und zog sogar eine umgeformte Kirche in Betracht. Damit aber beschritt man den schmalen Grat zwischen Fortschritt und Häresie, und Ketzern drohte immer noch der Tod auf dem Scheiterhaufen. Ständige Wachsamkeit war vonnöten, doch einer so geschickten Diplomatin wie Margarete bereitete das keine Probleme.

Sie ließ ein bescheidenes Palais errichten, keine hundert Meter von der Backsteinresidenz ihres Bruder entfernt. Das neue Gebäude sollte licht und luftig sein, mit einem schönen Innenhof. Die besten flämischen Architekten und ein für seine Landschaftsplanung berühmter Florentiner schufen ein elegantes und harmonisches Ambiente. Das Palais hatte zwei Flügel; in dem einen befanden sich Margaretes Privatgemächer, in dem anderen die Zimmer der Dienerschaft.

Doch das Schicksal versetzte Margarete einen unerwarteten Schlag, als ihr Bruder mit gerade einmal achtundzwanzig

Jahren in Spanien verstarb. Die königlichen Ärzte behaupteten, Philipp sei an Typhus gestorben, doch seine Frau Johanna war überzeugt, dass es ein Giftmord gewesen war. In ihrer Verzweiflung weigerte sie sich, den Leichnam ihres Mannes freizugeben, und wachte tagelang an seinem Totenbett, bis sie vor Schmerz und Schwäche zusammenbrach und sowohl von den Ärzten als auch von den eigenen Eltern für geistesgestört erklärt wurde. Dass man ihr auch noch die Kinder wegnahm, gab der trauernden Witwe den Rest. Johanna die Wahnsinnige, wie sie später genannt wurde, erholte sich nie mehr von diesen Schicksalsschlägen.

Nach Philipps Tod war Margarete die einzige überlebende Erbin des Kaisers Maximilian. Doch als Frau war es ihr nicht gestattet, über das Reich zu herrschen; deshalb würde die Kaiserkrone ihrem zwölfjährigen Neffen Karl zufallen, dem ältesten Sohn ihres verstorbenen Bruders, der nun auf eine außergewöhnliche Menge an Titeln und eine erschreckende Machtfülle vorbereitet werden musste: Durch den Großvater würde er die Kronen der Habsburger und höchstwahrscheinlich die Macht über das gesamte Heilige Römische Reich erwerben, und durch seine Mutter würde er über die spanischen Reiche Kastilien und Aragon herrschen.

Da Johanna die Wahnsinnige nicht in der Lage war, den zukünftigen Kaiser zu erziehen, hatte Maximilian seine Tochter Margarete zum Vormund ihres Neffen Karl bestimmt. Der Kaiser wusste nur zu gut, dass es niemanden gab, der diese Aufgabe besser meistern konnte. Also wurden der zukünftige Kaiser und drei seiner Schwestern nach Mecheln gebracht, wo sie nun unter dem besonderem Schutz ihrer Tante Margarete lebten.

Die kleinen Spanier jedoch saßen wie Gefangene in Philipps alter Backsteinburg. Der Zugang zu ihnen war strikt geregelt; um ihr leibliches Wohl kümmerten sich handverlesene Bedienstete, zu denen auch Adelige aus den Häusern Burgund

und Spanien zählten. In den ersten beiden Jahren der Vormundschaft erhielt selbst Margarete nur eingeschränkten Zugang zu den Kindern – bis ihr Vater ein Edikt unterzeichnete, in dem Margarete für das Territorium der Niederlande die Autorität des Kaisers übertragen wurde. Keine Frau im Reich hatte jemals so viel Macht in Händen gehalten.

Nun traf Margarete die Entscheidung, die Türen ihres hellen, freundlichen Palastes einer ausgewählten Schar junger Frauen aus dem Adel zu öffnen. Gott hatte es nicht für angebracht gehalten, ihr eigene Kinder zu schenken, daher wandte sie ihre mütterlichen Energien der Erziehung anderer Kinder zu.

Margaretes Entschluss sorgte in ganz Europa für Aufregung. Väter junger adeliger Damen bemühten sich um die Gunst der hochgebildeten Erzherzogin, die mit der Macht des Kaisers ausgestattet war. An ihrem Hof konnten junge Frauen eine erstklassige Bildung, Sprachkenntnisse und Kultiviertheit auf vielen Gebieten erlangen.

So wuchs eine Generation möglicher künftiger Königinnen heran. Margarete wiederum, als Förderin eines Humanismus, wie Erasmus von Rotterdam ihn lernte, hoffte darauf, eine neue Generation gestärkten weiblichen Selbstbewusstseins heranzuziehen. Um ihren Schülerinnen zu verdeutlichen, worauf es ihr ankam, stellte sie ihnen Beispiele aus der Geschichte vor – Frauen, die Europa geprägt und bisweilen dafür gelitten hatten.

An diesem Tag ging es in Margaretes Unterricht um die Frauen aus den Südwestprovinzen, der Provence und Okzitanien, einst Orte des Geheimwissens und der Ketzerei, an denen sich aber auch die musikalische Tradition der Troubadoure herausgebildet hatte.

»Garsenda aus der Provence ist eine meiner Vorfahrinnen väterlicherseits«, fuhr Madame Margarete nun fort. »Wer kann mir sagen, warum sie für uns noch eine Rolle spielt?«

Ein flämisches Mädchen, Elisa von Gent, meldete sich. Sie

war vierzehn, ein nettes Ding und sehr hübsch. »Weil sie eine gute Partie gemacht hat?«

Margarete nickte und schmunzelte dabei in sich hinein. Die Antwort war nicht sonderlich geistreich, aber auch nicht falsch. Die blonde, blauäugige Elisa stammte aus wohlhabendem Adelsgeschlecht, doch sie besaß ein schlichtes Gemüt. Dank ihrer Schönheit würde sie bestimmt eine gute Partie machen, darüber hinaus aber nichts vom Leben ersehnen. Deshalb hatte es für Elisa vermutlich keine andere Antwort geben können, auch wenn Margarete bemüht war, den Horizont ihrer Mädchen zu erweitern.

»Das trifft es zwar so ziemlich, Elisa, reicht mir als Antwort aber nicht ganz. Frauen von hohem Rang fällt es leicht, eine gute Partie zu machen. Was aber hat Garsenda zu einer wahrhaft *bedeutenden* Frau gemacht?«

Beatrice, eine Cousine Margaretes aus Burgund und das älteste der Mädchen, meldete sich. »Garsenda hatte keine Angst vor der Macht. Sie vereinte den Besitz ihrer Familie mit den Territorien von Barcelona und der Provence. Als sie stellvertretend für ihren Sohn regierte, haben die Verwandten ihres verstorbenen Mannes versucht, sie zu stürzen. Garsenda jedoch sicherte sich die Unterstützung ihres Volkes, um ihr Kind zu schützen. Sie gründete einen Regentschaftsrat, der sich aus den Adeligen der Region zusammensetzte, und herrschte deshalb in Frieden.«

Margarete lächelte ironisch. Beatrice war vom selben Blut wie sie, das war nicht zu verkennen.

»So spricht eine wahre Tochter von Burgund. Sehr gut, Bea. Das bringt uns zur Quelle von Garsendas Macht, der Diplomatie. Ein Mann hätte sich vermutlich für den Krieg gegen die machthungrige Familie entschieden. Garsenda aber wählte einen anderen Weg, um ihre eigene Position und das Erbe ihres Kindes zu sichern.« Sie ließ den Blick schweifen, ehe sie auf den

Kern dieser Lektion zu sprechen kam: »Gebraucht eure Stärken. Eine besteht in eurer Weiblichkeit. Ich meine damit nicht die weibliche List, auch wenn sie euch zustatten kommen wird, falls ihr sie mit Würde und Anstand gebraucht. Wichtiger jedoch ist, dass ihr euer Verhandlungsgeschick und euer Einfühlungsvermögen benutzt, während die Männer um euch herum mit den Waffen klirren und Kriegsgeschrei erheben. Wir Frauen gewinnen mehr Kriege mit wohlgesetzten Worten, als die Männer mit ihren Schwertern und dem Blutvergießen. Genau das ist die erste Lektion, die wir von Garsenda lernen können. Gibt es eine weitere?«

Madame Margarete schaute auf das jüngste Mädchen in der Runde. Zart und zierlich, mit einer Flut glänzender dunkler Haare, die ihr bis zur Taille reichten, stach sie als einziges englisches Mädchen aus der Schar heraus. Margarete hatte ursprünglich nicht vorgehabt, Mädchen aus England an ihrer Schule zuzulassen, doch für diese junge Dame, die Tochter des englischen Gesandten Thomas Boleyn, hatte sie eine Ausnahme gemacht. Thomas war ein beliebter Gast an ihrem Hof, ein fähiger Diplomat, charmanter Gesprächspartner und Fürsprecher einer erneuerten Religion. Margarete hatte im vergangenen Frühling mit Thomas Boleyn und Meister Erasmus gespeist; Thomas hatte sie dabei mit Geschichten über seine Tochter Anne erfreut, die mit ihrem sonnigen Gemüt und ihrer raschen Auffassungsgabe das Licht seines Lebens war. Er hatte eine zweite, ältere Tochter, die aber weder den Verstand noch die natürliche Anmut Annes besaß. Thomas Boleyn liebte alle seine Kinder, doch es war nicht zu übersehen, dass Anne einen besonderen Platz in seinem Herzen einnahm.

An jenem Abend hatte Madame Margarete eingewilligt, Boleyns jüngere Tochter in ihre Obhut zu nehmen – aus Neugier wie auch aus anderen Gründen. Zum anderen spielte der Gedanke eine Rolle, dass die Bewegung, der Margarete anhing, auch in England Vertreter haben sollte. Thomas Boleyn war Nachfahre eines Grafen und hatte zu seinem Vorteil in die hochadelige Familie Howard eingeheiratet. Hinter verschlossenen Türen wurde oft gemunkelt, die Howards seien von edlerem Geblüt als die Tudors, auch wenn niemand dies laut zu äußern wagte. Margarete wusste die Freundschaft mit Thomas zu schätzen, und ein Mädchen aus den Geschlechtern Boleyn und Howard unter die Fittiche zu nehmen, war ein interessantes Wagnis. Und Margarete war bekannt dafür, dass sie gern Risiken einging.

Doch auch das Mädchen selbst gefiel ihr sehr. Anne besaß ein heiteres Gemüt, war ausgeglichen, lernbegierig und empfänglich für neues Wissen. Obwohl erst zwölf, fügte sie sich rasch in den Hof von Mecheln ein und freundete sich mit den älteren Schülerinnen an. Anne hatte schon vor ihrer Ankunft Französisch gesprochen; ihre Sprachbegabung war so außergewöhnlich wie die Schärfe ihres Verstandes. Ihre Antworten im Unterricht waren für ein Mädchen ihres Alters erstaunlich; es war nicht zu übersehen, dass sie ihr bisheriges Leben zuhörend und lernend zu Füßen ihres Vaters verbracht hatte. Manchmal hatte Margarete das Gefühl, Thomas zu lauschen und nicht seiner Tochter, so klar waren Annes Gedankengänge, so klug die Argumente. Bald schon bezeichnete sie Anne liebevoll als *la petite Boleyn*.

Sie hatte Thomas bereits in diesem Sinne von seiner Tochter berichtet: *Eure Tochter ist eingetroffen, und sie ist mir hochwillkommen. Ich bin überzeugt, ich kann sie in genau dem Geiste betreuen und erziehen, wie es Eurer Wunsch ist, sodass wir bei Eurer Wiederkehr keine Mittelsperson außer ihr selbst benötigen werden. In Anbetracht ihrer jungen Jahre ist Anne so aufgeweckt und liebenswürdig, dass ich Euch von Herzen dankbar sein muss, dass Ihr mir das Mädchen geschickt habt – viel mehr, als Ihr mir danken müsstet, sie aufgenommen zu haben.*

Jetzt, in der Unterrichtsstunde, sah Madame Margarete, dass *la petite Boleyn* unruhig auf ihrem Stuhl herumrutschte. Es war nicht zu übersehen, dass ihr irgendetwas zur Person der Garsenda eingefallen war.

»Anne, möchtest du etwas zu dem Thema sagen?«

Das Mädchen sprach mit klarer Stimme und gesundem Selbstvertrauen. Seit sie auf Schloss Mecheln weilte, hatte ihr Französisch sich erstaunlich verbessert. »Ja, Madame. Garsenda ist berühmt für ihre Gedichte und weil sie eine *trobairitz* war, eine Troubadourin. Ich habe das Wort nachgeschlagen – es stammt aus der provençalischen Wurzel für ›finden‹. Troubadoure sind also diejenigen, die etwas wiederfinden, das mit der Zeit verlorenging. Die weiblichen Troubadoure fanden die verlorene Geschichte der Frauen wieder und was es bedeutet, eine Erleuchtete zu sein. Und ihre Lieder sollen dies preisen.«

Madame Margarete lächelte anerkennend. »Das stimmt. Garsenda war ein weiblicher Troubadour. Sie hat ihr Königreich durch Diplomatie und geschickte Verhandlungen vor Schaden bewahrt, und sie erfüllte ihren Hof mit Schönheit, Gelehrsamkeit und Musik. Es lohnt sich, das Leben dieser Frau zu studieren, denn es ist das Leben einer wahrhaft edlen Dame, wie Okzitanien und die Provence sie häufig hervorgebracht haben. Doch bevor wir heute Abend auseinandergehen, möchte ich euch noch die Legende einer anderen Frau erzählen, die Geschichte der Guiraude von Lavaur, die für die Frauen und Kinder ihrer Stadt ihr Leben gab …«

Nach dem Unterricht durften die Mädchen in ihre Zimmer zurück, nur Anne wurde von Madame Margarete gebeten, noch ein paar Minuten zu bleiben. Als sie allein waren, begann Margarete: »Die Geschichte der Guiraude ist schrecklich, ich weiß. Ich habe gesehen, wie sie dir zusetzt. Was war für dich am schlimmsten?«

Tränen stiegen Anne in die Augen, so sehr sie sich auch dagegen wehrte. Sie wollte nicht vor ihrer Lehrerin weinen, sondern gefasst und stark bleiben, doch Guiraudes Schicksal hatte sie tief erschüttert.

Madame Margarete tätschelte ihr die Schulter. »Weinen ist nicht verboten, Anne. Die Welt kann ein hässlicher Ort sein, und du wirst in deinem Leben noch so manche Tränen vergießen. Aber du wirst lernen, deine Tränen zu verbergen, so wie ich.«

Anne blickte Margarete verwundert an. Sie konnte sich ihre Lehrerin unmöglich weinend vorstellen. Madame Margarete war die mutigste und unerschütterlichste Frau, der sie je begegnet war. In ihrer gefältelten Witwenhaube glich sie eher einer Äbtissin als einer Erzherzogin, und sie war eine Frau von strenger Eleganz. Zugleich strahlte sie Wärme und Güte aus und besaß viel Sinn für Humor. Deshalb fasste Anne sich ein Herz und sagte: »Ich verstehe nicht, wie Menschen einander so viel Grausamkeit zufügen können. Selbst im Krieg kämpft doch immer nur ein Mann gegen den anderen. Aber in Lavaur wurden unschuldige Menschen und friedliche Familien verbrannt.«

Margaretes Antwort bestand in mehreren Fragen. »Welche Einsichten gewinnst du denn aus der Geschichte? Was hast du aus Guiraudes Handlungen gelernt?«

Anne überlegte einen Moment. »Der Adel hat die Pflicht, die Unschuldigen zu beschützen und die eigene Würde zu bewahren, sogar in Würde zu sterben, wenn es sein muss. Das Wichtigste aber ist, seinen Glauben zu bewahren und auf Gott zu vertrauen.«

Margarete musterte das Mädchen verwundert. »Erstaunlich, wie schnell du solche Dinge begreifst, trotz deiner jungen Jahre. Spricht dein Vater mir dir über so etwas?«

Anne nickte. »Er hat mir viele Schriften über Glaubensdinge gezeigt. Meister Erasmus hat für meinen Vater einen Kommentar zum 23. Psalm verfasst. Es geht darum, dass man im finsteren Tal des Todes wandert und kein Unglück fürchtet. Ich glaube, das hat Guiraude getan: In ihrer dunkelsten Stunde hat sie sich in Gottes Hand gegeben. Sie fand Trost in ihrem Leid, indem sie an ihren himmlischen Lohn glaubte. Ihr habt uns ja gelehrt, Madame, dass Guiraude von ihrer Mutter beigebracht bekam, den Tod nicht zu fürchten, weil der Körper ein Gefäß für die Seele ist während der Zeit auf Erden, und dass die Seele unsterblich ist und zu Gott gehört. Dass sie von einem Menschen weder getötet noch angerührt werden kann. Erst durch den Tod kann die Seele zu ihrem göttlichen Ursprung zurück.«

Anne hielt einen Moment inne, um Atem zu schöpfen. Dann fragte sie geradeheraus: »Glaubt Ihr selbst daran, Madame?«

Es war eine direkte Frage, doch Margarete freute sich viel zu sehr über Annes Interesse an Glaubensfragen, als dass sie ihr böse gewesen wäre. Anne war eine spirituelle Seele; das stellte Margarete immer wieder fest. Vielleicht hätte sie einer anderen Schülerin nicht so offen geantwortet, wie sie es nun bei Anne tat.

»Ja, ich glaube daran. Deshalb habe ich euch Guiraudes Geschichte erzählt. Vor allem anderen müssen wir das ewige Leben erstreben. Guiraude wusste das, und dieses Wissen ließ sie ein Martyrium aushalten, das wir uns nicht einmal vorstellen können. Vielleicht war sie zu dem Zeitpunkt, als das Schreckliche geschah, schon über den Schmerz hinaus. Wir werden es nie erfahren. Doch der Tod ereilt uns alle, ob arm oder reich. Niemand kann ihm entgehen, daran sollten wir stets denken. *Memento Mori*, heißt es auf Latein. Sei dir der Sterblichkeit bewusst. Doch auch wenn wir uns der Sterblichkeit bewusst sein sollen, dürfen wir darüber nicht vergessen, das Leben zu feiern!«

Margarete stieß einen tiefen Seufzer aus. Anne sah, dass Tränen in ihren Augen schimmerten. »Ich habe die Menschen, die ich am meisten liebte, an den Tod verloren, und das sehr früh … zwei Ehemänner, meinen einzigen Bruder, meine Mutter und meine Großmutter. Würde ich nicht fest daran glauben, dass ihre Seelen auf ein Wiedersehen in der Ewigkeit warten, könnte ich keinen einzigen Tag mehr bewältigen.«

Anne lauschte gebannt, während ihre dunklen Augen auf die Lehrerin gerichtet waren. »Dann will ich auch daran glauben!«, rief sie voller Leidenschaft. »Ich werde an den Tod denken, aber ich werde ihn nicht fürchten. Und ich werde nie vergessen, das Leben zu feiern.«

»Ich bete und hoffe, meine Kleine, dass du niemals gezwungen sein wirst, von der spirituellen Meisterschaft Gebrauch zu machen, wie Guiraude sie besaß. Vor allem aber werde ich dich vorbereiten auf das, was einer Frau zustoßen kann in einer Welt, die von den Kriegen und Launen der Männer gebeutelt wird.«

Als Anne am Abend in das Zimmer kam, das sie mit Elisa teilte, schrieb sie die Geschichten der Garsenda von Provence und der Guiraude von Lavaur in das ledergebundene Tagebuch, das sie von ihrem Vater bekommen hatte.

Elisa setzte sich neben Anne aufs Bett und schaute ihr über die Schulter. »Was schreibst du da?«

»Ich will die Erinnerung an die Geschichten dieser Frauen bewahren. Eines Tages, wenn ich eine Tochter habe, werde ich ihr von den beiden erzählen. Zumindest möchte ich, dass meine Schwester zu Hause davon hört.«

Anne versuchte gar nicht erst, ihr Tagebuch vor Elisa zu verbergen, als diese die Nase krauste und versuchte, den Text zu entziffern. »Ist das Englisch?«, fragte sie. »Warum schreibst du in Englisch, wo hier doch alle Französisch sprechen?«

Anne lachte auf. »Weil ich weiß, dass neugierige Mädchen wie du mein Tagebuch lesen wollen, aber kein Englisch verstehen. Außerdem fürchte ich, meine Muttersprache zu vergessen, wenn ich sie nicht in meinem Tagebuch benutze. Mein Vater besteht ja darauf, dass ich ihm in Französisch schreibe, damit er meine Fortschritte sieht.«

Elisa deutete auf ein Wort, das sie erkannt hatte; es war ein Name. »Hier schreibst du über Dame Guiraude. Was für eine traurige Geschichte! Ich glaube, ich werde ihr Lied noch eine ganze Weile im Kopf haben.«

Anne seufzte. »Ich auch.«

»Gute Nacht«, sagte Elisa, küsste Anne auf beide Wangen und ging zu Bett, wobei sie das Volkslied summte, das Madame Margarete ihnen vorgesungen hatte:

*Dame Guiraude, so geht die Legende,*
*fand im Brunnen ein grausames Ende,*
*doch Jesus nahm ihr Furcht und Schmerzen,*
*nun lebt sie fort in unseren Herzen.*

Anne schrieb, bis ihr im schwachen Kerzenschein die Augen wehtaten. Dann ging sie zu Bett, konnte aber nicht einschlafen. Bilder von Guiraude und ihrem Martyrium zogen an ihr vorüber. Sie betete zum Heiland, er möge diese Bilder vertreiben. Bestimmt hatte auch Guiraude genau dies in ihrer dunkelsten Stunde getan, um der Hässlichkeit des Todes und den Schmerzen zu entfliehen.

*Palast von Mecheln*
*September 1513*

Anne beobachtete gern das Leben und Treiben, das sich zur neunten Morgenstunde um den Palast herum entfaltete. Die Mädchen wohnten in Madame Margaretes Flügel und besuchten dort auch den Unterricht. Weitere einhundertfünfzig Personen bildeten das Gefolge der Erzherzogin und ihres Hofes. Es gab Schreiber und Berater, Hofdamen und Kammerherren, Künstler und Geistliche, Hausangestellte und sogar richterliche Beamte aus allen Teilen der Niederlande, die angereist waren, damit Margarete in Streitfällen Recht sprach. Der Palast bot nicht genug Platz für alle diese Leute; deshalb wohnten sie in der Stadt und erschienen jeden Morgen um Punkt neun. Margarete duldete keine Verspätungen. Jeden Morgen überprüfte der Hauptmann der Wache genau, wer mit welchem Ziel durchs Tor wollte. Kamen die Leute zu spät, wurden sie nicht mehr eingelassen und mit der strikten Mahnung fortgeschickt, am nächsten Tag pünktlich zu erscheinen.

Schwere Eisentore schützten rund um die Uhr sämtliche Bewohner des Palastes: Margarete und ihre Hofdamen, die *filles d'honneur*, die Hausangestellten und Köche. Am Abend wurden die Tore zugesperrt. Mecheln war ein Mikrokosmos, eine verkleinerte Version des großen Habsburger Reiches, und Margarete war die unangefochtene Herrscherin. Niemand widersprach ihr, und keine Entscheidung wurde ohne ihre Billigung getroffen.

Anne schaute von ihrem Fenster zu, wie die Leute auf den Innenhof strömten. Livrierte Boten sprengten auf prächtigen Pferden heran; Karren mit Gemüse und anderen Lebensmitteln für die Küche ratterten über das Kopfsteinpflaster. Auch der Bäcker erschien, schwer beladen mit Körben voller Brot für Margaretes Tafel. Er wirkte heute Morgen besonders mürrisch. Vielleicht lag es an einer Anweisung Margaretes: Von heute an musste jeder Krümel Brot, den sie aß, vom Bäcker selbst gebacken und ausgeliefert werden. Die Palastwächter waren angewiesen, die Brote zurückzuweisen, falls der Bäcker sie nicht persönlich brachte. Madame Margarete neigte zu derartigen Befehlen, nicht aus einer Launenhaftigkeit heraus, sondern weil sie um die Gefahren wusste, denen die Mächtigen stets ausgesetzt waren. Wenn man die Leute kannte, die einem das Essen zubereiteten, war die Gefahr einer Vergiftung schon deutlich geringer. Margarete sprach zwar nicht darüber, war jedoch insgeheim davon überzeugt, dass ihr Bruder nicht an Typhus gestorben war. Die mächtigen Habsburger waren stets gefährdet.

An diesem Abend wollte Madame Margarete eines ihrer berühmten Festmahle geben; deshalb musste der verdrießliche Bäcker eine größere Menge Brot liefern als sonst. Anne fand, der Mann sollte dankbar sein, dass er im Dienst der Regentin stand. In Mecheln gab es mindestens ein Dutzend Bäcker, die sich die Finger nach einem solch profitablen Geschäft lecken würden! Vielleicht würde der Lohn für seine heutigen Anstrengungen seine Laune bessern.

Anne hatte vor Aufregung kaum geschlafen. Ihr Vater hatte ihr oft von den fabelhaften Gastmählern seiner Freundin Margarete von Österreich erzählt. Künstler und Philosophen speisten an ihren Tischen, und die Gespräche kreisten häufig darum, ein neues goldenes Zeitalter zu erwecken. Aber damals war Anne noch ein kleines Mädchen in England gewesen, und die Erzherzogin war ihr wie die Gestalt aus einem Traum erschienen. Nun jedoch lebte sie im Palast, war Günstling der mächtigsten Frau des Kontinents und wurde dazu ausgebildet, ihren Teil zum Beginn des goldenen Zeitalters beizutragen.

Und heute Abend würde sie zum ersten Mal an einem Festmahl teilnehmen, das an einem humanistischen Hof stattfand! Alle neun Mädchen sollten dabei sein, denn Madame Margarete legte Wert darauf, dass sie Erfahrungen auf höchster gesellschaftlicher Ebene sammelten. Deshalb hatten die Mädchen wochenlang Anstandsregeln gepaukt. Jedes Mädchen war einem Tisch zugeteilt worden, um sich mit den vornehmen Gästen zu unterhalten, die Madame Margarete mit Sorgfalt ausgewählt hatte. Elisa würde am Tisch von Margaretes neuem Lieblingsmaler Bernard van Orley und dessen Lehrling sitzen; zweifellos würden die beiden Elisa porträtieren wollen, nachdem sie die vollendeten Züge und die blauen Augen des Mädchens gesehen hatten. Beatrice sollte an einem Tisch mit dem österreichischen Gesandten und mehreren flämischen Adeligen sitzen, da sie sich auf dem Gebiet der Diplomatie am besten auskannte.

Die größte Ehre aber wurde Anne zuteil. Sie sollte an Margaretes Tisch sitzen, zusammen mit dem Ehrengast des Abends, kein Geringerer als Desiderius Erasmus von Rotterdam, der größte humanistische Philosoph Europas. Anne wünschte sich sehnlichst, ihr Vater wäre zugegen, denn er war ein glühender Anhänger und Freund des Erasmus. Thomas Boleyn hatte bei mehreren Gelegenheiten mit dem »Fürst der Humanisten« das Brot gebrochen, in Britannien und auf dem Kontinent. Oft hatte er Anne und ihrem jüngeren Bruder George aus Erasmus' Briefen und Werken vorgelesen, auch wenn George noch zu klein gewesen war, um diese Gedanken begreifen zu können. Annes ältere Schwester Mary hingegen hatte kein Interesse an Philosophie.

Um sich auf das Ereignis vorzubereiten, hatte Anne über den

legendären Gelehrten gelesen, so viel sie nur konnte. Erasmus war in Rotterdam geboren. Wie es hieß, beherrschte er sechs Sprachen, darunter Latein und Griechisch. Derzeit war er Lehrer an der Universität zu Cambridge und führte den geachteten Titel »Lady Margaret's Professor of Divinity«, womit er den ältesten Lehrstuhl in Cambridge innehatte, der von Margaret Beaufort, der Großmutter Heinrichs VIII., gegründet worden war. Derzeit befand sich Erasmus auf einer Geheimmission in den Niederlanden, weshalb Anne keine Fragen stellen durfte – was sie erkennen ließ, dass es bisweilen der Geheimhaltung bedurfte, wenn man den Humanismus und seine Neuerungen unterstützte.

Der Abend begann mit einer musikalischen Darbietung der Mädchen. Einer der Gäste war der neue Musiklehrer aus Spanien, der dem künftigen Kaiser und dessen Schwestern im alten Palais Unterricht erteilen sollte. Doch Karl fand keinen Gefallen an Musik und besaß wenig Begabung dafür. Statt also Lehrer und Schüler zu quälen, hatte Margarete beschlossen, den Spanier in ihren eigenen Palast zu holen, wo ihre Schülerinnen sich sein außergewöhnliches Talent als Musiker zunutze machen sollten. Fast jedes der Mädchen bevorzugte ein bestimmtes Instrument. Anne beispielweise spielte mit Vorliebe Saiteninstrumente, vor allem die Laute. Mit ihrem Vortrag, einer Liederreihe, verzauberte sie an diesem Abend die Zuhörer im Saal. Applaus brandete auf, als sie ihren Auftritt beendete. Sie machte einen anmutigen Knicks und ging zum Haupttisch, wo Madame Margarete ihr den Platz zuwies.

Erasmus lächelte sie an. »Das waren himmlische Klänge, Mademoiselle Boleyn«, sagte er. »Es ist mir eine Ehre, neben Euch zu sitzen.«

Anne lächelte und dankte dem berühmten Mann. Zu ihrem Erstaunen und ihrer Erleichterung sprach er Englisch mit ihr. Sie hatte der Begegnung mit Erasmus voller banger Vorfreude entgegengesehen und fragte sich, ob sie eine solche Auszeichnung überhaupt verdiene. Madame Margarete hatte ihr gesagt, zum einen sei es ein Dank an ihren Vater, der viel für sie getan habe; zum anderen eine Anerkennung für ihren Fleiß.

»Euer Vater ist ein hochgelehrter Mann und ein guter Freund«, fuhr Erasmus nun fort. »In meinen Augen ist er neben Thomas Morus einer der größten Humanisten Englands.« Mit verschwörerischer Miene und leiser Stimme, doch für alle vernehmlich, fügte er hinzu: »Aber sagt das ja nicht Eurem König, hält er sich doch für den größten aller Humanisten.«

Anne musste lachen. Sie war dankbar, dass er mit seinem Humor ein wenig die Befangenheit nahm. Dennoch saß sie kerzengrade auf ihrem Stuhl und konzentrierte sich auf ihre Aussprache, während sie langsam und in wohlgesetzten Worten sprach, wie sie es von Madame Margarete gelernt hatte. »Mein Vater wäre sehr erfreut über dieses Lob, Meister Erasmus, denn er ist einer Eurer glühendsten Bewunderer. Er treibt die armen Boten jedes Mal unerbittlich an, wenn Ihr ihm Eure neuesten Schriften schickt, denn er kann es nicht erwarten, sie zu lesen.«

Erasmus lachte herzhaft. »Dann muss ich mich wohl dazu aufraffen, das nächste Mal schneller für Euren Vater zu schreiben. Schließlich kann ich nicht dulden, dass er meinetwegen Boten schikaniert. Habt Ihr selbst schon einmal etwas von mir gelesen?«

»Aber ja! Ich kenne alles, was Ihr meinem Vater geschickt habt. Eure anderen Werke habe ich hier in Mecheln studiert.«

Erasmus warf einen anerkennenden Blick zu Margarete. Deren Englisch war nicht besonders gut, sodass sie dem Gespräch kaum zu folgen vermochte, doch sie schien erfreut zu sein, dass Erasmus und Anne eine allem Anschein nach erbauliche Unterhaltung führten.

»Und welches meiner Werke findet Ihr am bedeutendsten?«, wollte Erasmus nun wissen.

Anne dachte nach, die Stirn gerunzelt, ehe sie antwortete: »Es ist nicht leicht, aus einer solchen Fülle an Weisheit etwas zu wählen, aber ich denke, es ist Master Tyndales englische Übersetzung Eures Handbuchs eines christlichen Ritters. Obwohl ich nur ein Mädchen bin, wollte mein Vater, dass ich die Glaubensprinzipien in diesem Werk verstehe. Mein Bruder George wird jedes Wort des Buches studieren, wenn er älter ist, da bin ich sicher.«

Es kostete Erasmus einige Mühe, eine gleichmütige Miene zu wahren, denn die Klugheit dieses Mädchens erstaunte ihn. »Ihr habt von den Glaubensprinzipien in meinem Buch gesprochen. Welche sind Euch am wichtigsten?«

»Dass man seinen Glauben stärken und gegen das Übel der Unwissenheit kämpfen soll.«

Erasmus nickte anerkennend. »Was habt Ihr dem Buch sonst noch entnommen?«

»Dass jeder Mensch aus dem Geist, der Seele und dem Fleisch besteht. Ich denke oft darüber nach, weil ich den Unterschied zwischen Geist und Seele nicht so recht erkennen kann.«

»Erklärt mir das genauer«, bat Erasmus.

»Ihr schreibt: ›Lasst den Geist und die Seelen guter Menschen Gott preisen.‹ Das lässt erkennen, dass Geist und Seele getrennt sind, aber was genau der Unterschied ist, verstehe ich nicht.«

Margarete hatte mit dem Gast zu ihrer Rechten gesprochen, ein weiterer spanischer Musiker, der den Mädchen neue Musikformen aus Italien vorstellen sollte. Doch angesichts der kühnen Äußerung Annes wandte sie sich wieder dem Mädchen und dem Philosophen zu.

Erasmus, dem es nicht entging, wechselte ins Französische und wandte sich mit seiner nächsten Bemerkung an Madame Margarete und Anne zugleich. »Ich hatte das Handbuch eines christlichen Ritters zwar nicht für die Unterweisung junger Damen vorgesehen, aber wie mir scheint, könnte es durchaus dafür geeignet sein.«

Margarete überlegte kurz. »Ich werde das Buch noch einmal lesen«, sagte sie schließlich. »Unter dem Vorzeichen, dass ich Teile daraus an meine jungen Damen weitergebe.«

Annes dunkle Augen glänzten vor Eifer. »Darf ich Euch etwas fragen, Herr?«

»Nur zu.«

»Ihr sprecht in dem Handbuch von der Seele als einer ›Sie‹. Ihr sagt, ›sie‹ sei zwischen Körper und Geist gefangen, und dass ›ihr‹ die Wahl freigestellt sei, einen von beiden zu bevorzugen, also geistlich oder weltlich zu sein.« Wieder runzelte Anne die Stirn, so angestrengt dachte sie nach. »Aber das macht die Trennung von Seele und Geist noch schwieriger. Und warum bezeichnet Ihr die Seele als eine ›Sie‹?«

Erasmus hätte sich beinahe an seinem Wein verschluckt, so erstaunte ihn die Unterhaltung mit einem zwölfjährigen Mädchen über eines der anspruchsvollsten Konzepte der Theologie. Er war ordinierter Priester und jahrelang Chorherr der Augustiner gewesen, bevor er in Paris studiert und in Basel und England gewirkt hatte. Er hatte nie weibliche Schüler gehabt, doch angesichts der klugen Bemerkungen Annes fragte er sich, ob dies kein Versäumnis gewesen sei. In seiner Jugend hatte er Frauen in der Welt der Gelehrten mit Geringschätzung betrachtet, doch kluge, gebildete Damen wie Margarete von Österreich hatten ihn dazu bewegt, seinen Standpunkt zu überdenken. Die kleine Boleyn war schlau, kannte keine Scheu und war in allem eine Miniaturausgabe ihres Vaters.

»Jetzt verstehe ich, warum Margarete Euch *la petite Boleyn* nennt«, sagte er. »Es kommt mir vor, als würde ich mit Thomas in der Verkleidung eines lieblichen jungen Mädchens sprechen.«

Aus dem Augenwinkel sah er, wie Margarete ihm zuzwinkerte und ihm über den Rand ihres Weinkelches ein schlaues

Lächeln zuwarf. Erasmus stellte seinen Becher ab und wandte sich vollends Anne zu. »Vielleicht«, begann er, »solltet Ihr Euch das folgendermaßen vorstellen: Der Geist ist Gott am nächsten und daher am wenigsten verderblich. Er ist rein. Und doch ist er nicht abgetrennt von der Seele, sondern ihr bedeutendster Teil. Die Seele schlägt die Brücke zwischen Geist und Körper. Sie verleiht Euch die Fähigkeit, als Mensch in Fleisch und Blut zu leben, während Ihr zugleich die Fähigkeit besitzt, Euch mit dem Göttlichen zu verbinden. Deshalb ist die Seele gleichsam zwischen Geist und Körper gefangen und sieht sich stets vor die Wahl gestellt, entweder geistlicher zu werden oder weltlicher. Die Seele beherbergt den Willen und das Gedächtnis, mit deren Hilfe wir unsere Entscheidungen treffen, um entweder Gott näher zu kommen oder uns weiter von ihm zu entfernen.«

Anne bedachte eingehend, was der Meister gesagt hatte, ehe sie entgegnete: »Wenn ich Euch recht verstehe, dann sagt Ihr, dass der Geist Gott ist und das Fleisch Mensch, und dass die Seele die Brücke zwischen beiden bildet?«

»Ja! Einfach ausgedrückt, macht uns der Geist wie Gott, die Seele macht uns zu Menschen, und das Fleisch macht uns zu Tieren.«

Die wichtigste Frage jedoch war noch immer unbeantwortet, also stellte Anne sie ein zweites Mal: »Aber wenn die Seele uns zu Menschen macht, warum nennt Ihr sie dann eine ›Sie‹?«

Erasmus wand sich ein wenig, während zwei dunkle Augenpaare auf ihn gerichtet waren. Schließlich antwortete er spürbar verlegen: »Nun, damals, als ich das geschrieben habe, vor fast zwölf Jahren, war ich davon überzeugt, die Seele müsse weiblich sein, weil sie … nun ja … sich rasch verderben lässt. Als Bezugspunkt nahm ich Eva, die leicht in Versuchung zu führen war, wie wir ja alle wissen. Ihr müsst mir diesen Irrtum nachsehen, meine Damen. Ich hatte zu der Zeit noch nicht das Vergnügen

Eurer Bekanntschaft. Ihr beide gebt mir reichlich Grund, meine damalige Entscheidung zu überdenken.«

Margarete lachte, wodurch sie ihren Gast aus seiner Verlegenheit befreite. Das gehörte zur Kunst einer Meisterin der Diplomatie. Nichts davon entging Anne, die einmal mehr beobachtete, wie ihre Lehrerin nicht nur Staatenlenker, sondern auch Philosophen mit Ungezwungenheit und Klugheit gegenübertrat.

»Denkt immer daran«, fuhr Erasmus fort, an Anne gewandt, »dass in der Seele der Zweifel gesät wird. Zweifel aber ist der Feind des Glaubens. Er schneidet den Weg zum Geist ab. Deshalb darf man dem Zweifel nie erlauben, die Seele zu verderben. Erkenne dich selbst und halte an deinem Glauben fest, dann wirst du nie vom Weg zu Gott abkommen.«

»Ich glaube, jetzt verstehe ich«, sagte Anne. »Und ich werde mich bemühen, stets eine Wahl zu treffen, die meinen Geist erfreut.«

Spät am Abend, als Anne in ihr Schlafgemach kam, trug sie alles in ihr Tagebuch ein und hielt ihre Erinnerung an das Gespräch mit Erasmus fest. Als sie mit dem Bericht fertig war, schrieb sie einen Satz darunter, der einen geheimnisvollen Klang besaß. Anne hatte ihn gehört, als Margarete und Erasmus einander begrüßt und ein zweites Mal, als sie sich später am Abend voneinander verabschiedet hatten. Der Satz war beide Male nur geflüstert worden; offenbar sollte er von keinem Außenstehenden gehört werden. Doch Anne hatte so günstig gesessen, dass sie ihn jedes Mal vernommen hatte. Es war ein Satz in französischer Sprache:

*Le temps viendra.*

Anne überlegte, ob sie Madame Margarete danach fragen durfte, oder ob es eines dieser Geheimnisse der Humanisten war, über die nicht gesprochen werden durfte.

Übersetzt hieß der Satz: »Die Zeit wird kommen.«

»Sie ist außergewöhnlich.«

Nach dem Mahl begleitete Erasmus die Gastgeberin in ein privates Gesellschaftszimmer; es war ein elegantes Gemach, in dem die komplizierteren – und gefährlicheren – diplomatischen Themen verhandelt wurden. Die Wände waren mit einer zusätzlichen Ziegelschicht verstärkt, damit kein Wort nach außen dringen konnte.

Margarete hob ihr Cognacglas und stieß mit dem alten Freund an. »Ich habe es Euch ja gesagt.«

»Ja. Sie ist wie Thomas Boleyn selbst. Aber er ist ihr Vater und überdies Diplomat. Und die neigen nicht gerade zur Aufrichtigkeit. Doch ich muss gestehen, dass Thomas in meiner Achtung weiter gestiegen ist. Seine Tochter ist für ihr Alter ausnehmend klug – und auch für ihr Geschlecht, wie ich mit Verlaub hinzufügen möchte. Ich will damit nur zum Ausdruck bringen, Margarete, dass sie große Taten auf dem Gebiet der Diplomatie und auch als Herrscherin vollbringen könnte, wenn sie ein Junge wäre.«

Margarete tat seine Worte mit einer Handbewegung ab. »Ihr müsst Euch nicht dafür entschuldigen, wie Männer diese Welt regieren, mit der wir Frauen nun mal zurechtkommen müssen. Ich jedenfalls beabsichtige, *la petite Boleyn* nach besten Kräften zu unterrichten. Gott hat ihr nicht umsonst so viel Klugheit geschenkt. Wenn ich sie nicht erziehen darf, wie ich es will, werden diese Gaben brachliegen.«

»Wie lange wollt Ihr sie in Mecheln behalten?«

»Ihr Vater ist einverstanden, dass ich sie so lange hierbehalte, wie ich es für nötig befinde. Da Anne mir mehr Freude bereitet als die anderen Mädchen, möchte ich sie noch mindestens drei Jahre um mich haben. Nicht auszudenken, wie drei weitere

Jahre Ausbildung sich auf den Verstand dieses Kindes auswirken könnten, nicht wahr?«

Erasmus nickte, doch sein Blick war ernst. »Worüber wir bei Tisch gesprochen haben, würde in den meisten Kreisen als Häresie betrachtet, das dürft Ihr dabei nie vergessen. Es sind gnostische Konzepte – die unmittelbare Zwiesprache mit dem Göttlichen und die Verbannung des Zweifels aus dem Glauben, und dass der Glaube allein zu unserer Erlösung genügt. Die unausgesprochene Botschaft dabei lautet, dass kein Priester gebraucht wird, um zwischen uns und dem Göttlichen zu vermitteln. Ich hoffe, Ihr wirkt entsprechend auf das Mädchen ein, dass sie solche Reden niemals außerhalb der sicheren Mauern von Mecheln führt.«

»Natürlich. Aber sie wird erst noch begreifen müssen, was sie in der Öffentlichkeit laut sagen darf und was nicht.«

Erasmus überdachte Margaretes Worte. »Wohin soll ihr Schicksal sie am Ende führen?«

»Darf ich offen sprechen?«

Erasmus' Lippen verzogen sich zu einem schiefen Lächeln. »Ich wüsste nicht, dass Ihr jemals anders gesprochen hättet.«

Margarete stellte ihr Glas hin und schaute Erasmus fest in die Augen. »Anne könnte sich eines Tages als überaus wertvoll für unsere Ziele erweisen. Ich kann nur beten, dass ihr Vater sich nicht König Heinrich und dessen Wünschen unterwirft, sämtliche Adelstöchter Englands als Bauern in seinem Schachspiel einzusetzen. Irgendwann wird Heinrichs Blick auf Anne fallen, und er wird sie verheiraten wollen – auf eine Weise, die seinem Thron Vorteile sichert. Wir müssen Anne so erziehen, dass sie wertvoller ist als ein gewöhnlicher Bauer, damit ihr Leben nicht vergeudet wird. Thomas' ältere Tochter Mary ist ein schönes Mädchen, doch ihr fehlen Annes Verstand und Vornehmheit, deshalb ist sie auf dem königlichen Schachbrett austauschbar. Für sie kann Heinrich einen Kandidaten auswählen, der ihm genehm ist, vielleicht wird ihn das beschwichtigen. Thomas und ich haben bereits darüber gesprochen. Er weiß, dass Mary sein Werkzeug für diesen Handel sein wird. Wenn er Heinrich mit einer vorteilhaften Partie für Mary abspeisen kann, ist des Königs Aufmerksamkeit zumindest eine Zeit lang von Anne abgelenkt. Derzeit profitieren wir davon, dass Anne bei mir ist, was sie Heinrichs Ehrgeiz entzieht.«

Erasmus schien diese Antwort zufriedenzustellen. »Und wie es scheint, zieht Thomas schon einen weiteren christlichen Ritter groß. Ich habe den jungen George bereits kennengelernt – er ist seiner Schwester sehr ähnlich. Er ist fleißig, gehorsam und klug, aber auch eigenwillig. Mit George und Anne haben wir zwei zukünftige Humanisten aus der Boleyn-Linie, die das neue Gedankengut in England verbreiten können.«

»Hoffen wir es«, seufzte Madame Margarete. Sie wusste besser als jeder andere, wie schnell sich im chaotischen Europa für eine Frau das Blatt wenden konnte.

Anne machte einen tiefen Knicks, als Madame Margarete ihr die Tür zu ihren Privatgemächern öffnete.

»Ich danke Euch von Herzen für diese Ehre.«

Keines der Mädchen hatte jemals das Heiligtum der Erzherzogin betreten. Hierher zog sie sich zurück, um sich vom Druck der Regierungsgeschäfte zu erholen. Nur ihren engsten Vertrauten wurde Zutritt gewährt, und das waren nicht eben viele. Selbst ihr Neffe und ihre Nichten hatten die Privatgemächer noch nie betreten. Margaretes Einladung am Tag nach dem denkwürdigen Festmahl mit Meister Erasmus war also etwas Besonderes.

Als Erstes bemerkte Anne, wie laut es hier drinnen war. Venus und Mars, Margaretes Spaniels, kamen aus einem inneren Gemach herbeigeflitzt und begrüßten das Mädchen mit lautem Gebell. Margarete bedeutete Anna näherzutreten, und der Blick des Mädchens fiel auf eine schmiedeeiserne Volière, in der sich blaue, grüne, rosa und pfirsichfarbene Finken tummelten. Manche besaßen lange Schwanzfedern in leuchtenden Farben.

Noch erstaunlicher war der große schwarze Käfig in einer Zimmerecke. Darin hockte ein hellgrüner Papagei mit gelben Flecken auf beiden Wangen, der einen kreischenden Laut von sich gab, gefolgt von einem schrillen Pfiff.

»Willst du wohl aufhören, Ferdie«, schimpfte Margarete. »Sag artig *bonjour* zur Mademoiselle.«

Der Papagei legte den Kopf schief. *»Bonjour.«*

Anne quietschte vor Vergnügen. Ein Vogel, der sprechen konnte! »Woher kommt er?«, fragte sie fasziniert.

»Aus Westindien. Als ich in jüngeren Jahren in Spanien lebte, haben Ferdinand und Isabella viele solcher Vögel auf Schiffen ins Land holen lassen. Ich war mit ihrem Sohn verheiratet. Während der kurzen Zeit, die uns beschieden war, hatten wir einen solchen Papagei. Nachdem mein Mann gestorben und ich nach Mecheln zurückgekehrt war, schickte Ferdinand mir einen neuen Vogel, den ich nach ihm getauft habe.«

Anne knickste scherzhaft vor dem Papagei. »*Bonjour*, Monsieur Ferdie.«

»*Bonjour*, Margarete«, krächzte der Papagei.

»*Mademoiselle*«, mahnte Margarete. »Bonjour, *Mademoiselle*. Ich fürchte, mit seiner Grammatik hapert es noch. Nun sage ihm Adieu und komm in mein Arbeitszimmer, Anne.«

»*Au revoir*, *Monsieur*«, sagte Anne zu dem Vogel.

»*Adios!*«, krächzte Ferdie.

Lachend folgte Anne Madame Margarete in deren Arbeitszimmer. Dabei kamen sie an einem weiteren Käfig vorbei, in dem sich zwei kleine, struppige Nagetiere mit glänzenden Knopfaugen befanden. Anne hätte sie gern genauer betrachtet, wagte es aber nicht, die Erzherzogin warten zu lassen.

»Meister Erasmus war sehr zufrieden mit dir.«

Annes Augen strahlten. »Wirklich? Das freut mich sehr. Es war mir eine große Ehre, ihn kennenzulernen. Manchmal wünschte ich mir, ich wäre ein Junge, dann könnte ich eines Tages beim Meister in Cambridge studieren.«

»Ich kann dir versichern, dass auch ich alles in meiner Macht Stehende tun werde, damit du eine Bildung bekommst, die deines Verstandes und deines Lerneifers würdig ist.«

Anne lief rot an. »Ich … ich wollte damit nicht sagen, dass Euer Unterricht weniger Wert besäße. Bitte verzeiht, wenn ich Euch gekränkt habe.« Sie ließ den Kopf hängen.

Margarete beugte sich vor, hob das Kinn des Mädchens an und schaute ihm direkt in die Augen. »Du hast mich nicht gekränkt, Anne. Ich glaube nicht, dass du dazu fähig wärst. Ich kenne dich und weiß, wie rein deine Seele ist. Und ich kann dir den Wunsch nachfühlen, lieber als Junge geboren zu sein. Aber wir können lernen, die Weiblichkeit zu preisen. Komm her, ich möchte dir etwas zeigen.«

Sie führte Anne vor eines der Gemälde, die an den Wänden des Arbeitszimmers hingen. Eines stellte Margarete als Kind dar, ungefähr in Annes jetzigem Alter. Auf dem Gemälde hält sie ein Gefäß in der einen Hand, während sie mit der anderen den Deckel abnimmt. »Weißt du, wer das ist, Anne?«

»Das seid Ihr, nicht wahr?«

Margarete lachte. »Ja, das bin ich – und gleichzeitig jemand anders. Eine Frau, die in der Geschichte des Heilands überaus bedeutend ist, aber auch in der Geschichte Europas. Wir haben die *Legenda aurea*, die Lebensgeschichten der Heiligen, noch nicht durchgenommen, du aber weißt sicher auch so, wer die Frau war, die Jesus salbte und später nach Europa kam.«

»Maria Magdalena.«

»Ganz recht. Das ist ein Bild von mir als Maria Magdalena, meine Schutzheilige. Genauso wie auf der Zeichnung dort drüben an der Wand.«

Margarete deutete auf eine Schwarz-Weiß-Zeichnung, die Maria Magdalena am Fuße des Kreuzes zeigte. Die Heilige besaß Madame Margaretes Züge, die vollen Lippen und das Kinn der Habsburger. »Die Zeichnung stammt von Arnaud de Moles. Sie ist einer seiner Entwürfe für die Buntglasfenster in der Kathedrale von Auch im Königreich Navarra. Monsieur de Moles war zu verschiedenen Gelegenheiten unser Gast am Hof von Savoyen. Nachdem er mein Bild der Magdalena gesehen hatte, bat er mich, ihm für seine Fenster Modell zu stehen.«

Anne war verwirrt. Sie kannte die Bibel gut und hatte in der Karwoche stets mit großem Interesse der Legende von Maria Magdalena gelauscht, jener gefallenen Frau, aus der Jesus sieben Dämonen ausgetrieben hatte und die ihn später am Fuße des Kreuzes beweinte.

»Warum habt Ihr Euch als Magdalena malen lassen, Madame Margarete?«, wandte sie schüchtern ein. »Wo sie doch als Sünderin gilt. Warum habt Ihr Euch keine sittsamere Schutzheilige ausgesucht?«

Margarete schaute noch einmal auf das Bild und seufzte. »Sittsam? Ich glaube, es gab keine sittsamere Frau als Maria Magdalena, mein Liebes. Aber darauf werden wir noch zu sprechen kommen. Die *Legenda aurea* lehrt uns ebenso wie die Legenden der Provence und Okzitaniens, dass Maria Magdalena nach der Kreuzigung mit ihrem Bruder Lazarus und ihrer Schwester Martha nach Gallien kam. Bei ihrer Ankunft versetzte sie die Menschen der Provence mit ihrer Rednergabe in tiefes Erstaunen. Sie predigte den Leuten und lehrte sie den Weg der Liebe, wie sie selbst ihn an der Seite unseres Herrn gelernt hatte.«

Anne riss vor Staunen die Augen auf. »Eine Frau, die *gepredigt* hat?«

»Ja, Anne. Wenn du durch Frankreich reist, durch die Provence und Savoyen und Okzitanien bis nach Navarra, wirst du Hunderte von Beweisen finden. Buntglasfenster und Fresken, die Magdalena bei Predigten und der Bekehrung der Menschen zu dem neuen Weg zeigen, den sie nach Europa gebracht hat. Sie wurde Apostelin der Apostel genannt, weil sie die erste Person war, der Jesus nach seiner Auferstehung erschienen ist. Das allein zeigt schon ihre Bedeutung, findest du nicht auch? Warum ist Jesus ihr erschienen und nicht einem der männlichen Apostel? Weil Maria einzigartig ist. Jesus selbst verkündet ihr die wichtigste Botschaft des Christentums, indem er gerade ihr erscheint und uns allen zeigt, wie groß Marias Einfluss in der Frühkirche ist.«

Margarete ging zu ihrem Schreibpult und löste einen Schlüssel von ihrer Halskette, mit dem sie die unterste Schublade öffnete. Sie nahm eine in rotes Leder gebundene Mappe heraus und reichte sie Anne. Diese nahm die Mappe behutsam entgegen und betrachtete den Einband. Er trug keinen Titel.

»Öffne die Mappe«, befahl Margarete. Ein seltsamer Ausdruck stand auf ihrem Gesicht, den Anne nicht zu deuten vermochte. Gespannt schlug sie die Mappe auf und entdeckte alte Pergamentbögen. Voller Neugier begann sie zu lesen, wobei ihre Augen immer größer wurden. »Das Neue Testament? In Französisch?«

»Ganz recht. Manche würden so etwas als Häresie bezeichnen; deshalb darfst außerhalb dieses Zimmers niemals davon sprechen. Die Kirche sieht es nicht gern, wenn wir die Bibel selbst lesen. Wir sollen das Wort Gottes nur in Latein und aus dem Mund eines Priesters hören.« Anne erkannte nun, dass der Ausdruck in Margaretes Augen, den sie zuvor nicht hatte deuten können, Leidenschaft und Liebe zum Wort Gottes war. »Aber in der Bibel steht so viel Wichtiges und Schönes, dass wir sie selber studieren und verstehen müssen. Sie ist das Wort des Herrn, und wir sollten das Recht und die Möglichkeit haben, es selbst zu lesen.«

»Woher sind die Pergamente?«, wollte Anne wissen.

»Aus der Familie meiner Mutter, aus Burgund. Eine Zeit lang war es dem Adel gestattet, Übersetzungen des Neuen Testaments zu besitzen.« Sie seufzte. »Leider ist das nicht mehr so. Es wurde wieder einmal zu Häresie erklärt.«

Anne war fasziniert und erschrocken zugleich. Sie wusste, dass in ganz Europa ein erbitterter Streit darüber geführt wurde, ob die Bibel in die Volkssprachen übersetzt oder nur in Latein verfügbar sein dürfe, womit ihre Auslegung allein Geistlichen vorbehalten blieb. Die Kirche war nicht der Ansicht, dass Gottes Wort in die Hände von Bauern oder Kaufleuten – oder Erzherzoginnen – gehörte.

»Ist das nicht gefährlich?«, fragte Anne.

»Die Wahrheit ist meistens gefährlich, Liebes. Denk nur an Dame Guiraude. Auch sie hat gelehrt, dass es keine Trennung gebe zwischen Gott und den Menschen, und dass Frauen und Männer die Möglichkeit haben sollten, das Wort Gottes ohne Mittler zu hören. Guiraude besaß Abschriften der Bibel in Okzitanisch, damit sie und ihr Volk die Texte selbst lesen konnten. Das wurde als ihre schlimmste Ketzerei betrachtet. Und sie starb bei dem Versuch, diese Schriften zu schützen.« Madame Margarete holte tief Luft, ehe sie fortfuhr:

»Über Europa wogt derzeit eine riesige Welle hinweg. Sie bringt Erleuchtung, neue Gedanken, eine geistige Wiedergeburt. Sie ist noch flach und erst im Entstehen, wie es der Natur einer Welle entspricht, aber schon bald wird sie uns alle mitreißen. Deshalb musst du Augen und Ohren offen halten, Liebes. Ich sage das nicht, um dir Angst zu machen, sondern um dir etwas zu verdeutlichen. Ich möchte dir aus dem Lukasevangelium vorlesen, Kapitel 10, die Verse 38 bis 42.«

Margarete las die Verse auf Französisch, während Anne gebannt lauschte. Dass eine Frau die Heilige Schrift auf Französisch vorlas, war das Schönste und zugleich Schockierendste, was sie je erlebt hatte. Die Verse schilderten, wie Jesus in das Haus der Geschwister Maria, Martha und Lazarus in Bethanien kam und dort lehrte. Martha sorgte für die Gäste und brachte ihnen zu essen, beklagte sich aber darüber, dass ihre Schwester Maria ihr nicht helfe, sondern zu Füßen Jesu sitze und ihm versunken zuhörte. Doch Jesus tadelte Martha und sagte ihr, sie solle sich nicht um Unwichtiges sorgen.

»Maria hat das Bessere gewählt, das soll ihr nicht genommen werden«, las Margarete vor; dann richtete sie den Blick auf Anne. »Ist das nicht wundervoll? Jesus sagt zu Martha, Maria habe den Weg der Erleuchtung gewählt, der Spiritualität und des Lernens, nicht die mühseligen Pfade herkömmlicher Frauenarbeit. Jesus selbst sagt uns, dass wir Maria nacheifern sollen! Wenn dies der Weg ist, den er uns weist – besteht die wirkliche Gefahr dann nicht darin, uns diesem Weg zu verschließen?«

Anne war verwirrt und sprachlos. Sie liebte und vertraute Margarete und wusste sich darin mit ihrem Vater einig. Ihre Lehrerin würde sie doch nicht zu etwas Ungehörigem verleiten?

»Du musst nichts dazu sagen, *ma petite.* Also, hör zu. Deine heutige Lektion besteht darin, diese Abschnitte aus dem Lukasevangelium in Französisch abzuschreiben. Die Mappe bleibt in diesem Zimmer. Niemand wird sie zu Gesicht bekommen außer dir und mir.«

»Und die anderen Mädchen?«

»Dieser Weg ist nicht für die anderen Mädchen bestimmt, Anne, nur für dich allein. Das muss vorerst unser Geheimnis bleiben, hörst du? Wenn meine Zeit es mir gestattet, werde ich dir hin und wieder Privatunterricht erteilen. Es geht ja auf den

Sommer zu, da ist unser Stundenplan nicht mehr so strikt, und ich werde mehr Zeit für dich haben. Die Gruppe der neuen Mädchen kommt nicht vor dem Herbst.« Dann, so wusste Anne, würde Margarete neun zusätzliche Schülerinnen aufnehmen, denn der Unterricht an ihrer Schule war gefragter denn je. Am Ende des Jahres würden es achtzehn Mädchen sein.

Madame Margarete hatte die Angewohnheit, alles Mögliche in Neunergruppen aufzuteilen. Zwar ging sie mit dieser Zahl ganz offen um, doch den Grund dafür hielt sie geheim.

Annes Hände zitterten, als sie die Mappe mit den gefährlichen Seiten entgegennahm.

Sie war außer sich vor Angst.

Und überglücklich vor Freude.

»Meine lieben Mädchen«, begann Madame Margarete, »es ist wichtig, dass ihr von den Machenschaften der Kirche an den Herrscherhöfen erfahrt, besonders jetzt, wo ein Medici zum neuen Papst gewählt worden ist.«

Die Mädchen hatten am Morgen Religionsunterricht bei einem Almosenier Margaretes gehabt, der am Hofe von Mecheln lebte, und die Psalmen 26 und 27 durchgenommen. Zum Ende der Stunde erschien dann auch Margarete, um über einen vollkommen anderen Aspekt von Religion und Kirche zu referieren.

»Was bitte ist ein Medici?«, fragte Isabeau, ein französisches Mädchen. Sie stammte von den angesehenen Montmorencys ab, einem der ältesten Adelsgeschlechter Frankreichs. Isabeau war neugierig und ein wenig dreist, was Margarete gefiel, zeigte es doch, dass dieser Rotschopf keine Angst hatte, dumm zu erscheinen. Man würde das Mädchen im Auge behalten müssen.

Margarete bedachte Isabeau mit einem Lächeln. »Eine gute

Frage. Es ist keine Schande, wenn man zugibt, dass man nicht alles weiß, vergesst das nie. Lieber soll man Wissenslücken zugeben, als so zu tun, als wüsste man Bescheid. Also – ein Medici ist kein *Was*, sondern ein *Wer*. Die Medici sind die Herrscherfamilie von Florenz und die größten Kunstförderer in Europa. Ihr strahlender Prinz war Lorenzo, auch genannt der Prächtige. Er glaubte fest daran, ein neues goldenes Zeitalter erschaffen zu können, und möglicherweise ist er dafür gestorben. Denn er starb viel zu jung und unter unglücklichen Umständen. Aber er hat Söhne, die sein humanistisches Erbe fortführen. Wir müssen darauf hoffen, dass sie sich ihrer Aufgabe als würdig erweisen.«

»Was für ein schöner Name – Lorenzo der Prächtige!«, sagte Elisa verträumt.

»Ja. Und nach allem, was man hört, ist dieser Name durchaus verdient«, bestätigte Margarete. »Doch viele Leute hatten Angst vor seiner Macht und der Macht seiner Familie. Lorenzo hat der Welt viel geschenkt, sein eigenes Leben aber war von Traurigkeit überschattet.«

»Was hat ihn denn so traurig gemacht?«, fragte Isabeau.

Margarete seufzte. »Sein jüngerer Bruder wurde im Dom zu Florenz ermordet. Am Ostersonntag, während der Messe. Als die Glocke schlug und der Priester die Hostie hob, war dies das verabredete Zeichen für eine Gruppe von Meuchelmördern, die Lorenzo und seinen Bruder Giuliano ermorden wollten.«

Anne schnappte nach Luft. »Aber das ist ja …«

Sie konnte nicht weitersprechen. Dass jemand in einer Kirche einen Mord beging, noch dazu an Ostern, konnte ihre unschuldige Seele nicht fassen.

»Gotteslästerung? Sünde? Ja, das alles trifft zu, mein liebes Kind. Und du tust recht, voller Schrecken auf eine solche Untat zu schauen. Die Meuchler erschlugen Giuliano und ließen ihn auf dem Marmorboden des Doms in seinem Blut liegen.

Lorenzo wurde ebenfalls angegriffen, doch er entkam und überlebte wie durch ein Wunder die Stichwunden am Hals. Wie viele andere glaube auch ich, dass es die Hand Gottes war, die Lorenzo das Leben rettete. Er hatte eine göttliche Mission, also musste die göttliche Macht eingreifen.«

»Aber warum konnte Gott nicht auch seinen Bruder retten?« Auf Annes Gesicht spiegelten sich Zorn und Bestürzung.

Margarete musste ihre Antwort gut überdenken. Für einen so jungen Menschen besaß *la petite Boleyn* einen ausgeprägten Gerechtigkeitssinn. Was das betraf, konnten die anderen Mädchen sich ein Beispiel an ihr nehmen.

»Es ist schwer, den Willen Gottes zu verstehen. Oft erscheint es uns so, als wäre das Leben ungerecht, vielleicht sogar Gott selbst. Als mir in jungen Jahren meine Liebsten auf grausame Weise entrissen wurden, habe ich mit der scheinbaren Ungerechtigkeit gehadert. Doch Gottes Plan ist zu groß, als dass wir ihn begreifen könnten. Wir sehen nur einen winzigen Teil der Welt, Gott aber sieht alles. Wir müssen darauf vertrauen, dass Gott wichtigere Gründe hat für das, was uns als Ungerechtigkeit und Schicksalsschlag erscheint.«

Anne konnte nur an ihren Bruder George denken, den sie über alles liebte. Würde ihm so etwas angetan, würde sie sterben. Wie hatte Lorenzo ein solches Unheil überstehen können? Nur mit Mühe richtete sie ihre Aufmerksamkeit wieder auf Margarete.

Beatrice fragte: »Wer hat denn den Medici-Bruder in der Kirche ermordet?«

»Das ist eine gute Frage, und die Antwort ist schrecklich. Es gab eine rivalisierende Familie in Florenz, die nach der Macht der Medici strebte. Aber Lorenzo und Giuliano waren zu mächtig und beim Florentiner Volk sehr beliebt. Für die Menschen in Florenz waren sie Prinzen, die Kunst und Wissenschaft förderten.«

»Und die Meuchelmörder?«, drängte Beatrice. »Was waren das für Leute?«

»Was ich euch jetzt sage«, antwortete Madame Margarete, »wird euch mehr erschrecken als alles zuvor, aber ihr müsst es erfahren: Die Attentäter, die Giuliano de' Medici in Stücke hackten, standen im Dienst des Papstes.«

Die Mädchen schnappten nach Luft.

»Ich weiß, wie unfassbar dieser Gedanke ist. Aber wir müssen versuchen, es zu verstehen, wenn wir die Welt mit all ihren Fallstricken begreifen wollen. Jede von euch stammt aus einer Familie, die eng mit der Kirche verbunden ist. Nun, die Kirche zu Zeiten der Medici-Morde war äußerst korrupt.«

»Und wenn nun ein Medici auf dem Papstthron sitzt … bedeutet das, dass die Kirche nicht länger korrupt sein wird?«, fragte Beatrice, die eifrig mitschrieb.

»Das bleibt abzuwarten. Wir werden sehen, ob Giovanni di Lorenzo de' Medici als Papst Leo X. den Charakter und Weitblick seines humanistischen Vaters geerbt hat. Falls es so sein sollte, könnte dies bedeuten, dass die Kirche in den nächsten Jahren einen Wandel durchmachen wird.«

Gleich nach dem Mittagsmahl war Anne in Madame Margaretes Privatgemächer beordert worden. Sie begrüßte Ferdie, den Papagei, der ihr auf Spanisch etwas zukrächzte, das sie nicht verstand – es klang wie »Catalina« –; dann folgte sie Margarete in deren Schreibstube.

»Also, Anne«, begann Madame Margarete. »Ich möchte näher auf die heutige Lektion über die Medici eingehen. Ich habe mit deinem Vater und anderen in unserem Kreis korrespondiert. Giovanni de' Medicis Ernennung zum Papst ist eine glückliche Entwicklung für uns. Kannst du mir sagen, warum?«

Die traurige Geschichte von Lorenzo dem Prächtigen, der seinen jüngeren Bruder im Dom zu Florenz verbluten sah, war Anne seit dem Ende der Unterrichtsstunde durch den Kopf gegangen und würde ihr in den kommenden Nächten wahrscheinlich Albträume bescheren. Worauf Madame Margaretes Frage jetzt abzielte, wusste sie nicht genau, versuchte aber, nach bestem Wissen zu antworten.

»Falls der neue Papst tatsächlich ein Humanist ist«, tastete sie sich vor, »wird er vielleicht einiges von dem akzeptieren, was man noch immer als Häresie betrachtet. Etwas, das er gerne ändern möchte. Zum Beispiel, allen Menschen zu erlauben, die Bibel in ihrer eigenen Sprache zu lesen.«

»Sehr gut. Du hast offenbar schon begriffen, dass dieser Papst etwas Besonderes ist. Giovanni war in gewisser Weise ein Wunderkind und wurde schon als Jüngling zum Kardinal berufen. Der jüngste Kardinal, den es jemals gegeben hat. Das hat er allerdings seinem Vater zu verdanken …«

»Lorenzo de' Medici«, warf Anne ein.

»Ja. Lorenzo half seinem Sohn, in erstaunlich kurzer Zeit in der Kirchenhierarchie aufzusteigen. Er nutzte seinen Einfluss, um Giovanni auf einen Weg der Macht in der Kirche zu bringen – bis auf den Thron des heiligen Petrus. Lorenzo war die Korruption in der kirchlichen Welt verhasst, die zum Tod seines Bruders geführt hatte. Er war entschlossen, die Kirche von innen her zu verändern, indem er zwei seiner Söhne in Machtpositionen brachte.«

»*Zwei* seiner Söhne?«, fragte Anne erstaunt.

Madame Margarete nickte. »Ja. Du erinnerst dich – der Bruder, der von den Meuchlern ermordet wurde? Giuliano? Zu jener Zeit erwartete seine Frau ihr erstes Kind. Der Junge sollte seinen Vater niemals kennenlernen, und seine Mutter starb kurz nach der Geburt im Kindbett.«

*So viel Leid*, ging es Anne durch den Kopf. *So viel Schmerz.*

»Lorenzo adoptierte den Jungen«, fuhr Madame Margarete fort, »machte ihn zu seinem Sohn und nannte ihn Giulio, nach seinem Vater. Er zog ihn zusammen mit seinem leiblichen Sohn Giovanni groß. Ihnen wurde die gleiche Bildung zuteil, obwohl Giovanni älter ist. Es heißt, dass Giulio seinem Bruder nie von der Seite wich. Meine römischen Spitzel berichten, dass er äußerst klug und sehr zielstrebig sei. Er hat die Verderbnis einer Kirche, die seinen Vater getötet hat, nie vergessen und ist fest entschlossen, Reformen durchzusetzen.«

Anne riss die Augen auf. »Habt Ihr eben *Spitzel* gesagt? In *Euren* Diensten?«

Margarete lachte und winkte ab. »Natürlich, Liebes. Alle Herrscherfamilien haben Spitzel in Rom. Wir könnten nicht in Sicherheit leben, wären wir nicht stets über die Machenschaften der Kirche unterrichtet.«

Anne schwieg betroffen. Einmal mehr wurde ihr bewusst, dass sie bei aller Schulweisheit noch sehr viel lernen musste, um die Intrigen und Machtspiele in der Erwachsenenwelt verstehen zu können.

»Wir werden noch einmal über dies alles sprechen, nachdem wir die Medici-Brüder in Rom eine Zeit lang beobachtet haben«, riss Madame Margarete sie aus ihren Gedanken. »Sie sind wichtige Figuren auf unserem Schachbrett. Deshalb müssen wir stets genau wissen, wie und wohin sie sich bewegen.«

*Château des Pommes Bleues*
*Gegenwart*

Tagelang widmeten sich Maureen, Berenger und Peter der Aufgabe, die erste Hälfte des ledergebundenen Tagebuchs zu entziffern. Die Seiten waren bemerkenswert gut erhalten, auch wenn die Sprache häufig Probleme bereitete. Das Englisch des sechzehnten Jahrhunderts ähnelte der Gegenwartssprache kaum, und manche Passagen waren unmöglich zu verstehen. Die Arbeit ging nur langsam voran, aber sie erfuhren erstaunliche Einzelheiten aus Anne Boleyns Jugend in Mecheln – sowohl aus dem Tagebuch als auch aus Madame Margaretes Brief, in dem sie Louise von Savoyen vom Festmahl mit Erasmus berichtete.

Berenger, dessen Französisch noch das beste war, glaubte, dass in dem Brief Codes verborgen seien – Redewendungen, deren Bedeutung über das Offensichtliche hinausgingen. Wenn sie erst herausgefunden hatten, ob es solche Stellen gab und wo sie sich verbargen, könnten sie weitergehende Nachforschungen anstellen und möglicherweise herausfinden, welche Mitteilungen zwischen den beiden Frauen ausgetauscht worden waren.

»Das übertrifft meine kühnsten Erwartungen«, sagte Maureen. »Die Tagung zu Anne Boleyn findet in sieben Wochen statt. Wäre es nicht wunderbar, wenn ich dort einige unserer Ergebnisse vorstellen könnte?«

»Hör auf damit.« Berenger schüttelte energisch den Kopf. »Du wirst dieses Tagebuch nicht dort vorstellen. Du wirst überhaupt nichts Neues vorstellen, weil die Hälfte deiner Zuhörer Halunken sind, die schon öfters deine Forschung für ihre Blogs und geschmacklose Websites geplündert haben. Du solltest das alles geheim halten, bis wir unsere Forschungen abgeschlossen haben und die Ergebnisse geschützt sind.«

Maureen seufzte. Ihr war klar, dass er recht hatte. Einem Außenstehenden mochte Berengers Ermahnung streng vorkommen, doch sie wusste es besser: Er war besorgt um sie und schützte sie vor ihrer impulsiven Natur, die sie dazu trieb, aus Begeisterung Inhalte zu teilen, ohne Vorsichtsmaßnahmen zu treffen. Maureen hatte dies auf die harte Tour lernen müssen. Sie hatte eine weltweite treue Anhängerschar gewonnen, die stets gespannt auf ihre neuesten Bücher wartete, denn Maureen war bekannt dafür, dass sie Steine umdrehte, die andere nicht einmal sahen. Sie war kühn und besaß einen außergewöhnlichen Instinkt, und am meisten lag ihr daran, Entdeckungen mit ihren Lesern zu teilen. In diversen Chatrooms sprachen Tausende darüber, was sie aus Maureens Büchern für sich selbst erfahren hatten. Deswegen fiel Zurückhaltung angesichts der neuesten Entdeckungen besonders schwer, und Maureen musste an sich halten, nicht von den Dächern herabzurufen, dass sie jetzt die womöglich wertvollste Dokumentation aller Zeiten über Anne Boleyn in Händen hielt.

Berenger hatte miterlebt, wie Maureen spektakuläre Enthüllungen über Annes Leben in ihren Blog gesetzt hatte – und schon am nächsten Tag erschien ihr geistiges Eigentum auf Boleyn-Websites und in Newslettern als neue »Betrachtungen«, ohne die Quelle zu zitieren. Maureens Recherchen waren gründlich und zeitintensiv. Sie hatte Anne Boleyns Spur über Jahre verfolgt und Quellen aufgetan, die aufzufinden sich niemand die Mühe gemacht hatte. Dass ein skrupelloser Webmaster sich ihrer jahrelangen Forschungen bediente, nur um auf seiner Website mehr Kaffeebecher mit Anne Boleyns Konterfei oder Repliken ihres Sterbegewandes verkaufen zu können, war schmerzlich und ärgerlich. Die Welt des 21. Jahrhunderts mit ihrer unmittelbaren Informationsweitergabe stellte den gewissenhaften Rechercheur vor ganz neue Herausforderungen.

»Er hat recht, Maureen«, meinte auch Peter, als Berenger das Zimmer verlassen hatte.

»Sag es ihm bloß nicht.« Maureen zwinkerte ihrem Cousin zu. »Ich weiß, dass er recht hat. Ich weiß aber auch, dass wir diesen Text von berufener Stelle prüfen lassen müssen. Ich werde mich an Simone de Bourbon wenden. Sie wird uns helfen, die Sache auf das richtige Gleis zu bringen.«

Sie notierte sich, Simone am nächsten Tag anzurufen. Es war spät, und sie war zu erschöpft, um ihr die neuen Entdeckungen jetzt noch am Telefon auseinanderzusetzen – falls Simone um diese Zeit überhaupt noch zu erreichen war. Sie schien schwerer fassbar zu sein, als Maureen gedacht hatte. Dennoch hielt sie die Hoffnung aufrecht, dass ihre Beziehung noch enger wurde.

Als Berenger zurückkehrte, klingelte Maureens Handy, das sie auf einen Tisch am anderen Ende des Zimmers gelegt hatte. Er brachte es ihr und warf im Gehen einen forschenden Blick aufs Display, denn Maureen erwartete einen Anruf aus London wegen der Planung der Tagung, mit der ihr Freund Richard Williamson betraut war – und der vergaß oft, dass es in Frankreich eine Stunde später war als in England. Berenger verzog das Gesicht, als er sah, dass es sich bei dem Anrufer tatsächlich um Richard handelte.

»Sag ihm bloß nichts!«, warnte er mit vorgetäuschter Entrüstung.

»Okay, okay.« Maureen schnitt ihm ein Gesicht und schaltete den Lautsprecher ein.

»Hi, Richie.«

»Alles Gute nachträglich zum Geburtstag, meine Süße! Wie geht es meinem Lieblings-Rotschopf? Hast du kräftig gefeiert?«

Berenger verdrehte die Augen. Richard Williamson war ein berüchtigter Frauenheld, der jedes weibliche Wesen anflirten musste. Er war Admin der erfolgreichen Website ALL THINGS ANNE, die sich mit dem Leben und der Zeit Anne Boleyns beschäftigte, Kritiken über neueste Veröffentlichungen brachte und erfolgreiche Events organisierte. Richard war einer der Sponsoren und Moderator der bevorstehenden Tagung. Außerdem benutzte er diese Events, bei denen weibliche Zuhörer in der Mehrzahl waren, um Frauen aufzureißen. Berenger hielt Williamson für einen Schurken, während Maureen ihn einfach nur amüsant fand.

»Ich hatte einen Wahnsinnstag!«, schwärmte Maureen.

Berenger funkelte sie finster an. »Wehe, du sagst es ihm!« flüsterte er übertrieben laut.

Maureen drückte die Stumm-Taste und wandte sich Berenger zu. »Hol mir einen Wein. Dann verzeihe ich dir vielleicht, dass du so ein Tyrann bist.«

»Siehst du, wie sie mich behandelt?«, raunte Berenger Peter zu und bedachte Maureen mit einem gespielt bösen Blick, bevor er sich zu dem Weinschrank am anderen Ende der Halle begab. Das Château hatte zwar einen Weinkeller, doch Berenger zog es vor, eine Auswahl der ausgezeichneten heimischen Weine aus dem Corbières und dem Minervois unmittelbar zur Hand zu haben. Er wusste, dass Maureen die Rotweine aus diesen Anbaugebieten besonders mochte, und wählte jedes Mal unfehlbar die richtige Flasche aus.

Peter beschloss, sich zurückzuziehen. Er küsste Maureen auf den Scheitel und verschwand in seinem Zimmer. Er genoss es, wieder im Château des Pommes Bleues zu sein und die alten Zeiten neu aufleben zu lassen.

»Also«, sagte Richard, »hast du das Buch gelesen, das ich dir geschickt habe? Wie kam das bei dir an als Geburtstagsgeschenk?«

Er hatte ihr ein frisch veröffentlichtes Machwerk mit dem Titel *Was wäre wenn – neue Beweise für Anne Boleyns Schuld* geschickt. Der Verfasser war ein sogenannter Gelehrter, ein Brite namens Arthur Burgess, der die moderne Entsprechung zu Hofklatsch und Erfindungsgabe genutzt hatte, um zu »beweisen«, dass Anne Boleyn tatsächlich so schlimm gewesen war, wie fünf Jahrhunderte übler Nachrede ihr unterstellten. Er bemühte sich nachzuweisen, dass Anne in jedem einzelnen Fall von Ehebruch, dessen man sie im Prozess bezichtigt hatte, schuldig gewesen war, selbst wenn die diversen Anschuldigungen sich als zeitlich miteinander unvereinbar erwiesen hatten. Burgess hatte sogar der Frage des Inzests ein ganzes Kapitel gewidmet; er hielt ihn für »so gut wie erwiesen«. Maureen war angewidert von der skrupellosen Gier dieses Mannes, Geld zu machen, ohne Rücksicht darauf, dass er durch seine Sensationslüsternheit das Andenken einer großen Frau beschädigte.

»Das Buch ist Müll, Richard«, schimpfte Maureen. »Frauenfeindlicher, unverantwortlicher Schund. Ich habe es nicht einfach aus der Hand gelegt, ich habe es gegen die Wand geworfen, um anschließend darauf herumzutrampeln.«

»Hm, ja. Kann nicht behaupten, dass ich das tadelnswert finde. Aber du solltest wissen, dass dieses Buch quasi über Nacht auf die Bestsellerliste gekommen ist. Der Mann ist plötzlich ein Tudor-Gelehrter – was heutzutage eine ziemlich dehnbare Beschreibung ist. Aber er ist ungeheuer gefragt bei Heerscharen von Leuten, die sein Buch tatsächlich ernst nehmen.«

Maureen gab einen Laut des Unwillens von sich. »An diesem Buch ist nichts Wissenschaftliches. In dem Schinken wird bloß irgendwelcher Unsinn aus der Boulevardpresse neu aufgebrüht.« Sie spürte das Blut in den Schläfen pochen. Wo blieb Berenger mit dem Wein? »Auf einer einzigen Seite zitiert er ein und dieselbe Quelle gleich neun Mal – und diese Quelle ist Chapuys, der voreingenommenste Schreiberling der Boleyn-Historie.«

Eustace Chapuys war im sechzehnten Jahrhundert spanischer Botschafter gewesen – und in gewisser Weise der Erfinder der Fake News. Dass er Anne Boleyn in Verruf brachte, war ihm üppig honoriert worden. »Wie kann man das als Wissenschaft ausgeben?«

»Das kannst du gern ihn selbst fragen. Burgess ist der neue Hauptredner auf der Tagung.«

»*Was?*« Maureen wollte ihren Ohren nicht trauen. »Wie kannst du uns das antun! Burgess wird aus unserer Veranstaltung eine Farce machen, einen lachhaften Zirkus.«

»Burgess garantiert uns volle Ränge. Sieh mal, Maureen, mir gefällt es ebenso wenig wie dir, dass Anne verleumdet wird, aber viele Leser lieben diesen Quatsch. Sie wollen jedes schmutzige Detail hören. Außerdem musste ich für Joanna als Hauptrednerin einen Ersatz finden. So perfekt du auch wärst – du hast noch kein Buch ausschließlich über Anne geschrieben. Ich brauchte aber so jemanden. Hinzu kommt, dass Burgess' Buch ein kontroverser Bestseller ist. Das allein sorgt schon für ein ausverkauftes Haus. So ist das nun mal im Showbiz. Aber ich verspreche dir, dass du genauso viel Redezeit bekommst wie der gute Mr. Burgess.«

*Ich weiß*, dachte Maureen, *ich habe kein ganzes Buch über Anne geschrieben*. Noch *nicht*.

»Das möchte ich dir auch geraten haben«, sagte sie. »Was fangen wir denn jetzt mit Joannas Recherchen an?«

»Wir könnten Teile daraus gemeinsam vorstellen. Ich habe uns dafür neunzig Minuten eingeräumt. Außerdem ist eine Gedenkfeier für Joanna geplant, und ich hätte dich gern als Moderatorin.«

Berenger kehrte mit zwei Gläsern granatroter Flüssigkeit zurück, von denen er eines schwungvoll Maureen reichte. Sie blies ihm ein Luftküsschen zu und sprach dann wieder mit Richard.

»Das mache ich gern. Aber ohne Joanna wird es schwer. Die anderen Vortragenden profitieren ja davon, dass sie die Hetzkampagne gegen Anne Boleyn fortsetzen. Joanna war die einsame Ruferin in der Wüste, die Anne für eine Heldin hielt.«

»Natürlich. Gegen Anne Boleyn zu hetzen, ist in England ein lukratives Geschäft, und ich fürchte, es gibt hier ein paar Leute, die der Ansicht sind, dass du mit deiner Sympathie für Anne auf der falschen Seite stehst …«

»Außerdem bin ich Amerikanerin, obendrein mit irischen Wurzeln. Na los, spuck's schon aus. Es ist mir nicht gestattet, neue Aspekte zu Anne vorzustellen, weil ich keine von eurem Inselvolk bin, stimmt's?«

Richard beeilte sich, sie zu beschwichtigen. »Aber nein! Ich bin ganz und gar nicht dieser Meinung, und das weißt du. Hör zu, Maureen, du bist nicht allein. Du hast mich auf deiner Seite. Und im Verlauf der Tagung werden wir sicherlich noch weitere Streiter für die gute Sache gewinnen. Abgesehen davon – hast du dich jemals vor einer Auseinandersetzung gefürchtet? Das wäre aber nicht die Maureen, die ich kenne. Komm schon, lass uns ein paar Tudor-Ärsche in den Hintern treten!«

»Wo du dich so vornehm ausdrückst – also gut, reden wir darüber.« Maureen versprach, bald nach London zu kommen, um die Tagungspläne mit Richard zu besprechen. Dann beendete sie das Gespräch.

Berenger saß auf dem anderen Ledersofa, das Glas in der Hand, und wartete geduldig.

»Ich könnte jetzt schon einen Mord begehen!«, schäumte Maureen, als sie ihr Handy weglegte.

»Ich kann dich verstehen. Wieder eine Fuhre von dem Müll, gegen den du ständig zu kämpfen hast. Komm, setz dich zu mir, und bring dein Glas mit. Sprechen wir darüber.«

Maureen ließ sich neben ihn auf die Couch fallen, stieß mit ihm an und trank einen Schluck.

»Dir ist doch wohl klar«, sagte Berenger, »dass du diesem Kerl nicht trauen kannst?«

»Richard ist harmlos.«

»Harmlos? Er hat dir dieses entsetzliche Buch zum Geburtstag geschickt, obwohl er genau wusste, wie sehr es dich aufregen würde. Das war Absicht. Weißt du, wie wir solche Leute in Schottland nennen? Dreckschleudern.«

Maureen lachte. »Das passt. Er steht nun mal auf so was. Aber ich glaube, es ist eher gedankenlos. Er meint es nicht böse. Da kommt ihm ein Buch unter, von dem er denkt: ›Oh, Maureen wird es hassen‹, und dann schickt er es mir, ohne auch nur einen Gedanken daran zu verschwenden, dass solche Bücher mich in Depression stürzen. Er kann sich nicht in andere Menschen hineinversetzen, sonst wüsste er, dass ein derart frauenfeindliches Buch mir ein Stück meiner selbst raubt, das ich nie zurückbekommen kann.«

»Was denn?«, fragte Berenger verwirrt. »Streckst du etwa die Waffen?«

»Nein. Ich bin nur ehrlich zu dir, weil du mein sicherer Hafen bist. Ich strecke keineswegs die Waffen. Ich werde dieses Burgess-Machwerk mit jeder Faser meines Seins bekämpfen, mithilfe des gesprochenen und des gedruckten Wortes. Ich werde in meinem Vortrag Annes offenkundige Unschuld verteidigen und Joannas Forschungen verteidigen. Das ist meine Pflicht.« Sie nahm einen Schluck Wein und überlegte kurz, ehe sie hinzufügte: »Aber die ständige Ermahnung daran, dass Frauen nie gewinnen, kann einen fertigmachen. Ebenso die Tatsache, dass die Geschichtsschreibung allmächtig ist, selbst wenn sie manipuliert wurde. Vor allem aber, dass große Frauen, die Bedeutendes zu sagen hatten, immer wieder behindert und aufgehalten, sogar beseitigt wurden.«

Berenger nickte. »Ich verstehe, wie sehr es dich schmerzt. Und es ist frustrierend, immer wieder sehen zu müssen, wie leicht Menschen sich negativ beeinflussen lassen. Offenbar ist es derzeit angesagt, Anne nicht als soziale und religiöse Reformerin zu sehen, sondern als männerverschlingenden Vamp.«

»Ja. Erinnere die Welt daran, dass Anne des fünffachen Ehebruchs und Inzests beschuldigt wurde, und du hast auf der Stelle einen Bestseller.«

»Vergiss nicht, Maureen, dass die Macht immer noch in deinen Händen liegt. Jetzt mehr als je zuvor.« Er deutete auf den Tisch, wo das Tagebuch lag. »Wollen wir weitermachen? Ich glaube, da wartet eine Geschichte, die du erzählen musst.«

*Palast von Mecheln*
*Karwoche 1514*

Auf dem Innenhof herrschte reges Treiben, als die Vorbereitungen für Ostern getroffen wurden. Madame Margarete legte Wert darauf, die Karwoche möglichst lebensnah zur letzten Woche Jesu Christi zu gestalten. Sie war überzeugt, dass ihren Schützlingen dadurch die Gelegenheit zu einer unmittelbaren Erfahrung zuteilwurde, und scheute weder Kosten noch Mühen.

Anne erlebte diese heilige Woche zum ersten Mal in Mecheln, war sie doch erst nach Ostern vergangenen Jahres hier eingetroffen. Einige Mädchen beklagten sich, weil sie an diesen Tagen stundenlang in der Kirche hocken mussten, doch Anne fand den Gedanken, Jesu Opfergang unmittelbar mitzuerleben, faszinierend. Jedes der neun Mädchen war auf seine Weise fromm, bei Anne aber kam der ausgeprägte Wunsch nach innerem Erleben hinzu.

In Mecheln gab es zwei Kapellen. Die eine war für die Öffentlichkeit bestimmt, die andere ausschließlich für Madame Margaretes privates Gebet. Keines der Mädchen hatte jemals die Privatkapelle sehen dürfen, aber das, so hieß es nun, solle sich bald ändern. Madame Margarete halte eine Osterüberraschung für ihre neun *filles d'honneur* bereit, zu der auch ein Besuch des inneren Heiligtums gehöre. Doch mehr verriet sie nicht. Die Mädchen versuchten fieberhaft zu erraten, worum es ging, zumal ein großes Geheimnis um ein paar Wagen gemacht worden war, die vor Margaretes Palastflügel gehalten hatten. Außerdem wurde irgendwo gehämmert; da lag die Vermutung nahe, das etwas errichtet wurde, das mit der geheimnisvollen Überraschung zu tun hatte.

Anne war unterwegs, um ein paar Bücher Margaretes an einen der Almoseniere zu übergeben, als sie lautes Hufgeklapper am Palasttor hörte. Einen Augenblick später sah sie zwei Reihen Soldaten durch das Haupttor einreiten. Die Männer waren bewaffnet. Anne hielt vor Schreck den Atem an. War Mecheln in Gefahr? Doch die Alarmglocke schlug nicht an; außerdem war die Atmosphäre eher erwartungsvoll als bedrohlich. In diesem Moment erkannte Anne die Livree der Berittenen: das Wappen von Savoyen. Ihr fiel ein, dass Margaretes Ehemann Philibert gewesen war, der Herzog von Savoyen; noch immer war dessen Wappen an verschiedenen Stellen im Palast zu finden. Wie es schien, waren die Reiter eine Ehrengarde, die die lange Reise von Savoyen am Rande der Westalpen bis hinauf in den Norden Burgunds gemacht hatten.

Wenig später folgte ein Pferdewagen, dem wiederum eine Doppelreihe berittener Soldaten folgte. Der Wagen war mit schwerem schwarzem Tuch verhüllt, sodass seine Last den Blicken entzogen war.

Anne sah jetzt, dass die Soldaten hinter dem Wagen nicht das Wappen Burgunds trugen. Sie waren in rote Umhänge gehüllt, die ein anderes goldenes Symbol zeigten, eine Art Kreuz mit gleich langen Balken und vier kleinen Kreuzen in den Winkeln. Anne hatte dieses Symbol schon einmal gesehen, wusste aber nicht, woher es stammte. Im Arbeitszimmer ihres Vaters lag ein ledergebundenes Buch, auf dessen Einband ein solches Kreuz geprägt war, doch den Kindern war es verboten gewesen, das Buch auch nur anzufassen. Anne hatte ihren Vater einmal danach gefragt; er hatte ruhig, aber streng geantwortet, er werde ihr von dem Buch erzählen, wenn sie älter sei. Es hatte einen seltsamen Namen gehabt, der Anne aber nicht einfallen wollte.

Die Männer in den rotgoldenen Umhängen waren von ganz anderem Schlag als die Berittenen mit dem Wappen von Savoyen. Sie waren kriegserfahrene Veteranen, die wachsam die Blicke schweifen ließen. Sie trugen Kurz- und Langschwert und machten den Eindruck, als wüssten sie beide Waffen meisterhaft zu führen. Was immer sie beschützten – sie würden vermutlich jederzeit ihr Leben dafür geben.

Eine Gruppe ausgewählter Gefolgsleute Margaretes trat vor, um die Ankömmlinge zu begrüßen und zu ihren Quartieren zu führen, um sie vor neugierigen Blicken zu schützen. Die Last des Wagens, unter dem schwarzen Tuch verborgen, wurde zu Margaretes Privatflügel gekarrt.

Früh am Morgen des Karfreitags wurden die Mädchen auf einen Weg geleitet, der den Leidensweg Jesu nachzeichnete. Margarete hatte im Garten Skulpturen aufstellen lassen, welche die vierzehn Stationen des Kreuzweges bezeichneten. In feierlicher Prozession schritten die Mädchen den anderen voran und hörten an jeder Station, zu der es eine entsprechende Bibelstelle gab, die Lesung: Jesus wird von Pilatus verurteilt; Jesus nimmt das Kreuz auf die Schultern; Jesus stürzt das erste Mal unter dem Kreuz; Jesus begegnet seiner Mutter; Simon hilft Jesus, das Kreuz zu tragen; Veronika reicht Jesus das Schweißtuch; Jesus stürzt das zweite Mal unter dem Kreuz; Jesus begegnet den weinenden Frauen; Jesus stürzt ein drittes Mal unter dem Kreuz. Als die Mädchen schließlich die Stätte der Kreuzigung erreichten, wo Jesus seiner Kleidung beraubt und ans Kreuz genagelt wurde, kämpfte Anne mit den Tränen.

Das Ritual des Abschreitens der Via Dolorosa, des Leidensweges, rührte sie bis tief in die Seele. Sie spürte den Schmerz und die Trauer der Verwandten und Freunde Jesu an diesem Tag, an dem alles verloren schien und der doch die Welt von Grund auf verändern sollte.

Zur Feier dieses Tages aßen die Mädchen ein bescheidenes Mittagsmahl aus Fischsuppe, Brot und Wasser. Margarete selbst fastete. Danach verbrachten sie drei Stunden in der öffentlichen Kapelle. Dies waren die Wachstunden, die Zeit zwischen Mittag und drei Uhr, als Jesus den Evangelisten zufolge am Kreuz gehangen hatte. Geistliche lasen Texte vor, die Anne noch nie gehört hatte und erst recht nicht für Überlieferungen gehalten hätte, darunter einen Brief von Pontius Pilatus, der angeblich aus den römischen Archiven stammte.

Und dann verblüffte Margarete alle Anwesenden, indem sie vortrat und den Brief einer gewissen Claudia Procula verlas, der Frau des Pilatus, in dem es um die wundersame Heilung ihres Sohnes durch Jesus den Nazarener ging. Anne sollte später erfahren, dass die Briefe der Claudia Procula schon seit Menschengedenken im Familienarchiv der Habsburger bewahrt wurden. Es war eine lange Tradition der Habsburger Matriarchinnen, diese Briefe am Karfreitag vorzulesen.

Anne hatte stets tiefe Achtung für Madame Margarete gehegt, doch ihre Lesung an diesem heiligsten Tag des Jahres, vor der versammelten Gemeinde, gekleidet in das Violett der Fastenzeit, war ein Erlebnis, das sie niemals vergessen würde. Sie fragte sich, ob diese Briefe aus dem ersten Jahrhundert vielleicht der Schatz waren, der in dem geheimnisvollen Wagen hierher transportiert und von den schwer bewaffneten Rittern bewacht worden war.

Als die Uhr drei geschlagen hatte, wurden die Bürger von Mecheln zu ihren Familien entlassen, damit sie im kleinen Kreis des Opfers ihres Herrn und Erlösers gedenken konnten. Den Mädchen jedoch wurde befohlen, in der Kirche zu bleiben, bis Margarete alle anderen Anwesenden verabschiedet und zur Sonnenaufgangsmesse am Ostermorgen eingeladen hatte. Margarete nahm das Gesetz des *noblesse oblige* sehr ernst; sie wusste, dass es keinen besseren Zeitpunkt gab, um ihre Führungsstärke und ihre Nähe zum Volk zu beweisen, als diese heiligen Tage.

»Was meint ihr, was jetzt kommt?«, flüsterte Isabeau den anderen zu.

»Die Überraschung, die Madame Margarete uns versprochen hat!«, riet Elisa.

Beatrice schaute zweifelnd drein. »An einem so feierlichen Tag? Kann ich mir nicht vorstellen. Da werden wir wohl bis Ostersonntag warten müssen.«

Anne lauschte den anderen, äußerte sich aber nicht dazu. Ein unbehagliches Gefühl hatte sie beschlichen, für das sie keine Erklärung fand. War ihr die Fischsuppe nicht bekommen? Nein, sie wusste, dass etwas anderes dahintersteckte. Ihr Unwohlsein war eher seelischer als körperlicher Natur. Eine seltsame Furcht hatte sie erfasst, als wäre sie eine Anhängerin Jesu, die am Tag der Kreuzigung mit ihm den Leidensweg gegangen war. Es war eine Art Beklemmung – die Ahnung, dass etwas Düsteres, Schreckliches auf sie zukam.

Doch Elisa sollte am Ende recht behalten: Die Zeit für ihre Osterüberraschung war gekommen. Madame Margarete und einige ihrer vertrauenswürdigsten Hofdamen riefen die Mädchen zusammen und führten sie durch den Palastgarten in Margaretes Privatflügel; von dort ging es durch den langen Gang mit den Porträts der Habsburger und Burgunder zu Margaretes Privatkapelle.

Zu beiden Seiten des Eingangs waren die Soldaten postiert, die Anne hinter dem Pferdewagen gesehen hatte. Sie hatten die Umhänge mit roten Tuniken vertauscht, auf denen ebenfalls das goldene Kreuzemblem zu sehen war. Die Männer verneigten sich ehrfürchtig, als Margarete und die anderen Frauen die Kapelle betraten.

Sie war größer, als Anne erwartet hatte. An die hundert Kerzen in den unterschiedlichsten Haltern und Wandleuchtern erhellten das Gewölbe; in ihrem ruhigen Schein glühte der honigbraune Stein der Mauern wie geschmolzenes Gold. Die Mädchen wurden zu gepolsterten Bänken vor dem Altar geführt, wo sie Platz nehmen sollten. Anne hielt auf dem Weg kurz inne, um vor dem Standbild der heiligen Anna, der Großmutter Jesu, ihrer Namenspatronin, einen Knicks zu machen.

Süß und schwer hing der Duft von Weihrauch in der Luft, der in goldenen Räuchergefäßen an Eisenhaken verbrannte. Tief atmete Anne den berauschenden Duft ein. Als kleines Mädchen auf Hever Castle hatte sie zu ihrem Vater gesagt: »Weihrauch riecht nach Gott.« Mit leisem Bedauern dachte sie daran, dass ihr Vater nicht da war, um diesen kostbaren Tag mit ihr gemeinsam zu begehen.

Ein silberner Kasten, der im Licht der hundert Kerzen zu tanzen schien, schimmerte auf dem Altar; davor war eine hohe Plattform errichtet worden, auf der ein langer Tisch stand, an dem wohl ein Dutzend Personen Platz gefunden hätten. Von beiden Seiten führten Treppen auf die offenbar erst kürzlich errichtete Plattform. Jetzt wusste Anne, was der Grund für das eifrige Hämmern war, das sie in der letzten Woche vernommen hatte.

Ein Tuch aus schwerem rotem Samt, von dem goldene Troddeln hingen, war über den Tisch gebreitet. Anne zweifelte keinen Augenblick, dass der unter dem Tuch verborgene Gegenstand der Grund für die Anwesenheit der vielen Soldaten und die strenge Geheimhaltung war. Sie platzte schier vor Neugier.

Madame Margarete stellte sich vor die Mädchen hin und räusperte sich, während ihre Hofdamen hinter ihnen Platz nahmen. Anne fiel auf, dass keine Männer in der Kapelle waren, bis sie eine flüchtige Bewegung in der Dunkelheit hinter dem Altar bemerkte. Auch dort standen Soldaten, schweigend, zurückhaltend, um die Damen nicht zu stören.

Madame Margarete schlug einen leisen, ehrfürchtigen Ton an. Sie war eine meisterhafte Erzählerin – einer der Gründe, dass die Mädchen den Unterricht bei ihr so sehr genossen.

»Meine lieben jungen Damen, ich werde euch jetzt eine Geschichte erzählen, die nur den Familien bekannt ist, die am meisten vom Glück begünstigt waren. Es geht um unsere Herkunft und unser Erbe als adelige Frauen. In den vier Evangelien ist von Leichentüchern die Rede, in die Jesus nach der Kreuzabnahme gehüllt wurde. Es heißt, dass es insgesamt drei Tücher waren und dass diese am Tag der Wiederauferstehung in dem Grab gefunden wurden, das Jesu Körper kurz zuvor verlassen hatte. In eines dieser Leichentücher wurde sein heiliges Antlitz gehüllt, kaum dass er vom Kreuz abgenommen wurde. Diese geweihte Reliquie, getränkt mit dem Blut, das der Heiland durch die Dornenkrone verlor, wird von einem Orden in Nordwesten Spaniens gehütet, in Asturien. Ich hatte einmal die Ehre, es mir anschauen zu dürfen. Ich durfte es sogar berühren.«

Die Zuhörerinnen schnappten nach Luft.

»Es gibt noch ein zweites Tuch, das über Jesu Gesicht gebreitet wurde, ehe man ihn in die Grabkammer legte«, fuhr Margarete fort. »Es besteht aus zartester Muschelseide, sodass das Antlitz des Herrn sich so deutlich darin einprägte, dass es bis zum heutigen Tag zu erkennen ist. Dieses Tuch wird in einer eigenen Kapelle in den Hügeln oberhalb Roms von heiligen Frauen gehütet.«

Anne wäre fast aufgesprungen, als Madame Margarete das Wort »Grabkammer« aussprach. Es war das fremde Wort, das ihr Vater gebraucht hatte und an das sie sich nicht hatte erinnern können! So hatte er das Lederbuch mit den Kreuzen genannt: Das Buch der heiligen Grabkammer.

Die Mädchen lauschten gebannt, als Madame Margarete fortfuhr: »Das dritte und kostbarste Tuch, das Grabtuch, in das Jesu Körper gehüllt war, ist die heiligste Reliquie der Christenheit. Zur Zeit seiner Wiederauferstehung war sein vollständiges Abbild auf diesem Tuch zu sehen – als Botschaft an alle Menschen, die guten Herzens sind, damit wir die Wahrheit des ewigen Lebens und das Wunder der Auferstehung begreifen. Als Maria Magdalena mit ihrem Bruder Lazarus, ihrer Schwester Martha und den drei Marien an den Gestaden Galliens landete, brachte sie diesen kostbaren Gegenstand mit, den sie am Tag der Auferstehung Jesu aus der Grabkammer geborgen hatte. Mehr als allen anderen gebührte Maria Magdalena das Recht, diese Reliquie zu bewahren. Durch ihr Geschlecht wurde sie weitervererbt und wird seitdem stets von den Töchtern des Ordens vom Heiligen Grab gehütet.«

Margarete hielt kurz inne, ließ den Blick über die Gesichter der Mädchen schweifen. »Hunderte von Jahren wurde es von den Töchtern einer französischen Adelsfamilie namens Vergy beschützt. Als die Linie der Vergy-Frauen ausstarb, wurde das Grabtuch dem Hause Savoyen anvertraut. Und so wurde auch ich, wegen der Ehe mit Herzog Philibert von Savoyen, zur Wächterin dieses einzigartigen Zeugnisses von Gottes Liebe und Macht. Gemeinsam bauten wir die Kapelle in Chambery wieder auf, als dauerhaften und sicheren Hort der Reliquie. Dort ruht sie seitdem. Bis zum vergangenen Jahr war der Schutz des Tuchs meiner Schwiegermutter anvertraut. Nach ihrem Tod bin nun ich die Hüterin des Tuchs.«

Aufgeregtes Getuschel war zu hören.

»Das Grabtuch hatte ein bewegtes Schicksal. Es wurde gewaschen, gebürstet, sogar gekocht, um das Abbild des Erlösers vom Leinen zu lösen. Doch es lässt sich nicht auswaschen, denn es stammt nicht von Menschenhand und kann deshalb nicht von Menschen entfernt werden. Es entströmte der Liebe und dem Leiden Jesu. Darum ist es vollkommen und ewig.«

Die Mädchen lauschten in atemloser Faszination.

Madame Margarete kam zum Schluss. »Ich habe das Tuch nun unter schwerer Bewachung nach Mecheln bringen lassen, da ich es für unerlässlich halte, dass ihr, die ihr reinen Herzens und Glaubens seid, die Liebe Jesu auf eine Weise spürt, wie sie euch kein Priester und kein Gebet vermitteln kann. Mehr will ich nicht sagen. Ich möchte eure Begegnung mit dem Grabtuch in keiner Weise beeinflussen, wird sie doch eure persönliche Begegnung mit dem Erlöser sein. Aber ich bleibe in der Nähe, um euch Beistand zu leisten, wenn ihr ihn braucht. Ihr dürft die Ränder des Tuchs berühren, aber wagt es ja nicht, die Hand auf das Abbild selbst zu legen. Ich weiß nicht, was dann geschehen würde, und ich kann keine Verantwortung dafür übernehmen.«

Sie richtete ein Gebet mit wiederholten Dankesbekundungen an Maître Jesus, wie der Herr von den französisch sprechenden Damen genannt wurde, und die Mädchen wiederholten die Verse.

Dann winkte Margarete die älteren Frauen zu sich. Erst jetzt sah Anne, dass außer Margarete acht Damen zugegen waren. Jedes Mädchen wurde von einer dieser Frauen zur Plattform geleitet. Margarete bot Anne als Letztem der neun Mädchen den Arm. Als sie Annes Zittern spürte, drückte sie die Hand des Mädchens und hielt sie einen Augenblick zurück, während die anderen bereits die Stufen zum Podest erklommen.

Auf der Plattform umrundeten die Mentorinnen mit ihren Schützlingen den Tisch und betrachteten das heilige Grabtuch Christi. Anne beobachtete wie gebannt die Gesichter ihrer Freundinnen. Beatrice schnappte nach Luft und hielt sich die zitternde Hand vor den Mund. Isabeau liefen Tränen über die

Wangen. Elisa musste von ihrer Mentorin gestützt werden, weil sie haltlos schluchzte. Auch viele der älteren Frauen hatten Tränen in den Augen.

Mit leichtem Händedruck ermunterte Margarete Anne, nun ebenfalls auf die Plattform zu steigen. Behutsam, da sie ihren zitternden Beinen nicht traute, erklomm Anne die Stufen. So bedrückend die Atmosphäre in der Kapelle auch sein mochte – die Mädchen waren überwältigt, erfüllt von Erfurcht und einem tiefen Glücksgefühl.

Anne atmete durch und näherte sich dem Grabtuch. Sie wusste nicht genau, was sie erwartet hatte, doch was sie sah, übertraf alle ihre Vorstellungen. Das Abbild eines blutüberströmten, gefolterten Mannes, der die Arme vor der Brust gekreuzt hielt, hatte sich in voller Lebensgröße auf dem Tuch abgemalt. Sein Bild war klar und deutlich, wo Anne etwas Verschwommenes, Verblasstes erwartet hatte.

Beim Betrachten der Füße erstarrte sie vor Schreck. In einem Fuß war deutlich das klaffende Loch zu sehen, das von dem schmiedeeisernen Nagel stammte. Blut war aus der Wunde geströmt. Anne zwang sich weiterzugehen, schritt langsam an der Längsseite des Körpers entlang. Hatte sie richtig verstanden? War es erlaubt, die Reliquie zu berühren? Vorsichtig streckte sie eine Hand aus und schaute fragend auf Madame Margarete. Die nickte ernst.

Zögernd legte Anne drei Finger auf das Grabtuch. Augenblicklich strömte Wärme in ihren Körper – ein sanfter, stetiger Fluss. Anne hielt ganz still, ließ die Wärme durch Hände, Arme und Schultern fließen, bis sie ganz davon erfüllt war. Sie spürte, wie auch Gesicht und Wangen warm wurden. Schwindel erfasste sie, und mit einem Ruck zog sie die Hand zurück. Es war, als könne ihr Körper nichts mehr von der überirdischen Wärme ertragen, die aus dem Grabtuch strömte.

Anne atmete tief durch, bevor sie den Mut fand, sich dem

Gesicht des Erlösers zu nähern. Sie schauderte, als sie die hässlichen Blutflecke sah, die durch die Dornenkrone entstanden waren. Doch sie beeinträchtigten die stille Schönheit des Antlitzes in keiner Weise. Wie es schien, waren Jesu Augen geschlossen, obwohl Anne sich nicht sicher war.

Voll ehrfürchtigem Staunen stand sie da, versunken in stiller Anbetung, von Gefühlen schier überwältigt. Längere Zeit war sie nicht imstande, sich zu bewegen. Nie hätte sie gedacht, dass eine solche Liebe existieren könnte wie die, von der sie in diesen Augenblicken erfüllt war. Sie liebte ihre Familie, die anderen Mädchen und Madame Margarete, doch die Liebe, die sie nun verspürte, in unmittelbarer Nähe des Heilands, war unendlich und unbeschreiblich. Immer wieder flüsterte sie: »Danke, Herr Jesus … danke, Herr Jesus.«

Nachdem Anne sich mit Mühe vom Gesicht des Erlösers losgerissen hatte, ging sie weiter zum Rückenbild. Das Grabtuch war ein langer Streifen aus Leinen. Man hatte den Leichnam auf die untere Hälfte gebettet; danach war das Linnen über seinen Kopf gebreitet und der Körper von vorn eingehüllt worden. Deshalb zeigte das Tuch in abgewickeltem Zustand beide Körperseiten.

So wundervoll der Anblick des Gesichts gewesen war – nun bekam Anne die grausamen Folgen der Folter Jesu zu sehen, vom getrockneten Blut in den Haaren bis hin zu den Zickzacknarben der neununddreißig Peitschenhiebe. Bei einigen war zu erkennen, dass die Geißel das Fleisch förmlich aus dem Rücken gerissen hatte.

Anne schlug die Hand vor den Mund, um ein Aufschluchzen zu ersticken. Im Gegensatz zu der Liebe, die sie bei der Betrachtung des Gesichts empfunden hatte, spürte sie nun unerträglichen Schmerz.

Sie rannte zu den Stufen, die von der Plattform führten, als wollte sie die Flucht ergreifen. Nach ein paar stolpernden

Schritten stürzte sie und brach in lautes Schluchzen aus, ehe sie das Bewusstsein verlor.

Madame Margarete tat etwas nie Dagewesenes, indem sie Anne spät am Abend in ihrem Schlafraum aufsuchte. Von einem Diener ließ sie ein Tablett mit Fleischbrühe und Brot bringen. Margarete war sicher, den Grund für Annes Zusammenbruch zu kennen. Mit dem Essen hatte es jedenfalls nichts zu tun, denn alle Mädchen hatten am Karfreitag nur wenig zu sich genommen. Eine Stärkung, so hoffte Margarete, würde Anne nach ihrem aufwühlenden Erlebnis guttun.

Anne saß im Bett, die Augen vom Weinen gerötet. Elisa saß bei ihr und hielt ihre Hand, sprang aber sofort auf, als Madame Margarete ins Zimmer trat und sie leise bat, ein paar Minuten zu Beatrice und Isabeau zu gehen. Elisa knickste und flitzte hinaus.

»Wie geht es *ma petite?*«, fragte Margarete, während ein Diener einen Stuhl an Annes Bett rückte und ein anderer das Tablett vor ihr abstellte. »Meinst du, du kannst etwas zu dir nehmen?«

»Es tut mir schrecklich leid«, flüsterte Anne.

»Was soll dir denn leidtun? Dass du das Martyrium unseres Herrn auf eine Weise mitempfunden hast, wie es nur die wenigsten Menschen verstehen? Mein liebes Kind, ich wäre enttäuscht gewesen, hättest du dich anders verhalten. Aber deine Reaktion auf das Grabtuch zeigt, dass du seine Heiligkeit in dein Herz eingelassen hast.«

»Ja, Madame, so war es wirklich!« Anne beugte sich abrupt vor und hätte beinahe die Suppe verschüttet. »Ich … ich weiß nicht, wie ich es beschreiben soll. Ich kann nur sagen, dass ich nicht mehr dieselbe bin. Meine Liebe für Jesus … sie ist jetzt stärker als alles andere auf der Welt.«

»Ich weiß, mein Kind. Es ist eine Liebe, die jede andere in den Schatten stellt. Und er liebt dich ebenso, daran gibt es keinen Zweifel.«

»Ja!«, rief Anne. »Ich konnte es spüren, ganz deutlich! Als ich das Grabtuch berührte, sind seine Wärme und seine Liebe in mich geströmt. Ich habe die Liebe gespürt, als ich in sein Gesicht schaute … so rein und vollkommen.«

Margarete brach ein Stück Brot, reichte es Anne und bedeutete ihr, es in die Brühe zu tunken. Während das Mädchen aß, fuhr Margarete fort: »Siehst du jetzt, Anne, welche Macht es hat? Deshalb haben Philibert und ich die Kapelle in Chambery wiedererrichten lassen. Wir wollten das Grabtuch schützen, denn wir kennen seine Kraft. Wir wissen, dass Menschen durch seine bloße Nähe verändert, sogar geheilt wurden. Alle Menschen, nicht nur weltliche und geistliche Herrscher, sollten das Tuch sehen dürfen, wenn sie den Wunsch haben. Das ist der Grund, warum wir es an Feiertagen in Savoyen zeigen. Denn das Grabtuch erlaubt die vollkommene Gotteserfahrung. Es ist ein lebendes Dokument dessen, wer unser Herr Jesus war, und was er für uns getan hat. Ein kurzes Verweilen vor dem Tuch ist so viel wert, wie sein Leben lang einem Priester zuzuhören.«

»Werdet Ihr das Grabtuch nach Chambery zurückbringen?«, fragte Anne. »Oder bleibt es bei uns?« Sie schwankte zwischen Hoffnung und Angst bei der Vorstellung, das Tuch noch einmal sehen zu können.

»Das Grabtuch gehört nach Savoyen und wird dorthin zurückgebracht. Philiberts Mutter ist in der Kapelle hinter dem Altar begraben, damit sie stets dem Grabtuch nahe ist, und es kommt mir nicht zu, diese Tradition zu beenden. Stattdessen werde ich einen Feiertagsplan einführen, nach dem die Gläubigen ihre Pilgerfahrten ausrichten können, um das Tuch zu besichtigen. Zuvor aber soll Meister van Orley eine Zeichnung des Tuchs machen, damit er eine Nachbildung anfertigen kann.

Die werden wir dann mit dem Original berühren, auf diese Weise segnen und dann in Mecheln aufbewahren. Dann haben wir unsere eigene Reliquie.«

Der Gedanke gefiel Anne. Das machtvolle Original war zu einschüchternd; wenn es hier in Mecheln eine Kopie gab, wäre sie ein wundervoller Gegenstand der Verehrung.

»Als ich zum ersten Mal vor dem Grabtuch stand, Anne, habe ich genauso reagiert. Ich kann dir nachfühlen, was du heute erlebt hast. Aber diese Erfahrung kann dich sehr einsam machen, wenn du niemanden hast, mit dem du sie teilen kannst. Deshalb wollte ich, dass du, die anderen Mädchen und einige meiner Hofdamen die Begegnung mit dem Grabtuch *gemeinsam* erleben. Aber es war auch in meinen eigenen Interesse. Ich wollte mich nicht mehr so einsam fühlen, wenn das Tuch erst wieder fort ist. Dann hilft es, von Menschen umgeben zu sein, die ebenfalls um seine Macht wissen. Es wird auch dir in Zukunft eine Hilfe sein, dass du dich immer an mich oder die Mädchen wenden kannst, die bei dieser Erfahrung deine Schwestern waren. Euch allen wird die Erinnerung helfen, dass ihr die Macht der Liebe unseres Herrn erfahren habt – ein Erlebnis, das nur wenigen zuteil wird.«

»Darf ich Euch eine Frage stellen, Madame?«

»Nur zu.«

»Ihr habt Euch mehrere Male als Maria Magdalena porträtieren lassen. Hatte es mit dem Grabtuch zu tun? Weil Magdalena es gehütet hatte? Und weil nun Ihr seine Hüterin seid? Ist das eine Tradition aller Frauen, die im Besitz des Grabtuchs waren?«

Margarete erschrak, denn die Frage kam völlig unerwartet und zeugte von beträchtlichem Scharfsinn. Und die Antwort war kompliziert. Sie überlegte eine geschlagene Minute, wie sie Anne in das geheime Wissen einweihen sollte. »Also gut«, sagte sie dann. »Ich will dir eine Geschichte erzählen. Sie ist in gewisser Weise die Geschichte Europas während der letzten fünfzehnhundert Jahre. Und es ist die Geschichte seiner Könige.« Margarete lehnte sich im Stuhl zurück und schloss einen Moment die Augen, während sie ihre Gedanken ordnete, denn es gab etwas sehr Bedeutsames, das sie eines Tages mit Anne teilen musste. Vielleicht war jetzt der richtige Zeitpunkt gekommen.

»Maria Magdalena hatte Kinder«, begann Margarete und sah, wie Anne ungläubig die Augen aufriss. »Ihre Tochter heiratete in die älteste historisch bezeugte Blutlinie Europas ein, in das Geschlecht der Nachkommen der mythischen Königin Melusine, die einst über den gesamten Kontinent herrschte, von der Nordsee bis zu den Alpen. Aus den vereinigten Blutlinien Magdalenas und Melusines erwuchs die Dynastie der Merowinger, die noch heute besteht, sodass bis zum heutigen Tag die wahren Herrscher Frankreichs und viele Könige Europas das Blut der Maria Magdalena in sich tragen. Das trifft auch auf England zu, wo die Könige und Königinnen aus dem Hause Plantagenet direkt von den Merowingern abstammen.«

Anne wünschte sich sehnlichst, ihr Tagebuch zur Hand zu haben, um all das Unfassbare festhalten zu können, das Margarete erzählte. Ihr schmächtiger Körper bebte vor Aufregung, als sie mit stockender Stimme sagte: »Ich … habe Blut der Plantagenets in mir.«

Margarete hob eine Hand, streichelte Annes Kinn, betrachtete liebevoll das Gesicht des Mädchens und nickte schließlich. »Ja, Anne, du bist eine Howard. Das königliche Blut stammt von deiner Mutter. Dies war einer der Gründe, dass ich einverstanden war, dich in mein Ehrengefolge aufzunehmen. Die Ahnenreihe jedes meiner Mädchen lässt sich bis zu den Merowingern zurückverfolgen, so wie bei dir. Der verstorbene König, Heinrich VII., eroberte den Thron für die Tudors, indem er das Plantagenet-Blut seiner Mutter geltend machte. Väterlicherseits stammte er, wie übrigens auch du, von den Kelten ab. Du, Anne, bist so königlich wie Heinrich VII. Ihr seid von mütterlicher Seite Plantagenets und von väterlicher Seite keltischer Herkunft.«

Anne schossen zahllose Fragen durch den Kopf. »Wie kommt es«, wollte sie wissen, »dass Ihr so gut über die Blutlinien Englands Bescheid wisst?«

Margarete lächelte. »Darauf gibt es zwei Antworten, und die erste ist für deine Bildung überaus wichtig. Achte stets darauf, dass du die Abstammung sämtlicher Leute um dich herum kennst, denn sie bestimmt, wer loyal ist. Überlasse nichts dem Zufall, sonst könnte es geschehen, dass du Schwächen oder Stärken der Menschen in deiner Umgebung übersiehst. Ich habe es mir zur Regel gemacht, bei wichtigen Zusammenkünften stets nach der Herkunft der Leute zu fragen. Das ist eine wertvolle Quelle des Wissens.«

»Und die zweite Antwort?«, fragte Anne.

»Sie betrifft meinen Großvater Karl den Kühnen. Er war dreimal verheiratet – in letzter Ehe mit einer Frau, die mich stark beeinflusst hat, Margareta von York. Sie hat mich gelehrt, was die Rosenkriege waren und welch immense Bedeutung sie haben. Auch du musst diese Geschichten im Gedächtnis tragen, denn sie sind Teil deiner Vergangenheit und können sich bestimmend auf deine Zukunft auswirken.«

Anne schwirrte der Kopf. Sie hatte schon immer gewusst, dass die Howard-Linie königlichen Geblüts war, doch in ihrer Heimat wurde nur hinter verschlossenen Türen darüber gesprochen. Es war nicht ratsam, vor den argwöhnischen Ohren der Tudors zu erwähnen, dass sie den englischen Thron mit Gewalt genommen hatten, sonst riskierte man Kopf und Kragen – im wahrsten Sinne des Wortes.

»Da gibt es noch etwas, das du niemals vergessen darfst, Anne. Melusine regierte eher als Göttin denn als Königin, und Magdalena war eine Prinzessin aus der Priesterkaste Benjamin.

Wie ich dir schon sagte, sind es die Blutlinien Melusines und Magdalenas, aus denen die königlichen Dynastien Frankreichs gebildet wurden. Beide waren Frauen. Beide von überlieferter göttlicher Herkunft. Und sämtliche Frauen, die von ihnen abstammen, besitzen ebenfalls diese Magie. Auch du und ich! In ganz Frankreich, in Burgund, in der Provence und in Navarra gibt es Kirchen, die Magdalena gewidmet sind. Jedes Adelshaus Frankreichs hat eine Privatkapelle oder einen Schrein, wo sie verehrt wird. Maria Magdalena ist unsere ewige Königin. Und das ist der Punkt, mein liebes Mädchen: Ich will helfen, eine neue Generation von Frauen heranzubilden, die aus dem Blut der Magdalena stammen und zu Anführerinnen in einer Zeit der Wiedergeburt der Schönheit werden können, einer Schönheit im Denken, Handeln und im Verständnis zu Gott und seiner Kirche. Diese Zeit wird kommen, Anne, so besagt es eine Prophezeiung. Ob noch zu meinen Lebzeiten, weiß ich nicht, aber du wirst es erleben, da bin ich sicher.«

Es traf Anne wie ein Blitz. *So besagt es eine Prophezeiung.* Beinahe flüsternd fragte sie: *»Le temps viendra?«*

Für einen Moment lag Fassungslosigkeit auf Margaretes Gesicht, dann nickte sie. Tränen stiegen ihr in die Augen, und sie wischte sich übers Gesicht, während sie gleichzeitig nach Annes kleiner Hand griff, ehe sie leise wiederholte:

*»Oui, ma petite. Le temps viendra.«*

*Château des Pommes Bleues*
*Gegenwart*

In den Jahren seit der Entdeckung des Arques-Evangeliums waren Maureen und Berenger immer tiefer in die Kultur der Katharer eingetaucht, deren Traditionen auch in der Gegenwart noch gepflegt und gehütet wurden. Maria Magdalena als Stammmutter der französischen Königsdynastien war für Maureen und ihre Freunde eine altbekannte Vorstellung und entscheidend für ihre Überzeugung, dass Magdalena, Martha und Lazarus eine reine Form des Christentums nach Gallien gebracht hatten. Diese These hatte Maureen in ihrem letzten Buch über Magdalenas Leben und Wirken in Europa vertreten. Hier im Languedoc war dieses Wissen so selbstverständlich wie der tägliche Wechsel von Tag und Nacht.

Eines aber war Maureen neu: Dass im ersten nachchristlichen Jahrhundert das Grabtuch zusammen mit Magdalena nach Gallien gelangt war, um dann in der königlichen Linie der Merowinger weitergegeben zu werden. Die Entdeckung einer alten Handschrift, die Magdalena zugeschrieben wurde und die ihre Reise aus dem Heiligen Land nach Gallien in allen Einzelheiten darstellte, hatte Maureen und ihre Freunde auf eine abenteuerliche Reise durch Europa geführt, die bis zum heutigen Tag andauerte. Sie bekamen Kontakt zum Orden vom Heiligen Grab, der angeblich seit dem allerersten Osterfest bestand und seit dem ersten Jahrhundert in Europa tätig war. Der Auftrag dieses Ordens bestand darin, die Gesamtheit der ursprünglichen Lehre sowie sämtliche Dokumente und Artefakte der ersten Christen in Europa zu bewahren. Im Mittelalter hatte der Orden Verbindungen zu den Katharern und Templern gehabt. Erst vor Kurzem hatten Maureen und Berenger längere Zeit an der Ordensniederlassung in Italien verbracht.

Peters Verlobte Petra lebte in Florenz und war Bibliothekarin des Ordens. Sie stammte aus einer alten Familie mit Verbindungen zu den Medici. Petra hatte das Team geleitet, das aus dem vom Orden zur Verfügung gestellten Material die erste Datenbank zusammentrug und antike Dokumente in digitale Dateien verwandelte. Sie war ein sprudelnder Quell an Informationen über das frühe Christentum, über Reliquien und europäische Geheimgesellschaften. Was sie nicht aus dem Stegreif wusste, konnte sie jederzeit in ihrer Datenbank finden.

»Annes Bericht zufolge wurde das Grabtuch von einer Ehrengarde des Ordens beschützt«, stellte Peter nun fest. »Interessant. Ich wusste bisher nicht, dass der Orden noch im 16. Jahrhundert mit dem Schutz des Tuchs betraut war, bevor es nach Turin gebracht wurde. Ich werde Petra anrufen und fragen, was sie darüber weiß.«

»Ja, fragen wir sie«, stimmte Berenger zu. »Besonders im Hinblick auf die Verbindungen zu Magdalena und den Merowingern. Diese Lesart kannte ich noch gar nicht. Du, Maureen?«

Sie schüttelte den Kopf. »Nein. Auch für mich ist das vollkommen neu und deshalb umso aufregender. Ein weiterer Beweis für die bedeutende Rolle der Frauen in der frühen Christenheit. Und auch dafür, dass Magdalenas Einfluss im 16. Jahrhundert noch immer ungebrochen war.«

»Das Grabtuch wurde stets an Frauen weitervererbt?«, wunderte sich Peter. »Kann das wahr sein? In all meinen Studien zum Grabtuch habe ich nie einen Hinweis gefunden, der auch nur diese Möglichkeit erwähnt.«

Maureen erwiderte spöttisch: »Tatsächlich? Das ist ja seltsam, wo Frauen in der mittelalterlichen Geschichtsschreibung doch überall vorkommen, besonders in den Annalen der Kirche. Da muss es doch auch Berichte über ein Geschlecht mächtiger Frauen geben, die die umstrittenste christliche Reliquie der Christenheit bewachen.«

Peter warf die Hände hoch und gab sich geschlagen. »Sorry. Hast ja recht. In der Geschichtsschreibung ist stets nur von Rittern und Kreuzfahrern die Rede, die Beute aus Konstantinopel in die Heimat bringen.«

»Es gibt einen Grund, warum niemand weiß, wo das Grabtuch bis zum 14. Jahrhundert gewesen ist«, betonte Maureen. »In der Geschichtsschreibung wird es in tausenddreihundert Jahren kein einziges Mal erwähnt, also hat jemand es verborgen, hat es beschützt. Diese Erklärung macht viel mehr Sinn.«

»Es ist wahr, dass das überlieferte Wissen über das Grabtuch bis zum 14. Jahrhundert reine Spekulation war, ein Konglomerat aus Legenden, Hörensagen und Mutmaßungen ohne jeden Beweis«, gab Peter zu.

Berenger und Maureen hatten vor zwei Jahren eine Woche in Turin verbracht, wo das Grabtuch heutzutage selten und nur in unregelmäßigen Abständen der Öffentlichkeit gezeigt wird. Da Peter zur damaligen Zeit im Vatikan gearbeitet hatte, erlaubte man ihm, gemeinsam mit Maureen und Berenger eine private Ausstellung der Reliquie zu besuchen. Vorher hatte Maureen ein rein akademisches Interesse am Turiner Grabtuch gehabt. Sie wusste, dass es umstritten war, zumal eine Radiokarbondatierung in den 1980er Jahren seine Echtheit in Zweifel zog; die Untersuchung hatte ergeben, dass es sich vermutlich um eine geschickte Fälschung aus dem Mittelalter handelte, wobei die Arbeitsweise des oder der Fälscher allerdings nicht genau bestimmt werden konnte. Der Streit um die Authentizität des Grabtuchs hielt bis heute an.

Berenger hatte das Grabtuch gründlich studiert und kannte die Legenden, die sich um dieses Artefakt rankten. Er besaß eine ganze Bibliothek über die Tempelritter und die Katharer und ihre Reliquien und Schätze, die ihnen angeblich einst gehört hatten.

»Wir wissen, dass das Grabtuch zuerst in der Chronik der Stiftskirche von Lirey erwähnt wird, um das Jahr 1355«, erklärte er nun. »Ein Ritter aus einer angesehenen Templerfamilie, Geoffroy de Charny, stellte es dort aus. Er war der erste dokumentierte Besitzer. Wo war das Tuch vorher? Niemand weiß es. Man vermutet, dass de Charny es entweder auf einem Kreuzzug nach Konstantinopel an sich brachte, oder dass ein Tempelritter es ihm vererbte, als die Templer verfolgt wurden und ihre Schätze verbergen mussten.«

»Das alles sind Mutmaßungen«, wandte Maureen ein. »Alle diese Berichte wurden von Männern verfasst, die kein Interesse hatten, die Beteiligung von Frauen zu erwähnen. Niemand hat je in Erwägung gezogen, dass es eine dritte mögliche Erklärung gibt, wie das Tuch in den Besitz de Charnys gelangt sein könnte, nämlich durch seine Frau.«

»Warte mal … ich habe ein Buch zu diesem Thema!« Berenger eilte in seine Bibliothek und kam mit einem dickleibigen Werk über die Geschichte des Grabtuchs zurück, das Inhaltsverzeichnis bereits aufgeschlagen.

»Margarete schreibt hier, dass das Grabtuch im Besitz einer Familie Vergy war«, murmelte Maureen, über Annes Bericht gebeugt. »Vergy? Der Name kommt mir irgendwie bekannt vor …«

»Hier«, sagte Berenger. »Jeanne de Vergy war die Ehefrau von Geoffroy de Charny – der Mann, dessen Name mit dem Auftauchen des Tuchs verbunden ist. Seht euch mal dieses Foto an.«

Berenger legte das Buch auf den Tisch, sodass die anderen

die Schwarz-Weiß-Aufnahme sehen konnten. Sie zeigte einen antik aussehenden Gegenstand aus Metall, einer rechteckigen Brosche ähnlich. Darauf war deutlich in Vorder- und Rückansicht ein Abbild jener Reliquie eingraviert, die heutzutage als das Turiner Grabtuch weltberühmt ist.

»Das ist ein Pilgermedaillon.« Peter las die Inschrift vor: »Geprägt für die erste öffentliche Präsentation des Heiligen Grabtuchs in Lirey, von Geoffroy de Charny – und seiner Frau, Jeanne de Vergy.«

»Seht nur, auf dem Medaillon sind zwei Wappen dargestellt!«, stieß Maureen hervor, schnappte sich ihren Laptop und startete den Browser. »Hört mal zu.« Sie las vom Monitor ab. »›Das Haus Vergy ist eine der ältesten dokumentierten Adelsfamilien Frankreichs, in direkter Linie von den Merowingerkönigen abstammend. Aufzeichnungen über die Familie datieren zurück bis ins fünfte Jahrhundert.‹ Und hier ist auch das Wappen der Vergys mit den drei Blumen – genau wie das auf dem Pilgermedaillon! Das Vergy-Wappen steht dem der Charnys an Bedeutung in nichts nach.«

»Und da ihr Wappen auf dem Medaillon erscheint«, nahm Berenger den Faden auf, »muss Jeanne de Vergy eine wichtige Frau gewesen sein.«

»Sie stammte aus einer einflussreichen Adelsfamilie, die fest in der Tradition der Gegend verankert war«, warf Maureen ein. »Und wir wissen ja, dass diese Traditionen in Frankreich beständig sind. Wenn die Vergys in der Gegend von Lirey die herrschende Familie waren, und wenn Jeanne in dieser Gegend für den Besitz eines so wichtigen Gegenstandes verehrt wurde, würde man das auf irgendeine Weise deutlich machen.«

»Aber wenn Geoffroy de Charny das Tuch aus Konstantinopel mitgebracht oder auf unbekannte Weise von den Templern bekommen hätte, gäbe es keinen Grund, Jeannes Wappen auf dem Medaillon zu verewigen.«

Während Maureen und Berenger Erklärungsmöglichkeiten durchgingen, beriet Peter sich telefonisch mit Petra in Florenz. Plötzlich hob er die Hand, um den anderen zu bedeuten, dass sie etwas Wichtiges mitzuteilen habe.

»Ich lege sie auf den Lautsprecher. Sie wusste sofort, wovon die Rede ist«, sagte er stolz. »Einer der vielen Gründe, warum ich sie liebe. Sie ist ein Genie.«

*»Buongiorno, amici«*, drang Petras fröhliche Stimme aus dem Lautsprecher. Eine Minute lang tauschten sie Höflichkeiten aus, dann wandten sie sich dem Thema zu. Sobald es um Geschichte ging, war Petra Feuer und Flamme.

»Peter sagt, ihr wollt etwas über das Grabtuch erfahren«, begann sie. »Nun, wir wissen, dass es im Besitz einer französischen Familie mit Namen Vergy war, aber wir wissen nicht, wie lange. Ich lese mal vor, was in unserer Datei steht: ›Jeanne de Vergy war die rechtmäßige Hüterin und Besitzerin des Grabtuchs, das in ihrer Familie, die von heiliger Abkunft war, weitervererbt wurde. Ihr Ehemann, Ritter Geoffroy de Charny, legte bei der Eheschließung den Eid ab, das Tuch zu beschützen, und wurde daher als Wächter der heiligen Reliquie in den Orden aufgenommen. Gemeinsam bauten sie die Kirche in Lirey wieder auf, damit das Grabtuch zum ersten Mal in der Geschichte der Öffentlichkeit gezeigt werden konnte‹.«

Sie legte eine kurze Pause ein und wiederholte dann mit Betonung: »*Gemeinsam*. Wie ihr wisst, passt das zur Lehre des Weges der Liebe, auf dem die Paare in einem Akt des Glaubens zusammenfinden.«

Berenger streckte die Hand aus und drückte Maureens Arm. »Und deswegen«, sagte er, »stehen *beide* Wappen auf dem Medaillon.«

»Richtig. Aber in dem Zusammenhang ist mir noch etwas aufgefallen«, fuhr Petra fort. »Der Neffe des Jean de Vergy wurde Papst. Er ist bekannt als Gegenpapst von Clemens VII.

während des Schismas, als es einen Papst in Frankreich *und* einen Papst in Rom gab. Clemens war der Papst in Avignon. Ich werde mir die Sache zwar näher anschauen müssen, aber ich habe hier schon mal Briefe vorliegen, die an Clemens gerichtet waren und in denen es um das Grabtuch geht. Es ist verrückt, aber man gewinnt den Eindruck, als wäre das Grabtuch selbst auf irgendeine Weise Teil der Kirchenspaltung. Hört zu, das hier ist interessant. Ich lese es euch vor. Eine Liste aller bekannten Hüter des Grabtuchs, von 1355 an:

Jeanne de Vergy
Margaret de Charny
Herzogin Jolande von Frankreich
Bianca von Savoyen
Erzherzogin Margarete von Österreich
Herzogin Claudia von Savoyen
Und noch einmal Margarete von Österreich

Von da an haben die Nonnen vom Orden der Klarissen darüber gewacht. Sie restaurierten das Tuch, als es bei einem Brand im Jahre 1534 beschädigt wurde. Für die Zeit danach herrscht einige Verwirrung darüber, wer der Besitzer war, bis das Tuch schließlich zum endgültigen Verbleib nach Turin verbracht wurde. Ist das nicht interessant? Sämtliche Hüter des Tuchs …«

Sie sprachen es gemeinsam aus: »Sind Frauen.«

*Unter dem Pont Neuf, Paris*
*Gegenwart*

»Mein Gott!«

Der leitende Inspektor der Pariser Kriminalpolizei, Jean-Luc Chopard, ging in die Knie, um die aufsteigende Übelkeit in seinem Magen zu bekämpfen. In seiner dreißigjährigen Dienstzeit hatte er Hässlichkeit in vielen Formen gesehen, vom organisierten Verbrechen bis hin zur Brutalität des internationalen Terrorismus. Doch dieser Mord besaß eine ganz eigene Art des Schreckens – ein Maß an Schlechtigkeit, das Chopard nicht begreifen konnte.

Er fluchte leise, als er erkannte, dass er sich ausgerechnet in eine schlammige Stelle gekniet hatte. Hier, im stets sonnenlosen Bereich unter der Brücke, war es nach dem ersten Frühjahrsgewitter immer noch feucht und schmutzig. Es war ein Fehler gewesen, sich in den Schatten unter der Brücke zurückzuziehen, um der Sonne und den Blicken seiner Kollegen zu entgehen, die seine Schwäche nicht mitbekommen sollten. Chopard befürchtete, dass er mit den Jahren eher weicher als härter geworden war. Und seinem bereits angeschlagenen Ruf bei Ermittlungen vor Ort war bestimmt nicht damit gedient, wenn er beim Anblick einer Leiche unter Würgeanfällen litt.

Chopard bekreuzigte sich und sprach ein kurzes Gebet zur heiligen Geneviève, der Schutzpatronin von Paris. Mühsam erhob er sich, wobei seine Knie vernehmlich knackten. In diesem Moment hatte er das Gefühl, hundert Jahre alt zu sein.

Er hatte die Brutalität dieser Welt unendlich satt. Einst hatte er sich dazu aufgerufen gefühlt, wie ein Kreuzfahrer die Unschuldigen zu beschützen und geschehenes Unrecht wiedergutzumachen. Doch in den letzten Jahren hatte es keine Atempausen mehr gegeben; entsetzliche Verbrechen ereigneten sich mit bestürzender Regelmäßigkeit. Mitunter fürchtete Chopard, diesem ständigen Bombardement nicht länger standhalten zu können.

Doch zuerst einmal hatte er einen Auftrag zu erledigen. Die merkwürdigen Umstände dieses Verbrechens mussten aufgeklärt werden. Sein Instinkt sagte ihm, dass der Mörder das Potenzial zu einem Serienkiller hatte – oder längst einer war.

Das Opfer war eine Frau Ende dreißig, Anfang vierzig; für eine genaue Bestimmung des Alters war es noch zu früh. Bevor sie in der Seine gelandet war, mochte sie recht attraktiv gewesen sein, nun aber war sie bläulich verfärbt und aufgedunsen. Chopard kannte sich mit Damenmode nicht aus, aber teure Kleidung und Schmuck wusste er zu erkennen. Und das war bereits das erste der vielen Rätsel in diesem Fall: der Schmuck. Wer immer diese Frau ermordet hatte, war kein Dieb. Das Opfer trug kostbare Perlen- und Brillantohrringe mit dazu passender Halskette. Ein Rubinring an ihrer manikürten linken Hand schien ein kostbares antikes Stück zu sein.

Nein, Raub war bestimmt nicht das Motiv für diese Tat gewesen, so viel wusste Chopard schon jetzt. Das war ja auch der Grund gewesen, dass man ihn zur Ermittlung hinzugezogen hatte. Die Details waren so ungewöhnlich, dass die Stadtpolizisten überfordert waren und einen Experten benötigten.

Ein junger Beamter mit rosigen Wangen kam auf Chopard zu, wobei er sich den Schlamm von den Knien bürstete. »Die Leiche ist bereits auf dem Weg in die Gerichtsmedizin, Inspecteur. Alles andere haben wir in Asservatentüten verpackt.«

Chopard nickte dankend und schaute sich um, fuhr mit den

Händen durch sein dichtes graues Haar, während er den Bereich des potenziellen Tatorts überschaute. Der Inspektor stand am westlichen Ende der Seineinsel Île de la Cité, ungefähr eine Meile von Notre-Dame entfernt. Sowohl die Kathedrale als auch die Brücke lagen in seinem Rücken. Links von ihm, am einen Ufer der Seine, befand sich der Anleger für die beliebten Touristendampfer, auf denen die Parisbesucher eine Stunde lang auf der Seine schipperten, um den Eiffelturm und andere Sehenswürdigkeiten zu bestaunen. Hier war immer etwas los, also mochte der eine oder andere vielleicht etwas gesehen haben. Andererseits strömten die Touristen in hellen Scharen hierher, selbst in der Nebensaison, denn eine Bootstour gehörte zu den unverzichtbaren Ausflügen in Paris. Gut möglich also, dass niemandem etwas Ungewöhnliches aufgefallen war. Eins zu null für den Mörder. An einem stark frequentierten Touristenort gestaltete die Spurensuche sich jedes Mal extrem schwierig. Tatsächlich war die Leiche von einer Gruppe Australier gefunden worden, die spätnachts ein Picknick an der Seine veranstaltet hatten.

Die Ermordete war links von der Stelle gefunden worden, an der Chopard jetzt stand, näher an dem kleinen hübschen Park, der Square du Vert-Galant hieß, sehr frei übersetzt mit »immergrüner Schürzenjäger« – der Spitzname von Frankreichs Lieblingsherrscher Heinrich IV. Er hatte im 16. Jahrhundert während der Religionskriege regiert und war darauf bedacht gewesen, die gegnerischen Parteien miteinander zu versöhnen, war er doch praktizierender Katholik und Protestant zugleich. Heinrich IV. war berühmt für seine Diplomatie, seine Klugheit und das Bestreben, die Lebensumstände der Bevölkerung zu verbessern; zum Dank nannten die Franzosen ihn den »guten König Heinrich«. Er hatte diese große Brücke, den Pont Neuf, erbauen lassen, auf dem seit 1818 seine Statue stand: der König zu Pferde, eines der Wahrzeichen von Paris.

Die Regentschaft Heinrich IV. fiel in stürmische Zeiten, und sein Schwanken in Sachen Religionsbekenntnis brachte Fanatiker auf beiden Seiten in Rage. Der König überlebte zwölf Anschläge auf sein Leben; dem dreizehnten fiel er zum Opfer. Der gute König Heinrich wurde erstochen, als seine Kutsche in einer Gasse feststeckte; ein katholischer Eiferer enterte das Gefährt und brachte dem König tödliche Stichwunden bei.

Daran dachte Inspektor Chopard, als er nun sinnend den Tatort betrachtete. Gab es da eine Verbindung? Hatte der Täter den Pont Neuf aus einem bestimmten Grund ausgewählt? Auszuschließen war es nicht. Die Sorgfalt, mit der der Mörder zu Werke gegangen war, war schon beim ersten Blick auf das Opfer offenkundig geworden, und Chopard wusste, dass er jedem noch so winzigen Detail höchste Aufmerksamkeit widmen musste.

Die Leiche der Frau steckte in einem Jutesack, den man vom Flussgrund heraufgezogen hatte. Die Füße und die vor der Brust gekreuzten Arme waren mit einem dünnen Seil gefesselt. Unter den Armen hielt die Frau etwas an sich gedrückt, das sich als ein Buch mit festem Einband erwies. Es steckte in einer Plastikhülle. Chopard hatte es umgehend zum Labor geschickt, damit es so rasch wie möglich kriminaltechnisch untersucht wurde. Der Jutesack war mit schweren Steinen gefüllt gewesen. Obwohl die Steine den Körper zuverlässig unter Wasser gehalten hatten, gab es doch eine seltsame Besonderheit, die dieser Absicht zu widersprechen schien: Das Seil, mit dem der Sack zugebunden war, maß etliche Meter und war an einem Schienennagel am Seineufer befestigt worden, am Rand des kleinen Parks namens Square du Vert-Galant. Es schien, als sollte die Leiche einerseits versinken, andererseits entdeckt werden. Offenbar hatte der Mörder gewollt, dass sein Werk irgendwann wieder zum Vorschein kam.

»Was halten Sie davon, Inspecteur?«

Chopard zuckte bei der Frage zusammen. Er hatte den jüngeren Polizisten glatt vergessen. Nun schaute er in das junge, eifrige Gesicht. *So war ich früher auch*, ging es ihm durch den Kopf. *Auch ich habe einmal für meinen Beruf gelebt.*

Wie lange es wohl dauern würde, bis es dem Jungen so erging wie ihm selbst? Bis sein Gesicht voller Falten war und seine Knie beim Bücken vernehmlich knackten?

»Es ist das reinste Theater«, antwortete er schließlich dem jungen Kollegen. »Sorgfältig inszeniert von einem Mörder, der uns eine Geschichte erzählen will. Und die Zeit wird erweisen, wie gut er seine Fährte verwischt hat, während er gleichzeitig eine Spur hinterlässt, der wir folgen sollen.«

»Für diesen Typ von Mörder ist es ein Spiel«, sagte der junge Mann in einem Tonfall, der keinen Widerspruch zu dulden schien. Chopard hätte darauf gewettet, dass dieses Greenhorn in seiner kurzen Karriere noch kein derartiges Verbrecherhirn erlebt hatte. Zumindest nicht außerhalb seiner Lehrbücher.

»Wohl wahr«, stimmte er zu. »Aber es ist ein gefährliches Spiel. Jeder Zug, den wir machen, will vorher gut bedacht sein, denn ich kann Ihnen versichern, dass auch unser Mörder jeden seiner Schritte genau bedenkt, und dass er uns viele Züge voraus ist. Andererseits dürfen wir nicht zu viel Zeit mit einem etwaigen Täterprofil verplempern, weil der Mörder schon längst ein neues Opfer im Visier haben kann. Begleiten Sie mich ins Labor, dort werden wir mehr über die Todesursache erfahren. Wenn die Frau Glück hatte, war sie bereits tot, als sie in den Fluss geworfen wurde. Ich bete darum, dass es so war.«

Der junge Beamte sah ihn verblüfft an. »Sie beten für die Opfer?«

Chopard nutzte diese Frage als eine Gelegenheit, einem jüngeren Kollegen ein wenig Weisheit mit auf den Weg zu geben.

»Ja, durchaus. Weil sie nicht nur Opfer sind. Sie sind vor allem Menschen. Sie hatten ein Leben, haben Familien, haben eine Geschichte zu erzählen – eine Geschichte, die durch ihr schreckliches Ende abrupt abgeschnitten wurde. Ich bete für ihre Seelen und für die Seelen derer, die sie geliebt haben. Wie heißen Sie, mein Junge?«

»Marron. Paul Marron.«

»Nun, Paul, wenn ich Ihnen nach dreißig Dienstjahren einen kleinen Ratschlag geben darf, dann ist es folgender: Verlieren Sie niemals Ihre Menschlichkeit.« Er machte kehrt und sagte über die Schulter: »Kommen Sie, fahren wir zum Labor.«

Die beiden Männer gingen in Richtung Brücke, wo zwei steile Treppen von der historischen Seineinsel hinauf zum Pont Neuf führten. Als Chopard sich der Brücke näherte, blieb er wie angewurzelt stehen.

»Was ist?«, fragte Marron.

»Die Tafel an der Brückenmauer.«

Auf einer Bronzetafel, die in die westliche Mauer des Pont Neuf zwischen den Treppen eingelassen war, stand zu lesen:

*An diesem Ort wurde Jacques de Molay,*
*letzter Großmeister des Ordens der Templer,*
*am 18. März 1314 verbrannt.*

»Fotografieren Sie die Tafel«, befahl Chopard. Der Jüngere gehorchte sofort, holte sein Smartphone aus der Tasche und machte eine Aufnahme.

»Jacques de Molay war eine wichtige Persönlichkeit des Mittelalters«, sinnierte Chopard. »Zusammen mit anderen Templern wurde er auf dem Scheiterhaufen verbrannt, so viel wusste ich bereits. Mir ist allerdings neu, dass die Verbrennung auf dieser Seineinsel stattfand. Aber das ist noch nicht alles. Was fällt Ihnen an der Tafel auf, Marron?«

Der junge Polizist blickte nachdenklich auf die Schriftzüge. Er wollte unbedingt die richtige Antwort geben, wollte vor dem legendären Inspektor seine Fähigkeiten beweisen. Dann sah er es. »Das Datum!«

Chopard bedachte den jungen Mann mit einem lobenden Blick. »Richtig, das Datum. Gut gemacht.« Er holte sein eigenes Handy hervor, tippte auf die mittlere Taste und blickte auf das Datum des heutiges Tages: 23. März.

»Ich will erst das Ergebnis der Obduktion abwarten, aber ich möchte wetten, dass die Leiche seit dem 18. in der Seine gelegen hat.«

# Institut für Rechtsmedizin

*Paris*
*Gegenwart*

Die Chefin des rechtsmedizinischen Instituts war eine schlanke, attraktive Schweizerin namens Dr. Adrienne Bartholdt. Ihr Arbeitsumfeld war tadellos aufgeräumt und makellos sauber – einer der Gründe, weshalb Chopard so gern mit ihr zusammenarbeitete. Bei Adrienne Bartholdt gab es keine Spekulationen, keine Umschweife. Sie kam direkt zur Sache, und ihr Verstand war scharf wie ein Skalpell.

»Das ist wirklich mal ein seltsamer Fall«, meinte die Ärztin, als sie sich Chopard gegenüber in ihren Ledersessel sinken ließ. Adrienne Bartholdt war eine eindrucksvolle Erscheinung. Aus ihrem dunklen Haar, das zu einem tief angesetzten Knoten zusammengebunden war, leuchtete eine breite silberweiße Strähne hervor. Sie nahm ihre silbergefasste Brille ab und rieb sich die Augen. »Aber ich habe auch ein paar gute Nachrichten.«

Chopard zog fragend die Brauen hoch.

»Lassen Sie es mich anders ausdrücken. Sagen wir, ich habe barmherzige Nachrichten. Unser Opfer war bereits tot, bevor es in die Seine geworfen wurde. Die Frau ist nicht ertrunken.«

»Gott sei Dank.« Chopard atmete auf. Den ganzen Morgen hatte er sich mit der Todesursache gequält, hatte sich das Entsetzen des Opfers vorgestellt, als es in einem mit Steinen beschwerten Sack in die Seine geworfen wurde. Zumindest hatte die bedauernswerte Frau nicht die Qual des Ertrinkens erleiden müssen. »Demnach war die Todesursache …?«

»Ein harter Schlag auf den Hinterkopf mit einem stumpfen Gegenstand, wobei der Schädel zertrümmert wurde. Sonst konnte ich keine Verletzungen feststellen. Keine Abwehrverletzungen und keinerlei Anzeichen dafür, dass sie sich gewehrt hat.« Die Ärztin legte eine bedeutungsvolle Pause ein, um den nächsten Punkt hervorzuheben. »Keine sexuelle Gewalt.«

Chopard war erstaunt. Es war ungewöhnlich, dass der Mord an einer attraktiven Frau nicht auf irgendeine Weise sexuell motiviert war. Damit eröffnete sich ein neues unerwartetes Problem, das im Hinblick auf das Tatmotiv eine andere Herangehensweise erforderte.

»Und der toxikologische Befund?«

»Leicht erhöhter Alkoholspiegel, der ein paar Gläsern Wein zum Abendessen entspricht, die sie ungefähr zwei Stunden vor ihrem Tod getrunken hat.«

Chopard dachte einen Moment darüber nach, ehe er fragte: »Wie ist es passiert, was glauben Sie? Hat sie ihren Mörder gekannt?«

»Glauben gehört nicht zu meinem Job.« Einer ihrer Mundwinkel zuckte ironisch; ein Lächeln war es nicht. »Ich liefere Ihnen lediglich die wissenschaftlich untermauerten Fakten, Inspecteur. Interpretieren müssen Sie sie selber. Doch vom medizinischen Standpunkt aus kann ich sagen, dass der erste Schlag von schräg hinten gegen den Schädel geführt wurde, genau hier.« Sie deutete an ihrem Kopf auf die entsprechende Stelle. »Er hat zweimal zugeschlagen. Der erste Schlag hat dem Opfer vermutlich das Bewusstsein geraubt. Der zweite Schlag war härter und hat zum Tod geführt. Die Frau hat bestimmt nicht mit dem Angriff gerechnet.«

»*Er* hat zweimal zugeschlagen? Was macht Sie so sicher, dass der Täter ein Mann ist, wenn kein sexueller Übergriff stattgefunden hat?«

»Die Wucht des Schlages deutet auf einen Mann als Täter

hin. Außerdem haben wir einen Holzsplitter in den Haaren der Frau gefunden, was an sich schon ein Wunder ist, da sie ja im Wasser gelegen hat. Aber in unserem Metier wissen wir ja, dass solche Dinge vorkommen. Der Holzsplitter befindet sich bereits im Labor. Mit ein wenig Glück wird er uns etwas über die Mordwaffe verraten.«

Chopard erhob sich. Wieder knackten seine Knie. Er fragte sich, ob jemand außer ihm es hörte. »Ich danke Ihnen, Adrienne. Ich bin ohnehin auf dem Weg ins Labor, weil ich wissen will, was die Kollegen über dieses Buch herausbekommen haben, das die Frau bei sich trug, und wie weit wir mit dem Zahnstatus und den Fingerabdrücken sind.«

»Oh, warten Sie!« Dr. Bartholdt reichte ihm einen Ordner von ihrem Schreibtisch. »Hätte ich fast vergessen. Die Frau hatte etwas im Mund. Ein Schmuckstück, glaube ich – es ist ebenfalls im Labor.«

»Schmuck?«

»Ja, eine Art Goldkette. Der Mörder muss sie im Mund des Opfers platziert und ihn dann geschlossen haben. Offenbar wusste er, dass die Leichenstarre den Mund der Frau verschließen würde, bis wir die Leiche bekommen. Die Ergebnisse sollten inzwischen vorliegen. Ich habe meinen Bericht bereits hochgeladen. Aber da ich weiß, dass Sie ein Dinosaurier sind und Ausdrucke bevorzugen, habe ich einen für sie gemacht.«

Chopard lachte – zum ersten Mal an diesem Tag. »Ich kann mich nicht einmal mehr an mein Passwort erinnern, mit dem ich mich ins System einlogge. Wobei mir einfällt: Ich weiß nicht mal, was aus meinem Laptop geworden ist. Na ja, vielleicht schaffe ich es in einen vorgezogenen Ruhestand. Dann bin ich weg hier, bevor endgültig die papierlosen Zeiten anbrechen.«

Adrienne lachte. Sie genoss das Herumalbern mit einem alten Freund in diesem rauen Gewerbe. Gemeinsam hatten sie viele grässliche Verbrechen untersucht, aber dieser neue Fall war extrem beunruhigend. Er ging Chopard besonders an die Nieren, das konnte die Ärztin erkennen. An der Tür sagte sie: »Sie können nicht in Rente gehen, Jean-Luc. Sie sind unersetzlich. Die Polizei braucht Sie. Die Opfer brauchen Sie.«

Chopard wedelte dankend mit dem Ordner, während er sich auf den Weg zum nächsten Schauplatz der Beweisfindungskette machte. Als er den stillen Korridor hinunterging, sprach er ein weiteres Gebet für die tote Frau, die ihren Mörder möglicherweise gekannt, ihm vielleicht sogar vertraut hatte.

# Château Veurne

*Sommerresidenz der Margarete von Österreich*
*August 1514*

An diesem Nachmittag war der Anstandsunterricht der Mädchen unerwartet von Madame Margarete unterbrochen worden. Doch in der Sommerresidenz war das Protokoll nicht so streng wie in Mecheln; eine Änderung im Stundenplan war jederzeit möglich. Margarete wirkte hier in Veurne entspannter als in Mecheln; sie verzichtete sogar auf ihren gewichtigen weißen Kopfputz, obwohl ihr Haar vollständig bedeckt blieb.

»Meine lieben Mädchen«, begann sie, »es hat sich eine Neuerung ergeben, die in Europa bald schon das Tagesgespräch sein dürfte und das Leben einiger von euch beeinflussen wird. Zwischen Frankreich und England wurde ein Friedensvertrag ausgehandelt mit dem Ergebnis, dass Frankreich eine neue Königin bekommen soll. Die jüngste Schwester Heinrichs von England, Mary Tudor, ist bereits auf dem Weg nach Frankreich, um neue Gemahlin König Ludwigs zu werden. Mary ist achtzehn und eine blühende junge Frau. Daher ist zu hoffen, dass sie dem französischen König einen männlichen Erben schenkt.«

»Aber Ludwig ist ein alter Mann!«, rief Elisa.

»Mehr als dreißig Jahre älter als sie, das ist wohl wahr. Aber so ist nun mal die Diplomatie. Ich war drei Jahre alt, als ich mit einem französischen König vermählt wurde. Deshalb sollten wir ein Alter von achtzehn Jahren als erhebliche Verbesserung betrachten.«

Einige Mädchen rutschten bei diesen Worten unbehaglich auf ihren Stühlen herum; Elisa zuckte sogar heftig zusammen. Anne lauschte schweigend. Die Staatsgeschäfte Englands hatten stets Auswirkungen auf die Angelegenheiten der Boleyns, daher wusste Anne, dass sie aufmerksam zuhören musste, um erfassen zu können, welche Bedeutung die Heirat Mary Tudors für ihr eigenes Leben haben konnte.

»König Ludwig hat zwei Töchter, edle Prinzessinnen einer Mutter von bester Herkunft, der verstorbenen Königin Anne de Bretagne«, fuhr Margarete fort. »Aber sie sind nun einmal Mädchen und nach dem alten salischen Recht nicht zur Thronfolge berechtigt.« Margaretes Abneigung für das veraltete Recht der Germanen war nicht zu überhören. »König Ludwig und seine verstorbene Gemahlin hatten vier Söhne, die alle tot geboren wurden – eine Tragödie, für die ihr, so hoffe ich, tiefes Mitleid empfindet. Auch ich hatte einmal ein Kind, das tot zur Welt kam. Es ist ein Schmerz, der alle Begriffe übersteigt. Nicht auszudenken, was Königin Anne hat durchmachen müssen, als ihre Söhne blau und leblos geboren wurden.«

Die Mädchen bekreuzigten sich und gedachten einen Moment lang der vier kleinen französischen Prinzen, die nie einen Atemzug getan hatten.

»Ihr dürft niemals vergessen, dass auch Königinnen Menschen sind. Sie leiden wie alle Mütter, wenn ihre Kinder krank oder verletzt sind oder gar sterben. Und auch Könige sind Väter. Dass ein Mensch eine Krone trägt, kann niemals den Schmerz lindern, den er empfindet. Es ist ihm nicht einmal gestattet, diesen Schmerz vor der Welt zu zeigen, denn es ist Pflicht des Adels, auch angesichts qualvoller Heimsuchungen Stärke und Entschlossenheit zu beweisen. Königin Anne starb an gebrochenem Herzen, nachdem ihr vierter und letzter Sohn das gleiche Schicksal erlitt wie die drei zuvor. König Ludwig ist jetzt Witwer mit zwei Töchtern. Deshalb muss er versuchen, Frankreich mit einem gesunden männlichen Erben zu segnen, damit die Nachfolge des Hauses Valois gesichert ist. Darum findet diese Heirat statt, die Ludwig obendrein Frieden mit England sichern wird.«

»Wann ist die Trauung, Madame Margarete?«, fragte Anne zögernd.

»Die Eheschließung soll im Oktober erfolgen. Wir werden also abwarten, was geschieht, während Europa diese unerwartete Neuigkeit verkraftet. Also gut – damit soll euer Unterricht für heute beendet sein. Ihr könnt heute Nachmittag eure Instrumente spielen oder euren Familien schreiben. Der Oberstallmeister hält die Pferde bereit, falls ihr in den Wald ausreiten möchtet. Genießt diesen Nachmittag, meine Schönen. Ich sehe euch bei der Abendtafel.«

Es kam selten vor, dass die Mädchen einen Nachmittag ohne Unterricht oder höfische Pflichten zur freien Verfügung hatten. Anne, die Ausritte liebte, verbrachte den ganzen Nachmittag in Gesellschaft einiger anderer Mädchen auf dem Pferderücken. Sie kehrten gerade noch rechtzeitig zurück, um die Reitkostüme abzulegen und sich für die Abendtafel fertig zu machen.

Elisa hatte fast ohne Unterbrechung über die Hochzeit der jungen englischen Prinzessin mit dem alten französischen König geschnattert. Nun sagte sie: »Es heißt, Prinzessin Mary sei die schönste Frau der Welt. Hast du sie jemals gesehen?«

Anne schüttelte den Kopf. Den flämischen Mädchen war die Kompliziertheit des englischen Königshofs unbekannt; sie begriffen nicht, in welchem Maße die Herrscherfamilie den Blicken ihrer Untertanen entrückt war. Annes Vater und ihr Onkel, der einflussreiche Thomas Howard, Herzog von Norfolk, verbrachten viel Zeit bei Hofe. Doch Anne, die auf Hever Castle in Kent groß geworden war, kannte die Londoner Paläste kaum. Andererseits hatte sie Elisa gern; deshalb versuchte sie, dem Mädchen mehr über die schöne Mary Tudor zu erzählen.

»Ich selber habe sie nie gesehen, aber mein Vater kennt sie von Kindesbeinen an. Er sagte mir, dass man sie Mary Rose nennt, weil sie mit ihrem Haar und ihrer Haut die Rose der Tudors ist. Ihr Haar ist von rot-goldener Farbe, wie das ihres königlichen Bruders, und fällt über ihren ganzen Rücken, und ihre Haut ist weiß und makellos wie Alabaster.«

»Wie bei einer Göttin aus der griechischen Sage, meinst du? Kein Wunder, dass der König von Frankreich so versessen darauf ist, Mary zu heiraten!«, stieß Elisa aufgeregt hervor.

»Wohl eher versessen darauf, sie ins Bett zu bekommen!«, witzelte Beatrice.

»Mir tut sie leid«, erklärte Anne. »Sie hätte sich diesen Mann bestimmt nicht selbst ausgesucht.«

»Ein gichtgeplagter alter Franzose mit düsterem Gemüt und fauligem Atem? Den würde sich kein Mädchen aussuchen, das alle Sinne beisammen hat!«, rief Elisa. Die junge Flämin entstammte einer Kultur, in der Franzosen als beinahe verachtenswerte Kreaturen betrachtet wurden. Die Feindschaft zwischen Frankreich und Flandern ging tief; Elisa jedenfalls hätte keinen französischen König begehrenswert gefunden, so viel stand fest.

Anne ließ rasch den Blick schweifen, doch Isabeau, das französische Mädchen, war nirgendwo zu sehen. Elisa würde es wahrscheinlich nicht wagen, in Anwesenheit von Französinnen schlecht über sie zu sprechen. Die flämischen Mädchen hielten ebenso fest zusammen wie die jungen Französinnen. Anne als einzige Engländerin wurde als neutral betrachtet; deshalb bekam sie die Meinung beider Seiten zu hören.

»Trotzdem wird Mary die neue Königin von Frankreich«, meinte Beatrice. »Und da Frauen ihren Ehemann nicht frei wählen dürfen, kann sie zumindest Reichtum und hohes Ansehen erheiraten. Ehrlich, ich würde mich mit einem alten Mann abfinden, wenn ich dafür Königin von Frankreich werden könnte!«

»Ich nicht«, erklärte Elisa. »Ich würde einen weniger bedeutenden Mann vorziehen, wenn er nur jung und stark ist – einen Prinzen mit einem Herz aus Gold!«

»Eine Truhe voller Gold bringt dich weiter als ein goldenes Herz«, konterte Beatrice. »Stell dir nur vor, welche Kleider du haben könntest!«

»Vielleicht ist ja beides möglich«, sagte Anne. »Ich sehe nicht ein, wieso man nicht auch einen jungen, reichen Ehemann bekommen könnte. Es gibt doch ebenso viele reiche junge Männer wie reiche alte Männer!«

Die Mädchen kicherten. Dann fragte Elisa, die nicht mehr ganz so selbstsicher wirkte wie zuvor: »Ist es unmöglich, aus Liebe zu heiraten? Was meint ihr?«

Beatrice schnaubte und warf Elisa einen abfälligen Blick zu. Anne überlegte einen Moment. Sie wollte Elisa Hoffnung geben, obwohl sie Beatrice recht geben musste. Schließlich meinte sie: »Nun ja, Margarete war sehr verliebt in ihre beiden Ehemänner, in Johann von Asturien und Philibert von Savoyen. Vielleicht ist es nicht ganz unmöglich.«

»Margarete hat bloß zweimal Glück gehabt«, widersprach Beatrice. »Sie hat nicht aus Liebe geheiratet, hatte aber das Glück, Männer zu bekommen, in die sie sich verlieben konnte.«

»Aber wenn Margarete so etwas widerfahren konnte, warum dann nicht auch uns?« Elisa ließ sich nicht beirren.

Anne lächelte ihr zu. »Stimmt genau, Elisa. Warum sollten wir nicht die gleiche Chance haben, in einer Ehe wahre Liebe zu finden? Ich wünsche es dir und uns allen.«

Am nächsten Morgen schaute Anne aus dem Fenster auf eine Reihe von Kiefern, die sich bis zum Wald von Veurne hinzogen. Heute begann der Unterricht später, wie es dem entspannteren

Sommerstundenplan entsprach, und sie hatte Zeit, sich eingehender mit den Traktaten von Meister Erasmus zu befassen, die Margarete ihr besorgt hatte.

Anne hörte das Hufklappern auf dem Kopfsteinpflaster des Hofes, bevor sie den Boten auf seinem erschöpften Pferd zu Gesicht bekam. Es war deutlich zu erkennen, wie sehr das arme Tier gehetzt worden war, damit Margarete irgendeine dringende Nachricht bekam. Feucht glänzten die Flanken des grauen Apfelschimmels – ein Hengst, den Anne sogleich an seiner Größe und dem unverkennbaren schwarzen Streifen am Maul erkannte: Es handelte sich um ein reinrassiges spanisches Streitross, das ihrem Vater gehörte. Das Pferd war ein Geschenk Margaretes gewesen. Genauer gesagt, Thomas Boleyn hatte es bei einer Wette mit Margarete gewonnen.

»Sieh doch, der Hengst! Ist er nicht prächtig?« Elisa schob sich neben Anne ans Fenster, als sie den Tumult draußen vernahm. »Ist das ein Bote? Und er kommt hierher nach Veurne? Was mag da passiert sein?«

Anne versuchte, den Kloß in ihrer Kehle hinunterzuschlucken. Den Boten selbst kannte sie nicht, doch seine Livree war ihr so vertraut wie ihr eigener Name. Für den Moment brachte sie kein Wort mehr hervor. Was konnte ein Bote der Boleyns bedeuten? Trotz ihrer jungen Jahre hatte Anne die Erfahrung gemacht, dass Boten, die es so eilig hatten, meist Überbringer schlechter Nachrichten waren.

Lange wurde Anne nicht im Unklaren gelassen. Nach dem Mittagsmahl, das sie nicht anrührte, wurde sie von Margarete in die Privatgemächer zitiert. Seitdem Anne den Boten gesehen hatte, zog sich ihr Magen vor Angst zusammen, und sie hatte alle Disziplin aufbringen müssen, um während der morgendlichen Musikstunde still zu sitzen. Die Musik, normalerweise eines ihrer Lieblingsfächer, verschaffte ihr heute keinen Frieden.

Margaretes Gesicht war ernst und um die Augen herum leicht gerötet.

*Ist es möglich, dass sie geweint hat?*, fragte Anne sich erschrocken.

»Anne, heute kam ein Bote von deinem Vater. Ich sehe an deiner ängstlichen Miene, dass du es schon weißt, also werde ich dir weiteres Rätseln ersparen. Nun, zunächst einmal kann ich dich beruhigen. Es ist niemand gestorben ...« Sie atmete tief durch, ehe sie fortfuhr: »Aber du wirst es sicher nicht gern hören, dass dein Vater dich aus meiner Obhut nehmen will.«

»Aus Eurer Obhut nehmen?« Anne schnappte vor Schreck nach Luft. Die Neuigkeit traf sie wie ein Dolch, der ihr in die Brust gestoßen wurde. »Aber warum, Mylady? Habe ich etwas falsch gemacht?«

Margarete schloss kurz die Augen angesichts der Unschuld Annes. Auch wenn sie klug und reif erschien – sie war noch ein Kind, und Kinder glaubten sich stets für alles Unglück in ihren Familien verantwortlich. Margaretes Herz schmerzte in diesem Augenblick stärker, als sie es für möglich gehalten hätte. Seit das Mädchen in ihrer Residenz weilte, hatte sie es immer mehr lieb gewonnen. Sie hatte damit gerechnet, Anne noch mindestens ein Jahr, wenn nicht länger, bei sich behalten zu können. Margarete hatte große Pläne mit ihr, die nun rücksichtslos zunichtegemacht wurden.

»Nein, meine Kleine. Du hast alles richtig gemacht – und genau das ist der Grund, warum dein Vater dich von hier fortholen will. Du sollst an den französischen Hof geschickt werden. Setz dich, dann werde ich dir alles erklären.«

Sie nahm den Arm des Mädchens und führte es zu einer samtbezogenen grünen Polsterbank. Dann holte sie den Brief, den Thomas Boleyn geschickt hatte, von ihrem Schreibpult. In dem Brief bat Thomas darum, Anne so bald wie möglich in die Heimat zurückzuschicken, damit sie ihre Schwester Mary nach

Frankreich begleiten könne. Die Boleyn-Mädchen waren auserkoren worden, der neuen Königin zu dienen, die in der Fremde des französischen Hofes englische Hofdamen um sich scharen wollte.

Anne war wie betäubt. Ihre Welt war in Stücke zerschlagen worden. Sie konnte die Vorstellung, Mecheln zu verlassen, nicht fassen. Und der Gedanke, auf den klugen Rat Margaretes verzichten zu müssen und von den anderen Mädchen getrennt zu sein, die sie wie Schwestern liebte, war ihr unerträglich.

»Ich habe keine andere Wahl, als deinem Vater diesen Wunsch zu erfüllen, Anne. Aber es gibt keinen Grund, irgendetwas zu überstürzen. Dein Vater hat sich die Sache nicht gründlich genug überlegt. Er bittet darum, dass du zunächst nach England geschickt wirst, um von dort nach Frankreich zu reisen. Zwei Seereisen innerhalb so kurzer Zeit? Das ist Unsinn und obendrein unsicher. Ich werde ihm antworten, dass du auf dein neues Leben in Frankreich viel besser vorbereitet werden kannst, wenn du so lange wie möglich bei mir in Mecheln bleibst. Es gibt keinen Grund, dich vor der Hochzeit im Oktober nach Frankreich zu schicken. Und wir werden zusehen, dass wir die Zeit bis dahin so gut wie möglich nutzen.«

Sie nahm Annes Hand. »Am Montag reiten wir nach Mecheln. In den nächsten Wochen werde ich dir mehr Zeit widmen, abseits von Augen und Ohren der Öffentlichkeit, damit ich dich auf den französischen Hof vorbereiten kann – und auf die Feinheiten, die du beachten, und die Heimtücke, die du meiden musst.«

*Palast von Mecheln*
*September 1514*

»*Fortune, infortune, fortune*«, las Margarete die französische Inschrift für »Glück« und »Unglück« vor, die in eine Wand ihres Arbeitszimmers gemeißelt war. »Weißt du, was das bedeutet, Anne?«

»Es ist Euer persönliches Motto!«

»Ja. Und weißt du auch, warum ich es gewählt habe? Warum ich es in die Wand einmeißeln ließ? Weil es die wichtigste Lektion meines Lebens ist. Auf Glück folgt häufig Unglück, doch wenn man mit starkem Glauben durch die Mühsal geht, die Gott einem auferlegt, wird man eines Tages wieder zum Glück gelangen. Jedes Unglück, so schlimm es uns auch vorkommt, gibt uns die Möglichkeit, zu wachsen und uns zu verändern. Als ich siebzehn und sehr verliebt in meinen Mann Johann war, glaubte ich sterben zu müssen, als er dem Fieber erlag. Ein größeres Unglück konnte ich mir nicht vorstellen, und wie denn auch? Doch vier Jahre später lernte ich jenen Mann kennen, den ich bis in alle Ewigkeit lieben werde – Philibert von Savoyen. Verstehst du? Das Glück führte mich zu Johann, und das Unglück nahm ihn mir, bis wieder das Glück die Oberhand gewann und mir Philibert schenkte.«

Anne nickte, schwieg jedoch. Sie wusste, dass sie in der kurzen gemeinsamen Zeit, die ihnen noch blieb, jedes Wort dieser klugen Frau in sich aufnehmen musste.

»An dem Tag, als mir Philibert entrissen wurde, habe ich

versucht, mich aus dem Fenster zu stürzen. Ich konnte mir nicht vorstellen, den Schmerz und die Verzweiflung jemals zu überwinden. Ich habe mich geirrt. Obwohl ich Philibert jeden Tag meines Lebens vermisse, wurde mir von Gott die Aufgabe übertragen, Einfluss zu nehmen auf das Leben der künftigen Herrscherinnen Europas. Das ist ein großes Glück, das mir die Trauer darüber nimmt, keine eigenen Kinder zu haben, denn dadurch habe ich die Freiheit, viele andere Kinder zu unterrichten – Kinder, die Einfluss auf die Zukunft Europas haben werden und auf alles, was uns lieb und teuer ist. Das ist *mein* Glück, Anne, das sich unter dem Unglück verbirgt. Es liegt an uns selbst, ob wir dem Unglück gestatten, uns niederzuwerfen, oder ob wir uns Gott anvertrauen und weitermachen. Dann nämlich wird sich unser Unglück stets in Glück verwandeln.«

Anne lauschte aufmerksam und voller Ernst, wie es ihre Art war. Ihre großen dunklen Augen schauten gebannt, während sie jedes Wort in sich aufsog.

»Ich werde dir noch eine Wahrheit zeigen, die in diesem Motto verborgen liegt.« Margarete griff nach einer Feder und schrieb das Zitat noch einmal auf, wobei sie das letzte Wort unterteilte:

*Fortune, Infortune, Fort une*

Anne begriff sofort. *Fort* bedeutete stark, und *une* war das weibliche Singular. »*Fortune, infortune* … starke Frau.«

»Richtig! Es ist ein Kreislauf, der starke Frauen gebiert. Wie wäre es jetzt mit einer Partie Schach?«

Seit drei Wochen war dies ein wiederkehrendes Ritual: Jeden zweiten Abend wurde Anne in Margaretes Privatgemächer zitiert und spielte mit ihrer Mentorin eine Partie Schach auf einem silbernen Brett mit Figuren aus Jade und Jaspis. Während des Spieles mit Springer und Bauer, Königin und König belehrte Margarete von Österreich Anne über die komplizierte Welt, die sie in Frankreich erwartete. Bislang hatte Annes einziger Trost darin bestanden, dass ihre ältere Schwester Mary ebenfalls als Hofdame zur Königin bestellt war, sodass sie in dieser fremden Welt nicht allein dastand.

Während Anne ihren Springer zog, sagte Margarete: »Ich habe heute einen weiteren Brief von deinem Vater erhalten. Er befiehlt dir, in Frankreich stets auf deine Tugend zu achten. Das könnte sich als größere Herausforderung erweisen, als du vielleicht denkst, denn der französische Hof ist viel sittenloser als der englische.« Sie lächelte. »Allerdings würde ich mir in dieser Hinsicht mehr Sorgen um Elisa machen. Du, Anne, bist klug und standhaft genug, um deine Tugend zu schützen. Du wirst nicht so leicht zum Opfer nichtiger Schmeicheleien, das weiß ich. Und am französischen Hof gibt es viele hübsche Personen, die ausnehmend hübsche Worte machen. Dieser Versuchung, Anne, musst du Stärke entgegensetzen. Iss nicht von dem Apfel, der Hof von Frankreich heißt, und du wirst eines Tages den wahren Garten Eden finden.«

Sie nickte beifällig, als Anne einen ihrer Bauern schlug; dann fuhr sie fort: »Dein Vater schreibt, dass du zur Dolmetscherin für die neue Königin erwählt wurdest. Offensichtlich sind die Französischkenntnisse der Tudor-Prinzessin und ihrer Hofdamen nicht gerade überwältigend, also wird Mary Tudor auf deine Hilfe angewiesen sein. Natürlich kommt es König Ludwig nicht auf ihre Sprachkenntnisse an. Er hat diese hübsche englische Stute aus einem ganz anderen Grund nach Frankreich geholt. Aber sie wird an seinem Hof mit sehr vielen Leuten sprechen müssen, und dann wirst du für sie wertvoller sein als Gold. Dein Vater schreibt überdies, dass deine Schwester Mary die Sprache gut genug beherrscht, um ein einfaches Gespräch zu führen, aber für diplomatische Belange reichen ihre Kenntnisse nicht aus.«

Anne schmunzelte. »Meine Schwester ist keine Diplomatin.«

»Hmm, ich muss zugeben, dass ich das auch schon habe läuten hören.«

Anne beeilte sich, ihre Bemerkung richtigzustellen. »Oh, ich wollte nicht respektlos sein! Ich liebe Mary von ganzem Herzen. Aber sie ist nun einmal … Elisa sehr ähnlich. Sie war immer damit zufrieden, nur mithilfe ihres hübschen Gesichts weiterzukommen. Sie interessiert sich kaum für Bücher, nicht einmal die Bibel mag sie lesen. Ich bin nicht sicher, ob Mary überhaupt weiß, was Diplomatie bedeutet.«

Margarete überlegte einen Moment. »Bestimmt wird eure Mary die passende Gefährtin für die Tudor-Rose sein. Und damit bist du von dieser Pflicht befreit. Deine Aufgabe ist es, der Königin als Dolmetscherin zu dienen und dich aus dem Getümmel des Hofes herauszuhalten, so gut es eben geht. Wenn wir die Schachpartie beendet haben, Anne, möchte ich, dass du deinem Vater schreibst und ihm dankst, dass die kluge und tugendhafte Mary sich dazu herablässt, dich in ihre Dienste zu nehmen.«

»Das werde ich tun. Aber Ihr habt mir doch erzählt, dass Mary Tudor …«

»Ein Wirrkopf und eine verzogene Göre ist? Ja, das habe ich dir in der Ungestörtheit meiner Privatgemächer anvertraut, wo es nur für deine Ohren bestimmt war. Du musst immer daran denken, dass deine Korrespondenz in die Hände deiner Feinde geraten könnte, oder zumindest in die Hände derjenigen, die andere Ziele verfolgen. Deshalb mache es dir zur Regel, niemals etwas aufzuschreiben, das du nicht auch dem König und seinem versammelten Hofstaat vorlesen könntest. Und nun wiederhole, was ich dir gerade gesagt habe.«

Anne nahm die Hand von der Schachfigur, die sie hatte bewegen wollen. Wenn Margarete sichergehen wollte, dass Anne eine Lektion auch wirklich verstanden hatte, bat sie das Mädchen, das Gesagte wörtlich zu wiederholen. Annes Gedächtnis war nahezu perfekt, und ihr gefiel die Herausforderung. »Ich darf niemals etwas aufschreiben, das ich nicht auch dem König und seinem versammelten Hofstaat vorlesen könnte.«

Margarete nickte. »Sehr gut! Im Gegenzug musst du Dinge aufschreiben, die du dem König und seinen Höflingen vorlesen *könntest*. Das ist der zweite Teil der Lektion über die Macht des geschriebenen Wortes. Briefe, in denen du dich in glühender Bewunderung für deinen Monarchen oder eine wichtige Persönlichkeit ergehst, sind für einen Höfling überaus nützlich. Deshalb solltest du solche Briefe bisweilen wie zufällig herumliegen lassen, damit sie von Neugierigen gelesen werden. Das wird bei den Tudors, bei denen kleine Schmeicheleien dich stets voranbringen, besonders gut funktionieren. Wenn du also in einem Brief an deinen Vater in ehrfürchtigem Ton über Mary Tudor sprichst, gibst du ihm eine Trumpfkarte in die Hand, die er zu deinen Gunsten ausspielen kann. Du wirst die beliebteste und vertrauenswürdigste Hofdame der künftigen Königin sein, bevor sie dich überhaupt gesehen hat. Verstehst du?«

Anne nickte eifrig.

»Gut. Ich möchte, dass du diesen Ratschlag auf jeden Brief anwendest, den du in deinem Leben schreiben wirst, Anne. Schreibe also deinem Vater, dass du es gar nicht erwarten kannst, die kluge, tugendhafte Königin kennenzulernen, die dir eine solche Chance gegeben hat.«

Wieder nickte Anne. »Und ich schwöre«, fügte sie hinzu, »dass ich immer Eure Stimme hören werde, wenn ich einen Brief schreibe, mein Leben lang.«

»Es wird dir zum Vorteil gereichen. Sei dir dessen stets bewusst, lass es dir aber nicht anmerken. Du wirst von der jungen Königin gebraucht – und je mehr sie dich braucht, desto sicherer wirst du sein. Aber lass dich nicht auf ihre Ränke ein.

Dein Vater ermahnt dich nicht umsonst, auf deine Tugend aufzupassen wegen Marys Ruf – und damit meint er beide Marys, deine Königin und deine Schwester. Dein Vater befürchtet, deine Schwester könnte am französischen Hof unter die Räder geraten. Doch mehr als alles andere fürchtet er ihren Einfluss auf dich. Wenn sie den Weg der geraubten Tugend wählt, dann folge ihr nicht. Dein Vater hat *dich* zu mir geschickt, nicht Mary, und das aus gutem Grund.«

Margarete lehnte sich in ihrem Sessel zurück und schaute Anne nachdenklich über ihre gefalteten Hände hinweg an. Dann lächelte sie – voller Mutterliebe und Stolz.

»Aber er kennt dich nicht so gut, wie ich dich mittlerweile kenne. Ich glaube nicht, dass du dich jemals unter Wert verkaufen wirst, Anne. Nebenbei gesagt: Du hättest eine Krone tausendmal mehr verdient als dieses frivole Tudor-Geschöpf, das übers Meer segelt, um die französische Lilienkrone zu tragen. Wenn Kronen doch nur durch Verdienste erworben würden und nicht durch Geburt! Denn in dir, mein Kind, schlummert die Seele einer Kaiserin.«

Anne war dermaßen verblüfft, dass sie kein Wort herausbrachte. Margarete zwinkerte ihr zu. »Du bist am Zug, Liebes.«

Anne richtete den Blick wieder aufs Spielbrett und wollte schon nach dem Turm greifen, als Margarete verächtlich mit der Zunge schnalzte. »Nicht doch! Denk immer gründlich nach, bevor du die wichtigen Figuren ziehst, denn sie sind diejenigen, die das Spiel entscheiden. Du musst stets ein paar Züge im Voraus denken. Wenn du jetzt den Turm ziehst, bist du an einer anderen Stelle – hier – ungeschützt und bringst deine Königin in Gefahr. Und die Königin, Anne, musst du stets zuallererst schützen.«

Margarete machte die nächsten Züge sowohl für Schwarz, als auch für Weiß und zeigte Anne, welche bösen Folgen ihr

Zug gehabt hätte. »Was nun die junge Tudor-Königin betrifft«, fuhr Margarete dann fort, »ist es in ihrem Fall der König, der gefährdet ist. Mary wird Ludwig ins Grab bringen, lass es dir gesagt sein.«

Anne schaute abrupt auf. »Ist das … eine Prophezeiung?«

Margarete zuckte die Achseln. »Vielleicht. Möglicherweise ist es nur gesunder Menschenverstand. Ludwig wird alt und kränkelt, das ist kein Geheimnis. Mary Tudor aber ist jung und begehrenswert. Und schon jetzt ist sie berühmt für ihr … nun, sagen wir, lebhaftes Temperament. Mehr zu sagen, wäre nicht schicklich, schließlich ist sie die Schwester deines Königs. Also diene ihr gut und klug zugleich. Stelle deine Talente in ihren Dienst, aber nicht dich selbst. Der französische Hof ist ein tückisches Pflaster, und deine englische Prinzessin ist verwöhnt und auf ihre Rolle als Königin von Frankreich denkbar schlecht vorbereitet. Mach dich nützlich, aber lass dich nicht ausnutzen. Wenn der alte Ludwig in absehbarer Zeit schachmatt gesetzt wird, musst du auf der richtigen Seite des Spielbretts stehen – und die richtige Königin beschützen.«

An diesem Abend setzte Anne ein kurzes Schreiben an ihren Vater auf. Sie gab es Madame Margarete, damit es in einem Päckchen, auf das der Bote bereits ungeduldig wartete, nach Kent mitgeschickt wurde.

Margarete freute sich über den klugen Einfall ihres Schützlings. »Du verstehst dich gut auf Führung und Staatskunst, Anne«, lobte sie. »Das ist nicht allen Frauen gegeben, wie du an deinen Mitschülerinnen sehen kannst. Sie sind wohlerzogen und intelligent, aber nicht dazu geboren, Angelegenheiten des Volkes und der Staatsführung zu verstehen.« Sie seufzte. »Leider trifft das auch auf viele Männer zu. Als ich meinen geliebten

Philibert heiratete, zeigte er überhaupt kein Interesse daran, Savoyen zu regieren. Er war fröhlich und schön und wie geschaffen für heiteren Zeitvertreib, deshalb fiel es mir zu, mich um das Schicksal unserer Besitztümer zu kümmern.«

Anne hatte keine Scheu mehr davor, freimütige Fragen zu stellen, so vertraut war sie mit Margarete geworden. »Hattet Ihr denn keine Angst davor?«

»Überhaupt nicht. Ich war ja darin geschult worden. Schon in meiner Jugend wurde ich darauf vorbereitet, Königin von Frankreich oder Spanien zu werden. Obwohl ich letztlich keine dieser Kronen getragen habe, erwarb ich mir dennoch die damit einhergehende Erfahrung. Ich wusste, was Frankreich begehrte, wie Spanien es daran hindern wollte und wie alle anderen Herrscher Europas auf die Vorteile hofften, die ihnen Kriege zwischen den beiden Mächten einbringen konnten.« Sie nickte bekräftigend. »Ich wusste es deshalb, weil ich aufmerksam lauschte und von jedem König und jeder Königin, jedem Herzog und jeder Herzogin lernte. Ich lernte von den Besten, was man tun sollte, und von den Schlechten, was man nicht tun sollte. Eifere den Großen nach und ignoriere die Unbedeutenden, Anne. Das ist der wichtigste Rat, den ich dir mit auf den Weg geben kann. Gib dich nie mit weniger zufrieden, als dir zusteht, und zeige der Welt, dass du deines Auftretens und deiner Taten wegen immer nur das Beste verdienst.«

»Ich will versuchen, mich stets daran zu halten.« Nur mit Mühe konnte Anne die Tränen zurückhalten. Bald wurde es ernst: Sie würde Mecheln und Margarete verlassen müssen. Aber sie durfte keine Schwäche zeigen. Sie musste auftreten wie die Edelfrau, die sie in Margaretes Augen war.

»Bewundere nicht die verwöhnte Prinzessin, die mit dem Fuß aufstampft, weil sie glaubt, diese Macht sei ihr Geburtsrecht. Das ist keine wahre Macht, sondern eine leere Geste, und sie wird damit am Ende nichts von Wert gewinnen. Bewundere und eifere der edlen Frau nach, die weiß, wie sie den gewöhnlichen Menschen zu behandeln hat. Wiederhole das.«

»Bewundere und eifere der edlen Frau nach, die weiß, wie sie den gewöhnlichen Menschen zu behandeln hat«, wiederholte Anne pflichtgemäß.

»Sehr gut. Du musst durch dein Verhalten deinen Adel erkennen lassen, und die Welt wird dir zu Füßen liegen.«

Der schreckliche Tag war gekommen.

Anne war sicher, dass es ihr das Herz brach. Wie sollte sie den Mädchen, die für sie wie eine Familie geworden waren, Lebewohl sagen? Jede hatte ihr zum Abschied etwas geschenkt: Elisa ein Samtband für die Haare, Beatrice ein Taschentuch, das sie selbst bestickt hatte, und Isabeau ein silbernes Lesezeichen. Anne hatte für jede ihrer Schwestern ein Gedicht verfasst.

Nach dem Mittagsmahl rief Madame Margarete Anne ein letztes Mal in ihre Gemächer, um eine Partie Schach zu spielen. Anne befürchtete, den Abend nicht ohne Tränen zu überstehen, war aber fest entschlossen, Stärke zu zeigen. Ihre Mentorin sollte stolz auf sie sein – mehr denn je.

Margarete setzte sich dem Mädchen gegenüber an ihren üblichen Platz, berührte jedoch die Figuren nicht. Stattdessen richtete sie den Blick auf das Mädchen. »Anne, ich möchte dir eine Geschichte über die Familie meines geliebten Philibert erzählen. Es ist eine Geschichte, die großen Einfluss auf deine Zukunft haben wird, also höre mir gut zu. Ich habe sie bis zuletzt aufbewahrt, weil du dir jedes Wort merken musst.«

Anne versprach, aufmerksam zu lauschen und keine Zwischenfragen zu stellen.

»Als Philibert verstarb, hinterließ er eine ältere Schwester, Herzogin Louise von Bourbon und Savoyen. Sie war eine beeindruckende Frau: stark, klug und von unerschütterlichem Glauben erfüllt. Nie habe ich einen willensstärkeren Menschen gekannt, ob Mann oder Frau. Louise ist eine der mächtigsten Verbündeten, die ein Herrscher in Europa haben kann, und es ist nicht ratsam, sie zum Feind zu haben. Nach Philiberts Tod ging die Macht in Savoyen in ihre Hände über, wobei sie bereits durch ihre Mutter Marguerite in der dynastischen Folge von Bourbon stand. Darüber hinaus machte Louise eine vorteilhafte Partie und heiratete Charles, den Grafen von Angoulême, einen der reichsten Männer des Kontinents, in dessen Adern überdies das Blut der französischen Könige fließt.

Nun kam kurz nach der Hochzeit Louises mit Charles von Angoulême ein geheimnisvoller heiliger Mann als Gesandter des Papstes an den französischen Hof, ein Italiener, der sich Franz von Sales nannte, nach dem berühmten heiligen Franz von Assisi. Von Sales war Oberer eines Eremitenordens und aufgrund seiner treffsicheren Weissagungen bei Hofe bald sehr gefragt. Der König von Frankreich ließ ein Kloster für ihn bauen, und der heilige Mann wurde wie ein Mitglied der Herrscherfamilie behandelt. Aber Franz von Sales war ein frommer Eremit, der das höfische Leben verabscheute, und das prächtige Kloster war für ihn bloß ein goldener Käfig.

Louise hörte von diesem frommen Mann und seinem Unmut darüber, von seinen Ordensbrüdern in Italien getrennt zu sein. Sie beschloss, seine Freundschaft zu suchen und ihm zu helfen, das Beste aus seiner Lage zu machen. Dankbar nahm der alte Mönch dieses Freundschaftsangebot an. Louise war die erste Dame aus dem französischen Hochadel, die wirklich für ihn sorgte. Genau das, Anne, ist das Rätselhafte an meiner Schwägerin Louise von Savoyen: Sie kann unendlich barmherzig sein, wenn man es am wenigsten von ihr erwartet, andererseits stößt sie jeden, der ihr im Wege steht, mit unglaublicher Rücksichtslosigkeit zur Seite.

Eines Tages kam Louise zum Kloster und brachte einen Korb voller Obst aus Angoulême für den Mönch mit. Denn Franz von Sales glaubte, dass auch das Leben der Tiere heilig sei, daher nahm er keine tierische Nahrung zu sich. Er sagte, er könne das Leiden seiner tierischen Brüder spüren; selbst Käse und Milch könne er nicht zu sich nehmen. Deshalb aß er ausschließlich Obst und Gemüse. Louise wusste das und sorgte dafür, ihm stets die schönsten Früchte der Ernte zu bringen.

Und dann geschah es. Als der Mönch eine der saftigen Birnen aus Angoulême probierte, hielt er plötzlich inne. Seine Augen wurden glasig, und er ließ die Birne fallen, während er auf irgendetwas weit Entferntes lauschte, das Louise nicht hören konnte. Seine runzligen Hände begannen zu zittern, als er sie ausstreckte und Louise am Ärmel berührte. Er sagte: ›Du wirst einen Sohn haben.‹

Louise war überglücklich und wollte zum Palast, um es dort allen zu erzählen, denn noch wusste niemand, dass sie guter Hoffnung war. Doch Franz von Sales hielt sie am Ärmel fest und schüttelte den Kopf. ›Nein‹, sagte er. ›Nicht dieses Kind. Das Kind, das du im Leibe trägst, ist nicht der Sohn, den ich sehe, sondern ein Mädchen. Es wird einst schön und klug werden, und sein Leben wird bedeutender sein als das der meisten Frauen. Unter dem Zeichen der Schäferin geboren, wird sie viele Menschen Weisheit lehren und sie dazu anhalten, das Leben zu lieben, doch ihr eigenes Leben wird nicht frei von Verzweiflung sein. Und genau wie du wird sie zuallererst ihrem Bruder dienen – dem Sohn, den du in zwei Jahren bekommen wirst. Ein wunderbarer Prinz wird er sein, ein Cäsar von Frankreich.‹

Louise war überwältigt. Sie würde zwei gesunde Kinder zur Welt bringen, die im späteren Leben von sich reden machen sollten!

Doch Franz von Sales hatte das größte Geschenk, das er

für seine Freundin und Wohltäterin bewahrt hatte, noch nicht übergeben. Er sagte: ›Dein Sohn wird eines Tages König von Frankreich sein. Das ist sein Schicksal – so wie es das deine ist, ihm zum Thron zu verhelfen. Du und deine Kinder, ihr werdet eine Dreieinigkeit bilden und gemeinsam das Schicksal dieses Landes wenden.‹

Louise konnte es nicht fassen. Ihr Sohn – König von Frankreich? Obwohl ihr Gemahl edelster Herkunft war, der Enkel eines Königs, blieb doch das Hindernis in Gestalt des jungen, robusten Karl VIII. auf dem französischen Thron bestehen. Und der Nächste in der Thronfolge würde sein Cousin sein, Herzog Ludwig von Orléans. Beide Männer müssten ohne Söhne sterben, erst dann würde Louises Sohn in der Thronfolge nachrücken. Das erschien ihr mehr als unwahrscheinlich.

Doch Louise verbohrte sich in die Prophezeiung, die jedes Mal neue Nahrung erhielt, wenn sich eine der anderen Voraussagen des Mönchs bewahrheitete. So brachte Louise tatsächlich ein Mädchen zu Welt, ein sehr hübsches Kind, das sie Marguerite nannte, zu Ehren der heiligen Margareta von Antiochia. Und zwei Jahre später gebar sie den schönsten kleinen Prinzen, den die Welt je gesehen hatte – genau, wie es ihr prophezeit worden war. Zu Ehren des Mönchs wurde der Junge auf den Namen Franz getauft.

Nach dem frühen Tod ihres Mannes, verständlicherweise ein herber Verlust für Louise, bildete sie mit ihren beiden Kindern tatsächlich eine Art Dreieinigkeit, wie Franz von Sales es geweissagt hatte. Mutter und Tochter waren regelrecht vernarrt in den kleinen Prinzen, der zu einem hübschen und klugen, wenn auch verwöhnten jungen Mann heranwuchs.

Die Kinder, Franz und Marguerite, bekamen Ludwig, den Cousin ihres verstorbenen Vaters, damals Herzog von Orléans, zum Vormund. Weil er keine eigenen Kinder hatte, war Ludwig vernarrt in die beiden und ließ ihnen eine ausgezeichnete

Bildung zukommen; er holte Lehrer vom Hofe der Medici aus Florenz, die seinen Mündeln die humanistischen Ideale näherbringen sollten. Louise bestand darauf, dass ihre Tochter niemals von ihrem jüngeren Bruder getrennt sein dürfe, daher erhielt Marguerite eine für Frauen beispiellose Bildung.

Sie ist erst zweiundzwanzig, doch sie beherrscht Latein, Griechisch und sogar Hebräisch in Wort und Schrift, liest die Klassiker und diskutiert mit den gelehrtesten Männern Europas über theologische Fragen. Viele sagen, dass sie ihren Bruder an Klugheit und Bildung weit übertrifft – auch wenn es niemand in Gegenwart der Herzogin Louise zu äußern wagt. Sie will kein Wort gegen ihren Sohn hören – und wehe dem, der ihn verärgert! Franz kann in ihren Augen nichts falsch machen. Doch als Dreieinigkeit halten die drei stets zusammen. Franz ist der strahlende Prinz, während Louise und Marguerite die Macht und die Klugheit sind, die hinter ihm stehen.

Nun, Anne, das Schicksal kann grausam sein, wie wir wissen. König Karl VIII. starb jung und unerwartet auf dem Weg zu einem Tennisspiel in Amboise. Da er weder Kinder noch einen Bruder hatte, war als Nächster der Herzog Ludwig von Orléans an der Reihe, der nun als König Ludwig XII. auf Frankreichs Thron sitzt. Aber auch er war kinderlos, deshalb war die Thronfolge in Gefahr. Er heiratete also die Witwe von König Karl, Anne de Bretagne, in der Hoffnung auf einen Sohn und Thronfolger. Doch was geschah? Gott schenkte ihnen zwei Töchter, süße Kinder zwar, aber keine Jungen.

An dieser Stelle, Anne, ist es wichtig, dass du dem Verlauf dieser Geschichte, ihren Wendungen und Unwägbarkeiten, deine ganze Aufmerksamkeit schenkst, denn wir sind damit jetzt in der Gegenwart angelangt, und was in Zukunft geschehen wird, kann auch dich betreffen. Nun kommt also die schöne Tudor-Rose über das Meer, um den alternden französischen König zu heiraten. Wie lange wird diese Ehe bestehen? Ein

Jahr? Zwei, wenn Ludwig Glück hat? Denn viel ist nicht mehr von ihm übrig – er ist kein starker Mann mehr. Doch wenn Mary Tudor ein Kind von ihm bekommt, und dieses Kind ist ein Junge, ist Frankreichs Thronfolge durch diesen Jungen gesichert, vorausgesetzt, er lebt lange genug, um eines Tages König zu werden. Wer aber wird sein Regent und Vormund, wenn König Ludwig stirbt?«

Rasch dämmerte Anne die Erkenntnis. »Heinrich von England und die Tudors!«

»Richtig. Es wäre mithin denkbar, dass die Tudor-Fraktion dafür sorgt, dass Ludwig nicht mehr lange lebt, wenn er erst einen Sohn mit Mary hat. Wer aber herrscht dann über Frankreich, bis dieser Sohn die Volljährigkeit erreicht? Wer lenkt die Erziehung und damit die Loyalität dieses Jungen? Es ist ein gefährliches Spiel, wenn sein Vater stirbt, und seine Mutter ist eine englische Königin. Niemand hier wünscht, dass Heinrich von England die Geschicke Frankreichs auf dem Umweg über seinen kleinen Neffen bestimmt. Das wird ihm von den Männern, die über Europa herrschen, niemals gestattet. Und von den Frauen ebenfalls nicht.

Und hier kommen wir auf meine Schwägerin zurück, auf Herzogin Louise. König Ludwig wird nicht mehr lange leben … Gott möge ihn zu sich nehmen, denn er ist kein schlechter Mensch. Deshalb durfte seine älteste Tochter, Prinzessin Claude, keinen Ausländer heiraten, um den französischen Thron nicht noch weiter zu gefährden. Sie musste also mit einem französischen Adeligen verlobt werden. Aus diesem Grund arrangierten Ludwig und Louise Claudes Ehe mit Louises Sohn Franz, dem männlichen Teil des Dreigestirns.«

Anne wollte sichergehen, dass sie richtig verstanden hatte. »Und wenn König Ludwig stirbt, kann Prinzessin Claude nicht regieren, weil sie eine Frau ist …«

»Ganz recht. Aber ihr zukünftiger Ehemann, Franz von Angoulême, *kann* und *wird* König von Frankreich werden, ohne dass sich dagegen Widerspruch erheben kann. Dann ist er König durch Geburt *und* Heirat, und er ist durch und durch französisch.«

»Das bedeutet dann also, dass Louises Sohn *König* Franz wird? Und dass die Prophezeiung des alten Mönchs sich erfüllt?«

»Ja! Es ist ein Geniestreich, und ich wage zu behaupten, dass Louise ihn schon seit Jahren geplant hat. Erinnere dich, was ich gesagt habe: Du musst stets mehrere Züge auf dem Schachbrett vorausdenken. Niemand kann das besser als Herzogin Louise von Savoyen. Wenn du an den französischen Hof kommst, solltest du dir ein Beispiel an ihr nehmen. Sie ist eine Meisterin.«

Margarete hob die Augenbrauen, um den nächsten Punkt zu betonen. »Aber vergiss nie, mein liebes Mädchen: Keiner, der zwischen Franz und dem Thron gestanden hat, hat lange genug gelebt, um ein wirkliches Hemmnis zu sein. Ob es einfach nur Pech war oder Gottes Wille, darüber maße ich mir kein Urteil an. Ich will niemanden beschuldigen, aber ein gesunder Junge aus der Verbindung zwischen Mary Tudor und dem König von Frankreich wird nicht lange gesund bleiben. Das ist grausam, aber so geht es in der Politik nun einmal zu. Und was die Prophezeiung betrifft – wer weiß? Wer kann sagen, welches Schicksal Franz bei seiner Geburt beschieden war und wie es sich mit dem verträgt, was seine Mutter für ihn in die Wege leitet? Wer kann sagen, welche Mächte es waren, die bislang sämtliche Widerstände auf Franz' Weg zum Thron beseitigt haben? *Irgendetwas* ist da am Werk, so viel steht fest, und ich habe nicht die Absicht, mich selbst zu gefährden, indem ich die Augen davor verschließe. Du darfst das auch nicht, hörst du?

Denke immer daran, dass Prinzessin Claude der Schlüssel zu allem ist. Auf sie musst du dich konzentrieren, wenn du an den französischen Hof kommst. Verrichte deine Dienste bei der Tudor-Königin, so gut du es vermagst, aber mach dich vor allem bei der Tochter König Ludwigs unentbehrlich. Ihr seid fast gleich alt. Dein Französisch ist ausgezeichnet und wird nach einem Jahr in Frankreich über jeden Tadel erhaben sein. Werde Dolmetscherin der beiden – als unverzichtbares Bindeglied zwischen deiner englischen Königin und ihrer französischen Stieftochter.

Zuerst aber freunde dich mit Prinzessin Claude an, die freundlich und klug ist, wie man hört. Werde ihre Vertraute. Sei für sie jemand, auf den sie sich verlässt – denn glaub mir, das wird sie brauchen an einem Hof, der vom Ehrgeiz der Tudors erfüllt ist und wo Spitzel in allen Winkeln lauern. Claude wird deine Loyalität zu schätzen wissen und dich um ihretwillen beschützen. Denn wenn der Tag kommt, an dem Mary Tudor nach England zurückkehrt, wird Claude die Schlüssel zu den Residenzen Amboise und Blois in Händen halten. Und dann kannst du deine Herrin wählen: England oder Frankreich. Aber diese Wahlmöglichkeit musst du dir erst erarbeiten. Und nun kann ich nur noch eines für dich tun, Anne.« Margarete erhob sich, holte eine schmuckvolle Silberschatulle von ihrem Schreibpult und zeigte sie dem Mädchen. »Sie ist sehr schwer, deshalb lasse ich sie in die Kutsche schaffen, die dich nach Frankreich bringen wird. Sobald du bei Hofe eintriffst, muss die Schatulle an Louise von Savoyen übergeben werden, an niemanden sonst, hörst du? Sag jedem, der sie anfassen will, dass sie ein Geschenk für Louise ist – von ihrer teuren Schwester Margarete, der Statthalterin der Niederlande. Das sollte die Neugierigen abschrecken.

Wenn Louise die Schatulle öffnet, wird sie darin eine Empfehlung von mir finden, in der ich dich als meine allerbeste Schülerin vorstelle, die sie unter ihren persönlichen Schutz nehmen soll. Des Weiteren ist ein Geschenk für ihre Tochter Marguerite darin, die ich sehr gern habe und mit der ich in regem Briefwechsel stehe. Wenn du dir irgendjemanden bei Hofe als eine Art ältere Schwester erwählst, dann entscheide dich nur für Marguerite, für niemanden sonst.«

Anne nickte.

Madame Margarete fuhr fort: »Auch für dich, mein Kind, habe ich ein Geschenk – ein Abschiedsgeschenk. Ich hoffe, du hütest es zur Erinnerung an mich, falls ich dich nie mehr sehen sollte. Gebe Gott, dass dein Leben nur von freudigen Ereignissen bestimmt sein wird.« Sie stellte die Silberschatulle zurück auf das Schreibpult, nahm ein in tiefrote Seide gewickeltes Päckchen zur Hand und reichte es Anne. Behutsam zog Anne an der Schleife und schlug die Seide beiseite. Ein ledergebundenes Buch mit aufwendig geschmückten Seiten kam zum Vorschein. Anne schnappte beim Anblick des kostbaren Geschenks nach Luft.

»Dies soll fortan dein Stundenbuch sein, Anne. Es wurde für die angeheirateten englischen Damen in unserem Fürstenhaus gefertigt – wie du siehst, werden darin ausschließlich englische Heilige angerufen. Ich hoffe, das Buch wird dir im Laufe der Jahre ans Herz wachsen.«

»Das ist ein Geschenk für eine Königin, Mylady! Es ist viel zu kostbar für mich!«

»Oh nein, du verdienst es. Auch wenn du nicht als Königin geboren wurdest, kannst du sehr wohl mit der Anmut und Würde einer Monarchin auftreten. Wenn du dieses Buch für deine private Andacht benutzt, soll es dich an deine Verbindung zu Gott und deine Begegnung mit dem heiligen Grabtuch erinnern. Mögen die heiligen Frauen, über die dieses Buch berichtet, dir Kraft schenken. Mögest du durch das Beispiel ihres Lebens daran erinnert werden, welchen Wert du als Frau des Glaubens, der Tugend und der Rechtschaffenheit besitzt.«

Vorsichtig wendete Anne die Seiten um. Noch nie hatte

sie einen so kostbaren Gegenstand in Händen gehalten, geschweige denn besessen. Behutsam klappte sie das Buch zu und strich mit den Fingern über den Einband, in dessen rotes Leder ein kompliziertes geometrisches Muster geprägt war. Fasziniert betrachtete sie die ineinander verschlungenen Dreiecke und die darin rankende Blume.

Doch Margarete hatte noch ein allerletztes Geschenk für Anne, den rot gebundenen Ordner von ihrem Schreibpult. Das Mädchen sah sofort, dass der Deckel mit den gleichen Symbolen verziert war.

»Hierin sind die Bibelstellen, die du im vergangenen Jahr abgeschrieben hast. Auch einige Traktate wirst du darin finden, darunter ein neues Werk von Meister Erasmus.«

Erasmus! Annes Gesicht leuchtete vor Freude auf.

»Du kannst die Traktate auf deiner langen Reise lesen«, fuhr Margarete fort, »und mit dem Stundenbuch Andacht halten. Nutze die Zeit zum Gebet, Anne. Bete zu Jesus, dass er dich leite. Die Zeit wird kommen, da du Louise und ihrer Tochter Margarete gegenübertreten wirst, und beide sind beeindruckende Frauen. Wenn du dich für eine Fortführung des Weges der Liebe entscheidest, wirst du in die Reihen der Getreuen aufgenommen. Wenn nicht, kannst du wie die anderen Höflinge deinen Glauben auf traditionelle Weise leben.«

Margarete fasste Anne an den Armen und schaute ihr tief in die Augen. »Und jetzt pass auf, mein Kind. Herzogin Marguerite wird warten, bis sie in ihren Privatgemächern mit dir allein ist. Hast du verstanden? Dann wird sie dir folgende Frage stellen: ›Hast du uns eine Nachricht von unserer teuren Tante Margarete zu überbringen?‹ Du wirst ihr eine von zwei möglichen Antworten geben. Jede ist ein Code, der Marguerite erkennen lässt, wo du stehst und wen sie vor sich hat.«

Margarete teilte Anne die beiden möglichen Antworten mit. »Für eine davon«, sagte sie dann, »musst du dich entscheiden.

Aber wäge gründlich ab, denn egal welche Antwort du wählst, es gibt kein Zurück.«

Nach zwei Jahren in Margaretes Obhut war Anne scharfsinnig genug, um zu erkennen, dass ihr ein geheimes Entrée in den französischen Königshof geboten wurde, das ihre Zukunft sichern konnte.

»Ich danke Euch von Herzen, Madame Margarete«, sagte sie. »Ich glaube nicht, dass ich diese kostbaren Geschenke verdiene, aber sie machen mich zum glücklichsten Menschen auf der Welt.«

»Auch du hast mich glücklich gemacht, *ma petite.*« Margarete hob segnend die Hand; dann küsste sie Anne auf beide Wangen und schloss sie fest in die Arme.

Stunden später, als die Reisegesellschaft am Abend in einer burgundischen Residenz Halt machte, hielt Anne den Abschied von Margarete in ihrem Tagebuch fest. Sie schrieb von ihrer Trauer, Mecheln verlassen zu müssen, doch auch von ihrer Vorfreude auf das neue Leben am französischen Königshof.

Denn dort würde sie Vater und Schwester wiedersehen – und das allein war Grund zur Freude.

*Château des Pommes Bleues*
*Gegenwart*

Das Symbol!«, rief Maureen. Anne Boleyn hatte eine Wiedergabe davon in ihr Tagebuch gezeichnet. Maureen war sprachlos: Es war fast identisch mit dem Symbol, das in der Haupthalle von Château Sabra in die Mauer gemeißelt war.

Berenger wollte etwas sagen, wurde aber von der Haushälterin unterbrochen, die mit schuldbewusster Miene im Zimmer erschien. Sie sprach ausschließlich Französisch – und das so schnell und mit dem Akzent des Languedoc, dass Maureen nicht alles mitbekam. Sie verstand allerdings ihren Namen und das Wort, das wichtig war: Gendarmerie.

Offenbar stand die Nationalpolizei vor der Tür und wollte sie sprechen.

Berenger ging an die Haustür und bat die beiden Beamten herein. Der eine gehörte der örtlichen Gendarmerie an und trug die übliche Uniform: schwarze Hose, hellblaues Hemd. Der andere, ein distinguiert aussehender Herr mit dichtem grauen Haar, trug Zivilkleidung und hatte eine Aktentasche dabei. Er stellte sich als Inspektor Jean-Luc Chopard aus Paris vor. Berenger erklärte ihm, dass seine Verlobte nicht fließend Französisch spreche; ob es möglich sei, das Gespräch in Englisch zu führen.

»Aber natürlich. Ich spreche Englisch«, versicherte der Inspektor. Er richtete den Blick auf Maureen. »Danke, dass Sie uns Ihre Zeit widmen, Miss Paschal.«

Berenger führte die Herren in den Salon, in dem zwei Zwillingssofas einander gegenüberstanden. Er und Maureen nahmen auf dem einen Sofa Platz, die Beamten auf dem anderen. Peter entschuldigte sich nach einem besorgten Blick auf Maureen; dann verließ er das Zimmer. Er musste sich auf Berenger verlassen, dass der mit der Sache fertigwurde, was immer es sein mochte.

»Also«, begann Maureen. »Worum geht es, Inspektor?«

»Sie waren letzte Woche in Paris?«

»Ja, ein paar Tage. Wir beide. Wir haben dort eine Wohnung.«

»Und Sie haben sich mit Simone de Bourbon getroffen, der Autorin?«

Maureen erstarrte. Ein Polizeiinspektor flog nicht von Paris in die hinterste Ecke der Pyrenäen, wenn er nicht einen guten Grund dafür hatte. Sie spürte, wie eisige Furcht in ihr aufstieg.

»Ja. Warum? Ist etwas passiert?«

»Können Sie mir sagen, wann Sie diese Frau das letzte Mal gesehen haben?«

Maureen griff nach ihrem Smartphone, las Datum und Stunde des ersten Treffens in Simones Büro ab und berichtete kurz und knapp von dem gemeinsamen Lunch am nächsten Tag.

»Das war der 18. März«, fügte sie hinzu.

Sie glaubte zu sehen, dass Inspektor Chopard leicht zusammenzuckte, bevor er seine nächste Frage stellte. »Haben Sie seitdem mit ihr gesprochen?«

Maureen schüttelte den Kopf. »Nein. Wir wollten telefonieren, aber ich habe nichts mehr von ihr gehört. Vor ein paar Tagen habe ich ihr eine Nachricht geschickt, aber sie hat nicht geantwortet.«

Chopard nickte bedächtig. »Ich fürchte, sie hat nicht mehr

antworten können. Leider muss ich Ihnen mitteilen, dass Simone de Bourbon in Paris ermordet aufgefunden wurde.«

Für einen Moment wurde Maureen schwarz vor Augen, und sie schwankte leicht. Berenger legte rasch einen Arm um sie und hielt sie fest.

»Was sagen Sie da?« Maureens Stimme klang zittrig, doch sie hatte sich halbwegs gefangen. »Ermordet? Aber wie? Wissen Sie, wer es war?«

»Die Ermittlungen sind im Gange. Wir vermuten, dass Sie die Letzte waren, die Miss Bourbon lebend gesehen hat, abgesehen von ihrem Mörder natürlich. Hat sie gesagt, wohin sie nach dem Lunch gehen wollte?«

Maureen überlegte einen Augenblick. »Sie wollte zurück ins Büro. Es hörte sich nach einem ganz normalen Arbeitstag an. Sie hat nichts Persönliches erwähnt. Wir kannten uns ja erst seit kurzer Zeit.«

Chopard fasste Maureens Aussage für den anderen Beamten zusammen, der kein Englisch sprach. Dann öffnete er seine Aktentasche, zog einen durchsichtigen Beweisbeutel heraus und reichte ihn Maureen.

»Erkennen Sie diesen Gegenstand?«

Maureen hatte das Gefühl, ihr würde der Boden unter den Füßen weggezogen.

»Das … ist mein Armband! Ich habe es Simone geschenkt.«

Chopard verstaute den Beweisbeutel wieder in seiner Aktentasche. »Danke. Ich muss dieses Beweisstück noch eine Weile behalten. Sie bekommen es zurück, sobald die Ermittlungen abgeschlossen sind. Bei der Identifizierung der Leiche sagte uns Simones Schwester, dass es Ihnen gehört. Simone hatte ihre Schwester nach dem Lunch angerufen, um ihr von Ihnen zu erzählen. Es war das letzte Gespräch, das die Ermordete geführt hat, soweit wir wissen.«

Berenger beugte sich vor. Er war besorgt, denn er fragte sich, ob Maureen in Schwierigkeiten steckte oder ob ihr gar Gefahr drohte. »Können Sie uns Genaueres über die Todesumstände mitteilen, Inspektor? Und warum Sie den langen Weg von Paris auf sich genommen haben?«

»Wir hoffen, dass Miss Paschal uns bei den Ermittlungen hilft. Es ist ein merkwürdiges Verbrechen, das gewissermaßen inszeniert wurde. Offenbar will der Mörder uns mit seiner Tat etwas sagen, aber wir wissen noch nicht, was es ist. Vielleicht fällt Ihnen eine Erklärung ein, wenn wir Ihnen Einzelheiten nennen.«

»Und welche?«, fragte Berenger misstrauisch.

»Simone de Bourbon wurde in der Seine gefunden. Sie war in einen Sack gesteckt worden, den der Täter mit Steinen beschwert hatte. Ihre Arme waren um ein Buch gekreuzt und gefesselt – um ihr eigenes. Eine Ausgabe ihres *Heptaméron*.«

Die drei Männer schauten Maureen an, die erbleicht war. Mit der rechten Hand drückte sie Berengers Bein, wobei sie stumm den Kopf schüttelte, denn sie brachte kein Wort heraus. Tränen strömten über ihre Wangen.

Chopard fragte leise: »Möchten Sie etwas sagen, Miss Paschal? Kommt Ihnen irgendetwas bekannt vor?«

Berenger spürte Maureens Zittern und strich ihr beruhigend über den Rücken.

»Marguerite«, flüsterte Maureen, an Berenger gewandt, ehe sie den Namen für die beiden Beamten wiederholte, ein wenig lauter diesmal. »Das erinnert mich an Marguerite von Navarra, die Schwester von König Franz I. von Frankreich.« Sie riss sich zusammen, setzte sich aufrecht. »Marguerite war umstritten. Ihre Schriften wurden als Häresie eingestuft. Wäre sie nicht die Schwester des Königs gewesen, hätte sie auf dem Scheiterhaufen enden können. Nicht wenige Geistliche forderten ihren Tod, und manche ihrer Anhänger starben tatsächlich. Die Mönche an der Sorbonne verachteten Marguerite, beschimpften sie als unnormal für eine Frau und erklärten, wenn es nach ihnen ginge, würden sie Marguerite und ihre Bücher in die Seine werfen – in einem Sack, mit Steinen beschwert.«

Peter, Berenger und Maureen saßen in der Bibliothek. Sie hatten die zweite Flasche Wein geöffnet und sprachen über den Mord an Simone.

»Zuerst Joanna, jetzt Simone. Es muss irgendeine Verbindung zwischen den Morden geben, da bin ich mir sicher«, sagte Maureen. »Simone hat gewusst, dass etwas faul war. Verdammt! Beim Lunch hat sie versucht, mir davon zu erzählen, aber ich habe nicht zugehört. Sie sagte, sie könne nicht glauben, dass Joannas Ex der Mörder sei.«

Peter schenkte ihr Wein nach. »Du hättest nichts tun können«, versuchte er sie zu beruhigen. »Wie hättest du ahnen sollen, was geschieht? Du hattest die Frau doch gerade erst kennengelernt. Wie auch immer, jetzt ist es Sache der ermittelnden Behörden.«

»Inspektor Chopard macht einen fähigen Eindruck«, meinte Berenger. »Aber ich glaube, hier steht ein noch größeres Problem im Raum. Wir verschließen unsere Augen davor, aber das dürfen wir nicht.«

»Was für ein Problem?«, fragte Maureen. Sie war innerlich aufgewühlt und genoss die beruhigende Wirkung des Weines.

»Deine Sicherheit«, antwortete Berenger. »Denn *du* bist der gemeinsame Nenner dieser Morde. Wir müssen davon ausgehen, dass auch du auf der Liste dieses Wahnsinnigen stehst.«

Peter nickte. »Ich bin ebenfalls der Meinung, dass du dich bei Scotland Yard melden solltest, wenn du nach London kommst, Maureen. Die werden ohnehin eine Aussage von dir brauchen, um entscheiden zu können, ob die französischen und englischen Polizeibehörden in dieser Sache zusammenarbeiten sollen. Besser, wenn du Eigeninitiative zeigst.«

»Wir wissen doch noch gar nicht mit Sicherheit, ob die beiden Morde zusammenhängen«, wandte Maureen ein.

»Wir können aber auch nicht mit Sicherheit das Gegenteil behaupten«, gab Berenger zurück. »Und man muss kein Sherlock Holmes sein, um zu begreifen, dass der brutale Mord an zwei bekannten feministischen Autorinnen auf einen verrückten Killer hinweist, möglicherweise auf einen Serienmörder.«

Maureens Smartphone meldete sich. Sie nahm es vom Tisch und schaute auf das Display.

»Wer ist es?«, wollte Berenger wissen.

Maureen schüttelte den Kopf. »Vorwahl 33, eine Nummer aus Frankreich. Sie ist mir nicht bekannt.«

»Soll ich antworten?«

»Nein. Lass die Mailbox drangehen.«

Sie warteten, bis der Anruf von Maureens Mailbox entgegengenommen und die Nachricht des eingegangenen Anrufs angezeigt wurde. Dann hörte Maureen die Nachricht ab. Als der gebildete britische Akzent erklang, gefror ihr das Blut in den Adern.

»Hallo? Maureen? Maureen Paschal?« Dann verstummte die Stimme.

Die Männer schauten Maureen fragend an.

»Das ist Simone!«, flüsterte sie entsetzt.

Die Stimme fuhr fort: »Mein Name ist Sabine de Bourbon. Ich bin Simones Schwester.«

*Natürlich*, schoss es Maureen durch den Kopf. *Das ist die Erklärung!* Simone war eineiiger Zwilling gewesen!

Die Stimme Sabines bebte vor Kummer, hatte aber auch den Beiklang panischer Angst.

»Ich muss Sie dringend sprechen, aber nicht am Telefon. Simone hat mir erzählt, dass Sie bald in London sein werden.

Wie wär's, wenn wir uns dort sehen? Mein Büro liegt unmittelbar neben der National Gallery. Bitte schicken Sie eine SMS mit ›JA‹, wenn Sie mich nächste Woche treffen können, dann gebe ich Ihnen Uhrzeit und Ort durch. Glauben Sie mir – was Simone mir anvertraut hat, ist von größter Wichtigkeit für Sie. Vielen Dank, dass Sie sich die Zeit nehmen. Goodbye.«

Maureen schickte unverzüglich ein JA zurück.

*Trafalgar Square, London*
*Gegenwart*

Es war ein schöner Frühlingstag. Maureen und Berenger schlenderten Hand in Hand über den zentralen Anlaufpunkt für Touristen, den Trafalgar Square. Studenten kletterten auf die Bronzelöwen und ließen sich fotografieren, während an der Nelsonsäule Touristenführer auf ihre Gruppen warteten. Überall wimmelte es vor Leben; fröhliches Lachen mischte sich in das Stimmengewirr. Maureen ermahnte sich, die Welt nach dem Mord nicht nur düster zu sehen, auch wenn ihr im Augenblick traurig zumute war.

Vor ihnen ragten die parthenonartigen Säulen der National Gallery of Art auf, eines der berühmtesten Museen der Welt. Maureen spürte den Kitzel, der sie vor Betreten eines solchen Ortes unweigerlich befiel. Ein Kunstmuseum dieses Kalibers war Herausforderung und Quelle der Freude zugleich für jemanden wie Maureen.

An diesem Morgen jedoch wollte die Beklemmung nicht so recht weichen. Das bevorstehende Treffen mit Sabine de Bourbon stellte sie vor ein Rätsel. Was wollte diese Frau? Maureen hatte keine Ahnung, was auf sie zukam. Vermutlich ging es Sabine nicht um den Mord an ihrer Schwester; für dessen Aufklärung war schließlich die Polizei zuständig.

Worum ging es ihr dann?

Lange sollte Maureen nicht im Ungewissen bleiben. Als sie sich der Haupttreppe näherten, erschrak sie beim Anblick der blonden Frau im eleganten dunklen Hosenanzug mit Sonnenbrille. Sabine de Bourbon trug die Haare länger und lässiger als ihre Schwester, doch an der Ähnlichkeit konnte kein Zweifel bestehen. Doch es lag nicht nur am Aussehen. Sabine besaß eine Ausstrahlung ähnlich der ihrer toten Schwester; beide waren gebildete Aristokratinnen, und ihr bourbonisches Erbe verlieh ihnen eine Aura ungebrochenen Selbstvertrauens.

Sabine hatte Maureen bereits erblickt, kam auf sie zu und küsste sie nach französischer Manier auf beide Wangen. »Danke, dass Sie gekommen sind«, sagte sie schlicht.

Maureen drehte sich zur Seite, um ihr Berenger vorzustellen. »Das ist mein Verlobter, Berenger Sinclair.«

Sabines Augen waren hinter den dunklen Gläsern nicht zu sehen, doch ihr Zögern war unverkennbar. Berenger streckte die Hand aus. »Sehr erfreut, Ihre Bekanntschaft zu machen. Ich verspreche Ihnen, dass ich nicht stören werde. Ich wollte nur sichergehen, dass Maureen unbeschadet an ihren Treffpunkt kommt.« Er lächelte. »Jetzt kann ich sie mit Ihnen allein lassen.«

Sabine ergriff die dargebotene Hand und entspannte sich sichtlich. »Ja, sicher, das verstehe ich. Wir alle sollten vorsichtig sein, bis wir mehr wissen.« Sie richtete den Blick auf Maureen. »Wir müssen nur diese Treppe hinauf, dann sind wir im Museum. Unten sind Büroräume, von denen ich einen für unsere Besprechung reserviert habe. Außerdem«, nun lächelte sie beinahe, »kenne ich die meisten Museumswärter beim Vornamen. Sie werden darauf achten, dass uns nichts passiert.«

Berenger küsste Maureen auf die Wange und bat sie, sofort nach dem Treffen anzurufen, damit er sie an genau dieser Stelle wieder abholen konnte. Seit dem Mord an Simone plagten ihn Albträume und die schreckliche Angst, er könne Maureen verlieren.

Während Maureen mit Sabine im Museum war, ging Berenger zu einer Verabredung, von der er Maureen kein Wort gesagt hatte.

An der Pforte stellte Maureen fest, dass Sabine die beiden stämmigen Wärter mit Vornamen begrüßte. Die Männer lächelten. »Guten Morgen, Madame«, sagte einer von ihnen. »Schöner Tag heute, nicht wahr?«

Sabine nickte ihnen zu und bedeutete Maureen, ihr zu folgen. »Das Museum öffnet gerade«, erklärte sie. »Aber ich habe einen ganz bestimmten Saal absperren lassen, damit wir ungestört sind. Allerdings werden die Besucher bald in Scharen hereinströmen, dann muss das Seil wieder entfernt werden. Vorher aber möchte ich Ihnen ein besonderes Gemälde zeigen.«

Rasch schritten sie einen der langen Korridore entlang, bis sie zu einem kleineren Saal gelangten. Vor der Tür hing ein Samtseil, das Sabine aushakte. Dann öffnete sie und befestigte das Seil wieder am Haken. Die beiden Frauen traten vor eine Wand, an der ein großformatiges Renaissancegemälde hing. Es zeigte beinahe in Lebensgröße zwei fürstlich gekleidete Männer in einer ungewöhnlich anmutenden Umgebung. Das Gemälde war beeindruckend in seinem Detailreichtum und seiner Farbenpracht und schien über die Jahrhunderte hinweg nichts an Faszination eingebüßt zu haben.

Maureen war Kunstliebhaberin und überzeugt, den Maler auf Anhieb zu erkennen. »Holbein, nicht wahr?«

Sabine hatte ihre Sonnenbrille abgenommen; wieder einmal erschrak Maureen über die Ähnlichkeit mit ihrer Schwester.

»Ja, ganz recht.« Sabine nickte.

Maureen ging zur Tafel mit der Bildbeschreibung und las:

Hans Holbein der Jüngere, *Die Gesandten*
Öl auf Holz, 1533

»Wer sind diese Männer?«, fragte sie, wobei ihr die Bedeutsamkeit der Jahreszahlen auffiel. Jeder Boleyn-Enthusiast kannte die beiden Daten 1533 und 1536 – das erste Jahr bezeichnete den Aufstieg Anne Boleyns, das zweite Jahr ihren Fall.

»Genau darum geht es. Sie sind Franzosen. Der Mann zur Linken, der das Medaillon des Michaelordens trägt, ist Jean de Dinteville, der französische Gesandte in England. Der Mann zur Rechten ist mysteriöser. Es handelt sich um Georges de Selve, einen katholischen Bischof aus einer einflussreichen französischen Familie. Das Bild ist zum Gedenken an de Selves Besuch in England gemalt worden, besitzt möglicherweise aber eine weitaus tiefere Bedeutung. Sehen Sie genau hin. Welche Gegenstände können Sie erkennen?«

Das Gemälde war ein Fest für das Auge. Ein grüner, bodenlanger Brokatvorhang schuf den Hintergrund für die beiden Männer, die lässig an den Enden eines Tisches lehnten. Der Tisch selbst war mit einem kunstvoll bestickten, türkischen Teppich bedeckt; der Künstler schien jeden einzelnen Stich vollendet ausgeführt zu haben. Unter der Tischplatte war ein zweites Regalbrett; auf jeder der zwei Ebenen lagen faszinierende Objekte, von denen manche leicht zu identifizieren waren, andere wiederum blieben rätselhaft.

Maureen benannte diejenigen, die sie erkennen konnte. »Auf dem unteren Bord liegen … das ist eine Laute und daneben ein Gesangbuch, nicht wahr? Daneben erkenne ich ein paar Pfeifen oder Flöten und noch ein Buch. Außerdem eine Art Globus. Auf dem oberen Brett steht ebenfalls ein Globus und etwas, das aussieht wie ein Sextant. Und dann sind da noch ein paar andere wissenschaftlich aussehende Objekte.«

Sie hielt kurz inne, während sie die Fülle der Eindrücke in sich aufnahm. Maureen wusste, dass Kunst nicht nur gesehen, sondern mit gleicher Intensität *gespürt* werden musste. »Lass das Bild zu dir sprechen«, hatte ihr größter Lehrer einst zu ihr gesagt, als sie in den Uffizien vor Botticellis *Madonna mit Kind und Engeln* standen. »Der Künstler hat dir etwas mitzuteilen, und diese Botschaft vermittelt er durch ein kompliziertes und empfindsames Medium. Denk immer daran, dem Künstler zu lauschen. Er ist in seinen Gemälden ebenso präsent wie das Dargestellte.«

Maureen streckte ihre geistigen Fühler aus in dem Versuch, die Botschaft Hans Holbeins zu erspüren.

»Die Objekte«, sagte sie. »Sie wirken wie zufällig platziert, beinahe wie ausgestreut. Aber ein Gemälde dieser Größenordnung muss sorgfältig durchdacht worden sein. Mein Eindruck ist, dass jedes noch so kleine Detail zählt, dass überhaupt nichts zufällig ist. Das scheint mir die wichtigste Botschaft überhaupt zu sein, aber es ist eher ein *Gefühl.*«

Sabine lächelte sie an. »Da spricht die wahre Kunstliebhaberin. Ihre Beobachtung, dass die Platzierung der Objekte nicht zufällig sein kann, ist absolut korrekt. Holbein war ein Meister, und er arbeitete für einen König. Jedes Symbol war für seine Auftraggeber und seine Karriere gleichermaßen wichtig. Und Porträtmalerei ist etwas völlig anderes als heutzutage die Porträtfotografie. Solche Bilder werden nicht aus einer Augenblickslaune heraus geknipst, sondern sorgfältig entworfen. Die beiden Männer auf dem Gemälde haben sich vermutlich tagelang mit dem Maler beratschlagt, und danach haben sie tagelang Modell gestanden. Und erst die Kosten! Nach heutiger Währung hätte das Gemälde eine halbe Million Pfund gekostet.«

»Und niemand«, ergänzte Maureen, »hätte so viel Geld ohne guten Grund ausgegeben. Wer hat für das Bild bezahlt?«

Sabine lächelte verschmitzt. »Wir haben keine endgültige Gewissheit, aber Simone vertrat eine Theorie, aus der wir einen starken Indizienbeweis herausgefiltert haben: Anne Boleyn.«

»Wie sind Sie darauf gekommen?«

»Wie es scheint, war das Gemälde ein Geschenk für Jean de Dinteville, den Mann, den Sie auf der linken Seite sehen können. Zumindest wissen wir, dass es sich eine Zeit lang in seinem Schloss in Frankreich befunden hat.«

»Wo in Frankreich?«

»In Polisy, einer scheinbar unbedeutenden kleinen Stadt zwischen Burgund und der Champagne. Doch als wir genauer hinschauten, wurde uns klar, dass Polisy keineswegs unbedeutend ist. Es war einst eine Templerfestung, und die Familie Dinteville hatte enge Verbindungen zum Templerorden. Simone kümmerte sich um die Geschichte des Mannes, und ich nahm die seltsame Ansammlung von Objekten unter die Lupe. Wir haben viele faszinierende Puzzleteile gefunden, die aber immer noch nicht zusammenpassen. Und hier, Maureen, kommen Sie ins Spiel.«

Sabine deutete auf den Vordergrund des Gemäldes. »Was sehen Sie dort im unteren Teil? Dieses geneigte Objekt?«

»O Gott!«, rief Maureen, als sie den merkwürdig in die Länge gezogenen menschlichen Schädel erkannte, der den Eindruck erweckte, als hinge er in der Luft. Zuerst hatte sie ihn gar nicht bemerkt, denn er war verzerrt und flach auseinandergezogen.

»Nun stellen Sie sich hierher, genau hier, und betrachten Sie ihn noch einmal.« Sabine nahm Maureen an den Schultern und rückte sie sanft nach rechts, sodass sie in einem Winkel von ungefähr 30 Grad zum Bild stand.

»Unglaublich!«, rief Maureen aus. Aus dieser Perspektive sprang einem der Schädel geradezu ins Auge. Er beherrschte das untere Drittel des Bildes und wirkte fast dreidimensional. Maureen durchfuhr es wie ein Stromschlag.

»Und jetzt stellen Sie sich auf den Schemel und schauen von oben.« Sabine hatte einen Tritthocker von der Wand genommen, den sie offenbar genau zu dem Zweck dort hingestellt hatte. Als Maureen vom Hocker auf den Schädel herabsah, war er vollkommen dreidimensional.

»Er war dazu bestimmt, von oben angeschaut zu werden«, erklärte Sabine. »Was mich zu der Überzeugung bringt, dass dieses Bild für eine Wand gemalt wurde, auf die der Blick beim Herabsteigen von einer Treppe fällt. Wie Sie bereits gesagt haben, ist an diesem Bild nichts zufällig. Hinter jedem Detail steckt sorgfältige Planung.«

»Ich habe noch nie etwas Vergleichbares gesehen! Wie hat er … im 16. Jahrhundert … so etwas malen können? Und was ist der Grund?«

»Es ist offenkundig, dass der Schädel nicht von jedem gesehen werden sollte. Man muss wissen, dass er da ist, und man muss wissen, *wie* man schauen soll.«

»Für den, der Augen hat zu sehen«, sagte Maureen halblaut zu sich selbst. Sie hatte am ganzen Körper eine Gänsehaut und zitterte.

Sabine bedachte sie mit einem wehmütigen Lächeln. »Meine Schwester und ich haben das Gemälde fast zwei Jahre lang sorgfältig erforscht. Am letzten Tag, als ich zum letzten Mal mit ihr gesprochen habe …« Sabines Stimme klang mit einem Mal tränenerstickt. Dann fasste sie sich wieder. »Entschuldigung. Es ist immer noch zu frisch … Aber ich weiß, Simone hätte gewollt, dass ich weitermache. An dem Tag, an dem Sie mit ihr zum Essen verabredet waren, rief sie mich später an. Sie sagte, wir müssten Sie in unsere Recherche mit einbeziehen, denn Sie würden das Bild auf eine Weise verstehen, die uns beiden entginge. Simone glaubte, dass Ihre Verbindung zu den Katharern das letzte Teil unseres Puzzles wäre.«

»Ich würde Ihnen ja zu gern helfen, aber worin genau besteht dieses Puzzle? Warum ist es so wichtig?«

»Gehen wir ins Büro unten, und reden wir darüber. Aber es war mir wichtig, dass Sie zuerst das Bild sehen … oder vielmehr, dass Sie es *spüren*. Dieses Gemälde ist nicht nur, was es zeigt, was man mit den Augen sieht. Es steckt mehr darin. Es enthält eine Symbolik, die einen etwas lehren kann. Sogar die Farbe, die der Künstler benutzt hat, ist von Bedeutung. Simone und ich sind der Meinung, dass dieses Kunstwerk der entscheidende Schlüssel ist, der zur wahren Anne Boleyn führt – und die Erklärung dafür, warum ihre Bedeutung von der Geschichtsschreibung fast fünfhundert Jahre lang geschmälert wurde. Kurz gesagt, wir glauben, dass dieses Gemälde alles verändern kann, was wir über diesen Geschichtsabschnitt zu wissen glauben.«

Maureen versuchte, dies alles zu erfassen: das Gemälde, die Enthüllungen, die Empfindung, hier im Saal neben der Zwillingsschwester einer ermordeten Frau zu stehen. Sie hatte das Gefühl, die Welt werde aus den Angeln gehoben. Irgendetwas geschah. Sie konnte es fühlen, aber nicht greifen.

Maureen hatte noch eine letzte Frage, bevor sie und Sabine den Saal und *Die Gesandten* verließen.

»Was meinen Sie mit meiner Verbindung zu den Katharern? Übersehe ich etwas? Muss ich noch irgendetwas wissen, bevor wir gehen?«

Sabine deutete auf den Mann zur Rechten. »Dort ist es, Ihr Symbol für die Katharer, genau dort. Georges de Selve, der Bischof von Lavaur. *Lavaur*. Kommt Ihnen das bekannt vor?«

»Simone wusste, dass der Schlüssel zu diesem Gemälde in der Person Georges de Selves und seiner Verbindung zu Lavaur bestehen musste«, erklärte Sabine, als sie im Büro angekommen waren. »Und als sie Ihre Bekanntschaft machte und erfuhr, dass Sie, Maureen, im Languedoc wohnen, nur eine Wegstunde von Lavaur entfernt, war sie überzeugt, dass das Schicksal Sie beide zusammengeführt hatte, um dieses Rätsel zu lösen. Simone hatte schon über die Stadt recherchiert, über ihre Geschichte aber erschreckend wenig gefunden.«

Maureen nickte. Sie war auf ähnliche Schwierigkeiten gestoßen, als sie versucht hatte, Dokumente über Lavaur zu finden. Sie hatte Stunden im Büro des Bürgermeisters zugebracht und mit ortsansässigen Historikern gesprochen, aber selbst im 21. Jahrhundert wurde ein Geheimnis um Lavaur gemacht. Die Geschichte der Katharer mit Exaktheit zu bestimmen, war eine Herausforderung, da die meisten erhaltenen Dokumente Berichte der Inquisitoren waren; die Urkunden über die Verfolgten waren also von den Verfolgern selbst verfasst worden. Authentische Dokumente waren zusammen mit den Katharern verbrannt worden; so wurde sichergestellt, dass die überlieferten Berichte allein von der Kirche stammten. Die Nachkommen der Katharer, die im Land geblieben oder zurückgekehrt waren, waren demzufolge extrem verschwiegen und vorsichtig. Sie wussten um den schrecklich hohen Preis der Enthüllung. Und zu ihrem Schutz erstellten sie kaum schriftliche Dokumente.

Während ihres Versuchs, über Lavaur zu recherchieren, war Maureen auf einen beklagenswerten Mangel an Dokumenten, reichlich Desinteresse bei den örtlichen Behörden, Widerstand von Katholikenvereinigungen und sogar absichtliche Verschleierung gestoßen. Nur durch die wenig bekannten Kanäle der Geheimgesellschaften, die von einheimischen Familien wie der von Roland Gelis gepflegt wurden, war die Geschichte Lavaurs langsam aus dem Dunkel aufgetaucht. Und erst da hatte Maureen begriffen, weshalb dieses Geheimnis seit Jahrhunderten gehütet wurde.

Nun überlegte sie, wie viel sie Sabine davon anvertrauen konnte. »Nicht einmal die Tatsache, dass es sich um die größte Massenverbrennung der Geschichte handelt, ist allgemein bekannt oder gut dokumentiert. Es ist noch nicht einmal klar, wo genau die Verbrennung überhaupt stattgefunden hat, da diese Information in den Annalen der Stadt angeblich verloren gegangen ist. Doch in privaten Berichten ist sie zu finden. Was ich über Lavaur erfahren habe, verdanke ich größtenteils Familien, die schon lange dort ansässig sind.«

Maureen kramte in ihrem Gedächtnis, um sich zu erinnern, was Simone zu dem Thema gesagt hatte, doch es gelang ihr nicht. »Es ist merkwürdig«, sagte sie schließlich. »Wenn ich mich recht entsinne, hatte Simone auf meine Erwähnung, dass ich im Land der Katharer lebe, eine eher unbestimmte Reaktion gezeigt. Sie sagte, das Languedoc sei eine geheimnisvolle Region, selbst für Franzosen. Dieser Satz hat mich fasziniert, weil er so viel Wahrheit enthält. Ansonsten aber schien sie sich nicht für das Thema zu interessieren.«

Sabine lächelte traurig. »Simone war in diesen Dingen sehr zurückhaltend. Sie kannte Sie ja noch nicht richtig. Sie musste Ihre Reaktionen abwägen und Sie aus der Reserve locken, um zu sehen, wer Sie in Wirklichkeit sind und wofür Sie stehen. Aber Sie haben von Anfang an einen bleibenden Eindruck hinterlassen. Simone war bereit, Ihnen zu vertrauen und mit Ihnen zusammenzuarbeiten. Deswegen habe ich Ihnen ja sofort von unseren Studien erzählt. Ich werde Ihnen gern weiterhin zur Seite stehen, aber Sie sollen wissen, dass ich es für sehr gefährlich halte – für uns beide. Wenn Sie nicht weitermachen wollen, könnte ich das verstehen.«

Maureen rieb sich das linke Handgelenk, an dem jahrelang das Armband gesessen hatte. Ihr Arm fühlte sich nackt an, denn das Armband lag immer noch in einem Beweisbeutel in Paris. Sie schaute Sabine fest in die Augen. »Ich will weitermachen«, sagte sie. »Ich *muss* weitermachen.«

»Genau wie ich.« Sabine nickte. »Aber ich weiß, dass es jemanden gibt, der verhindern will, dass Anne Boleyns Geschichte ausgegraben wird. Dieser Jemand ist gewillt, dafür zu töten. Ich weiß, es klingt absurd, aber Sie sprechen mit einer Frau, die gerade ihre Schwester begraben hat. Eine weitere Freundin der Familie starb vor einem halben Jahr. Beide sind auf furchtbare Art zu Tode gekommen. Bei diesen Morden gibt es nur zwei gemeinsame Nenner: Anne Boleyn … und Sie.«

# ZWEITER TEIL

## *Die Zeit wird kommen*

*Schloss Blois, Frankreich*
*1. Oktober 1514*

Eine Woche vor der königlichen Hochzeit traf Anne im Tal der Loire ein. Während die Dienerschaft die Wagen ablud, wurde Anne zu dem Schlossflügel geführt, der für die künftige Königin und deren Entourage reserviert war. Annes Schwester Mary war bereits mit Mary Tudor und den anderen Hofdamen von England angereist, und sie hatten nach der schwierigen, teils dramatischen Überfahrt genügend Zeit gehabt, sich einzuleben. Am Morgen hatte Anne sich mit Sorgfalt angekleidet; nun trug sie ein elegantes Reisekleid aus Samt, das Madame Margarete ihr geschenkt hatte.

»Mary!« Sie stürzte auf ihre Schwester zu und umarmte sie stürmisch. »Ich habe dich schrecklich vermisst!«

Mary erwiderte kurz die Umarmung, schob Anne von sich und strich mit dem Finger über den waldgrünen Stoff des Kleides. »Das ist kostbarer Samt, Anne. Ich muss Vater mal fragen, warum er für deine Garderobe mehr ausgibt als für meine. Dich hat er immer schon verwöhnt. Das ist nicht gerecht.« Mit gereizter Miene begutachtete Mary ihre kleine Schwester und versuchte, Annes Haube ein wenig nach hinten zu schieben. »Du siehst züchtig aus, vielleicht schon ein bisschen zu sehr. Du wirst feststellen, dass unsere Königin nicht so förmlich ist wie diese steifen Französinnen, bei denen du das letzte Jahr verbracht hast.«

»Ich war nicht mit Französinnen zusammen«, berichtigte Anne. »Ich war in Flandern, am burgundischen Hof.«

Mary wischte diese Richtigstellung beiseite. »Die sind doch alle gleich. Sie sprechen diese furchtbare Sprache, die man unmöglich lernen kann.«

Anne schwieg. Sie war müde und erschöpft von den vielen Eindrücken der Reise und ernüchtert durch das kühle Wiedersehen mit der Schwester. Mary war schon immer verwöhnt und ein wenig frivol gewesen, diesmal aber erkannte Anne sie kaum wieder. Hatte sie sich in dieser kurzen Zeit so verändert? Auf der anderen Seite waren sie immer schon verschieden gewesen. Mary war zwei Jahre älter und inzwischen recht üppig. Sie war blond, kurvenreich und lebhaft – ganz im Gegensatz zu ihrer dunklen, ernsten kleinen Schwester.

Anne rückte ihre Haube wieder zurecht. Mary beobachtete es mit entnervtem Stöhnen. »Oh, ich verstehe. Unser kleines Fräulein Vollkommenheit ist nach seiner kontinentalen Erziehung noch verklemmter geworden. Tu, was dir beliebt, aber lass dir ja nicht einfallen, mir in die Quere zu kommen. An diesem Hof gibt es reichlich Gelegenheit, sich zu amüsieren, und die Königin ermutigt uns dazu. Ich werde einer zimperlichen kleinen Schwester nicht erlauben, dass sie mich daran hindert – oder mir nachspioniert.« Sie hielt kurz inne, ehe sie hinzufügte: »Noch etwas. Kein Wort von dem, was hier passiert, darf je an Vaters Ohren dringen. Hörst du?«

»Ich würde dein Vertrauen niemals missbrauchen, Mary«, sagte Anne.

»Gut. Denn ich werde dich vor der Königin verleugnen, wenn du auch nur daran denkst.«

Eine Zofe klopfte und kündigte an, dass das Audienzzimmer zum Nachmittagsempfang vorbereitet werde, doch zuvor sollte Anne beim Ankleiden der zukünftigen Königin Frankreichs mit zur Hand gehen. Mary antwortete der Zofe in stockendem, haarsträubendem Französisch. Anne wand sich innerlich vor Verlegenheit.

Mary bemerkte es und funkelte ihre Schwester wütend an. »Wage es ja nicht, mein Französisch zu verbessern! Ich komme gut allein zurecht. Außerdem haben die französischen Gewohnheiten, die mich am meisten interessieren, nichts mit Grammatik zu tun.«

Mary Tudor war das schönste menschliche Wesen, das Anne je gesehen hatte – eine Nymphe, die aus einem Fluss emporgestiegen war und sich unter die Menschen gemischt hatte. Ihr Haar besaß eine Farbe, wie Anne sie noch nie gesehen hatte – ein Rot wie von Rosen, mit Gold getönt. Ihre Haut war wie Alabaster, makellos, und ihre Augen zeigten ein leuchtendes Blau, dem eine Spur Grau beigemischt war. Als die Boleyn-Schwestern eintraten, wurde ihr Haar gerade von zwei Zofen gebürstet.

Mary knickste vor der strahlenden jungen Frau. »Euer Hoheit«, sagte sie, »es ist mir eine Freude, Euch meine Schwester Anne Boleyn vorstellen zu dürfen.«

Mary Tudor lächelte, und auf ihren makellosen Wangen erschienen liebliche Grübchen. »Seid willkommen in Frankreich, Mademoiselle Boleyn«, sagte sie, wobei sie das französische Wort besonders deutlich aussprach. »Wie Ihr hört, muss mein Französisch verbessert werden. Ich musste erkennen, dass es etwas anderes ist, Französisch zu lesen, als es zu sprechen, und hier sprechen alle furchtbar schnell. Ich danke Euch, dass Ihr bereit wart, Eure Schule in Malines zu verlassen, um mir in dieser Sache beizustehen.«

»Es ist mir eine Ehre, Euch dienen zu dürfen, Hoheit.«

Eine Zofe brachte Mary einen Handspiegel, damit sie ihre Frisur begutachten konnte. Mary Tudor nickte; dann schaute sie wieder auf Anne und ließ den Blick von oben bis unten über deren schlanke Gestalt gleiten.

»Hm«, sinnierte die künftige Königin. »Ihr seid nicht annähernd so hübsch wie Eure Schwester. Jetzt kann ich verstehen, warum Euer Vater Euch nach Burgund auf diese Schule geschickt hat. Mary hat das Gesicht und den Körper geerbt, während für Euch nur der Verstand übrig geblieben ist. Offenbar ist das bei Schwestern stets der Fall. Doch Euer Kleid ist gut geschnitten. Ihr habt Geschmack.«

Anne senkte das Kinn und starrte zu Boden. Zu welcher Erwiderung auf die Kränkung durch eine so hochgestellte Dame hätte Margarete wohl geraten?

»Meine Schwester war immer schon eine Schönheit«, gab Anne zu. »Ich kann nur beten, dass Euch meine Geistesgaben von Nutzen sein werden, Hoheit.«

Mary Tudor nickte, als ihr die aquamarinblauen Ohrringe präsentiert wurden, die sie zur Abendtafel mit dem König tragen sollte. »Die passen gut zu meinen Augen, findet Ihr nicht?«

»Oh ja, Hoheit.«

»Sie sind das Tagesgeschenk des Königs. Jeden Tag schenkt er mir neuen Schmuck. Seine Töchter hassen mich dafür. Sie glauben, ich würde ihnen Schmuck stehlen, der von Rechts wegen ihnen gehört. Pah …« Sie schnaubte verächtlich und zog ihr vollkommenes Näschen kraus. »Nach der Hochzeitsnacht werde ich mir sämtlichen Schmuck Frankreichs verdient haben. Aber das kann ich denen ja schlecht sagen, nicht wahr?« Sie kicherte wissend, und Mary Boleyn und die Zofen fielen in das Lachen ein.

»Im Grunde kann ich gar nichts zu ihnen sagen, weil sie kein Wort Englisch sprechen und es auch nicht wollen«, fuhr Mary freimütig fort. »Aber der König besteht darauf, dass ich seine Töchter besser kennenlerne – und hier kommt Ihr ins Spiel, Anne. Morgen werdet Ihr Eure Arbeit beginnen, indem Ihr den Prinzessinnen eine Willkommensnachricht überbringt – von mir, ihrer künftigen Stiefmutter.«

Nach dem Abschied von der künftigen Königin Frankreichs begegnete Anne vor der Tür einem livrierten Diener, bei dessen Anblick ihr Herz schneller schlug: Er trug das Wappen von Savoyen!

»Mademoiselle Boleyn.« Der Mann verneigte sich tief. »Ich bin gekommen, um Euch zu Herzogin Louise zu bringen. Sie bittet um Euer sofortiges Erscheinen. Bitte folgt mir.«

Anne war nicht sicher, was das Hofprotokoll in solchen Fällen erforderte – sie stand jetzt in Diensten Mary Tudors und wusste nicht, ob es ihr erlaubt war, zu der Herzogin zu gehen, wenn ihre Anwesenheit bei einem Empfang erwünscht war. Doch die Schachpartien mit Margarete hatten Anne gelehrt, dass Herzogin Louise eine Frau war, die man nicht übergehen durfte. Also folgte sie dem Boten, der sie eine große, geschwungene Treppe hinauf und durch einen Gang führte, der mit den Wappen von Savoyen und Angoulême geschmückt war. Dieser Flügel des Schlosses schien allein der Herzogin vorbehalten zu sein. Da ihr Sohn Franz der Nächste in der Thronfolge war, musste jedes Mitglied seiner Familie mit königlicher Wertschätzung behandelt werden.

Anne wurde in ein prunkvolles Gemach geführt. Herzogin Louise stand am Fenster und schaute hinaus auf den Hof. Margaretes Silberschatulle stand offen vor ihr auf dem Tisch.

Als die Tür sich öffnete, drehte Louise sich um und kam auf Anne zu. Anne ergriff die dargebotene Hand der Herzogin und machte einen bodentiefen Knicks.

»Steh auf, mein Kind.« Louise von Savoyen hielt sich kerzengerade, was ihre strenge Erscheinung noch hervorhob. Die schwarzen Haare waren straff nach hinten gebunden, sodass man ihre flächige Stirn, die lange aristokratische Nase und die dunklen Augen sah, die nun auf Anne gerichtet waren. »Dreh dich«, forderte Louise sie auf.

Anne gehorchte und drehte sich langsam, wusste allerdings nicht, wie weit – ganz herum oder nur im Halbkreis? Die strenge Matriarchin schüchterte sie viel zu sehr ein, als dass sie zu fragen gewagt hätte.

Während Anne sich noch mit der Frage quälte, was von ihr erwartet wurde, flog die Tür auf, und eine elegante junge Dame, so groß wie die Herzogin, rauschte ins Zimmer. Goldene Locken schauten unter ihrer spitzenbesetzten französischen Haube hervor. Doch es waren ihre Augen, die Anne von diesem Moment an unvergesslich bleiben sollten: Sie waren von einem außergewöhnlichen dunklen Lavendelblau, das von der Farbe ihres Damastkleides betont wurde. Humor und Intelligenz blitzten aus diesen Augen.

»Herr im Himmel, Mutter! Was macht Ihr denn mit dem armen Mädchen? Sie ist kein Stück Fleisch, das für das Krönungsmahl beschaut werden soll. Hört auf, sie so zu quälen.«

Die Jüngere küsste ihre Mutter auf beide Wangen; dann wandte sie sich Anne zu.

»Ich bin Marguerite, Herzogin von Alençon. Ich bin so schnell wie möglich gekommen, als ich hörte, dass du aus Burgund eingetroffen bist und von meiner unbarmherzigen Familie verhört wirst.«

Louise schaute ihre Tochter ungehalten an. »Lass das, Marguerite. Das Mädchen muss uns ja für Barbaren halten.«

Marguerite lachte und küsste Anne auf beide Wangen. »Willkommen in Frankreich.«

Anne knickste. »Ich danke Euch. Ich bin sehr froh, hier sein zu dürfen, Madame.«

»Du musst Marguerite zu mir sagen, wenn wir unter uns sind. Die einzige Madame hier ist meine Mutter. Ich verabscheue die Förmlichkeiten des Hofzeremoniells. Sie stehen jedem vernünftigen Gespräch im Wege.« Sie lächelte. »Wie war deine Reise von den Niederlanden? Bist du müde? Fehlt dir schon jetzt die zivilisierte Ordnung des Burgunderhofes?«

Anne lauschte aufmerksam jeder Frage, die Marguerite ihr stellte, doch keine davon war diejenige, auf die sie sich vorbereitet hatte. Sie dankte Marguerite, dass diese sich nach ihrem Wohlergehen erkundigt hatte und bestätigte, dass die Reise lang, aber nicht beschwerlich gewesen sei. »Ich vermisse Malines und Madame Margarete«, setzte sie hinzu, »und das wird wohl immer so bleiben. Aber hier am Hofe lebt ja meine Schwester, mit der ich jetzt wieder vereint bin. Sie dient ebenfalls der neuen Königin. Und ich freue mich auf das Wiedersehen mit meinem Vater.«

»Wenn man überlegt, dass Mary Boleyn deine Schwester ist«, sagte Louise und musterte Anne. Es war eher eine Feststellung denn eine Frage, und Anne glaubte, eine Spur von Missbilligung in der Stimme der Herzogin wahrzunehmen. »Du bist ihr gar nicht ähnlich.«

»Das ist wahr, Madame«, erwiderte Anne gehorsam. Das Schwesternthema würde sie wohl noch lange verfolgen. »Mary kommt nach der Familie meiner Mutter. Sie hat den hellen Teint und das blonde Haar der Howards. Ich schlage mehr nach den Boleyns und bin dunkel wie mein Vater.«

»Ich kenne deinen Vater. Du schlägst tatsächlich mehr nach den Boleyns«, sagte Louise mit einem leichten Verziehen der Lippen. Marguerite warf ihrer Mutter einen vorwurfsvollen Blick zu, ehe sie Anne wieder anschaute. »Dein Französisch ist sehr angenehm«, sagte sie freundlich, »und deine Manieren ebenso. Ich bin sicher, du wirst einen wertvollen Beitrag am Hof leisten, denn wie du ja weißt, werden aufgrund der neuen anglo-französischen Verbindung deine Dolmetscherdienste benötigt. Wie lange bist du in Malines gewesen?«

»Nicht ganz zwei Jahre. Aber es waren die schönsten Jahre meines Lebens, und ich werde Margarete immer dankbar sein für alles, was sie mich gelehrt hat. Und ich bete jeden Abend, dass ich Euch und Eurer Familie nützlich sein kann.«

Louise, die Margaretes Brief aus der Silberschatulle herausgenommen hatte und nun das Siegel erbrach, schaute jäh auf. Dann wandte sie ihre Aufmerksamkeit wieder dem Brief zu und begann zu lesen. Stille herrschte im Raum, bis Louise unvermittelt von dem Schreiben aufsah und sich schroff an Anne wandte. »Wem gilt deine Ergebenheit, Mädchen? England oder Malines?«

Anne war einen Moment verwirrt. Sie wusste nicht, was von ihr erwartet wurde. »Ich verstehe die Frage nicht, Madame. Vergebt mir, aber …«

»Es ist doch eine ganz einfache Frage, mein liebes Kind«, sagte Louise ein wenig sanfter, aber dennoch mit der Miene eines Inquisitors. »Lass es mich anders ausdrücken: Wenn eine giftige Riesenschlange in dieses Gemach kriechen würde, und du wärst vor die Wahl gestellt, entweder die Tudor-Prinzessin oder deine alte Lehrerin Margarete vor dem sicheren Tod zu bewahren, wen würdest du retten?«

»Aber ich …«

»Dir bleibt keine Zeit zum Nachdenken, die Schlange wird zubeißen, und nur eine von beiden kannst du retten. Entscheide dich!«

»Margarete!«, rief Anne verzweifelt.

»Mutter, bitte!«, schalt Marguerite.

Doch Louise hatte ihre Antwort erhalten. Nun schenkte sie Anne zum ersten Mal ein herzliches Lächeln. »Margarete würde sich ungemein freuen, dass du sie gewählt hast, denn sie liebt dich wie eine Tochter. Ich erkenne es nicht nur an ihren Worten«, Louise schwenkte den Brief, »sondern auch aus dem Schreiben selbst. Die Tinte ist von Tränen verwischt. Ich habe dieses alte Schlachtross nur ein einziges Mal weinen sehen, und das war beim Tod meines Bruders.«

Am nächsten Morgen war Anne zum Frühstück bei Marguerite eingeladen. Mary Tudor stand stets spät auf und würde Anne erst in ein paar Stunden benötigen. Die künftige Königin zog die englischen Mädchen vor, die mit ihr gereist waren, da sie Anne noch nicht gut kannte; am ersten Tag hatte sie Anne nur einmal zu sich gerufen, als die Hochzeitsvorbereitungen eine flüssige Übersetzung erforderten. Anne war es recht, da sie vollauf damit beschäftigt war, sich im Labyrinth des französischen Hofes zurechtzufinden.

Nach einigem Suchen fand sie den Weg zum Angoulême-Flügel und stand schließlich vor dem Zimmer, dessen Tür das Wappen von Alençon zierte. Marguerite war im Alter von achtzehn Jahren mit dem Herzog von Alençon vermählt worden, einem ziemlich tumben Zeitgenossen. Da er über bedeutende Territorien herrschte, schien die Verbindung aus dynastischen Gründen wünschenswert. Doch nach nunmehr sechs Jahren Ehe war Marguerite kreuzunglücklich und verbrachte so viel Zeit wie möglich fern von Alençon, vor allem bei ihrer Familie im Tal der Loire. Da nun eine königliche Hochzeit anstand, konnte sie länger als gewöhnlich bleiben und hatte eigene Gemächer bezogen, die an die ihrer Mutter grenzten, jedoch nicht mit ihnen verbunden waren.

Marguerite erhob sich, um Anne zu begrüßen, und küsste sie auf beide Wangen. »Es freut mich, dass wir dich gestern nicht vergrault haben«, sagte sie. »Meine Mutter ist eine willensstarke Frau, aber sie ist gutherzig, das wirst du schon noch erkennen. Sie wird absolute Ergebenheit von dir verlangen, aber im Gegenzug wird sie dafür sorgen, dass du am Hof gut aufgehoben bist.«

Anne lächelte Margarete an. »Ich habe keine Angst vor der Herzogin. Ich hoffe, dass ich von einer so bedeutenden Dame lernen kann.«

Marguerite bedeutete dem Mädchen, an einem Tisch Platz zu nehmen, der mit einem fürstlichen Frühstück für zwei gedeckt war. Ein gut gefüllter Brotkorb sowie Schälchen mit Butter und zwei Sorten Konfitüre standen darauf. Marguerite setzte sich, und Anne ließ sich gegenüber der jungen Herzogin nieder. Marguerite nahm ein kleines Baguette aus dem Brotkorb und fragte unvermittelt: »Also, wer bist du?«

Anne wusste nicht, was sie darauf antworten sollte. Diese Angoulême-Frauen waren wirklich unberechenbar. Marguerite musste doch wissen, wer sie war! »Ich bin Anne Boleyn …«, begann sie schüchtern.

Marguerite lächelte nachsichtig. »Nein, nein. Deinen Namen kenne ich. Ich möchte wissen, was für ein Mensch in dir steckt. Wie es in deinem Herzen und deiner Seele aussieht. Es ist nicht zu verkennen, dass du gut erzogen und gebildet bist, aber da ist noch mehr. Wie alt bist du?«

»Dreizehn, Madame.«

»Bitte sag Marguerite zu mir.«

»Sehr gern, Madame … Marguerite.«

»Also, Anne. Obwohl erst dreizehn Jahre alt, bist du nicht in Tränen ausgebrochen, als Mutter dich ausgefragt hat. Ich habe ausgewachsene Männer bei weit geringeren Anlässen in Schweiß ausbrechen sehen, wenn sie Louises Strenge zu spüren bekamen. Du hast ihr standgehalten. Du weißt, wer über dir steht, aber du kennst auch deinen Wert. Du bist keine Hofschranze, was ich sehr begrüße. Ist deine Schwester eine?«

Anne zögerte.

»Oh, ich verstehe. Sie ist dir nicht ähnlich, aber du hältst zu ihr und verrätst es nicht. Auch ein liebenswerter Zug. Ich kenne sie übrigens, deine Schwester Mary. Sie ist dir gar nicht ähnlich. Die helle Schwester und die dunkle Schwester. Sie hat helles Haar und blaue Augen, während du eine dunklere Hautfarbe und brünettes Haar hast. Aber wo ist das wahre Licht, wo die wahre Dunkelheit? Ich glaube, bei euch Boleyn-Mädchen täuscht das Aussehen. Bitte, greif doch zu.«

Anne war auf der Hut, doch sie genoss Marguerites Gesellschaft. Die Herzogin hatte eine offene, zwanglose Art.

»Deshalb habe ich eine Frage an dich, Anne Boleyn: Hast du uns eine Botschaft von unserer teuren Tante Margarete zu überbringen?«

Da war sie – die Frage. Da Marguerite sie zu dieser frühen Stunde zu einer intimen Mahlzeit eingeladen hatte, wusste Anne, dass es so weit war. Die Frage, hatte Madame Margarete ihr in Mecheln gesagt, werde in einem Privatgemach gestellt, und dann müsse sie, Anne, die Antwort parat haben.

Obwohl Anne jeden Tag über diese Frage und deren Bedeutung für ihre Zukunft nachgedacht hatte, war sie ihrer Antwort schon vor der Abreise aus Mecheln gewiss gewesen. Sie räusperte sich; dann sagte sie mit klarer Stimme: »Die Zeit wird kommen, und ich wünsche mir, bereit zu sein, wenn es so weit ist.«

»Dem Herrn sei Dank!« Marguerite sprang auf und umarmte Anne. »Jetzt können wir die Masken ablegen und frei sprechen. Ich war mir schon sicher, dass du dich uns anschließen würdest, denn Tante Margarete hat uns viel von deinen Fortschritten berichtet. Sie hegt große Hoffnungen für dich und hatte bereits angedeutet, wir beide könnten die Liebe für das neue Gedankengut teilen. Auf unserer Suche nach der Wahrheit sind wir zwar stets in Gefahr, der Häresie bezichtigt zu werden, aber ich nehme an, das schreckt dich nicht ab.«

Anne schüttelte den Kopf. »Nein, Marguerite. Mein Wunsch zu lernen ist größer als die Furcht.«

Mit pochendem Herzen beobachtete sie, wie Marguerite

eine in rotes Leder eingeschlagene Schatulle hervorholte, auf die das Zeichen des gleicharmigen Kreuzes eingeprägt war – das gleiche Kreuz, das die Wächter des Grabtuchs trugen.

»Was sie uns geschickt hat, ist ungeheuer kostbar«, sagte Marguerite, »und möglicherweise gefährlich. Und weil Schriften, die Veränderungen herbeiführen können, nutzlos sind, wenn man mit niemandem darüber sprechen kann, habe ich mich gefragt … möchtest du vielleicht einen Teil deiner Zeit darauf verwenden, mit mir zu lernen, Anne? Immer dann, wenn du keine Pflichten bei der Königin zu erfüllen hast? Ich arbeite an Übersetzungen von Werken Boccaccios und Dantes ins Französische. Wenn du mir hilfst, könntest du deine Sprachkenntnisse weiter verbessern – es wäre also Teil deiner Ausbildung. Und wer wollte die Bedeutsamkeit von Bildung bestreiten?«

»Oh, das würde mir gut gefallen!«, stieß Anne hervor. »Ich weiß aber nicht, wie viel Zeit ich dafür …«

»Sobald die Hochzeit vorüber ist, wirst du Zeit haben. Der König gehört zu meiner Familie, wie du weißt. In unserer Kindheit war er mein Vormund und der meines Bruders, weil unser Vater so jung gestorben war. Wir haben viel Zeit bei ihm verbracht. Ich fühle mich Ludwig und seiner Tochter Claude sehr nahe. Und ich glaube, dass alle rasch erkennen werden, wie wertvoll du für uns bist, schon aufgrund deiner Sprachfertigkeit. Und da ich an diesem Hof als Sprachlehrerin anerkannt bin, ist es doch ganz selbstverständlich, dass ich dich in der Sprache der Diplomatie betreue.«

»Seid Ihr wirklich Sprachlehrerin?«, fragte Anne erstaunt.

»Ja. Ich hatte schon immer eine Begabung für Sprachen. Ich begreife sie so schnell, wie andere die Rechenkunst oder die Musik. Ich spreche fließend Italienisch und Spanisch, dazu die provençalischen und okzitanischen Dialekte, denn ich wollte die Gedichte der Troubadoure in der Originalsprache lesen. Und natürlich kann ich Latein, das Fundament für die anderen

Sprachen. Griechisch und Hebräisch beherrsche ich in Wort und Schrift. Nur Englisch habe ich nie zu lernen versucht. Es erinnert mich zu sehr an Deutsch, an dem ich auch kein Interesse habe.«

Anne staunte. Möglicherweise war die Herzogin von Alençon die gebildetste Frau Europas. Doch eine Frage beschäftigte sie schon seit geraumer Zeit. »Wenn ich Euch etwas fragen darf … wie ist das Verhältnis zwischen Herzogin Louise und Madame Margarete? Ich meine das nicht in Bezug auf ihre Fürstentitel. Ich weiß, dass beide Herzoginnen und durch Margaretes Hochzeit in Savoyen verwandt sind. Ich meine eher – wie stehen sie zueinander?«

Marguerite dachte einen Moment nach. »Hmmm, das ist gar nicht so einfach. Meine Mutter und meine Tante sind die klügsten und willensstärksten Frauen Europas, vielleicht der ganzen Welt. Wenn sie sich einig sind, dann wehe dem Mann, der sich ihnen entgegenstellt. Doch wenn sie uneinig sind, dann wehe dem Mann, der versuchen sollte, zwischen ihnen zu vermitteln. Wir können dem Herrn danken, dass sie sich öfter einig sind als uneinig. Aber solltest du eines Tages eine Machtstellung anstreben, ist es kein Fehler, die beiden gründlich zu studieren. Margarete und meine Mutter werden von den wichtigsten Männern Europas respektiert und verehrt – bisweilen sogar gefürchtet. Von beiden kannst du viel lernen.«

Anne gab sich mit dieser allgemeinen Antwort nicht zufrieden. »Welche Eigenschaft, die mir zugute käme, besitzen beide Frauen? Was meint Ihr?«

Marguerite lehnte sich zurück und schaute Anne eindringlich an, wobei sie ihre Veilchenaugen zusammenkniff. »Du bist wahrlich eine würdige kleine Schwester, Anne Boleyn. So eine wichtige Frage, und so früh schon gestellt! Aber eine kluge Frage verdient eine noch klügere Antwort, und diese Antwort lautet: Beharrlichkeit! Beide Frauen sind von ihren Zielen erfüllt und wanken keinen Deut in ihrem Streben, diese Ziele zu erreichen. Sie lassen sich niemals von Unwichtigem ablenken oder von irgendjemandem aufhalten. Deswegen wird ihnen kaum einmal verwehrt, wonach es sie verlangt. Je älter ich werde, desto mehr bewundere ich diese Eigenschaft.«

»Aber was ist, wenn man sich seines Zieles noch nicht sicher ist?«

Marguerite musste herzlich lachen. Anne fand ihr Lachen angenehm; es war rein und hell. »Ach, meine liebe kleine Anne, du bist doch erst dreizehn! Du brauchst noch nicht zu wissen, was deine Ziele sind. Wenn es erst so weit ist, wirst du meine Mutter und Margarete gründlich genug studiert haben, um zu wissen, wie du diese Ziele erreichen kannst.«

Anne hatte ihre Ansprache an Prinzessin Claude gewissenhaft geübt. Besser gesagt war es nicht ihre Ansprache, sondern Mary Tudors. Aber die künftige Königin hatte Anne gebeten, als ihre Stellvertreterin zu agieren und in ihrem kultivierten Französisch zu Königs Ludwigs Töchtern zu sprechen. Mary selbst wollte dabei nicht zugegen sein, was Anne merkwürdig fand. Wenn die Tudor-Prinzessin tatsächlich eine harmonische Beziehung zu ihren zukünftigen Stieftöchtern aufbauen wollte, sollte sie doch zumindest an dem Treffen mit Claude und Renée teilnehmen, zumal beide noch Kinder waren, keine mächtigen Frauen, die eine Mary Tudor hätte fürchten müssen. Claude war ein wenig älter als Anne, gerade sechzehn geworden, während Renée erst fünf Jahre zählte.

Anne sollte später zu der Erkenntnis gelangen, dass es aufseiten Marys keine Furcht war, sondern Eigennutz. Was Mary Tudor nicht wollte, tat sie nicht – und in ganz Frankreich gab es niemanden, der etwas dagegen unternehmen konnte. Aber wer wollte ihr das zum Vorwurf machen? Mary war das jüngste überlebende Kind von Heinrich VII. und Elisabeth von York. Das Paar hatte drei Kinder sehr früh verloren – und dann hatte dieses wunderschöne Wesen das Licht der Welt erblickt, als wollte das Schicksal damit alles wiedergutmachen. Kein Wunder, dass Mary nicht nur von ihren Eltern, sondern auch von ihrem älteren Bruder, dem König, verwöhnt worden war. Heinrich war in seine kleine Schwester vernarrt, und es hieß, er könne ihr keinen Wunsch abschlagen.

Als über die Allianz mit Frankreich verhandelt wurde, verkaufte Heinrich seine kostbare kleine Schwester in das Königreich auf der anderen Seite des Kanals, damit sie einen wesentlich älteren Mann heiraten sollte. In Heinrichs Augen jedoch sicherte er Mary eine Machtstellung als Königin von Frankreich, während gleichzeitig die alte Feindschaft zwischen England und Frankreich beigelegt wurde. Mary hatte ihren Ehemann zwar nicht frei wählen dürfen, doch einen begehrteren Titel als den der Königin von Frankreich gab es in ganz Europa nicht.

Nun wurde Anne in den Flügel des Palastes geführt, der den Prinzessinnen Claude und Renée vorbehalten war. In den Gemächern hing das Wappen ihrer Mutter, der verstorbenen Königin Anne; nach ihrem Tod war das Herzogtum Bretagne auf ihre älteste Tochter Claude übergegangen. Während Frauen die französische Thronfolge verwehrt blieb, wurde dies im unabhängigen Königreich Bretagne mit seinen keltischen Wurzeln anders gehalten.

Prinzessin Claude begrüßte Anne freundlich – ein Empfang, der Anne nur wenig überraschte. Obwohl Mary Tudor sich beklagt hatte, sie würde von den Prinzessinnen »gehasst«, und die Mädchen als unfreundlich und engherzig beschrieben hatte, wusste Anne es besser. Prinzessin Claude war eine enge Freundin Marguerites; daher wusste sie, dass Claude warmherzig, freundlich und überaus klug war. Außerdem liebte sie Gedichte und Musik. Zwischen Anne und Claude gab es viele Gemeinsamkeiten.

Claude umarmte die Besucherin und hieß sie willkommen, zum einen als Botin der Prinzessin Mary, zum anderen als Anne Boleyn, neuestes Mitglied des königlichen Haushalts. Sie führte Anne zu zwei Polsterbänken und nahm ihr gegenüber Platz. Anne fiel auf, dass Claude ein Bein leicht nachzog; es war zwar kein Hinken, war aber nicht zu übersehen. Überhaupt war ihre Haltung ein bisschen merkwürdig; der Hals war leicht schief, sodass der Kopf ein wenig vornübergeneigt war. Doch abgesehen von diesen körperlichen Makeln war sie ein hübsches Mädchen mit makelloser Haut, regelmäßigen Zügen und lebhaften braunen Augen, aus denen Intelligenz und Freundlichkeit sprühten. Sie war gekleidet, wie es der Tochter eines Königs zukam, in umbrafarbenen Samt mit Hermelinbesatz, der das Braun ihrer Augen betonte.

»Claudie! Wer ist das?«

Anne hatte die fünfjährige Prinzessin Renée beim Eintreten gar nicht bemerkt, da die Kleine auf dem Boden gespielt hatte. Nun rannte sie zu ihrer Schwester, wobei sie auf Anne zeigte.

»Sei nicht unhöflich, Renée!«, schalt Claude das Mädchen. »Das ist Anne Boleyn. Begrüß sie, wie es sich gehört.«

Renée beeilte sich, einen Knicks zu machen, und blickte zerknirscht drein. »*Bonjour*, Anne Boleyn.«

Anne knickste ebenfalls. »*Bonjour*, Mademoiselle Renée.«

Renée griff nach Annes Hand und hüpfte neben ihr auf die Bank.

Claude wandte sich wieder Anne zu. »Wie ich höre, bringst du uns Nachricht von unserer zukünftigen Stiefmutter.«

»Ja. Wie Ihr wisst, ist sie … ist ihr Französisch …« Mit einem Mal war Anne unsicher. Sie wollte nicht unterstellen, dass Mary Tudor, ein Mitglied der englischen Königsfamilie, deren Vater sogar seine Jugendjahre in Frankreich verbracht hatte, nicht fließend Französisch sprach.

Claude erlöste Anne von ihren Qualen. »Ich bin sicher, dass Prinzessin Mary Zeit braucht, um sich von ihrer langen, beschwerlichen Reise zu erholen. Ich zweifle nicht daran, dass sie unsere Sprache zur rechten Zeit hervorragend beherrschen wird.«

Claudes Formulierung »lange, beschwerliche Reise« war arg untertrieben. Während der Kanalüberquerung war die Hofgesellschaft in einen furchtbaren Sturm geraten, bei dem eines der Schiffe gekentert war. Als die königliche Entourage endlich französischen Boden erreichte, war allen entsetzlich übel. Die meisten, auch Mary, hatten Tage gebraucht, um sich von den Strapazen zu erholen.

Anne dankte Claude für ihre milden Worte und machte sich daran, die Botschaft der Tudor-Prinzessin vorzulesen. Natürlich war sie von einem Mitglied des englischen Gefolges verfasst worden und nicht von Mary selbst. Sie verlieh ihrer Dankbarkeit für den herzlichen Empfang in Frankreich Ausdruck und äußerte den Wunsch, Renée eine liebevolle Stiefmutter und Claude eine treue Freundin zu sein.

»Mutter?«, rief Renée, als Anne mitten im Vorlesen war. »Bekommen wir eine neue Mutter, Claudie?«

Anne sah Tränen in den Augen Claudes. Die Mutter war Claudes beste Freundin gewesen, und seit ihrem tragischen Tod waren erst ein paar Monate vergangen. Bei der Erinnerung an die verlorene Mutter begann nun auch Renée zu weinen. Eine der älteren Hofdamen eilte herbei, nahm die Kleine auf den Arm, drückte sie an sich und begann in einer Sprache zu singen, die Anne noch nie gehört hatte. Sie klang seltsam, aber sehr melodisch, und Renée beruhigte sich rasch.

»Bretonisch«, sagte Claude, als hätte sie Annes Gedanken

gelesen. »Die Sprache unserer Heimat. Della ist mit unserer Familie verwandt. Sie ist die Cousine meiner Mutter und steht uns am nächsten, seit Mutter uns verlassen hat. Della ist die Einzige, die Renée beruhigen kann.«

Della lächelte ihnen zu, doch ihre Aufmerksamkeit galt allein der kleinen Renée. Mit der Prinzessin auf dem Arm verließ sie das Zimmer, wobei sie noch immer das bretonische Wiegenlied summte.

Als die kleine Schwester fort war, schien Claude sich zu entspannen. »Ich danke dir, Anne, dass du deine Pflichten an deiner Königin und mir erfüllt hast. Ich werde nun eine Antwort an sie schreiben, die du bitte ins Englische übersetzen wirst.«

»Es wäre mir eine Ehre«, erwiderte Anne.

Claude seufzte. »Oh, Anne, darf ich offen sprechen? Marguerite meint, dass du treu zu unserer Familie stehst. Ich möchte, dass wir alle hier friedlich miteinander leben, aber ich fürchte um meinen Vater, König Ludwig. Er ist kein junger Mann mehr, und Mutters Tod hat ihm arg zu schaffen gemacht. Er hat sie verehrt. Sie war eine tatkräftige Frau – stark und oft streng, aber niemals kalt. Mein Vater ist zwar König, aber meine Mutter war die wahre Macht hinter dem Thron. Deshalb fürchte ich, dass Vater ohne sie verloren ist.«

Anne war um eine angemessene Antwort verlegen. Doch sie spürte, dass Claude jetzt zu ihr sprach wie zu einer Freundin, einer Gleichaltrigen – vielleicht, weil Marguerite sie als vertrauenswürdig bezeichnet hatte. Daher antwortete sie ebenso aufrichtig: »Ich kann mir nicht einmal annähernd vorstellen, wie schlimm das alles für Euch und die kleine Renée sein muss. Seid versichert, dass es mir eine Ehre ist, Euch in jeder Hinsicht zu dienen und Euch in dieser Zeit des Übergangs zur Seite zu stehen, Mylady.«

Claude wischte eine Träne ab, die ihr über die Wange rann.

»Danke, Anne. Marguerite hatte recht. Ich glaube, wir alle werden gute Freundinnen sein. Hast du schon meinen Ehemann kennengelernt, meinen geliebten Franz?«

»Ich hatte noch nicht das Vergnügen, Mylady, freue mich aber sehr darauf. Ich habe von seiner Mutter und seiner Schwester schon viel über ihn gehört.«

Röte kroch in Claudes Wangen, als sie überschwänglich von ihrem frisch angetrauten Ehemann schwärmte. »Ich bin das glücklichste Mädchen Europas, weil ich einen solchen Mann bekommen habe! Du wirst ihn sicher bei der königlichen Hochzeit sehen, auf die wir uns nun vorbereiten müssen.«

Claude spielte damit auf die Näherinnen an, die bereits im Hintergrund warteten, um ihr das Kleid anzumessen. Sie entschuldigte sich bei Anne, dass sie keine Zeit mehr habe, küsste sie auf beide Wangen und brachte ihre Dankbarkeit für die neue Freundschaft und die baldige Zusammenarbeit zum Ausdruck.

Anne verließ die Gemächer der Prinzessinnen in einem Widerstreit der Gefühle. Einerseits empfand sie Freude über die frisch geschmiedete Freundschaft mit der Tochter des Königs, zugleich aber war sie traurig. Denn wie fast alle bei Hofe wusste auch Anne, dass Franz von Angoulême, der schneidige Herzog, der seine junge Frau Claude vor Freude trunken machte, der berüchtigtste Schürzenjäger von ganz Blois war – und weit darüber hinaus.

Herzogin Louise war in heller Aufregung, als sie in das Gemach stürmte, in dem Marguerite und Anne friedlich in ein Buch vertieft waren.

»Hast du es gesehen, Marguerite? Hast du das Porträt des englischen Mädchens von Monsieur Perréal gesehen?«

Anne wollte sich bereits von ihrem Stuhl erheben, doch Marguerite gab ihr diskret ein Zeichen, dass dies nicht nötig sei.

»Kommt erst einmal zu Atem, Mutter«, sagte sie. »Ich nehme an, mit dem englischen Mädchen ist die zukünftige Königin Frankreichs gemeint?«

Louise stieß einen verächtlichen Laut aus und wedelte mit der Hand die Vorstellung beiseite, die törichte Mary Tudor könne in ihren Augen jemals Königin von Frankreich sein. »Perréals Porträt, das er in England gemalt hat, ist enthüllt worden. Offenbar hast du es noch nicht gesehen, sonst würdest du meine Sorge begreifen.«

Nun erst schien die gestrenge Herzogin Annes Anwesenheit zu bemerken. Sie nickte ihr zu und gab einen leisen Laut der Begrüßung von sich, der beinahe freundlich klang und beruhigend auf Anne wirkte.

Marguerite erhob sich, nahm Louises Hände und küsste sie auf beide Wangen. »Nun erzählt schon, Mutter. Was ist an dem Porträt, das Euch so bekümmert?«

»Er hat sie mit einem Gefäß in der Hand dargestellt.«

Anne zuckte kaum merklich zusammen und versuchte, sich ihr Erschrecken nicht anmerken zu lassen. Sie kannte das Symbol sehr gut – genau wie Marguerite, die seine Bedeutung sogleich erfasste.

»Also lässt sie sich als Magdalena malen? Ist es das, was Euch Sorge macht?«

»Es sollte dich ebenfalls beunruhigen. Auf jeden Fall deinen Bruder!«

»Dann klärt mich doch bitte über die drohende Gefahr auf.« Marguerite blieb gelassen und versuchte, in diesem Sinne auf ihre Mutter einzuwirken. »Ihr Name ist nun einmal Mary. Könnte es nicht einfach eine Anspielung auf ihre Namenspatronin sein? So wird es bei Porträts doch immer gehalten. Ich als Marguerite werde jedes Mal mit Gänseblümchen und Perlen dargestellt. Was ist so schlimm daran?«

Louise wollte etwas entgegnen, sah dann aber, dass Anne sich auf die Lippe biss.

»Was ist, Anne? Weißt du etwas davon?«

Anne hatte schnell begriffen, dass es ein Fehler war, in Gegenwart Louises zu zögern, also setzte sie sich kerzengrade auf und sagte ohne Umschweife: »Vielleicht weiß ich etwas. Ein Lehrling des Porträtmalers, der zur Krönung anreiste, hat mich angesprochen. Ich weiß nicht, wie er heißt, aber er ist ein Flame. Er malt Prinzessin Marys erstes offizielles Porträt als Königin von Frankreich. Und weil ich eine der Hofdamen bin, die mit der Toilette der Königin betraut sind, wollte dieser Lehrling von mir wissen, ob es einen Zierkrug gebe, der für das Bild zu gebrauchen sei. Ich nehme an, die Königin wird mit dem Krug in der Hand dargestellt.«

»Dann gibt es zwei Bilder!«, rief Louise und hämmerte auf den Tisch. »Und das zweite auch noch mit der Billigung des Königs, der alle offiziellen Hofporträts absegnen muss. Das ist eine Aussage, versteht ihr denn nicht? Eine Erklärung! Der König bestätigt die Blutlinie der jungen Tudor als Nachfahrin der Magdalena. Durch die Hochzeit findet eine Vereinigung der alten europäischen Blutlinien statt, und der König macht deutlich …«

Marguerite führte den Satz zu Ende: »Dass jedes Kind, das aus der Ehe hervorgeht, ein König edelster Herkunft ist und daher der unbestrittene Erbe des französischen Throns.«

»Genau!«, zischte Louise. »Bei Gott, ich traue diesen Tudors nicht! Sie sind nur durch Krieg und Hexerei zu ihrem Thron gekommen. Das ist ein gefährliches Rezept für die Macht.«

Anne hatte während des Zuhörens große Augen bekommen, wie Marguerite jetzt auffiel. Besänftigend sagte sie: »Mutter, bitte. Anne ist Engländerin …«

Louise blickte auf Anne. »Wie du sicherlich weißt, Anne, wurde Elisabeth Woodville Königin von England und hatte mit Eduard IV. zehn Kinder. Die ersten drei waren Mädchen, und eines davon hieß ebenfalls Elisabeth.«

»Ja, Madame.« Anne gab sich Mühe, Louise zu zeigen, dass sie die Geschichte ihres Landes kannte. »Das war Elisabeth von York. Sie half, die Kriege zu beenden, indem sie Heinrich Tudor heiratete und somit den Frieden zwischen den beiden Häuser herbeiführte.«

Louise nickte. »Elisabeth von York heiratete Heinrich Tudor und wurde an seiner Seite Königin. Die beiden sind die Eltern deines Königs – und der künftigen Königin von Frankreich. Also ist deine Mary Tudor die Nachfahrin einer Frau, die fähig war, in rascher Folge eine Unzahl von Kindern zu gebären.«

Anne blickte fassungslos drein.

»Was hast du?«, erkundigte sich Marguerite.

»Ich bin erstaunt, wie gut Madame Louise sich mit den englischen Staatsgeschäften auskennt.«

Louise lächelte ihr gefährliches Lächeln. »Mein liebes Mädchen, mein Wissen stammt von deinem Großvater, dem älteren Thomas Howard. Wir bedienen uns bei Hofe derselben Spitzel!«

Der Morgen der Königshochzeit zog nass und düster herauf, Donnergrollen schien das himmlische Missfallen an dem Paar zum Ausdruck zu bringen, das so wenig zueinander passte. Als die Feier näherrückte, riss der Himmel auf und ließ gewaltige Wassermassen auf die Heerscharen der Gäste niedergehen, die nach Abbeville unterwegs waren, der Lieblingsresidenz des alten Königs.

Die Hochzeit König Ludwigs XII. von Frankreich mit Prinzessin Mary Tudor von England wurde feierlich begangen, in Anwesenheit vieler Repräsentanten von Adelshäusern beider Länder. Annes Onkel Thomas Howard, der Herzog von Norfolk, übergab die Braut anstelle ihres Bruders Heinrich VIII. Anne, Mary Boleyn und die anderen englischen Mädchen folgten der Braut und erfreuten sich ihrer kostbaren neuen Brautjungfernkleider.

Die Hochzeitsnacht war eher ein politisches Ereignis als eine romantische Angelegenheit. Ein paar Wochen später wurde Mary Tudor in einer kirchlichen Zeremonie in der Abteikirche von Saint-Denis zur französischen Königin gekrönt. Louise von Savoyen zeigte den ganzen Tag eine grimmige Miene, obwohl ihrem Sohn die Ehre zuteil wurde, die Krone zur Krönungszeremonie zu tragen. Als die königliche Prozession auf das Podium strömte, sah Anne zum ersten Mal eine besorgte, ja grimmige Marguerite. Das Haus Savoyen-Angoulême spürte die Bedrohung durch diese junge Frau, die möglicherweise einen Thronerben gebären würde.

Mary Tudor hielt Einzug in Paris, und das Volk drängte sich, um die englische Nymphe zu bestaunen, die nun seine Königin war. Botschafter aus allen Ländern Europas priesen Marys Jugend und Schönheit; der venezianische Gesandte verstieg sich gar zu der Behauptung, sie sei »ein Paradies«.

All diese Lobpreisungen der Tudor-Prinzessin, nunmehr Königin von Frankreich, erinnerten Mary Tudor lediglich daran, dass ihre Jugend an einen alten König verkauft worden war, um einen Friedensvertrag zu besiegeln, den ein zölibatärer Kardinal aufgesetzt hatte. In der Abgeschlossenheit ihrer Privatgemächer klagte Mary bitterlich über die Nächte im Bett des Königs. Er war ein anständiger Mann und behandelte sie mit Zärtlichkeit, aber sein Liebesspiel war die reinste Folter.

Königin Mary und ihr englisches Gefolge suchten Zerstreuung bei den Festen, Banketts und Turnieren, die auf die

Krönung folgten. Ganz Paris feierte wochenlang, trotz des schlechten Wetters, das Frankreich weiterhin im Griff hatte. Den Abschluss der ausgedehnten Feierlichkeiten sollte das Turnier zwischen französischen und englischen Rittern bilden; die Besten beider Königreiche würden daran teilnehmen. Mary, gekleidet in die neueste französische Mode und mit Schmuck reich behängt, trat unter dem frenetischen Beifall der Pariser in die königliche Loge. Auch der König war anwesend, doch es ging ihm sichtlich nicht gut. Eine Liege wurde gebracht, damit er sich zwischen den Zweikämpfen ausruhen konnte. Die französischen Adeligen tuschelten untereinander voller Sorge über seine bleiche, matte Erscheinung. Der venezianische Gesandte witzelte, dass die Wollust der rothaarigen jungen Braut den alten König langsam, aber sicher umbrächte – dass aber jeder nur zu gern mit ihm tauschen würde, und wäre es sein Tod!

Die Franzosen waren überaus prächtig gekleidet, als sie zum Turnier erschienen. Franz als Dauphin führte seine Mannen an; er war in Goldbrokat gehüllt – eine reichlich unverbrämte Anspielung auf die Tatsache, dass er der Nächste in der Thronfolge war. Die Herzöge in seinem Gefolge waren ebenso prächtig ausstaffiert, allen voran der Herzog von Bourbon in lohfarbenem Samt und Goldbrokat sowie der Graf von Saint-Pol in rotem Samt mit Zierschlitzen, unter denen goldener Satin hervorblitzte. Die Franzosen waren ein Fest für die Augen; sie gaben sich dynamisch und siegessicher. Doch was die kämpferischen Fähigkeiten betraf, konnten sie den sportlichen und kräftigen Engländern nicht das Wasser reichen.

Die Ritter, die für England antraten, waren weniger auffällig gekleidet, doch sie waren gekommen, um zu siegen. Beim Lanzenstechen fochten sie wie Löwen und fügten der französischen Pracht und der Siegesgewissheit seiner Ritter ziemlichen Schaden zu. Ein Engländer insbesondere stach als Held des Turniers hervor: der rothaarige, hünenhafte Charles Brandon, Herzog von Suffolk. Mit sichtlichem Stolz beobachtete Königin Mary, wie Brandon seine französischen Herausforderer einen nach dem anderen besiegte.

Am Abend nach dem Turnier sprach alle Welt von seinen ritterlichen Fähigkeiten. König Ludwig, eingedenk der offenkundigen Bewunderung Marys für Brandons jugendliche Energie, sagte traurig zu seinen Höflingen: »Mylord Suffolk und ich haben heute ganz Frankreich beschämt.«

Beim Festbankett und dem nachfolgenden Ball zog sich König Ludwig in seine Gemächer zurück, während die Königin mit dem Herzog von Suffolk tanzte. Charles Brandon besaß all das, was ihrem Mann fehlte: Er war jung, vital, sinnlich, männlich und obendrein Engländer. Außerdem war er der beste Freund ihres Bruders und als Gesandter und vertrauenswürdiger Verbündeter geschickt worden, um Heinrich beim Tjost zu vertreten. Niemand schien es seltsam zu finden, dass Brandon und die französische Königin miteinander tanzten. Er war hier als Stellvertreter ihres Bruders, und diese Auszeichnung wurde als unschuldige und vollkommen berechtigte Würdigung des englischen Sieges betrachtet.

Anne genoss die Feier ebenfalls. Besonders gefiel ihr die Gesellschaft der vielen Engländer, die sie während der langen Zeit auf dem Kontinent vermisst hatte. Allerdings fiel ihr auf, dass beide Nationen sich mehr als sonst für sich hielten – die Franzosen auf der einen Seite des Saals, die Engländer auf der anderen. Nachdem Anne eine Zeit lang höflich mit den älteren Gefolgsleuten der Howards geplaudert hatte, glitt sie zur französischen Seite hinüber, um Marguerite zu begrüßen, die bei ihrer Mutter stand. Madame Louise wirkte angespannt; ihr Gesicht zeigte immer noch den gleichen maskenhaften Ausdruck wie auf der Trauungszeremonie. Sie beobachtete die Königin und den jungen Brandon mit Argusaugen. Annes Herannahen nahm sie mit einem leichten Kopfnicken zur Kenntnis, während sie ihrer Tochter zuraunte: »Ich habe etwas zu erledigen.« Dann eilte sie davon.

Anne schaute fragend zu Marguerite hinüber. Die setzte zu einer Erklärung an, überlegte es sich dann aber anders.

»Mein liebes Mädchen, hab deinen Spaß und mach dir keine Gedanken über die diplomatischen Verwicklungen, von denen meine Mutter redet. Wir sollten das Leben genießen, denn es ist Gottes Geschenk. Also lass uns feiern und für den nächsten Tanz angenehme Partner finden!«

Der französische König verfiel immer mehr, und auch das Wetter blieb trist und grau. Wie die alten heidnischen Völker geglaubt hatten, bestand zwischen der Gesundheit des Königs und der Witterung eine tiefe Verbindung. Zwar hätte ein Christ so etwas niemals in aller Öffentlichkeit behauptet, doch hinter verschlossenen Türen vertraten viele die Meinung, dieser alte Glaube beruhe auf Tatsachen.

An Weihnachten rief der bettlägerige Ludwig seine junge Frau in sein Schlafgemach. Trotz ihrer Jugend, ihrer Unreife und ihrer Selbstsucht war Königin Mary in Tränen aufgelöst, als sie den von Schmerzen geplagten König sah. In seinen letzten Lebenswochen wandelte sie sich zum treuen Eheweib und blieb bei ihm, um ihn, der alle Speisen ablehnte, zum Essen zu ermutigen. Ludwig wurde von Tag zu Tag schwächer, und Mary teilte sich die Wache an seinem Bett mit Claude. Am Weihnachtsabend nahm König Ludwig von Frankreich die Hand seiner jungen Frau und flüsterte ihr zu: »Ich werde Euch zu Weihnachten das allerbeste Geschenk machen: Ich sterbe und gebe Euch frei.«

Es waren die letzten Worte, die er zu ihr sprach. Am 1. Januar

1515, als eines der schlimmsten Gewitter seit Menschengedenken tobte, starb König Ludwig.

Das Schicksal aller sollte sich auf einen Schlag wenden: Mary Tudor war im Alter von neunzehn Jahren Königinwitwe geworden, und damit war die Thronfolge für sie dahin. Franz von Angoulême und seine Gemahlin, Prinzessin Claude, sollten das neue Königspaar Frankreichs werden; Louise von Savoyen, die Königinmutter, würde Ratgeberin des Königs sein. Marguerite schließlich würde als Schwester des Königs einen höheren Status erreichen und seine vertrauteste Ratgeberin werden. Prinzessin Renée war nun Vollwaise, und die Schwestern Boleyn fragten sich, wie es für sie weitergehen würde.

*Scotland Yard, London*
*Gegenwart*

Unruhig wartete Berenger in der Eingangshalle von Scotland Yard auf seinen Aufruf. Geduld hatte nie zu seinen Stärken gezählt, und der Stress, unter dem er zurzeit stand, trug noch zu seiner Ruhelosigkeit bei. Er hasste es, wenn er nicht sämtliche Umstände seines Lebens kontrollieren konnte. Und wenn es um Maureen ging, kam noch die Angst hinzu.

»Detective Elgin wird Sie jetzt empfangen«, sagte der Diensthabende höflich und erhob sich, um Berenger durch die Halle zu führen. Auf einem Touchpad gab er einen vierstelligen Code ein, worauf sich eine Tür öffnete. Der Beamte zeigte auf ein Büro am Ende des Flures. »Da rechts hinten ist es.«

Katherine Elgin sprang hinter ihrem Schreibtisch auf, als Berenger ihr Büro betrat. »Berenger! Tut mir leid, dass du gewartet hast. Ich musste erst einen Anruf erledigen.« Katherine war eine hochgewachsene Frau und auf beeindruckende Weise attraktiv. Sie trug keine Uniform, war aber sehr förmlich in einen marineblauen Rock und eine beige Bluse gekleidet. Das kastanienbraune Haar war hochgesteckt.

»Tut das gut, dich zu sehen, Kat! Du siehst großartig aus!« Berenger umarmte sie mit Nachdruck; dann nahm er auf dem Besucherstuhl Platz, während Katherine sich wieder hinter ihrem Schreibtisch niederließ.

»Wie steht's in North Berwick? Wie geht es deinen Eltern?«, erkundigte er sich.

North Berwick war ein hübsches Seebad, nicht weit von Edinburgh. Seit Berenger denken konnte, hatten seine Eltern dort ein Haus gehabt, und Kats Familie war ihr nächster Nachbar gewesen. Berengers Kindheit hatte sich auf die Eltern in Schottland und den Großvater in Frankreich verteilt; in Schottland hatte er Kat zur Spielgefährtin gehabt, mit der er damals allerlei Streiche ausheckte. Kat war ein intelligentes Mädchen und hatte ihr Jurastudium mit Auszeichnung abgeschlossen. Als sie sich dann für eine Laufbahn bei der Kriminalpolizei entschied, waren ihre Eltern, die sich eine Anwaltskarriere ihrer Tochter erhofft hatten, ziemlich schockiert.

»Meinen Eltern geht's gut. Besser als beim letzten Mal, als ich mit ihnen gesprochen habe. Sie haben endlich meine Entscheidungen akzeptiert, sowohl im Persönlichen wie im Beruflichen. Wahrscheinlich haben sie ein größeres Problem damit, dass ich Cop bin als damit, dass ich Frauen liebe. Aber selbst mein Presbyterianer-Vater versteht inzwischen, dass ich niemals auf einen Debütantinnenball gepasst hätte. Sie wollen übrigens bald mal vorbeischauen.«

»Das freut mich für dich, Kat. Und wie geht es Gina?«

Kat lächelte und zeigte ihm ein Foto von sich und einer attraktiven Brünetten an einem weißen Sandstrand. »Gina ist wunderbar. Das Foto hier ist bei unserem letzten Urlaub gemacht worden, als wir ihre Familie in Italien besucht haben. Sie waren furchtbar nett und haben mich wie eine Familienangehörige behandelt. Ich habe wirklich Glück gehabt – und ich bin sehr, sehr glücklich.« Sie tippte mit einem Fingernagel auf das Foto. »Wir haben beschlossen, nächstes Jahr im Sommer an diesem Strand zu heiraten, nur im engsten Freundeskreis. Du musst kommen! Vielleicht kann ich dann endlich mal deine Maureen kennenlernen! Ich würde mich wahnsinnig gern mit ihr über Geschichte unterhalten. Du weißt ja, dass auch ich mich brennend für die Tudors interessiere. Damals an der Uni habe ich bei historischen Reenactments mitgewirkt. Das Kostüm hab ich noch.«

Berenger versicherte, ihre Hochzeit nicht zu verpassen und dieses Mal Maureen mitzubringen. Sie plauderten noch eine Weile über gemeinsame Freunde aus ihrer Kindheit, über die Veränderung in der Welt und über North Berwick, das einst ein verschlafenes Fischerdorf mit ein paar Golfplätzen in der Umgegend gewesen war und sich nun zu einem belebten Wochenendziel für die Gutbetuchten entwickelt hatte. Berengers Mutter lebte noch immer dort, ebenso Kats Eltern, und sie hielten fest, dass sie sich treffen wollten, wenn Berenger zu einem Besuch in den Norden reiste.

»Und da wir gerade von Hochzeiten reden«, hakte Kat nach, »wann und wo wird denn nun Schottlands berüchtigtster Junggeselle den Bund der Ehe schließen?«

Berenger lachte. »Junggeselle bin ich nicht mehr, seit ich meinen bezaubernden Rotschopf kennengelernt habe. Obwohl ›berüchtigt‹ vielleicht noch zutrifft – hoffe ich zumindest, schließlich will kein Mann seinen Ruf verlieren. Spaß beiseite –, meine Mutter möchte natürlich, dass wir in Schottland heiraten.«

»In Rosslyn Chapel?«

»Wo sonst?«, gab er achselzuckend zurück. »Auch ich liebe diesen Ort. Er ist magisch und seit fünfhundert Jahren ein Wahrzeichen der Sinclairs. Andererseits bin ich mir nicht sicher, ob Rosslyn für Maureen und mich geeignet ist.«

»Hmm, und außerdem würde es dort ziemlich eng, wenn dein komplettes House of Lords mit der Crème von Hollywood zusammentrifft. Kommen denn Westminster Abbey und St. Paul's nicht infrage, Euer Lordschaft?«

Berenger schmunzelte. »Wir wollen keinen großen Zirkus veranstalten, denn ich muss für die Sicherheit meiner Braut sorgen. Womit wir beim Thema wären. Was hältst du von den Unterlagen, die ich dir geschickt habe?«

Mit einem Mal wirkte Kat nervös. Es war eine bedeutsame Angelegenheit, die Berenger in ihr Büro geführt hatte. Schon oft waren sie zum Essen gewesen oder hatten sich auf einen Drink getroffen, wenn sich die Möglichkeit dazu ergab, doch nie hatte Berenger sie um professionellen Rat ersucht. Kat wusste, dass es Berenger ernst war. Nachdem sie die Fakten des Falles studiert hatte, wusste sie auch, warum.

»Ich habe mit Inspektor Chopard in Paris gesprochen«, begann sie. »Guter Mann. Klug, versiert. Gutes Bauchgefühl. Ich habe ihm von Joanna Reed erzählt und er mir von Simone de Bourbon. Wir sind beide der Meinung, dass diese Morde genug Berührungspunkte aufweisen, um einen Zusammenhang herstellen zu können.«

»Ist es derselbe Mörder? Eine Mordserie?«

»Ist noch zu früh, um sagen zu können, ob es derselbe Mörder oder *dieselben* Mörder sind. Es ist das Ritualhafte dieser Morde, das mich wirklich beunruhigt. Irgendwie habe ich das Gefühl, es könnten mehrere Täter sein. Vielleicht irre ich mich auch. Vielleicht ist es bloß ein sehr kräftiger und entschlossener Mann, der kluge Frauen hasst.«

»Du bist sicher, dass es ein Mann ist?«, hakte Berenger nach.

»Warum fragst du? Hast du Grund zu der Annahme, dass es sich um eine Frau handeln könnte?«

Berenger fuhr sich nervös mit der Hand durchs Haar, während er laut nachdachte. »Nicht unbedingt. In diesen beiden Fällen möglicherweise nicht. Es ist nur so, dass Maureen schon ihren Anteil an Drohungen und Stalkern gehabt hat, und es mag überraschend klingen, aber einige der wirklich gefährlichen waren Frauen.«

Kat erwog diese Möglichkeit. »Nun ja, Männer haben nicht unbedingt das Monopol auf Frauenhass. Immer schon sind Frauen auch deswegen unterdrückt worden, weil sie es zulassen. Wenn wir wahre Schwesternschaft jemals leben könnten, wäre die Gleichheit der Geschlechter kein Thema mehr. Wir würden die Welt regieren.«

»Stattdessen bringt ihr euch gegenseitig um, meinst du?«, ging Berenger einen Schritt weiter. Maureen hatte eine erschreckende Zeit mit einem unberechenbaren weiblichen Stalker erlebt, einer zu allem entschlossenen Frau. Sie hatte schließlich Selbstmord begangen, aber die Sache ging Berenger immer noch nach.

»Das kommt ziemlich selten vor, und auch nicht mit solcher Brutalität wie in den beiden Fällen«, antwortete Kat. »Ich will damit allerdings nicht sagen, dass ich es für unmöglich halte. Chopard und ich haben tief gegraben. Dabei sind wir auf etwas gestoßen. Es ist zwar nicht mit den Mordfällen Reed und Bourbon zu vergleichen, löst bei mir aber ein seltsames Gefühl aus, und im Laufe der Jahre habe ich gelernt, mich darauf zu verlassen. Eine Ahnung, wenn du so willst.«

Kat drehte ihren großen Bildschirm so, dass Berenger darauf schauen konnte, und tippte rasch etwas ein. Dann scrollte sie mit der Maus, bis ein Foto auf dem Bildschirm erschien, die Aufnahme einer Frau mit dunklen Locken und Hornbrille.

»Ein weiteres Opfer?«, vermutete Berenger.

»Möglich. Ihr Name war Luz Espinosa. Eine spanische Autorin. Und nun rate mal, worüber sie geschrieben hat.«

»Über Frauen in der Geschichte? Umstrittene Theorien?«

»Gut geraten. Sie hat das Buch *Die Bedeutung der schwarzen Madonna* verfasst, das sich auf den Montserrat bezieht, ein Kloster in der Nähe von Barcelona …«

Berenger fiel ihr ins Wort. »Ich kenne Montserrat. Es ist von unserem Haus in Frankreich nur anderthalb Stunden entfernt und liegt gleich jenseits der Grenze in Spanien. Maureen verehrt die Statue der schwarzen Madonna. Manchmal fahren wir übers Wochenende hin. Diese Felsberge sind etwas ganz Besonderes.«

»Tja, und an diesem ganz besonderen Ort ist Luz vor einem Jahr zu Tode gekommen.«

»Warte mal.« Berenger setzte sich kerzengerade auf. »Ist letztes Jahr nicht irgendeine Konferenzteilnehmerin vom Berg gestürzt, oben am Kloster?«

»Nicht irgendeine Konferenzteilnehmerin, sondern eben diese Frau! Es war eine Konferenz für Religionsführer, die Toleranz fördern wollten, und Luz war eine der Hauptreferentinnen. Und nun hör dir das an: Sie wollte auf dieser Konferenz ihr neues Buch vorstellen, das schließlich posthum veröffentlicht wurde. Es heißt *Die Bewegung der Koexistenz: Wie die Kabbala, der Koran und das Christentum friedlich miteinander leben können*. Luz Espinosa verschwand am Abend vor der Buchvorstellung und wurde am nächsten Tag gefunden. Im Unfallbericht steht, dass sie wie eine, ich zitiere, ›zerschmetterte Lumpenpuppe‹ auf den Felsen lag.«

»Und du meinst, es war kein Unfall? Ich kenne diese Felsen. Sie sind gefährlich. Wenn man stürzt, fällt man tief.«

»Ich bezweifle einen Unfalltod«, meinte Kate. »Die spanische Polizei hat auf ›Tod durch Unglücksfall‹ erkannt, aber wir werden die Behörden bitten, noch einmal genauer hinzuschauen. Ein eingeschlagener Schädel durch einen Sturz auf scharfe Felskanten könnte eine andere, möglicherweise unnatürliche Todesursache übertünchen.«

»Hm, verstehe.« Berenger erkannte nun das Muster. »Weil Simone durch eine Schädelverletzung zu Tode gekommen ist.«

»Und Joanna ebenso.«

»Was sagst du da?«, stieß Berenger fassungslos hervor. Das kam völlig unerwartet.

Kat nickte. »Joanna Reed wurde durch einen Hieb auf den Schädel getötet, mit einem schweren Gegenstand aus Holz. Alle sonstigen Verletzungen wurden ihr erst nach dem Tod zugefügt.«

Berenger versuchte, die möglichen Schlussfolgerungen in

Einklang zu bringen. »Du glaubst also, dass da eine Verbindung besteht, weil Luz eine feministische Autorin war und kurz vor der Veröffentlichung eines bahnbrechenden Werkes stand? Das könnte ein bisschen weit hergeholt sein. Ist es heutzutage wirklich ein Mordmotiv, wenn jemand öffentlich verkündet, wir alle sollten uns vertragen?«

»Ich sage ja nur, dass ich eine Ahnung habe. Wir betrachten die Vorfälle bisher lediglich aus dem Blickwinkel des Frauenhasses. Aber vielleicht ist der ja gar nicht das Motiv. Vielleicht ist das Motiv eher in der Religion als in der Geschlechtszugehörigkeit zu suchen, oder es ist eine abnorme Kombination aus beidem. Menschen wegen religiöser Meinungsverschiedenheiten umzubringen, ist leider in der Geschichte eines der gängigsten Motive für brutalen Mord. Selbst wenn eine Hexenverbrennung oder das Massaker an einem ganzen Dorf von einem Staat oder der Kirche in Auftrag gegeben wird, bleibt es Mord, klipp und klar. Und bei Joanna und Simone ist es so, dass sie sich für Frauen aus der Geschichte eingesetzt haben, die von ihren Feinden als Ketzer verunglimpft wurden.«

»Und auch Maureen tut das, jeden Tag.«

»Genau. Ich sage nicht, dass sie definitiv in Gefahr schwebt, aber wir sollten unser Netz ein wenig weiter ausspannen. Gib mir noch ein paar Tage und bleib in Kontakt mit mir, dann lasse ich dich wissen, wie die nächsten Schritte aussehen. Und noch etwas: Weiche Maureen in der Zwischenzeit bloß nicht von der Seite!«

Nach dem Treffen mit Kat schickte Berenger Tammy eine Textnachricht: BRAUCHE DEINE HILFE.

Sie rief sofort zurück. »Alles in Ordnung mit dir? Was ist passiert?«

Berenger berichtete von seinem Gespräch mit Kat. Er brauchte jetzt einen Mitstreiter, der Maureen ebenso liebte wie er selbst, und dem er bedingungslos vertrauen konnte. Noch wollte er Maureen nicht anvertrauen, was er soeben herausgefunden hatte. Sie hatte nicht gewusst, dass er Kat aufsuchen wollte, und wäre vielleicht nicht sehr glücklich darüber gewesen. Nach Berengers Erfahrung sorgte sich Maureen nicht genug um ihre eigene Sicherheit und neigte dazu, seinen Beschützerinstinkt als überflüssig abzutun. Deshalb wollte er seine Schutzmaßnahmen vorerst geheim halten, während er etwaige Gefahren so gründlich wie möglich auslotete.

»Was hältst du davon?«, fragte er Tammy. »Du hast ja einen ausgeprägten Ermittlerinstinkt. Was würdest du mit dieser Information anfangen?«

»Würde ich die Sache als ein Projekt betrachten, würde ich zunächst mal alle diese Bücher lesen und nach gemeinsamen Themen für ein Motiv suchen. Dann würde ich meine Tarnkappe aufsetzen und mich unsichtbar ins Internet begeben – an Orte, wo die Cops traditionell nicht nachgucken, die Mädchen wie ich aber aufzuspüren wissen.«

»Und wonach würdest du suchen?«

»Das Web kann dir schon Angst einjagen, wenn du siehst, womit Leute sich da beschäftigen. Ich garantiere dir, dass schon jede Menge Chats über diese Morde geführt werden, und dass nicht wenige Trolle finden, dass es diesen Frauen nur recht geschehen sei. Selbst in den traditionellen Social Media können wir das ganz offen lesen. Wir haben ja erlebt, wie so etwas über Maureen gesagt wurde. Und jetzt stell dir erst mal vor, was in den dunkleren Gefilden des Web so alles abgeht!«

»Ich will es mir erst gar nicht vorstellen, und du doch wohl auch nicht. Aber ich habe das Gefühl, wir haben jetzt Alarmstufe Rot. Deshalb würdest du uns einen Riesengefallen tun, wenn du das alles überprüfen könntest.«

»Na klar. Ich habe immer noch meine alten Decknamen, mit denen ich in die dunkleren Dungeons reinkomme. Ich werde es auf Englisch versuchen, und Roland kann sich um die französischen Sites kümmern. Wir fangen sofort an. Wo ist Maureen gerade?«

»Mit Sabine de Bourbon in der National Gallery. Ich werde sie am Eingang erwarten.«

»Wirst du ihr sagen, was du herausgefunden hast?«

»Noch nicht.«

»Dann soll ich es auch nicht tun?«

Berenger stieß einen Laut der Verzweiflung aus. »Ich hasse es, sie anzulügen, genau wie du. Aber es ist zu ihrem eigenen Schutz.«

»Nun ja, technisch gesehen ist es keine Lüge, eher eine Unterlassung. Und sobald wir über mehr Infos verfügen, können wir sie einweihen. Bis dahin …«

»Ist es besser, später um Vergebung zu bitten als vorher um Erlaubnis.«

*Hôtel de Cluny, Paris*
*Januar 1515*

»Das ist barbarisch!«, schluchzte Mary Tudor.

Sie setzte sich in ihrem Bett auf, das in einem verdunkelten Gemach stand. Sie war zu einer sogenannten »Weißen Königin« geworden – nach einem französischen Trauerbrauch aus dem Mittelalter. Die verwitwete Königin wurde in einem weißen Trauerkleid in ihr Schlafgemach eingeschlossen, dessen Wände mit schwarzen Wandteppichen verhängt waren. In diesem düsteren, nur vom Schein weniger Kerzen erhellten Zimmer musste sie sechs Wochen lang um ihren Ehemann trauern. Gesellschaft bei den Mahlzeiten war erlaubt, doch ansonsten war die Königin allein – eine Behandlung, die so gar nicht Marys überschäumendem jugendlichem Temperament entsprach.

Die Schwestern Mary und Anne Boleyn saßen zu beiden Seiten des Bettes der Königinwitwe und taten ihr Bestes, Mary bei Laune zu halten. Der französische Trauerbrauch war eine kluge Methode, sich darüber Gewissheit zu verschaffen, ob die frisch verwitwete Königin ein Kind des Königs unter dem Herzen trug. Sofern sie noch im gebärfähigen Alter war, reichten sechs Wochen aus, da innerhalb dieses Zeitraums die Monatsblutung einsetzen würde – oder eben nicht. Auf dem weißen Gewand waren Blutspuren unweigerlich erkennbar. Auf diese Weise konnte auch die Thronfolge eindeutig bestimmt werden. Denn es war schon vorgekommen, dass eine verwitwete Königin andere Wege gefunden hatte, schwanger zu werden und die Krone für einen angeblichen Nachfahren des Königs zu sichern.

Mary Tudor wusste ganz sicher, dass sie nicht schwanger war, da der König seit dem November nicht mehr in der Lage gewesen war, seinen ehelichen Pflichten nachzukommen. Somit war ihre Situation noch verzweifelter. Es war wie verhext, in diesem Verlies eingesperrt zu sein, wo doch alle Welt wusste, dass sie unmöglich schwanger sein konnte! Außerdem zeigte diese Maßnahme nur zu deutlich, dass die Familie Angoulême ihr nicht über den Weg traute.

»Wann ist denn deine nächste Monatsblutung fällig?«, wollte Mary Boleyn wissen. »Wenn du das Blut auf deinem Gewand und den Laken vorweisen kannst, werden sie dich vielleicht aus diesem Gefängnis entlassen.«

Mary seufzte laut. »Kann jeden Moment kommen. Schmerzen hatte ich schon. Die Frage ist nur, wer trifft diese Entscheidung? Franz und seine Familie? Diese giftige Louise kann es nicht abwarten, mich los zu sein, also wäre es am besten, wenn sie die Laken als Erste zu sehen bekommt. Sie wird keine Ruhe geben, bis sie die Krone mit den Lilien und Edelsteinen auf dem Kopf ihres Sohnes sieht. Meinen Segen hat sie. Ich will bloß hier raus!«

Anne schwieg. Sie beschränkte sich darauf, freundlich zu lächeln und ihrer Königin ein wenig Brühe zu reichen. Obwohl sie die Jüngste im Zimmer war, besaß sie das umfangreichste Wissen über Adelshäuser und Königshöfe. Sie allein hatte Zugang zu den Informationen des Adels, da sie zwischen Franzosen und Engländern hin und her geschickt wurde, Botschaften überbrachte und an der Planung von Beerdigungen, Trauerfeiern und Krönungen beteiligt war. Sie wusste von den Verhandlungen an den europäischen Fürstenhöfen, wo erbittert darum geschachert wurde, auf welchem Spielbrett Mary Tudor ihre nächste Königinrolle spielen sollte. Die Habsburger wollten die junge Frau für Karl V., den künftigen Kaiser des Heiligen Römischen Reiches. Anne amüsierte der Gedanke an eine Ehe der leidenschaftlichen Mary Tudor mit dem ernsten Habsburg-Erben, der keine allzu großen Geistesgaben besaß, wie alle Welt wusste.

Die Franzosen wiederum wollten Mary Tudor weiterhin in Frankreich wissen und aus einem Bündnis mit Spanien heraushalten; ein möglicher Anwärter auf ihre Hand war Louises Verwandter, der Herzog von Savoyen. Anne war überrascht gewesen, als Louise dieses Thema angeschnitten hatte, doch die Herzogin hatte es ihr erläutert: »Achte stets darauf, deine Freunde in deiner Nähe zu haben, Liebes, aber deine Feinde ziehe noch näher heran. Besser eine Tudor in meinem Hinterhof, wo ich sie unter Beobachtung habe, als auf der anderen Seite des Meeres, wo ich ihr Tun nicht mehr verfolgen kann.«

Anne wagte es nicht, über dies alles zu sprechen. Im zarten Alter von vierzehn Jahren war sie bereits eine Meisterin der Diskretion.

Zur allgemeinen Überraschung kam Franz von Angoulême höchstpersönlich, um Königinwitwe Mary zu besuchen. Er erkundigte sich nach ihrer Gesundheit und ihrem Wohlergehen. Nachdem Mary ihm versichert hatte, dass sie nicht schwanger sei und dies in spätestens zwei Tagen beweisen könne, wünschte Franz ihr hastig alles Gute und rannte mitten im Satz davon, um seiner Mutter mitzuteilen, sie solle alles für die Krönungszeremonie vorbereiten.

Am 25. Januar 1515 legte Franz von Angoulême in der Kathedrale zu Reims seinen Eid als gesalbter König ab. Es war ein Tag, an dem endlich die Sonne durch die Wolken brach. Franz I. – ein junger, dynamischer König, der sein Land zu neuer Glorie führen würde – barst vor Tatkraft und Energie.

Mary Tudor wurde endlich aus dem Trauergemach entlassen, nicht aber aus dem Hôtel de Cluny. Obwohl man sie mit größtem Respekt behandelte, war sie immer noch eine Gefangene. Die verschiedensten dynastischen Verbindungen wurden nun offen besprochen. Anne und Mary Boleyn taten ihr Bestes, um Mary zu beruhigen, doch die junge Königinwitwe geriet zunehmend in Panik. Sie spürte, dass ihr das eigene Schicksal aus den Händen genommen wurde, und beschloss endlich, ihrem Bruder zu schreiben. In dem Brief erinnerte sie ihn daran, dass sie ursprünglich nur unter einer Bedingung eingewilligt habe, König Ludwig zu heiraten: Sollte sie ihn überleben, würde sie sich nie mehr zu einer Ehe zwingen lassen, sondern die Erlaubnis bekommen, aus Liebe zu heiraten und sich ihren zweiten Mann selbst zu wählen. Damals hatte Heinrich in diese Bedingung eingewilligt, doch nun dachte er zweifellos über Möglichkeiten nach, wie er sein Versprechen umgehen konnte. Seine kleine Schwester war derzeit sein wertvollster Aktivposten, und er würde sich kaum von etwas so Unbedeutendem wie einem Versprechen an seinen Plänen hindern lassen.

Dann aber, im Februar, schickte Heinrich seinen engsten Vertrauten Charles Brandon nach Frankreich mit dem Auftrag, seine Schwester in die Heimat zu eskortieren. War Mary erst wieder in Heinrichs Machtbereich, würde er ihr klarmachen, dass sie sein politisches Pfund war, mit dem er wuchern konnte. Doch Heinrich musste geahnt haben, dass sein Plan mit Risiken behaftet war, denn bevor Brandon nach Frankreich übersetzte, nahm Heinrich ihm das Versprechen ab, dass er Mary niemals, unter keinen Umständen, anfassen oder sich ihr in sonstiger unziemlicher Weise nähern dürfe.

Doch die Leidenschaft, die am Tage des Krönungsturniers zwischen dem Herzog von Suffolk und der französischen Königin aufgeflammt war, loderte nach ihrer erneuten Begegnung sogleich wieder auf. Mary warf sich in Brandons Arme und schwor, ihn nie mehr loszulassen. Als sie von den Verhandlungen hörte, die ihre Heirat mit dem habsburgischen Karl zum Ziel hatten, bekam sie einen Anfall.

»Lieber lasse ich mich in Stücke reißen, als noch einmal unter Zwang zu heiraten!«, kreischte sie so laut, dass der halbe Hof es hören konnte. Mary drohte, sich von einem der höchsten Schlosstürme zu stürzen, falls Charles Brandon nicht verspräche, sie zu heiraten, damit fortan kein anderer Mann Anspruch auf sie erheben könne. Nur so werde sie vor der Tyrannei einer aufgezwungenen Ehe bewahrt … abgesehen davon habe ihr Bruder ihr ja zugesichert, dass sie beim zweiten Mal aus Liebe heiraten dürfe. Und sie liebte Brandon innig – war das nicht sogar die Erfüllung des brüderlichen Versprechens?

Charles Brandon erlag Marys schlagenden Argumenten und ihrem nicht zu bestreitenden Liebreiz. Obwohl er panische Angst vor Heinrichs Reaktion hatte, ließ er sich nicht beirren. Charles und Mary heirateten heimlich in der Kapelle des Hôtel de Cluny im Beisein weniger Zeugen, darunter Mary Boleyn. Anne nahm nicht an der Zeremonie teil, denn für Mary Tudor war sie eine halbe Französin und daher wenig vertrauenswürdig. Die junge Königinwitwe wusste nur zu gut, dass Anne und Claude sich immer enger aneinander anschlossen, und allein dieser Umstand brachte Königin Mary in die schwächere Position. Am Ende sollte dies für Anne sogar von Vorteil sein. Anne wusste, dass sie nichts tun durfte, das ihren Vater, ihren Großvater oder ihren Onkel erzürnte, denn alle drei würden sich letztlich auf die Seite des Königs stellen. Ihre Schwester Mary hatte hingegen nie gelernt, drei Schachzüge im Voraus zu denken, und ließ sich willig in die Intrige um Charles Brandon und die ungehorsame Königinwitwe hineinziehen.

Die Kluft zwischen Frankreich und England brach erneut auf, und Anne wählte die französische Seite. Mit Claude und Marguerite verstand sie sich viel besser, als sie sich jemals mit Mary Tudor verstanden hatte.

Annes scharfe Beobachtungsgabe war ihr nützlicher denn je, wenn sie sich auf dem schmalen Grat zwischen den Interessen Englands und Frankreichs bewegte. Mit der Zeit nahm sie ein Muster wahr, das sie zunehmend in Unruhe versetzte: Jedes Mal, wenn Franz kam, um mit seiner »teuren Schwiegermutter« Mary Tudor Staatsangelegenheiten zu besprechen, war es Annes Schwester Mary, die ihn ins Zimmer geleitete und wieder hinausführte. Mary Boleyn und der frisch gekrönte König Franz waren bereits mehrere Male miteinander verschwunden. Anne kannte ihre Schwester gut genug, um zu wissen, dass sie keine Doppelagentin war oder Talent zu Intrigen besaß. Staatsgeschäfte interessierten Mary nicht. Anne beobachtete und schwieg, aber es schmerzte sie, dass die Geliebte, die Franz zurzeit seiner treu ergebenen Frau entfremdete, niemand anderes war als die eigene Schwester.

*Château Amboise*
*März 1515*

»Wo ist deine Schwester gestern Nacht gewesen, Anne?«

Anne war in Louises Gemächer in Schloss Amboise zitiert worden, wo die königliche Entourage Wohnung genommen hatte. Franz und Marguerite hatten einen Großteil ihrer Kindheit auf Amboise verbracht, und Herzogin Louise pflegte dieses Schloss als ihr Heim zu bezeichnen. Der Bau war luftig und schön und lag auf einem Hügel mit Blick auf die Loire.

Obwohl es ein strahlender Frühlingsmorgen war, hatte Anne den langen Korridor zum Savoyen-Flügel voller übler Vorahnungen durchschritten. Sie liebte das Leben am französischen Hof, doch dieses Leben wurde kompliziert, sobald widerstreitende Loyalitäten ins Spiel kamen. Nach Louises Frage schaute sie zu Boden und schwieg, hob dann aber entschlossen das Kinn und antwortete wahrheitsgemäß: »Ich weiß es nicht, Madame.«

»Aber sie hat nicht in eurem Zimmer geschlafen?«, hakte Louise nach.

Anne und Mary teilten sich ein Bett in der Unterkunft der englischen Hofdamen. Es war nicht möglich, dass Mary kam oder ging, ohne dass Anne es bemerkte.

»Nein, Madame. Sie ist erst am Morgen zurückgekehrt.«

»So, so. Ich möchte behaupten, dass sie überhaupt nicht geschlafen hat. Aber ich werde dich nicht länger auf die Folter spannen, Anne, denn es ist ja nicht deine Schuld, und warum solltest du darunter leiden? Ich weiß, wo deine Schwester gewesen ist. Sie war mit meinem Sohn zusammen. Er ist ja jetzt König und ein kräftiger junger Mann, und ich kann ihm nicht vorschreiben, welche junge Frau sein Bett teilen darf und welche nicht. Claude ist wohl kaum rüstig genug, um Franz' Bedürfnisse zu erfüllen, und Mätressen gibt es in jeder königlichen Ehe.«

Sie hielt inne, um Atem zu schöpfen. Anne schwieg; sie wusste, dass Louise längst nicht fertig war.

»Ich werde aber nicht das Risiko eingehen, dass mein leichtsinniger Sohn diese englische Stute mit einem Bastard schwängert. Eure Familie besitzt gerade genug blaues Blut, dass die Angelegenheit gefährlich werden könnte.«

Louise nahm einen ledernen Beutel von ihrem Tisch und reichte ihn Anne.

»Gib das deiner Schwester. Sag ihr, sie soll eine Prise Pulver in ihren Wein mischen und jeden Tag ein Glas davon trinken – so lange, bis mein Sohn ihrer müde wird.«

Anne schaute in den Beutel und erblickte ein grobes, schmutzig aussehendes Pulver. Besorgt schaute sie Madame an.

»Keine Sorge, mein liebes Mädchen.« Louise trat näher und strich Anne zu ihrem Erstaunen übers Haar. »Ich habe nicht vor, deine Schwester zu vergiften. Es ist bloß ein Kräutermittel, das die Gebärmutter unempfänglich macht – zeitweilig. Es wird Mary auf lange Sicht nicht schaden, und sie wird nichts spüren, das verspreche ich dir. Willst du das für mich tun – und für die Zukunft Frankreichs und Englands? Der brüchige Friede zwischen meinem Sohn und deinem König Heinrich darf nicht noch weiter gefährdet werden.«

»Ja, Madame.«

»Braves Mädchen. Sag ihr vorher, dass es ein wenig bitter schmeckt. Doch glaub mir, es ist nicht annähernd so bitter wie das, was ihr widerfahren würde, wenn sie es nicht nimmt. Sollte Mary Boleyn mit dem Bastard meines Sohnes schwanger werden, bevor die Thronfolge durch seine Gemahlin gesichert ist …«

Louise verstummte. Es war nicht nötig, den Satz zu beenden.

Ein paar Tage später holte ein Bote von Herzogin Louise Anne aus den Gemächern von Claude und Renée; es sei dringend, sagte er. Anne wurde ohnehin seit ihrer Ankunft am französischen Hof in sämtliche Richtungen gezerrt, da sie das unbedingte Vertrauen der Franzosen genoss und obendrein über ausgezeichnete Sprachkenntnisse verfügte. Doch seit der Aufregung über Mary Tudors und Charles Brandons heimliche Hochzeit kam sie sich ein wenig so vor wie ein Tennisball beim *Jeu de paume*, das im Frühling auf Schloss Amboise so beliebt war.

Anne hatte bereits eine frühmorgendliche Besprechung über einen weiteren Fehltritt der rebellischen Königinwitwe miterlebt. König Franz tobte. Er hatte entdeckt, dass Mary Tudor eine Dummheit begangen hatte: Den brüderlichen Zorn fürchtend, weil sie seinen Wünschen zuwidergehandelt hatte – was ihrem Geliebten, wenn nicht gar ihr selbst als Hochverrat ausgelegt werden konnte –, hatte sie einen Boten mit Briefen von sich und Brandon nach England geschickt. Und um Heinrichs berüchtigten Zorn zu beschwichtigen, hatte sie ein paar der französischen Kronjuwelen beigelegt, allerdings ohne jegliche Erlaubnis. Und es waren nicht irgendwelche Schmuckstücke: Eines der Geschenke an ihren Bruder war der größte und erlesenste Diamant Frankreichs, der »Spiegel von Neapel«.

Franz war verständlicherweise erbost darüber, dass seine »teuerste Stiefmutter« die wertvollsten Stücke der französischen Kronjuwelen nach England geschickt hatte. Er wollte ihr verständlich machen, dass der kostbare Schmuck dem Königreich Frankreich gehöre und nicht zwangsläufig ihr persönliches Eigentum sei, über das sie nach Belieben verfügen könne. Doch der Bote – und mit ihm der »Spiegel von Neapel« sowie eine Kette mit kostbaren Perlen – waren verschwunden. Franz blieb nur die demütigende Wahl, direkt an Heinrich zu schreiben und die Rückgabe des Diamanten und der anderen Schmuckstücke zu erbitten. Er argwöhnte zudem, dass noch mehr Schmuck fehlte, von dem er nichts wusste.

Die Frage, die indes noch niemand laut gestellt hatte, war diejenige, deren Antwort Anne kannte: Wer war der Spitzel, der Franz von dem Schmuckdiebstahl unterrichtet hatte? Und wer war der Mittler zwischen Franz und Mary Tudor gewesen, der einen Geistlichen für die heimliche Eheschließung aufgetrieben hatte? Der gemeinsame Nenner in diesen beiden Fragen war Mary, ihre Schwester. Und die Vorfälle ließen eine Charaktereigenschaft Marys erkennen, die Anne abstieß: Mary Boleyn ging es nur um den eigenen Vorteil. Im Laufe der letzten Wochen hatte sie jeden, den sie kannte, belogen und betrogen. Anne fragte sich, wem dies noch aufgefallen sein könnte. Jeder bei Hofe stand zuweilen im Zentrum prüfender Blicke, und Mary wurde sicherlich nicht als tugendhafte Frau betrachtet. Doch wie schwer dieses Wissen bei den Höflingen wog, konnte Anne nicht ermessen.

Den ganzen Morgen hatte sie mit dem Diamanten-Drama zu tun gehabt und war schließlich in Claudes Gemächer gekommen, um eine »Entschuldigung« von Mary Tudor zu überbringen, falls sie ihre Stieftochter gekränkt haben sollte, doch Claude hatte lediglich geseufzt und abgewinkt.

Bevor Anne sich Gedanken über eine Antwort an die Königinwitwe machen konnte, war sie zu Louise gerufen worden. Jetzt wartete sie im Angoulême-Flügel des Schlosses. Sie war erleichtert, als der Wirbelwind, der durch die Tür hereinwehte, sich als Marguerite und nicht als Madame Louise herausstellte.

»Mein Gott, hier wird es niemals langweilig, nicht wahr?«, begrüßte Marguerite Anne und küsste sie auf beide Wangen. »Wie hältst du dich, mein Mädchen? Ich nehme an, beide Seiten haben dich heute ordentlich auf Trab gehalten?«

Anne lachte. »Ja, es war alles sehr dramatisch.«

»Nun, entweder beginnt das Drama gerade erst, oder es geht seinem Ende entgegen. Das hängt davon ab, von welcher Seite man es betrachtet«, bemerkte Marguerite.

Anne hatte ein flaues Gefühl im Magen. Radikale Veränderungen in Königshäusern hatten Auswirkungen auf alle Höflinge. Mit einem Mal wurde sie von Angst befallen.

»Wie du sicher schon vermutet hast«, fuhr Marguerite fort, »werden die Königinwitwe und der Herzog von Suffolk bald nach England abreisen. Was sie dort erwartet, weiß ich nicht. Natürlich werden die französischen Kronjuwelen Heinrichs Reichtum mehren – kann sein, dass ihn das besänftigt. Ich kenne den Charakter dieses Mannes nicht und kann mir daher kein Urteil anmaßen, obwohl ich einmal fast mit ihm verlobt war. Hast du das gewusst, Anne? Einst hieß es, ich solle Königin von England werden. Gott bewahre! Schlimm genug, dass ich meine derzeitige Ehe ertragen muss, aber zum Glück bin ich wenigstens in Frankreich und bei meiner Familie.«

Marguerite dachte und redete schnell, oftmals kunterbunt durcheinander, über alles, was ihr gerade durch den Kopf ging. Doch es war eine Eigenschaft, die sehr zu ihrem übersprudelnden Temperament und damit zu ihrem Charme beitrug. Anne betete Marguerite an und lauschte gern ihren verschlungenen Sätzen, wobei sie überlegte, wohin diese führen mochten.

»Also, mein Liebes, nun kommt der wichtige Teil. Es ist beschlossene Sache, dass deine Schwester Mary die Königinwitwe auf der Heimreise nach England begleiten wird. Meine Mutter, Claude und ich sind der Meinung, dass es für Mary keinen Grund gibt, länger in Frankreich zu verweilen. Verstehst du?«

Anne nickte. Was für eine Erleichterung, wenn Mary erst auf dem Schiff nach England war! Offen aussprechen konnte sie dies natürlich nicht. Doch ein wichtiger Punkt harrte noch der Aufklärung.

»Ja, natürlich. Aber ich … darf ich denn bleiben?« Gegen ihren Willen spürte Anne, wie sich ihr die Kehle zuschnürte. Was, wenn man sie ebenfalls nach England zurückschickte?

Stürmisch schloss Marguerite sie in die Arme. »Oh, Liebes, es tut mir leid! Ich habe nicht daran gedacht, dass du auf diesen Gedanken kommen könntest. Natürlich wirst du bleiben! Es sei denn, du wolltest gemeinsam mit deiner Schwester nach England zurück …«

»Nein!«, rief Anne.

»Wunderbar. Du gehörst nämlich inzwischen zur Familie, Anne. Deine Klugheit und deine Treue sind uns sehr wertvoll. Mein Bruder ist überaus angetan von deiner Diskretion und deiner Freundschaft mit unserer geliebten Claude. Franz ist ein rätselhafter Mann, Anne. Du solltest seiner Torheiten wegen nicht schlecht von ihm denken. Er ist ein junger Mann und ein König, der die Schönheit liebt und ihr nachstellt, wo er nur kann. Das bedeutet aber nicht, dass er Claude verachtet, im Gegenteil. Er liebt und verehrt sie. Für ihn ist sie eine Madonna, die er als Mutter seiner Kinder und als Königin von Frankreich in den Himmel hebt. Allerdings ist sie nicht die Frau, zu der er geht, wenn er seine männlichen Triebe spürt. Deshalb darfst du nicht schlecht von ihm denken. Und ich versichere dir, dass Claude es versteht und von Herzen akzeptiert. Sie ist die großzügigste Frau, die ich kenne.«

»Es würde mir nicht einfallen, den König zu verurteilen, Marguerite. Er war immer freundlich zu mir. Und es ist mir eine Ehre, Eurer ganzen Familie zu dienen.«

»Dann musst du bleiben. Du wirst doch bleiben, nicht wahr?«

»Ja, natürlich. Ich hatte Angst, dass Ihr mich fortschickt. Ich glaube, wenn ich Frankreich jetzt verlassen müsste, würde ich sterben.«

»Und dass allerorten die englischen Mädchen wegsterben, können wir ja nicht zulassen«, sagte Marguerite mit einem Augenzwinkern. »Soviel ich gehört habe, wirst du offiziell zum Dienst bei der französischen Königin berufen. Das ist die höchste Ehre, die dir unsere Familie gewähren kann. Wenn du auch weiterhin unserer Dreieinigkeit dienst, wirst du Ehrendame der Königin von Frankreich.«

Anne war begeistert. Da sie sehr jung und in großer Eile an den Hof berufen worden war, hatte man ihr nie eine offizielle Stellung zugeteilt oder sie im Register der englischen Mädchen aufgeführt, die Mary Tudor dienten. Dass die Familie Angoulême den Rang einer Ehrendame für sie erwirkt hatte, bezeugte eine Wertschätzung, die Anne nicht einmal von den eigenen Landsleuten zuteilgeworden war.

»Ich bin Euch ja so dankbar, Marguerite! Mir fehlen die Wort – in beiden Sprachen.«

Marguerite lachte und drückte den Arm des Mädchens. »Deine Schwester wird Briefe an deinen Vater und deinen Großvater überbringen, in denen wir deinen Wert und deine Tugend preisen und sie um Erlaubnis bitten. Das alles dürfte ziemlich schnell gehen, deshalb gebe ich dir frei, damit du Zeit mit deiner Schwester verbringen und ihr bei den Vorbereitungen für die Reise helfen kannst. Weißt du, obwohl ich ganz froh bin, die Tudor-Prinzessin abreisen zu sehen, muss ich doch sagen, dass ich inzwischen größere Achtung vor ihr hege als jemals zuvor.«

»Was ist der Grund?« Anne war neugierig. Marguerite hatte des Öfteren bissige Bemerkungen über Mary Tudors Oberflächlichkeit gemacht, und es war kein Geheimnis, dass sie deren Frivolität missbilligte. Das Lob kam also äußerst unerwartet.

»Achtung wird dem erwiesen, der sie verdient, auch den Menschen, die wir nicht lieben. Mary Tudor hat für das gekämpft, was sie wollte und was man ihr versprochen hatte. Sie hat ihrem Bruder getrotzt – und einem König obendrein –, um endlich ihr Glück zu finden. Sie hat aus Liebe und Leidenschaft geheiratet, und zu ihren eigenen Bedingungen.«

Anne erschrak, als sie den sehnsüchtigen Beiklang in Marguerites Stimme hörte. »Wie mutig sie ist, wie entschlossen, wo wir als Frauen kaum Macht über unser Leben haben! Stattdessen werden wir wie Figuren auf einem Schachbrett herumgeschoben und verschaffen den Spielern, den Männern, durch unsere Opfer zusätzlichen Reichtum und Macht. Frauen sollten bei ihrer Verehelichung mehr Mitspracherecht haben. Mehr noch, sie sollten selbst wählen können, mit wem sie den Rest ihres Lebens verbringen. Denn unser Leben zählt, Anne. Deines und meines und das aller Frauen. Wir sind das Rückgrat der Gesellschaft, und doch dürfen wir unser Schicksal nicht selbst bestimmen. Meinst du nicht auch, dass es an der Zeit ist für Veränderungen?«

Anne brachte Marguerite Achtung und Bewunderung entgegen, doch diese Sätze machten sie sprachlos. Sie riefen ihr die Tage in Mecheln in Erinnerung, wo Madame Margarete über ihr Königreich geherrscht hatte – und über ihr Schicksal.

»Wenn deine goldrosige Tudor-Prinzessin hergesandt wurde, um mir diese Lektion zu erteilen«, fuhr Marguerite fort, »dann möge Gott sie dafür segnen. Sie hat mich verändert.«

*Château Amboise*
*Juli 1515*

Franz' einundzwanzigster Geburtstag stand bevor. Seit sechs Monaten war er nun Herrscher über Frankreich. Nachdem die Erregung und der Prunk der Krönungsfeierlichkeiten verebbt waren, fand Franz die Rückkehr zur Tagespolitik und zur profanen Hofetikette ernüchternd. Hatte er nicht geschworen, ein starker, lebendiger Monarch zu sein, der Frankreich den ihm zustehenden Platz unter den Ländern Europas zurückgeben würde?

Es sollte nicht lange dauern, bis aus der Ruhelosigkeit des Königs ein Ruf zu den Waffen wurde. Franz verkündete, das Herzogtum Mailand, auf das er durch die Ehe seines Urgroßvaters Ansprüche erheben konnte, von den Sforza für Frankreich zu gewinnen. Marguerites Ehemann Karl, der Herzog von Alençon, sollte mit seinen Truppen das Heer des Königs verstärken.

Nachdem er Louise zur Regentin eingesetzt hatte, ritt Franz nach Lyon, wo ein Freiwilligenheer zusammenströmte. Eile war geboten: Die Alpenüberquerung musste erfolgen, solange das Wetter im Hochgebirge noch günstig war.

Louise trat ihr Amt als Regentin mit eiserner Entschlossenheit an. Die Angst um ihren Sohn veranlasste sie, drastische Maßnahmen zu ergreifen. Sie sorgte dafür, dass ein Trupp deutscher Landsknechte die französische Armee unterstützte, wenngleich der Sold der Deutschen exorbitant war. Und sie fuhr ein weiteres Geschütz auf: das Gebet. Seit Franz in den Krieg gezogen war, traf man die drei adeligen Damen jeden Morgen und jeden Abend betend in der Kapelle an. Marguerite vertraute Anne an, dass sie täglich zu ihrer Familienpatronin Maria Magdalena beteten, damit diese Franz beschützte. Anne fragte sich, wie es bei diesen Nachtwachen zuging, doch es war nicht angebracht, die Herzogin nach den Geheimnissen der königlichen Familie zu fragen.

Anne hatte einen milden Sommerabend mit Königin Claude und Prinzessin Renée verbracht. Eine sanfte Brise wehte von der Loire herüber, als sie in Claudes Stundenbuch gelesen und für den König und sein Heer gebetet hatten. Claude war in Angst um ihren Gatten, zugleich aber voller Stolz auf ihn. Sie war eine liebevolle junge Frau, die ihrem Mann eine gute Königin und Ehefrau sein wollte – und Mutter seiner Kinder, denn mittlerweile war Claude mit ihrem ersten Kind schwanger.

Nun ging sie mit schweren Schritten zum Bett, um sich darauf auszustrecken, während eine ihrer Zofen eilends die himmelblauen Damastvorhänge zurückzog, mit goldenen Quasten festband und Kissen zur Schonung des Rückens der Königin ausbreitete.

»Es ist ein Mädchen!«, rief Renée voller Überzeugung, während ihre Hand auf Claudes Leib ruhte.

Claude lachte. »Das können wir noch nicht wissen, Liebling.«

»Ich weiß ganz sicher, dass es ein Mädchen ist!«, beharrte Renée. »Wie wollen wir sie nennen?«

»Das müssen wir gemeinsam mit dem König beschließen«, mahnte Claude sanft, während Della hereinkam, um Renée in ihr Schlafgemach zu bringen. Renée hatte zwar ihre eigene Kinderfrau und Bedienstete, doch sie war am liebsten bei ihrer Schwester, die seit dem Tod der Eltern so etwas wie eine Mutter für sie geworden war.

»Anne, magst du nicht etwas für mich spielen, bevor ich zu Bett gehe? Deine Musik macht schöne Träume.«

Anne nahm die Laute zur Hand, die stets in Claudes Gemächern bereitlag, und spielte einen der Psalmen, den sie damals in Mecheln vertont hatte. Claude schloss die Augen und lauschte Annes Spiel und Gesang. Ihre Hand strich über die kleine Erhebung auf ihrer Bauchdecke, die durch die Bewegungen des Babys verursacht wurde, das anscheinend auf die Musik reagierte.

Als der Psalm endete, schlug Claude die Augen auf und beglückwünschte Anne zur Schönheit ihres Lautenspiels. Sie war sichtlich erschöpft und hätte sich nun am liebsten zum Schlafen niedergelegt, doch in diesem Augenblick rauschte Marguerite herein. Sie sah so frisch aus wie der Tau in der Morgendämmerung.

»Unsere Herrin erwartet uns«, verkündete sie fröhlich, stockte jedoch, als sie Claudes bleiches Gesicht sah. »Oh, Schwesterchen.« Sie tätschelte der Jüngeren zärtlich die Schulter. »Wie ich sehe, seid Ihr nicht in der Verfassung für eine nächtliche Wache.«

Claude versuchte sich aufzusetzen, doch ihr plumper Leib hinderte sie daran, und sie sank wieder in die Kissen zurück. »Aber ich muss mitkommen«, protestierte sie. »Ich habe es geschworen.«

Marguerite überlegte einen Moment. »Nun ja, diesen Schwur haben wir alle geleistet. Aber ich glaube, unserer hohen Herrin der Gnade und des Mitleids wäre es lieber, wenn Ihr ruht.«

»Ich kann meinen Eid nicht brechen! Damit würde ich Franz in Gefahr bringen!«

Anne spürte Claudes Bedrängnis, doch es stand ihr nicht zu, sich in Angelegenheiten der beiden hochgestellten Damen einzumischen. Sie schaute auf – und sah, dass Marguerite sie anstarrte. Nach ein paar Sekunden des Schweigens sagte sie: »Stellvertreterin.«

»Stellvertreterin?«, fragte Claude verständnislos.

»Anne wird an Eurer statt mitgehen. Sie wird Eure Stellvertreterin sein. Komm her, Anne.«

Marguerite bedeutete ihr, sich neben Claude zu stellen und die Arme auszustrecken. Dann faltete sie Annes Hände über denen Claudes, nahm den Rosenkranz aus Perlmutt, den die Königin neben ihrem Bett liegen hatte, und schlang ihn um die vier verschränkten Hände, wobei sie fragte: »Claude, Königin von Frankreich, übergebt Ihr Eure Verpflichtung an Eure treue Dienerin Anne Boleyn, damit sie an Eurer Stelle bete und Euren Eid gegenüber der Magdalena erfülle, heute Nacht und wann immer es nötig ist?«

In Claudes braunen Augen standen Tränen der Erleichterung. Man musste es nur Marguerite überlassen, einen Ausweg zu finden! Claude schaute Anne fest in die Augen, als sie antwortete: »Ja, ich erteile die Erlaubnis, dass Anne Boleyn als meine Stellvertreterin am Nachtgebet teilnimmt, wann immer nötig, damit ich mein der Magdalena gegebenes Versprechen erfülle. Wenn Ihr in der Kapelle betet, werde ich zur gleichen Zeit in meinem Gemach beten.«

»Hier, Anne. Nimm.«

Dankbar nahm Anne den Rosenkranz von Marguerite entgegen, nachdem Claude ihre Lippen daraufgedrückt hatte, um den Eid zu besiegeln. Dann folgte sie Marguerite, die hinauseilte zu ihrer Mutter.

Herzogin Louise stand wartend auf dem Gang. Hinter ihr war eine ihrer bevorzugten Hofdamen zu sehen, Diana von Poitiers, einen Korb voller roter Rosen und duftender weißer Lilien in den Armen. Louise zog fragend eine Braue hoch, als sie Anne anstelle von Claude erblickte, doch Marguerite erklärte rasch die Situation.

Louise erwog die Entscheidung ihrer Tochter einen Augenblick lang; dann nickte sie. »Das war eine kluge Lösung für ein Problem, das noch seiner Lösung harrt. Es ist immer nützlich, eine Stellvertreterin zu haben, wenn die Königin sich ihrer Niederkunft nähert. Anne lernt schnell und zeigt die nötige Frömmigkeit. Sag, Mädchen, du weißt sicher schon einiges über unsere Magdalena? Ich darf doch annehmen, dass schon Margarete dich entsprechend unterwiesen hat?«

Anne nickte ernst. »Oh ja. Madame Margarete hat mich gelehrt, Maria Magdalena als erster Zeugin der Auferstehung zu huldigen.«

»Nun, das ist doch schon mal ein Anfang«, sagte Louise, nahm Diana den Blumenkorb ab und entließ sie mit einem Lächeln. Dann reichte sie Marguerite den Korb und wandte sich erneut an Anne.

»Komm, mein Kind, deine wahre Erziehung beginnt erst jetzt.«

Und Anne Boleyn folgte Herzogin Louise und ihrer Tochter hinaus in die Nacht, die ihr Leben und die Geschicke Europas für immer verändern sollten.

Schloss Amboise war als hübsche kleine Nachbildung einer mittelalterlichen ummauerten Festung erbaut worden. Die Gebäude bildeten ein langgezogenes Rechteck, dessen eines Ende gerundet war und über einem steilen Abhang thronte, unter dem die Loire dahinfloss. Im Zentrum dieser Königsstadt befand sich, wie in allen mittelalterlichen Siedlungen, die Kirche. Doch nicht diese war das Ziel der beiden Frauen, sondern, wie Anne mit wachsender Erregung erkannte, die kleinere Königskapelle am äußersten Rand der Schlossanlage.

Die Hubertuskapelle sah aus, als wäre sie für ein Märchen

entworfen und von Zuckerbäckern erbaut worden. Als Anne das Bauwerk zum ersten Mal sah, hatte sie über dessen Schönheit und über die Lage gestaunt, stand es doch atemberaubend nahe am Rande des Felssturzes. Für eine Königskapelle wirkte es klein, war aber dennoch prächtig in seiner spätgotischen Wucht. Durch das gekürzte Hauptschiff besaß die Kapelle den ungewöhnlichen Grundriss eines gleicharmigen Kreuzes, nicht den des traditionellen lateinischen Kreuzes. Ein einzelner verschnörkelter Turm ragte aus der Mitte des Bauwerks gen Himmel.

Als die Frauen hinter dem königlichen Quartier durch den Außengarten auf die Kapelle zugingen, schlug Annes Herz vor Aufregung schneller. Das Licht am Himmel verblasste zu einem Farbenspiel aus Violett und gedämpftem Rosé, das zur Traumartigkeit dieses magischen späten Sommerabends beitrug. Louise verharrte am Eingang der Kapelle, damit Anne Gelegenheit hatte, die Schnitzereien zu bewundern. Über der Tür befand sich ein breites Giebelrelief, auf dem das Leben des heiligen Hubertus, des Namenspatrons der Kapelle, dargestellt war.

Marguerite deutete auf ein großes Standbild oberhalb des Hubertusreliefs. Es zeigte eine prächtige Muttergottes mit dem Kind; mehr als doppelt so groß wie Hubertus, beherrschte es die Front der Kapelle. Von Engeln umgeben stand die Muttergottes auf einem Banner, das die Aufschrift »Ave Maria« trug.

»Die Hubertuslegende nötigt zwar Respekt ab, wir aber dienen der Königin des Himmels, die uns nun erwartet«, sagte Marguerite und zwinkerte Anne zu.

Zu Füßen der Muttergottes knieten die königlichen Bauherrn der Kapelle, links Karl VIII., rechts Claudes Mutter, Anne de Bretagne.

»Karl verehrte den heiligen Hubertus, deshalb weihte er ihm diese Kapelle«, erklärte Louise. »Doch erst Königin Anne nutzte sie als Privatkapelle. Sicher wirst du bemerkt haben, dass die Muttergottes die beherrschende Figur an der Giebelwand ist. In Frankreich, das wirst du noch lernen, kann man vieles an den Fassaden der Kirchen ablesen.« Begleitet von einem leisen »Ave Maria« machte Louise einen Knicks vor der Muttergottes; dann trat sie ein, gefolgt von Anne.

Staunend ließ das Mädchen den Blick schweifen. Im Kerzenschein sah es aus, als wäre die Decke aus feiner Spitze gefertigt. Die makellos weißen Wände und die hellen Bodenplatten verliehen dem Bauwerk etwas Weiches, Feminines. Die einzigen Farbtupfer waren die Fliesen, die in mattem Grau und Blau ein Fleur-de-Lis-Muster zeigten.

Der Innenraum war in winzige Seitenkapellen unterteilt; auch der Hauptaltar wurde von Seitenaltären flankiert. Anne folgte Louise und Marguerite in ehrfürchtigem Schweigen, wobei sie jede Bewegung der beiden Frauen beobachtete. Nun schwenkten die zwei nach links und verharrten vor einer gewaltigen Marmorstatue des Erzengels Michael. Beinahe in Lebensgröße stand er vor ihnen auf einem Sockel und schwang hoch über dem Kopf das Schwert des göttlichen Lichts und der Wahrheit, das aus reinem Gold zu bestehen schien. Im Kerzenschein glänzte es wie geschmolzenes Metall. Anne fiel auf, dass Michaels Gesicht freundlich und doch finster entschlossen wirkte. Einen Fuß hatte er auf die Kehle des Teufels gestellt. Louise hielt Marguerite den Blumenkorb hin; die ältere Frau wählte langstielige weiße Lilien, die sie dem Erzengel zu Füßen legte.

»Für Karl«, sagte Marguerite, während sie still für den Schutz ihres Mannes betete, des Herzogs von Alençon. Auch wenn ihre Ehe nicht auf romantischer Liebe gründete, so hegte Marguerite für ihn und seine Familie doch zärtliche Verbundenheit. Schließlich trat sie zurück, schlang Claudes Rosenkranz um Annes Hand, drückte sie leicht und wartete auf das Gebet ihrer Mutter.

Louise näherte sich der Statue und legte sanft die Hand auf den Fuß der Erzengels, unter dem sich der Teufel in Qualen wand. Sie schloss die Augen, begann laut zu beten. Inständig bat sie den Heiligen und seine Heerscharen, den von Gott erwählten König zu beschützen und alle, die an seiner Seite kämpften. Als sie ihr Gebet beendet hatte, beugte sie sich vor und küsste den Fuß des Erzengels.

Dann bedeutete sie Anne vorzutreten und die Hand mit Claudes Rosenkranz auf den Fuß des Engels zu legen. Inständig bat sie Michael um Schutz für die Königin, ihre Schwester und das ungeborene Kind.

Und dann geschah etwas, das Anne in Erstaunen versetzte: Louise legte ihr in einer zärtlichen und zugleich segnenden Gebärde die Hand auf den Kopf und sprach: »Und beschütze dieses schöne Kind Anne Boleyn, welches das königliche Blut Frankreichs in sich trägt und unserer Sache in Liebe und Treue dient.«

An diesem Ort göttlicher Macht war selbst eine Louise von Savoyen wie verwandelt. Die flackernden Kerzen erleuchteten das Gesicht dieser klugen Frau, die um die Kraft allumfassender Liebe wusste. In diesen Augenblicken entdeckte Anne etwas, das sie sich bei der stählernen Regentin Frankreichs nicht hatte vorstellen können: Weichheit unter dem Panzer aus schierer Kraft.

Sie behielt diese Sekunden im Herzen, während sie gegen die Tränen ankämpfte. Alsdann machte sie einen tiefen Knicks – zuerst vor Louise, dann vor dem Erzengel. Schließlich trat sie zurück, um Marguerite Platz zum Gebet zu machen.

Nach dem Gebet führte Louise sie beide zum Hauptaltar.

Das Herzstück des Altars bildete eine vielfarbige Holzplastik der Maria Magdalena. Sie stand auf einer erhöhten Plattform, allerdings ohne Sockel, sodass sie sich fast auf Augenhöhe mit der hochgewachsenen Marguerite befand. Es war eine erlesene schöne Magdalena: Das rote Haar reichte ihr bis zur Taille, und ihre ausdrucksvollen Augen, in denen es grün und braun schimmerte, blickten fest und unbeirrt, zugleich aber voller Mitleid in die Welt. In der einen Hand hielt sie einen reich verzierten Krug, während die andere in segnender Gebärde erhoben war. Diese Magdalena war keine Büßerin, sondern eine geistige Führerin ihres Volkes. Zu ihren Füßen lag ein rotes Buch, darauf ein menschlicher Schädel. Anne behielt diese Gegenstände im Gedächtnis und nahm sich vor, später nach deren Bedeutung zu fragen.

Nun trat Louise vor Maria Magdalena hin und warf sich vor ihr zu Boden. Auf den Knien küsste sie der Magdalena die Füße. Marguerite bedeutete Anne, nun ebenfalls mit ihr niederzuknien. Ehrfürchtig neigten die beiden jüngeren Frauen den Kopf, während Herzogin Louise das Gebet sprach.

»Herrin Magdalena, Geliebte Jesu, Apostelin der Apostel, erste Zeugin der Auferstehung, heilige Mutter und Beschützerin unserer Blutlinie, ewige Königin von Frankreich, wir sind gekommen, um dir zu huldigen und zu danken.«

Anne verschlug es den Atem, während sie den Lobesworten lauschte. Trotz der warmen Sommernacht lief ihr ein Schauder durch den Körper, der sie zittern machte. Irgendetwas geschah hier – etwas Wunderbares, das über das Verständnis hinausging. Anne wusste, dass diese Nacht sie unwiderruflich verändern würde. Indem sie als Stellvertreterin für Claude agierte, erfuhr sie nun am eigenen Leib die Geheimnisse, welche die Frauen der fränkischen und französischen Königsfamilien seit fast tausendfünfhundert Jahren bewahrten. In Annes ehrfürchtiges Erschaudern mischte sich allerdings auch leise Furcht – eine Ahnung, dass es mit Gefahr verbunden war, was sie hier hörte und erfuhr. Dennoch fühlte sie sich an diesem Ort voller Wunder und in Gesellschaft dieser mächtigen Frauen sicher. Anne konnte spüren, dass die Fürbitte, die Louise an die Magdalena gerichtet hatte, uralt war und seit Hunderten von Jahren mit der gleichen Ehrfurcht gesprochen wurde.

Marguerite holte den Blumenkorb, und Louise legte der Heiligen ein paar Rosen und Lilien zu Füßen. Erst jetzt bemerkte Anne die großen Wasserbecken, die halb hinter der Statue verborgen waren, und auf Marguerites auffordernden Rippenstoß hin stellte sie den Rest der Blumen ins Wasser.

Nachdem der Altar angemessen geschmückt war, knieten alle drei noch einmal vor Magdalena nieder. Louise betete laut darum, dass ihr erstes Enkelkind unversehrt zur Welt kommen möge, und bat die Heilige, dem Königspaar viele gesunde Kinder zu schenken. Dann sprach sie das »Gelöbnis« – der Grund, weshalb Anne an der Zeremonie teilnehmen musste.

»Wir geloben, deinem Namen jeden Tag Ehre zu erweisen, bis der König uns gesund zurückgegeben wird. Am selben Tage, an dem er zurückkehrt, werden wir Vorbereitungen treffen, mit dem Hof auf eine Pilgerreise zu gehen, mit der wir dein Vermächtnis ehren. Dies geloben wir.«

»Dies geloben wir«, wiederholte Marguerite und nickte Anne auffordernd zu.

»Dies geloben wir«, sprach sie den beiden Frauen nach, wobei sie Claudes Rosenkranz in die Höhe hielt und stellvertretend für die Königin den Eid ablegte. Doch in ihrem Herzen galt dieser Schwur auch – und noch mehr – für sie selbst.

Während Anne an der heiligen Stätte stand, spürte sie, wie ihr Körper mit einem Mal von Wärme erfüllt wurde, einer wohligen Wärme, die an den Füßen begann und dann die Beine hinaufströmte, bis der ganze Körper davon erfüllt war. Die Wärme rauschte wie das Meer in Annes Ohren, und sie schwankte unter dem Ansturm, während sie zur Statue der Maria Magdalena und weiter hinauf zum Buntglasfenster schaute. Das Tosen nahm zu.

Später sollte Anne schwören, eine Stimme gehört zu haben, die ihr immer wieder zuflüsterte: *»Le temps viendra … le temps viendra …«*

*Château Amboise*
*September 1515*

»Ich will mit meiner kleinen Schwester spielen!« Renée hüpfte in Claudes Schlafgemach umher und verlangte, die Erstgeborene des Königspaares zu sehen, eine liebliche kleine Prinzessin, die inzwischen einen Monat alt war.

»Nein, du willst mit deiner kleinen *Nichte* spielen«, verbesserte Marguerite das kleine Mädchen bei dem vergeblichen Versuch, Renée die unterschiedlichen Verwandtschaftsgrade begreiflich zu machen. Doch Renée war Verwandtschaft herzlich egal.

Lachend zog Claude die kleine Schwester an sich. »Bald darfst du, mein Liebling. Aber im Moment ist sie noch zu klein.« Claude hatte sich von der Niederkunft gut erholt und übernahm allmählich wieder ihre normalen Aufgaben und Pflichten. Anne hatte alle Hände voll damit zu tun, Geburtsanzeigen und Dankschreiben an die Adeligen Englands und Schottlands zu senden, die kostbare Geschenke für die kleine Prinzessin schickten.

Falls jemand enttäuscht war, dass der erste Königsspross weiblichen Geschlechts war, so äußerte er es nicht. Das Entbindungszimmer war nach den besonderen Vorgaben einer bretonischen Hebamme eingerichtet gewesen, die einst schon Renée auf die Welt geholt hatte. Während der Eröffnungswehen hielt Anne Claudes Hand und hielt sich weiterhin zur Verfügung, falls sie gebraucht würde. Sie betete mit den anderen

Damen darum, dass Claude nichts geschehen möge. Anne war die Jüngste aller Anwesenden, hielt sich jedoch tapfer.

Die Geburt war zum Glück unkompliziert, wenn auch sehr schmerzhaft. Claude überstand sie mit der ihr eigenen Würde. Alle im Zimmer atmeten erleichtert auf, als das Kind seinen ersten Schrei ausstieß. Als die Hebamme verkündete, dass es sich um ein Mädchen handelte, schien Louise kein bisschen betrübt zu sein; stattdessen küsste sie Claude auf die Stirn und dankte ihr, dass sie ihre erste Enkelin mit solcher Anmut zur Welt gebracht hatte. Das Kind war kerngesund.

»Eine Prinzessin für Frankreich!«, rief Louise freudig und ordnete für den folgenden Tag ein Festmahl an.

Da der König sich in den Alpen aufhielt und keine Möglichkeit bestand, ihn zu erreichen, traf Claude eine weise Entscheidung, mit der sie allen eine Freude machte: Sie nannte die kleine Prinzessin Louise.

Im Palast herrschten Freude und Aufregung. In der Nacht zuvor war ein Bote auf einem völlig erschöpften Pferd erschienen und hatte der Regentin mitgeteilt, ihr Sohn habe die Eidgenossen in der Schlacht von Marignano geschlagen. Die Botschaft war aus Bologna geschickt worden, wo Franz mit dem Papst über die Rückgabe Mailands unter französische Herrschaft verhandelte. In seiner eigenen Handschrift stand am Ende des Briefes: »Ich habe jene bezwungen, die nur ein Cäsar bezwingen konnte!«

Am nächsten Morgen wurde in der großen Kapelle von Amboise eine Messe zur Feier des Sieges und der Unversehrtheit des Königs für den gesamten Hofstaat abgehalten. Danach beteten die Frauen der Königsfamilie in der Hubertuskapelle. Claude war nun wieder wohlauf und konnte am Gebet teilnehmen; Anne wurde daher nicht mehr als Stellvertreterin benötigt. Umso erstaunter war sie, als sie ebenfalls zu der privaten Zeremonie eingeladen wurde.

»Du bist nun Teil unserer spirituellen Familie, Anne«, sagte Marguerite, als sie Arm in Arm durch den Garten zur Kapelle schlenderten.

»Was bedeutet eine spirituelle Familie?«, fragte Anne.

»Wir haben eine bestimmte Überzeugung, die der Pfeiler unseres Glaubens ist«, erklärte Marguerite. »Wir sind der Überzeugung, dass es Menschen gibt, denen es bestimmt ist, hier auf Erden eine neue Welt der Liebe und des Glaubens zu erschaffen. Diese Menschen bilden unsere spirituelle Familie. Sie sind eher an ihren Taten zu erkennen und an dem, was in ihren Herzen wohnt, als an ihrer adeligen Geburt. Zu diesen Menschen sagen wir: ›Die Zeit kehrt wieder.‹«

»Die Zeit kehrt wieder?«, wiederholte Anne. Wie merkwürdig! »Ist es dasselbe wie ›Die Zeit wird kommen‹?« Diesen Satz hatte sie viele Male in Mecheln gehört.

»Im Wesentlichen schon«, erwiderte Marguerite. »Beides sind Abwandlungen vom Motto des Ordens vom Heiligen Grab.«

Anne blieb abrupt stehen und zwang damit Marguerite zum Anhalten. Sie platzte mit ihrer Frage heraus, bevor sie darüber nachdenken konnte, ob es klug war, sie zu stellen.

»Seid Ihr Mitglied dieses Ordens?«

Marguerite drehte sich halb und legte ihre Hände auf Annes Schultern. »Ja, das bin ich. Wie jeder in meiner Familie – meine Mutter und der König.«

»Auch Königin Claude?«

»Nein. Claudes Mutter war eine traditionelle Katholikin, die den Orden ablehnte. Das ist einer der Gründe, warum Königin Anne meine Mutter – vielmehr unsere ganze Familie – verachtet hat. Sie hat stets versucht, die Verlobung meines Bruders mit Claude zu unterbinden. König Ludwig hätte eigentlich der französische Führer des Ordens sein sollen, doch er ließ die Führerschaft ruhen, um Königin Anne nicht zu empören. Er sagte mir einmal, es sei den Zwist mit seiner Frau nicht wert. Anne war eine starke Frau, während Ludwig nachgiebig und freundlich war. Mit seinem Tod ging die Führung auf meine Mutter über, doch es war lediglich eine Formalität, da sie das Amt bereits seit Jahren ausübte. Nun, da Franz König ist, ist er der Monarch sowohl unseres Landes als auch des Ordens, aber Mutter ist die wahre Führerin.«

Anne war fasziniert von diesem Gespräch über den geheimnisvollen Orden. Sie durfte jedoch nicht übersehen, dass sie eigentlich im Dienste der Königin stand, der sie auf keinen Fall Ungemach oder Ärger bereiten wollte. Sie hatte Claude nur einmal wütend erlebt, als Mary Tudor in ihrer Nähe stand und abfällige Bemerkungen über König Ludwig machte. »Lehnt Claude den Orden ebenso ab wie ihre Mutter?«, wollte sie wissen.

»Nein, ganz und gar nicht. Claude in ihrer Unschuld glaubt, dass die Sonne nur für Franz scheint. Sie würde nicht im Traum daran denken, sich einem Glauben zu widersetzen, dessen Anhänger er ist. Und auch wenn sie ihre Mutter über alles geliebt hat – sie liebte auch ihren Vater, und der war ja Mitglied des Ordens, auch wenn er es oft verbergen musste. Claudes Mutter war der Magdalena auf ihre eigene traditionelle Weise zugetan, und Claude wurde in Liebe zu Maria erzogen. Doch seit sie Teil unserer Familie ist, hat sich diese Liebe gewandelt und weiterentwickelt. Nun begreift sie besser, dass wir Magdalena als mächtige Schutzpatronin sehen.«

»Seid Ihr immer schon im Orden gewesen?«

»Ja, mein Bruder und ich wuchsen mit seinen Glaubenssätzen auf. Die meisten Kinder aus Dynastien werden von Kindermädchen und Hauslehrerinnen erzogen, wir jedoch wurden von unserer Mutter unterwiesen, weil sie unsere Erziehung niemand anderem anvertrauen wollte. Sie hat die besten Lehrer für uns ausgesucht, doch sie standen stets unter ihrer Aufsicht.

Im Grunde war Mutter unsere wichtigste Lehrerin. Sie ist eine Führerin im Orden, und eines Tages wird diese Aufgabe mir zufallen. Und«, auf Marguerites Gesicht stand ein verschwörerisches Lächeln, »vielleicht auch dir, Anne. Denn es gibt jemanden in deiner Familie, der ebenfalls dem Orden angehört.«

Anne fuhr erschrocken auf. Plötzlich erinnerte sie sich an das geheimnisvolle rote Buch mit dem merkwürdigen Titel und den ungewöhnlichen Symbolen im Arbeitszimmer ihres Vaters, und an die Vertrautheit zwischen ihm und Madame Margarete. Mit einem Mal ergab alles einen Sinn.

»Mein … mein Vater?«, stammelte sie. »Hat es mit Madame Margarete zu tun?«

»Komm, setz dich.« Marguerite führte sie zu einer der steinernen Gartenbänke. »Ja. Dein Vater kam durch Margarete in den Orden. Die adeligen Ordensmitglieder müssen diejenigen einführen, die nicht hineingeboren wurden. Es ist eine Art Protektion. Dein Vater wurde Margarete von Meister Erasmus empfohlen. Und er hat etwas ganz Besonderes in den Orden hineingebracht.«

Anne schwirrte der Kopf. Ihr Vater sollte einer königlichen Geheimgesellschaft angehören? Es schien unmöglich und ergab doch auf merkwürdige Weise Sinn. Später sollte Anne sich der vielen Stunden in ihrer Kindheit entsinnen, wenn ihr Vater Geschichten erzählte oder ihr aus den Schriften von Meister Erasmus vorlas – niemals ohne die Warnung, ja keinem Menschen davon zu erzählen. Immer hatte es Geheimnisse gegeben, auch bei Madame Margarete.

Was aber hatte Marguerite vorhin mit ihrer letzten Bemerkung gemeint?

»Mein Vater hat etwas ganz Besonderes in den Orden hineingebracht?« Diese Aussage erschien Anne als die Rätselhafteste von allen. Ihr Vater war ein mächtiger Mann; diese Familien aber waren viel älter und vornehmer als seine. »Was denn?«

»Dich!« Lachend legte Marguerite den Arm um Anne und drückte die schmale Schulter des Mädchens. »Du warst der Hauptgrund, warum dein Vater in den Orden aufgenommen wurde. Und wenn du willst, wirst du offiziell von Mutter und mir aufgenommen, sobald du dazu bereit bist. Wir lassen Neulingen immer die Wahl. Aber du wirst das alles noch zur rechten Zeit begreifen, wenn deine Schulung ernsthaft beginnt. Du siehst also, die Zeit kehrt wieder!«

Nun war es an Anne zu lachen. Ihr war schwindlig ob all der Enthüllungen, doch sie spürte auch, dass sich ein Kreis geschlossen hatte. Nur verstand sie die Bedeutung des Satzes immer noch nicht ganz.

Marguerite beeilte sich zu erklären. »›Die Zeit kehrt wieder‹ bezieht sich auf die Zukunft. Es bedeutet, dass wir eines Tages ein goldenes Zeitalter erschaffen werden, eine neue Welt, in der die Liebe herrscht. Eine Zeit, in der Roma von Amor besiegt wird.«

Anne kannte den Satz »Roma versus Amor« aus den Geschichten, die Madame Margarete ihr über die Katharerverfolgungen erzählt hatte. Sie kannte auch die Prophezeiung des letzten Katharerführers, der auf dem Scheiterhaufen verbrannt worden war.

»Das ist ein Spruch der Katharer«, sagte sie, um zu zeigen, dass sie verstanden hatte.

»Am Ende ja«, erwiderte Marguerite. »Doch er stammt nicht aus jener Zeit, sondern aus der Ära Jesu. Und was jetzt kommt, ist sehr wichtig, mein liebes Mädchen, also höre mir gut zu.« Marguerite nahm Annes Hand, um sich ihrer Aufmerksamkeit zu versichern.

»Die Katharer spielen eine wichtige Rolle, weil sie die Tradition weitergereicht haben. Doch sie sind nicht deren Schöpfer. Alles, was wir im Orden verehren, geht in seinen Ursprüngen auf das erste Jahrhundert zurück. Deshalb nennen wir ihn den

Orden vom Heiligen Grab – denn damals und dort wurde er geschaffen, am Tag der Auferstehung. Der Orden wurde von Männern und Frauen gegründet, die am Karfreitag am Grabe Jesu waren, als unser Herr zur letzten Ruhe gebettet wurde, und dann wieder am ersten Ostersonntag, zwei Tage später. Sie schworen, die erste Zeugin der Auferstehung zu beschützen und die Wahrheit, die sie hütete, zu bewahren. Und diese erste Zeugin war niemand anders als …?«

»Maria Magdalena.«

»Ja. Der Orden wurde zu dem Zweck geschaffen, Unheil von Magdalena fernzuhalten und die Bewegung zu schützen, die bereits im Entstehen war. Es heißt im Orden, der Satz ›Die Zeit wird kommen‹ sei zum ersten Mal von Magdalena selbst gesagt worden. Er war ihr Leitspruch, als sie nach der Kreuzigung Jesu in Gallien Zuflucht nahm. Magdalena lehrte, dass Amor – die Liebe Jesu und aller guten Menschen, die für diese Lehre lebten – eines Tages über die Tyrannei Romas triumphieren würde, denn die Römer waren damals eine Besatzungsmacht, die das Volk des Heiligen Landes verfolgte.«

»Meinte sie damit, dass die Liebe eines Tages mächtiger sein werde als das römische Reich?«

»Ja! Doch dann, Jahrhunderte später, geschah es, dass aus Verfolgten Verfolger wurden, wie so oft. Die Kirche begann ihre Mordserie und metzelte zahllose gute Menschen nieder, nicht nur in Frankreich, auch in Burgund, Umbrien, der Toskana, der Lombardei, dem Piemont, Okzitanien, der Provence, Navarra und Asturien. Als die Kirche zur Unterdrückerin der guten Männer und Frauen wurde, die nur nach ihren Grundsätzen von Glaube, Liebe und Gemeinschaft lebten, gewann der Satz eine neue Bedeutung. Wieder war es ein Kampf zwischen Amor und Roma. Die römische Kirche massakrierte die Katharer, deren Nachkommen und die Templer, ihre Beschützer. Und nun war es gerade die Kirche – die Christus als ihren Erlöser beanspruchte –, die ihre eigenen Kinder verfolgte. Wieder einmal war Rom der Feind, und wahrscheinlich wird es auf gewisse Weise immer unser Feind sein«, ergänzte Marguerite mit einem leisen Seufzen. »Es hat so viel Gier, Korruption und Machtmissbrauch in der Kirche gegeben, dass sie schon seit Langem nicht mehr ›geistig‹ genannt werden kann. Aber der Medici-Papst könnte das ändern. Wir hoffen, dass er dem Orden treu bleibt, nun, da er die Macht Roms in Händen hält.«

Anne riss vor Staunen die Augen auf. »Der Papst … gehört dem Orden an?« Sie dachte daran, was sie von Madame Margarete über die Medici gelernt hatte. Sie hatte von einer Familie von Freunden gesprochen, die viele private Tragödien erduldet hatten.

Marguerite nickte. »Die Medici sind Führer des Ordens in der Toskana und jetzt auch in Rom. Aber das ist ein Thema für einen anderen Tag. Heute müssen wir unseren Pflichten nachkommen und der heiligen Magdalena Dank sagen, weil mein Bruder den Sieg errungen hat und bald heimkehren wird.«

Marguerite erhob sich von der Bank und streckte Anne die Hand hin. Während sie den Weg zur Hubertuskapelle fortsetzten, fügte Annes rascher Verstand die Informationen zu einem Ganzen zusammen. In der Kapelle hatte sie Mühe, während des Gebets ihre Gedanken im Zaum zu halten, so viel Neues hatte Marguerite erzählt. Was bedeutete das alles, und wann begann die Schulung? Anne versuchte sich auf das Gebet zu konzentrieren, hörte aber nicht wirklich zu, sondern blickte zur Statue der Magdalena hinauf. Die späte Morgensonne schien durch das Buntglas und erhellte das Doppelfenster oberhalb des Altars. Es war eine Darstellung des *Noli me tangere* aus dem Neuen Testament – jener Augenblick, als Maria Magdalena Jesus zum ersten Mal nach der Kreuzigung sieht und er zu ihr sagt: »Rühr mich nicht an.« Anne hatte die Kapelle bisher nur am Abend gesehen; nun sah sie die Fenster zum ersten Mal bei Tageslicht und in ihrer ganzen Schönheit. Doch die Szene stimmte sie traurig, weil Maria Magdalena Jesus nicht berühren durfte.

Tränen strömten Anne über die Wangen, als sie den Blick vom Fenster abwandte und zur Statue schaute. Maria Magdalena, die Apostelin der Apostel, blickte mit segnend erhobener Hand auf sie herab. Anne dankte der Heiligen im stillen Gebet dafür, dass sie den König und ihre spirituelle Familie beschützte und bat sie, diesen Schutz auch auf ihre Familie in Hever Castle auszudehnen. Bei dem Gedanken an England überkam Anne jedes Mal ein schlechtes Gewissen, weil sie ihre Heimat nicht so vermisste, wie es angemessen wäre. Am meisten fehlten ihr die Mutter und ihr kleiner Bruder George; sie würde beide erst wiedersehen, wenn sie eines Tages nach England zurückkehrte, doch nun war Frankreich ihre Heimat; die Menschen hier gehörten zu ihr.

Als die Magdalenenvigilie zu Ende war, ging Louise zur kleinen Seitenkapelle auf der rechten Seite, gefolgt von den anderen Frauen. Hier stand auf einem Sockel eine Statue der heiligen Anna mit ihrer Tochter, der Jungfrau Maria. Anna hielt ein Buch in der Hand und unterwies Maria im Glauben. Zur Geburt der kleinen Prinzessin hatte Marguerite diese Statue ihrer Mutter zum Geschenk gemacht. Die heilige Anna war Schutzpatronin aller Großmütter der Christenheit; in den Adelsdynastien Frankreichs stand sie darüber hinaus für die weiblichen Traditionen, die nur von den Frauen von einer Generation an die nächste weitergegeben wurden.

Noch einmal beteten sie für die Gesundheit, das Wohlergehen und die baldige Wiedervereinigung der Königsfamilie.

Auf dem Rückweg zum Schloss, wo es ein Festmahl zum Dank für die sichere Heimkehr des Königs vorzubereiten galt, beschloss Anne, Marguerite wenigstens eine der vielen Fragen zu stellen, die ihr durch den Kopf gingen: »Warum gibt es keine Statue der Jungfrau Maria in der Kapelle?«

Marguerite blieb stehen und betrachtete Anne einen Augenblick lang; dann legte sie ihr den Arm um die Schultern und setzte ihren Weg fort. »Deine Aufmerksamkeit ist erstaunlich, Anne. Manchmal glaube ich, dir entgeht nichts.« Sie lachte und kniff die veilchenblauen Augen im Sonnenlicht zusammen. »Du hast sicher bemerkt, dass die Muttergottes über dem Portal der Kapelle steht, hoch über unseren Köpfen und überlebensgroß. Verstehst du die Symbolik? Sie ist unser aller Mutter und Königin des Himmels. Das ist der Grund, warum wir sie die Hohe Maria nennen, obwohl sie viele Namen hat. Jeder und alles in der Kapelle dient ihr.«

»Sogar die heilige Anna?«

»Natürlich. Anna ist Marias leibliche Mutter, aber im Himmel steht keiner über der Hohen Maria. Sie ist die weibliche Seite Gottes.«

Die Siegesfeiern dauerten den ganzen Tag und wurden mit einem ausgiebigen Festmahl und einem Ball im Park beschlossen. Am Ende des Abends gingen einige Frauen ins Schloss, um der kleinen Prinzessin Louise beim Zubettgehen zuzuschauen.

»Oh, fast hätte ich es vergessen«, sagte Claude, als Anne ihr half, sich für die Nacht zurechtzumachen. »Du sollst morgen früh den Schuster aufsuchen.«

Anne glaubte, sich verhört zu haben. »Den Schuster?« Zweifelnd schaute sie auf ihre Füße. Sie besaß mehrere Paare guter Schuhe und achtete stets sorgfältig auf ihre Kleidung. Hatte die Königin an ihrer Toilette etwas auszusetzen?

»Stimmt mit meinen Schuhen etwas nicht?«

Claude lachte. »Nein, nein. Du sollst dir nur ein Paar derbe Stiefel für unsere Pilgerfahrt in die Provence anpassen lassen!«

»Wir reisen in die Provence?«

»Ja! Wir haben es doch gelobt, erinnerst du dich? Madame Louise ist der Meinung, dass wir zu Ehren der Magdalena in die Provence reisen müssen, weil die Heilige unseren teuren Franz beschützt hat. Dort werden wir dann auf ihn treffen, sobald er die Alpen überquert hat. Auch er wird der Magdalena huldigen und ihr seinen Dank bezeugen.«

»In die Provence!« Anne war begeistert. Sie hatte viel über dieses Land gehört, das von Wärme und Licht verwöhnt wurde und von Mysterien erfüllt war.

»Es ist eine Pilgerfahrt unter der Ägide von Madame Louise«, fuhr Claude fort. »Deshalb wird die Reise ziemlich extravagant vonstatten gehen. Louise plant ein prachtvolles Wiedersehen. In der Provence ist das Gelände oft felsig, deshalb müssen wir derbe Stiefel tragen, um unsere Füße zu schützen. Und das ist der Grund, weshalb du morgen zum Schuster musst. Marguerite hat für uns alle rote Lederstiefel bestellt!«

»Weißt du, nach wem ich benannt bin, Anne?«, fragte Marguerite, als sie am nächsten Morgen vom Schuster kam. Anne war an diesem Tag vom Dienst an der Königin entbunden, da Claude sämtliche Vorbereitungen, soweit sie das Wohlergehen der kleinen Prinzessin Louise betrafen, mit Argusaugen überwachte.

Anne und Marguerite hielten sich im Angoulême-Flügel auf und überlegten, welche Bücher und Schriften die Herzogin von Alençon auf die Pilgerreise mitnehmen sollte, als Marguerite ihre Frage stellte.

»Nach der heiligen Margareta von Antiochia?«, vermutete Anne.

Madame Margarete hatte in Mecheln Legenden über die Heiligen erzählt, nach denen die Mädchen getauft waren. Auch über die eigene Namenspatronin, Margareta von Antiochia, hatte sie berichtet. Margaretas Vater war ein heidnischer Priester gewesen; ihre Mutter war kurz nach der Geburt gestorben. Das Kind wurde in die Obhut einer christlichen Amme gegeben, die Margareta entführte, nachdem ihr Vater sie verstoßen hatte, weil sie Christin geworden war. Er gab der Amme die Schuld: Sie habe seine Tochter durch ihre Milch vergiftet. Margareta wurde Schäferin und lebte mit ihrer Amme und einer Pflegemutter vor den Toren der Stadt.

An dieser Stelle ihres Berichts hatte Madame Margarete eine Pause eingelegt und den Mädchen erklärt, es habe eine besondere Bedeutung, wenn eine Heilige als »Schäferin« bezeichnet wurde; dabei gehe es nämlich nur vordergründig um das Schafehüten. Wenn ein Mädchen oder eine Frau als »Schäferin« oder »Hirtin« bezeichnet wurde, war dies ein Verweis auf ihre außergewöhnliche Hingabe an die Lehre Jesu. Denn Jesus Christus war der gute Hirte. Eine Hirtin war daher zugleich Missionarin, die die Herde auf den rechten Weg in die Heimat führte.

Anne war von den Heiligenlegenden fasziniert, besonders von den darin verborgenen Hinweisen und Verschlüsselungen. Margarete erklärte die versteckten Codes damit, dass die Geschichte der Frauen in der Frühkirche verborgen bleiben musste und daher nur mit Hilfe verschlüsselter Symbole weitergegeben werden konnte. Viele traditionelle Heiligengeschichten waren umgeschrieben worden, um der Lesart der Kirche zu entsprechen. Ursprünglich waren viele der Legenden um weibliche Heilige – besonders jener, die Folter erlitten hatten – Geschichten von Frauen, die einst dem Orden angehörten. Sie waren die Nachkommen der Maria Magdalena – manche im Blut, manche im Geist –, die den Weg der Liebe trotz aller Drohungen verbreiteten. Sie waren die Frauen, die nur Amor anerkannten und Roma ablehnten.

Als treffendes Beispiel hatte Madame Margarete die Legende der Margareta von Antiochia gewählt. Margareta war ein »reines Mädchen«, von dem man wusste, dass es seinen Pflichten als Hirtin nachkam. Ein Römer begehrte sie zur Frau und bestand darauf, dass sie ihrem Glauben entsagte. Margareta weigerte sich und wurde furchtbaren Foltern unterworfen, um »sie Rom gegenüber gefügig zu machen«.

Für jemanden, der den verborgenen Schlüssel zu lesen verstand, hatte die Geschichte eine ganz andere Bedeutung. Ein »reines Mädchen« war eine Katharerin, denn Katharer bedeutete auf Griechisch »die Reinen«. Aus diesem Grunde gab es im Mittelalter so viele Legenden über gefolterte Jungfrauen. Die Bedeutung von Katharer war mit Jungfräulichkeit falsch übersetzt worden. Wenn Margareta ihren »Pflichten als Hirtin« nachkam, so bedeutete es, dass sie als Missionarin oder Pastorin Hilfe und Trost spendete oder den Menschen half, ihren Weg zu Gott zu finden. Dass sie »mit ihrer Pflegemutter und ihrer Amme Schafe hütete« war der Verweis auf eine Gemeinschaft offenkundig unabhängiger Frauen. Verstand man das alles, bekam der Satz »sie Rom gegenüber gefügig zu machen« eine ganz andere Bedeutung.

In Mecheln hatten Anne und die anderen Mädchen dieses Entschlüsselungsspiel geliebt. Margarete hatte den Code als »grüne Sprache« bezeichnet, in der die Troubadoure offen über ketzerische Dinge sangen und dichteten.

Anne nahm daher an, dass Marguerite entweder nach der heiligen Hirtin von Antiochia, oder aber sogar nach Margarete von Österreich getauft worden war.

Sie irrte sich.

»Ich wurde nach einer Frau getauft, die als Ketzerin hingerichtet wurde«, klärte Marguerite sie auf. »Nach einer tapferen, klugen Frau namens Marguerite Porète. Sie kam aus dem Hennegau in Burgund, wo sie kurz nach der Vernichtung der Katharer geboren wurde. Marguerite stammte aus einer alten Familie des Ordens, die in den Norden geflohen war, um der Verfolgung zu entgehen. Da ihre Herkunft bis zu Melusine zurückreicht, war sie auch entfernt mit meiner Mutter verwandt.«

»Warum wurde sie hingerichtet? Was hat man ihr vorgeworfen?«

»Marguerite war Vorsteherin in einem Laienorden, den Beginen. Das waren im Grunde Katharer-Flüchtlinge unter einem anderen Namen, der ihnen mehr Sicherheit zu gewähren schien. Ihr männliches Gegenstück waren die Begarden. Um zu verschleiern, dass sie im Grunde Katharer waren, die als Paare lebten und sich gemeinsam um ihre Schäflein kümmerten, trennten sie die Orden und lebten nach Geschlechtern getrennt in der Hoffnung, dies würde auf die Kirche weniger bedrohlich wirken. Dass Beginen und Begarden zusammenarbeiteten, wurde hingenommen, da Männer und Frauen ja getrennt lebten. Außerdem waren sie Laien und hatten keinen Zölibat gelobt.«

»Und sie wurden in Ruhe gelassen?«

»Die Kirche ließ sie im Großen und Ganzen in Frieden, da sie für sich lebten. Außerdem konzentrierte sich die Inquisition auf die Vernichtung der letzten Katharer in Okzitanien. Dann aber wurden Marguerite Porètes Schriften veröffentlicht. 1290 verbreitete sie die ersten Exemplare ihres *Spiegel der einfachen Seelen*, ein wunderbares Buch, das ein Gespräch zwischen der Liebe, dem Verstand und der Seele zum Thema hat. Im gesamten Text wird der Weg der Liebe zelebriert. Meine Lieblingsstelle lautet: *Ich bin Gott, sagt die Liebe. Denn die Liebe ist Gott, und Gott ist die Liebe. Und diese Seele ist Gott durch die Liebe in ihr.*«

»Das ist wirklich schön«, sagte Anne. »Wie kann es sein, dass eine Aussage, in der Gott als reine Liebe bezeichnet wird, Häresie sein soll? Der Evangelist Johannes sagt doch auch, dass Gott Liebe sei.«

Marguerite seufzte. »Der Evangelist Johannes war ein Mann, keine mutige Frau, die den Männern der Kirche Angst einjagte.«

»Marguerite wurde hingerichtet, weil sie als Frau solche Ansichten über die Liebe vertrat?«

»Ja. Wenn du glaubst, dass ich übertreibe, dann hör dir das an: Nachdem Marguerite in Paris auf dem Scheiterhaufen verbrannt worden war, wurde ihr *Spiegel der einfachen Seelen* in etlichen Sprachen verbreitet. Aber nicht unter ihrem Namen! Denn solange der *Spiegel* als mystische Schrift eines *Mannes* ausgegeben wurde, galt er als kluges Werk und wurde nicht als Häresie betrachtet. Als jedoch bekannt wurde, dass eine Frau das Buch geschrieben hatte, war es Häresie.«

Anne dachte an Dame Guiraude und die anderen Katharer, die man ermordet hatte, weil sie die gleichen Vorstellungen von einer engen Liebe und Verbindung mit Gott hegten. Sie verspürte den Wunsch, das Buch von Marguerite Porète zu lesen, um besser verstehen zu können, warum es als so bedrohlich empfunden wurde.

»Es gibt noch einen weiteren Beweis, dass Marguerite nur deshalb verbrannt wurde, weil sie eine Frau war. Guiard, ihr Gefährte, gehörte den Begarden an. Er wurde gleichzeitig mit ihr verhaftet und ebenfalls als Ketzer angeklagt und verurteilt, allerdings nicht zum Tode. Er wurde ins Gefängnis gesteckt und hat seine Tage friedlich im Kloster beschlossen.«

»Also haben sie nur die Frau gemartert und ein Exempel an ihr statuiert«, sagte Anne betrübt. »Es scheint ja fast so, als wäre es gefährlich, nach ihr getauft zu sein.«

»Ist dir die Geschichte von meiner Mutter und dem Mönch bekannt? Franz von Sales?«

»Der Franziskaner, der vorhersagte, dass Euer Bruder König sein würde?«

»Ja. Er sagte außerdem, dass ein Teil der Seele von Marguerite Porète in mir weiterleben und dass ich mir durch meine Schriften einen Namen machen würde. Franz von Sales führte Marguerite Porètes Buch stets mit sich, wie viele Franziskaner seiner Zeit. Er gab mir seine Abschrift des *Spiegels*. Das Buch war in Altfranzösisch verfasst, aber ich konnte es lesen. Für mich ist es das schönste und vollkommenste Buch, das je geschrieben wurde. Im Orden heißt es, Marguerite Porète habe sich auf ein älteres Werk gestützt, das sogenannte *Buch der Liebe*. Es war …«

Seltsamerweise stockte Marguerite und zögerte; dann fuhr sie fort: »Jedenfalls … wenn du älter bist, werden wir gemeinsam in dem Buch lesen. Ich habe es in modernes Französisch übersetzen lassen. Eines Tages hoffe ich etwas ähnlich Bedeutendes zu verfassen.«

»Das werdet Ihr gewiss«, sagte Anne. Marguerite hatte ihr bereits einige ihrer frommen Gedichte gezeigt, die Anne wunderschön und inspirierend fand. »Wird der *Spiegel* denn immer noch als ketzerisch betrachtet?«

»Das Buch ist nicht mehr überall verboten. An der theologischen Fakultät der Sorbonne natürlich schon – dort verachtet man die Frauen und hält sich an die Regel des Timotheus, des Gefährten des heiligen Paulus, die besagt, dass die Frau schweigen solle und nicht das Recht habe, in der Kirche zu lehren. Aber mit Hilfe meines Bruders werden wir diese verknöcherten Professoren schon noch dazu bringen, ihren eisernen Griff um das Herz und den Verstand der Menschen dieses Landes zu lockern. Wir sind nicht mehr das Land, in dem Katharer, Templer und kluge Frauen verbrannt werden. Mit uns hat dieses Grauen ein Ende. Wir sind dazu bestimmt, das Zeitalter der Liebe und des Glaubens zu erschaffen, in dem es keine Märtyrer mehr geben wird.«

*Paris*
*Gegenwart*

Inspektor Chopard öffnete die Ablagebox auf seinem Schreibtisch und blätterte in den Unterlagen. Er folgte seiner Spürnase, die ihm in all den Jahrzehnten als Ermittler bei der Mordkommission gute Dienste geleistet hatte. Vom ersten Tag an war er überzeugt gewesen, der Mord an Simone de Bourbon müsse mit den anderen Verbrechen in Verbindung stehen. Nachdem er von Kat Elgin von Scotland Yard ähnliche Vermutungen gehört hatte, war er seiner Sache sicher. Doch diese merkwürdigen Morde waren in zwei Ländern verübt worden, und bislang hatte Chopard noch kein Muster gefunden, an das er sich halten konnte. Offensichtliche Verbindungen gab es durchaus: den unverhohlenen Feminismus der beiden Autorinnen und die Tatsache, dass die historischen Persönlichkeiten, über die sie geschrieben hatten, eng mit den reformatorischen Bestrebungen im Christentum des Mittelalters verknüpft waren. Wenn man die vier betroffenen Frauen betrachtete, so waren sie alle äußerst kontrovers. Denn Chopard sah nicht zwei, sondern vier Frauen involviert. Er spürte, dass nicht nur Simone de Bourbon und Joanna Reed Opfer waren, sondern auch Anne Boleyn und Marguerite von Navarra. Der Mörder hatte mit einer Verspätung von fünfhundert Jahren versucht, auch diese beiden zum Schweigen zu bringen.

Kat Elgin hatte der Sache dann noch zusätzlich Pfeffer gegeben, indem sie auf den Fall der spanischen Professorin verwies, die in den Bergen bei Montserrat in den Tod gestürzt war. In dem Zusammenhang hatte Chopard weitere Informationen über Interpol angefordert. Er hatte aber auch Freunde bei der Polizei in Barcelona, bei denen er nicht den Dienstweg einhalten musste. Er hatte sie um eine Liste sämtlicher Teilnehmer der Montserrat-Konferenz und deren Wohnorte gebeten. Die Registrierungen waren online erfolgt, und Chopard war entschlossen, sie mithilfe diverser Datenbankprogramme prüfen zu lassen.

Der Vorfall in Spanien war nur ein Joker, aber er mochte sich als nützlich erweisen. Luz Espinosa, die Wissenschaftlerin, die möglicherweise ermordet worden war, war nicht so sehr Feministin als vielmehr Globalistin mit den Forschungsschwerpunkten religiöse Toleranz und Integration. Entweder ergaben sich daraus völlig neue Verdachtsmomente, oder ihr Tod hatte mit den anderen nicht das Geringste zu tun. Chopard war sich noch nicht sicher.

Seit seinem Gespräch mit Detective Elgin untersuchte er Unfalltode, bei denen gebildete Frauen umgekommen waren, oder Fälle, bei denen ein Sternchen in der Akte auf besondere Umstände hinwies. Die meisten Fälle waren eindeutig auf einen Unfall zurückzuführen, und Chopard kam rasch voran. Doch kurz bevor er aufgeben wollte, entdeckte er etwas, das ihn aufmerksam werden ließ. Es handelte sich um den Unfalltod einer Autorin mit Wohnsitz in Brüssel, wo der Tod sie auch ereilt hatte. Da die Frau in Belgien gelebt hatte, war sie Chopard nicht sofort aufgefallen. In der französischen Datenbank tauchte ihr Name nur deshalb auf, weil sie geborene Französin war und aus einem Städtchen namens Polisy stammte, das am Rande der Champagne lag, fast schon in Burgund.

Chopard ermittelte die genaue Lage des Ortes. Polisy war ein verschlafenes Nest, kaum mehr als ein Dorf, das um ein Schloss herum entstanden war. Das einst berühmte Château war nach der französischen Revolution verfallen und komplett ausgebrannt. Es war niemals restauriert worden, und das Dorf zu seinen Füßen war verlassen. Jetzt gab es dort nichts außer ein paar Häusern, kleinen Höfen und einer alten Kirche.

Der Name der Toten lautete Marie-France Lagarde. Ihre Familie war offensichtlich seit Generationen in Polisy ansässig gewesen. Marie-France war überaus gelehrt und hatte ein Buch über Leben und Werk einer Ketzerin im Mittelalter verfasst, einer Frau namens Marguerite Porète. Das Buch hieß *Märtyrerin für die Liebe*. Trotz des reißerischen Titels handelte es sich um eine wissenschaftliche Studie zum Mystizismus im Mittelalter, die als Lehrbuch benutzt wurde.

Die belgischen Kollegen hatten Lagardes Tod als Unfall eingestuft, und oberflächlich betrachtet war daran nichts auszusetzen. In ihrer Wohnung, einer Doppelhaushälfte in einem Brüsseler Vorort, war Feuer ausgebrochen, und Lagarde war in den Flammen umgekommen. Einer raschen Durchsicht der belgischen Presse entnahm Chopard die grausigen Details: Die Frau war Raucherin und mit der Zigarette in der Hand eingeschlafen. Sie war überdies Trinkerin und nicht bei Bewusstsein gewesen, als das Feuer ausbrach. Das alles schien schlüssig genug, doch schon beim Lesen der ersten Berichte überlief Chopard eine Gänsehaut. Zu gut passte Marie-France Lagarde in das Opferprofil, das er suchte: eine Autorin, die sich auf Charakterstudien historisch bedeutsamer Frauen spezialisiert hatte. Chopard wusste nicht genug über Marguerite Porète, um sie als umstrittene Frauengestalt einzustufen, aber die Tatsache, dass sie in Paris auf dem Scheiterhaufen verbrannt worden war, schien in eine gewisse Richtung zu deuten.

Weil das Opfer französische Staatsbürgerin war, konnte Chopard die komplette Fallakte von den belgischen Behörden anfordern. Man hatte ihm kaum Steine in den Weg gelegt, und nun lag ihm das Ergebnis seiner Anfrage vor. Chopard war erleichtert, dass es sich um handfeste Papiere und Fotos handelte und nicht um etwas, das wieder einmal nur digital zu sichten war. Obwohl er die Schnelligkeit der digitalen Welt durchaus zu schätzen wusste, war es ihm als altem Hasen lieber, etwas in der Hand zu halten; es schien, als löse der physische Kontakt irgendetwas aus, das ihm half, die benötigten Hinweise zu finden. Auf diese Weise hatte er schon unzählige Fälle gelöst. Chopard konnte seine Vorgehensweise nicht erklären, ja, er verstand sie selbst nicht genau. Seine Frau nannte ihn einen »Magier für Verbrechen« und hatte diese Bezeichnung sogar auf die Karten für seine Geburtstagsparty drucken lassen.

Nun wandte Chopard seine investigative Magie auf die Akten der unglücklichen Marie-France Lagarde an. Zunächst einmal musste er wissen, warum die Dokumentenbox markiert war. Die Belgier hatten ihm gesagt, dass er keine Markierung zu erwarten habe, da der Fall glasklar sei. Aber irgendein Beamter war offenbar zu der Ansicht gelangt, dass da etwas nicht stimmen könne. Anscheinend gab es auch auf der anderen Seite der Grenze einen Verbrechensmagier.

Chopard überprüfte die Grundfakten. Man hatte eine hohe Blutalkoholkonzentration des Opfers festgestellt, aber das war noch nicht alles: Es waren auch Spuren eines Medikaments gegen Angststörung gefunden worden. Solche Mittel waren für jeden Menschen eine potenzielle Gefährdung und zumindest eine Erklärung dafür, warum die Frau nicht aufgewacht war, als der Rauchmelder Alarm schlug, denn das war den Berichten zufolge der Fall gewesen. Die Hausnachbarn hatten den Alarm in den frühen Morgenstunden gehört, aus dem Fenster geschaut und Rauch gesehen. Sie hatten sofort die Feuerwehr gerufen, doch in der Nacht hatte es geschneit, und die Straßen im Vorort waren teilweise unpassierbar. Alles hatte länger als gewöhnlich gedauert, und als die Hilfe endlich eintraf, war es für Marie-France und ihr Haus zu spät gewesen. Die Rettungskräfte hatten sich dann eher darauf konzentriert, den Hausrat der Nachbarn vor den Flammen zu retten.

Chopard beschloss, die Aussagen der Nachbarn zunächst zu übergehen, und widmete sich dem Obduktionsbericht. Wenn ein Fall markiert war, so wie hier, dann für gewöhnlich wegen eines Details, das bei der Autopsie ans Licht gekommen war und die Aufmerksamkeit eines peniblen Ermittlers oder Rechtsmediziners erregt hatte.

Und dann fand er die Verbindung!

Im Mund des Opfers war geschmolzenes Silber gefunden worden. Wie es schien, hatte Marie-France einen Gegenstand aus Silber im Mund gehabt, der in der extremen Hitze geschmolzen war. Chopard wusste sofort, dass es sich um ein Schmuckstück handeln musste. Natürlich hatte man nicht mehr erkennen können, was es gewesen war. Doch dieser Hinweis reichte, um eine Verbindung mit den Morden an Simone de Bourbon und Joanna Reed herzustellen. Dieses Detail war die Signatur des Mörders.

Chopard beschloss, als Nächstes nach Polisy zu fahren, um die Familie Lagarde zu sprechen. Bei solchen Gelegenheiten wusste der Inspektor die Segnungen der Technik doch zu schätzen, so auch diesmal: Er suchte im Internet nach Nachrichten über Polisy im Zeitraum des vergangenen Jahres.

Und wurde fündig. Es gab einen Artikel über die Familie, die früher im Schloss gewohnt hatte – in jenem Château Polisy, wo einst ein berühmtes Gemälde zweier französischer Gesandter gehangen hatte, geschaffen vom deutschen Renaissancemaler Hans Holbein.

Als Chopard die Verfasserzeile des Artikels sah, stockte ihm der Atem. Der Autor war die Kunsthistorikerin Sabine de Bourbon.

*Provence*
*Dezember 1515*

Madame Louise war eine begnadete Erzählerin, und Marguerite hatte dieses Talent von ihr geerbt. Seit zwei Monaten war das königliche Gefolge nun unterwegs in die Provence, und Anne hörte von beiden Frauen die außergewöhnlichsten Geschichten. Die Reise war lang und beschwerlich, doch Frankreich war ein wunderschönes Land. Selbst als mit dem nahenden Winter die Bäume zunehmend kahler wurden, staunte Anne jeden Tag über die Pracht der Landschaft. In der Provence, die sie zurzeit bereisten, war das Klima mild, und so zogen sie bei kühlem, trockenem Wetter als prächtige Entourage von Edelleuten und Dienern, von Soldaten und Geistlichen durchs Land. Es war ein durchorganisierter Zug; etwas anderes hätte die Herzogin nicht geduldet.

Die Zeiten waren ruhig: Die Familie Angoulême saß fest im Sattel der Macht, Franz würde bei seiner Rückkehr zusätzlich den Titel des Herzogs von Mailand tragen, und Claude hatte eine gesunde, vielgeliebte Prinzessin zur Welt gebracht und damit bewiesen, dass sie fruchtbar war und beim nächsten Mal einen Sohn gebären konnte. Und Marguerite schließlich war glücklich, dass sie nicht in Alençon weilte und ständig bei ihrer Familie sein konnte, da sie nominell die Rolle der zweiten Regentin innehatte. Abgesehen vom Königstitel war Louise die wahre Herrscherin Frankreichs und Marguerite ihre rechte Hand. In Abwesenheit des Königs war Frankreich ein Matriarchat.

Obgleich sie offiziell in Claudes Diensten stand, verbrachte Anne die meiste Zeit mit Marguerite und Louise. Als Regentinnen, die in Franz' Abwesenheit politische Angelegenheiten mit England und Schottland zu regeln hatten, benötigten beide Frauen die Dienste einer Übersetzerin. Auch wurden viele Briefe mit Annes Familie gewechselt: Sowohl ihr Vater als auch ihr Großvater und ihr Onkel Thomas Howard waren in die französischen Staatsgeschäfte involviert.

Claude reiste in einer Kutsche mit der kleinen Louise, ihrem Kindermädchen, ihrer Schwester Renée und Renées Gouvernante, der Bretonin namens Della. Für Anne gab es ebenfalls Platz, wenn sie einen Teil des Tages in der Kutsche mitfuhr und dafür sorgte, dass es Claude an nichts fehlte. Sie liebte es, Dellas Erzählungen aus ihrer Heimat im Zauberwald von Brocéliande zu hören. Die Bretonen nahmen die Sagen um König Artus für sich in Anspruch und glaubten, dass die Feenkönigin Morgan le Fay in diesem verzauberten Wald gelebt habe. Der See, an dessen Ufer Della geboren war, hieß daher »Feenspiegel«.

Königin Claude erkannte, dass Anne, so ergeben und freundlich sie auch war, nach stundenlangem Eingepferchtsein in der Kutsche stets unruhig wurde. Anne brauchte mehr geistige Anregung, die sie nur von Louise und Marguerite bekommen konnte. Daher erlaubte man ihr, von Zeit zu Zeit die Regentin und deren Tochter aufzusuchen, und sie führten angeregte Gespräche über die Geschichte der Provence und den Grund für diese Pilgerfahrt. Zuweilen fuhren nur Frauen in der Kutsche: Louise, Marguerite, Diana von Poitiers oder eine andere von Louises liebsten Hofdamen – und Anne. Dann wieder teilten sie den Platz im Gefährt mit Professoren oder Geistlichen, die zu den Gesprächen etwas beizusteuern hatten, und oft genug kam es zu lebhaften Diskussionen.

Während der Reise erzählten Louise und Marguerite die verschiedenen Fassungen von Maria Magdalenas Lebensgeschichte nach ihrer Ankunft in der Provence. Der Grundstock der Geschichte war jedes Mal gleich, doch es gab Unterschiede in den Details – und in der theologischen Auslegung. Das Fundament der Legende war Maria Magdalenas Entschlossenheit, die Mission Jesu nach seinem Tod und seiner Auferstehung fortzuführen. Weil Jesus der Magdalena als Erster erschienen war und ihr aufgetragen hatte, den anderen Aposteln und Jüngern davon zu künden, wurde sie als »Apostola apostolorum« bekannt – Apostelin der Apostel.

Magdalena hatte Vorrang vor den anderen Jüngern, weil Jesus sie inniger geliebt hat. Doch ihre Familie und ihre Anhänger waren eine Gefahr für Rom und hatten deshalb aus dem Heiligen Land fliehen müssen. Eine Fassung der Legende besagt, dass die erste Station dieser Flucht Alexandria gewesen sei, wo es eine gebildete jüdische Gemeinde gab. Doch sie wurden entdeckt, mussten erneut fliehen und bestiegen ein Boot, hatten aber weder Mannschaft noch Segel. In manchen Versionen ist von einem »ruderlosen Schiff« die Rede, in anderen heißt es, sie seien auf dem Meer von einem Sturm überrascht worden.

Aber Maria Magdalena ließ sich nicht abschrecken. Selbst Stürme konnten sie nicht davon abhalten, ihre Botschaft, den Weg der Liebe, in ein neues Land zu bringen. Sie war der Inbegriff des Glaubens, der Kraft und der Ausdauer in allem, was sie tat. Es war gerade diese Beharrlichkeit, die sie während der beschwerlichen Überfahrt ausharren ließ.

Schließlich, eines Abends, wurden Magdalena und ihre Begleiter in Gallien, unweit von Massilia, dem späteren Marseille, an Land gespült. Es heißt, dass es die im Mondlicht schimmernden Salztonebenen der provençalischen Küste waren, welche die erschöpften Seefahrer zu dem leuchtenden Land führten. Hier sollten Maria Magdalena und ihr Gefolge ein neues Leben beginnen.

Louise und Marguerite setzten Anne auseinander, dass die

Legenden sich stark unterschieden, je nachdem, auf welcher Quelle sie beruhten. Es gab Fassungen, die auf Schriften des neunten Jahrhunderts zurückgingen; es gab mündliche Überlieferungen, die in der Provence seit Menschengedenken weitergegeben wurden, und es gab die berühmte Schrift eines Dominikanermönchs namens Jacobus de Voragine, die *Legenda aurea* oder *Goldene Legende*, die er dem Leben von Heiligen gewidmet hatte. Obgleich alle Autoren sich darin einig waren, dass Magdalena von Lazarus und Martha begleitet worden war, ihrem Bruder und ihrer Schwester, waren die »anderen Marien« in ihrem Gefolge äußerst verwirrend. Anne hatte fünf gezählt und mühte sich, sie auseinanderzuhalten – was, wie sie später erfahren sollte, die zentrale Frage eines größeren theologischen Problems bildete.

In einer Fassung hieß es, Martha habe eine Dienerin namens Marcella gehabt, in einer anderen war Sarah eine ägyptische Dienerin Magdalenas. Ein römischer Konvertit mit Namen Maximin, einer von Magdalenas Beschützern, und ein anderer mit Namen Sydonis, den Jesus von Blindheit geheilt hatte, waren hingegen Figuren, bei denen sich alle Autoren einig waren.

Nach der Ankunft an der Küste von Massilia bat die kleine Reisegruppe um Nahrung und Unterkunft, doch die in der Gegend lebenden Heiden verweigerten ihnen beides und hüteten sich vor den Neuankömmlingen und ihrer Geschichte. Doch nach und nach wurden sie dank der Anmut und Beredsamkeit Magdalenas für die Fremden eingenommen. Nie zuvor hatten sie einen Menschen gesehen, der so viel Liebe und Mitgefühl zu geben hatte. Das Volk von Massilia ließ sich zum Christentum bekehren, und schließlich das ganze Land. Die »Dreieinigkeit der Provence« – Magdalena, Martha und Lazarus – begann den Süden Galliens zu missionieren. Bis heute gelten sie als Gründer des französischen Christentums.

Doch als den Römern Magdalenas wachsender Einfluss zu

Ohren kam, war sie erneut der Verfolgung ausgesetzt. Es war zu jener Zeit, dass sie Zuflucht in einer Bergregion mit Namen Sainte-Baume fand, in einer weitläufigen Höhle, die oft auf Gemälden zu sehen ist, die Magdalene zum Thema haben. Die Berichte darüber, wie lange Magdalena in der Höhle ausharrte und was sich zu jener Zeit zutrug, gingen auseinander. Die meisten Bewohner der Provence glaubten, dass sie die Höhle verließ und viele Jahre lang weiter westlich predigte, in Okzitanien, in den Ausläufern der Pyrenäen. Jahrhunderte später schufen die Troubadour-Poeten Gedichte und Lieder über Magdalena, und die Katharer ehrten sie als spirituelle Mutter ihres Glaubens. In allen Legenden jedenfalls herrschte Einigkeit darüber, dass sie am Ende in die Provence zurückkehrte, in die verborgene geheiligte Grotte in den Kalksteinhügeln von Sainte-Baume. Diese Höhle sollte ihr Grab werden, nachdem ihr langjähriger Beschützer Maximin ihr die letzte Kommunion erteilt hatte. In den Liedern und Legenden der Provence hieß es, dass Magdalenas Seele von Sainte-Baume aufstieg, um sich mit ihrem geliebten Jesus zu vereinen.

Ihre Gebeine verblieben siebenhundert Jahre in den Hügeln. Als die Sarazenen im achten Jahrhundert in die Provence einfielen, befürchteten die Gläubigen, Magdalenas Gebeine könnten geraubt werden. Neben ihrer christlichen Bedeutung wurden den Reliquien von Maria Magdalena und ihrem Bruder magische Kräfte zugeschrieben. Allgemein herrschte der Glaube, dass der Besitz der Reliquien vor dem Tod schützte. Deshalb wurden Magdalenas sterbliche Überreste aus der Höhle geborgen und im Grab eines männlichen Jüngers versteckt. Dessen Sarkophag lag tief in der Gruft einer bescheidenen Kirche in der Stadt, die nach Magdalenas Beschützer benannt war: Saint-Maximin.

Mehrere Jahrhunderte lang rühmte sich die burgundische Stadt Vézelay, im Besitz der Reliquien zu sein, und wurde damit zum Zentrum der Pilgerfahrten zu Ehren der Magdalena. Doch die adeligen Familien der Provence wussten sehr wohl, dass die Gebeine in Burgund nicht die Magdalenas sein konnten, denn sie kannten den Ort, wo die wahren Reliquien begraben lagen, bis die Zeit wiederkehrte, da man sie offenbaren konnte. Sie wussten es, weil sie selbst die Gebeine begraben hatten.

1279 begab sich Karl von Anjou, ein Meister des Ordens vom Heiligen Grab, auf die Suche nach Magdalenas versteckten Gebeinen, nachdem eine Vision ihm offenbart hatte, dass nun die Zeit gekommen sei. Karl von Anjou benutzte Geheimdokumente des Ordens, die in einem uralten, in rotem Leder gebundenen Buch namens *Libro Rosso* aufbewahrt wurden, als Schatzkarte. Als Karl glaubte, am Ziel angelangt zu sein, beschloss er, die Fundamente der alten Kirche aufstemmen zu lassen, um die Überreste der Heiligen zu finden, die von seiner Familie und den Menschen der Provence so tief verehrt wurde. Am 9. Dezember 1279 wurde im Beisein von Geistlichen und Religionsführern aus der ganzen Provence der Sarkophag der Maria Magdalena an genau dem Ort entdeckt, der auf der Karte bezeichnet war. Die Gebeine wurden geborgen. Es hieß, dass bei Öffnung des Sarges ein lieblicher Duft aufgestiegen sei; man vermutete damals, dass es sich dabei um den Geruch der kostbaren Narde gehandelt haben könnte, mit der Magdalena Jesus zu Lebzeiten und auch bei seiner Grablegung gesalbt hatte.

Der Sarg, in dem Magdalenas Gebeine lagen, enthielt zwei weitere erstaunliche Artefakte. Das eine war ein Pergament, in dem die Ereignisse aus dem achten Jahrhundert aufgezeichnet waren:

*Im Jahre 710 der Geburt unseres Herrn, am sechsten Tag des Dezembers, während der Regierungszeit des frommen Odo, König der Franken, und der Heimsuchung durch die Sarazenen, wurde der Leib unserer verehrten Maria Magdalena aus Furcht vor der*

*Heimtücke jenes Volkes in der Stille der Nacht aus seinem Alabastergrab in dieses Marmorgrab umgebettet, nachdem der Leichnam des Sidonius entfernt worden war, denn sein Grab ist besser verborgen.*

Das zweite Artefakt war eine Holztafel, auf der mit Wachs geschrieben stand:

HIER LIEGT DER LEICHNAM DER GESEGNETEN MARIA MAGDALENA

Am zierlichen Schädel der Heiligen hingen immer noch einzelne goldrote Flechten ihres Haares. Gebeine und Schädel wurden in ein goldgefasstes gläsernes Reliquiar gelegt, damit die Gläubigen davor beten konnten.

Damit begann erst der wahre Kult um Maria Magdalena, denn die Grafen von Anjou verpflichteten sich, für den Schutz der Reliquien zu sorgen. Über dem Grab wurde eine prächtige Basilika errichtet, und die Grotte, in der Magdalena sich verborgen hatte, wurde in eine Kapelle umgewandelt, in der die heilige Messe zelebriert werden konnte. Die Provence wurde nach Rom zum wichtigsten Pilgerort Europas, und der Kult der Magdalena wurde öffentlicher zelebriert als jemals zuvor.

Louise erklärte Anne, dass Karl von Anjou genau aus diesem Grund die echten Gebeine hatte ausgraben lassen: Um die Verehrung der Magdalena auf eine Weise ans Licht zu holen, gegen die die offizielle Kirche keine Handhabe besaß. Im 13. Jahrhundert hatte der Kreuzzug gegen die Katharer gewütet, und Karl stammte aus einer Familie von Katharer- und Templeranhängern. Als Führer des Ordens war ihm bewusst, dass einige der schlimmsten Massaker – das beispiellos grausame Gemetzel in Béziers und die erste Massenverbrennung in Minerve – sich am Feiertag der Magdalena ereignet hatten, am 22. Juli.

Als Louise ihr schließlich die provençalischen Stammbäume

aufzählte, erfuhr Anne zu ihrem Erstaunen, dass Karl von Anjou ein Urenkel der Garsenda war, die auch Madame Margarete als Ahnin erwähnt hatte. Gräfin Garsenda war das beste Beispiel für eine Fürstin im Mittelalter, die obendrein *trobairitz* war, ein weiblicher Troubadour. Sie hatte für das Erbe ihres Sohnes gekämpft und ihr Herzogtum durch Klugheit und Diplomatie vor dem Zugriff ihrer Gegner bewahrt.

Anne verstand allmählich, wie diese Legenden und die einander kreuzenden Familienverbindungen, die bis ins antike Gallien zurückreichten, in Beziehung standen. Alle französischen Herrscherfamilien waren auf die eine oder andere Art miteinander verwandt, doch in den Blutlinien des Südens, in der Provence, Okzitanien und Navarra, war das Bindeglied immer wieder eine legendäre Heilige.

Maria Magdalena.

Auf der zweimonatigen Reise kam das königliche Gefolge auch in die provençalische Stadt Arles im Rhônedelta. Die Damen besichtigten das antike römische Amphitheater, das dem Kolosseum in Rom gleichkam. Es war einst Schauplatz von Wagenrennen und blutigen Gladiatorenkämpfen gewesen. Anne bereitete es wenig Freude, die römischen Ruinen zu besichtigen. Ihr war, als hörte sie noch immer die Schreie der Opfer zwischen den Steinen hallen.

Hier in Arles nun erlebte Anne, wie Louise wegen ihres Engagements für die »Apostolin der Apostel« unbeabsichtigterweise den sogenannten Magdalenen-Disput heraufbeschwor. Es hatte ganz harmlos begonnen: Kurz nachdem ihr Sohn den Thron bestiegen hatte, war Louise der Titel einer Herzogin von Anjou verliehen worden. Die angevinische Herrschaft war eine der ältesten und bedeutendsten in Frankreich, und ihr Territorium umfasste die gesamte Provence – mit allen Reliquien der Maria Magdalena und ihrer Schwester Martha.

Um ihre neu gewonnene Macht zu zelebrieren, versammelte Louise einige der gelehrtesten Männer des Königreichs, um die Geschichte Magdalenas vor und nach ihrer Ankunft in Gallien zu erörtern. Sie scheute keine Kosten, um Theologen und Gelehrte zusammenzubringen, die über die Besonderheiten von Magdalenas Leben und ihre Bedeutung für die Kirche debattieren sollten. Schon auf der gesamten bisherigen Pilgerfahrt hatte Louise Informationen über Magdalenas Leben gesammelt; später sollte daraus ein Buch entstehen – eine »Vita« der Heiligen und Andachtsbuch zugleich.

Der Bischof von Arles war einer der Theologen, die nach der Abendtafel zum Magdalenen-Disput hinzustießen. Im Kern ging es dabei um die Frage, ob Maria Magdalena Sünderin oder reuige Dirne gewesen sei. Der Bischof erklärte nun: »Magdalena führte ein Leben der Sünde, der Sittenlosigkeit und der Eitelkeit, denn schöne Frauen sind selten keusch. Zugleich ist sie unbestreitbar heilig, war sie doch eine *reuige* Sünderin, die auf den rechten Weg zurückfand.«

Der Bischof hielt sich mit seiner Meinung getreulich an die Vorgaben seiner Kirche, was Marguerite sichtlich verärgerte. Doch sie wusste sich zu beherrschen. Als sie das Wort ergriff, versuchte sie, nicht allzu schnippisch zu klingen. »Sie ist die Apostola, die wichtigste Jüngerin Jesu und die erste Missionarin in Europa. Vor allem *das* zählt.«

»Ich respektiere Eure Verehrung für die Heilige«, entgegnete der Bischof, »aber vergessen wir nicht, dass Petrus den Titel des ersten Missionars in Europa führt. Und ich möchte betonen, dass Maria Magdalena nur deswegen als die Apostola bekannt wurde, weil sie einem Leben der Sünde entsagte und auf den Weg des Glaubens zurückfand. Nur ihre Erlösung durch Jesu Gnade lässt sie zu einem leuchtenden Beispiel für uns werden.

Ihr schenkte er die größte Ehre, die Verkündung der Botschaft der Auferstehung, eben *weil* sie eine reuige Sünderin ist.«

Louise bemerkte Marguerites Verdruss und kam einem möglichen Ausbruch mit ihrem Plädoyer zuvor. »Vielleicht, mein teurer Bischof, schenkte Jesus ihr diese Ehre, weil sie ihrer *würdig* war. Denn als alle männlichen Apostel Jesus in seiner schlimmsten Stunde alleinließen, blieb Magdalena als Einzige bei ihm.« Louises Ton war freundlich, aber bestimmt.

»Es gab drei Marien!« Dieser Ausbruch kam von einem anderen Theologen, einem Befürworter des Humanismus und Günstling Louises namens Jacques Lefèvre D'Etaples. Er war ein schillernder Charakter, laut und eigensinnig, intelligent und exzentrisch. Marguerite und Franz bewunderten ihn, und wann immer er bei Hofe erschien, hieß die Familie ihn freudig willkommen. Marguerite und Louise stimmten zwar nicht immer mit seinen Theorien überein, doch als hochgebildete Frauen waren sie von seiner Logik fasziniert. Oft diskutierten und debattierten sie bis in den frühen Morgen. Louise hatte darauf bestanden, dass D'Etaples sie auf einem Teil der Pilgerfahrt begleitete, weil sie seine Überzeugung, es habe drei Marien gegeben, mit den lebendigen Traditionen der Provence konfrontieren wollte.

»Eine der Marien war eine reuige Sünderin, die zweite die Schwester des Lazarus und die dritte war diejenige, die Magdalena genannt wurde!«, wetterte D'Etaples. »In den Evangelien werden drei Frauen erwähnt, und nur eine von ihnen wird Magdalena genannt. Die Maria, welche die Schwester von Lazarus und Martha ist, wird in der Bibel nie als Magdalena bezeichnet!« Er brüllte und hämmerte auf den Tisch, auf dem sein Weinglas vernehmlich klirrte.

»Aber Jacques«, forderte Louise ihn heraus. »Vielleicht liegt es daran, dass es nicht nötig war, sie als Magdalena zu bezeichnen, als sie mit Martha und Lazarus zusammen war. Zu der Zeit, als der Text verfasst wurde, wusste vermutlich jeder, dass jene Maria, welche die Schwester des Lazarus war, eben auch *die* Magdalena war.«

»Niemals! Und ich werde nicht zulassen, dass die Apostelin der Apostel eine Dirne genannt wird, indem alle diese Frauen zu einer einzigen vermengt werden. Das ist unzulässig! Es lässt sich nur so auflösen, indem man alle drei als voneinander getrennt ansieht.«

Louise ergriff wieder das Wort. »Ich würde sagen, dass es eine Maria und eine namenlose Sünderin gibt, denn genau das steht in der Heiligen Schrift. Zwei Frauen also, nicht drei.« Louise wusste D'Etaples' wütende Verteidigung seiner Drei-Marien-Theorie durchaus zu schätzen, denn so war dafür gesorgt, dass Maria Magdalena nicht länger mit der »namenlosen Sünderin« gleichgestellt wurde, doch was er hier vortrug, war im Grunde Häresie.

»Was Ihr sagt, D'Etaples, verstößt gegen die Lehre der Kirche«, erklärte denn auch der Bischof.

»Aber nicht gegen die Lehre der Heiligen Schrift!«, fauchte D'Etaples. »Was ist wichtiger? Das gesicherte Wort der Evangelisten oder die späteren Erfindungen eines Mannes der Kirche? Genau das ist der Grund, warum die Kirche eine Veränderung nötig hat. Sie hat die Ursprünge unserer christlichen Wahrheit gegen die Erfindungen einer Handvoll Männer eingetauscht.«

An diesem Punkt schaltete sich François Desmoulins, ein sanftmütiger Franziskaner, in die Debatte ein. Es war nicht sonderlich angenehm, seine Meinung vor einer lärmenden Gruppe von Adeligen und Theologen zu vertreten, doch Desmoulins war sich bewusst, dass er dadurch bei seiner Gönnerin, der Herzogin Louise, einen Stein mehr im Brett haben würde. Er war seit Jahrzehnten Vertrauter der Familie Angoulême und Lehrer von Franz und Marguerite gewesen.

»Denken wir an die heilige Offenbarung des Amadeus von Portugal«, rief er. João Mendes da Silva, besser bekannt als

Amadeus von Portugal, war ein Seher, der um das Jahr 1450 von Papst Sixtus IV. entdeckt wurde. Da Silva lebte als Eremit auf einem Hügel und erlebte in dieser Zeit mehrere Engelserscheinungen. »Amadeus wurde vom Erzengel Gabriel eine Botschaft über die wahre Natur der Maria Magdalena offenbart! Gabriel betonte, in den Evangelien sei von zwei Frauen die Rede. Die eine sei die erhabene Apostelin und Schwester des Lazarus, die andere jene reuige Sünderin, die Jesu Füße mit ihrem Haar wusch! Der Engel hob hervor, Magdalena sei weder Sünderin noch Dirne gewesen!«

Der Bischof von Arles befand sich damit in einer schwierigen Position. Amadeus von Portugal galt der Kirche als bedeutender Seher, und der Papst hatte die Echtheit seiner Visionen bestätigt. Dennoch vertrat die Amtskirche die Ansicht, dass Maria Magdalena eine reuige Sünderin sei, daran führte für einen Gottesmann kein Weg vorbei.

»Das kann man so nicht …«, begann der Bischof und suchte nach den richtigen Worten. »Das ist der Grund …«

Louise griff ein. Trotz ihrer Unbeugsamkeit war sie eine glänzende Diplomatin, die wusste, wann sie einzuschreiten hatte.

»Das ist der Grund, warum wir das hier einen Disput nennen«, verkündete die Regentin lachend, und alle entspannten sich.

Anne war erleichtert, als Louise die Runde aufhob. Nun konnte sie sich in das Gemach zurückziehen, das sie mit Diana von Poitiers teilte. Sie brannte darauf, in ihrem Tagebuch alles über die historischen Persönlichkeiten festzuhalten – und am allermeisten Herzogin Louises diplomatische Gewandtheit, mit der sie die hitzigen Disputanten besänftigt hatte.

Wenn es eines gab, das Anne beim Schach mit Madame Margarete und nun aus der Beobachtung von Herzogin Louise gelernt hatte, dann dies: Eine Königin kann alle anderen Figuren schlagen.

*Tarascon*
*Weihnachten 1515*

Der Hofstaat reiste die kurze Wegstrecke von Arles zu der antiken Stadt Tarascon, wo man Weihnachten zu verbringen gedachte. Tarascon war die letzte Ruhestätte der heiligen Martha, laut provençalischer Überlieferung die Schwester von Maria Magdalena und Lazarus. Man wollte dem Sarkophag der Heiligen in der Basilika einen Besuch abstatten und eines der Krippenspiele anschauen, für die die Region berühmt war.

Anne sollte Louise und Marguerite bei der Abfassung einiger Dreikönigs-Grußbotschaften nach England und Schottland behilflich sein. Doch Louise schien nicht still sitzen zu können. Sie war ungewöhnlich lebhaft und konnte es nicht abwarten, ihr neu erworbenes Territorium Tarascon zu sehen.

Markerschütternd brüllte der riesige, furchterregende Drache. Es war der »Tarasque«, eine amphibische Kreatur, die in den Tiefen der Rhône lauerte. Nachts pflegte er an Land zu kommen und Menschen zum Abendessen zu verschlingen.

Der Tarasque hob sein schreckliches Drachenhaupt, und die Bewohner der Stadt schrien und wichen vor ihm zurück, rannten mit fuchtelnden Händen über den Marktplatz. Trompeter ließen ihre Instrumente erklingen, um die besondere Dramatik zu unterstreichen.

Anne schrie mit der Menge und lachte gleichzeitig über das tolle Spektakel. Der Tarasque war ein Wesen aus Pappmaché, das von drei Puppenspielern auf Stöcken getragen wurde, und von ihnen stammte auch das wilde Gebrüll. Es war ein Weihnachtsspiel, das die Bürger von Tarascon zu Ehren der Königin und ihres Hofstaates einstudiert hatten.

Die Kakophonie der rasenden Trompeten verklang und wurde von einer Melodie abgelöst; mehr und mehr Instrumente fielen ein, bis sie sich zu einer tosenden Fanfare gesteigert hatte. Rasch bildeten die Bürger eine Formation aus parallelen Reihen – Anne dachte, sie müssten ewig geprobt haben, um das so schnell zu bewerkstelligen. Mitten im Gedränge erschien eine majestätische Frau, die einen Eimer an der Hand trug. In der anderen Hand hielt sie einen seltsamen Gegenstand, der an ein Zepter gemahnte.

Die Menge begann »Martha! Martha!« zu skandieren, und Anne und der Rest des Hofstaates fielen ein. Die Frau mit dem Eimer, die Martha darstellte, näherte sich mutig dem Tarasque. Der Drache rührte sich nicht, sondern lauerte, was die Frau als Nächstes tun würde. Sie verharrte einen Moment; dann stellte sie den Eimer hin und zeigte mit einer segnenden Gebärde an, dass er Weihwasser enthielt.

»Martha! Martha!«

Langsam näherte sie sich dem Drachen, und noch im Gehen tauchte sie das kleine Zepter in den Eimer und zog es wieder heraus. Sie schüttelte es gegen das Ungetüm, das mit Weihwasser besprenkelt wurde. Der Tarasque wand sich stöhnend auf dem Boden, doch Martha bespritzte ihn ungerührt weiter mit dem Weihwasser, während sie mit der anderen Hand das Kreuzzeichen schlug.

Der Tarasque bäumte sich auf und ächzte noch ein letztes Mal. Dann aber tat er etwas völlig Unerwartetes. Der schreckliche Drache, einst so wild, sank vor der Heiligen auf die Knie. Martha tätschelte ihm den Kopf wie einem braven Hund, und die Menge brach in Gelächter aus. Martha löste die Schärpe, die sie um ihre Taille trug, und legte sie dem Tarasque um den

Hals. Dann führte sie das besiegte Ungeheuer einmal rund um den Platz, um den Menschen zu zeigen, dass der Tarasque nunmehr gezähmt war – durch die Kraft des Glaubens, symbolisiert durch das Weihwasser.

Die Erzählung, wie Tarascon zu seinem Namen gekommen war, sowie das Historienspiel um Martha, durch deren Glaubenskraft die Bestie gezähmt worden war, waren Teil des lebhaften Tischgesprächs bei dem Festmahl, das am Nachmittag stattfand.

Die königliche Familie und ihre engste Entourage waren im Château des Guten Königs René untergebracht. René hatte davon geträumt, sich einem Leben der höfischen Liebe, Kunst und Musik widmen zu können, ganz im Sinne der alten Troubadour-Kultur. Er war berühmt für seine Mildtätigkeit, für seine Förderung der Künste und seine Freundschaft mit den florentinischen Medici. Außerdem war René der europäische Meister des Ordens gewesen und Magdalena, Martha und Lazarus in Treue ergeben.

Nach dem Tode des großen René im Jahre 1480 hatte die Burg meist leer gestanden, doch die Bürger von Tarascon hatten sie für den königlichen Besuch vorbereitet und alles weihnachtlich geschmückt. Pinienzweige rankten sich um Türen und waren zu Kränzen um die Kamine geflochten worden, die zusätzlich mit Zapfen mit goldenen und roten Bändern dekoriert waren. Zweige der Steineiche, welche das ewige Band der Freundschaft symbolisierten, waren in der ganzen Burg verteilt, und in jedem königlichen Schlafgemach waren geschmückte Gefäße mit duftendem Rosmarin aufgestellt worden.

Da Louise nun den Titel einer Herzogin von Anjou führte, hatte sich ihre Gastgeberin größte Mühe gegeben, der Regentin und ihrer Familie einen rauschenden Empfang zu bereiten. Die Dame hieß Perla de Bourlémont. Anne war begeistert, die Bekanntschaft einer Frau zu machen, die, wie Louise ihr erklärt hatte, durch gemeinsame Vorfahren mit dem berühmten Franz von Assisi verwandt war. Perla de Bourlémont war eine elegante Dame, die Anne mit ihrer hochgewachsenen, schlanken Gestalt und dem goldenen Haar an Marguerite erinnerte. Es war schwer, ihr wahres Alter zu schätzen, denn ihr haftete etwas Zeitloses an. Als sie ihre Gäste in den Bankettsaal führte, begriff Anne, dass es Perla gewesen war, die im Historienspiel die Rolle der Martha übernommen hatte.

Nun fiel ihr auch wieder ein, was Louise ihr einmal über Perlas Ahnin Pica de Bourlémont erzählt hatte: Pica war die »Martha« ihrer Zeit gewesen. Anne nahm an, dass dies auch auf Dame Perla zutraf. Es war fantastisch, dass die Tradition in der mystischen Provence ungebrochen fortgeführt wurde!

Die Bürger von Tarascon hatten weder Kosten noch Mühen gescheut, um die königliche Familie willkommen zu heißen. Sie hatten eine besondere Überraschung für die kleine Louise vorbereitet und sogar einen kleinen Thron mit Schleifen und Präsenten für Prinzessin Renée errichtet, die vor Freude darüber quietschte. Anne vermeinte, Königin Claude nie zuvor so entspannt und zufrieden erlebt zu haben, wenn sie auch ein wenig erschöpft wirkte. Das aber machte Claude nicht viel aus. Sie war zufrieden, wenn es den Ihren gut ging.

Das Festmahl war ebenso prächtig wie der Empfang; als Aperitif gab es heißen Würzwein. Das Mahl selbst wurde von Weinen aus Umbrien begleitet, zu Ehren der Verbindung der Familie Bourlémont mit Franziskus und Assisi. Es gab ein mehrgängiges Menu provençalischer Spezialitäten: Perlhuhn, gefüllt mit heimischen Kräutern und Früchten, davor Suppe aus den Gemüsen des Burggartens, der von der gesamten Gemeinde gepflegt wurde. Tarascon war beileibe keine reiche Stadt, doch aufgrund des starken Gemeinschaftssinns gewann man den Eindruck, dass es hier an nichts mangelte.

Zum Ende des Festmahls ließ Dame Perla Musikanten und Sänger in den Saal rufen. Die Aufführung war ebenso sorgfältig inszeniert wie das Historienspiel vom Mittag. Gemessen bewegten sich die Sänger während ihres Vortrags durch den Raum. Am Ende des Liedes, in dem der Erzengel Gabriel die Geburt des Erlösers verkündet, betraten rot und grün gewandete Mädchen und junge Frauen den Saal und brachten eine Trage herein. Auf ihr stand eine Truhe, die mit Perlmutt vom Roten Meer verziert war, wie Dame Perla erläuterte – ein Schatz, der zum Besitz der Anjou gehörte. Die Truhe wurde Louise präsentiert, die am Kopf der Tafel saß, wie es ihr als Herzogin von Anjou und Regentin von Frankreich zustand. Sie sah glücklicher aus denn je. Marguerite saß zur Rechten ihrer Mutter, Claude mit Renée zu ihrer Linken. Anne und Diana von Poitiers hatten den Tisch unmittelbar dahinter. Die beiden beugten sich gespannt vor.

Louise klappte den Deckel auf und schaute in die Truhe. Ganz behutsam nahm sie den ersten Gegenstand heraus. Es war eine Statuette der heiligen Martha, mit purem Gold überzogen. Wieder schaute die Herzogin in die Truhe; sie schien etwas zu zählen.

»Es sind zwölf«, sagte Dame Perla.

Louise lächelte und nickte ihrer Gastgeberin zu. Dann holte sie einen verschnürten Samtbeutel aus der Truhe, griff hinein und zog mehrere goldene Ringe heraus.

»Auch zwölf?«, fragte sie.

Dame Perla nickte, als wollte sie sagen: »Selbstverständlich.« Der stumme Austausch zwischen den beiden Frauen war Teil einer Geheimsprache, die Anne eben erst zu lernen und zu verstehen begann. Sie wusste nicht, was die zwölf Statuetten der Martha symbolisierten, oder was die zwölf goldenen Ringe bedeuteten. Doch sie wusste, dass beides sehr wichtig war – und dass es mit dem Orden zu tun hatte.

Anne vermerkte erfreut, dass Diana während der Reise zugänglicher geworden war. Es hatte einige Zeit gedauert, doch nach und nach wurden sie Freundinnen. Wie Anne diente auch Diana der Königin, hatte aber seit der Geburt von Prinzessin Louise weniger Zeit bei ihr verbracht. Diana war im Frühling an den Hof gekommen, zusammen mit ihrem Mann Louis von Brézé, dem Grafen von Maulévrier, der Höfling bei König Franz war. Daher war es nur natürlich, dass seine Frau zur gleichen Zeit in den Dienst der Königin treten sollte. Doch als passionierte Anhängerin des Humanismus und Tochter des Ordens war Diana häufiger mit Marguerite und Louise zusammen.

Als Anne die zwei Jahre ältere Diana kennenlernte, hatte sie die junge Frau kühl und reserviert gefunden. Diana, die einem alten französischen Adelsgeschlecht entstammte, war eine Schönheit mit honigfarbenem Haar und ausdrucksvollen grünbraunen Augen, doch Anne fand sie abweisend und so kalt wie den Marmor, aus dem ihre Haut zu bestehen schien. Anne fürchtete, dass Diana sie, das englische Mädchen, als nicht gleichwertig betrachtete und ihre Überlegenheit demonstrieren wollte. Doch nachdem das Eis gebrochen war, sollte sie von Diana vieles lernen – vor allem, dass man keine Frau zu harsch beurteilen darf, bevor man ihre Lebensumstände kennt und sich in sie hineinversetzen kann.

Denn trotz Dianas Schönheit, ihrer vorzüglichen Erziehung, ihrer hohen Bildung und ihres Reichtums war sie unglücklich verheiratet. Ein herrschsüchtiger Vater, der seine Tochter nur als Wertanlage betrachtete, hatte sie mit größtmöglichem Gewinn verheiratet. Im zarten Alter von fünfzehn Jahren wurde die romantisch veranlagte Diana von Poitiers mit einem Mann verheiratet, der neununddreißig Jahre älter war. Auf dem Papier war es eine vorteilhafte Partie. Louis von Brézé war der Enkel eines Königs, wenn er auch nicht in der Thronfolge stand. Er war ein Abkömmling der Tochter König Karls VII. mit seiner Mätresse Agnès Sorel. Louis war wohlhabend und stand beim französischen Adel in hohem Ansehen. Und er war kein schlechter oder übellauniger Mensch, obwohl er rüpelhaft und laut werden konnte, wenn er zu viel getrunken hatte.

Der Altersunterschied machte Diana zu schaffen. Zudem war Louis ein großer, schwerer Mann – und Diana eine zarte und zierliche junge Frau. Die Erfüllung ihrer ehelichen Pflichten war daher eine schmerzhafte, unerfreuliche Angelegenheit, und Diana sann ständig auf neue Mittel und Wege, um das Ehebett zu meiden.

Auf Schloss Amboise hatte die junge Frau Zuflucht gefunden. Claude – eingedenk der Farce, wie ihr ältlicher Vater ein halbwüchsiges Mädchen geheiratet hatte – verstand Dianas Leid nur zu gut. Und Louise und Marguerite waren ohnehin geneigt, Frauen aus einer Notlage retten zu wollen; außerdem war Diana nicht irgendwer, sondern eine Tochter des Ordens. Ihre Mutter war eine Nachfahrin der edlen Familien, die an der Seite der Katharer gekämpft hatten. Diana wurde also unverzüglich in die spirituelle Familie aufgenommen und lebte sich rasch bei Hofe ein.

Anne wusste nun, dass Dianas anfängliche Distanziertheit auf Unsicherheit zurückzuführen war. Die junge Frau hatte um Aufnahme bei den Damen der königlichen Familie gebetet, aber nicht darauf zu hoffen gewagt. Um ihr zu helfen, hatte Louise darauf bestanden, dass Diana die königliche Entourage auf der Pilgerfahrt verstärke, um ihren Mann ein paar Monate nicht sehen zu müssen. Als die Gefahr des Ehebettes erst einmal gebannt war, war mit Diana eine wundersame Verwandlung vor sich gegangen: Sie öffnete sich Anne und den anderen Frauen, lachte und beteiligte sich an Gesprächen und theologischen Debatten. Diana blühte im Gefolge der Königin und in der Provence auf.

»Oh, Anne, was für ein atemberaubender Tag!«, stieß sie

nun hervor, als die beiden jungen Frauen sich zur Nacht fertig machten. Am nächsten Morgen mussten sie in aller Herrgottsfrühe aufstehen, um den vornehmen Damen beim Ankleiden für die Weihnachtsmesse in der Kirche der heiligen Martha behilflich zu sein.

»Er war magisch«, bekräftigte Anne. Sie brannte darauf, die Ereignisse in ihrem Tagebuch festzuhalten, doch das würde bis morgen warten müssen. Jetzt war sie einfach zu müde und brauchte ihren Schlaf. Doch bevor sie die Augen zumachte, wollte sie Diana noch etwas fragen. Diana war eine nützliche Informationsquelle über alles, was den Orden betraf, weil sie mit seinen Traditionen aufgewachsen war.

»Darf ich dich etwas fragen? Über die goldenen Statuetten der Martha? Gibt es einen Grund, warum es zwölf davon gibt? Und die zwölf goldenen Ringe?«

Diana war gerade dabei, ihr Haar einzuflechten. Nun unterbrach sie diese Tätigkeit und dachte einen Moment nach.

»Ich glaube, ich kenne die Antwort«, sagte sie schließlich. »Aber ich werde sie dir nicht geben. Es wäre besser, wenn Marguerite es dir sagt, denn mir steht es nicht zu. Marguerite ist deine Mentorin, und wenn du die Symbolik verstehen willst, musst du erst von ihr darin unterrichtet werden. Aber ich glaube, es wird bald so weit sein. Gute Nacht, liebe Schwester. Frohe Weihnachten!«

Diana kam zu Anne und küsste sie auf beide Wangen. Anne lächelte. Dianas ablehnende Antwort machte ihr nur wenig aus. Diana war ehrlich, und das war Anne wichtiger.

»Frohe Weihnachten, Schwester.«

Die königliche Reisegesellschaft erhob sich früh am Weihnachtsmorgen. Eine Prozession durch die Straßen der Stadt sollte stattfinden, und die verehrten Gäste würden Szenen eines Krippenspiels zu sehen bekommen.

In Tarascon war die Darstellung der »Crèche von Bethlehem« eine Tradition, die in diesem Jahr wegen der Anwesenheit der Königin etwas üppiger gestaltet sein würde. Die Tradition wurde im Allgemeinen dem heiligen Franziskus von Assisi zugeschrieben, der die »crèche«-Darstellungen in Umbrien populär gemacht hatte, aber erfunden hatte er sie keineswegs. Die Krippenspiele waren immer schon Teil der provençalischen Kultur gewesen, und Franziskus hatte sie von seiner Mutter übernommen.

Auf dem Marktplatz würde der Hauptakt stattfinden, eine zauberhafte Wiedererweckung der ersten Weihnacht mit lebenden Tieren, die von echten Hirten gehütet wurden. Die kleine Prinzessin Renée quietschte beim Anblick der Lämmer vor Begeisterung und wollte sich auf die Tiere stürzen. Nur durch die Versicherung, sie dürfte sie später streicheln, ließ sie sich davon abhalten. Die Heiligen Drei Könige trugen aufwendige, farbenprächtige Kostüme, und die liebliche Maria hielt ein echtes, zappelndes Kind im Arm, während Josef die beiden sorgenvoll beäugte.

Als die königlichen Damen auf dem Marktplatz eintrafen, wurden sie zu gepolsterten Samtbänken geführt. Es folgte ein kurzes Krippenspiel; dann öffneten die Weisen aus dem Morgenland ihre Truhen und verschenkten kleine Gaben an die königliche Entourage.

Aufgrund der frühen Stunde war es noch empfindlich kühl, aber zum Glück trocken – ein wunderbarer Tag für die Weihnachtsfeiern, die noch folgen sollten. Anne war noch nie an einem Ort gewesen, wo es im Dezember so warm war – für sie ein Zeichen, wie sehr Gott diese mystische Region namens Provence liebte.

Die königliche Entourage begab sich nun in die Kirche der

heiligen Martha, wo man gemeinsam mit den Bürgern von Tarascon einer Weihnachtsmesse beiwohnte. Es wurde ein Empfangsspalier gebildet, damit die Menschen an ihrer Königin, ihrer Regentin und den Prinzessinnen vorbeidefilieren und ihnen die Hand küssen konnten. Anne, Diana und die anderen Hofdamen sorgten zusammen mit Dame Perla für ein reibungsloses Fortschreiten des Defilees und wünschten jedem Bürger von Tarascon einen gesegneten Weihnachtstag. Am Portal wurden den Leuten Geschenke in Form von Süßigkeiten von ihrer Regentin und ihrer Königin gereicht.

Als die Schlange an ihnen vorübergezogen war, verharrte Anne bei Claude und Renée, da Herzogin Louise ihnen bedeutet hatte, im hinteren Teil der Kirche auf sie zu warten. Sie sah Diana mit Marguerite und den Hofdamen der Regentin auf sich zukommen. Zu Dame Perla gesellte sich eine liebreizende Frau, ungefähr in Marguerites Alter, mit langem dunklem Haar unter einem hauchdünnen Schleier mit Goldstickerei. Ohne dass Perla die Frau vorgestellt hätte, erkannte Anne in ihr die »Maria« aus dem Krippenspiel.

»Das ist unsere hiesige Maria, Claudine von Bectoz«, sagte Dame Perla. Anne fragte sich, ob ihr Titel mehr bedeutete als die Rolle in dem Krippenspiel, denn allmählich wurde ihr klar, dass die Frauen der Provence apostolische Rollen und Titel als Teil ihrer mystischen Lehre anzunehmen pflegten. Wenn Perla Martha war, würde sie dann nicht auch eine Maria brauchen?

»Claudine ist Äbtissin im hiesigen Kloster von Saint-Honorat«, erklärte Dame Perla. »Sie ist ebenso klug wie schön, und wir haben Glück, dass sie Tarascon so treu ergeben ist, denn ihre außergewöhnliche Bildung könnte sie dazu verleiten, sich an einen Ort zu begeben, der größeren Glanz verheißt. Ich bete darum, dass Euer Gnaden sie uns nicht abspenstig machen«, fügte Perla hinzu, wobei sie es durchaus nicht nur im Scherz meinte. Dann knickste sie vor Louise und Marguerite.

»Ich würde die Provence um nichts in der Welt verlassen«, versicherte Claudine – ein wenig dreist, so kam es Anne vor, doch Louise schien keinen Anstoß daran zu nehmen. Sie wusste Kühnheit an Frauen zu schätzen. Das beste Beispiel dafür war ihre Tochter.

Äbtissin Claudine sah trotz ihres Schleiers überhaupt nicht wie eine Nonne aus. Sie war eine kraftvolle, beherrschende Erscheinung, was zweifellos ihrem Amt als Äbtissin geschuldet war. Sie begrüßte das gesamte Gefolge und bat dann, ihr zu einer Treppe auf der Rückseite der Kirche zu folgen, die in einen unterirdischen Raum führte. Es handelte sich um die Krypta; sie war um einen antiken steinernen Altar herum gebaut, den man über dem Sarkophag der heiligen Martha errichtet hatte.

Als Anne sich umschaute, fiel ihr auf, dass nur ungefähr zwanzig Personen hinunter in die Krypta gestiegen waren, ausnahmslos Frauen. Unter dem Altar war der gemeißelte Sarkophag der heiligen Martha zu sehen; die Frauen wurden nun gebeten, näher zu treten und die Reliefs der provençalischen Dreifaltigkeit zu bewundern. Anne bemerkte, dass selbst hier, in einer Krypta, die dem Andenken der heiligen Martha geweiht war, Magdalena die zentrale Stellung auf dem Sarkophag einnahm. Ihre Bedeutung für die Provence wurde auf Schritt und Tritt untermauert.

Die Frauen stellten sich in einem Oval um den Altar auf. Zwar gab es auch Bänke in der Krypta, doch Perla und Claudine baten die Damen, stehen zu bleiben. Perla wies sie an, die Hände auf den Altar zu legen; dann sprach sie ein Gebet zum Lobe von Marthas Heiligkeit. Anne spürte, wie ihre Handflächen kribbelten. Es war aufregend, den Gebeinen einer Heiligen so nahe zu sein, die eine Freundin Jesu gewesen war.

Der Altar war mit einem roten, mit Goldfäden bestickten

Tuch bedeckt. Ein kompliziertes Muster aus ineinander verschlungenen Linien und Knoten lief an der Kante entlang, und an den Tuchenden, wo die Muster sich überkreuzten, war das Doppelinitial MM eingestickt. Eine Art Kelch thronte auf dem Altartuch, mit einem großen Spitzentuch bedeckt. Anne konnte nur den unteren Teil des Gefäßes erkennen, das rot glänzte. Sie vermochte nicht zu sagen, ob es aus Stein oder Glas war.

Claudine bedeutete nun zwei Novizinnen, näher zu treten. Beide hielten etwas umfasst, das wie ein geschnitzter Arm aussah, ein Unterarm mit zierlich gearbeiteten Händen und schlanken Fingern. Die Mädchen hielten die Arme jeweils am Ellbogen, sodass es aussah, als ob die Hände eine segnende Gebärde über die versammelten Frauen vollführten. Das Holz war mit blankem Silber überzogen, in das winzige geschliffene Edelsteine eingelassen waren, sodass sie wie Armbänder wirkten.

Die Reliquiare waren exquisit gearbeitet. Noch nie zuvor hatte Anne etwas Vergleichbares gesehen. Sie überlegte, wo in diesen kostbaren Gefäßen die Gebeine verborgen sein mochten. Lange sollte sie nicht auf Antwort warten müssen.

Als die silbernen Arme auf den Altar gelegt wurden, ergriff Äbtissin Claudine wieder das Wort.

»Diese Reliquiare stammen aus einem Ort südlich von hier, einem Dorf namens Les-Saintes-Maries-de-la-Mer. Ihr alle kennt die Geschichte, wie Maria Magdalena in Massilia gelandet ist und das Stadtpräfektenpaar zum Christentum bekehrte. Aber vielleicht wisst ihr nicht, dass Massilia bereits Magdalenas zweiter Hafen war, denn zuerst ging sie westlich von Massilia an Land, in einem Ort namens Ra. Zwei andere Frauen, die ebenfalls Maria hießen, beide mit der Muttergottes verwandt, reisten mit der provençalischen Dreifaltigkeit. Es waren Maria Salome und Maria Jakobäa – die gebenedeiten Frauen, die mit der Muttergottes und Magdalena unter dem Kreuz ausharrten. Sie brachten die Myrrhe, um gemeinsam mit Magdalena den

Leichnam Jesu zu salben, und sie waren am Grab, als der Stein fortgewälzt wurde. Diese heiligen Frauen ließen ihre Schwestern in ihrer Not und ihrer Trauer nicht im Stich.

Als der Gute König René in die Provence zurückkehrte, um die Arbeiten an der Burg fertigstellen zu lassen, führte er Schriften des Ordens mit sich. König René wusste, dass die sterblichen Überreste der drei heiligen Marien – wie auch die ihrer Begleiter – in diesem Dorf begraben lagen. Dort gab es eine alte Kirche, von der es hieß, sie sei dem Gotteshaus nachempfunden, das die Frauen nach ihrer Ankunft erbauen ließen. In dieser Kirche gab es einen steinernen Altar, vielleicht den ersten christlichen Altar überhaupt. René ließ unter der Krypta graben und fand die Überreste dreier Frauen, die eindeutig zu bestimmen waren: Es handelte sich um die Gebeine der beiden Marien sowie der Dienerin Magdalenas, genannt Sara die Ägypterin oder Schwarze Sara. Außerdem fand er diesen kostbaren Kelch.« Claudine machte eine Handbewegung zu dem spitzenbedeckten Gefäß. Dann machte sie eine Geste zu den kunstvoll verzierten Arm-Reliquiaren.

»Und darin«, fuhr sie fort, »ruhen die Handknochen der Frauen, die Jesus liebten und von ihm geliebt wurden. Wir preisen die Liebe, die sie füreinander empfanden. Es heißt, dass die beiden Marien und die Schwarze Sara am Gestade von Ra ausharrten, während die provençalische Dreifaltigkeit weiter in Richtung Massilia segelte. Die drei Frauen errichteten eine Herberge für andere, die vor der Gewalt Roms flohen, damit alle, die aus ihrem Heim vertrieben worden waren, Obdach, Nahrung und Ruhe finden sollten. Sie waren die ersten Missionarinnen an der französischen Küste. Hier, an diesem Ort, preisen wir ihre Liebe, Treue und Beharrlichkeit und geloben, die Regeln des Glaubens und der Gemeinschaft ebenso treu zu erfüllen wie jene bedeutenden Frauen, die vor uns lebten.«

Dann wurden die Damen aufgefordert, vorzutreten und ihre Hände auf die Reliquiare zu legen, während Claudine einen Segen sprach. Als sie das Spitzentuch vom Kelch zog, schnappte Anne nach Luft. Noch nie hatte sie so etwas zu Gesicht bekommen! Es war ein uraltes Artefakt, aus rotem Stein gemeißelt und blank poliert. Trotz seines Alters glänzte der Kelch im Kerzenschein. In den Stein waren Worte gemeißelt, die Anne nicht entziffern konnte, aber das war auch gar nicht nötig. Claudine zitierte, was in den Kelch gemeißelt stand: »Seht den Kelch der Schwesternschaft. Sie, die gut trinkt, wird Gott schauen.«

Als Claudine den nächsten Satz sprach, fielen die Novizinnen von Saint-Honorat ein: »Sie, die sehr gut trinkt, wird Gott und die Magdalena schauen.«

Der Kelch wurde herumgereicht, damit jede Schwester einen Schluck nehmen und den Kelch mit der Frau neben ihr teilen konnte. Anne spürte das Gefäß in ihren Händen vibrieren, als wäre es ein lebendiges Wesen, und hatte Angst, es fallen zu lassen. Behutsam reichte sie es an Diana weiter, die es verzückt entgegennahm.

Dann brachte Claudine von Bectoz ein altes Buch mit einem abgewetzten Ledereinband zum Vorschein und legte es auf den Altar. Anne riss die Augen auf: Das Symbol ihres Gebetbuchs, die Rose mit den sechs Blütenblättern, verflochten mit dem Siegel des Salomon und eingelassen in einen Diamanten, war auch in das Leder dieses Buches geprägt!

Claudine schlug das Buch auf und las einen Abschnitt über die besondere Kraft der Liebe vor, die einzig Frauen vorbehalten war: die Kraft der Mutter, der Großmutter, der Tochter und der Schwester. Sie las zum Lob der Stärke jener Frauen, die Jesus umsorgt hatten, zum Lob von Frauen, die liebten, Frauen, die litten, Frauen, die ihre geliebten Menschen oder ihre Mission niemals im Stich ließen.

Die Silberarme der Reliquiare glänzten im Schein der Kerzen, als Anne wie verzaubert der Stimme lauschte, die an diesem uralten Ort predigte. Claudine sprach den letzten Satz, während sie das Buch bereits schloss, und der Widerhall bebte durch die Krypta. Anne schloss die Augen und prägte sich Claudines letzten Satz ein. Sie wusste, dass sie ihn niemals vergessen würde, denn er enthielt eine tiefe Wahrheit.

»Die Liebe der Frauen ist groß und machtvoll und zeigt sich in ihrer Beharrlichkeit.«

Die königliche Reisegesellschaft hatte Abschied von Tarascon genommen und war am Tag nach Weihnachten abgereist. Sosehr sie die Stadt und die freundliche Gemeinschaft auch genossen hatte – Herzogin Louise wollte die Gegend von Saint-Maximin und Sainte-Baume unbedingt bis zum 31. Dezember erreichen. Die Reise war nicht übermäßig weit, doch die große Entourage mit den schwer beladenen Kutschen kam nur umständlich und langsam voran.

Claudine von Bectoz begleitete sie zu Pferde bis Sainte-Baume. Die Äbtissin kannte das beschwerliche Terrain um die Hügel, auf dem sie nur langsam vorankommen würden; zudem war sie mit einem der Mönche verwandt, die die Magdalenengrotte bewachten.

Claudine und Marguerite hatten sich von Anfang an gut verstanden. Dank ihrer gleichartigen Interessen ging ihnen niemals der Gesprächsstoff aus. Beide brannten darauf, ihre Gedanken niederzuschreiben und veröffentlicht zu sehen, waren sich jedoch bewusst, dass sie als Frauen nur wenige Leser erreichen würden. Marguerite versprach Claudine, sie mit Franz bekannt zu machen, der in wenigen Wochen heimkehrte. Vielleicht konnten sie ihn gemeinsam davon überzeugen, jene Hindernisse abzubauen, die von den Geistlichen der Sorbonne gegenüber weiblichen Autoren erzwungen worden waren. Marguerite raunte Anne kichernd zu, sie sei überzeugt, dass Franz sich in die schöne Äbtissin, die noch dazu sehr klug war, verlieben werde.

Je weiter sie nach Süden reisten, desto hügeliger und felsiger wurde die Landschaft. Königin Claude wollte mit ihrem Kind ruhen, und Prinzessin Renée war von den Aufregungen der Weihnachtsfeiern erschöpft. So hatte Anne Muße, den interessanteren Gesprächen von Louise, Marguerite und Claudine zu lauschen. Heute fuhr sie in der größten Kutsche mit, in der außer den dreien auch Diana saß.

Als Claudine das Gespräch mit dem Hinweis auf eine weitere Maria eröffnete, verzog Anne das Gesicht, ohne dass es ihr bewusst gewesen wäre. Scherzhaft erkundigte sich Marguerite nach dem Grund.

Anne beeilte sich mit ihrer Erklärung. »So viele Marien! Ich weiß wirklich nicht, wie ich sie auseinanderhalten soll. Warum wurden damals so viele Frauen Maria genannt?«

»Maria war ein Titel bei den Nazarenern«, erklärte Marguerite. »Er bedeutete ›die besonders Geliebte‹ und wurde meist der ältesten Tochter verliehen, die in ihrer Kultur besondere Aufgaben zu erfüllen hatte. Sie wurde eine ›Maria‹ aufgrund ihrer guten Werke. Sie wuchs in den Namen hinein.«

Anne dachte einen Moment über Marguerites Worte nach. Ihre Schwester Mary war die Erstgeborene der Familie. Das konnte nur ein Zufall sein, war darum aber nicht weniger interessant.

»Die beiden Marien, von denen du Weihnachten gehört hast, sind ein gutes Beispiel«, führte Claudine Marguerites Erklärung weiter aus. Es war nicht zu verkennen, dass sie gewohnt war, Jüngere zu unterrichten. Sie war geduldig, verstand es aber auch, ohne Herablassung zu Mädchen in Annes Alter zu sprechen.

»Die zwei Marien, die mit Magdalena am Fuße des Kreuzes ausgeharrt haben, hießen Maria Jakobäa und Maria Salome. Ihre Namen verraten dir, zu welcher Familie sie gehörten.«

Anne war begeistert von Claudine. Sie hatte gehofft, sie nach der Abendtafel noch sprechen zu können, und sei es nur kurz. Marguerite war in Familienangelegenheiten mit ihrer Mutter unterwegs; die anderen gingen frühzeitig zu Bett, da morgen die Reise zur Grotte Sainte-Baume anstand, die dem Vernehmen nach äußerst beschwerlich war.

Claudine unterhielt sich mit einem der am Tisch verbliebenen Theologen. Sie führten ein freundliches, wenn auch lebhaftes Streitgespräch darüber, wie Maria Magdalena in Okzitanien und der Provence im Vergleich zu anderen Regionen Europas angesehen war. Claudine hob höflich hervor, dass der hiesigen Fassung der Legende – immerhin hatte Magdalena hier gelebt und missioniert – mehr Glauben geschenkt werden solle als der Version eines Mönchs, der niemals einen Fuß nach Gallien gesetzt hatte.

Scheu näherte sich Anne dem Tisch und fragte Claudine in einer Gesprächspause: »Darf ich Euch etwas zeigen?«

Claudine wirkte beinahe erleichtert, als sie Anne neben sich stehen sah. Sie entschuldigte sich bei dem Geistlichen und wandte sich dem Mädchen zu. »Aber natürlich. Was hast du denn da?«

Anne holte ihren kostbarsten Besitz, das Stundenbuch, das sie von Margarete bekommen hatte, aus dem samtenen Beutel. Normalerweise lag das Buch gut aufgehoben in seinem hölzernen Kästchen; an diesem Abend jedoch hatte Anne es in den Samtbeutel gesteckt, weil sie gehofft hatte, es Claudine zeigen zu können.

Die schnappte schon beim Anblick des Deckblattes hörbar nach Luft. »*Mon Dieu!* Woher hast du das, Anne?« Behutsam wendete sie die kunstvoll verzierten Seiten um. »Dieses Stundenbuch ist für eine Königin! Und nicht für irgendeine – sondern für eine Königin, die dem Orden angehört.«

»Ich habe das Buch von meiner ersten Lehrerin, Madame Margarete.«

»Erzherzogin Margarete? In Mecheln?«

»Ja. Ich …«

Anne stockte. Sie wusste nicht, wie sie Claudine nach höfischer Sitte anreden sollte. Claudine spürte Annes Dilemma und sagte: »Schwester. Nenn mich einfach Schwester.« Mit einem warmen Lächeln drückte sie Annes Arm.

Anne sagte zögernd: »Sehr gern … Schwester. Und dieses Buch hier … als ich von England kam, habe ich zuerst bei Margarete am Hof von Mecheln gelebt. Als ich dann nach Frankreich berufen wurde, hat sie mir das Buch geschenkt. Seid Ihr mit Margarete bekannt?«

»Wir haben uns zu verschiedenen Gelegenheiten geschrieben«, erwiderte Claudine. »Sie ist eine erstaunliche und inspirierende Frau. Du hattest Glück, sie als erste Mentorin zu bekommen.«

»Oh ja! Jedenfalls … als ich heute Euer Buch mit dem gleichen Symbol sah, da wusste ich, dass ich Euch mein Stundenbuch zeigen musste.«

Anne schlug eine herrliche Illustration der königlichen Magdalena auf, die ein Gefäß mit Salböl in der Hand hielt. Dann suchte sie eine andere Stelle des Buches, die Maria von Ägypten gewidmet war.

Claudine nickte anerkennend. »Das ist etwas ganz Besonderes, Anne. Es ist nicht zu übersehen, dass der Auftraggeber dieses Buches das Leben der Maria Magdalena bestens kannte – was bei einem Ordensmitglied natürlich kaum verwunderlich ist. Doch glaub mir: Die gleiche Symbolik wirst du in jeder provençalischen Kirche und auch in anderen Gotteshäusern Frankreichs finden. Wenn Maria Magdalena und Maria von Ägypten zusammen oder Seite an Seite dargestellt werden, macht der Künstler damit eine Aussage: Er gibt uns zu verstehen, dass es sich um zwei verschiedene Frauen handelt. Offensichtlich haben der Schöpfer dieses Buches und sein Auftraggeber jene Frauen verehrt, die das frühe Christentum maßgeblich mitgestaltet haben.«

Endlich verstand Anne, warum Saint-Maximin und Sainte-Baume stets in einem Atemzug genannt wurden, denn sie lagen nur wenige Meilen voneinander entfernt, waren aber vollkommen verschieden. Saint-Maximin war eine blühende Marktstadt, in deren Mittelpunkt die Basilika mit dem Konvent lag. Der größte Teil der Reisegesellschaft blieb hier zurück, um sich in einem Klosterflügel auszuruhen, der für die nächsten Tage ihre Unterkunft sein sollte. Renée und die kleine Louise würden die Bergfahrt zur Grotte nicht mitmachen, da sie für Kinder zu anstrengend war. Die für die kleinen Mädchen zuständigen Hofdamen und Zofen blieben also in Saint-Maximin zurück, zusammen mit den schwer beladenen Kutschen. Somit war es eine kleinere und sehr privilegierte Gruppe, die durch die Stadt und dann weiter zu dem Bergmassiv fuhr, wo in großer Höhe Marias Grotte lag. Mehrere Meilen legten sie auf einer gewundenen und tückischen Bergstraße zurück, bis sie in die Region vordrangen, in der ihr geheiligtes Ziel lag. Der letzte Teil des Anstiegs musste zu Fuß bewältigt werden – zu diesem Zweck waren die derben Bergstiefel angefertigt worden.

Zum Glück blieb es trocken. Anne mochte sich die ausgefahrenen Karrenwege lieber nicht bei Regen vorstellen, zumal sie nach einer Seite hin steil abfielen, und noch weniger den Ziegenpfad, der weiter in luftige Bergeshöhen führte.

Claudine gab ihnen durch ein Zeichen zu verstehen, dass sie jetzt das Lager erreichten, ab dem es nur noch zu Fuß weiterging. Sie wies die Kutscher an, die Pferde im Schutz einiger Eichen unterzustellen, wo es auch Weidegelegenheit gab. Die Hofdamen stiegen aus, voller Aufregung, endlich angekommen zu sein. Monatelang hatten sie darüber gesprochen, und nun waren sie endlich am Ziel!

Anne zog ihre schönen roten Stiefel an. Sie wusste nicht, was auf sie zukam, bis Claudine ihr sagte, sie solle hochschauen. Anne sah, dass ganz oben im Fels eine Öffnung zu erkennen war.

»Was ist dort?«, fragte sie.

Claudine lachte. »Was schon? Die Grotte natürlich!«

Anne fehlten für einen Moment die Worte. Wie sollten sie jemals dort hinaufkommen? Sie warf einen besorgten Blick zu Claude, die ebenfalls zur Öffnung im Gestein hinaufschaute, ohne dass sie bemerkte, dass Anne sie beobachtete. Der innere Konflikt war ihr am Gesicht abzulesen – zuerst Furcht, dann Zweifel, den Claude aber schließlich verscheuchte. Sie holte tief Luft, richtete sich kerzengerade auf und schlug das Kreuzzeichen, ihren Perlmutt-Rosenkranz in der Hand. Als sie dann wieder zu dem Bergstock aufsah, war ihr Gesicht entschlossen. Claude von der Bretagne war in jedem Sinne eine Königin.

Anne blinzelte die Tränen fort, die in ihren Augen brannten. Dann näherte sie sich Claude. »Meine Königin, sagt, wie ich Euch an diesem Ort dienlich sein kann.«

Auch Claudes Augen waren verschleiert, doch nicht vor Angst. Sie brannte vor Verehrung und Liebe. »Oh, Anne, ist es nicht ein Wunder, nach all unseren Mühen endlich an diesem Ort zu sein? Es ist ein heiliger Ort – kannst du es spüren? Wirst du an meiner Seite gehen, auch wenn ich nur langsam vorwärtskomme?«

»Es ist mir eine Ehre, Euer Gnaden«, erwiderte Anne. »Ich bin dafür da, Euch in allem zu dienen.«

»Ich danke dir. Weißt du, wie ich es schaffen werde, diesen Berg zu bezwingen?«, fragte Claude.

»Nein, Mylady.«

Claude lächelte und nahm Annes Arm. »Beharrlichkeit.«

Der Fußweg wurde Le Chemin des Roys genannt, der Weg der Könige, denn er war in seiner jetzigen Form von König Ludwig XI. angelegt worden. Jahrhundertelang hatten die Könige und Königinnen von Frankreich, ja, die Herrscher aus ganz Europa die Grotte besucht, um der Apostola und ihrer ersten Kirche zu huldigen, doch erst der elfte Ludwig hatte die Mittel aufgebracht, einen sicheren, bequemen Fußweg anlegen zu lassen. Man konnte zwar auch zu Pferde oder Esel nach oben gelangen, doch für einen Pilger ziemte sich das nicht. Der wahre Gläubige musste seinen Weg Schritt für Schritt und aus eigenem Antrieb zurücklegen.

Der Weg war erstaunlich bequem und stieg über lange Abschnitte nur leicht und in vielen Serpentinen an. Dann wieder gab es steile Passagen, die Ausdauer erforderten. Alle gingen in gemächlichem Tempo, um Claude nicht zu sehr zu ermüden. Pagen schleppten Wasserkrüge und kleine Schemel, damit die Frauen sich dann und wann setzen und ausruhen konnten. Der Anstieg war beileibe kein Spaziergang, gestaltete sich aber leichter, als es von unten ausgesehen hatte.

»Ein bisschen wie das Leben selbst, nicht wahr?«, sagte Diana zu Anne, als sie nach ungefähr zwei Dritteln der Strecke an einem Bach hielten, um sich zu erfrischen. Kühles Quellwasser sprudelte aus der Bergflanke, und die Pagen füllten die mitgeführten Krüge auf, während die Frauen eine Weile rasteten, um wieder zu Atem zu kommen.

»Inwiefern?«, fragte Anne.

»Der Anstieg«, erklärte Diana. »Wenn man ihn das erste

Mal sieht, schreckt man davor zurück. Der Berg scheint unbezwingbar. Angst befällt dich, du zweifelst, dass du dein Ziel jemals erreichen wirst. Dann aber machst du dich auf den Weg, tust einen Schritt nach dem anderen, gehst und gehst – und plötzlich merkst du, dass du schon über die Hälfte geschafft hast. Dann wird dir klar, dass du es kannst!«

Anne wusste selbst nicht, was sie eigentlich erwartet hatte – auf jeden Fall nicht das.

Fasziniert hatte sie den Legenden gelauscht, hatte sie in ihrem Tagebuch festgehalten und sich vorgestellt, wie Maria Magdalena sich in ihrer Grotte vor den römischen Verfolgern versteckt hatte, unterstützt nur von wenigen Freunden und Familienangehörigen. Sie hatte Bilder und Buntglasfenster gesehen, die Magdalena am Eingang der Grotte zeigten. Was sie hingegen niemals erwartet hätte, war diese gewaltige Kaverne, größer als so manches Haus. Schon der Eingang war mindestens so groß wie jede Privatkapelle, die Anne in Frankreich betreten hatte. Die Kaverne bestand aus vielen Ebenen; der Hauptaltar thronte auf einer natürlichen Felsformation. Zur Linken, in einem Krater, so tief wie drei ausgewachsene Männer, befand sich ein Seitenaltar mit einem gewaltigen Bildnis des Erzengels Michael, der Magdalena in der Grotte beschützte.

Claudine rief alle Frauen zusammen und stellte ihnen ihren Cousin vor, Bruder Thomas, einen der Wächter der Grotte und Mitglied des Dominikanerordens. Er war der Archivar, der sämtliche Legenden und Überlieferungen des Landstrichs kannte. Anne fand Thomas zu jung und gut aussehend für einen Mönch, denn er besaß das dichte, dunkle Haar seiner Cousine und ausdrucksvolle grüne Augen.

Thomas genoss es sichtlich, so aufmerksame, eifrige Besucher zu haben. Er zeigte den Frauen mehrere Stellen, an denen Jakobsmuscheln in die Statuen gemeißelt oder in den Fels gehauen waren; sie seien ein Symbol dafür, erklärte Thomas seiner Zuhörerschar, dass Maria Magdalena vom Meer gekommen war. Nicht nur die Grotte, fuhr er fort, sondern der ganze Berg sei einst ein heidnischer Tempel gewesen, mehreren römischen Göttern und Göttinnen geweiht, und Jakobsmuscheln habe man bereits vor Maria Magdalenas Ankunft in der Kaverne gefunden. Der »Kult«, der dann um Magdalena entstanden war, habe diese Muscheln als Symbole übernommen. Und eine Legende, die besagt, dass Maria Magdalena einen Drachen aus der Höhle verjagt habe, sei ein Gleichnis dafür, dass sie das Land vom Heidentum befreit und das Christentum eingeführt hatte.

Anne überlief eine Gänsehaut. Zwar war die Grotte kalt und feucht, doch diese körperliche Reaktion hatte weniger mit der Temperatur zu tun als mit der allmählich dämmernden Erkenntnis, wie viele verborgene Wahrheiten an diesem Ort schlummerten.

Bruder Thomas führte die Besuchergruppe eine Treppe hinunter auf eine untere Ebene, die eine ungefähre Nachbildung des Heiligen Grabes war, vermutete man. Der Platz, an dem Jesu Leichnam gelegen hätte, war durch eine Ausbuchtung im Fels bezeichnet.

Ein Sturm von Gefühlen durchtoste Anne bei dieser Vorstellung. Sie spürte, wie sie schwankte, so wie damals, bei der Begegnung mit dem heiligen Grabtuch. Nicht nur ihr erging es so. Herzogin Louise musste sich setzen, als sie diesen Teil der Höhle betrat. Ein Page beeilte sich, ihr einen Schemel zu bringen. Marguerite nahm neben ihrer Mutter Platz und hielt ihre Hand. Normalerweise geizte Louise mit Gefühlsäußerungen, besonders in der Öffentlichkeit, doch jetzt war sie tief bewegt. Louise, das wusste Anne aus Erzählungen während der Reise, glaubte fest daran, dass die Grotte einer der ersten Versammlungsorte des Ordens vom Heiligen Grab gewesen war – deshalb ja auch die Nachbildung. Für Louise war diese Grotte wie eine Heimkehr.

Claude zeigte ebenfalls Ehrfurcht, war aber sichtlich erschöpft. Anne half ihr, die Treppe hinaufzusteigen, die uneben und rutschig war. Erleichtert vernahm sie den Ruf, der alle aufforderte, auf den Bänken Platz zu nehmen, da nun eine Messe zu Ehren der königlichen Familie zelebriert werden sollte.

Bruder Thomas kam mit einigen Mönchen und half den Besucherinnen und Besuchern, Plätze zu finden. Dann wartete eine Überraschung auf sie: Die Männer, auch die Priester, die den Zug begleiteten, mussten *hinter* den Frauen sitzen. In der Grotte von Sainte-Baume wurden Frauen bevorzugt behandelt und saßen in der Kirche auf den vorderen Plätzen. Es kam so unerwartet, dass man noch Stunden später im Konvent darüber sprach.

Die Wallfahrt zur Grotte von Sainte-Baume war ein Erlebnis, das alle noch lange im Gedächtnis trugen. Obwohl der Weg dorthin so anstrengend gewesen war, dass sie am Tag darauf schmerzende Glieder und wunde Füße hatten, war er jeden Schritt wert gewesen. Alle Frauen spürten dem Frieden nach, den sie auf dem Berg empfunden hatten, und dem Respekt, der ihnen in der Kapelle zuteil geworden war.

Als sie sich am nächsten Morgen auf den kurzen Weg zur Basilika der heiligen Magdalena machen wollten, richtete Claudine einige sorgsam gewählte Worte an die anderen.

»Mein Cousin Thomas ist ein ungewöhnlicher Mann – wie alle Mönche, die auf dem Berg leben. Sie stammen entweder aus der Provence oder kommen aus Familien, die unsere Herrin Magdalena verehren und ihre wahre Geschichte hüten. Dennoch gehören sie dem Dominikanerorden an. Thomas trat in den Orden ein, um Wächter der Grotte sein zu dürfen. Aber der Berg ist etwas anderes als die Stadt. Im hiesigen Kloster und in der Basilika sind die Dominikaner von anderem Schlage als in der Abgeschiedenheit der Grotte. Manche von ihnen traten in den Orden ein, um der Inquisition zu dienen. Bedenkt, dass diese Kirche das drittwichtigste Pilgerziel der Christenheit darstellt, nach dem Heiligen Grab in Jerusalem und dem Grab des Petrus in Rom. Ich will damit sagen – die Mönche, die Ihr heute treffen werdet, sind anders als mein Cousin. Sie halten streng an den Lehren der Amtskirche und ihres Ordens fest. Sie werden keine Häresie oder Pietätlosigkeit dulden, auch nicht von Mitgliedern der Königsfamilie … bei aller gebotenen Achtung vor den Hoheiten.«

Sie machte einen tiefen Knicks vor den Frauen der königlichen Familie, die den Sinn ihrer Worte durchaus begriffen: Sobald man die Basilika betrat, war sittsames Benehmen gefordert. Marguerite wirkte ein wenig verärgert, während Louise mit steinerner Miene nickte.

Die Frauen nahmen den Weg durch den Kreuzgang des Klosters und betraten die Basilika durch eine Seitenkapelle, wobei ihnen allerdings das prächtige Portal entging, das Karl von Anjou hatte erbauen lassen. Links vom Altar traten sie durch eine Tür, wo sie bereits von einigen Mönchen erwartet wurden. Einer von ihnen stellte sich als Bruder Domenico vor, der sie durch die Kirche führen würde. Sein Name, seine Aussprache, ja, sein ganzes Auftreten ließen den Römer erkennen, der zwar höflich und tüchtig, aber nicht allzu liebenswürdig war.

Bruder Domenico zeigte den Frauen einige der Kunstwerke: Gemälde, Schnitzereien und Marmorskulpturen. Er berichtete, wie Karl von Anjou die Gräber entdeckt und die Basilika erbaut hatte. Schließlich blieb der Mönch vor der Treppe stehen, die in die Krypta führte, und sagte mit abwärts weisender Hand: »Dort unten befinden sich die kostbarsten Reliquien in ganz

Frankreich: Der Schädel und die Gebeine der Maria Magdalena, der reuigen Sünderin – jener Frau, der unser Herr Jesus sieben Dämonen austrieb und die dreißig Jahre lang in einsamer Buße im Gebirge bei Sainte-Baume lebte, nackt, die Blößen nur bedeckt von ihrem Haar. Durch ihre Buße wurde sie zur Heiligen, und durch ihr Leiden wurde sie erlöst.«

»Eine beeindruckende Frau, in der Tat.« Louise trat vor. »Deshalb würden wir nun gerne in die Krypta hinuntersteigen und ihre Reliquien sehen.«

Bruder Domenico wirkte für einen Augenblick verwirrt. Schließlich sagte er: »Ich bitte um Vergebung, Majestät, aber es ist Frauen nicht gestattet, die Krypta zu betreten.«

Louise zuckte heftig zusammen. »Verzeihung, wie war das?«

Domenico wiederholte seine Worte, diesmal voller Entschlossenheit. »Keine Frauen in der Krypta.«

Als Louise ihre nächste Frage stellte, lag Schärfe in ihrer Stimme. »Wollt Ihr damit sagen, Bruder Domenico, wir sind in der Krypta dieser Basilika, die von unseren Vorfahren erbaut wurde, nicht willkommen? Die Regentin und die Königin von Frankreich?«

»Zu meinem größten Bedauern, Euer Gnaden.«

Louise richtete sich zu ihrer vollen Größe auf und schaute an ihrer langen Savoyen-Nase auf den Mann hinunter. Mit eisiger Kälte sagte sie: »Ich bin die Herzogin von Anjou. Dies ist mein Land. Ich bestimme über die Geschicke der Provence.«

Domenico mochte den Dünkel Roms auf seiner Seite haben, doch selbst mit dieser Macht im Rücken besaß er genug Vernunft, um zerknirscht zu wirken. Er verneigte sich vor Louise, gab aber keinen Zollbreit nach. »Vergebt mir, Majestät, aber es ist das Gesetz Roms, nicht das der Provence, das hier größeres Gewicht hat. Dieses Gesetz ist vom Papst selbst verordnet und seit zweihundert Jahren in Kraft.«

Claudine witterte einen Streit und warf sich diplomatisch in die Bresche. »Vielleicht wärt Ihr so freundlich, Bruder Domenico, und bringt die Reliquien zu unseren königlichen Gästen herauf, damit sie sie hier oben bewundern können? Die Regentin, die Königin und ihre Verwandten sind der Maria Magdalena von Herzen zugetan, müsst Ihr wissen.«

»Die Reliquien heraufholen?«, geiferte Domenico. »Aber ich kann den Schädel nicht nach oben bringen! Ohne Erlaubnis Roms darf er nicht aus der Krypta entfernt werden!«

»Nicht den Schädel, Bruder. Das andere Reliquiar, das ihr Haar enthält. Es ist kleiner und kann leicht in der Hand getragen werden.«

»Oh … leider ist dieses Reliquiar in der Sakristei eingeschlossen.«

»Habt Ihr die Schlüssel?«

»Ich könnte sie besorgen, aber …«

»Darf ich Euch einen Moment allein sprechen, von Schwester zu Bruder?« Claudine nahm den Mönch beim Ärmel und zog ihn außer Hörweite. Anne konnte die Worte nicht verstehen, doch Claudines Gesten verrieten deren Dringlichkeit. Anne wusste nicht, welches Wunder Claudine an Domenico wirkte, doch es gelang ihr, ihn davon zu überzeugen, dass es in seinem Interesse – und dem der Kirche – läge, wenn er dafür sorgte, dass die französische Regentin und die anderen Frauen der Königsfamilie das Gotteshaus nicht enttäuscht und gekränkt verließen. Ihnen musste eine wahrhaftige Begegnung mit den Reliquien ermöglicht werden, und der Schlüssel dazu lag in Domenicos Hand.

Der Mönch führte die Frauen in die Sakristei und bedeutete ihnen, auf den Bänken Platz zu nehmen. Dann eilte er hinaus – nicht ohne vorher versichert zu haben, sich zu beeilen. Anne spürte Louises Zorn und wusste, dass es früher oder später eine Abrechnung geben würde. Die Spannung war mit Händen zu greifen. In beklommenem Schweigen warteten sie.

Der Mönch kehrte einige Minuten später mit einem schweren Schlüsselring zurück, ging zu einem fast deckenhohen Schrank an der Rückseite der Sakristei und öffnete ihn. Anne war dem Schrank am nächsten; sie sah, dass in ihm noch ein zweiter Schrank verborgen war, durch ein großes Eisenschloss gesichert. Bruder Domenico versuchte einen Schlüssel nach dem anderen, bis er endlich den richtigen fand. Er drehte ihn im Schloss und zog behutsam die alte Holztür auf, die in den Angeln knarrte. Der Blick auf ein goldenes Reliquiar wurde frei.

Das Behältnis glich einem großen vergoldeten Handspiegel mit einer runden Glasscheibe anstelle des Spiegels. Hinter der Glasscheibe war eine Haarlocke zu sehen. Das Haar war mit den Jahrhunderten nachgedunkelt; es besaß nicht mehr jene goldrote Farbe, von der in den Kirchendokumenten des 13. Jahrhunderts die Rede ist, doch die roten Pigmente waren noch zu erkennen. Es war ein fesselnder Anblick: Das kostbare Reliquiar und die unschätzbare Reliquie bildeten eine machtvolle Verbindung.

Bruder Domenico hielt den Frauen das handspiegelartige Gefäß entgegen, damit jede von ihnen die Reliquie aus der Nähe betrachten konnte. Sie durften mit der Stirn das Glas berühren, das Glas selbst aber nicht in die Hand nehmen oder zu lange betrachten.

Die Macht der Reliquie besänftigte den noch immer schwelenden Zorn der königlichen Frauen. Ihre tiefe Verehrung der Magdalena bewirkte, dass sie im Angesicht der Haarlocke stillen Frieden und heitere Freude empfanden. Man mochte ihnen den Anblick von Magdalenas Schädel verwehren, doch sie konnten ihn in dem Raum unter sich spüren, während sie in die Anbetung des Haares der Heiligen versunken waren.

Später an jenem Abend, in der gotischen Halle des Konvents mit seiner Gewölbedecke, sprachen sie über die Ereignisse des Tages. Die tiefste Empfindung aller war die ungetrübte Freude darüber, Magdalenas Reliquien nahe gewesen zu sein und sie mit eigenen Augen gesehen zu haben.

Königin Claude verkündete: »Maria Magdalena steht für die Gnade der Vergebung – ihr edelstes Vermächtnis, das sie von Jesus am Kreuz erhielt: ›Vergib ihnen, denn sie wissen nicht, was sie tun.‹ Ich glaube, wir sollten ihr nacheifern. Wir sollten den Mönchen vergeben und dankbar sein, dass wir diese heiligen Stätten besuchen durften.«

Später, nachdem Claude sich zurückgezogen hatte, saß Anne noch mit Marguerite und deren Mutter zusammen. Louise erklärte, als Verehrerin der Magdalena wisse sie durchaus um die Gnade der Vergebung, und sie strebe stets danach, nicht rachsüchtig zu sein. Doch anders als Claude beließ sie es nicht dabei.

»Ich bin die Regentin und die Herrscherin des Landes«, sagte sie. »Was heute geschah, war falsch. Es war beleidigend für mich als Frau und als Christin. Dass Frauen keinen Zugang zu der Krypta erhalten, in der Magdalenas Gebeine aufbewahrt werden, ist ein Hohn, und ich werde dem ein Ende setzen. Nicht um meinetwillen, nicht aus Vergeltung, sondern im Interesse aller Frauen, die herkommen und eine spirituelle Erfahrung machen möchten, unbehelligt von dominikanischer Einmischung.«

Anne verstand den Grund für Louises Zorn, da auch sie selbst noch die Kränkung durch den Mönch spürte, aber sie war zu jung, um die Konsequenzen zu begreifen, die nach diesem Tag in der Basilika unausweichlich waren. Der Wunsch nach einer Reform der Kirchenpolitik hatte eine neue Ebene der Intensität erreicht. Anne hörte, wie Marguerite und ihre Mutter über die Bedeutung der »unmittelbaren Erfahrung« sprachen und darüber, »keinen Mittler zwischen sich und der Erfahrung des Göttlichen« zu benötigen. Es müssten mehr Texte in der Sprache des Volkes verfasst und verteilt werden – zum Nutzen aller, besonders der gebildeten Frauen, die von bedeutenden Aspekten ihrer eigenen Spiritualität ausgeschlossen wurden. Beide Frauen wollten diese Ziele entschlossen in Angriff nehmen, sobald Franz unbeschadet heimgekehrt war.

Als Louise sich für die Nacht zurückzog, wandte Marguerite sich an Anne. »Hör zu, kleine Freundin. Meine Mutter wendet so viele Mittel für die Theologen, die Forschung und die Dokumente auf, weil sie das, was wir tief im Herzen und aus unserer Familiengeschichte wissen, auch beweisen möchte. Denke immer daran, dass die Häresie in den Augen der katholischen Kirche in Frankreich eine lange Tradition hat. Wir mögen zwar ein katholisches Land sein, aber wir sind auch Franzosen. Bedenke, dass der Mönch, der uns heute den Zugang zu den Reliquien verwehrte, kein Franzose war, sondern ein Römer. Wir haben gelernt, dass wir unseren wahren Glauben in der Öffentlichkeit verbergen müssen – denk nur daran, was den Katharern widerfuhr. Wir dürfen nicht zulassen, dass so etwas noch einmal geschieht. Mit meinem Bruder auf dem Thron können wir die alten Traditionen Frankreichs erhalten. Dennoch müssen wir vorsichtig sein, sonst machen wir uns im ganzen katholischen Europa Feinde. Deshalb hat Mutter nur Theologen mit makellosem Ruf angeworben, um ihr Anliegen voranzutreiben.«

Anne sah, dass Marguerite viel zorniger über die Geschehnisse war, als sie sich eingestehen wollte. »Aber täusche dich nicht«, fuhr sie fort. »Mutter und ich, wir sind entschlossen, die Fesseln Roms abzustreifen. Das ist ein Traum, ich weiß, aber wir werden ihn weiter verfolgen. Ich will die Rolle der Frau erneuert sehen. Ich will die Anerkennung, dass Frauen Apostel und spirituelle Führer gewesen sind. Ich will, dass alle Menschen lesen können, um fähig zu sein, sich selbst ein Urteil zu bilden. Ich will, dass in unserem Land wieder Liebe und Gnade herrschen, wie zu Zeiten der Katharer und Troubadoure.«

Anne nahm Marguerites Hand und drückte sie. Mit erstickter Stimme brachte sie hervor: »Das will ich auch.«

Claude war erschöpft und verbrachte den Morgen lesend im Bett. Anne war bis zum frühen Nachmittag von ihren Pflichten befreit, dann erst sollte sie die Königin zum Mahl ankleiden. Marguerite und Louise gaben sich ebenfalls der Muße hin; entsprechend entspannt war die Atmosphäre im Konvent. Zwar mussten Vorbereitungen für Franz' Rückkehr getroffen werden, aber vorerst konnte man nur auf den Boten warten, der ihnen seine Ankunft mitteilen würde.

Marguerite lud Anne zu einem Spaziergang zur Basilika ein. Die Herzogin wollte die Kunstwerke in Ruhe bewundern und dann einige Zeit im stillen Gebet verbringen. Am Morgen hatte sie sich den Bauplan der Kathedrale von Claudine erläutern lassen, die später am Tag nach Tarascon zurückkehren wollte. Claudine hatte ein Schema gezeichnet, aus dem Marguerite ersehen konnte, dass einige Bankreihen im Hauptschiff genau über der Krypta platziert waren. Mithin war es möglich, nur ein paar Fuß oberhalb von Magdalenas Reliquien zu beten, in nächster Nähe des heiligen Schädels.

Dieser Schädel kehrte auf vielen Bildwerken wieder. Jede Darstellung der einsamen Magdalena, ob Gemälde, Relief oder Statue, zeigte sie mit dem Schädel. Anne hatte sich daran gewöhnt, Magdalena mit dem Salbgefäß zu sehen, denn dies war die typische Art der Darstellung. Warum aber der Schädel? Kurz entschlossen fragte sie Marguerite.

»Liegt es daran, dass ihr Schädel hier ist? Ein Verweis auf die Reliquien?«

Marguerite schüttelte den Kopf. »Nein, das glaube ich nicht, obwohl es an diesem Ort hier zutreffen mag. Unsere Heilige wird aber häufig so dargestellt. Das wirst du noch lernen, wenn du dir nur genügend Kunstwerke anschaust. Da haben wir das Salbgefäß, den Schädel, mitunter auch ein Buch. Der Schädel hat der Überlieferung nach verschiedene Bedeutungen, zum Beispiel die, dass Magdalena bei der Kreuzigung anwesend war, die in Golgatha stattfand, wie du weißt, was ›Schädelstätte‹ bedeutet. Darüber hinaus wurde der Schädel in der Antike als Symbol der Weisheit angesehen. Er kann also auch für das Wissen und die Lehren stehen, die Magdalena nach Gallien brachte. Es gibt noch andere Begründungen, aber letztendlich geht es immer nur darum, den Schädel als Symbol der Magdalena zu betrachten.«

Anne nickte.

»Ach ja«, fügte Marguerite hinzu, »beinahe hätte ich's vergessen. Der Schädel ist außerdem ein Symbol des Ordens vom Heiligen Grab.«

*Château des Pommes Bleues*
*Gegenwart*

»Hier gibt es eine Menge zu entdecken«, sagte Maureen, als sie die Aufzeichnungen der unorthodoxen Pilgerfahrt durchsah, an der Anne Boleyn als jugendliche Pilgerin und Novizin teilgenommen hatte.

»Mit Sicherheit«, gab Peter zurück und rieb sich die Augen. Berenger hatte sie mit Annes Tagebuch allein gelassen, da ihn dringende Geschäfte abberufen hatten. Maureen und Peter lasen, bis ihnen vor Anstrengung die Augen tränten. Die detaillierte Beschreibung der Wallfahrt nahm den ganzen Rest des ersten Büchleins ein. Dabei hatte Anne mit sehr kleinen Buchstaben geschrieben, um alles festhalten zu können.

Von diesem ersten Tagebuch waren nur noch drei Seiten übrig. Peter überflog sie, um festzustellen, ob noch ein neues Thema auftauchte. »Anscheinend geht es zunächst noch um die Pilgerfahrt«, meinte er schließlich. »Als dann Franz in der Provence eintrifft, ist es eher eine Auflistung der Ereignisse: ›Der König besucht mit Mutter und Schwester die Grotte‹, oder hier: ›Der König trifft ein und huldigt den Reliquien in der Basilika der Maria Magdalena.‹ Oh, das hier ist interessant: ›Der König ließ sämtliche Reliquien aus der Krypta in die Kirche bringen, damit die königlichen Frauen den Schädel der Magdalena verehren konnten. Dann versprach Franz seiner Mutter, das Gesetz zu ändern. Er spendete große Summen für Restauration und Ausbau sowohl der Basilika als auch der Kapelle in der Grotte.‹«

Maureen lächelte. »Louise hat gewonnen.«

»Hast du je daran gezweifelt?«

»Keinen Augenblick. Ich weiß ja, wie die Geschichte ausgeht. Louise von Savoyen war nicht nur eine glänzende Verhandlerin, sie duldete auch keine unbezahlten Rechnungen.«

»Warum, glaubst du, verliert Annes Tagebuch nach der Rückkehr des Königs an Farbigkeit?«

Maureen musste nicht lange überlegen. Annes Tagebuch informierte über viele Dinge, vor allem aber war es ein getreuer Bericht über das höfische Leben im Frankreich des 16. Jahrhunderts.

»Aus genau diesem Grund – weil der König zurückkehrte. Bevor Franz dazustieß, war die Pilgerfahrt eine Art Vergnügungsreise. Der Ton ist entspannt. Selbst Louise wirkt gelöst, und das will etwas heißen, denn Anne wusste ja auch, dass es Grund gab, sich vor Louise zu fürchten. Ich glaube, wir haben da einen sehr seltenen und kostbaren Einblick in das Leben königlicher Frauen in außergewöhnlichen Umständen. Doch mit Franz' Rückkehr kam auch der Ernst des Lebens zurück. Und Claude ist die Königin an seiner Seite – deshalb hat Anne als Hofdame jetzt auch wieder alle Hände voll zu tun. Wahrscheinlich hatte sie einfach nicht mehr so viel Zeit für ihr Tagebuch.«

»Eine gute Einschätzung«, lobte Peter. Er wendete eine weitere Seite um und las vielleicht eine Minute, dann hob er abrupt den Blick. Maureen sah ihn forschend an.

»Was ist?« Ihr Herz klopfte schneller. Jede Seite dieses Tagebuchs besaß die Macht, sie alle bis ins Mark zu erschüttern – vom Einfluss dieser Geschehnisse auf die Geschichtsschreibung ganz zu schweigen. Jeder Satz konnte eine Explosion in sich bergen.

»Es gibt doch noch eine Passage über die Pilgerfahrt«, sagte Peter leise. »Vom März 1516. Die königliche Reisegesellschaft begibt sich nach Chambéry, um das Grabtuch Jesu Christi zu ehren. Anne beschreibt hier, wie es war, zum zweiten Mal die Präsenz des heiligen Tuchs zu spüren: ›Ich werde nie wieder dieselbe sein. Ich weiß jetzt, dass ich mich mein Leben lang bemühen werde, die beste und aufrichtigste Christin zu sein und die Liebe, die Jesus mir schenkt, mit den Menschen zu teilen.‹«

Schon seit geraumer Zeit litt Maureen unter wiederkehrenden Albträumen, in deren Mittelpunkt das Turiner Grabtuch stand. Die Träume hatten vor drei Jahren begonnen, als sie die Reliquie bei deren letzter öffentlicher Ausstellung gesehen hatte. Nun kam es immer wieder vor, dass sie einschlief und das Tuch mit dem Gesicht darauf sah. Und jedes Mal öffnete das Gesicht die Augen und blinzelte, worauf die Wunden an Händen und Füßen und der Lanzeneinstich am Torso zu bluten anfingen. Das Blut strömte und strömte, bis Maureens nackte Füße darin versanken.

Der Albtraum endete immer gleich: Als sie hinaufschaute zum Gesicht auf dem Grabtuch, war es ein anderes geworden – das gepeinigte Gesicht ihres verstorbenen Vaters, Edouard Paschal. Und stets kam es ihr so vor, als wolle er zu ihr sprechen, doch sie wachte jedes Mal auf, ehe es dazu kam.

Maureen fand diese Albträume schier unerträglich. Ihr Vater hatte sich unter mysteriösen Umständen das Leben genommen, als sie ein Kind gewesen war. Edouard Paschal hatte in der katholischen Kirche Louisianas an einem geheimen Projekt gearbeitet, bei dem es um die Authentifizierung von Stigmata gegangen war. Die Zahl der berichteten Fälle von unvermittelt auftretenden Wundmalen war zu der Zeit stark angestiegen; Edouard Paschal selbst war davon betroffen. In gewissen Zeitabständen erwachte er mit blutenden Händen und Füßen, geplagt von schrecklichen Schmerzen. Die Wunden blieben tagelang offen; dann heilten sie ab, um bald darauf umso intensiver wieder aufzubrechen. Maureen war damals noch sehr klein gewesen und erinnerte sich nur verschwommen an diese verstörende Zeit.

Irgendetwas hatte die Bindung ihres Vaters an die Kirche gekappt – mit schrecklichen Folgen. Am Ende hatte sich Edouard Paschal in seiner Verzweiflung erhängt. Maureen wusste nicht, wie es dazu gekommen war, da ihre Mutter sich geweigert hatte, darüber zu sprechen. Ein paar Jahre später war auch sie gestorben. Maureen, nun im Teenageralter, war nach Irland geschickt worden, zu ihrer Tante und ihrem Lieblingscousin Peter in Galway.

Wegen der ungeklärten Umstände um den Tod ihres Vaters hegte Maureen große Vorbehalte gegenüber der katholischen Kirche. Sie misstraute den Ritualen und Dogmen und weigerte sich, die Messe zu besuchen. Als Peter in ein Jesuitenseminar eintrat, fühlte Maureen sich von ihm verraten. Peter hatte sich alle Mühe gegeben, eine geschwisterliche Beziehung zu ihr aufzubauen. Er verstand Maureens rätselhafte Seele. Sie war empfindsam und von Natur aus eine Mystikerin.

Obwohl der Rest der Familie Edouard Paschals Stigmata und seinen Selbstmord als Zeichen einer Geisteskrankheit wertete, war Peter sich dessen keineswegs sicher. Sein Beruf sollte ihn später in die vatikanischen Archive führen, wo er in geheimen Akten interessante Informationen über Edouard Paschal fand. Offenbar hatten hochrangige Kirchenbeamte gefordert, seine Stigmata sollten gründlich und unter Laborbedingungen untersucht werden, da sie unerklärliche Eigenschaften aufwiesen. Die meisten Fälle von Stigmata wurden von der Kirche als Schwindel oder Geisteskrankheit gewertet, doch auf den Fall Paschal hatte man anders reagiert. Obwohl ihm die Sache nicht geheuer war, beschloss Peter, den Selbstmord von Maureens Vater nicht näher zu untersuchen – im Interesse Maureens.

Sie hatte Jahre gebracht, um das Schreckliche zu überwinden. Es war das Beste, man ließ ihr den Frieden, den sie gefunden hatte. Neue Details auszugraben, konnte schlimme Folgen für sie haben.

Schon bald nach ihrer Ankunft in Irland hatte Peter eine gesteigerte Sensibilität bei Maureen festgestellt. Er wusste, dass sie Albträume hatte, denn er hörte sie im Schlaf reden; manchmal wachte sie sogar schreiend auf. Maureen hatte ihm einmal einen ihrer Träume erzählt: Sie stand in der irischen Gemeindekirche unter einem lebensgroßen Kreuz, und das Blut tropfte auf sie herab – worauf sie schreiend erwacht war.

Maureen hatte sich von Anfang an geweigert, die Messe zu besuchen, weil das Kreuz, wie sie Peter erklärte, den Kirchenraum beherrsche. Sie ertrug es einfach nicht, dem Ebenbild jenes gütigen, schönen Mannes nahe zu sein, der zu Tode gefoltert worden war. Ihre Tante, die zugleich ihr Vormund war, hatte Maureen deswegen oft gescholten, hatte sie aber nicht zum Kirchgang gezwungen. Die Tante war eine den Traditionen der Kirche verhaftete Christin, aber auch eine Frau voller Mitgefühl, und sie wusste um die Geister der Vergangenheit, die Maureen quälten.

Maureen hatte bereits als Kind Visionen gehabt; sie sah und hörte Dinge, die anderen Menschen verborgen blieben. Peter war sich bewusst, dass sie zu niemandem darüber sprach aus Angst, verurteilt zu werden wie ihr Vater.

Eines Morgens stieg er mit Maureen in ein Ruderboot und fuhr mit ihr zum Angeln. Sie war keine Freundin dieser Freizeitbeschäftigung, genoss es aber, auf dem Wasser zu sein und die beruhigende Schönheit der Hügel um Galway auf sich einwirken zu lassen. Peter erzählte ihr Legenden und sprach mit ihr über Geschichte. Das waren Maureens liebste Erinnerungen. Peter war ihr Held und würde es immer sein. Bis heute war er ihr geistlicher Berater und engster Vertrauter.

An diesem strahlenden Tag im Ruderboot unternahm Peter den Versuch, Maureen zu erklären, warum er Jesuit werden wollte. Ostern stand vor der Tür, und so erzählte er dem Mädchen die Geschichte der Karwoche in allen dramatischen Einzelheiten, schlüpfte sogar in die Rollen verschiedener Apostel, um seine kleine Cousine zum Lachen zu bringen. Maureen war mit der Passionsgeschichte vertraut, doch Peter wusste sie auf ganz neue Weise zu erzählen.

Doch als sie bei der Kreuzigung angelangt waren, fiel Maureen ihrem Cousin ins Wort. Sie war bleich geworden.

»Was hast du?«, fragte er besorgt.

»Ich weiß, was als Nächstes geschieht. Wir alle wissen es. Also sprich bitte nicht weiter.«

»Es ist aber wichtig, dass du …«

Maureen fasste sich an den Bauch und krümmte sich. Ihr Atem ging plötzlich in raschen Zügen.

»Geht es dir nicht gut?«

»Wenn ich an die Kreuzigung denke … wenn ich ein Kreuz anschaue … an die Nägel denke … bekomme ich keine Luft.«

Jahre später hatte Peter mit seinen Oberen in Rom über Maureen gesprochen: über ihre Träume von der Kreuzigung, über ihre heftige körperliche Reaktion auf die bloße Erwähnung vom Tod Jesu und ihres Vaters, der Stigmata aufwies, die von manchen für authentisch gehalten wurden. Peter hatte Maureens Erfahrungen immer schon für etwas Heiliges gehalten, und die letzten Jahre nach der Entdeckung des Arques-Evangeliums der Maria Magdalena hatten ihm recht gegeben. Maureen war berufen; sie hatte eine Mission zu erfüllen, wehrte sich aber dagegen, weil es ihr nach all den Jahren immer noch Angst einjagte.

Am liebsten versenkte sie sich in historische Recherchen und die Wiederaufarbeitung der Geschichte. Maureen war zufrieden, wenn sie historischen Spuren folgen und Beweise ausgraben konnte, oder wenn sie Fakten auftat, die zu einer neuen wissenschaftlichen Erkenntnis führten. Sie war keine Blenderin – sie erinnerte ihr Publikum immer wieder daran, dass sie keine Akademikerin war und gern vom Pfad herkömmlicher Forschung abwich. Doch sie besaß eine Intuition, die über verstandesmäßige Forschungsarbeit hinausging. Das machte ihre Arbeit so besonders: Sie folgte ihrem Instinkt. Manchmal ging sie einer Vision, einer Stimme oder einem plötzlichen Impuls nach, der sie auf Wege führte, die oberflächlich betrachtet keinen Sinn ergaben. Doch sie sprach selten darüber.

Maureen wurde in ihrer Arbeit von irgendeiner höheren Macht geleitet, daran konnte kein Zweifel bestehen. Sie war geführt worden, als sie das Arques-Evangelium entdeckt hatte – und auch die anderen Manuskripte, die entscheidend für ihr weiteres Leben werden sollten. Und Peters Aufgabe bestand darin, sie zu begleiten, ihr zu helfen und sie zu beschützen. Maureen gemahnte ihn an die hochgebildeten Frauen der Kirchengeschichte, die zugleich Mystikerinnen gewesen waren, Frauen wie Katharina von Siena und Teresa von Ávila. Sie waren für eine direkte Begegnung mit Gott empfänglich gewesen, hatten es aber nicht immer verstanden, die Leine zu einer Kirche zu kappen, die Frauen einsperren und ihre mystischen Erfahrungen eingrenzen wollte.

Als das Turiner Grabtuch gezeigt werden sollte, wusste Peter sofort, dass er Maureen nach Italien bringen musste. Öffentliche Ausstellungen des Tuchs fanden nur selten und in unregelmäßigen zeitlichen Abständen statt; nun aber sollte es wieder so weit sein, weil der neue Papst in Gegenwart des Grabtuchs eine Messe lesen wollte.

Er war nicht leicht gewesen, Maureen zu der Ausstellung zu bekommen, zu deutlich waren ihre Erinnerungen an einige schockhafte Erlebnisse. Einmal hatte sie sich in einer Kirche in Rom eine Kopie des Tuchs anschauen wollen. Als sie den Vorraum betrat, wurde ihr schwindlig beim Anblick eines lebensgroßen Modells des gekreuzigten Jesus. Sämtliche Wunden und Schnitte, die man auf dem Turiner Grabtuch sehen konnte, waren an dem Modell in grellen Farben dargestellt – als Sichtbarmachung der Qualen, die Jesus erlitten hatte. Nie sollte Maureen in die Kammer gelangen, in der die Kopie des Grabtuchs gezeigt wurde. Sie stürzte aus der Kirche und übergab sich in eine römische Gosse.

Doch Peter und Berenger redeten auf sie ein: Für ihre Arbeit und ihre Spiritualität sei es notwendig, das echte Tuch zu sehen. Anfänglich sperrte sie sich und war zornig auf Berenger, weil der sie bedrängte. Sie erinnerte ihn daran, dass die Katharer sämtliche Reliquien und Darstellungen der Kreuzigung abgelehnt hatten; sie hielten es für falsch, das Leiden und den Tod des Heilands zu zeigen: Der katharische Glaube lehnte die Vorstellung ab, dass Jesus für die Sünden der Menschen gestorben sei, ja, dass ein gütiger Gott es überhaupt zuließe, dass sein Sohn gemartert wurde. Im Glauben der Katharer war die Kreuzigung ein schrecklicher, tragischer Fehler – die brutale Zerschlagung einer heiligen Mission.

Peter hielt dagegen, das Grabtuch sei eher eine Reliquie der Auferstehung als der Kreuzigung, und Berenger stützte seine Ansicht. Schließlich gab Maureen nach und begleitete die beiden Männer nach Turin. Zum Zeitpunkt der Abreise war sie immer noch skeptisch, was die Echtheit des Tuchs betraf, trotz der neuesten wissenschaftlichen Erkenntnisse, die Peter ihr präsentierte. Es gab neue Beweise, welche die Provenienz des Tuchs aus dem ersten Jahrhundert stützten. Die Radiokarbondatierung aus den 1980er Jahren war als fehlerhaft entlarvt worden, und es gab mehr Hinweise denn je, dass das Tuch authentisch war: Pollenproben aus dem ersten Jahrhundert, die Verteilung von Blutspritzern sowie Blutgruppenvergleiche mit anderen Artefakten, um nur einige der neuesten Erkenntnisse zu nennen.

Dennoch fühlte Maureen ein inneres Widerstreben – bis zu dem Tag, als sie dem Grabtuch in Turin gegenüberstand. Maureens Erfahrung war letztendlich kaum anders als die, von der die junge Anne Boleyn in ihrem Tagebuch schreibt.

Maureen und Berenger konnten dank Peters Verbindungen im Vatikan an einer privaten Präsentation des Tuchs teilnehmen. Sie wurden also nicht in einer Menschenmenge an dem Artefakt vorbeigeschoben, sodass nur ein flüchtiger Blick darauf möglich war; vielmehr durften sie längere Zeit vor dem Schaukasten stehen und das Tuch in Ruhe studieren. Wie Anne war Maureen besonders vom Abbild der Füße berührt, deren Wunden die Leiden des Menschen fühlbar machten. Zudem spürte sie, genau wie Anne, eine immer stärkere Wärme, je länger sie vor dem Grabtuch verweilte. Doch anders als bei Annes Erfahrung vor fünfhundert Jahren war das Artefakt hinter Panzerglas ausgestellt, sodass Maureen es nicht berühren konnte.

Doch das war auch gar nicht nötig. Das Turiner Grabtuch leuchtete, und seine machtvolle Aura drohte Maureen zu verschlingen. Sie kämpfte gegen den inneren Aufruhr und die Hitze und verharrte so lange in der Gegenwart der heiligsten Reliquie der Christenheit, wie sie es aushalten konnte. Dann löste sie sich abrupt aus der kleinen Gruppe und floh aus der Basilika hinaus in die Straßen von Turin.

Sie brauchte Luft. Sie musste vor der Kraft fliehen, die ihr das Herz abdrückte. Sie musste der Hitze entkommen, die sie von innen zu schmelzen drohte.

Sie musste der Wahrheit entkommen, die im Turiner Grabtuch fortlebte.

*Château Sabra*
*Gegenwart*

Ein paar Tage später war Maureen mit Peter nach Sabra gefahren, um ihm das verzauberte, wild überwucherte Gelände des Châteaus zu zeigen und ihm bei dieser Gelegenheit von ihren Albträumen über das Grabtuch zu erzählen. Deshalb nahm sie ihn auf einen langen Spaziergang durch den Schlosspark mit.

Rätselhaft blieb nach wie vor, wer im 17. Jahrhundert Besitzer des Châteaus gewesen war; in örtlichen Annalen stand lediglich verzeichnet, »ein Architekt, der mit Versailles zu tun hatte«, habe den künstlichen See und kleine Kanäle angelegt, die den sechzig Hektar umfassenden Park durchzogen. Sabra war »das kleine Versailles« genannt worden; in der Tat war eine wahrhaft königliche Summe für die Anlage des Parks ausgegeben worden.

Doch die Frage blieb, wer der Besitzer gewesen war, der so viel Geld und Zeit in das Anwesen investiert hatte. Und eine nicht minder bedeutsame Frage lautete: *Warum* hatte er es getan?

Für das 19. Jahrhundert war ein alteingesessener Okzitanier nachgewiesen – ein Eisenbahnmagnat, der sein Vermögen in Frankreich und Spanien gemacht hatte. Er hatte Sabra als Hochzeitsgeschenk für seine Frau erworben. Gemeinsam hatten sie den schönen, mittlerweile zweihundert Jahre alten Park wieder zum Leben erweckt und in eine Art lebendige Mysterienschule verwandelt. Doch es gab keine offiziellen Berichte darüber, dass die Gärten gewissermaßen als Schlüssel zum Verständnis einer übergeordneten Philosophie gedient hätten. Man konnte sich nur an mündliche Überlieferungen halten. Wieder einmal war alles, was Château Sabra betraf, in Geheimnisse gehüllt.

Fest stand nur, dass der Park in bestimmte, voneinander abgegrenzte Bereiche unterteilt war. Jedes Segment stand für eine andere religiöse und philosophische Tradition. Es gab einen griechischen Teil mit Säulen und einer kleinen Grotte für das Orakel; einen ägyptischen Garten mit einem Obelisken, in den die Hieroglyphen für die Schwestergottheiten Isis und Nephthys eingemeißelt waren, und schließlich eine Nachbildung der Grotte von Lourdes, in der die Muttergottes verehrt wurde. Tammy bezeichnete den Park scherzhaft als »spirituelles Disneyland«.

Maureen war besonders von der großen Magdalenengrotte gefesselt gewesen, einer Nachbildung jener Kaverne, in der Maria Magdalena sich der Überlieferung zufolge als Flüchtling in Gallien vor den römischen Verfolgern versteckt hatte. Es gab viele solche Grotten; eine davon war die berühmte Sainte-Baume. Maureen hatte gelesen, dass die ersten Nachbildungen der Magdalenengrotte vom Guten König René in Auftrag gegeben worden waren. Er ließ auf seinem Grund und Boden im Norden Frankreichs »La Baumette« errichten, eine große Felsenhöhle mit Privatkapelle für die Verehrung der Magdalena. Zudem war es bei Priestern dieser Gegend im 19. Jahrhundert beliebt gewesen, Höhlen anlegen zu lassen – ungefähr zu der Zeit, als der okzitanische Eisenbahnmagnat das Château für seine Frau erworben hatte.

In der Magdalenengrotte von Château Sabra befand sich eine fantastisch schöne Figur der Heiligen, einen Schädel zu Füßen, inmitten eines herzförmigen Teiches. Die Wirkung dieser Magdalena wurde durch den Rost und die Patina seltsamerweise noch gesteigert. Außerdem war sie die einzige Statue, die nie geraubt worden war: Sie wog ungefähr eine Tonne.

Maureen und Peter schlenderten durch die überraschend große Höhle, die ungefähr zwanzig Personen Platz bot. Peter ging auf die Knie und bewunderte die Statue der Magdalena, während Maureen auf die Symbolik des Schädels hinwies. Beide waren öfters in der Grotte von Sainte-Baume gewesen und erkannten in ihr das Vorbild für diese Höhle, die zwar eine gärtnerische Spielerei, dafür aber mit ihren aufgetürmten Felsbrocken, die sich zu gerundeten Wänden und einer gewölbten Decke erhoben, wunderschön gestaltet war. Ob das Relikt zu Füßen der Magdalena auf ihren eigenen Schädel in Saint-Maximin verwies oder auf ihre Anwesenheit in Golgatha, war unmöglich zu sagen. Möglicherweise war der Schädel ein Verweis auf den Orden des Heiligen Grabes.

Sieben Jahre lang war Maureen einmal im Jahr den Pilgerweg über den Chemin des Roys hinauf zur Grotte Sainte-Baume gegangen. Sie war in den Fußstapfen der französischen Königsfamilie und Anne Boleyns gewandelt, ohne darüber nachzudenken, wie sich diese Reise vor fünfhundert Jahren angefühlt haben musste. Bis jetzt. Jetzt konnte sie an kaum etwas anderes denken. Auf ihrer Wallfahrt hatte sie jedes Mal in demselben Kloster übernachtet, in dem damals auch die königlichen Damen logiert hatten, im Städtchen Saint-Maximin. Inzwischen war es ein reizendes Hotel, und die Zellen der Nonnen waren zu kleinen, gemütlichen Zimmern umgestaltet worden.

Viele Male hatte Maureen vor dem Schädel der Maria Magdalena in seinem Reliquiar aus Gold und Glas gestanden. Wenn sie im Kloster übernachtete, ging sie morgens und abends in die Basilika, um der Heiligen zu huldigen, die ihr Leben so tiefgreifend verändert hatte. Vor Hunderten von Jahren hatten Louise und Marguerite für die Kapelle in der Grotte und das Kloster auf dem Berg Sainte-Baume gespendet. Auch der Chemin des

Roys war ausgebaut worden, und mit Hilfe von Zuwendungen durch das Haus Angoulême waren am Wegesrand kleine überdachte Marmoraltäre errichtet worden. Auf jeder ihrer Wallfahrten hatte Maureen sie bewundert, ohne zu ahnen, dass ihre Existenz unmittelbar auf den Besuch der königlichen Familie im Jahre 1516 zurückzuführen war. Außerdem hatte König Franz verfügt, dass am Fuße des Berges ein Gasthof gebaut werden sollte, damit die Pilger in der Nähe der Grotte eine gute Unterkunft fanden. Dieser Gasthof war von Dominikanern errichtet worden und wurde bis zum heutigen Tage von ihnen betrieben.

Peter und Maureen verließen die Grotte und schlenderten durch den selbst im halb verwilderten Zustand prächtigen Garten. Ein Rundgang durch das gesamte Gelände nahm Stunden in Anspruch, doch Steinbänke und zerfallende Mauern boten Gelegenheit zur Rast.

Maureen führte Peter zunächst an dem künstlichen See vorbei, der den oberen Teil des Parks beherrschte.

»Was du da in Händen hältst, ist fantastisch, Maureen«, sagte er. »Die Pilgerfahrt zu Magdalenas Grotte, die Reliquien der heiligen Frauen aus dem ersten Jahrhundert. Dennoch spüre ich bei dir eine gewisse Obsession für Anne und das Grabtuch. Sicher, es ist faszinierend, aber letztlich nur ein Detail, nicht die ganze Geschichte. Was also treibt dich um? Warum glaubst du, ist die Erfahrung so wichtig, die Anne mit dem Grabtuch gemacht hat?«

Maureen führte ihn zu einer der flechtenbewachsenen Steinbänke und nahm darauf Platz. Am liebsten hätte sie lauthals geantwortet: »Weil auch ich eine Erfahrung mit dem Grabtuch gemacht habe!«, doch sie wusste, dass es nicht nur darum ging.

Sie hob das Gesicht zur Sonne und schloss die Augen. Der Frühling hielt Einzug in dieses Land, wie schon seit undenklichen Zeiten. Wie viele Frauen in wie vielen Zeitaltern hatten in diesem Park gesessen und den Frühling genossen? Eine sanfte Brise strich durch ihr Haar, während sie den zarten Duft der wilden Hyazinthen einatmete.

»Spürst du es auch?«, fragte sie und machte die Augen wieder auf. »Mir ist, als könnte ich den Gang der Zeit auf der Haut fühlen. Alles wirbelt um uns her und sammelt sich an diesem Ort. Er hat etwas Ewiges, Magisches. Ist es dieser Ort selbst, oder steckt mehr dahinter?«

Peter wusste nicht, worauf sie hinauswollte, verzichtete aber darauf, sie zu unterbrechen. Geduldig wartete er, dass sie fortfuhr.

»Geschichte ist stets auch Geschichte von Menschen. Wie sie lebten und liebten und versucht haben, der Welt einen Sinn abzuringen. Geschichte ist nicht nur Recherche, die man in Bibliotheken betreiben kann. Geschichte muss erlebt werden. Das Empfundene ist ebenso wichtig wie das Gedachte, nur kann es nicht gemessen werden. Es kann nicht beurteilt werden, weil es die subjektive Sicht eines Beobachters ist, die in der Geschichtsschreibung kaum vorkommen kann.«

»Was wiederum bedeutet«, sagte Peter, »dass wir nie die Wahrheit über irgendetwas erfahren können.«

Maureen nickte. »Die einzige Ausnahme bildet die Kunst: Literatur, Malerei, Architektur. Diese Künste können unsere menschliche Erfahrung am wahrhaftigsten vermitteln. In einem Buntglasfenster oder einem schönen Zitat, in einem blühenden Garten oder sogar in der Art, wie eine sanfte Brise über unsere Haut streicht. Wir sitzen hier so, wie Marguerite vielleicht vor fünfhundert Jahren hier gesessen hat. Ich kann es spüren, kann *sie* spüren … einen Teil des Menschen, der sie gewesen ist und was sie empfunden hat, als sie hier saß. Denn diese Empfindungen sind zu einem Teil der Landschaft geworden. Sie sind hier verwachsen, in dieser Erde. Ich weiß, das ergibt in einem historischen Kontext überhaupt keinen Sinn. Nichts davon wird bei Historikern des 21. Jahrhunderts verfangen, die mich drängen, meine Quellen offenzulegen und Beweise zu liefern, die verifiziert werden können – zum Beispiel irgendetwas, das Marguerite mit eigener Hand geschrieben hat, um ihre Gefühle zu verdeutlichen. Das kann ich natürlich nicht. Aber ist meine eigene sinnliche Erfahrung deshalb außerhalb meines Bewusstseins nichts wert?«

Maureen hielt kurz inne, ehe sie nachdenklich fortfuhr: »Kann sein, dass ich verrückt bin wie mein Vater, aber ich weiß genau, wie Marguerite sich gefühlt hat, als sie 1529 hier saß. Denn genau das fühle ich jetzt, in diesem Augenblick. Und doch werde ich nie ein Geschichtsbuch schreiben können, in dem ich das vermitteln kann. Ich kann es mit niemandem teilen – würde es aber gern mit *allen* teilen.«

Peter nickte. Er spürte ganz deutlich die Trauer seiner Cousine. Vielleicht lag es daran, dass er während Maureens schwieriger Jahre des Heranwachsens ihr engster Gefährte gewesen war. Peter hatte mit ähnlichen Konflikten zu kämpfen gehabt, als er sich für eine geistliche Laufbahn entschieden hatte. Seine Gefühle für den wahren Jesus und dessen Lehre hatten im Widerspruch zu den Lehren jener Kirche gestanden, die er einst geliebt und der er gedient hatte.

»Und welche Rolle spielt Anne Boleyn bei alledem?«, fragte er nun.

»Eine zentrale Rolle, weil alles mit ihrer Geschichte zu tun hat. Sie war nie hier, in Sabra, aber die Frau, die diesen Ort geschaffen hat, war jahrelang ihre Lehrerin. Selbst wenn wir niemals einen Brief oder ein Tagebuch gefunden hätten – wie könnten wir Anne weiterhin durch die frauenfeindliche Brille betrachten, durch die sie stets gesehen wurde, wenn wir wissen, dass sie fast zehn Jahre lang von einer Kultur geprägt wurde, die so spirituell und von so großer weiblicher Kraft erfüllt war? Das ändert alles. Genau wie Anne habe ich einige der bedeutendsten Reliquien der Christenheit gesehen – den Schädel, die Gebeine der Marien, Marthas Grab –, und es war eine bewegende Erfahrung. Aber es ist nichts verglichen mit der Kraft des Grabtuchs, denn das Grabtuch ist nicht bloß eine Reliquie, sondern der Beleg für ein Ereignis, das den Lauf der Welt verändert hat – so, wie die Begegnung mit dem Grabtuch jeden Einzelnen verändert. Ich hatte nicht geglaubt, dass das Tuch echt ist, als ihr mich praktisch gezwungen hattet, es anzuschauen. Ich habe mich sogar dagegen gewehrt. Doch wie Anne wurde auch ich von seiner Macht und seiner Aura in die Knie gezwungen. Es hat einen unauslöschlichen Eindruck bei mir hinterlassen, einer erwachsenen Frau mit der gesunden Skepsis eines Menschen des 21. Jahrhunderts. Und nun stell dir vor, wie das Grabtuch erst auf Anne gewirkt haben muss, ein halbwüchsiges Mädchen, umgeben von den mächtigsten Frauen des damaligen Europa! Frauen, die ihre Mentorinnen waren und dieses geheime Wissen mit ihr teilten! Das muss einen Menschen von Grund auf verändern.«

Peter nickte, sichtlich beeindruckt von diesem Plädoyer. »Du glaubst also, dass Annes glühender Reformeifer daher rührt, dass sie die Macht des Grabtuchs gespürt hat?«

Maureen überlegte einen Moment, ehe sie antwortete: »Ich glaube, dass alles zusammengewirkt hat. Die Anwesenheit ihrer Mentorinnen ... das berauschende Erlebnis, Zugang zur heiligsten Reliquie der Christenheit zu haben ... die unmittelbare Gotteserfahrung als Folge davon. All dies sind Bestandteile von Annes Charakter. Wenn man bedenkt, wie tief ihre spirituellen Motive waren, muss das geschichtliche Urteil über sie revidiert werden. Die allgemein verbreitete Vorstellung von Anne Boleyn als Ehezerstörerin löst sich im Licht ihrer spirituellen Hingabe vollkommen auf.«

Peter meinte nachdenklich: »Ja, Annes Hingabe war religiös motiviert und brauchte keinen Mittler. Sie konnte das Dogma nicht hinnehmen, das Frauen von der Herrschaft ausschloss und dem gemeinen Volk direkten Zugang zum Göttlichen verwehrte – Gedanken, die zu Annes Zeit als Häresie betrachtet wurden.«

»Es sind Katharer-Prinzipien«, fügte Maureen hinzu. »Vor allem aber sind sie das Rückgrat der religiösen Reform, die Anne ihrem Volk nahebringen wollte, als sie nach England zurückkehrte.«

Peter zögerte, Maureens Gedankensprung nachzuvollziehen und Anne Boleyn zu einer Art »Rächerin der Katharer« hochzustilisieren. Er wusste, dass Maureen ein schwerer Kampf bevorstand, wenn sie mit ihrer leidenschaftlichen Verteidigung Annes an die Öffentlichkeit ging. Er würde für alles offen sein, was die Zukunft brachte, musste gleichzeitig aber darauf achten, dass Maureen bei ihrem Versuch, in Anne Boleyns Rolle, ja, ihre Person zu schlüpfen, nicht übers Ziel hinausschoss, sodass sie den Blick auf die historischen Beweise verlor.

In Zukunft, das stand für Peter fest, mussten sie beide auf dem schmalen Grat zwischen Forschung und Inspiration balancieren.

Zurück in Pommes Bleues fühlte Maureen sich hin- und hergerissen, was sie als Nächstes in Angriff nehmen sollte. Sie wollte Annes erstes Tagebuch mit den historischen Quellen abgleichen, doch ebenso neugierig war sie auf den Inhalt des nächsten Tagebuchs und die Briefe.

Und da war noch Annes Augenzeugenbericht über den »Magdalenen-Disput«, woraus ihre Mitarbeit an dem Buch resultierte, das Louise von Savoyen in Auftrag gegeben hatte. Schon seit einiger Zeit wusste Maureen von der Existenz dieses Buchs, hatte bislang aber nur einen flüchtigen Blick hineingeworfen. Jetzt hatte sie die Gelegenheit. Der Ordner, den Simone de Bourbon ihr am Tag ihrer Ermordung beim Lunch gegeben hatte, enthielt sorgfältig kopierte Seiten aus *La Vie de Madeleine*. Das Original, 1515 von Herzogin Louise in Auftrag gegeben, befand sich in der französischen Nationalbibliothek, doch die hervorragenden Kopien reichten allemal für eine Recherche.

Es gab noch ein anderes Dokument, das Maureen unbedingt einsehen wollte. Es befand sich in England an der Universität Oxford, genauer gesagt: im Magdalen College in Oxford. Nicht jeder wusste, dass dieses College nach Maria Magdalena benannt war, denn die Briten sprachen es wie »Maudlin« aus, was auf einer mittelalterlichen Schreibweisenvariation beruhte, ähnlich wie Maudelyn. Doch der Gründer, Bischof William Waynflete, der unter Heinrich VI. Lordkanzler gewesen war, hatte Magdalena zur Schutzheiligen erkoren.

Unter den vielen kostbaren Schriften in der Sammlung des Magdalen Colleges befand sich auch *Das Leben der Maria Magdalena und ihrer Schwester Martha*, ein Manuskript aus dem 15. Jahrhundert, das Rabanus Maurus zugeschrieben wurde, einem angesehenem fränkischen Gelehrten des neunten Jahrhunderts. Dessen Autorschaft war jedoch von modernen Gelehrten in Frage gestellt worden, die das Alter des Dokuments nicht verifizieren konnten. Keine These – weder für noch gegen Rabanus Maurus – konnte mit Sicherheit belegt werden. So blieben das Manuskript und sein Ursprung in gewisser Weise ein Geheimnis.

Das Magdalena-Manuskript in Oxford war vermutlich eine Abschrift des Rabanus-Textes aus dem 15. Jahrhundert, möglicherweise anlässlich der Gründung des Colleges. Maureen hatte zu Beginn ihrer Magdalenenstudien eine Übersetzung dieses »Pseudo-Rabanus« gelesen, einer der ältesten Berichte über die französischen Traditionen, die sich mit der Dreieinigkeit der Provence befassten, und daher eine wertvolle Quelle für jeden Forscher, der sich für die frühchristliche Bewegung in Europa interessierte. Weil hier die Geschichte der aufblühenden Kirche in Gallien fernab vom Einfluss Roms erzählt wurde, konnte die Bedeutung dieses Textes nicht hoch genug eingeschätzt werden.

Nun wollte Maureen das Originaldokument in Oxford einsehen und einen Historiker über Bischof Waynflete und dessen Verehrung der Magdalena befragen. Ihrer Überzeugung nach hatte Waynflete weiterreichende Ziele, als er im Jahre 1458 das College gegründet hatte. Sein König, Heinrich VI., war psychisch labil gewesen, und seine aus Frankreich stammende Königin hielt an der Macht für das Haus Lancaster fest, was schließlich zu den Rosenkriegen führte.

Nicht zufällig war die Königin von England zu jener Zeit niemand anderes als Margarete von Anjou – die Tochter des Guten Königs René, der seine Burg in Tarascon gebaut und sein Leben den Legenden der provençalischen Heiligen gewidmet hatte.

In späteren Jahren gründete Bischof Waynflete ein weiteres Magdalen College in seinem Geburtsort in Lincolnshire und stiftete als Lordkanzler ein Magdalenen-Krankenhaus. Überdies war er in der Magdalenenkapelle der Winchester-Kathedrale begraben. Maureen fand, dass diese vielen Verbindungen nicht ignoriert werden durften.

Aber sie wollte es nicht bei Oxford belassen. An der Cambridge University existierte ebenfalls ein Magdalene College, das als Oxfords »Schwester«-Fakultät betrachtet wurde und dessen Schutzheilige ebenfalls Magdalena war. In Cambridge wurde später ein »e« an »Magdalen« angehängt – angeblich, weil die britische Post auf diese Weise zwischen den Colleges in Oxford und Cambridge unterscheiden wollte.

Maureen fand das französische Motto des Cambridger Colleges bedeutsam: *Garde ta Foy* – »Bewahre deinen Glauben«. Natürlich konnte die Erklärung in der Tradition begründet liegen, doch aufgrund ihrer in Frankreich gemachten Erfahrungen hegte Maureen den Verdacht, dass dieses Motto irgendeine

Verbindung zu einer Geheimgesellschaft anzeigte. Mitglieder eines umstrittenen, möglicherweise ketzerischen Ordens mussten schließlich ihren Glauben bewahren. Außerdem fiel Maureen auf, dass eine große Zahl von Aristokraten aus dem Hause Tudor großzügig für das Magdalene College in Cambridge gespendet hatte, darunter Annes Onkel, der Herzog von Norfolk.

Maureen hatte noch nie eine ernst zu nehmende Untersuchung darüber gelesen, warum ausgerechnet diese beiden wichtigen Colleges nach Maria Magdalena benannt worden waren, oder warum gerade diese Heilige von mächtigen englischen Lords so verehrt wurde. Lehrinstitute von Weltrang waren nach einer Frau benannt, die von traditionellen Christen im 15. und 16. Jahrhundert als reuige Sünderin betrachtet wurde? Warum?

Konnte das alles Zufall sein?

Maureen hatte während ihrer langen Forschungsarbeit gelernt, dass solche Spuren bis zu ihrem Urgrund verfolgt werden mussten.

Wenn sie zur Vorbereitung der Tagung über die Anne-Boleyn-Forschung nach England reiste, würde sie mit Berenger ein paar Tage früher aufbrechen, damit für solche Recherchen Zeit blieb.

Vorerst arbeiteten Peter und Maureen weiter an der Übersetzung des ersten Tagebuchs, das 1514 in Mecheln begann und 1516 in Frankreich endete. Das zweite Tagebuch jedoch sollte sich als weitaus komplizierter erweisen, denn es gab große zeitliche Lücken zwischen dem Tagebuch und mehreren Briefen.

»Das zweite Buch fängt 1524 an«, sagte Peter.

Maureen schüttelte den Kopf. »1524? In England?« Sie stellte sich hinter ihn und las über seine Schulter mit.

»Nein, wie es aussieht, ist sie da immer noch in Frankreich«, erwiderte Peter.

»Das ist nicht möglich. Anne ist Ende 1521 von Frankreich nach England gereist.«

»Könnte doch sein, dass sie später nach Frankreich zurückgekehrt ist, oder? Hier ist ein Brief, den sie 1524 auf Schloss Blois geschrieben hat.«

Maureen war verwirrt und mehr als überrascht. Was Anne Boleyn betraf, gab es zwischen 1522 und 1527 einen historischen Blackout. Während dieser langen Zeitspanne war nichts über sie berichtet worden. Allgemein waren die Historiker der Auffassung, dass sie sich in England aufgehalten habe – nach Maureens Einschätzung reine Spekulation, denn nirgendwo war Annes Aufenthaltsort angegeben worden. War sie während dieser Zeit in Frankreich gewesen? Wenn diese Annahme zutraf – und Annes Tagebücher schienen sie zu stützen – konnte es ein akademisches Erdbeben auslösen.

Es war dokumentiert, dass Anne Boleyn Ende 1521 aus Frankreich zurückbeordert wurde, nachdem sie mit ihrer »spirituellen Familie« sechs glückliche Jahre verbracht hatte. Sie hatte bei sechs Geburten Königin Claudes Hand gehalten. Sie hatte geholfen, die kleine Prinzessin Louise zu beerdigen, Claudes erstgeborene Tochter, die einen Monat nach ihrem zweiten Geburtstag starb, ein herber Schlag für die königliche Familie. Doch zu dem Zeitpunkt war Claude bereits wieder schwanger gewesen; fünf Monate später gebar sie ihren Sohn François, und die Freude über den erstgeborenen Sohn linderte den Schmerz über den Verlust ein wenig.

Im Jahre 1521 war Claude bereits vierfache Mutter. Sie hatte Charlotte, François, Henri und eine kleine Tochter namens Madeleine, die nach der Schutzheiligen der Familie getauft war.

Anne war zu diesem Zeitpunkt zwanzig und eine wichtige Figur auf dem Schachbrett der politisch motivierten Ehen. Die

Männer ihrer Familie fanden es nun an der Zeit, sie nach England zurückzuholen und sich ihre wertvolle Erziehung nutzbar zu machen. Später sollte Anne erfahren, dass dies hauptsächlich auf Betreiben ihres Onkels Thomas Howard und nicht etwa ihres Vaters geschehen war.

König Franz betrachtete Annes Abreise nicht nur als Kränkung seiner Familie, sondern auch als Zeichen dafür, dass England sich Spanien annäherte. War das Mädchen etwa deshalb heimgeholt worden, weil Frankreich Krieg drohte, möglicherweise aufgrund einer englisch-spanischen Allianz? Doch Thomas Boleyn, Gesandter Heinrichs am französischen Hof, konnte Franz beruhigen, indem er ihm versicherte, Annes Abreise habe nichts mit Staatsgeschäften zu tun.

Dass der König von Frankreich sich solche Sorgen wegen Annes Abreise machte, zeigte nur zu deutlich, wie wichtig sie für seine Familie geworden war.

Ende 1521 begleitete Thomas Boleyn seine Tochter zurück nach England. Es kursierten Gerüchte, Kardinal Wolsey wolle Anne mit einem irischen Landedelmann verheiraten – ein Schachzug, von dem das Haus Howard, Wolsey selbst und Thomas Boleyn profitieren würden. Kardinal Wolsey traf zu jener Zeit viele Entscheidungen für den König, und wer sich ihm bei Hofe widersetzte, war seines Lebens nicht mehr sicher. Thomas Boleyn jedenfalls war viel zu klug, um sich gegen den Kardinal und Lordkanzler zu stellen. Wenn Wolsey eine Boleyn-Tochter im Spiel haben wollte, dann sorgte Thomas eben dafür, dass sie auf dem Spielbrett stand. In welche Richtung sie dann gezogen wurde, stand auf einem anderen Blatt.

Nachdem Maureen eine Reihe von Dokumenten und Berichten jener Zeit gelesen hatte, kamen ihr die Gründe für Annes Rückkehr nach England zunehmend merkwürdig vor. Die Angelegenheit war kompliziert. Sie hatte mit Boleynschem Besitz in Irland zu tun, mit der Einmischung der Howard-Seite der Familie und damit, welchen Nutzen der König – oder Wolsey als sein Stellvertreter – aus dem Heiratsgeschäft ziehen würde. Klar schien nur zu sein, dass die Boleyns gar nicht so versessen darauf waren, Anne nach Irland aufs Land zu verheiraten. Obwohl die Heirat Thomas' Anspruch auf seinen umstrittenen Familienbesitz auf der Grünen Insel sichern würde, war dies nicht der Hauptgrund für die Verbindung. Thomas Boleyn hatte nicht so viele Jahre in die Erziehung seiner kostbaren Tochter investiert, um sie auf einer irischen Kuhweide verschwinden zu sehen.

Die irische Verlobung löste sich also wegen zu vieler Unwägbarkeiten und, wie Maureen glaubte, vor allem wegen des geschickten Taktierens von Annes Vater auf. Obwohl traditionelle Tudor-Biografen dazu neigten, Thomas Boleyn als windigen Aufsteiger zu zeichnen, der seine beiden Töchter nur zu gern Königen ins Bett gelegt hätte, sah Maureen ein anderes Bild Gestalt annehmen. Der Mann, den Erasmus »einen der größten Humanisten Englands« genannt hatte, schien sich doch einige Gedanken über das zukünftige Geschick seiner kostbaren Tochter gemacht zu haben.

Im März 1522 gab Anne Boleyn am englischen Hof anlässlich eines Frühjahrsturniers ihr Debüt. Das Turnier hatte sich aus den Ritterspielen an den Troubadourhöfen in Okzitanien und der Provence entwickelt, die auch in Burgund sehr beliebt waren. Die adeligen Herren verkleideten sich als Ritter und die Damen als züchtige Burgfräulein, die ihrer Rettung harrten. Das Maskenspiel, das am Abend aufgeführt wurde, trug den Titel »Angriff auf Château Vert«, und acht Damen am Hofe stellten die Tugenden dar. Die weibliche Hauptrolle war die Schönheit, dargestellt von der Schwester des Königs und Königinwitwe Frankreichs, Mary Tudor Brandon. Mary Boleyn verkörperte die Freundlichkeit; Jane Parker, die bald darauf George Boleyn heiraten sollte, die Beständigkeit. Andere Frauen stellten die Ehre, die Wohltätigkeit, die Gnade und das Mitleid dar. Anne Boleyn schließlich sollte die Tugend der Beharrlichkeit verkörpern.

Hatte Anne diese Tugend selber ausgewählt?, überlegte Maureen. Schließlich war die Beharrlichkeit jene Tugend, die von den Anhängern Magdalenas am meisten geschätzt wurde! Hatte Anne vielleicht sogar das Stück ausgewählt? Der Angriff auf das Château Vert war ein Troubadourthema und damit zweifellos auch ein Thema der Katharer; im 12. und 13. Jahrhundert waren diese Kulturen ein und dasselbe gewesen. Troubadour-Burgen waren während der Kreuzzüge angegriffen worden, und ein hoher Blutzoll wurde gezahlt. Hatte Anne einen winzigen Teil der französischen Geschichte in das Maskenspiel eingebracht?

Die Berichte über das Stück waren deswegen so ausführlich, weil es höchst unterhaltsam gewesen war. Der König persönlich hatte die Rolle des ersten Ritters übernommen. Anne wurde allerdings nicht erwähnt – bis auf die Tatsache, dass sie die Beharrlichkeit verkörpert hatte.

Der Geschichtsschreibung zufolge war die nächste Episode von Annes Leben in England ihre mögliche »Beziehung« zu Henry Percy, dem Erben der Grafschaft von Northumberland. Wieder war es ein feindseliger Chronist, der zwei Jahrzehnte nach Annes Tod darüber geschrieben hatte. Überhaupt überwog im gesamten 16. Jahrhundert die Verdammung ihrer Person. Nach ihrer Verurteilung und Hinrichtung konnte alles, was zu Annes Gunsten gesagt wurde, als Hochverrat ausgelegt werden; deshalb waren solche Darstellungen entweder vernichtet oder gar nicht erst zu Papier gebracht worden.

Maureen stellte fest, dass moderne Tudor-Historiker die Beziehung zwischen Anne Boleyn und dem jungen Henry Percy sehr unterschiedlich bewerteten. Manche beharrten darauf, dass eine heimliche Verlobung bestanden haben müsse, sogar eine

Liebesaffäre. Andere Gelehrte waren bestrebt, die Verbindung nicht überzubewerten. Als Erbe einer mächtigen und reichen Grafschaft hatte Henry Percy seine Braut nicht selbst wählen können. Die Erlaubnis zur Verlobung lag in den Händen des Königs, der auch Henrys Vater in die Entscheidung mit einbezog. Und der ältere Percy, Earl von Northumberland, hatte bereits eine junge Frau namens Mary Talbot, Tochter des Earls of Shrewsbury, zur Frau seines Sohnes bestimmt.

Ferner war der junge Henry Percy ein Page und Günstling im Hause von Kardinal Wolsey. Der allmächtige Kardinal hatte sicher auch ein Wort mitzureden, als es um die Zukünftige seines geschätzten Pagen ging. Und Wolsey stellte sich auf die Seite des alten Grafen und unterstützte die Verlobung mit Mary Talbot. Anne kam als Percys Braut also nicht infrage.

Obwohl offensichtlich war, dass zwischen den beiden etwas vorgefallen sein musste, war Maureen überzeugt, dass es eher jugendliche Vernarrtheit gewesen war als wahre Liebe. Es war natürlich gut möglich, sogar sehr wahrscheinlich, dass Henry Percy sich in die kultivierte, schöne Brünette verliebt hatte, die aus den Schlössern Frankreichs in ihr Heimatland zurückgekehrt war. Es war ebenso möglich, dass Anne ihrerseits Henry Percy anziehend gefunden hatte. Er war gebildet und wohlerzogen, wie es seinem Status als Erben von Northumberland entsprach. Anne war den Umgang mit der königlichen Familie und hochrangigen Aristokraten ja durchaus gewöhnt; sie genoss kluge Gespräche und hohe Kultur. Einen Mann in ihrem Alter, der ihr beides bieten konnte, hätte sie sicherlich anziehend gefunden.

Wegen der Percy-Episode bezeichneten manche Historiker Anne seit ihrer Ankunft am englischen Hofe als »Goldgräberin«, weil sie die Möglichkeit gesehen habe, in eine Grafenfamilie einzuheiraten und sozial aufzusteigen. Maureen hielt das für unwahrscheinlich. Die Anne, die sie immer besser kennenlernte, wusste vornehme Herkunft zu schätzen, doch sie kannte auch ihren eigenen Wert. Und niemals hätte sie ihre Seele für einen Grafentitel verkauft.

Was auch immer zwischen Anne und Henry Percy geschah, rief im inneren Zirkel der Macht Fassungslosigkeit hervor. Es hieß, Heinrich sei erbost gewesen, dass der jüngere Percy es wagte, ohne königliche Erlaubnis heiraten zu wollen – obwohl es vermutlich eher Wolsey war, der sich darüber ärgerte. Der Kardinal schalt Henry öffentlich für sein Benehmen und befahl ihm, unverzüglich die Verlobung mit Mary Talbot anzuzeigen. Percy gehorchte. Anne sah er nie mehr wieder.

Die Mehrzahl der Boleyn-Historiker vertrat die Ansicht, dass Anne nach der Percy-Affäre in Ungnade gefallen und vom Hof verstoßen worden sei; das sei der Grund, warum man in den nächsten vier Jahren nichts mehr von ihr hörte. Maureen durchforstete sämtliche Bücher und Quellen nach Hinweisen darauf, wo Anne sich während dieser »verlorenen Jahre« aufgehalten haben könnte. Sie fand nichts.

War es möglich, dass die verführerische Tochter eines beliebten Höflings und Vertrauten des Königs jahrelang in Abgeschiedenheit auf dem Familiensitz in Kent schmachtete, und das nur wegen einer unbedachten Liebelei? Das kam Maureen reichlich unwahrscheinlich vor. Außerdem gab es das nicht zu unterschätzende Detail, dass Thomas Boleyn während dieser Zeit Botschafter in Frankreich war und regelmäßig zwischen den Königshöfen hin und her reiste. Dieser Umstand wurde von der traditionellen Geschichtsschreibung kaum beachtet, was Maureen für einen Fehler hielt. Schließlich war Thomas ein wichtiger Schlüssel zu den verlorenen Jahren der Anne Boleyn.

Maureen grub weiter, bis sie in zwei voneinander unabhängigen Dokumenten aus dem 17. Jahrhundert Hinweise auf Annes Aufenthaltsort in den Jahren 1524 und 1525 fand. Kein Wort davon, dass Anne sich in England grämte! Sie blies keineswegs

Trübsal wegen Henry Percy oder vergrub sich voller Scham in Hever Castle. Es gab eine logische Erklärung, warum sie während der Zeitspanne von 1524 bis 1526 nicht in England erwähnt wurde: Weil sie nicht dort war!

Anne Boleyn kehrte im Jahre 1524 auf Bitten der französischen Königsfamilie nach Frankreich zurück – mit Unterstützung und unter dem Schutz ihres Vaters.

*Château Blois*
*Frühling 1524*

»Die Zeit kehrt wieder – und Anne ebenso!«

Prinzessin Renée war kein kleines Mädchen mehr, doch als Anne in der Tür stand, lebte die alte Begeisterung für die Spielgefährtin ihrer Kindertage wieder auf. Renée quietschte vor Freude, stürzte Anne entgegen und gab ihr einen herzhaften Schmatz auf beide Wangen.

Renée zählte fast vierzehn Jahre, und jeder Zoll an ihr war eine Prinzessin. Sie war selbstsicher und hochgebildet; die besten Lehrer aus Frankreich und Italien hatten ihr eine humanistische Erziehung zuteil werden lassen. Außerdem war sie ausgesprochen hübsch und litt nicht unter den körperlichen Nachteilen ihrer Schwester. Ihre kastanienbraunen Locken waren mit Kupfertönen durchsetzt, ein attraktiver Kontrast zu ihren grün-braunen Augen, deren Grün intensiver wurde, wenn sie glücklich oder aufgeregt war – so wie jetzt.

»Oh, Renée, wie hübsch du geworden bist!«

Schon die Art der Begrüßung hatte gezeigt, wie eng die Freundschaft zwischen Renée und Marguerite geworden war, was Anne allerdings schon wusste. Während der zweieinhalb Jahre ihrer Abwesenheit hatten die beiden fleißig miteinander korrespondiert. Thomas Boleyn beförderte die Briefe zwischen seiner Tochter und ihrer »spirituellen Familie«. Auch er wurde als Mitglied dieser Familie betrachtet und war ein Günstling des französischen Herrscherhauses geworden. Louise nannte ihn »mein Boleyn«. Sie mochte seinen Charme und seinen Esprit, doch wichtiger noch war, dass Thomas Boleyn die Ziele und Ideale ihres spirituellen Engagements in Ehren hielt. Er war ein engagiertes Ordensmitglied und hatte geschworen, das Wort Jesu unmittelbar dem Volke zu bringen.

Thomas hatte Anne stets über die Neuigkeiten in Frankreich auf dem Laufenden gehalten und ihr die neuesten Traktate und Bibelübersetzungen vom Kontinent mitgebracht, die er in einem Geheimfach in einer seiner Reisetruhen schmuggelte. Dies war notwendig, weil manche der Schriften von der Kirche in England als Häresie verdammt worden waren. Die wachsende Nachfrage nach einer Übersetzung der Evangelien in die Volkssprache hatte die traditionellen Katholiken in Panik versetzt. Kardinal Wolsey bestrafte jeden, bei dem eine Übersetzung gefunden wurde. Er ließ einen riesigen Scheiterhaufen vor der St. Pauls-Kathedrale errichten, auf dem die konfiszierten Schriften verbrannt wurden. Es war ein gewaltiges Feuer – und ein Zeichen dafür, wie stark die geheime Bewegung geworden war.

Auf dem Kontinent hatte Papst Leo X. gegen den deutschen Reformator Luther den Kirchenbann verhängt, da dieser seine umstrittenen Schriften gegen den Ablasshandel der katholischen Kirche nicht widerrufen hatte. Obwohl von Luther beeinflusste Schriften in reformierten Kreisen nur heimlich gelesen wurden, war allein schon ihre Verbreitung gefährlich. Natürlich las man sie in den fortschrittlichen Humanistenzirkeln, denen ein Thomas Boleyn angehörte, doch in Frankreich hielt man sich von solcher Radikalität lieber fern. Die französischen Reformer forderten Veränderung innerhalb der Kirche, nicht Loslösung. Die königliche Familie glaubte fest daran, dass Fortschritte in Zusammenarbeit mit der Kirche zu erzielen seien, indem man zu Übersetzungen der Bibel in die Volkssprache anregte.

Ängstlich warteten Anne und George nach jeder diplomatischen Mission auf die Rückkehr des Vaters. Die drei verbrachten Stunden damit, über die Bedeutung der neuesten Traktate zu diskutieren sowie über die rasche Ausbreitung der Reformation auf dem Kontinent.

Während Anne in England weilte, vermisste sie Frankreich sehr. Ihre provinzielle Heimat langweilte sie und ließ sie unruhig werden. Hier schienen nur Unterdrückung und konservative Tradition zu herrschen. Anne fehlte der freimütige intellektuelle Austausch des französischen Hofes.

Thomas Boleyn war maßgeblich an der Rückkehr seiner geliebten Tochter an den französischen Königshof beteiligt. Die Bitte war von der gesamten Familie ausgegangen, auch vom König selbst, nachdem man erfahren hatte, dass Anne nicht verlobt war und es auch sonst nichts gab, was sie in England hielt. Thomas hatte geduldig den rechten Zeitpunkt am englischen Hofe abgewartet, um den Vorschlag zu machen, dass Anne nach Frankreich zurückkehren solle. Schließlich war es seine älteste Tochter Mary Boleyn, die für den richtigen Augenblick sorgte und zugleich die Erlaubnis ermöglichte. Mary hatte 1520 den jungen Aristokraten William Carey geheiratet, einen der Kammerdiener König Heinrichs. Der König selbst war bei der Hochzeit anwesend und hatte das Paar großzügig beschenkt, doch es hieß, dass er von der Schönheit der Braut so geblendet war, dass er sie für sich haben wollte. Außerdem waren Heinrich Gerüchte zu Ohren gekommen, Mary sei früher Mätresse des französischen Königs gewesen, und er wollte Franz in nichts nachstehen. Mary war offenkundig geblendet von der Aussicht auf die Macht, die der Status einer Mätresse verlieh, und vertauschte ihr Ehebett willig mit dem des Königs. Heinrich beschenkte William Carey großzügig mit Ländereien und Titeln, damit er die Augen vor der Schande verschloss und die mitleidigen Blicke der Höflinge über sich ergehen ließ. Ein gehörnter Ehemann zu sein war gewinnträchtig, wenn der Rivale der König war.

Wegen Heinrichs heißer und skandalöser Affäre mit Mary hielt Thomas Boleyn den rechten Zeitpunkt für gekommen, um Annes Rückkehr nach Frankreich zu erbitten. Er argumentierte, seine jüngere Tochter sei eine wertvolle Agentin im französischen Königshaushalt; obendrein könne ihre Anwesenheit als Zeichen guten Willens zwischen den beiden Königreichen gewertet werden. Ob es Mary interessierte, wo ihre Schwester sich aufhielt, war ungewiss. Jedenfalls sah Anne sie zum Abschied nicht. Doch die Schwestern waren einander so fremd geworden, dass es ohnehin keine Rolle spielte.

Auf der Reise brachte Thomas seine Tochter hinsichtlich aller Beziehungen, Veränderungen und neuester Entwicklungen in Frankreich auf den neuesten Stand. Prinzessin Renée, so sagte er, wachse zu einer der »Unseren« heran; ihr aufblühender Glaube sei verheißungsvoll. Sie beschreite den Weg, den ihre ältere Schwester Claude nie genommen hatte: den aufgeklärten spirituellen Weg der Frauen aus königlichem französischem Geblüt.

»Hast du es schon gehört?«, riss Renée Anne aus ihren Gedanken. »Ich bin vor Kurzem Herzogin geworden! Und nicht bloß Herzogin von irgendwo, sondern Herzogin von Chartres!«

»Chartres!« Anne schnappte nach Luft. »Nein, das hat mir keiner gesagt. Wie wundervoll für dich!«

Sie spürte Marguerites Einfluss hinter dieser Entscheidung. Chartres war seit dem dritten Jahrhundert das spirituelle Herz des Ordens vom Heiligen Grab in Frankreich. Immer schon waren Frauen in die Regierung des Herzogtums einbezogen gewesen und hatten sich um die Verwaltung der majestätischen Kathedrale gekümmert, wenn auch meist hinter den Kulissen. Der König sorgte stets umsichtig für eine Verwalterin, die für die Position geeignet war, damit daraus keine Reibungen zwischen dem Orden und der Kirche erwuchsen. Chartres war lediglich vierzig Meilen von Paris entfernt, doch es war eine andere Welt. War die Sorbonne der Herzschlag des orthodoxen Katholizismus in Frankreichs Norden, war Chartres sein Gegenpol der Toleranz und spirituellen Entfaltung.

Renée hatte Chartres durch einen Handel mit dem König erhalten. Auch Renée hatte ein Anrecht auf das Herzogtum Bretagne gehabt, und im Austausch für ihren Anteil daran würde der König sie zur Herzogin von Chartres ernennen. Es war für alle Beteiligten ein gerechter und glücklicher Abschluss.

Während Claude sich mit ihrer Rolle als Königin und Mutter zukünftiger Thronerben zufriedengab, wollte die wissbegierige Renée die Welt um sie herum verstehen. Sie wollte dabei sein, wenn die Erwachsenen ihre geheimen Versammlungen abhielten. Ihr Weg würde sich sehr von dem Claudes unterscheiden, daran hegte Anne keinen Zweifel. Renée war immer schon eine komplizierte Frau gewesen, voller Willensstärke, Empfindsamkeit und Klugheit. Ihr Chartres als Herzogtum zu geben, war ein Geniestreich, denn Renée war von dem legendären Ort und allem, wofür er stand, völlig verzaubert.

»Es ist, als wäre ich die Herzogin des Himmels!«, schwärmte sie. »Oh, Anne, du musst mit uns kommen. Warte nur, bis du das Labyrinth in der Kirche siehst! Und die Fenster! Sie sind von einem Blau, schöner als der Himmel. Wir werden Vorbereitungen für die Reise treffen, sobald es Claude ein bisschen besser geht.«

Bevor Anne an diesem Abend zu Bett ging, machte sie eine kurze Bestandsaufnahme ihrer neuen Umgebung. Sie war in einem Zimmer im neuen Flügel des prachtvollen Schlosses Blois untergebracht. Es war ein luxuriöses Gemach; die Familie Angoulême gab sich nie mit dem Zweitbesten zufrieden. Mit einem freudigen Ausruf entdeckte Anne ein kleines Schreibpult. Außerdem wartete dort ein Geschenk für sie. Anne klappte den

Deckel des Holzkästchens auf, das mit den Wappen von Savoyen und Angoulême verziert war – es war Louises Wappen, was sie überraschte und zutiefst rührte. In dem Kästchen lagen Papierbögen, die mit einer zierlichen Handschrift bedeckt waren. Bei näherem Hinsehen stellte Anne fest, dass es sich um Psalmen auf Französisch handelte. Ein Hinweis von Louise lag auf dem Stapel:

*Willkommen daheim, petite Boleyn! Ich empfehle Dir, dass Du jeden Morgen Deinen Tag mit einem dieser Psalmen begrüßt. Mögen sie Dir ebenso gute Dienste leisten, wie Du sie uns stets geleistet hast.*
*Le temps revient, L*

Die liebevolle Mitteilung von Herzogin Louise kam völlig unerwartet. Anne wischte sich eine Träne von der Wange, bevor sie auf die Seiten tropfen und die Tinte verschmieren konnte. Ihr fiel auf, dass Louise sie als *la petite Boleyn* ansprach und nicht als Anne. Vielleicht, überlegte Anne, war es ein Hinweis auf die wachsende Freundschaft zwischen ihrem Vater und Louise. Madame Margarete hatte ebenso große Stücke auf ihn gehalten und sie, Anne, bei demselben Kosenamen gerufen.

Anne machte sich Sorgen um Königin Claude, die den größten Teil des Tages im Bett verbrachte. Seit sie vor acht Monaten Prinzessin Marguerite, ihr siebtes Kind, zur Welt gebracht hatte, lag sie entkräftet danieder. Hinter vorgehaltener Hand flüsterten die Höflinge, Franz habe Claude mit einer Krankheit angesteckt, die das Ergebnis seiner häufigen Untreue sei.

Anne war nicht geneigt, solchen Gerüchten zu glauben. Sie kannte Claude nun bald zehn Jahre und wusste, dass die zierliche Königin noch nie robust und kerngesund gewesen war.

Neben ihrer Rückgratverkümmerung und dem Hinken war Claude immer schon anfällig für Krankheiten gewesen. Selbst Wetterumschwünge konnten bewirken, dass sie tagelang das Bett hüten musste. Nahm man hinzu, dass sie entweder schwanger war oder sich gerade von einer Niederkunft erholte, war es kein Wunder, dass ihr ausgelaugter Körper bereits im Alter von vierundzwanzig Jahren kapitulierte.

Am Tage wurden die Kinder oft von ihren Kinderfrauen und Erziehern in die Gemächer der Königin gebracht, damit Claude ein wenig Zeit mit ihnen verbringen konnte. Weilte der König im Schloss, wurde im Familienkreis gespeist, falls es Claude gut genug ging, dass sie sich ankleiden konnte. Sie machte ein tapferes Gesicht und versuchte, für ihre Kinder da zu sein, doch mit jedem Tag fiel es ihr schwerer.

Marguerite war für die französischen Prinzessinnen mittlerweile zu einer liebevollen Tante geworden. Stets übernahm sie die repräsentativen Pflichten, wenn Claude nicht dazu in der Lage war, besonders jene Aufgaben, die körperliche Kraft und Durchhaltevermögen erforderten. Die Königstöchter großzuziehen, war inzwischen die wichtigste dieser Aufgaben. Marguerite verbrachte viel Zeit mit der ältesten Prinzessin Charlotte, die sieben Jahre zählte. Sie war ein hübsches, lebhaftes und außergewöhnlich kluges Kind mit kupferfarbenem Haar und blau-grünen Augen. Was die Gesichtszüge betraf, schlug sie ihren Savoyen-Vorfahren nach; mit ihren hohen Wangenknochen und der zierlichen Figur sah sie Louise sehr ähnlich. Marguerite unterrichtete sie in Sprachen und Literatur und nannte sie zärtlich »meine Kleine«. Mochte Charlotte auch von Claude geboren sein – im Geiste war sie Marguerites Tochter.

Anne konnte kaum noch Zeit mit Marguerite allein verbringen, da diese ganz und gar von den Prinzessinnen und den Repräsentationspflichten in Anspruch genommen wurde. Außerdem hatte sie wegen Claudes schwindender Gesundheit viel mit ihrem Bruder und der Schwiegermutter der Königin zu besprechen.

Auch Prinzessin Renée ging geduldig mit ihren Nichten um, was angesichts der unsterblichen Liebe zu ihrer Schwester kaum verwunderlich war. Die kleine Madeleine war erst vier und wurde meist von ihrem Kindermädchen betreut, aber Renée liebte es, ihr etwas vorzusingen und brachte ihr *Notre Père*, das Vaterunser, in Liedform bei. Auch Marguerite war in das kleine Mädchen vernarrt und nannte es *petite Marie-Madeleine*.

Wie damals Margarete wurde die Herzogin von Alençon nach und nach zur Mentorin für jene Mädchen, die eines Tages in Europa herrschen würden. Die königliche Familie beratschlagte schon jetzt über Renées Zukunft. Mit welcher Heirat wäre beiden Zielen – denen Frankreichs und denen des Ordens – am besten gedient?

Obwohl ein Heer dienstbarer Geister zur Versorgung der Königskinder bereitstand, verfolgte die Familie Angoulême-Savoyen hartnäckig die Philosophie, die Louise bei ihrem Nachwuchs angewendet hatte: eine enge Familienbindung in allen Fragen von Erziehung und Bildung. Die drei Prinzen waren in einem eigenen Schlossflügel untergebracht und wurden ausschließlich von Dienern betreut, die vom König und seiner Mutter sorgfältig ausgesucht worden waren. Der kleine François, der Dauphin, war sechs Jahre alt, sein Bruder Henri fast fünf und Charles, der Kleinste, zwei Jahre. François war das Ebenbild seines Vaters und wurde von diesem abgöttisch geliebt. Henri war ein fröhlicher Junge, der eher nach Claude und dem Haus Valois schlug, und Charles war der typische Hosenmatz. Die Knaben standen die meiste Zeit unter der Aufsicht eines hübschen jungen Mannes, den Anne sehr mochte. Sein Name war Jean de Dinteville. Gaucher, sein Vater, stand bereits im Dienst des Königs, als Jean noch ein kleiner Junge gewesen war.

Die Dintevilles waren alter französischer Adel und dienten dem Haus Angouléme seit Menschengedenken. Jean de Dinteville war drei Jahre jünger als Anne und erst an den Hof gekommen, als Anne bereits zur Abreise rüstete, daher kannte sie ihn nicht gut, erinnerte sich aber an einen schüchternen, ernsten, gutmütigen Burschen.

Als Dinteville eines Nachmittags mit den kleinen Prinzen zum Besuch bei der Königin erschien, leuchteten seine Augen bei Annes Anblick freudig auf.

»Mademoiselle Boleyn! Unsere englische Rose ist wieder da!«

Annes Begrüßung war ebenso herzlich. Jean hatte sich während der drei Jahre ihrer Abwesenheit vom Jungen zum Mann entwickelt. Und zu ihrer großen Überraschung beugte sich der einst so schüchterne Junge nun vor und flüsterte ihr ins Ohr: »Ihr wisst, dass heute Abend eine Versammlung stattfindet? *Le temps revient?* Um neun Uhr?«

Anne schüttelte den Kopf. Sie wusste von keiner Versammlung. »Ich bin gerade erst angekommen und muss mich erst wieder in alles einfinden. Die Herzogin von Alençon wollte mich am Nachmittag sprechen – ich bin sicher, sie wird mir alles Wichtige erzählen.«

Dinteville nickte nur und verneigte sich tief. Als er sich abwandte, um die Prinzen zu ihrer Mutter zu bringen, zwinkerte er ihr zu.

Anne war fasziniert, hatte aber kaum Gelegenheit, über die unerwartete Begegnung nachzudenken. Wenige Minuten später betrat Diana von Poitiers Claudes Gemächer. Diana war so schön wie eh und je und zeigte sich aufrichtig erfreut, Anne wiederzusehen. Diana, so schien es, war aus dem Dienst der Königin in den von Louise und Marguerite gewechselt. Die Sorge um Claude oblag nun den Ärzten und Frauen von niedrigerem Rang, die lediglich Laken wechselten und sich um die körperlichen Bedürfnisse der Königin kümmerten. Nur wenn Claude zum Essen angekleidet werden sollte, griff sie auf die Unterstützung von Hofdamen wie Diana und Anne zurück.

Diana hatte eine wunderschöne Singstimme, und nichts beruhigte Claude mehr als Musik. Als Claude wieder einmal Dianas Vortrag wünschte, begleitete Anne sie auf der Laute und wechselte sich mit Diana ab. Prinzessin Renée, die im Nebenzimmer gelesen hatte, gesellte sich bei den ersten Tönen zu ihnen.

»Wie in alten Zeiten«, sagte Claude. »Nur dass unsere Renée jetzt schon groß ist. Ich danke dir, Anne, dass du wiedergekommen bist. Du hast mir so gefehlt! Und die schöne Zeit, die wir zusammen hatten!« Anne nahm die dargereichte Hand und küsste sie. Tränen glänzten in den Augen der Königin, als sie Anne die Hand drückte.

»Und ich habe Euch vermisst, Mylady«, erwiderte Anne, wobei sie versuchte, ihre Trauer beim Anblick der Kranken nicht zu zeigen. »Es ist mir eine Ehre, wieder in Frankreich zu sein und Euch dienen zu dürfen.«

Claude ließ sich in die Kissen sinken und schloss die Augen, um sie kurz darauf wieder zu öffnen. »Anne, Diana«, sagte sie. »Ich werde jetzt ruhen. Ich gebe euch den Abend frei, dann könnt ihr ihn mit unserer Schwester Marguerite verbringen. Geht nur. Die anderen Frauen können sich den Rest der Nacht um mich kümmern. Aber ich bin sicher, ich werde gut schlafen. Gute Nacht, meine Lieben.«

Diana wirkte erschrocken, dass Claude von der geheimen Verabredung mit Marguerite wusste. Anne hingegen war nicht überrascht. Die harmlose, freundliche Claude wurde oft unterschätzt, doch sie hatte nicht umsonst die Erziehung einer überaus klugen Mutter genossen. Schon als Prinzessin hatte Claude gelernt, die verborgenen Informationskanäle in einem Schloss anzuzapfen. Es wirkte immer so, als hätte sie nicht das Geringste mit Staatsgeschäften und den Machenschaften bei Hofe zu tun, doch Claude war über die meisten Geheimnisse bestens informiert. Außerdem hatte Marguerite keine Geheimnisse vor ihr. Die junge Königin nahm zwar an keiner Versammlung teil, hatte aber auch nichts dagegen einzuwenden.

Diana erklärte Anne in hastigen Worten, dass der König und seine Mutter mit einem Abgesandten aus Venedig speisten, und dass »alle« sich in Marguerites Salon zu einer Versammlung des Ordens einfinden sollten. Diese Versammlungen, von Marguerite schlicht »Salons« genannt, fanden regelmäßig statt – immer dann, wenn die Zeit es erlaubte, und dafür sorgte Marguerite. Es war ein Spiel mit Worten: Wenn ein Salon anstand, gingen bei Hofe die mündlichen Einladungen herum. Man benutzte den Code *Le temps revient* und dazu die Uhrzeit.

*Die Zeit wird kommen – heute Abend um neun.*

Marguerite ließ Anne bereits eine Stunde vor Beginn der Versammlung zu sich kommen, denn sie hatten sich viel zu erzählen. Marguerite begrüßte ihre junge Freundin mit dem traditionellen Doppelkuss, hielt sie dabei aber lange im Arm.

»Wir haben dich schrecklich vermisst! Oh, und ich habe eine hübsche Überraschung für dich. Sie wird dir gefallen. Komm!«

Sie führte Anne durch die strahlend weißen Korridore des neuen Flügels und berichtete von den kürzlich erfolgten Renovierungen. Nachdem Blois fertiggestellt war, erzählte Marguerite, habe Franz sämtliche Bände der königlichen Bibliothek an einem Ort zusammengeführt. Tausende Bücher waren auf die Schlösser verteilt gewesen, jetzt aber gab es nur noch eine Bibliothek, so prächtig wie Château Blois selbst, das mittlerweile ein beeindruckendes Monument für das französische Königtum war. Marguerite freute sich unbändig über die Bibliothek. Sie wollte Anne in der nächsten Woche darin herumführen und versprach ihr Zugang zu allen Büchern der königlichen Sammlung, die sie lesen wollte.

»Aber wir haben gerade eben ein neues Buch erstanden, das nicht in die Bibliothek aufgenommen wird!« Marguerites Augen blitzten vor Aufregung. »Weißt du, was ich bekommen habe? Jacques' vollständige Übersetzung!«

Anne musste einen Moment überlegen, dann traf sie die Erkenntnis wie ein Blitz: Marguerite sprach von Jacques Lefèvre d'Étaples, dem verrückten theologischen Genie, der einer der Tutoren der Angoulême-Familie war. Die »Übersetzung«, von der Marguerite so aufgeregt berichtete, konnte sich nur auf ein Werk beziehen.

»Das Neue Testament? Das *ganze* Neue Testament?«

»Ja! In der Landessprache. Er hat die Übersetzung Ende letzten Jahres beendet und meiner Familie zu Weihnachten eine Abschrift geschenkt. Und es werden noch weitere Kopien angefertigt, aber das darf natürlich niemand wissen. Diese Dämonen von der Sorbonne würden uns auf der Île de la Cité verbrennen, wenn sie wüssten, dass wir ein Neues Testament in der Sprache des Volkes haben. Aber es gibt sie, Anne! Und nun folgen uns immer mehr Menschen auf unserem Weg. Viele wollen das Wort Gottes aus eigenem Erleben erfahren. Aber es ist gefährlich für uns alle, deshalb hat Franz diesen Flügel erbauen lassen, damit wir vor den neugierigen Augen der Höflinge und vor Spitzeln sicher sind.«

Anne konnte Marguerites Freude nachempfinden. Oft hatte sie mit ihrem Vater über die Ausbreitung des Humanismus diskutiert, der in England blühte, sich aber strikt innerhalb der vom Katholizismus vorgegebenen Grenzen hielt. Auf dem Kontinent hingegen lagen die Dinge ganz anders. Hier hatten sich zwei Parteien herausgebildet. Die eine vertrat den Standpunkt, dass der Humanismus und eine höhere Bildung keine Bedrohung für die Kirche darstellten. War nicht Meister Erasmus Katholik und dennoch einer der größten Humanisten? Doch die zweite, die gefährliche Partei, glaubte nicht daran, dass das neue Goldene Zeitalter der menschlichen Errungenschaften, der Bildung und Aufklärung innerhalb der katholischen Grenzen existieren könne. Die Anhänger Martin Luthers im Heiligen Römischen Reich und in der Schweiz hatten sich in ihrem Wunsch, mit Rom zu brechen, der Gewalt zugewandt, was den Humanisten in England Unbehagen bereitete, denn ihnen war eine solche Radikalität fremd. Sie erkannten die Autorität des Papstes an und fürchteten die Exkommunikation.

Das verbindende Thema aller Reformer war der Ruf nach einer Übersetzung der Bibel in die jeweiligen Volkssprachen. Marguerite unterstützte diese Vorstellung genauso entschieden wie Annes Vater. Und obwohl Thomas Boleyn es nicht wagte, seine Meinung in England offen zu vertreten, traf er in Frankreich oft mit Reformern zusammen und hatte schon an manchen Versammlungen Marguerites teilgenommen. Obwohl die französischen Reformer Martin Luther zu radikal fanden, wussten sie seine Übersetzung des Neuen Testaments in die deutsche Sprache sehr zu schätzen. In diesem Punkt war man sich einig: Das Wort Gottes musste allen Menschen verkündet werden – überall.

Da diese Themen kontrovers waren und für jeden die Gefahr bestand, als Ketzer verunglimpft zu werden, musste selbst eine Königsfamilie, die für eine friedliche Reformation stand, in ihren eigenen Schlössern zu Vorsichtsmaßnahmen greifen. Marguerite hatte im neuen Flügel ein privates Arbeitszimmer, in dem sie ihre gesamte Korrespondenz erledigte. Als sie und Anne sich eines Morgens der Tür näherten, vernahm Anne aus dem Zimmer ein krächzendes Geräusch. Marguerite schaute sie über die Schulter an, während sie die Tür öffnete, und lachte. Wieder erklang das Krächzen.

»Was ist das?«, fragte Anne aufgeregt. Damals, in den längst vergangenen Tagen in Mecheln, hatte sie ähnliche Geräusche gehört. Einen Augenblick später kannte sie die Antwort und rannte jauchzend auf den schmiedeeisernen Käfig zu. Ein grüner Papagei hüpfte wild auf seiner Stange herum und kreischte.

»Er sieht aus wie Ferdie!«, rief Anne begeistert.

»*Bonjour*, Madame!«, krächzte der Vogel.

»Er *ist* Ferdie!« Marguerite lachte und beeilte sich, Anne zu berichten, wie es dazu gekommen war, dass Ferdie nun bei ihr auf Schloss Blois wohnte.

Margarete schrieb ihr regelmäßig Briefe von der Art, wie eine alternde Tante sie an ihre Lieblingsnichte schreiben würde, weniger wie eine Erzherzogin an eine Standesgenossin. Für Margarete war es eine Gelegenheit zum vertraulichen Austausch. Da sie keine eigene Familie besaß, hatte sie Marguerite stets wie eine Nichte behandelt. Die merkwürdige Welt des europäischen Hochadels hatte Margarete und Louise seit ihrer Kinderzeit zusammengeführt, und sie fühlten sich wie Schwestern aus ein und derselben Familie. Im vergangenen Sommer hatte Margarete in einem ausführlichen Brief von Ferdie berichtet, der sich seltsam aufführte, sich sogar die Federn ausriss. Margarete war mit ihrer Weisheit am Ende, da sie den Grund für dieses Verhalten nicht herausfinden konnte. Nie zuvor hatte Ferdie so etwas getan. Sie wusste nicht, ob es eine Reaktion auf ihr neues Hündchen namens Hermes war, ein lautes, wildes Tier, oder auf den letzten Winter in Mecheln, der besonders kalt und regnerisch gewesen war. Ferdie stammte aus wärmeren Regionen der Erde; vielleicht vertrug er das Wetter nicht mehr. Marguerite machte sich große Sorgen um ihn.

In ihrer Antwort hatte sie geschrieben: »Vielleicht braucht er mal Ferien bei uns im Süden, wo die Winter nicht so hart sind!« Es war als Scherz gemeint gewesen, doch Tante Margarete hatte darauf reagiert. Als zu Weihnachten der Wagen aus

Mecheln mit den Geschenken eintraf, war auch Ferdie dabei – dazu Anweisungen an Marguerite, wie der kostbare Vogel zu behandeln sei.

»Tante Margarete hatte wirklich Angst, dass die Kälte ihn umbringt«, sagte sie nun zu Anne. »Deswegen ist er nun bei uns, als neues Mitglied der spirituellen Familie von Blois!«

Anne freute sich, auch wenn Ferdie natürlich wehmütige Erinnerungen an Mecheln und Madame Margarete hervorrief. Seit ihrer Abreise vor zehn Jahren hatte Anne nur einmal kurz von der Erzherzogin gehört, doch sie wusste, dass Margarete achtzehn neue Mädchen betreute und daher wenig Zeit für jene erübrigen konnte, die sie aus ihrer Obhut entlassen hatte. Anne vermisste Margarete und würde sie immer lieben, und Ferdie war eine Erinnerung an die glücklichen Tage in Mecheln.

»Du kannst ihn besuchen, wann immer du möchtest. Er mag nämlich nur Frauen. Meinen Bruder verachtet er, was ich beinahe schon als Hochverrat betrachte. Die Abneigung ist gegenseitig, denn Franz ist überzeugt, dass Ferdie ein spanischer Spitzel ist!«

Beide brachen in Gelächter aus, und Ferdie fiel in ihr Lachen ein – es klang, als wäre Madame Margarete bei ihnen im Zimmer.

»Na gut, Ferdie, nun müssen wir aber gehen. Wir dürfen die anderen nicht warten lassen«, sagte Marguerite, während sie nach Annes Hand griff. »Das wird nun also dein erster Salon auf Schloss Blois!«

Aufregend war es in der Tat. Anne summte voller Erwartung vor sich hin, als sie mit Marguerite durch die Gemächer schritt, die exakt nach ihren Vorgaben erbaut worden waren; den Mittelpunkt bildete ein weiträumiges Gesellschaftszimmer mit einem Kamin aus rotem Marmor. »Der Stein stammt aus Okzitanien«, erklärte die Herzogin. »Mein Bruder hat zehn Karrenladungen aus dem Land der Katharer heranschaffen lassen. Es ist, als brächte man etwas von ihrem geweihten Boden hierher.«

Im Gesellschaftszimmer warteten bereits Jean de Dinteville, Prinzessin Renée, mehrere Anne unbekannte Damen sowie Marguerites Lieblingsdichter Clément Marot auf sie, der in Frankreich einen legendären Ruf genoss. Anne kannte einige seiner Werke: Marguerite hatte ihr durch den Kurier ihres Vaters hin und wieder Gedichte schicken lassen. Als ganz junges Mädchen war Anne in den Dichter verliebt gewesen, der vier Jahre älter als sie war. Er weilte bereits am Hofe, als man sie dort eingeführt hatte, und war stets sehr freundlich zu ihr gewesen. Auch Claude bewunderte ihn und hatte ihn als Hofpoeten behalten. Vor Kurzem hatte Marguerite, da Claude zunehmend kränkelte, den Dichter in ihre Dienste übernommen.

Renée war offensichtlich ebenso vernarrt in den Dichter wie Anne zu früheren Zeiten, denn sie setzte sich neben ihn und konnte die Augen nicht von ihm losreißen. Obwohl ihre Verliebtheit überdeutlich zu erkennen war, würde Clément es niemals wagen, den Blick auf die Prinzessin zu richten, die er von Kindesbeinen an kannte. Clément interessierte sich ohnehin mehr für Diana, das war nicht zu übersehen. Diese Spannungen im Raum waren sehr interessant für Anne. Dennoch war sie sicher, dass Clément seinen Platz kannte. Dafür weilte er schon lange genug bei Hofe.

Ein paar junge Männer brachten Instrumente herbei, auch einen Lautenkasten. Anne sah es mit Erstaunen, denn sie hatte den Salon für eine ernste Angelegenheit gehalten, wurde nun aber eines Besseren belehrt. Weitere Personen strömten ins Zimmer, fast zwanzig an der Zahl, und in gelöster Atmosphäre wurden die Besucher einander vorgestellt.

»*Paratge!*«, rief Marguerite, worauf die Musiker ihre Instrumente stimmten.

»*Paratge?*«, fragte Anne. »Was bedeutet das?«

»Es ist Okzitanisch«, erklärte Marguerite. »*Paratge* war das Codewort der Troubadoure. Es enthielt ihren ganzen Glauben in einem einzigen, schlichten Wort. Dabei ist es alles andere als schlicht, dann es lässt sich kaum aus dem Okzitanischen übertragen. Im Französischen gleicht es dem Wort *partager*, teilen, und wird in diesem Sinne für den Geist der Gemeinschaft gebraucht. Außerdem verweist es auf die Verpflichtung des Adels, eine Verantwortung für die weniger Glücklichen zu haben. Vor allem ist es ein Verweis auf die höfische Liebe – die keusche, aber glühende Liebe eines Dichters zu seiner Muse oder eines Ritters zu seiner Königin. Es ist ein Wort, das uns stets daran erinnern soll, die Schönheit der Welt zu feiern und zu teilen. Wir sollen auferstehen, während wir noch im Körper wohnen, statt auf den Tod und den Lohn der Erleuchtung zu warten.«

»Auferstehen … im Körper?« Anne war verwirrt. Von dieser Vorstellung hatte sie noch nie gehört.

»Ja. Du wirst noch erfahren, was das bedeutet. Was ich hier wiedererschaffen möchte, ist das alte Leben in Okzitanien, wo der Weg der Liebe weit verbreitet war und der reine Glaube über die fehlgeleitete Rechtgläubigkeit siegte. Du warst lange fort und hast viel Versäumtes nachzuholen. Und das hier ist dein erster Festabend seit deiner Rückkehr. Also denke nicht zu viel nach und amüsiere dich, meine ernste kleine Schwester!«

Marguerite führte zusammen mit Clément den Tanz an, und Anne überließ sich der ausgelassenen Stimmung. Jean de Dinteville reichte ihr die Hand zum Tanz. Anne nahm sie ohne Zögern und lachte fröhlich, als er mit ihr scherzte und sie schwungvoll herumwirbelte. Die Atmosphäre im Salon war anders als alles, was Anne bisher erlebt hatte. Das höfische Protokoll mit seinen Vorschriften galt nicht mehr; jeder, der hereinkam, war Gleicher unter Gleichen. Es war eine wundervolle Erfahrung.

Nach dem Tanz rief Marguerite alle zusammen, und Clément Marot las aus seinem neuesten Werk vor. Sein Gedicht handelte von einem guten Hirten und einer guten Hirtin, Worte aus dem Troubadour-Code. Hirte und Hirtin standen für ein Paar, das sich dem Weg der Liebe verschrieben hatte und in den Fußstapfen von Jesus und Maria Magdalena wandelte. Der verträumten Stimme des Dichters zuzuhören, der seine Worte geradezu liebkoste, war eine berückende Erfahrung. Marot widmete sein Liebesgedicht Diana und fügte für die Hirtin ihren Namen ein. Als er geendet hatte, stürzte er theatralisch vom Stuhl, seiner Muse zu Füßen. Alle lachten und applaudierten ihm.

Anne hatte schon während des Tanzes bemerkt, dass François Desmoulins de Rochefort hereingekommen war – der Theologe, der die königliche Familie in die Provence begleitet hatte, um ihre Pilgerfahrt aufzuzeichnen. Anne wusste, dass François für Herzogin Louise ein außergewöhnliches Buch verfasst hatte, das den schlichten Titel »Das Leben der Magdalena« trug. Es war nur ein kleines Buch, gut auf Reisen mitzunehmen, und dennoch erschöpfend in seiner Beschreibung provençalischer Legenden. Anne hatte Louise seit ihrer Rückkehr an den Hof noch nicht gesehen, hoffte aber, dass die Herzogin ihr erlauben würde, einen Blick in das Buch zu werfen.

Marguerite wählte für die Lesung eine von Jacques Lefèvre d'Étaples angefertigte Übersetzung des Matthäusevangeliums, eine Wahl, die Anne kaum überraschte: Das Evangelium des Matthäus wurde in liberalen, humanistischen Kreisen als jene Schrift betrachtet, die den wahren Worten Jesu am nächsten kam. Was Anne jedoch erstaunte, war die Tatsache, dass Marguerite selbst vorlesen würde. Immer noch war es ein Schock, wenn Frauen das Neue Testament wie eine Predigt vorlasen. Als Anne sich vorzustellen versuchte, wie so etwas in England vor sich ginge, musste sie ein Kichern unterdrücken. Ob es jemals so weit kam, dass in England eine Frau die Evangelien in der Landessprache vorlas? Allein der Gedanke war Ketzerei.

Marguerite wählte die Stelle aus Matthäus 6, in der Jesus den Aposteln sagt, wie sie beten sollen:

*»Wenn ihr betet, macht es nicht wie die Heuchler. Sie stellen sich beim Gebet gern in die Synagogen und an die Straßenecken, damit sie von den Leuten gesehen werden. Amen, das sage ich euch: Sie haben ihren Lohn bereits erhalten.*

*Du aber geh in deine Kammer, wenn du betest, und schließ die Tür zu; dann bete zu deinem Vater, der im Verborgenen ist. Dein Vater, der auch das Verborgene sieht, wird es dir vergelten.«*

Marguerite ließ den Blick über die Gesichter der Versammelten schweifen. »Hier gibt Jesus uns einen unmittelbaren Ratschlag«, begann sie. »François, was sagt Ihr dazu? Meint Ihr nicht auch, dass dies ein klarer Hinweis ist, dass wir die Priester nicht als Mittler zwischen uns und Gott bemühen sollen?«

Die Diskussion war lehrreich und aufregend zugleich. Anne war fasziniert. So sollte das Leben sein: Kluge, offene Geister sollten einander in Freundschaft begegnen und in einer freundschaftlichen Atmosphäre gegenseitigen Respekts neue Ideen miteinander teilen. So sollte die Morgenröte eines neuen Zeitalters aussehen!

Anne war dankbar, ein Teil davon zu sein.

*Château Blois*
*Juli 1524*

Königin Claude lag im Sterben. Ihre Gesundheit und Kraft waren in den zwei Monaten seit Annes Ankunft rasch dahingeschwunden, und alle hatten hilflos zusehen müssen, wie Claude ihnen Tag um Tag mehr entglitt. Für die Höflinge war der Gedanke unerträglich, dass ihre angebetete Königin sterben könnte, denn Claude war berühmt für ihre Güte und Großzügigkeit. Anne hatte nur einmal einen Menschen unfreundlich über sie sprechen hören, und das war Mary Tudor gewesen.

Anne bemühte sich, eine tapfere Miene zu wahren, doch ihr war, als würde auch ein Teil von ihr selbst sterben. Sie hatte in den vergangenen zehn Jahren so vieles mit Claude erlebt! Claude, Marguerite und Renée standen ihr näher als die eigene Schwester. Dies war Annes erster großer Verlust und das erste Mal, dass sie den Tod eines jungen Menschen miterleben musste. Es war so ungerecht!

Claude war erschöpft und schien sich aufgegeben zu haben. Ihr zierlicher Körper war ausgelaugt. Sieben Geburten in acht Jahren, seit sie sechzehn gewesen war, waren einfach zu viel für eine junge Frau, die von Anfang an kränklich gewesen war.

Claude lebte für ihre Kinder und hatte hart darum gerungen, bei ihnen bleiben zu können. Dann war ihr Schmerz zu groß geworden, und sie musste loslassen. Sie war in ihren letzten Tagen bei klarem Bewusstsein und ließ jedes Mitglied ihres

Haushalts einzeln zu sich kommen, um sich zu verabschieden – alle, die ihr in ihrem kurzen Leben ans Herz gewachsen waren.

Als Anne zum letzten Mal an die Seite ihrer Königin gerufen wurde, spürte sie, dass Claude ihr etwas in die Hand legte. Es war der Perlmutt-Rosenkranz, den Anne als Claudes Stellvertreterin zur Anrufung der Magdalena in die Hubertuskapelle mitgenommen hatte.

»Du musst auch jetzt meine Stellvertreterin sein, Anne. Bitte kümmere dich um Renée, und hilf Marguerite bei meinen Töchtern. Ich weiß, dass du das tun wirst.«

Mit der letzten ihr verbliebenen Kraft schloss Claude die Hand um Annes Finger. Anne schwieg. Sie wollte Claude auf keinen Fall unterbrechen. Was immer sie zu sagen hatte, Anne wollte, musste es hören.

»Ich habe viele schöne Erinnerungen mit dir, meine süße Schwester. Wie du mir eine gute Freundin warst, als ich meinen Vater verlor – zuerst an Mary, dann an den Tod. Du warst beständig und treu, selbst gegen deine eigenen Verwandten. Wir alle lieben dich dafür …« Sie hielt inne, um Atem zu schöpfen, während ein sehnsüchtiger Ausdruck über ihr bleiches, schweißbedecktes Gesicht huschte.

»Weißt du noch, die Pilgerfahrt? Nur mit deiner Hilfe habe ich es den Hügel hinaufgeschafft. Du bist nicht von meiner Seite gewichen. Du wolltest nicht schneller gehen, nicht vorpreschen, sondern warst neben mir und hast mir geholfen, so wie du es immer getan hast. Und du warst immer glücklich, hier bei uns zu sein. Ich entsinne mich, dass ich dich einmal gefragt habe, ob du glücklich bist. Weißt du noch, wie deine Antwort lautete?«

Tränen strömten Anne über die Wangen, während sie nickte und mit bebender Stimme herausbrachte: »Ich bin die Glücklichste, Mylady.«

Claude lächelte angestrengt. »Die Glücklichste. Ich bete darum, dass du stets Anne Boleyn die Glücklichste sein sollst.«

Anne konnte die Tränen nicht mehr aufhalten und weinte nun ganz offen, während Claude die Augen schloss und sich in die Kissen sinken ließ. Anne spürte, wie die Sterbende ihr die Hand drückte.

Sie betete zu Jesus, ihre Königin sanft in sein göttliches Licht zu geleiten, während sie Claudes Hand mit Küssen und Tränen bedeckte.

»Wir müssen packen«, verkündete Marguerite, als sie mit Schwung ins Arbeitszimmer kam, wo Anne gerade ihre Aufzeichnungen ordnete. »Wir reisen nach Chartres.«

»*Wohin?*« Anne glaubte, sich verhört zu haben.

»Nach Chartres. Renée braucht es. Ich brauche es. Du und Diana, ihr braucht es. Wir müssen uns von dieser erdrückenden Trauer befreien. Also machen wir Ferien. Und Chartres ist leicht zu erreichen, wenn wir es nicht wie Mutter machen und den gesamten Hausrat eines Schlosses in Kutschen und Karren mitnehmen. Renée hat als Teil ihres herzoglichen Besitzes ein Château in Chartres geerbt. Für sie ist die Erfahrung wichtig, eine Zeit lang dort Herrin zu sein. Es gibt dort fast alles, was wir benötigen. Wir können also mit weniger Gepäck reisen und sind schneller dort. In Chartres können wir Heilung von unserem Schmerz finden – und deine und Renées Bildung voranbringen.«

Seit Königin Claudes Tod hatte sich eine Wolke aus Traurigkeit auf den Hofstaat von Blois herabgesenkt, und niemand schien sie vertreiben zu können. Die größte Überraschung aber war die Trauer, die den König nach Claudes Tod befallen hatte. Trotz häufiger Untreue hatte Franz seine Frau über alles geliebt.

Und er vergaß nicht, dass sie in ihrem Wunsch, ihm Kinder zu gebären und die königliche Familie zu vergrößern, ihren Körper, ihre Gesundheit und schließlich ihr Leben geopfert hatte.

Franz war kein umgänglicher Charakter und stets mit sich selbst beschäftigt, doch er hatte ein weiches Herz. Obwohl Anne ihn nur selten zu Gesicht bekam, hatte sie den König in den letzten Jahren lieb gewonnen. Sie wusste es zu schätzen, wie Franz die Frauen in seiner Familie behandelte. Auch zu ihr selbst war er immer freundlich gewesen.

Tatsächlich sehnte sie sich nach der Befreiung, von der Marguerite gesprochen hatte. Die Trauerzeit war für alle schwer und dauerte noch an. Anne und Diana waren sofort in Marguerites Dienst gekommen, obwohl sie im Grunde längst für sie arbeiteten. Diana sollte in Zukunft Marguerites gesellschaftliche Verpflichtungen abstimmen, während Anne das Sekretariat führte; sie war eine unschätzbare Hilfe, wenn es darum ging, die Schriften zu ordnen. Anne selbst hatte davon den Vorteil, stets in die neuesten Publikationen eingeweiht zu sein, lange, bevor sie in den Salons verbreitet wurden.

»Ich möchte, dass du in Chartres zwei Personen kennenlernst«, nahm Marguerite den Faden wieder auf. »Die eine lebt, die andere nicht.«

Es gab Augenblicke, in denen Marguerite sich mit Absicht so rätselhaft ausdrückte. Anne wusste, dass man sie dann am besten nicht unterbrach.

»Der Lebende ist der Kanoniker von Chartres. Er ist einer von uns – ein erstaunlicher junger Mann von erst sechzehn Jahren. Sein Name ist Georges.«

Anne riss die Augen auf. »Sechzehn und schon Kanoniker in Chartres?« Das war unfassbar.

»Ja. Aber er ist ein ganz besonderer junger Mann, das wirst du schon noch sehen. Sein Vater ist Jean de Selve, Berater im Parlament. Du kennst ihn.«

Jean de Selve war nicht nur in Frankreich ein wichtiger Mann, er war auch für Marguerites Familie von besonderer Bedeutung. Wenn Louise in Abwesenheit des Königs als Regentin die Geschicke des Landes lenkte, pflegte sie sich ganz auf Jean de Selves Rat zu verlassen.

»Die Familie de Selve steht auch den Medici nahe«, fügte Marguerite hinzu. »Das ist kein Zufall.«

»Die Familie, die den Papst gestellt hat?«

»Ja. Der verstorbene Papst Leo, unser teurer Verbündeter, wurde im Alter von vierzehn Jahren zum Kardinal ernannt. Es war ein Geniestreich seines Vaters Lorenzo de' Medici. Wenn jemand in so jungen Jahren Kardinal ist, gibt es für ihn nur noch ein Ziel, für das es sich zu kämpfen lohnt: den Heiligen Stuhl.«

Anne überlegte einen Moment. »Dieser Junge in Chartres wird also von seinem Vater, Monsieur de Selve, dazu erzogen, einst Papst zu werden?«

»Wir können es nur hoffen«, antwortete Marguerite. »Seit hundertfünfzig Jahren hat es kein Franzose mehr auf den Heiligen Stuhl geschafft. Und der neue Medici-Papst kann seinem Cousin nicht das Wasser reichen. Clemens ist ein Schwächling. Er hat uns betrogen, weil er aus Angst vor Spanien wie gelähmt ist. Aber Georges de Selve ist einer von uns. Deshalb hält er das Amt in Chartres.«

»Heißt das, es könnte zu einem Krieg kommen?«, fragte Anne. Sie hatte Gerüchte gehört, dass Franz wieder die Alpen überqueren und vor dem neuen Papst seine Muskeln spielen lassen wollte.

»Ich weiß es nicht. Ich nehme an, Franz will dem Papst deutlich machen, dass er nicht nur Spanien zu fürchten hat, sondern auch Frankreich, und dass niemand sich nehmen darf, was rechtmäßig uns gehört. Und vielleicht will er Clemens an seine anderen Pflichten erinnern, in denen sein Cousin so bewandert war.«

»Welche anderen Pflichten?«

Marguerite setzte sich und bedeutete Anne, neben ihr Platz zu nehmen. »Ich vergesse manchmal, dass du noch nicht alles über das Innere des Ordens weißt. Also, hör zu. Wie du weißt, war Papst Leo ein Medici, Urenkel des großen Humanisten Cosimo de' Medici. Und die Medici sind eine der bedeutendsten Dynastien im Orden. Leo hat Großes geleistet, sowohl für die Ziele seiner Familie als auch für die unseren, denn wir sind fest entschlossen, die kirchlichen Missstände von innen her abzubauen. Leo hatte die Hilfe einiger Freunde, die wir jetzt Lutheraner nennen …«

Anne wollte ihren Ohren nicht trauen. »Lutheraner?«

Marguerite nickte. »Warum glaubst du, hat Papst Leo jahrelang gewartet, bis er etwas gegen Luther unternahm, nachdem dieser seine fünfundneunzig Thesen an der Schlosskirche zu Wittenberg angeschlagen hatte? Weil Leo mit Luther *einverstanden war*. Weil es geschehen *musste*. Es war Leos Aufgabe, die Kurie für den Mordversuch an Lorenzo de' Medici und den Mord an Giuliano bezahlen zu lassen. Also verschaffte er Luther die Freiheit, die dieser brauchte, um der kirchlichen Autorität schweren Schaden zuzufügen. Es war von Anfang an der Plan. Erst Jahre später hat Leo Luther exkommuniziert, und auch das erst nach ständigen Drohungen aus dem Inneren der Kirchenführung. Aber der Stein war ins Rollen gebracht: Der leidenschaftliche Wunsch nach Reformen, die so lange unterdrückt worden sind, bricht sich nun in Europa Bahn.«

Anne schwindelte, als ihr mit einem Mal die Zeit in Mecheln wieder vor Augen stand. »Madame Margarete! Deshalb hat sie uns von den Medici-Morden erzählt, nicht wahr? Sie wollte uns zu verstehen geben, dass diese …« Sie wusste wirklich nicht, was sie nach *diese* einfügen sollte. Diese Geheimgesellschaft? Diese Häretiker? Diese unterschwellige Strömung, die so viele Menschen ihrer Umgebung zu erfassen schien?

»Es ist die Geschichte Europas«, sagte Marguerite. »Mehr als eintausend Jahre lang hat es Gemeinschaften auf diesem Kontinent und auch auf deiner Insel gegeben, die sich der Kirchendoktrin entgegengestellt haben. Sie übten Widerstand in ihren Herzen und ihren Köpfen, wohin die Inquisitoren ihnen nicht folgen konnten. Sie leisteten Widerstand im Flüsterton und hinter verschlossenen Türen – und sie haben nie damit aufgehört. Es sollte nicht wundernehmen, dass sie sich so verhielten. Die Kirche erzwang Gehorsam durch Unterdrückung und Gewalt, nicht durch Liebe und Hinwendung zum Volk. Hätte Jesus das gewollt?«

Anne schüttelte den Kopf. »Natürlich nicht. Es verstößt gegen die Gebote.«

»Und gegen alle Überzeugungen Jesu, die er in der Heiligen Schrift verkündet«, erinnerte Marguerite ihre junge Freundin. »Christen, die sich weigerten, ihren geheiligten Bräuchen abzuschwören, wurden verfolgt und niedergemetzelt von jenen, die behaupteten, die besseren Christen zu sein. Manche unserer Traditionen stammen direkt aus dem heiligen Land, von den ersten Aposteln und ihren Familien, und wurden dennoch als ketzerisch und unrechtmäßig bestraft, weil die römische Kirche Angst vor ihnen hatte. Die echte, die wahre christliche Tradition ist für Rom das Gefährlichste auf der Welt.«

»Aber warum?«, fragte Anne ehrlich verwirrt. »Ich verstehe das nicht. Wie kann die Kirche vor etwas Angst haben, das echt und wahr ist? Sollte sie nicht Wissen willkommen heißen, wenn es in den Familien der ersten Apostel weitergegeben wurde? Das ist doch die beste Quelle überhaupt!«

Marguerite stieß einen dramatischen Seufzer aus. »Ach Anne, du unschuldige Kleine. Ich vergaß, wie behütet ihr in eurem Land seid – abgeschottet von den Metzeleien im Namen des Glaubens. Du kommst tatsächlich aus einer anderen Welt. Nun, du sollst deine Antwort bekommen: Die römische Kirche fürchtet das reine Christentum, weil es seinem Wesen nach Glauben, Gemeinschaft und Mildtätigkeit durch die Liebe lehrt. Und keine dieser Eigenschaften bringt dem Heiligen Stuhl zusätzliche Macht oder Reichtum ein. Außerdem wird die Autorität Roms in Frage gestellt. Es fällt schwer, die Behauptung aufrechtzuerhalten, dass du allein für Jesus zuständig bist, wenn da plötzlich eine Familie ist, deren Vorfahren unmittelbar von ihm abstammen.«

Das Thema erhitzte Marguerites Gemüt derart, dass ihre Wangen und ihr Hals rot aufflammten. »Was glaubst du, geschieht, wenn du Menschen durch Schläge, Folter und Tod zur Einhaltung von Regeln zwingst, an die sie nicht glauben und die eine Schmach für ihre Familie sind? Damit magst du zwar ihren Gehorsam erzwingen, aber niemals ihre Hingabe und Treue. Viele Europäer sind einer anderen Macht ergeben, die sie lieben und verehren. Sie sind loyal gegenüber ihrem Erbe, ihrer Wahrheit. Doch sie wurden gezwungen, diese Wahrheit zu verbergen, um sich selbst, ihre Familie und sogar ihre Städte zu schützen. Die Wahrheit, von der ich rede, liegt in den Worten unseres Herrn und darin, wie er sein Leben gelebt hat – ein Leben, in dem er die Frauen achtete und unter seine Jünger aufnahm. Diese Wahrheit lebt in Frankreich in jedem Stein!«

Anne nickte, zu Tränen gerührt von der Wahrheit und Eindringlichkeit von Marguerites Worten. In Frankreich war die Geschichte der frühen Christen in das Land, in das Volk, in dessen Traditionen, Kunstwerke und Bauten eingeprägt. »Hier gibt es so viele Geschichten über Frauen«, sagte Anne. »Diese Frauen aus der Zeit Jesu, die nach Frankreich kamen … all diese Marien und Marthas. In England hören wir nichts von ihnen.«

»Natürlich nicht«, sagte Marguerite. »Frauen wurden von den frühen Kirchenvätern ›Gefäße des Bösen‹ genannt, ›Beutel voll Unrat‹ und ›Handlanger der Eva‹. Sie behaupteten sogar, Frauen hätten keine Seele. Dabei scheinen sie allerdings vergessen zu haben, dass wir die Hälfte der Bevölkerung Europas ausmachen. Glaubst du, wir hätten über Generationen hinweg schweigend dagesessen und die Schmähungen und Entwürdigungen hingenommen? Mitnichten! Wir haben unsere Traditionen bewahrt, haben sie an unsere Töchter und Enkelinnen weitergegeben, damit diese wiederum ihre Kinder darin unterrichten. Wir haben es sorgsam getan, in der Stille, im Geheimen, weil wir die Strafe kennen, die einer Entdeckung folgt. Wir haben gesehen, wie unschuldige Opfer auf den Scheiterhaufen starben. Zweifle keine Minute daran, Anne, dass Frauen die Seele dieser Reformation sind! Es mag Männer geben, die Thesen an Kirchentüren nageln und Menschen auf den Straßen anführen, aber es sind die Frauen, die stets die Wahrheit am Leben erhielten und dies auch weiterhin tun werden.«

Anne ergriff Marguerites Hand. »Ich danke Euch. Ich glaube, ich verstehe es jetzt viel besser. Und ich will Teil davon sein. Ich will eine jener Frauen sein, die die Wahrheit am Leben erhalten.«

Marguerite schloss ihre junge Freundin in die Arme und küsste sie zärtlich aufs Haar. »Das bist du, mein liebes Mädchen. Das bist du schon.«

Beide erhoben sich, um weiter für ihre kurzfristig anberaumte Reise zu packen. Auch eine Reihe von Büchern kam ins Reisegepäck, darunter beide Ausgaben von Marguerite Porètes *Der Spiegel der einfachen Seelen*, sowohl das altfranzösische Original als auch die Übersetzung in die moderne Sprache. Sie hatten schon oft über die fromme Begine gesprochen; nun freute Anne sich darauf, den *Spiegel der einfachen Seelen* selbst lesen zu dürfen. Sie wusste allerdings nicht, ob es nicht doch gefährlich war; also versteckte sie die Bücher zur Sicherheit am Boden ihres Koffers.

Als Anne sich daranmachte, die Schreibutensilien Marguerites zu sortieren, die ebenfalls mitgenommen werden mussten, fiel ihr auf, dass Marguerite wieder einmal mit einer Erklärung nicht zu Ende gekommen war. Über den Lebenden, den Anne in Chartres treffen sollte, hatte sie vieles gesagt, über den Toten jedoch hatte sie kein einziges Wort verloren.

Die Strecke zwischen Blois und Chartres konnte bei einem scharfen Ritt in drei Tagen zurückgelegt werden; vier Tage dauerte es, wenn man sich Zeit ließ. Sie machten in Orléans Halt und verbrachten eine angenehme Nacht in der Stadt, die ihre Berühmtheit der Jungfrau von Orléans verdankte.

Jean de Dinteville war einer der Männer der Ehrengarde, welche die Herzoginnen nach Chartres eskortierte. Dinteville war sichtlich aufgeregt ob der Vorstellung, die Frauen während der Fahrt beschützen zu dürfen. Obwohl er bei Hofe ein Verwaltungsamt bekleidete, war Jean Zoll für Zoll ein Ritter und trug sowohl das Lang- wie auch das Kurzschwert.

Falls nötig, würde er die Waffen zu gebrauchen wissen, obwohl dieser Teil Frankreichs friedlich war.

Als Anne Georges de Selve zum ersten Mal sah, erschien er ihr schön wie ein Engel. In seinem bodenlangen Ornat schritt er auf sie zu, wobei sein welliges Haar offen über seine Schultern wallte. Sein Kinn war glatt; kein Barthaar spross dort. Georges de Selve war kein Junge mehr, aber auch noch kein Mann; er wirkte seltsam alterslos. Als er lächelte, lächelten seine mandelförmigen braunen Augen mit und ließen sein Gesicht erstrahlen.

Georges de Selve wurde den Damen in der Reihenfolge ihres Ranges vorgestellt. Renée als königlicher Prinzessin und Herzogin von Chartres gebührte der Vortritt. Dann folgten Marguerite, Diana und schließlich Anne. Georges begrüßte jede von ihnen herzlich, ohne sich vom Protokoll hetzen zu lassen. Alle Frauen waren sichtlich von ihm gebannt. Renée, in dem jugendlichen Alter, in dem Mädchen sich jeden Monat neu verlieben, hatte sich auf den ersten Blick in ihn verguckt.

»Unsere englische Rose«, sagte George, als er Anne mit Küssen auf beide Wagen begrüßte. »Jean hat mir alles von Euch berichtet. Es ist uns eine Ehre, dass Ihr gekommen seid.« Er hielt ihre beiden Hände, während er vor ihr stand, und machte keinerlei Anstalten, sie wieder loszulassen. Beim Sprechen schaute er ihr gerade und fest in die Augen. Sein Blick war hypnotisierend und ein wenig beunruhigend, erfüllte Anne aber zugleich mit einer sonderbaren Wärme.

Marguerite hatte Georges de Selve als einen besonderen Menschen bezeichnet, und Jean sprach von ihm mit einer Ehrfurcht, als wäre er ein Messias. Wenige Minuten in seiner Gegenwart überzeugten Anne, dass an diesem jungen Mann etwas Einzigartiges war, das sich nur schwer beschreiben ließ. Es war mehr als Charisma – er strahlte. Ihre Hände kribbelten, wo er sie gehalten hatte.

Am Abend zuvor waren sie am Château von Chartres angelangt, hatten aber nur noch Zeit für einen kurzen Rundgang gehabt, bevor sie sich zur Ruhe begaben. Es war ein schönes Schloss, aber nicht so eindrucksvoll wie die Residenzen im Loiretal; es war kleiner, intimer, und ähnelte eher einem Landsitz. Vom benachbarten Château de Maintenon, das ganzjährig über viel Personal verfügte, waren Bedienstete geschickt worden, die dafür sorgen würden, dass es den königlichen Damen und ihrem Gefolge während ihres Aufenthalts an nichts fehlte.

Georges de Selve nahm am Frühstück teil und erkundigte sich nach den Tagesplänen der Besucher, soweit sie ihn und die Kathedrale betrafen. Heute war er nicht als Kanonikus gekleidet, sondern ein wenig legerer. Dennoch war er unter den Anwesenden derjenige, der am königlichsten wirkte.

Jean und Marguerite führten das Gespräch – Jean, weil er Georges gut kannte, Marguerite, weil sie das Neueste über

Chartres und das Umland erfahren wollte. Sie sprachen über den Zustand Europas, über die Erhebung der Lutheraner und die Ausbreitung des Luthertums in Skandinavien. Bald wandte sich das Gespräch Papst Clemens VII. zu, der im vorigen Jahr gewählt worden war. Er war ein höchst enttäuschender Medici, der weder die Stärke Leos besaß, noch die nötige Hingabe für seine Mission aufbrachte. Er schien führungslos und war leicht zu manipulieren.

»Wann war Papst Clemens in Lavaur?«, wandte sich Georges an Marguerite. »Wie lange war er dort?«

»Eindeutig nicht lange genug«, gab sie zurück. »Er war 1516 dort. Um sich Papst Leo und seiner Familie erkenntlich zu zeigen, hat mein Bruder ihn kurz nach seiner Krönung im Jahr 1515 zum Erzbischof von Narbonne ernannt. Auf diese Weise sollte eine Verbindung der Medici mit den Traditionen von Okzitanien geschaffen werden. Clemens wiederum stiftete der Kathedrale ein wertvolles Altargemälde, das die Auferstehung des Lazarus darstellt, um seine Verbindung mit dem Orden zu demonstrieren.«

»Aber Narbonne interessierte Clemens nicht«, warf Jean de Dinteville ein. »Für einen Medici liegt es zu weit abseits. Das Gemälde war ein Geschenk, damit er nicht in eigener Person in seinem Amtssitz erscheinen musste. Er hatte einen Generalvikar, der für ihn die Amtsgeschäfte führte. Clemens selbst hat Frankreich vollkommen ignoriert.«

»Ja«, seufzte Marguerite. »Papst Leo hatte die Bedeutung Okzitaniens und seiner Geschichte verstanden, bei Clemens aber ist das nicht der Fall. Also hat Franz ihm ein neues Geschenk gemacht, das angesehene Kloster Cîteaux.«

»Cîteaux?« Georges war erstaunt. »Cîteaux ist ein Juwel in der französischen Krone!«

»Er wusste es nicht zu schätzen, fürchte ich. Nachdem mein Bruder die Schweizer besiegt und unsere Herrschaft in Mailand wieder gefestigt hatte, traf er den damaligen Papst Leo in Bologna. Die beiden sprachen über vieles, auch über die Ordensmission. Leo war auch der Meinung, dass Clemens den Orden nicht genügend zu würdigen wisse, und er glaubte, dass es seinem Cousin guttun würde, eine gewisse Zeit in Lavaur zu verbringen.«

»Aha, ich verstehe. Und so wurde er zum Bischof von Lavaur ernannt?«

»Ja, sehr gegen seinen Willen, da er nicht den Wunsch hatte, an den Fuß der Pyrenäen zu reisen«, erläuterte Marguerite. »Doch Leo bestand darauf – und der Meister ebenso.«

Bei der Erwähnung des Meisters schnappten alle Anwesenden hörbar nach Luft. Anne wusste nicht, wer dieser Meister war, doch es war nicht zu verkennen, dass alle Anwesenden tiefe Ehrfurcht vor ihm hegten.

»Der Meister hielt sich zu der Zeit in Lavaur auf?«, fragte Georges.

»Ja.« Marguerite nickte. »Er wirkte entscheidend an der Unterweisung Papst Leos mit, wie er es auch bei Lorenzo getan hatte. Doch er blieb nicht, um dann auch Clemens zu unterrichten. Das mag der Grund dafür sein, dass Clemens nur halb so viel taugt wie sein Cousin.«

»Und der Grund, warum Georges doppelt so viel taugt«, warf Jean ein.

Georges lächelte seinem Freund zu und hob dankend die Hand, was bei ihm eher wie eine Segensgebärde wirkte »Und er blieb nicht in Lavaur?«, fragte er dann.

»Jedenfalls nicht lange«, antwortete Marguerite. »Er wusste die Gaben, die er erhalten hatte, nicht zu schätzen. Ich glaube schon, dass er den Orden liebt und unsere Überzeugungen teilt. Er ist sehr gebildet und ein wahrer Humanist. Aber ihm fehlt der rechte Glaube. Franz befürchtet, dass er ein leichtes Ziel für Einschüchterungen ist und dass seine Schwäche Europa erneut ins Chaos stürzen kann. Franz ist sicher, dass Clemens sich mit Spanien und dem Heiligen Römischen Reich gegen Frankreich verbündet und die Ansprüche Frankreichs in Italien bestreitet. Mein Bruder wird vielleicht ein zweites Mal die Alpen überqueren und Krieg führen müssen, um Mailand zu halten.«

»Dann wollen wir für seinen Erfolg beten«, sagte Georges de Selve. »Und für das Herz dieses Papstes, dass es sich wieder in unsere Richtung bewegt – und dass er ein wahrer Pontifex Maximus wird, ein ›oberster Brückenbauer‹. Schließlich ist es Aufgabe des Papstes, Frieden zu schaffen und Brücken zu bauen zwischen den streitenden Parteien innerhalb der Christenheit. Und genau das benötigen wir jetzt. Dieser Papst sieht sich einer Vielzahl schwerer Aufgaben gegenüber: Er muss eine politisch heikle Lage meistern, aber er darf auch nicht den Reformen gegenüber taub bleiben, die vom Volk mit jedem Tag lauter gefordert werden.«

Anne war überrascht von der Klugheit und Zurückhaltung dieses jungen Mannes, der wie ein Weiser sprach.

»Noch mehr Uneinigkeit unter den Christen darf es nicht geben«, fuhr er fort. »Christen zusammenzuführen, ihnen zu zeigen, dass wir gleich sind – das ist mein Lebensinhalt.«

»Und es sind die Worte des Herrn, in denen wir alle gleich sind«, erklärte Marguerite voller Leidenschaft. »Darin haben die Lutheraner recht. Nur unser Glaube und die Heilige Schrift werden uns retten – und zusammenführen. Deshalb muss die Bibel allen Menschen zugänglich gemacht werden, in ihrer Sprache. Sie muss allen verständlich gemacht werden. Die Kirche wird sich dem anpassen müssen, damit für alle Zeiten eine Brücke geschlagen wird!«

»Ja«, bestätigte Georges de Selve mit einem Nicken und einem Lächeln, das die ganze Gruppe umfasste. »Und es ist gut, dass Ihr hergekommen seid, denn kein Ort in Frankreich erzählt die Geschichte besser als die Kathedrale von Chartres.

Chartres ist das ursprüngliche Evangelium in der Volkssprache, eine in Stein gehauene Schrift – das spektakulärste Buch, das Ihr jemals sehen werdet. Kommt, meine Freunde. Lesen wir darin!«

Der Weg vom Château den Hügel hinauf war zwar nicht weit, aber ziemlich steil. Deshalb kamen sie nur langsam voran, sodass Anne Zeit hatte, die ungleichen Türme an der Westseite der Kathedrale zu bewundern. Der erhabene gotische Bau, der sich aus der Ebene von La Beauce erhob, war zu Beginn des 13. Jahrhunderts fertiggestellt worden. Die Kathedrale war ein Meisterstück der Handwerkskunst, innen wie außen, ein erlesenes Denkmal zur Ehre Gottes.

»Es heißt, dass die Familien ihre Söhne lieber auf die Kirchenbaustelle geschickt haben als auf die Kreuzzüge«, sagte Georges. »Sie wollten lieber daran teilhaben, ein Denkmal zu Ehren des Göttlichen zu errichten, statt ihre Kinder in den Krieg und letztlich in den Tod zu schicken. Natürlich waren Ordensmitglieder am Entwurf und Bau der Kathedrale beteiligt, darunter viele Frauen, indem sie die Handwerker und Helfer jeden Tag auf die Arbeit vorbereitet haben. Bevor jemand die Baustelle betreten durfte, musste er beten und wurde gesegnet, damit nichts Böses in das sakrale Bauwerk einfloss. Hatte jemand einen schlechten Tag, wurde er wieder nach Hause geschickt. Man sagte ihm, er solle erst dann wiederkommen, wenn er besserer Stimmung war, um am Haus Gottes und dem Buch der Liebe weiterzubauen.«

»Das Buch der Liebe?«, fragte Renée.

Georges warf Marguerite einen Blick zu, doch diese schüttelte kaum merklich den Kopf: Noch war es nicht an der Zeit.

Georges verstand den Wink. »Das ist ein sehr wichtiges

Thema, meine teure Prinzessin«, sagte er. »Ich glaube, darüber möchte die Herzogin von Alençon Euch lieber selbst unterrichten. Aber so viel will ich Euch sagen: Die Kathedrale ist ein in Stein gehauenes Buch. Jedes Buntglasfenster ist eine Seite, die von Kundigen gelesen werden kann. Das Buch erzählt die Geschichte von Jesus Christus und seiner Mission hier auf Erden. Es erzählt die Geschichte der ersten Christen, die in dieses Land kamen, und die Geschichte ihrer Nachkommen. Natürlich wurde diese Kirche nicht nur als Stätte des Gebets und der Verehrung Gottes, sondern auch zu Bildungszwecken erbaut, deshalb finden wir innen wie außen so detaillierte Darstellungen. Menschen, die des Lesens nicht mächtig sind, können hier trotzdem lesen, indem sie die Kunstwerke anschauen.«

»Eine andere Version der Volkssprache«, ergänzte Marguerite. »Die Sprache der Bilder.«

Georges nickte. »So ist es. Unsere Mission besteht darin, unsere Geschichte so weit wie möglich zu verbreiten. Dazu benötigen wir die passenden Werkzeuge. Die Erbauer der gotischen Kathedralen wussten das. Also haben sie uns vollendete Arbeitsmittel an die Hand gegeben, mit deren Hilfe wir unseren Glauben lehren können.«

Sie waren nun am Kirchenvorplatz angelangt. Ihr Spaziergang hatte sie zur nordwestlichen Seite der Kathedrale geführt.

»Diesen Eingang werden wir nicht nehmen«, fuhr Georges fort. »Wir gehen weiter zum Nordportal. Dort werdet Ihr eine riesige Madonna sehen, Anne. Es ist aber nicht die Muttergottes, sondern die heilige Anna, Marias Mutter und Eure Namenspatronin.«

Sie gingen an der Längsseite des Gotteshauses entlang zur Treppe vor dem Nordportal. Staunend betrachtete Anne die Verzierungen an der Kirchenmauer: Statuen und szenische Darstellungen wechselten einander ab. Sicher, auch andere

Kathe-dralen besaßen schöne Fassaden, vor allem Notre-Dame in Paris, doch nichts kam den lebensgroßen Statuen und den atemberaubenden Steinmetzarbeiten von Chartres gleich. Anne war derart versunken in den Anblick der Skulpturen hoch über ihnen, dass sie fast in Georges hineingerannt wäre, als dieser am Fuß der Treppe verharrte.

»Die Herzogin von Alençon hat mich gebeten, hier mit Euch stehen zu bleiben, um Euch diese wunderschöne Dame zu zeigen. Ich komme jeden Tag her und entbiete ihr meinen Dank im Gebet.«

Georges deutete auf die lebensgroße Statue einer jungen Frau über ihren Köpfen, die auf einer Säule neben der Treppe des Nordportals stand. Sie hielt ein Buch in der Hand, das einst bemalt gewesen war. Ein Rest von Rot hatte sich erhalten. Mit der anderen Hand schien sie einen Segen zu erteilen.

»Die Schutzpatronin des Ordens vom Heiligen Grabe soll ich Euch vorstellen, die heilige Modesta von Chartres!«

»Wer war sie?«, fragte Renée, bevor Anne den Mund aufmachen konnte.

»Die hiesige Ordensführerin gegen Ende des vierten Jahrhunderts«, antwortete Georges. »Eine Cousine des Martin von Tours und direkte Nachfahrin der Maria Magdalena. Modesta war mit dem Mann verheiratet, der auf der anderen Säule steht. Es war eine heilige Hochzeit.«

Er deutete auf die Statue eines Mannes mit Bischofsmitra. »Sein Name war Potentian. Leider musste die Geschichte von Modesta und Potentian ein wenig umgedichtet werden, damit sie Rom zusagte. Aber Modestas wahre Geschichte wird hier in Chartres bewahrt. Sie gehört zu diesem Ort, genau wie Modesta selbst.«

Marguerite, die mit der Geschichte offenbar bestens vertraut war, nahm den Faden auf. »Modesta und Potentian lebten in Chartres, während der Herrschaft des Kaisers Theodosius. Sie wurden einander in der heiligen Hochzeit gegeben, im *hieros gamos*. Genau darüber werdet ihr, meine jungen Damen, in dieser Woche mehr erfahren. Das ist einer der Gründe, weshalb wir hier sind.«

Anne und Renée tauschten einen Blick. Allmählich wurde Anne klar, dass es sich nicht um eine Erholungsfahrt handelte. Ihr war auch aufgefallen, dass Jean de Dinteville mit seinem Kurzschwert bewaffnet war und ein Stück hinter ihnen stand. Er lauschte fasziniert und wachsam zugleich.

Marguerite fuhr fort: »Das vom Konzil von Nicäa erklärte Christentum sollte fortan der einzige anerkannte Glaube sein, sämtliche anderen Ausprägungen dagegen Häresien. Da Chartres immer schon ein Ort der Macht gewesen war, setzte Theodosius hier einen Mönchsorden ein, der als sein Wachhund fungieren sollte. Der Orden stand in Treue zu Rom und lehnte alles ab, was sich nicht innerhalb der Doktrin von Nicäa hielt. Eifrig verfolgten die Mönche jedes Anzeichen von Häresie. Außerdem waren sie Frauenverächter. Je klüger und mächtiger die Frauen, desto mehr wurden sie von den Mönchen gefürchtet. Sie wussten auch, dass Modesta im Besitz eines seltenen Schatzes war, eines Buches, das man das Buch der Liebe nannte. Dieses Buch hatte im Orden legendäre Bedeutung, denn es war einer der Schätze der ersten Christen, der geschützt werden musste, so wie das Grabtuch und der Abendmahlskelch.« Marguerite blickte um sich. Zwar war kein Mensch auf der Straße zu sehen, doch sie senkte vorsorglich ihre Stimme.

»Es hieß, das Buch der Liebe enthalte die Lehren unseres Herrn Jesus, von seiner Hand verfasst.«

Anne und Renée lauschten gebannt und sogen jedes Wort in sich auf. Auch Diana war fasziniert, obgleich ihr die Geschichte nicht neu war. Georges de Selves nahm den Blick nicht von Marguerite und hütete sich, sie zu unterbrechen. Es oblag Marguerite, diese Geschichte zu erzählen, was ihn sichtlich erfreute.

»Wie ihr euch vorstellen könnt, gibt es nichts, das einem Christen wertvoller sein könnte als ein Evangelium von Jesu eigener Hand. Nichts wäre begehrter. Doch eine solche Schrift dürfte nie in die Hände eines Menschen gelangen, der nicht dazu erzogen ist, damit umzugehen und daraus zu lehren. In Chartres waren Modesta und Potentian das Paar, das gemeinsam aus dem Buch der Liebe lehrte – bis zu dem Tag, als die Mönche die Höhle stürmten. Soldaten, von Theodosius geschickt, metzelten die guten Männer und Frauen von Chartres nieder. Modesta und Potentian jedoch wurden gefangen genommen, damit sie das Versteck des Buches unter der Folter preisgaben.«

»Haben sie es verraten?«, flüsterte Renée.

»Nein, das haben sie nicht«, antwortete Marguerite feierlich.

Die jüngeren Mädchen seufzten vor Erleichterung. Diana lächelte Georges zu, der jede Silbe der Geschichte genoss.

»Als die Soldaten die Höhle belagerten und Modestas Versammlung aufrieben, gestatteten sie den Kindern zu gehen. Immerhin suchten die Soldaten nach einem Schatz. Es kam ihnen nicht in den Sinn, dass ein Kind diese Kostbarkeit bei sich haben könnte – noch dazu ein kleines Mädchen, das in ihren Augen weniger zählte als nichts. Modesta hatte vor dem Überfall eine Vision gehabt und die Soldaten kommen sehen. Deshalb hatte sie ihre kleine Tochter herbeigerufen, ein Mädchen namens Magdalena. Modesta verbarg das kostbare Buch unter dem Umhang des Kindes. Die Zeit reichte gerade noch, das Kind sicher aus der Höhle zu bekommen, als Modesta und Potentian gefangen genommen wurden. Ihnen widerfuhr Schreckliches, wie ihr euch vorstellen könnt. Ich werde euch die Einzelheiten der Folter ersparen. Doch selbst unter Qualen verrieten sie kein Wort über den Verbleib des Buches. Schließlich wurden sie hingerichtet. Sie wurden enthauptet. Doch das reichte den Mönchen nicht, denn sie hassten Modesta aus tiefster Seele.

Sie verweigerten ihr ein christliches Begräbnis und warfen ihre sterblichen Überreste in einen Brunnen.«

Anne erschauerte. Unwillkürlich schlug sie das Kreuzzeichen, wie die anderen auch. Modestas Schicksal erinnerte an die Geschichte von Dame Guiraude, der Katharerin, die ebenfalls in einen Brunnenschacht geworfen worden war. Anne fragte sich, ob es da irgendeine Verbindung gab. Doch bevor sie die Frage stellen konnte, winkte Georges, ihm zu folgen.

»Bevor wir die Kathedrale betreten, werden wir zuerst in ihren Untergrund hinabsteigen. Wenn wir dort sind, werdet Ihr verstehen, warum.«

Es war alles sehr mysteriös und aufregend. Georges führte sie nach rechts zu einer Tür, nicht weit von der Modesta-Statue entfernt. Hinter der Tür führten mehrere Stufen hinab in die unterirdischen Gewölbe der Kathedrale. Sie waren gewaltig, wie eine kleine Stadt unter dem Erdboden. Offenkundig waren Anne und die anderen erwartet worden, denn in den Wandleuchten steckten Fackeln, und in den Seitenkapellen brannten Kerzen. Es gab lange Gänge und Nischen verschiedenster Größe. Georges führte sie in eine Kapelle, aus deren einer Wand eine halbrunde Steinfassung hervorsprang.

»Der heilige Brunnen von Chartres«, sagte er. »Hier ruhen bis zum heutigen Tag die Gebeine unserer Märtyrerin Modesta, die Seele dieser Kathedrale von Beginn an. Das Buch der Liebe wurde hier in Stein gemeißelt und in Glas gemalt, Modesta zu Ehren und zu Ehren dessen, was sie beschützt hat.«

Marguerite legte andächtig die Hand aufs Herz, dann wandte sie sich an Anne. »Weißt du noch, wie ich dir gesagt habe, du sollst in Chartres eine Person treffen, die nicht mehr lebt? Nun, hier ist sie.«

Georges sprach ein Gebet über dem Brunnen, und alle schwiegen. Anne versuchte, Modesta in den Tiefen des Brunnens durch die Kraft ihrer Gedanken zu erreichen. »Danke«, flüsterte sie der Märtyrerin zu. In diesem Moment flackerten um sie herum die Kerzen, als ein Windstoß durch die Kammer zu wehen schien.

Renée fragte mit leiser Stimme: »Was ist aus der kleinen Magdalena und dem Buch der Liebe geworden?«

»Das Buch wurde weitere neunhundert Jahre lang vom Orden gehütet und beschützt«, antwortete Georges. »Ein Bruder der Modesta brachte das Buch und seine kleine Nichte nach Süden, in die Pyrenäen, wo beide besser geschützt waren. Ordensmitglieder aus ganz Europa zogen dorthin und bildeten schließlich den Grundstock der Gemeinschaft, die unter dem Namen Katharer bekannt geworden ist.«

Georges schaute zu Marguerite. »Sie sind in die Legenden der Katharer eingeweiht, oder?«

»Oh ja«, erwiderte Marguerite. »Anne kennt manche davon besser als ich.«

»Nun, dann wisst Ihr ja, dass die Katharer Abkömmlinge des Ordens oder der spirituellen Familie des ersten Jahrhunderts waren – die Kinder von Magdalena, Josef von Arimathea und einigen Aposteln, darunter Petrus, Andreas, Lukas und Nikodemus. Über tausend Jahre lang hatten sie sich in Europa und im Nahen Osten niedergelassen, doch als es zunehmend gefährlicher wurde, sich der Doktrin Roms zu widersetzen, suchten sie Zuflucht in den Pyrenäen. Sie glaubten hier sicher zu sein, und für eine begrenzte Zeit war das auch der Fall. Wie es ausging, wisst Ihr. Die römische Kirche erklärte ihren Brüdern und Schwestern in Christo – den Ketzern, die den Gesetzen Roms nicht gehorchten – den Krieg. Genau das können wir in der heutigen Zeit nicht mehr zulassen. Wir können nicht billigen, dass Christen andere Christen um Kleinigkeiten willen töten, wo es doch viel mehr Übereinstimmungen als Unterschiede zwischen uns gibt.«

»So ist es«, ließ sich irgendwo hinter ihnen eine leise Stimme vernehmen, die vom Gewölbe widerhallte. »Doch es gab noch einen Grund, warum die Katharer so erbarmungslos verfolgt wurden. Und dieser Grund war der Schatz.«

Schlurfende Schritte ließen alle überrascht aufschauen. Aus den Schatten einer der Seitenkapellen trat eine Gestalt, die anfangs wie die Gespenstererscheinung eines alten Mannes in einem weißen Gewand anmutete. Doch als er näher kam, erkannte Anne ein Wesen aus Fleisch und Blut. Der Mann war so mager, dass seine Schlüsselbeine sich unter dem Linnen des Umhangs abzeichneten – ein äußerst feines Linnen, wie ihr auffiel. Der Mann hatte weißes, am Hinterkopf zusammengebundenes Haar und einen langen weißen Bart. Anne konnte im Schein der Kerzen seine eindringlichen dunklen Augen erkennen. Langsam kam der Mann näher, der trotz seines hohen Alters erstaunlich kräftig wirkte. Unter seiner zerbrechlichen Erscheinung brodelte eine gewaltige Kraft.

Zu Annes Erstaunen machte Marguerite einen tiefen Knicks. Diana tat es ihr gleich. Anne schaute Renée an; dann knicksten die beiden ebenfalls, obwohl ihnen der Grund nicht ersichtlich war. Jean de Dinteville verneigte sich tief und trat höflich einen Schritt zurück.

Auch Georges de Selve verbeugte sich vor dem alten Mann, wenn auch nicht so ehrfürchtig wie die anderen. Er legte einen Arm um die Schultern des Alten und führte ihn in den Lichtkreis am Brunnen.

Im Licht war das Gesicht des alten Mannes besser zu erkennen. Unter seinem Bart verlief eine lange, gezackte Narbe vom linken Auge quer über die Wange. Bei einem anderen Mann hätte diese Narbe bedrohlich gewirkt, doch die sanfte Macht des Greises löschte die Angst aus.

»Meine geschätzten Gäste«, sagte Georges de Selve, »ich möchte Euch den Ewigen Meister des Ordens vom Heiligen Grab vorstellen.«

Während der Vorstellung verneigte sich der Meister vor allen Anwesenden. Und nun erkannte Anne, was an diesem Mann so besonders war: Er besaß die Aura eines uralten Heiligen. Es war, als stünde sie mit dem heiligen Lukas oder dem heiligen Nikodemus am Grab Jesu. Und diese Vorstellung schien Wirklichkeit zu werden, als Georges sie zu einer alten Gewölbekapelle führte, in der Fulbert von Chartres im elften Jahrhundert den Kenotaph – das Scheingrab – des Heiligen Grabes hatte errichten lassen. In der Mitte des Gewölbes stand ein Sarkophag, der das Grab Jesu darstellte und zudem als Altar genutzt wurde. An den Wänden waren Steinbänke eingelassen, auf denen die Besucher nun Platz nahmen.

»Es ist mir eine Ehre, Euch in der Krypta von Chartres begrüßen zu dürfen.« Der alte Mann sprach Französisch mit einem Akzent, der Anne italienisch anmutete. Er nahm den Faden ihres Gesprächs so selbstverständlich wieder auf, als wäre er von Anfang an dabei gewesen.

»Die Schätze des Ordens wurden in den Pyrenäen gehütet. Die Katharer bauten mächtige Festungen auf unzugänglichen Bergstöcken, um sie zu schützen. Doch die Angst der römischen Kirche und die Gier des französischen Königs waren zur damaligen Zeit eine stärkere Kraft des Bösen, als man hätte ahnen können.« Der Meister schauerte, als wäre er ein lebender Zeuge jener Massaker gewesen.

Georges kam ihm zu Hilfe und nahm den Faden auf. »König und Papst vereinten ihre Kräfte, um die Katharergemeinden zu vernichten und deren Schätze an sich zu raffen. Jede blutige Belagerung war eine weitere Übung im Plündern, während sie nach den kostbarsten Schätzen der Katharer fahndeten. Aber sie wurden nie gefunden. Schließlich erhielt der französische König im Jahre 1243 eine Nachricht von einem bezahlten Spitzel, den er bei den Katharern eingeschleust hatte, der Schatz sei auf einer abgelegenen Bergfeste versteckt.«

»Montségur!«, stieß Anne hervor. Madame Margarete hatte ihr ausführlich vom Schicksal Montségurs erzählt.

»Sehr gut, Anne. Montségur! Wisst Ihr auch, was als Nächstes geschah?«

Anne nickte ernst, holte tief Luft und begann: »Die vereinten Kräfte der Krone und des Papstes belagerten während des strengen Winters die Festung, vom Dezember bis zum März. Schließlich waren die Katharerführer zur Kapitulation gezwungen, da ihr Volk erfror und verhungerte. Ein zweiwöchiger Waffenstillstand wurde vereinbart, damit die Katharer entscheiden konnten, ob sie ihrem Glauben abschwören und sich bedingungslos ergeben sollten, oder ob sie den Tod in den Flammen wählten.«

»Und?«, ermutigte Georges sie fortzufahren.

»Sie konnten ihrem Glauben nicht abschwören. Es wäre ein Verrat an allem gewesen, was ihnen heilig war. Die Kinder wurden verschont, aber alle Erwachsenen, zweihundert an der Zahl, wurden den Berg hinuntergeführt und als Ketzer auf dem Scheiterhaufen verbrannt.«

»Und was ist aus ihrem Schatz geworden, mein liebes Mädchen?«, fragte der Meister, der Anne scharf aus seinen dunklen und doch farblosen Augen musterte.

»Oh, ja – der Schatz«, fuhr Anne fort. »Vor der Kapitulation brachten die Katharer ihren Schatz über die Rückseite des Bergstocks in Sicherheit, an einen Ort, der von außen gesehen uneinnehmbar schien. Die kirchlichen Kreuzfahrer wussten nicht, dass es dort eine Seilwinde gab, mit deren Hilfe seit Jahren Vorräte zur Festung hinaufgeschafft worden waren. Vier Menschen entkamen mithilfe dieser Seilwinde vom Berg und brachten sich in Sicherheit, darunter auch ein junges Mädchen. Madame Margarete hat uns lediglich erzählt, dass dieses junge Mädchen unschätzbare Dokumente rettete, aber welche das waren, weiß ich nicht.«

Renée, die gebannt gelauscht hatte, warf eine Frage ein. »Wo sind diese Schätze jetzt?«

»Nun, wir wissen, wo sich das Grabtuch befindet und der Abendmahlkelch«, sagte Marguerite mit Betonung.

»Doch wo das Buch lagert, bleibt ein Geheimnis«, ergänzte der Meister. »Es wurde von Montségur in die Berge Nordspaniens gebracht, an einen Ort namens Montserrat. Dort ist die letzte bekannte Ruhestätte des Buches der Liebe, hoch oben in den Bergen, wo es verzweigte Höhlen gibt, in denen man alles Mögliche verstecken kann. Doch für uns mag es genügen, dass viele Lehren des Buches kopiert und im Orden weitergegeben worden sind.«

»Und«, sagte Marguerite mit einem bezeichnenden Blick auf Anne und Renée, »ihr beide werdet morgen eure Schulung beginnen, damit ihr tiefere Einblicke in das Buch erhaltet und versteht, warum es uns allen so viel bedeutet.«

Wieder fuhr ein Windstoß durch die Krypta. Mehrere Kerzen erloschen; die Fackeln flackerten. Und aus dem dunklen Gang vermeinte Anne ein schwaches Plätschern zu hören, das aus Richtung des Brunnens kam.

»Anne, wir haben ein Geschenk für Euch!« Georges de Selve kam in den Salon, wo die Damen nach dem Mahl saßen. Er gab Anne einen mit Leder bezogenen Kasten, der mit den Sternbildern geschmückt war. »Das ist vom Meister und von mir.«

»Aber …«, sagte Anne erstaunt. »Warum diese Ehre?«

»Öffnet ihn.«

Anne tat wie geheißen und förderte ein wunderbares, kompliziert aussehendes Gebilde aus goldenen Reifen und sich kreuzenden Kreisen zutage, das eine Art Globus bildete und in einem Gestell montiert war.

»Was ist das?« rief sie aus. »Es ist wunderschön!«

»Man nennt es Armillarsphäre«, erklärte Georges. »Es ist ein sehr fortschrittliches Instrument zur Bestimmung der Zeit.«

»Wie eine Sonnenuhr?«

»Ja, aber auch wie ein Kalender.« Er erläuterte, dass das Wort »Armillar« aus dem Lateinischen stamme und »Armreif« bedeute. Die Metallringe sahen in der Tat wie goldene Armreife aus. Der mittlere Reif, der den Kreis umspannte, stellte den Horizont dar. Georges zeigte Anne, wie die anderen »Armreife« sich mit dem Horizont und untereinander kreuzten, sodass man an den Schnittpunkten die Zeit anhand der Sterne messen konnte.

»Aber diese Sphäre ist etwas Besonderes«, sagte er dann. »Ich werde Euch zeigen, wieso. Wenn wir sie so einstellen«, er bewegte die Ringe, und Anne sah nun, dass manche von ihnen Markierungen trugen, »können wir das Frühlingsäquinoktium messen. Tatsächlich wurden die ersten Sphären eigens dazu geschaffen, die Tag-und-Nacht-Gleichen anzuzeigen, denn sie ist für uns sehr wichtig, besonders das Frühlingsäquinoktium. Wisst Ihr, warum?«

Anne nickte, wenngleich sie unsicher war, wohin sie schauen sollte. Die Armillarsphäre war ein Meisterwerk der Ingenieurskunst und bestand aus verwirrend vielen beweglichen Teilen, doch der junge Mann, der ihr das Gerät demonstrierte, war ebenso verwirrend. Sie wusste aber, dass er eine Antwort auf seine Frage erwartete. »Es zeigt den Beginn des Frühlings an«, sagte sie.

Georges nickte. »Die Jahreszeit der Erneuerung und der Schönheit! Gibt es noch etwas, das am ersten Tag des Frühjahres von Bedeutung ist, Anne? Etwas, das Euch persönlich betrifft?«

Er lächelte und zeigte dabei seine regelmäßigen weißen Zähne.

»Der erste Tag im Frühling … ist mein Geburtstag«, bekannte Anne zögernd. »Woher wisst Ihr das?«

»Oh, Anne!«, sagte George. »Wir alle wissen es! Ihr seid die Verheißene!«

*Château de Chartres*
*August 1524*

Die Herzogin von Chartres und die Angehörigen der französischen Königsfamilie durften die Kathedrale zum Gebet und zum Zwecke des Unterrichts nutzen. So geschah es am folgenden Tag. Die Gruppe, die den Hügel erstieg, war die gleiche wie am Tag zuvor: Anne, Marguerite, Diana und Renée gingen mit Georges, während Jean de Dinteville die Nachhut bildete. Es folgten ein paar königliche Wächter, die sich Mühe gaben, die Frauen nicht zu stören.

Als Anne sich dem Westportal näherte, machte sie sich einmal mehr bewusst, welche Ehre ihr zuteil wurde, dass sie in Gesellschaft dieser außergewöhnlichen Menschen einen Ort von solcher Kraft und Bedeutung besuchen durfte.

Als sie sich der Kathedrale näherten, sahen sie eine vertraute Gestalt in Weiß, die ihnen zuwinkte. Der geheimnisvolle Mann, der Anne nur als Ewiger Meister des Ordens bekannt war, hieß sie am Kopf der Treppe willkommen. Anne hatte am Abend zuvor viele Fragen über den Meister gestellt, doch die Antworten, was seine Identität betraf, waren vage gewesen. Anne konnte nicht sagen, ob Marguerite und Georges ihr absichtlich Informationen vorenthielten, oder ob sie es tatsächlich nicht wussten, denn sie bewegten sich schon so lange im Bannkreis von Geheimgesellschaften, dass sie oft in einer Art Code sprachen, den man unmöglich verstehen konnte, wenn man ihn nicht von Kindheit an gewöhnt war.

Niemand, so hatten Marguerite und Georges gesagt, kenne den wahren Namen des Meisters oder könne angeben, woher er ursprünglich stammte. Er war lange Zeit bei den Medici in Florenz gewesen, und allgemein wurde angenommen, dass er in der Toskana geboren war. Die Liste derer, die er zu seinen Schülern gezählt hatte, bescheinigte ihm ein geradezu unfassbares Alter; deshalb war schwer zu bestimmen, was Wahrheit und was Legende war. Der Meister war eine wandelnde Bibliothek, nicht nur, was die Ereignisse des ersten Jahrhunderts betraf, sondern auch die folgenden eintausendfünfhundert Jahre. Er war der bedeutendste lebende Experte, was den Weg der Liebe betraf, kannte sich aber auch in anderen christlichen Traditionen aus.

»Er kennt die Kabbala und die Weisheit der Sufi-Mystik ebenso gut«, hatte Georges gesagt. »In meinen Unterricht sind auch diese Lehren eingeflossen. Der Meister sagt, dass alle universalen Wahrheiten im Grunde ein und dieselbe Wahrheit sind, nur von unterschiedlichen Stimmen gesprochen, und dass im Süden, in Okzitanien, Lehrer und Schüler aller drei Traditionen friedlich miteinander leben und ihre Lehren austauschen. Ich freue mich schon darauf, das zu erleben, wenn ich nach Lavaur gehe.«

Anne war fasziniert von der Vorstellung, dass christliche Gemeinden ihre Mystik mit Juden und Muslimen teilten. Ihr war so etwas vollkommen fremd. Die Juden waren 1290 von Eduard Langbein vertrieben worden; noch immer war es Anhängern des mosaischen Bekenntnisses verboten, sich in England niederzulassen. Über den Sufismus wusste sie gar nichts, wollte aber zu gern etwas darüber lernen.

»Geschieht so etwas denn in Lavaur?«, hatte Anne wissen wollen.

»In der ganzen Region, sagt der Meister«, antwortete Georges. »Natürlich im Geheimen.«

»Wann werdet Ihr nach Lavaur gehen?«

»Wenn ich zum dortigen Bischof ernannt werde.«

»Bis dahin wird aber noch einige Zeit vergehen. Ihr müsst fünfundzwanzig sein, um Bischof werden zu können.«

»Mein Vater verhandelt bereits mit dem König über eine Gesetzesänderung.«

»Werdet Ihr dann das Gelübde ablegen?«

»Wenn ich Bischof der katholischen Kirche werde, muss ich das tun.«

»Aber Ihr gehört doch dem Orden an!«

»Ja. Glaubt Ihr etwa, dass diese Dinge nicht zusammenpassen? Oft müssen sie zusammenpassen.«

Anne wusste seine Offenheit zu schätzen. Allmählich fühlte sie sich wohl mit Georges de Selve; deshalb beschloss sie, brisantere Fragen zu stellen. »Ich verstehe es nur nicht. Wenn der Orden sich der Kirche entgegenstellt und sie umstürzen will …«

»Nein, nein. Nichts davon ist wahr. Der Orden unterstützt den Weg der Liebe, nicht der Vernichtung. Er stellt sich gegen den Weg, den die Kirche in den letzten Jahrhunderten eingeschlagen hat, weil er ein Weg des Krieges und Blutvergießens ist. Aber Rom ist mächtig, und es ist überall, deshalb kann eine Veränderung nur von innen geschehen. Als der Orden gegründet wurde, gab es noch keine Kirche von Rom. Wir sind älter als jede andere christliche Gemeinschaft, denn wir wurden am Tag der Auferstehung Jesu gegründet. Der Orden war als Schutzmacht gedacht. Er hatte den Auftrag, die Wahrheit über Jesus, seine Lehre, seine Familie und alle Reliquien und Schriften zu bewahren, die ihm zugeschrieben werden. Das ist der Zweck des Ordens. Leider ist diese Aufgabe in fünfzehnhundert Jahren andauernder Machtkämpfe und Gier schwieriger geworden, als irgendwer geglaubt hätte. Nikodemus, Lukas, Josef von Arimathea und die vier Marien, die den Orden gründeten, hätten sich das niemals vorstellen können.«

Anne hatte außerdem versucht, Georges darüber auszuhorchen, warum er sie »die Verheißene« nannte, doch Georges hatte geantwortet, diese Erklärung stehe ihm nicht zu, und dass er es besser gar nicht erwähnt hätte. Doch er versprach, dass der Meister es ihr am nächsten Tag erklären werde.

Wie besessen hatte Anne nach diesem Gespräch abends in ihr Tagebuch geschrieben. Bevor Sie zu Bett ging, versuchte sie noch, die Armillarsphäre in das Tagebuch zu zeichnen.

Jetzt, wo ihre kleine Gruppe die Treppe zum Westeingang hinaufstieg, der passenderweise »Königsportal« hieß, fragte sich Anne, worauf das alles hinauslief. Der Meister verharrte vor dem Portal und zeigte ihnen Salomon und die Königin von Saba, die feierlich auf ihren Säulen standen.

»Das ewige Paar«, erläuterte er. »Die beiden sind in vieler Hinsicht die Paten unseres Ordens.« Er legte Anne die Hand auf die Schulter und nickte ihr zu, als wollte er sagen: »Keine Angst, das alles wirst du noch erfahren.«

Sie verbrachten den ganzen Morgen in der Kathedrale. Meistens redete Georges, doch der Meister warf hin und wieder ein erläuterndes Wort ein. Es ging vor allem darum, wie man die Kathedrale »las«, besonders die Buntglasfenster. Jede Legende, erklärte Georges, begann am unteren Rand des Fensters und strebte nach oben dem Ende zu: Man las die Bilder von links nach rechts, rückte eine Reihe nach oben und las wieder von links nach rechts, bis man am oberen Rand angelangt war.

Am Beispiel des Lebens der Magdalena, aufgeteilt in zweiundzwanzig Einzelbilder, erläuterte Georges ihnen die Technik. Eine der unteren Tafeln zeigte Maria zu Füßen Jesu; darüber war zu sehen, wie ihr Bruder Lazarus von den Toten auferweckt wurde. Auf den nächsthöheren Tafeln stand Maria am Grab; dann folgte die Begegnung mit dem auferstandenen Jesus, wie er zu Maria sagt: *Noli me tangere* – rühr mich nicht an. Es folgte das bedeutende »Apostola Apostalorum«-Fenster, das Magdalena als Mittlerin der Botschaft Jesu an die anderen Apostel darstellte.

Die zweite Hälfte von Marias Geschichte im großen Fenster zeigte ihre Ankunft in Gallien und verdeutlichte die Bedeutung ihres Gefährten, des heiligen Maximin. In der obersten Reihe des Fensters waren ihr Tod und ihre Grablegung dargestellt; zuletzt sah man ein außergewöhnliches Doppelbild, auf der Jesus die Seele Marias in den Himmel einließ. Es war ein künstlerisches und historisches Meisterwerk.

»Wisst Ihr, was zu der Zeit, als diese Glasfenster im Norden geschaffen wurden, im Süden geschah?«, wandte sich der Meister an alle.

Da niemand sogleich antwortete, gab Georges einen Hinweis: »Die meisten der Fenster wurden zwischen 1205 und 1240 angefertigt.«

»Die Katharer«, lautete die einstimmige Antwort. Alle wussten, dass die schrecklichsten Grausamkeiten gegen die Katharer in Okzitanien zwischen 1209 und 1244 verübt worden waren.

»Und was sagt uns das im Zusammenhang mit diesen Fenstern? Über die Menschen, die sie schufen? Denkt nach.«

Marguerite versuchte es zuerst: »Die Menschen, die an dieser Kathedrale bauten, waren mit den Katharern verwandt. Manche von ihnen waren Flüchtlinge, die der Verfolgung entkommen waren. Chartres ist seit dem neunten Jahrhundert, als es das neue Alexandria genannt wurde, ein Zentrum der Gelehrten. Sie wussten, dass sie hier eine neue Heimstatt finden würden – so wie die heilige Familie, als sie nach Ägypten floh.«

»Ja, das ist die Wahrheit«, sagte der Meister. »Aber nur ein Teil davon. Es steckt noch mehr dahinter. Nun?«

Anne war geblendet von den blauen und roten Tönen in dem Fenster, die wie tausend Edelsteine glitzerten. Sie starrte noch einen Augenblick auf das Farbenspiel und hatte das deutliche Gefühl, dort sei die Antwort zu finden. Sie spürte, dass dieses gewaltige Gotteshaus ihr etwas mitteilen wollte – ein Echo aus den Abgründen der Zeit und der Geschichte drang aus den Mauern und strahlte aus den Fenstern. Die Kathedrale von Chartres war in der Tat ein in Stein gehauenes Buch!

»Es war ihre Antwort auf die Gewalt«, beantwortete sie die Frage des Meisters. »Sie schufen etwas, während andere zerstörten. Sie konnten nicht gegen die Kreuzritter kämpfen und wollten es auch nicht. Die Katharer waren friedlich. Also flohen sie in den Norden und erbauten ein Denkmal für den Glauben und die Liebe, zum Gedenken an jene, die dafür gestorben waren. Seht nur die vielen Märtyrer in den Fenstern!«

»So ist es«, sagte der Meister mit einem zufriedenen Lächeln. »Gut gemacht, mein liebes Mädchen. Wir müssen stets bestrebt sein, das Böse umzukehren. Wir dürfen nicht schweigen, wenn es spricht. Zugleich müssen wir klug sein wie die Schlangen und sanft wie die Tauben. So wie die Bürger von Chartres. Sie retteten Menschen aus dem Süden und bildeten eine Gemeinschaft mit ihnen. Und gemeinsam, in perfekter Harmonie, schufen sie dieses Meisterwerk Gottes und der Menschen.«

»Frieden ist stets die beste Antwort, wann immer er möglich ist«, sagte unvermittelt Jean de Dinteville, der den ganzen Morgen geschwiegen hatte. Georges lächelte und nickte seinem Freund beifällig zu, während er die Gruppe zu weiteren Entdeckungen führte.

Es gab fast zweihundert Fenster in der Kathedrale von Chartres, und jedes erzählte eine Geschichte. Anne hatte das Gefühl, hier ihr ganzes Leben verbringen zu können und niemals auch nur einen Bruchteil der gezeigten Wunder zu begreifen.

Marguerite nahm die Frauen ein paar Schritte mit zur Seite, um ihnen das Lichtgadenfenster zur Rechten des Magdalenenfensters zu zeigen, während die Männer Georges zu dem Wurzel-Jesse-Fenster folgten.

»Könnt ihr mir sagen, wer da oben zu sehen ist, neben Magdalena?«

»Maria von Ägypten!«, rief Renée aufgeregt, als sie die Heilige erkannte, die dreißig Jahre lang als Eremitin gelebt hatte. Der untere Fensterteil zeigte Marias Begegnung mit Zosimas in der Wüste, in die er sich zum Fasten zurückgezogen hatte. Das nächste Fenster stellte Zosimas dar, der Maria in der Wüste begräbt, wobei ihm der Löwe behilflich ist. Die beiden kleineren Bildtafeln bildeten die Basis für ein großes Bildnis der Maria von Ägypten in strahlender Pracht.

»Was bedeutet es, dass Maria von Ägypten und Maria Magdalena auf benachbarten Fenstern dargestellt sind?«, wandte sich Marguerite, nun ganz Lehrerin, an die jüngeren Frauen.

Anne gab die Antwort. »Dass der Schöpfer dieser Fenster die wahre Magdalena kannte und nicht wollte, dass man sie mit einer Sünderin oder einem Freudenmädchen verwechselt.«

Diana, die in der größeren Gruppe meist schweigsam war, ging in rein weiblicher Gesellschaft mehr aus sich heraus. »Ja, und dass wir hier zwei Frauen mit sehr unterschiedlichen Lebensgeschichten haben. Beide waren auf ihre Weise heilig, und beide haben uns wichtige Dinge zu lehren. Aber wir dürfen ihre Geschichten auf keinen Fall miteinander verwechseln.«

Anne hatte Marguerite bereits gefragt, wie viele Fenster das Leben weiblicher Heiliger abbildeten. Marguerite konnte es nicht genau sagen, wusste aber, wo sich die wichtigsten befanden. Sie führte die anderen in östliche Richtung, vorbei an Altar und Querhaus, bis sie vor einem weiteren »Geschichtsfenster« mit zweiundzwanzig leuchtenden Tafeln standen.

»Hier sind die Lebens- und Märtyrergeschichten der heiligen Katharina von Alexandria und der heiligen Margareta von Antiochia zusammengefasst«, erklärte Marguerite. Sie zeigte auf die sechs Bildtafeln am unteren Rand, welche die Legende der heiligen Margareta darstellten. In einer Bildtafel besiegte sie einen Dämon, auf einer anderen trat sie aus dem Bauch eines Drachens hervor, der sie verschlungen hatte.

»Sehet die Taten unserer heldenhaften Frauen in diesen Fenstern«, sagte hinter ihnen die Männerstimme mit dem Akzent. »Sie sind nicht müßig, sondern sie lehren und führen die Menschen zu Gott und ihrer eigenen vollkommenen Seele.«

Mit feuchten Augen schaute der Meister am Fenster empor. »Sie war eine erstaunliche Frau, diese Katharina von Alexandria. Sie erinnert mich an unsere Marguerite. So gebildet, so begabt, so erfüllt vom Weg der Liebe.«

Marguerite knickste zum Dank für das Kompliment. »Ich bete dafür, dass ich ihr an Anmut gleichkomme, ohne ihr Ende erleiden zu müssen.«

Der Meister nickte ihr zu und faltete die Hände. Als er zu rezitieren begann, fielen Marguerite und Diana ein.

*»Wir preisen den Allmächtigen und bitten ihn,*
*dass eine Zeit kommt, in der alle Menschen*
*unsere Lehren willkommen heißen in Frieden,*
*eine Zeit, in der es keine Märtyrer mehr gibt.«*

Anne schaute am Fenster hinauf zu der Tafel, auf der Katharina von Alexandria zur Märtyrerin wurde. Sie merkte nicht, dass sie weinte, bis vor ihren Augen eine Hand erschien und die Tränen abwischte. Anne schaute in das steinalte Gesicht und sah das Mitleid darin.

»Trauere nicht, weil sie tot sind, mein Kind. Freue dich, dass sie gelebt und vieles bewirkt haben. Sie haben zu ihren Lebzeiten die Welt verändert, und sie sind gestorben wie Königinnen, mit hoch erhobenem Kopf, den Blick zum Himmel gerichtet.«

Georges und der Meister führten die Frauen eine Treppe hinunter in die Krypta, in der sie bereits gestern gewesen waren.

Wieder betraten sie die Gewölbekapelle des Heiligen Grabes, in der die Bänke den Sarkophag umgaben. Georges erklärte, dass die Versammlungen des Ordens seit Jahrhunderten an diesem Ort abgehalten wurden.

Der Meister wollte mit ihnen über ein sehr wichtiges Thema sprechen, das eine der Kerntraditionen des Ordens bildete: die Prophezeiungen. Es gebe, so sagte er, in ganz Europa verstreut uralte Bücher, rot eingebundene Werke mit Namen *Libro Rosso*, in denen die Geschichte des Ordens getreulich verzeichnet stand. Neben Legenden und Biografien bedeutender Heiliger und Mitglieder des Ordens enthalte jedes *Libro Rosso* auch Prophezeiungen, von denen manche seit dem Ende des ersten Jahrhunderts überliefert waren. Die meisten Propheten im Orden waren Frauen. Die heilige Anna, Großmutter Jesu, und auch deren Mutter waren angeblich Prophetinnen gewesen. Es gab auch männliche Propheten; der bedeutendste war der Evangelist Johannes, von dem die *Offenbarung* stammte.

»Ich möchte euch von der Prophezeiung berichten, die der Evangelist Johannes und seine Schwester Sarah-Tamar, eine Prophetin des ersten Jahrhunderts, aufgezeichnet haben. Sie heißt *Prophezeiung der Zeit*. Darin wird verkündet, dass ein Heilsbringer des Weges der Liebe ›in der halben Zeit nach der Zeit‹ geboren werden sollte und dass dieser Erlöser den Menschen die wahre Lehre zurückgeben werde. Sarah-Tamar gibt uns in ihren Schriften auch die Erklärung für diese Zeiträume: eine ›Zeit‹ bedeutet eintausend Jahre, eine ›halbe Zeit‹ steht für fünfhundert Jahre.

Zu Lebzeiten unseres großen Lorenzo de' Medici glaubten wir noch, dem entnehmen zu können, dass der Messias im Jahre 1500 wiedergeboren werde. Leider starb Lorenzo acht Jahre vor Erreichen der Jahrhundertwende, und Florenz wurde von einem fanatischen Mönch namens Savonarola ins Chaos gestürzt.

Damals gehörte unserem Orden ein engelsgleicher Künstler

an, Alessandro Botticelli. Er malte ein Bild, das er ›mystische Geburt‹ nannte – zur Lobpreisung des Messias, der unserem Orden geboren werden sollte. Wir, die wir immer noch vom Verlust Il Magnificos erschüttert waren, warteten verzweifelt auf einen Erlöser. Sandros Gemälde zeigt Maria und das Jesuskind in der Krippe, und im Himmel und auf Erden tanzen die Engel mit den Menschen, um die Geburt des Erlösers zu feiern und anzuzeigen, dass er eines Tages wiederkehren wird. Am oberen Bildrand schreibt Sandro in griechischer Sprache, er habe das Gemälde am Ende des Jahres 1500 vollendet, ›in der halben Zeit nach der Zeit‹.

Doch er irrte sich – wie wir alle. Der Erlöser sollte nicht im Jahre 1500 zur Welt kommen. Wir hatten seine Ankunft vom falschen Zeitpunkt an berechnet.«

Anne beobachtete Marguerite, die eifrig zu des Meisters Worten nickte. Sie verstand, was er meinte, doch Anne blieb es verborgen.

»Die Ankunft eines neuen Messias kann nicht vorausberechnet werden, solange sein Vorgänger lebt«, sagte Marguerite. »Der Anfangspunkt der Prophezeiung ist daher nicht Jesu Geburt, sondern sein Tod. Der Erlöser muss fünfzehnhundert Jahre nach Jesu Tod am Kreuz geboren werden. Nicht im Jahr 1500, sondern im Jahr 1533.«

In der Stille der Gewölbekapelle schnappten alle hörbar nach Luft.

»So ist es«, bestätigte der Meister. »Folglich wird unser Messias in acht Jahren zur Welt kommen. Der Erlöser, der uns von den Fesseln Romas erlösen und uns die Macht Amors zurückgeben wird. Es ist ungeheuer wichtig, dass alle, die heute hier anwesend sind, das verstehen. Ihr alle bekleidet hohe Ränge in unserem Orden, und in acht Jahren seid ihr im gebärfähigen Alter. Also ist unter euch vielleicht die Auserwählte, die den Erlöser unserer Welt gebiert.«

Niemand sagte ein Wort. Die Ungeheuerlichkeit der Enthüllung hatte alle sprachlos werden lassen.

Der Meister beendete die Versammlung, indem er segnend die Hand hob und verkündete: »Denn dieses wissen wir: *Le temps viendra.*«

Nach dem abschließenden Segensspruch mit der Prophezeiung der wiederkehrenden Zeit entließ der Meister alle bis auf Anne. Er setzte sich neben sie auf die Steinbank.

»In unserem Orden gibt es viele Prophezeiungen, mein Kind – du wirst noch davon hören. Ich aber möchte mit dir über eine Weissagung sprechen, die Georges gestern erwähnt hat – die Prophezeiung der Verheißenen. Sie betrifft nur weibliche Kinder innerhalb der Blutlinie des Ordens, die zu einem bestimmten Zeitpunkt geboren werden: am Tag des Frühjahrs-Äquinoktiums. Das ist aber nicht das einzige Zeichen. Sag mir, hast du jemals von der Kreuzigung geträumt?«

Anne nickte. Für einen Augenblick fehlten ihr die Worte. Seit ihrer Begegnung mit dem heiligen Grabtuch hatte sie Albträume, in denen sie Jesus am Kreuz sterben sah.

Sie sagte es dem Meister.

»Und was tust du in diesen Träumen?«, wollte er wissen.

»Ich schaue zu, denn ich kann ja nichts tun, und fühle mich schrecklich hilflos.«

Der Meister nickte. »Ich habe dich beobachtet, Anne. Du spürst diesen Ort bis in dein Inneres. Ich habe schon viele Menschen durch diese Kathedrale geführt und sehe sofort, wenn sie Einfluss auf eine Seele nimmt. Du bist wie Marguerite. Unser Weg ist dir von Natur aus gegeben, Anne.«

»Ich danke Euch, Meister«, antwortete das Mädchen mit ehrlicher Bescheidenheit. »Aber ich werde nie wie Marguerite sein. Wenn ich auch stolz auf meine Familie bin, so bin ich nicht von so vornehmer Geburt wie Marguerite und die anderen.«

»Du irrst dich, mein Kind.« Der alte Mann tätschelte Annes Arm. »Du bist ebenso Königin wie die anderen Frauen. Renée wird in ein Adelsgeschlecht einheiraten, und Marguerite ist noch nicht die Königin, die sie eines Tages sein wird. Und was dich angeht … Wir hoffen, dass wir dir helfen können, dein Schicksal zu erfüllen. Und nun komm mit. Ich will dich etwas lehren, das du mit auf den Weg nehmen kannst, wohin auch immer dein Lebensschiff dich trägt.«

Sie stiegen die Treppe hinauf und kehrten ins Hauptschiff der Kathedrale zurück. Wieder schritten sie an der Südseite entlang auf das Margareten- und Katharinenfenster zu. Doch bevor sie es erreichen konnten, bliebt der Meister vor einem atemberaubend schönen Fenster der Muttergottes mit dem Jesuskind stehen.

»Die *Notre Dame de la belle verrière*«, sagte er andächtig. »Diese Blautöne gibt es nirgendwo sonst auf der Welt.«

Die Muttergottes saß auf einem Thron, in einen reichen Faltenüberwurf in leuchtenden Blautönen gekleidet – Himmelsblau und Königsblau, die sich zu Indigo vermischten.

»Es wird Chartreser Blau genannt, oder auch Heiliges Blau. Es sind die Farben Christi. Die im Orden überlieferte Legende besagt, dass Jesus von einem blauen Licht umgeben war, als er den Aposteln erschien. Die Glaser damals haben versucht, dieses Blau nachzuahmen. Leider ist ihre Rezeptur verloren gegangen und ein Geheimnis der Geschichte geworden. Ich möchte, dass du mit aller Kraft auf dieses Fenster schaust, Anne. Spüre das blaue Licht, das zu dir strömt. Atme es ein, lass es zu einem Teil deines Körpers werden, nimm es in dich auf. Spüre seine Heiligkeit, die dich umhüllt und in dich strömt.«

Seine Stimme klang beschwörend. Anne atmete tief ein und stellte sich das blaue Licht vor, das immer näher kam und mit jedem neuen Atemzug ihren Körper erfüllte. Sie spürte, wie sie zu zittern begann.

»Jetzt mach die Augen zu und wende dich nach innen. Spüre das heilige blaue Licht in dir. Spürst du es?«

Anne nickte, immer noch mit geschlossenen Augen.

»Wie fühlst du dich?«

»Ganz ruhig«, flüsterte Anne. »Und unsagbar glücklich …«

»Jetzt mach die Augen auf.«

Anne tat wie geheißen. Immer noch war ihr Blick nach oben auf die Muttergottes mit dem Kind gerichtet.

»Eines Tages wirst du Königin sein, Anne. Vielleicht wirst du sogar einen Erlöser zur Welt bringen wie die Muttergottes. Es ist nicht leicht, solche Verantwortung zu tragen. Wenn du schwere Tage erlebst, dann schließ die Augen und erinnere dich an diesen Moment. Wisse, dass du das heilige blaue Licht stets herbeirufen kannst, wenn du in einem Sturm der Stille bedarfst.«

»Habt Ihr das alles vorher gewusst?«

Anne schlenderte mit Marguerite durch den duftenden Rosengarten, der hinter der Kathedrale angelegt war. Sie hatte darum gebeten, mit der Herzogin allein sein zu dürfen. In Annes Frage an Marguerite schwang ein leiser Vorwurf mit: Sie konnte nicht begreifen, dass gerade sie als Letzte erfuhr, Teil eines geheimen Plans zu sein, der ihr Leben entscheidend beeinflussen würde.

»Ja«, erwiderte Marguerite. »Ich habe es seit dem Tag gewusst, als wir hörten, dass du von Mecheln zu uns kommst. Dass dein Vater durch Tante Margaretes Vermittlung in den Orden aufgenommen wurde, war – und ist – Teil eines Plans, uns in England mehr Gewicht zu verschaffen. Zwar leben dort noch Ordensnachkommen aus dem Hause Plantagenet, aber sie haben die Verbindung zum Kontinent verloren. Viele von ihnen, auch die Familie deines Königs und der König selbst, sind fromme Katholiken und nicht gewillt, unseren Plan einer Kirchenreform von innen zu unterstützen. Dein Vater steht für den neuen Ansatz, den Wandel in England schrittweise einzuleiten. Die Mächtigen sollen durch die Schönheit humanistischer Gedanken angelockt und in Richtung kirchlicher Reformen gelenkt werden. Genau das ist derzeit Thomas' Bestreben in England.«

Anne warf ein: »Damals in England hatte Vater mir anvertraut, für den Orden tätig zu sein. Aber er hat mir offenbar einiges verschwiegen.«

»Wir haben ihn gebeten, dir nicht alles anzuvertrauen, weil die Zeit noch nicht reif war. Zürne ihm nicht. Er liebt dich und hat große Hoffnungen, dass du eines Tages Ordensführerin in England wirst. Er weiß auch von der Prophezeiung über die Kinder, die unter einem bestimmten Stern geboren werden.« Marguerite lachte leise, bevor sie fortfuhr: »Meine Tante erzählte mir, dein Vater habe nicht einmal das genaue Datum von Marys Geburt angeben können. Bei dir lag der Fall vollkommen anders. Als dein Vater Margarete schrieb, er habe eine überaus kluge Tochter bekommen, die am ersten Frühlingstag das Licht der Welt erblickt hatte, stellte man fest, dass die Prophezeiung der Verheißenen auf dich zutreffen könnte.«

»Was tut eine Verheißene?«

»Sie wird eine Führerin des Ordens. Erinnere dich, dass am Tag der Ordensgründung ebenso viele Frauen wie Männer anwesend waren. Das Verhältnis von männlichen und weiblichen Anführern muss stets ausgewogen sein. Alle paar Generationen wird ein ganz besonderer geistiger Führer geboren, genau wie die Prophezeiungen besagen. Lorenzo de' Medici war der Dichterfürst seiner Zeit. Heute ist Georges de Selve dieser Mann.

Und du, meine liebe Anne, bist die Verheißene, wie es durch deine Sterne bestimmt ist.

Ich hingegen wurde geboren, um die Reformen als Lehrerin und Mäzenin zu fördern und meinem Bruder eine Stütze zu sein. Als deine Schwester bin ich Martha – die Ältere, Vernünftigere. Du bist Maria – jung, visionär und kühn. Du wurdest nicht geboren, um unsere Bewegung in der Stille zu unterstützen, so wie ich. Du wurdest geboren, um die Reformation anzuführen.«

Anne blieb stehen und schaute an der Kathedrale vorbei auf die Eure, in deren Wassern die Sonne golden funkelte. Es war ein warmer Sommerabend, und eine sanfte Brise verbreitete den Rosenduft aus dem Garten. Die Kathedrale reckte sich gen Himmel wie ein Denkmal zu Ehren des Lichts. Das alles war wunderschön und geheimnisvoll – und gleichzeitig furchterregend.

»Wenn wir nach Blois zurückkehren«, fuhr Marguerite fort, »werden wir meine Mutter, deinen Vater und vielleicht auch meinen Bruder treffen. Sie haben einen Plan entworfen – einen gewaltigen, großartigen Plan, wie ich gehört habe.«

»Wisst Ihr, worum es geht? Wollen sie mich an einen Mann verheiraten, ohne dass ich dabei mitzureden habe?«

»Ich weiß es nicht.«

Anne warf ihr einen skeptischen Blick zu.

»Ich weiß, Anne, du hast Grund zu zweifeln, ob ich dir die Wahrheit sage, und es tut mir leid, dass du dich von mir im Stich gelassen fühlst«, sagte Marguerite leise. »Ich liebe dich wie meine Schwester. Aber ich habe auch eine Verantwortung meiner Familie und dem Orden gegenüber. Mutter hatte darauf bestanden, dass du erst dann von alldem erfahren solltest, wenn die Zeit reif ist.«

»Die Reise nach Chartres diente gar nicht der Erholung, nicht wahr? Es stand eine andere Absicht dahinter.«

Marguerite leugnete es gar nicht erst. »Dir und Renée ist vorherbestimmt, bedeutsame Ehen einzugehen. Und es gibt Traditionen im Orden, auf die ihr vorbereitet werden müsst. Du hast gehört, was der Meister sagte. Die Prophezeiung besagt, dass im Jahre 1533 ein Messias geboren wird, ein Erlöser, der die alte Lehre wieder zu ihrem Recht kommen lässt, auf dass der Weg der Liebe über Dogma und Zerstörung siegt. Du könntest die Mutter dieses Kindes sein – oder auch Renée. Deshalb müsst ihr beide noch viel lernen, und wir alle stehen bereit, eure Bildung zu vervollständigen.«

Anne war verwirrt und ratlos. Sie versuchte zu verstehen, was nicht zu verstehen war, denn es entzog sich dem menschlichen Begriffsvermögen. Im Inneren aber spürte sie, dass hier etwas geschah, das unendlich viel größer war als sie selbst. Darüber zu bestimmen, lag nicht in ihrer Macht.

Schweigend gingen sie Seite an Seite, bis Anne in die Stille hinein sagte: »Da ist noch etwas, das ich Euch fragen muss …«

»Heute scheint ein Tag der Wahrheiten zu sein.« Marguerite lachte. Ihre für sie typische Heiterkeit war zurückgekehrt. »Worum geht es?«

»Diese Blutlinie des Ordens, die sich von den ersten Aposteln herleitet – Ihr habt viele Male darauf angespielt, dass Ihr eine Nachfahrin Magdalenas seid, genau wie Madame Margarete.«

»Ja. Und als Abkömmling des Hauses Plantagenet gilt das auch für dich.« Anne erkannte, dass Marguerite bereits ahnte, was hinter der Frage steckte, die Antwort aber noch zurückhielt. Stattdessen fragte sie schlicht: »Was möchtest du wissen?«

»Wenn Maria Magdalena Kinder hatte und wir von diesen Kindern abstammen – wer ist dann der Vater?«

»Du kennst die Antwort, Anne.«

»Aber niemand spricht es aus! Niemand spricht darüber, nicht einmal bei den geheimen Versammlungen. Nie habe ich von Euch oder Herzogin Louise gehört, dass Ihr Nachfahren von Jesus *und* Maria Magdalena wäret. Nur Nachkommen der Magdalena.«

»Das ist richtig. Und du wirst es auch nie hören, denn es wäre Häresie, und du würdest dafür auf dem Marktplatz verbrannt. Das ist der wahre Grund, warum die Katharer in den Straßen niedergemetzelt und jedes Jahr am 22. Juni verbrannt wurden. Wir schreiben und reden nicht über unsere Herkunft, denn als Ordensmitglieder und Nachkommen Magdalenas wissen wir es. Wir haben dieses Wissen in unserem Mark und unserem Blut, und kein Inquisitor wird es uns jemals rauben können.«

»Ich danke Euch«, sagte Anne wie benommen.

Es gab nichts mehr hinzuzufügen. Sie hatte seit Jahren irgendetwas Unausgesprochenes im Orden spüren können, etwas Gewaltiges, und nun war es eine Erleichterung, dass sie ihre Vermutung bestätigt sah.

Schweigend kehrten die Frauen in das kleine Château zurück. Anne war traurig, furchtsam und erregt zugleich – eine seltsame Mischung von Gefühlen, die sie schon damals befallen hatte, als sie zum ersten Mal nach Frankreich gekommen war. Sie empfand Trauer, weil sie wusste, dass ihr Aufenthalt sich seinem Ende näherte, und Furcht, weil sie bereits tief in gefährliche Häresie verstrickt war und nicht wusste, wohin das alles führen mochte. Und die Erregung schließlich empfand Anne bei dem Gedanken an ihr künftiges Schicksal – eine Vorstellung, die jede Faser ihres Körpers vibrieren ließ.

Sie hielt die Details dieses außergewöhnlichen Tages in ihrem Tagebuch fest, aber das war noch nicht genug. Sie hatte das Bedürfnis, dem Eintrag eine bleibendere Form zu verliehen. Sie nahm ihr Stundenbuch und blätterte darin. Das Buch klappte von selbst bei einer prächtig illuminierten Darstellung des Jüngsten Gerichts auf. Zur Linken sah man ein Bild von Jesus, der auf einem goldenen Regenbogen über der Erde schwebte. Unter ihm standen zwei Heilige im Gebet. Anders als die meisten Darstellungen, die Jesus nach der Kreuzigung kraftvoll und strahlend zeigten, tropfte diesem Jesus Blut von der rechten Hand und aus der Wunde in seiner Seite. Bei seinem Anblick musste Anne an den Jesus des heiligen Grabtuchs denken.

Der Himmel auf der Buchseite ging von einem sanften Hellblau in den satten königsblauen Farbton über, der auf den Fenstern der Kathedrale von Chartres vorherrschte.

Dies war die richtige Seite, hier würde sie dem heutigen Tag ein Denkmal setzen! Hier sollte ihr Gelübde stehen, dass sie ihr Schicksal annehmen und eine Führerin des Ordens werden wollte und dass sie die wahren Worte und die Lehren Jesu schützen würde.

Anne tauchte die Feder ins Tintenfass und schrieb in säuberlichen Buchstaben unter den prächtig illustrierten Rand: *Le temps viendra.*

Genau darunter setzte sie eine weitere Zeile, beginnend mit dem französischen Pronomen für »ich«: *Je.*

Sie wollte ihren Namen hinzufügen, hielt jedoch inne, denn mit einem Mal war ihr etwas Besseres eingefallen. Sie erhob sich und holte den Lederkasten, das Geschenk von Georges, nahm die Armillarsphäre heraus und stellte sie vor sich auf den Tisch. Behutsam zeichnete sie hinter das *Je* ein Miniaturbild der Armillarsphäre. Es war eine recht gute Zeichnung, mit der Anne zufrieden war.

Nun erst setzte sie ihren Namen hinzu, um die Signatur zu vervollständigen. Für sie war es eine Erklärung all dessen, was sie war und sein wollte. Im Kern bedeutete es:

*Die Zeit wird kommen. Ich bin ein Kind der Tagundnachtgleiche, eine Tochter des Ordens.*

*Ich bin Anne Boleyn.*

*London*
*Gegenwart*

Berenger kam von einem Meeting mit seinen Familienanwälten, in dem es um seine Mitwirkung an bevorstehenden Charity Events gegangen war. Diese Veranstaltungen kamen Berenger gut zupass, denn hier konnte er entscheiden, welche gemeinnützige Organisation die Sinclair-Stiftung im kommenden Jahr unterstützen sollte. Dann würde ihn Maureen als seine Ehefrau begleiten. Sie setzte sich mit Leidenschaft für die Verbesserung der Lebensbedingungen von Frauen und Kindern auf der ganzen Welt ein, und Berenger hatte sich überlegt, dass eines seiner Hochzeitsgeschenke in einer Zuwendung bestehen sollte, die Maureen an Organisationen ihrer Wahl verteilen konnte.

Während der Besprechung war sein Smartphone ausgeschaltet gewesen. Jetzt fand er eine Benachrichtigung von Kat Elgin aus London sowie eine weitere Nachricht von Tammy Gelis aus Château Sabra vor. Es waren reichlich kryptische RUF MICH ZURÜCK-Messages.

Während Berenger hinunter zur Themse schlenderte, rief er zuerst Kat an. In London herrschte wunderbares Frühlingswetter, und er hatte den Rest des Tages zur freien Verfügung. Maureen war auf dem Weg nach Kent, um mit Richie Williamson und den anderen Organisatoren für ihre Tagung zu werben. Berenger hatte sie begleiten wollen, doch Maureen wollte von seinem Beschützerinstinkt nichts wissen. Geduldig hatte sie ihm erklärt, dass sie mit acht oder neun angesehenen Autoren und Historikern reise und vollkommen sicher sei, schließlich sei sie eine erwachsene Frau; er dürfe sie nicht wie ein kleines Kind behandeln. Außerdem, so hatte sie ihm versichert, werde sie vorsichtig sein, vor dem Überqueren von Straßen stets nach links und recht schauen und niemals Bonbons von Fremden annehmen.

Berenger konnte nicht viel mehr tun, als sie ziehen zu lassen. Aber das bedeutete nicht, dass er seine Angebetete aus den Augen ließ.

»Hey, Berenger«, grüßte Kat kurz angebunden. Sie klang gehetzt.

»Alles in Ordnung, Kat?«

»Klar. Heute war allerdings furchtbar viel los. Außerdem schwirrt mir der Kopf von dem Rätsel, das du mir vor die Tür gelegt hast.«

»Soll das heißen, du hast Neuigkeiten?«

»Heute hat mich Chopard aus Paris angerufen. Er hat einen weiteren Fall gefunden, der seiner Meinung nach mit den anderen zusammenhängen könnte, zumindest mit zwei von ihnen. Ob die Sache in Spanien Mord oder Unfall war, ist immer noch ungeklärt.«

»Was ist denn passiert? Und wo?«

Kat setzte Berenger über Marie-France Lagardes Tod in Kenntnis und betonte, dass es sich vermutlich um Mord handelte.

»Kennst du den Titel ihres Buches?«, fragte Berenger. Tammy recherchierte über die Bücher aller Autorinnen, die ins Fadenkreuz des Mörders geraten waren.

»Ja, ich hab ihn hier. *Märtyrerin für die Liebe: Leben und Tod der Marguerite Porète*.«

Berenger hätte fast sein Smartphone fallen lassen. Er fluchte so laut, dass er die Aufmerksamkeit eines Paares erregte, das seinen Hund spazieren führte. Beide musterten ihn befremdet, als er an ihnen vorbeirauschte.

»Oh, oh«, machte Kat. »Was hast du?«

Berenger erzählte ihr, dass der Name Marguerite Porète eben erst bei Recherchen aufgetaucht sei. Das konnte kein Zufall sein. Nie zuvor hatte er von dieser Märtyrerin gehört, und nun fiel ihr Name plötzlich im Zusammenhang mit einer Mordermittlung.

»Und die Autorin, diese Lagarde, ist Belgierin?«, fragte er dann.

»Nein. Es ist in Belgien passiert, aber die Frau war Französin. Es fällt auf, wie weit diese Morde, die ja durchaus einen gemeinsamen Nenner haben, auseinanderliegen. Sie sind in verschiedenen Ländern und über den Zeitraum eines Jahres verübt worden. Also hat unser Mörder entweder gute Gründe, oft durch Europa zu reisen, oder …«

»Oder er gehört einer Gruppe an.«

»Genau. Aber die Vorstellung einer Gruppe von Serienmördern kommt mir doch reichlich absurd vor. Ich will nicht behaupten, dass so etwas nie vorgekommen wäre, aber es ist doch äußerst ungewöhnlich und nicht gerade die Erklärung, die einem als erste in den Sinn kommt.«

»Und was ist deine Theorie?«, fragte Berenger.

»Ich glaube, wir suchen jemanden, der genügend Zeit und Mittel besitzt, um in ganz Europa herumzureisen. Und der literarische Bezug weist darauf hin, dass der oder die Gesuchte gebildet ist. Und dann ist mir heute noch etwas aufgefallen …«

»Und was?«

»Alle Opfer sind kinderlos.«

Berenger dachte einen Moment nach. »Das könnte aber auch nichts bedeuten. Alle vier Frauen waren selbstständige Autorinnen oder Professorinnen … Karrierefrauen. Vielleicht wollten sie keine Kinder, um sich ganz dem Beruf widmen zu können.«

»Schon kapiert. Ich gehöre auch zu dem Club. Aber was,

wenn gerade das der gemeinsame Nenner ist? Ich werfe im Moment ja bloß Behauptungen an die Wand, um zu sehen, was kleben bleibt. Dass alle Opfer kinderlos waren, könnte darauf hinweisen, dass der Mörder es auf solche Frauen abgesehen hat, weil er es unnatürlich findet, dass eine Frau ihren Beruf ernster nimmt als das Kinderkriegen. Wenn wir es aus dem Blickwinkel des pathologischen Frauenhasses betrachten, ist das eine Sache, die man nicht auf die leichte Schulter nehmen sollte.«

»Maureen ist kinderlos«, sagte Berenger matt.

»Ich weiß, dass du das eigentlich nicht hast wissen wollen, und vielleicht ist es auch bedeutungslos, aber ich hatte das Gefühl, es erwähnen zu müssen.«

Berenger schwirrte der Kopf, als er sich bei Kat bedankte. Doch ehe sie auflegte, fiel ihr noch etwas ein. »Halt, warte. Ich schick dir noch eine Mail mit einem angehängten Artikel. Er stammt von Sabine de Bourbon, und es geht um ein Gemälde von Holbein …«

Berenger fiel ihr ins Wort: *»Die Gesandten*, stimmt's?«

»Woher hast du das gewusst?«

»Sabine und Maureen beschäftigen sich mit diesem Gemälde. Vorher hatten es die Bourbon-Schwestern untersucht. Inwiefern passt denn der Artikel zu dem, was wir bereits wissen?«

»Das kann ich noch nicht sagen. Marie-France Lagarde stammte aus einem Dorf namens Polisy, das mit diesem Gemälde zu tun hatte, und Sabine hat einen Artikel geschrieben, in dem Polisy erwähnt wird. Das könnten Verbindungen sein. Oder wir laufen in die Irre.«

Als Berenger das Gespräch beendete, bemerkte er, dass er bereits kurz vor der Westminster Bridge stand. Er blickte zu der gewaltigen Bronzestatue der keltischen Kriegerkönigin Boadicea hinüber. Diese tapfere Frau hatte die Römer auf eigenem Grund und Boden bekämpft, in der eroberten Stadt Londinium – ein Rachefeldzug, nachdem römische Soldaten ihre Töchter vergewaltigt hatten. Boadicea war aus vielen Gründen eine von Maureens Heldinnen; ihren Schlachtruf hatte sie auf ihre Bücher drucken und in den Vorspann ihrer Fernsehshow aufnehmen lassen: *Die Wahrheit gegen die Welt.*

Berenger beschloss, es darauf ankommen zu lassen. Er schickte Sabine de Bourbon eine Nachricht, um festzustellen, ob sie noch in London war. Zu seiner Überraschung antwortete sie fast sofort: Sie sei noch den ganzen Tag in der National Gallery und könne frei über ihre Zeit verfügen, schrieb sie; es würde sie freuen, wenn er auf einen Sprung vorbeikäme.

Berenger nahm ein Taxi zum Trafalgar Square. Als er vor der Galerie stand, schickte er Sabine die nächste Nachricht, worauf sie zum Eingang kam. Nach einer herzlichen Begrüßung bat sie Berenger, sie nach unten in ihr Privatbüro zu begleiten.

»Es ist nur ein Behelf«, entschuldigte sie sich im Voraus. »Platz ist hier knapp, wie Sie sich vorstellen können. Aber hier sind wir ungestört.«

Berenger nahm vor Sabines großem Schreibtisch Platz, auf dem sich Papiere stapelten. Das Büro war erstaunlich geräumig, doch Kartons und Büchertürme verwandelten es in einen Hindernisparcour.

»Sie machen sich also Sorgen«, begann Sabine. »Ich kann es Ihnen nicht verdenken. Was ist passiert, und wie kann ich helfen?«

Berenger hatte noch kein Wort gesagt. Aber das brauchte er offenkundig auch nicht, da Sabine den Grund für seinen Besuch zu kennen schien. Er berichtete von seinem Telefonat mit Kat, weil er der Meinung war, Sabine habe ein Recht, darüber Bescheid zu wissen. Trauer spiegelte sich auf ihrem Gesicht, und sie sah erschöpft aus, beinahe so, als hätte sie seit dem Tod ihrer Schwester keinen Schlaf mehr bekommen.

»Dieser französische Ermittler, Chopard. Haben Sie ihn getroffen?«, fragte Berenger.

»Ja. Heute hat er mich angerufen. Wegen eines Artikels, den ich über das Holbein-Gemälde *Die Gesandten*, über Château Polisy und über meine Bekannte Marie-France Lagarde geschrieben habe, derentwegen Sie hier sind, wie ich annehme.«

Berenger wäre fast vom Stuhl gefallen. »Sie kannten Marie-France Lagarde?«

»Ja. Meine Schwester übrigens auch. Wir waren entsetzt über ihren Tod und sind gemeinsam zur Beerdigung nach Belgien gereist.«

»Wie haben Sie sich kennengelernt?«

»Durch Simone. Marie-France war Expertin für mittelalterliche Ketzerbewegungen und kannte sich insbesondere mit einer Mystikerin namens Marguerite Porète aus.« Berenger unterbrach Sabine nicht, gab ihr jedoch mit einem Nicken zu verstehen, dass ihm der Name geläufig war.

»Simone arbeitete an ihrem neuen Buch, das eine Verbindung zwischen den beiden Marguerites herstellte. Sie glaubte, dass die Königin von Navarra und Marguerite Porète eine tiefe mystische Verbindung besaßen. Marguerite von Navarra hatte viele Stichworte für ihre mystische Lyrik und ihre Schriften von Porète übernommen. Simone hat diese Ähnlichkeiten untersucht. Sie traf sich mit Marie-France in Paris. Die beiden verstanden sich großartig, zumal ihre Forschungsgebiete sich überschnitten haben. Marie-France erzählte meiner Schwester, sie besäße Informationen über Marguerite von Navarra, die in historischen Quellen nicht zu finden seien. Damit hatte sie verständlicherweise Simones Neugier geweckt, und die beiden fuhren zu Marie-Frances Geburtsort, nach Polisy.«

Berenger hörte gespannt zu. Er besaß zwar nicht Maureens mystische Einfühlsamkeit, doch er spürte, dass nun etwas Wichtiges kam.

»Es stellte sich heraus«, fuhr Simone fort, »dass Marie-France ein Abkömmling der Familie Dinteville war, der einst das Château Polisy gehörte.«

»Ist es derselbe Dinteville, der in *Die Gesandten* abgebildet ist?«

»Ja. Marie-France ist eine Nachfahrin seiner Nichte. Bei den Dintevilles hat es erhebliche Erbstreitigkeiten gegeben, deswegen haben Historiker ja auch so lange gebraucht, um die Identität der beiden Männer in Holbeins Gemälde festzustellen. Seit fünfhundert Jahren hüteten die Dintevilles eine Kassette voller Papiere und historischer Dokumente, darunter einen Briefwechsel zwischen Marguerite von Navarra und Jean de Dinteville. Die Briefe waren ein Familiengeheimnis und nicht für die Augen der Öffentlichkeit bestimmt, doch Marie-France fand, es sei nun an der Zeit, sie auf ihren historischen Wert zu untersuchen.«

»Was stand in den Briefen? Hat Simone sie gesehen?«

»Oh ja. Ich hatte Simone nur ein-, zweimal so aufgeregt gesehen. Das erste Mal, als sie Marie-France kennengelernt hatte, und das zweite Mal, als sie Maureen traf. Die Briefe waren sehr intim. Marie-France vermutete, dass Marguerite und Dinteville ein Liebespaar gewesen sind. Simone war da kritischer. Sie führte die Vertrautheit auf etwas anderes zurück: Beide hatten einer Geheimgesellschaft angehört, die sich Orden vom Heiligen Grab nannte. Ich nehme an, Sie haben noch nie von dieser Gesellschaft gehört?«

Sabines Miene ließ erkennen, dass sie das genaue Gegenteil annahm.

Berenger lächelte sie verhalten an, doch er schluckte den Köder nicht. »Fahren Sie bitte fort«, sagte er nur.

»Ich habe Maureen dasselbe gesagt, was ich Ihnen jetzt sage.

Simone war sehr verschlossen. Sie wollte auf keinen Fall alle Karten auf den Tisch legen, bevor sie Maureen restlos vertraute. Ich zweifle nicht, dass sie bei einem nächsten Treffen offenbart hätte, wie viel sie über Marguerite – und Sie – in Erfahrung gebracht hatte. Sie wusste eine ganze Menge über den Orden und hoffte wahrscheinlich, dass Maureen sie hineinbringen würde, wenn sie sich erst besser kannten. Simone freute sich unbändig darüber, dass der Orden nach so langer Zeit noch aktiv war.«

»Maureen setzte ebenfalls große Hoffnungen in diese Freundschaft«, erklärte Berenger. »Ich bin sicher, Ihre Schwester wäre aufgenommen worden.«

»In einem der Briefe war die Rede von einer Prophezeiung, die Marguerite, Jean de Dinteville, Georges de Selve und Anne Boleyn mit einbezog.«

Offenbar stand Berenger die Bestürzung ins Gesicht geschrieben, denn Sabine fragte: »Stimmt etwas nicht?«

»Existieren diese Briefe noch?«

Sabine bedachte ihn mit einem Blick, der Trauer und Verzweiflung zugleich ausdrückte.

»Sie gingen im Feuer in Marie-Frances Haus in Brüssel verloren. Alles, was sie aus dem Château der Dintevilles mitgenommen hatte, war bei ihr zu Hause, weil sie es als Material für ihr Buch verwenden wollte. Simone hat in ihrer letzten Lebenswoche noch einmal mit ihr telefoniert – geschlagene zwei Stunden lang. Die beiden haben versucht, irgendetwas zu entschlüsseln – was, weiß ich nicht mehr. Aber an eines kann ich mich erinnern: Simone hat darauf bestanden, dass wir nach London zurückkehren, um unsere Forschungen an den *Gesandten* weiterzuführen. Und das haben wir dann auch getan. Simone war ganz aufgeregt, denn in einem der Dinteville-Briefe war ein Gemälde erwähnt worden, ein kostbares Werk von Botticelli, *Die Mystische Geburt*, das im Gedenken an ebendiese Prophezeiung gemalt wurde – so steht es in den Briefen. Und wie das

Schicksal es wollte, hatte die National Gallery die *Mystische Geburt* im Jahr 1878 erworben.«

»Was? Das Botticelli-Gemälde befindet sich ebenfalls hier?«

»Ja, im Saal 57. Was meinen Sie, wie hoch war die Chance, dass wir gerade diese beiden Gemälde, *Die Gesandten* und die *Mystische Geburt*, unter einen Dach haben?«

»Da ist die Chance auf einen Lottogewinn größer«, erwiderte Berenger. »Diese beiden bedeutenden und aufeinander bezogenen Bilder sind also nach fünfhundert Jahren an ein und demselben Ort. Ist es Zufall? Oder was könnte es sonst sein?«

»Ich weiß es nicht. Ich weiß überhaupt nicht mehr, was real ist und was nicht.«

Berenger nickte, um Sabine zu verstehen zu geben, dass es ihm nicht anders erging. »Glauben Sie, dass Marie-France ermordet worden ist, damit man diese Briefe in die Hand bekam?«

»Ich kann es mir eigentlich nicht vorstellen. Zugegeben, vom Standpunkt der Renaissancegeschichte gesehen sind die Briefe faszinierend und äußerst wertvoll. Und ich gebe zu, dass die Erwähnung von Anne Boleyn überdies eine kleine Lunte an die englische Geschichte legt. Aber das alles ist doch kein Grund für einen Mord!«

»Soweit wir wissen.«

Sabine schaute zu Boden und schwieg, in Gedanken versunken.

Berenger fragte: »Was ist, Sabine? Woran denken Sie?«

»Mir ist etwas eingefallen. Simone suchte nach etwas anderem … nach etwas, das sie nicht genau ausmachen konnte.«

»Und was war das?«

»Ich fürchte, da fragen Sie die falsche Bourbon-Schwester. Simone war die Mystikerin. Ich bin die Akademikerin. So viel allerdings weiß ich: Es hatte etwas mit dem Satz *Le temps revient* zu tun. Die Zeit kehrt wieder. Und da war noch etwas …«

»Was?«

»Ein Mann. Eines Abends waren wir hier und haben Detailvergrößerungen von Gegenständen in den *Gesandten* angefertigt. Simone war abgelenkt und simste fleißig. Und sie war albern wie lange nicht mehr. Sie hatte eine schlimme Scheidung hinter sich, ging neuen Bekanntschaften aus dem Weg und lebte nur noch für ihre Arbeit. Aber an jenem Abend ging es ganz klar um einen Mann. Sie bekam einen Anruf und verließ den Saal. Ich … nun ja, ich habe ein bisschen gelauscht, muss ich gestehen. Zum Abschied hat Simone den Satz ›die Zeit kehrt wieder‹ auf Französisch und Englisch gesagt. Als sie zurück in den Saal kam, habe ich sie gefragt, mit wem sie herumgealbert habe, und sie sagte: ›Bloß so ein Schurke, aber ein amüsanter Schurke.‹ Dann sagte sie, sie würde sich später mit ihm auf einen Drink treffen. Ich habe nicht nach Einzelheiten gefragt. Simone kam mir glücklich vor, und ich habe mich für sie gefreut.«

»Verstehe. Nun, wenn Simone im Gespräch mit dem Mann diesen Satz benutzt hat, scheint es darauf hinzudeuten, dass der Mann dessen Bedeutung kannte. Ich glaube, hier können wir ansetzen.«

Sabine stimmte ihm zu. Sie beschlossen, Inspektor Chopard in Paris eine Nachricht zu schicken. Chopard hatte die Daten von Simones Smartphone; vielleicht führten sie zu einem Mann, der sich dafür interessierte, dass *die Zeit wiederkehrte*, und der dieses Interesse mit Simone geteilt hatte.

Berenger ließ sich mit dem Taxi zu seiner Wohnung in Kensington bringen. Er wollte erst in Ruhe ein Glas Wein trinken, bevor er Tammy und Roland anrief. Sie hatten sich auf eine Skype-Sitzung verständigt, sobald Tammy die kleine Seraphina zu Bett gebracht hatte.

Berenger hatte eine Menge Neuigkeiten zu verarbeiten:

möglicherweise ein vierter Mord, die Verbindung zur ermordeten Simone und den Zusammenhang mit den Aufzeichnungen in Annes Tagebuch. Das alles wollte erst sortiert sein, bevor er sich bei Tammy meldete, die ihn unbedingt sprechen wollte, wie es schien, weil irgendetwas ihr Angst einjagte. Und da Tammy nicht der ängstliche Typ war, musste etwas dahinterstecken.

Berenger ging in sein Arbeitszimmer und erweckte seinen PC zum Leben; dann klickte er auf das Symbol mit der Bezeichnung SABRA. Nach einmaligem Läuten meldete sich Tammy.

Sie informierte ihn über die neuesten Renovierungsfortschritte im Château, und Berenger versprach, bis zum Wochenende mit Maureen zurück in Frankreich zu sein. Peter weilte immer noch in Pommes Bleues und sichtete die Dokumente, und Maureen sehnte sich danach, sich wieder mit Annes Tagebuch beschäftigen zu können. Nachdem das Bauprojekt erschöpfend besprochen war, kam Tammy auf die Ergebnisse ihrer jüngsten Recherchen zu sprechen.

»Wie erwartet habe ich in den Untiefen des Internets ein paar Dinge über den Mord an Joanna gefunden. Roland hat parallel dazu nach Informationen über Simone im französischen Web gesucht, aber ich glaube, dafür ist es noch zu früh. Die Einzelheiten über ihre Ermordung sind ja noch nicht offiziell bekannt gegeben worden. Es gibt zwar ein paar Spekulationen, aber die halten wir nicht für bedeutend. Bei Joanna ist es eine andere Geschichte. Es ist schrecklich, wie viel Hass da hochkocht. Es gibt Typen, die feiern den Tod Joannas, weil sie in ihren Büchern Anne Boleyn verteidigt hat, und viele von diesen Verrückten geben ihr noch heute die Schuld am Untergang des Katholizismus in England. Ist das nicht irre?

Aber wirklich beunruhigend sind die Antifeministinnen-Sites, von denen es inzwischen erschreckend viele gibt, selbst im frei zugänglichen Netz. Bösartiger Antifeminismus ist im geistigen Klima des wieder erstarkenden Konservativismus total angesagt und blüht an allen Ecken und Enden. Ich habe Artikel mit Titeln wie ›Würden Sie Ihre Tochter erwürgen, wenn sie Ihnen gesteht, dass sie Feministin ist?‹ oder ›Wäre es Ihnen nicht lieber, Ihre Tochter säße im Knast, als dass sie Feministin ist?‹ gelesen.«

»Du meine Güte«, sagte Berenger. »Das können die nicht ernst meinen!«

»Oh doch, das tun sie«, versicherte Tammy. »Die meinen es todernst. Da gibt es Trolle, die Vergewaltigungsopfer online mobben, weil sie der Ansicht sind, dass es gar keine Vergewaltigungen gibt und dass die Frauen sich bloß mit Hilfe ihres Körpers an den Männern rächen wollen. Und das sind nur die Mainstream-Beiträge, die meisten davon auf ultrarechten Nachrichtenseiten und in sozialen Netzwerken. Wenn du entsprechende Artikel suchst, hast du sie sofort auf dem Schirm. Folgst du dann den Links, gerätst du auf das nächste Level, wo auf manchen Seiten praktisch zu Verbrechen aufgerufen wird. Sie *wollen* Frauen Gewalt antun, sie planen es sogar. Jemand hat berühmte Feministinnen auf eine Todesliste gesetzt, und sie posten fleißig Vergewaltigungs- und Folterfantasien hin und her, in manchen Fällen sogar Mordfantasien. Es ist tatsächlich so irre, wie es sich anhört. Oft ist es noch viel schlimmer, als du dir vorstellen kannst. Ich kann manches, was ich gesehen habe, beim besten Willen nicht wiederholen – ich wünschte, ich könnte es aus meinem Kopf verbannen. Einmal musste ich wirklich und wahrhaftig kotzen.«

»Es gibt Augenblicke, da hasse ich es, ein Mann zu sein. Im Namen aller anständigen Männer bitte ich um Verzeihung«, sagte Berenger.

»Es sind nicht nur Männer – das war es, was ich dir eigentlich erzählen wollte«, entgegnete Tammy. »Es gibt eine Bewegung von Frauen, die erklärte Gegner der Emanzipationsbestrebungen sind. Sie nennen sich Trads, Trad Ladies oder Trad Wives, wobei Trad für ›traditionell‹ steht. Alle sind an ultrakonservativer Politik beteiligt oder wählen entsprechend. Sie verklären die Zeiten, als Frauen traditionelle Rollen innehatten, und sehnen sich nach den 1950er und 1960er Jahren zurück. Sie glauben, dass Feministinnen der Ruin der Gesellschaft sind, schrill und zersetzend, und dass sie traditionelle Werte zerstören.

Ich bin in dieses Kaninchenloch hinuntergestiegen und habe es mit der Angst um unsere Welt zu tun bekommen. Auf diesen Websites schreiben Frauen, die der Meinung sind, dass das Frauenwahlrecht abgeschafft gehört, damit nie wieder ein liberaler Politiker gewählt werden kann. Sie glauben, dass Frauen sich nicht zur Wahl stellen dürfen, und arbeitende Frauen sind ihnen sowieso ein Graus. Sie glauben, dass man Frauen mit drakonischen Maßnahmen zurück an den Herd und in die Kinderstube zwingen soll. Es gibt da diesen obskuren Blog namens Barfuß, Schwanger und Schön. Verantwortlich dafür ist eine Dame, die den Nickname Trad Princess führt. Sie hat Zehntausende Follower und gibt den ganzen Tag nur Schwachsinn von sich. Es existieren Videos von ihr, also gibt es sie wirklich. Zwischen ihren ganzen Posts, wie man Babyschühchen strickt oder Pfirsiche einmacht, findet man den Aufruf zu einem Bürgeraufstand der Rechtskonservativen und dem Rat, Munition zu horten.

Die Trad Ladies sind überdies Rassisten und gehören einer Handvoll rechtsextremer Gruppen in den USA und Europa an, von denen manche offen agieren, andere dagegen im Untergrund. Ihre Botschaft ist, dass sie die weiße Kultur des Westens retten müssen, wie sie es nennen – damit meinen sie die weiße Kultur der christlichen Fundamentalisten. Ihr Hass richtet sich ebenso gegen Juden und Muslime wie gegen braune und schwarze Menschen, und sie sind gegen jede Form von Globalisierung. Diese Leute machen mobil. Sie betreiben Spenderseiten, horten Gelder und planen eine Art antifeministischer Revolution. Sie sind darauf eingestellt, dass Blut fließen könnte. Die bieten sogar Belohnungen für Vergewaltigung, Folter und Mord an und haben ›Wanted‹-Poster erstellt, auf denen Kopfprämien ausgelobt werden. Diese ›Wanted‹-Poster stehen auf einer Seite, die ›Nur eine tote Feministin ist eine gute Feministin‹ heißt. Auf einem dieser Poster war Joanna Reed zu sehen. Ein rotes **X** war darauf geschmiert, dazu die Worte ›Auftrag erfüllt‹. Tut mir leid, Berenger, was ich dir jetzt sagen muss …«

Berenger war sicher, dass er das Nächste nicht hören wollte.

»Es gibt auch ein ›Wanted‹-Poster von Maureen. Für ihren Tod werden 50 000 Dollar geboten – das Doppelte von dem, was für Joanna geboten wurde.«

Maureen wartete vor Berengers Kensingtoner Wohnung auf Richie Williamson, der sie für die Fahrt in den Hever Castle Country Club aufsammeln sollte, wo das Werbe-Event stattfand. Richie war spät dran, doch das überraschte Maureen kaum. Er war in vielen Dingen unzuverlässig. Der Mann war in gewisser Weise ein Rätsel – nicht nur für sie, sondern für alle, was er sogar zu genießen schien. Er und Maureen kannten sich seit Jahren, denn Richie war Herr über ein erfolgreiches Online-Imperium, das sich mit den Tudors beschäftigte.

Maureens Buch *HerStory* hatte ein umstrittenes Kapitel über Anne Boleyn enthalten und war damals auf Richies Website Thema Nummer eins gewesen. Das hatte ihn auf die Autorin aufmerksam gemacht, und er hatte sie zu einem Online-Interview und Webinar gebeten, wo die Abonnenten seiner Homepage Fragen stellen konnten.

Maureen war tief betroffen gewesen von der Einstellung der Tudor-Fans. Es war ihr erster Zusammenstoß mit Leuten – den meisten davon Frauen –, die Anne Boleyn als abgefeimte und ehebrecherische Hure darstellen wollten. Das Web-Interview hatte Maureens Entscheidung befeuert, weiter über Anne zu recherchieren. Richie hatte den Kontakt zu Quellen in England hergestellt. Er lebte zwar schon seit Jahren in einem Vorort von London, war aber kein gebürtiger Insulaner, sondern ein US-Bürger mittleren Alters, der, wie Maureen stark vermutete, viel Geld für Hautpflege und Aufspritzungen ausgab, um jünger auszusehen.

Richie hatte die Staaten vor beinahe zwanzig Jahren zusammen mit seiner Schwester verlassen. Sie teilten sich eine Wohnung, aber es steckte noch mehr dahinter, davon war Maureen überzeugt. Irgendetwas war bei dieser Familie nicht ganz echt, doch Richie weigerte sich strikt, über sein Leben vor England zu sprechen. Er hatte Maureen erzählt, seine Schwester habe einen Engländer geheiratet und unzählige Kinder in die Welt gesetzt, doch in den Einzelheiten blieb er vage. Maureen wusste nicht, von wie vielen Kindern die Rede war, sie wusste nur, dass Richie oft und gern erzählte und der liebe Onkel war, der mit seiner Schar von Neffen und Nichten im gleichen Haus wohnte.

Richie betrieb sein Web-Empire aus einem Kellerraum im Haus seiner Schwester, wie er Maureen einmal nach zu vielen Drinks gestanden hatte. Danach hatte sie versprechen müssen, unbedingtes Stillschweigen zu bewahren, denn Richie wollte nicht, dass sein Geheimnis, als erwachsener Mann im Souterrain seiner Schwester zu wohnen, ans Tageslicht kam. Maureen verstand ohnehin nicht, warum er, der mit seinem Tudor-Empire den großen Reibach machte, keine eigene Wohnung kaufte. Doch der Mann hatte einen Ruf zu wahren: Richie war ein Schürzenjäger und benutzte seine Website vor allem dafür, um Frauen aufzureißen. Aus Gründen, die Maureen nie verstehen würde, schwärmte die Damenwelt für ihn. Oft tobten Zickenkriege in den diversen Tudor-Foren, wenn Richies Verehrerinnen herausbekamen, dass er mehr als eine Dame auf einmal anbaggerte.

Richie war ziemlich attraktiv, aber nicht Maureens Typ. Er war groß und schlaksig, trug das dunkelbraune Haar sehr kurz, ging stets in Schwarz gekleidet und hatte freundliche Augen, deren Fältchen er unbarmherzig bekämpfte. Doch in seinem Verhalten war etwas Kriecherisches, das ihn nach Maureens Ansicht unattraktiv machte. Sie hatte immer das Gefühl, als ob Richie sich prostituiere, als wollte er ihr etwas verkaufen. Zu Anfang ihrer Bekanntschaft hatte er hartnäckig versucht, sie anzubaggern; erst nachdem Maureen ihm klipp und klar zu verstehen gegeben hatte, dass er niemals eine Chance haben würde, ließ Richie von ihr ab. Im Laufe der Jahre waren sie Freunde geworden, und wenngleich Maureen sehr genau wusste, dass Richie sich immer nur selbst der Nächste war, war er ihr doch eine Hilfe gewesen und hatte sie bei mehr als einer Gelegenheit unterstützt.

Jetzt bog er um die Ecke und parkte direkt am Bordstein, um ihr das Einsteigen zu erleichtern. Sofort entschuldigte er sich wortreich dafür, dass auf dem Beifahrersitz ein Matchsack und ein Cricketschläger lagen.

»Tut mir schrecklich leid, dass ich mich verspätet habe. Crickettraining! Das langwierigste Spiel der Welt, wie du ja weißt.«

Er sprang aus dem Wagen und verstaute die Ausrüstung auf dem Rücksitz.

»Nein, das weiß ich eben nicht«, gab Maureen zurück. »Eigentlich weiß ich gar nichts über Cricket.«

»Möchtest du denn was darüber wissen? Ich kann dich gerne von hier bis nach Hever mit Cricket langweilen.«

»Das ist sehr großzügig, aber ich glaube, wir sollten lieber die Planung besprechen. Nächstes Mal vielleicht.«

»Du Spaßbremse!« Er lachte. »Aber ich habe gute Nachrichten. Ich hab uns für die Kostümparty die Haupthalle im Country Club gesichert.«

»Das sind ja wirklich mal gute Nachrichten.«

Maureen stieg ein, und der SUV brauste los. Zunächst sprach sie Richie ein Lob aus, denn sie hatten als Abschlussveranstaltung der Tagung eine Kostümparty mit dem Motto der sechs Ehefrauen Heinrichs VIII. geplant, und dazu brauchten sie einen großen Saal. Den entsprechenden Platz gab es im Country Club, nur war der für ein Golf-Event gebucht. Doch Richie hatte ein kleines Wunder vollbracht, indem er dafür sorgte, dass die Golf-Soirée in einen kleineren Raum verlegt wurde und die Tagung die Haupthalle übernehmen konnte.

»Die Abschlussveranstaltung findet also so statt, wie wir es geplant hatten?«, hakte Maureen sicherheitshalber nach.

»Ja. Ich hab's heute Morgen auf die Homepage gesetzt und werde es sämtlichen Teilnehmern noch einmal per Mail schicken. Im Programm ist unsere Party ja längst angekündigt worden – obwohl ich keinen Schimmer hatte, wo wir sie steigen lassen konnten.«

»Mann, bin ich froh, dass sich das von selbst gelöst hat. Du hast dein Kostüm wohl schon? Als was wirst du verkleidet sein?«

»Was glaubst du? Das ist mein Abend! Ich bin natürlich der König. Ich werde von Kopf bis Fuß in schwarzen Samt mit Goldbesatz gehüllt sein.«

»Lass mich raten: Sechs Single-Frauen stehen bereits Schlange, um die sechs Ehefrauen an deiner Seite zu spielen.«

»Leider habe ich bisher nur fünf. Denn keine will die Anna von Kleve sein.«

Maureen musste lachen, obwohl es nicht als Witz gemeint war. Anna, Heinrichs vierte Ehefrau, war angeblich wenig ansehnlich und furchtbar ernst gewesen. Keine Frau machte sich die Mühe, in vollem Tudor-Putz zu erscheinen, um am Ende die Rolle der altbackenen Ehefrau zu spielen.

»Aber es ist immer noch Platz für eine Geliebte, falls du daran interessiert bist, meinen königlichen Hofstaat zu komplettieren.«

»Harem wäre wohl die passendere Bezeichnung. Nein, danke, ich bin sicher, dass eine Menge Damen um diese Rolle konkurrieren werden. Außerdem glaube ich nicht, dass Heinrich auf Rotschöpfe stand. Keine seiner Ehefrauen oder Geliebten war rothaarig. Ich passe also nicht in das historische Beuteschema seiner Majestät, tut mir schrecklich leid.«

Richie lachte. »Im Grunde magst du recht haben. Heinrich hatte es nie mit Rotschöpfen. Vielleicht, weil er selber rothaarig war? Hmm, man sollte doch glauben, dass so ein Narzisst auf Typen steht, die ihm ähnlich sehen. Aber sag mir lieber – welche Rolle wirst du denn auf unserer Party geben?«

»Streng geheim.«

»Soll ich raten?«

Maureen stieß einen künstlichen Seufzer aus. »Lange werden Sie nicht brauchen, Monsieur.«

»Die französische Ketzerin?«

»Falsch«, verbesserte sie ihn. »Die französische *Reformerin*. Überdies war sie Autorin und ein universelles Genie.«

»Dann wird es einsam um dich, denn sie spielt in diesem Drama eine sehr kleine Rolle.«

»Sagt wer?«

»Die Gelehrten. Ausnahmslos alle.«

»Nicht alle.«

»Autsch. Du hast recht – nicht alle. Möge sie in Frieden ruhen, unsere liebe Simone.«

»Du hast sie gekannt?« Damit hatte Maureen nun wirklich nicht gerechnet.

»Natürlich. Warum bist du so erstaunt? Simone war eine verdammt schlaue Katz, und sexy obendrein. Sie wusste, dass sie ihre französische Ketzerin nur dann interessant machen konnte, wenn die wiederum irgendeine Verbindung zu Anne Boleyn hatte. Also hat sie sich an mich gewandt, damit ich ihr helfe, das Zeugs zu veröffentlichen.«

»Wow!«, stieß Maureen hervor. »Ich könnte dir an so vielen Stellen widersprechen, dass ich nicht einmal weiß, wo ich anfangen soll.«

»Komm schon, Rotschopf, kein einziger Tudor-Biograf hat bestätigt, dass Marguerite für Anne wichtig war, oder dass Anne auch nur die geringste Bedeutung für Marguerite hatte.«

»Das liegt daran, weil kein einziger Tudor-Biograf seine Hausaufgaben gemacht hat. Sie zitieren eine Quelle – eine einzige Quelle –, die sie anerkennen, weil sie in Französisch verfasst ist. Und merken nicht einmal, dass diese französische Quelle, auf die sie sich so fleißig berufen, wiederum auf eine längst in Misskredit geratene, in katholischem Wahn befangene ältere Quelle zurückgeht. Offenkundig hat kein Tudor-Gelehrter es je für nötig befunden, über den Tellerrand hinauszuschauen – oder einen guten französischen Übersetzer zu engagieren. Ist ja auch einfacher, es stillschweigend abzutun und weiterzumachen.«

»Willst du denn überhaupt über Marguerite schreiben? Scheint, dass da mit Simones Tod eine Marktlücke entstanden ist.«

Maureen zögerte. Normalerweise hätte sie einfach mit Ja geantwortet, aber das ging inzwischen nicht mehr. Sie wollte auf keinen Fall preisgeben, dass sie über neue Informationen aus bislang unbekannter Quelle verfügte. Richie war immer ein guter Freund gewesen, aber er war eine Plaudertasche. Information war eine harte Währung, und das Urheberrecht an Quellen wurde hoch gehandelt. Maureen musste ihre Quelle vorerst schützen. Außerdem gefiel ihr nicht, wie respektlos Richie kurz nach ihrem grausamen Tod von Simone sprach.

»Das letzte Wort ist noch nicht gesprochen«, wich sie aus. »Im Moment beschäftige ich mich mit einer Eigentümlichkeit in der Boleyn-Biografie.« Sie hoffte, ihn mit diesem Köder ablenken zu können. Und es funktionierte.

»Ach, tatsächlich? Wirst du mir wenigstens das erzählen?«

»Nur wenn du versprichst, dass es unter uns bleibt. Versprich es mir, Richie.«

»Ich versprech's, großes Ehrenwort! Wofür hältst du mich? Für jemand, der bei historischen Informationen absahnt?« Er lachte über den eigenen Witz.

»Was, wenn ich dir sage, dass Anne sich in den Jahren 1524 und 1525 bei Marguerite in Frankreich aufgehalten hat?«

Richie verzog in dramatischem Unglauben das Gesicht. »Waaaaas? So ein beknackter Scheiß, mein kleiner Rotschopf. Jeder weiß doch, dass Anne Boleyn 1521 nach England zurückkehrte.«

»Ja. Jeder weiß es, und ich weiß es auch.«

»Aber du hast doch gerade gesagt, dass sie in Frankreich war, bei Marguerite von Navarra, in den Jahren 1524 und 1525!«

»Ja, das habe ich, denn nach der dummen Geschichte mit Percy ist Anne Boleyn wieder zurück nach Frankreich. Sie reiste Ende des Jahres 1521 nach England und hielt sich dort zwei Jahre und ich weiß nicht wie viele Monate lang auf, aber 1524 ist sie wieder nach Frankreich gegangen.«

»Dafür gibt es keine Beweise.«

»Es gibt auch keine Beweise für das Gegenteil. Historiker sind stets davon ausgegangen, dass Anne nach ihrer Rückkehr 1521 in England geblieben ist. Aber nach 1521 hört man nichts mehr von ihr. Also stützt sich jeder, der behauptet, Anne Boleyn sein in England gewesen und habe das Land nach 1521 nicht mehr verlassen, auf reine Mutmaßungen. Und genau darum geht es mir, Richie. Im Zusammenhang mit Anne Boleyn nehmen wir viele Unwahrheiten als unumstößliche Tatsachen hin.«

Maureen konnte diese Behauptung guten Gewissens aufstellen, denn sie hatte weitergehende Recherchen zu Annes Tagebuch betrieben und mehrere obskure Quellen aus dem späten 16. und frühen 17. Jahrhundert aufgetan, in denen behauptet wurde, Anne sei bereits vor Königin Claudes Tod nach Frankreich zurückgekehrt. Maureen war erstaunt gewesen, als sie auf diese Information gestoßen war, weil sie gar nicht so tief hatte graben müssen. Einer der Texte war eine Geschichte der Reformation gewesen, der andere eine ausführliche Biografie über Heinrichs Ehefrauen. Diese Quellen standen allen Menschen auf dem Globus zur Verfügung – wenn sie nur danach suchten!

Richie meinte: »Du kannst nicht abgesicherte historische Fakten bestreiten und damit den Verlauf der Geschichte über Bord werfen.«

»Doch, kann ich. Außerdem bestreite ich keine historischen Fakten, sondern Mutmaßungen. Es gibt Dokumente aus dem 16. und 17. Jahrhundert, die belegen, dass Anne zu dieser Zeit in Frankreich war. In einem Text steht definitiv, dass sie Königin Claudes Sterben begleitete und danach in Marguerites Dienste wechselte. Es steht unmissverständlich da, schwarz auf weiß.«

»Die Dokumente sind fehlerhaft«, beharrte Richie. »Sie werden als nicht zutreffend betrachtet, und das weißt du.«

»Nur weil sie als Teil der Geschichte der Reformation geschrieben wurden? Warum werden sämtliche Berichte von Reformationschronisten als unseriös abqualifiziert?«, fragte Maureen verärgert, weil Richie die Personifikation des Gegenwindes war, gegen den sie sich jeden Tag zu stemmen hatte.

»Weil man Fanatikern nicht zutrauen kann, zutreffende Berichte zu liefern. Diese Chronisten der Reformation wollten doch nur, dass die Katholiken alt aussahen.«

Maureen stöhnte vor Verzweiflung. »Selbst wenn das wahr wäre – warum sollten sie die Lüge in die Welt setzen, dass Anne während jener Jahre in Frankreich war? Sie haben nicht den geringsten Vorteil davon.«

»Okay, dann war sie also 1524 und 1525 in Frankreich. Warum glaubst *du*, dass es so bedeutsam ist?«

»Weil Anne zu der Zeit bereits erwachsen war, für sich selbst verantwortlich und inmitten der französischen Königsfamilie, in Gesellschaft Marguerites und ihrer fröhlichen Reformer. Damit wird es hundert Mal wahrscheinlicher, dass Anne auch in der Bewegung aktiv war. Es erhöht die Wahrscheinlichkeit, dass sie Teil einer Verschwörung war mit dem Ziel, England von innen heraus zu verändern.«

Richie zuckte zusammen, als bereitete ihm diese Vorstellung körperliche Schmerzen. »Niemand nimmt die Schriften der Protestanten ernst. Kein Mensch. Das ist bloß Propaganda aus elisabethanischer und nachelisabethanischer Zeit.«

»Die Dokumente, von denen ich sprach, *existieren*. Ein seriöser Autor und Historiker schrieb im frühen 17. Jahrhundert, also nur wenige Generationen nach den Ereignissen, Anne sei nach Frankreich zurückgekehrt und habe sich in den Jahren 1524 und 1525 dort aufgehalten. Er berichtet, dass sie bei Claude war, als diese starb, und dann in Marguerites Haushalt wechselte.«

Maureen war nun in Fahrt; sie wollte, dass Richie endlich begriff. »Hat im Gegenzug vielleicht irgendwer geschrieben, dass Anne jene zwei Jahre in England verbracht hat? Nein. Es gibt keine Dokumente – jedenfalls kenne ich keine –, die diese Lesart stützen, dennoch wird sie allseits als historische Wahrheit akzeptiert. Genau das ist an der Boleyn-Geschichte so bescheuert: Es gibt *keinen* soliden Beweis, dass Anne während dieser Zeit in England war, und dennoch nimmt die akademische Welt es als Tatsache hin. Es gibt allerdings deutliche Hinweise, dass Anne in Frankreich war, aber diese Indizien werden geflissentlich übersehen. Das ist wie eine verkehrte Welt auf Verabredung, und alle machen mit.«

Richie schwieg einen Moment lang, während er darauf wartete, dass die Ampel auf Grün sprang. Schließlich schaute er zu Maureen hinüber und sagte: »Oh, jetzt geht mir ein Licht auf. Maureen, Darling, du verheimlichst mir was.«

»Wovon redest du?«

»Woher hast du diese Hinweise, von denen du sprichst? Du warst auf historischem Gebiet schon immer eine Querdenkerin, aber jetzt stellst du den anerkannten Geschichtsverlauf aller Tudor-Gelehrten auf den Kopf. Warum? Das möchte ich wirklich mal wissen. Du weißt etwas, stimmt's? Hast du etwa eine Entdeckung gemacht?«

Maureen war eine schlechte Lügnerin. Sie beschloss, statt der ganzen Lüge einen winzigen Teil der Wahrheit zu enthüllen. »Vielleicht. Ich habe meine Quelle allerdings noch nicht authentifizieren können, deshalb kann ich noch nichts darüber sagen.«

»Du brauchst es ja auch nicht öffentlich zu machen, aber sag *mir* wenigstens ein Wörtchen«, bettelte Richie. »Du weißt doch, dass du mir vertrauen kannst. Ich bin immer auf deiner Seite gewesen und habe dich vor den Trollen beschützt. Übrigens mehr, als du glaubst. Deshalb schuldest du mir was.«

»Ich weiß das wirklich zu schätzen, Richie, und ich verspreche dir, dass ich es dir sagen werde, sobald ich kann.«

Wieder schwieg Richie, als wäge er ab, was er erwidern sollte. »Ist es eine Quelle aus Oxford? Vielleicht vom Magdalen College? Wie ich hörte, bist du kürzlich dort gewesen.«

Maureen war dermaßen erschrocken, dass ihr für einen Moment die Luft wegblieb. Sie war Anfang der Woche in Oxford gewesen, um das Magdalenenmanuskript einzusehen und mit einem der Historiker des Colleges zu sprechen. Davon hatte sie allerdings niemandem erzählt. »Meine Güte, dir bleibt auch nichts verborgen«, sagte sie schließlich. »Woher hast du das denn nur wieder gewusst?«

»Tja, ich habe meine Spitzel überall, Süße. Das Studium der Tudors ist schließlich meine Lebensaufgabe.«

Sie erreichten das Hotel bei Hever Castle wenige Minuten, nachdem eine Mitarbeiterin Richies namens Jane Morrison eingetroffen war. Maureen war wenig begeistert von der Aussicht, die nächsten vierundzwanzig Stunden in ihrer Gesellschaft zu verbringen. Jane betrieb einen Blog über die Tudors und die Boleyns, den Richie unter dem Schirm seiner »All Things Anne«-Website förderte. Vor Jahren war er mit Jane zusammen gewesen und hatte sie in die Tudor-Welt hineingezogen. Jane hatte sich begeistert in die Arbeit gestürzt, denn genau wie Richie hatte sie rasch herausgefunden, wie viel Geld sich mit dem Merchandising von Boleyn-Artikeln verdienen ließ. Nachdem die Beziehung beendet war, blieben sie Freunde, und Richie unterstützte Janes Arbeit weiterhin. Das war wieder ein Zug an Richie, den Maureen nicht verstand: Jane war in vieler Hinsicht seine Konkurrentin; dennoch stand Richie ihr stets zu Diensten.

Jane war Co-Sponsorin der Tagung und würde allgegenwärtig sein – wovor Maureen jetzt schon graute. Ihr Blog war sehr beliebt, allerdings tödlich für den Verstand. Stieß sie auf eine alte, wieder aufgewärmte Geschichte, hämmerte sie ihren Lesern die Story bis zum Überdruss ein. Vor neuen Ansätzen jedoch, die unabhängiges Denken erfordert hätten, schrak sie zurück. Beispielsweise vertrat Jane eisern die Überzeugung, Anne sei eine Ehebrecherin gewesen.

Jane Morrison stand für vieles, das in der Welt der populären Geschichtsschreibung im Argen lag: Sie blieb dem Status quo verhaftet und hatte kein Interesse, die Diskussion auf eine neue Ebene zu heben – dann hätte sie ja Abonnenten verlieren können. Viel schlimmer aber war, dass sie Joanna Reed und Maureen angegriffen und als »Revisionistinnen« und Schlimmeres bezeichnet hatte. Das konnte Maureen ihr nicht so leicht verzeihen. Hinzu kam, dass Janes Besprechung von Joannas Buch äußerst bösartig gewesen war, zumal diese »Besprechung« kaum mehr war als ein hastig zusammengeschustertes Machwerk.

Es machte Maureen wütend, dass jemand, der noch nie etwas Beachtenswerts zustande gebracht hatte, eine ernst zu nehmende Autorin wie Joanna auf solche Weise attackierte. Deshalb hatte sie sich schützend vor Joanna gestellt und geschrieben, ihrer Meinung nach sei Jane so etwas wie die historische Version von Fast Food: für den Augenblick genießbar, doch letztendlich ohne Substanz und Nährwert. Sie erwähnte auch das dumme Merchandising, für das Jane berühmt-berüchtigt war und das alles Mögliche umfasste, von Anne-Boleyn-Schlüsselanhängern über Kaffeebecher mit dem Schriftzug ENTHAUPTET bis hin zu Nachbildungen des Kleides, das Anne bei ihrer Hinrichtung getragen hatte und das die Boleyn-Fans für schlappe fünfhundert Pfund erwerben konnten.

Maureen war sich bewusst, dass sie sich in den nächsten Tagen stark zurückhalten musste. Morgen würden sie ein kostenloses Online-Seminar abhalten, um die Tagung zu bewerben. Die Eintrittskarten hatten sich gut verkauft, aber es gab immer noch freie Plätze, und Richie und Jane waren entschlossen, den Saal so voll wie möglich zu packen.

Maureen hatte ihre Teilnahme an dem Webinar zugesagt, weil sie hoffte, mehr von Joannas und ihren eigenen Anhängern zu erreichen und zum Kommen zu bewegen, denn ihr graute davor, eine dreitägige Veranstaltung ausschließlich mit Jane-Morrison-Subskribenten abhalten zu müssen. Sie hoffte, jene Leute ansprechen zu können, denen an einem weiter gefassten, provokativeren Ansatz gelegen war. Letztendlich nahm Maureen nur deshalb an diesen Events teil, weil sie ihre Arbeit liebte und so viele Leser wie möglich persönlich treffen wollte.

Außerdem war sie eine begnadete Rednerin, und ihre öffentlichen Auftritte brachten ihr stets neue Anhänger ein.

Da sie diesmal allerdings auch die Banner Joanna Reeds und Simone de Bourbons in die Schlacht trug, fühlte Maureen die Verantwortung so schwer wie nie zuvor auf ihren Schultern lasten. Im Interesse der beiden ermordeten Frauen musste sie ihr Mundwerk bezwingen und gute Miene zum bösen Spiel machen.

Maureens Entschluss, nett und freundlich zu bleiben, wurde sofort auf eine harte Probe gestellt, denn Jane Morrison stürzte mit ausgebreiteten Armen auf sie und Richie zu, um ihr T-Shirt in Hot Pink vorzuführen, auf dem in unübersehbar großen Lettern TEAM JANE! stand. Jane war groß und dünn, und das Shirt hing an ihr wie eine Werbetafel. Sie umarmte Richie und übersah Maureen geflissentlich, während sie fragte: »Wie findest du's?«

»Sind das die T-Shirts für die Tagung?«, fragte Richie.

»Ja! Sind sie nicht der Hammer?« Sie drehte sich um, damit er die Rückseite begutachten konnte, auf dem ein Werbetext für das Event stand. Als sie sich wieder umdrehte, brach Richie endlich das Eis und sagte: »Jane, ich nehme an, du kennst Maureen Paschal bereits.«

Jane lächelte schmallippig, während sie Maureen die Hand hinstreckte. »Ja, wir haben uns schon mal gesehen, bei einer Veranstaltung in Hampton Court.«

Maureen kämpfte ihre Vorbehalte nieder und beschloss, höflich und mit einer ehrlichen Frage auf die Frau einzugehen.

»Hallo, Jane. Tut mir leid, ich bin ein bisschen verwirrt wegen des T-Shirts. Bezieht sich die Jane darauf auf Sie selbst? Sollen wir jetzt alle Teams gründen?«

»Nein, natürlich nicht! Es bezieht sich auf Jane Seymour!«

Maureen runzelte die Stirn. »Tut mir leid, ich verstehe immer noch nicht. Warum brauchen wir für eine Tagung, die

Anne Boleyns Beitrag für die Geschichte würdigen soll und zudem am Jahrestag ihrer Hinrichtung stattfindet, T-Shirts zu Ehren von Jane Seymour? Für die Frau, die Anne verraten und verdrängt hat?«

Jane schaffte es gerade noch, nicht die Augen zu verdrehen, doch ihre Miene verriet, dass sie Maureen für leicht begriffsstutzig hielt.

»Eine Geschichte, so alt wie die Zeit selbst! Die Rivalität zwischen zwei Königinnen! Die eine war die umstrittene Hure, die andere die sprichwörtliche Madonna. Keine Sorge, wir haben auch TEAM-ANNE-T-Shirts für Leute wie Sie. Am Einlass werden die Teilnehmer gefragt, welches Team sie bevorzugen, und dann bekommen sie entweder ein Shirt für Jane oder für Anne. Soll bloß ein Spaß sein.«

Maureen war entsetzt. Richie sah es und sprang in die Bresche. »Es ist nur ein kleiner Scherz. Die Leute werden ihn schon im richtigen Sinn begreifen.«

»Im richtigen Sinn? Wir leben im 21.Jahrhundert und müssen weiterhin diese schrecklichen Stereotypen und Rivalitäten zwischen Frauen verbreiten? Ich finde das beängstigend.«

Jane fiel ob der harschen Kritik der Unterkiefer herab. Sprachlos starrte sie Maureen an. Richie tätschelte ihr beruhigend den Arm. »Aber Janie, du hast doch gewusst, dass unsere Hausfeministin etwas dagegen haben würde. Du hast es ja selber gesagt, als wir das erste Mal darüber gesprochen haben.«

Ein Auto, das über die gekieste Einfahrt heranbrauste, unterbrach das unangenehme Gespräch. Erleichtert erkannte Maureen eine alte Freundin namens Ana Gabriel hinter dem Lenkrad. Sie entschuldigte sich, froh, der peinlichen Unterhaltung entronnen zu sein, und eilte dem Wagen entgegen.

»Anastasia«, rief sie und umarmte die hübsche Brünette, die aus dem Mercedes stieg.

»Maureen, Darling! Ich hab diese Reise nur für dich gemacht.

Na ja, auch für meine Leser, aber hauptsächlich für dich.« Ana schaute zu Richie und Jane hinüber und winkte ihnen zu. »Ach je, geht das jetzt schon los?«, raunte sie.

Maureen nickte und führte Ana über den Parkplatz zur Rezeption. Das Hever Hotel bestand aus mehreren bezaubernden, alten Fachwerkbauten aus der Tudor-Zeit, die einst den Boleyns als Ställe und Scheunen gedient hatten. Maureen war schon öfter hier abgestiegen und bevorzugte das kleine Cottage im hintersten Winkel des Grundstücks, das einen eigenen Eingang hatte. Dort gab es drei Schlafzimmer, und sie lud Ana ein, das Häuschen mit ihr zu teilen, um gemeinsam eine Strategie zu entwerfen, wie sie die Tagung überleben konnten.

Anastasia Gabriel war die scharfsinnige, urkomische Autorin des »Feministischen Manifests von Elisabeth I.«, ein Buch, das für die Rechte der Frauen stritt und obendrein randvoll mit Humor war. Ihre zahlreichen Follower im Netz wussten ihre Schlagfertigkeit und Klugheit zu schätzen. Maureen liebte Anastasias Bücher genauso wie deren Autorin und sah voller Freude der gemeinsamen Zeit entgegen. Während sie zu dem Cottage schlenderten, erzählte Maureen kurz und knapp, was sich vor Anas Ankunft ereignet hatte.

»Na ja, heute Abend bin ich für Team Wein«, witzelte Ana. »Ich glaube, das können wir brauchen.«

*Château Sabra*
*Gegenwart*

Letztendlich war das Event im Hever Country Club doch ein Erfolg, denn die Tagung wurde erfolgreich beworben. Maureen überlebte diese Zeit, indem sie sich an Ana Gabriel hielt, die sie jedes Mal zum Lachen brachte, wenn sie vor Verzweiflung nur noch schreien wollte. Maureen war Perfektionistin, daher fiel es ihr schwer, an Veranstaltungen teilzunehmen, auf deren Verlauf sie kaum Einfluss hatte. Dieses Mal, das schwor sie sich, würde es das letzte Mal sei. Jetzt, wo sie bis zum Hals drinsteckte, wünschte Maureen, sie hätte nie zugesagt. Natürlich war ihre ursprüngliche Anmeldung mit dem Wunsch verbunden gewesen, Joanna Reed zu unterstützen. Daran musste sie sich halten, jetzt mehr denn je.

Maureen war mit Berenger nach Frankreich zurückgeflogen. Als das Privatflugzeug auf dem Flughafen Carcassonne landete, hatte sie einen tiefen Seufzer der Erleichterung ausgestoßen. Die Reise war im Grunde ein Katzensprung, und sie war noch schneller und komfortabler, weil sie privat flogen. Berenger nannte das Flugzeug den »Pendelbus«, so oft waren sie vom Kontinent auf den Inselstaat unterwegs.

Roland hatte in ihrer Abwesenheit eine ganz bestimmte Arbeit im Château in Angriff genommen und die beiden gebeten, einen Blick darauf zu werfen. Als Berenger und Maureen auf Sabra eintrafen, hatten Roland und Tammy auf dem langen Bibliothekstisch Schriftstücke und Fotografien ausgebreitet.

»Ich habe mich mit diesem Symbol beschäftigt«, erklärte Roland. Er meinte das über den Durchgang zur Treppe gemeißelte Emblem, das eine Verschmelzung des Davidsterns mit der sechsblättrigen Rose zeigte. »Schaut euch die Fotos an. Hier ist unser Symbol, und dort sind Aufnahmen des Umschlags von Anne Boleyns Gebetbuch. Es ist eindeutig das gleiche Symbol, auch wenn es auf Annes Buch aufwendiger ausgeführt ist, eingelassen in den Diamanten und verziert mit arabisch aussehenden Schnörkeln.«

Maureen hatte den Kurator in Hever Castle wegen des Stundenbuchs befragt. Hever hatte es in den 1990er Jahren erworben, nachdem es vergeblich auf einer Auktion angeboten worden war. Im Katalog stand, das Cover sei »modern«, doch der Kurator vermutete, dass das Stundenbuch in der viktorianischen Zeit einen neuen Umschlag erhalten hatte.

»Dass das Buch im 19. Jahrhundert ein neues Cover bekommen hat, sagt ja nichts darüber aus, ob das Symbol auch schon auf dem Original war oder nicht«, betonte Tammy. »Und wir wissen nicht, wann das Symbol hier in die Wand gemeißelt wurde. Möglicherweise schon zum Zeitpunkt seiner Erbauung, es könnte aber auch im Zuge der Restaurierungen im 19. Jahrhundert passiert sein.«

»Da stimme ich dir zu«, sagte Maureen. »Wer auch immer dem Stundenbuch ein neues Cover verpasst hat, wusste genau, was er tat. Vielleicht hat er sogar eine Originalversion unseres Symbols zu imitieren versucht.«

»Wo Rauch, da Feuer«, schloss Tammy. »Es ist unmöglich, dass jemand ein Cover eines so wertvollen Buchs restauriert und dabei nur zufällig ein altes Symbol wählt, das mit dem Orden und den Katharern zu tun hat. Der Umstand, dass das Cover aus viktorianischer Zeit stammt, sagt uns lediglich, dass das Symbol immer noch gebraucht wurde – von denen, die wussten, was es bedeutete.«

Roland fuhr mit seinen Erläuterungen fort. »Eines Tages hatten wir einen Arbeiter hier, der wie angewurzelt stehen blieb, als er das Symbol erblickte. Er erzählte mir, dass dieses Symbol auch in dem Haus zu finden sei, in dem er aufgewachsen war, in unmittelbarer Nähe von Lavaur. Das Haus sei uralt, und seine Familie nenne dieses Symbol das Sarazenen-Symbol. Er ist in sein Dorf gefahren und hat es fotografiert. Hier ist die Aufnahme.«

Das Symbol sah ihrem so ähnlich, dass Maureen beide nebeneinander halten musste, um Unterschiede erkennen zu können.

»Sarazenen-Symbol?«, fragte Berenger. »Was bedeutet das?«

»Zunächst wusste er es nicht mehr, aber in seinem Dorf hat er dann einiges erfahren. In einem Weinberg ist vor Jahren ein Felsbrocken gefunden worden, auf dem das Symbol abgebildet war. Es ist überliefert, dass die Sarazenen, als sie im achten Jahrhundert in dieser Region waren, solche Symbole in Stein meißelten. Der Originalstein lag jahrelang in einem Heimatmuseum, ist dann aber verschwunden.«

Berenger entwickelte seinen Gedankengang. »Also Sarazenen. Islam. Aber warum sollten Sarazenen ein Symbol, das zum jüdischen und christlichen Kulturkreis gehört, in einen Stein meißeln?«

»Weil sie alle zusammengearbeitet haben?«, wagte Maureen einen Vorstoß. Es gab Legenden, nach denen die drei großen Religionen am Fuße der Pyrenäen in friedlicher Koexistenz gelebt hatten, fern von Spähern und unbarmherziger Verfolgung. Die Vorstellung einer Mystikerschule, die die drei großen Glaubenstraditionen umfasste, fand Maureen faszinierend.

»Mag sein«, meinte Roland. »Jedenfalls – mir kam die Idee, Briefe an hiesige Bürgermeistereien zu schicken und einen Aufruf in Diskussionsgruppen und Websites zu starten. Ich habe nachgefragt, ob jemand dieses Symbol in seinem Haus oder seinem Wohnort gesehen hat. Das sind die bisherigen Antworten.«

Er machte eine Handbewegung zu drei Fotos auf dem Tisch. »Alle in sehr alten Privathäusern. Dies ist das Symbol im Dorf des Arbeiters, nahe Lavaur. Diese beiden liegen keine acht Kilometer auseinander und sind höchstens acht Kilometer von Minerve entfernt. Und diese Aufnahme hier«, Roland deutete auf eines der Fotos. »Das Haus ist eintausend Jahre alt. Erbaut um das Jahr 1000, also stand es bereits zweihundert Jahre, bevor die Katharer vernichtet wurden. Die Besitzerin gibt an, es sei im Dorf als ›Haus der Initiation‹ bekannt. Vielleicht war es eine Art dörflicher Mystikerschule.«

»In allen drei Fällen steht unser Symbol nahe an einem Ort, wo Katharer als Ketzer verbrannt wurden«, bemerkte Berenger. »Ist es eine Art Gedenken?«

»Nicht, wenn es schon lange vor dem Katharismus auftaucht«, betonte Tammy. »Die Sarazenen meißelten dieses Symbol vierhundert Jahre vor dem Tod der Katharer.«

»Schon – aber es könnte doch trotzdem übernommen worden sein.«

Roland fuhr fort: »Dieses Foto hier stammt aus einem Haus, das während der Verfolgungen als Zuflucht bekannt war. Aus seinem Weinkeller gelangt man in Tunnel, die unter dem Dorf ein Labyrinth bilden. Dort wurden die Katharer während der Kreuzzüge versteckt – ähnlich wie die Juden vor den Nazis.«

Im Zweiten Weltkrieg hatte auch das Languedoc Nazi-Invasionen erlitten, und schmerzliche Geschichten wurden erzählt von jüdischen Mitbürgern, die in Tunneln verborgen wurden, die unter den Kirchen entlangführten.

»Vielleicht ist es eine Utopie«, sagte Maureen.

Alle starrten sie an.

»Es könnte ein Symbol für eine Koexistenz in Harmonie sein. Ursprünglich vielleicht eingemeißelt zum Gedenken, wo und wann dieses auf unserer Welt einmal möglich gewesen ist, und dann von jenen übernommen, die beteten, dass es eines Tages wieder geschehen möge.«

»Man könnte es auch als Symbol für das Überleben sehen«, sagte Berenger. »Denn alle drei Glaubensrichtungen, die Katharer, die Juden und die Muslime, haben unter den Kreuzzügen der Kirche gelitten.«

»Seht doch nur, wie oft die Zahl Sechs in dem Symbol vorkommt«, forderte Tammy sie auf. »Sechs Blütenblätter hat die Rose, sechs Zacken der Stern, und sämtliche Negativflächen, die um das Symbol herum entstanden sind, bilden ebenfalls Sechsen. Diese Negativfläche zum Beispiel sieht wie sechs Mondsicheln aus, was uns wieder zu den Sarazenen bringt. Und wir wissen, dass in der Numerologie, die von den Alten und den Alchemisten praktiziert wurde, die Sechs die Zahl der Venus war. Die Zahl der Liebe also.«

»Es ist ein Symbol der Liebe«, schloss Roland. »Der Weg der Liebe.«

Plötzlich hatte Maureen eine Eingebung. »Es ist Matthäus! Matthäus 22. Die Katharer verehrten das Matthäusevangelium aus zwei Gründen: Weil es das Vaterunser enthielt und die zwei Gebote – nicht die Zehn Gebote, sondern die Zwei Gebote. ›Du sollst den Herrn, deinen Gott, lieben mit ganzem Herzen, mit ganzer Seele und mit all deinen Gedanken. Das ist das wichtigste und erste Gebot. Ebenso wichtig ist das zweite: Du sollst deinen Nächsten lieben wie dich selbst. An diesen beiden Geboten hängt das ganze Gesetz samt den Propheten.‹«

Berenger hatte die Bedeutung im Nu erfasst. »Weil bei den drei großen Religionen diese beiden Gebote unverbrüchliche Gemeinsamkeiten waren für alle spirituellen Menschen. Damit steht dieses Symbol sowohl für die Göttlichkeit und das Zusammenleben. Gott, Gemeinschaft, Nächstenliebe. Diese Zeichen sagen es ohne Sprache.«

»Ja«, sagte Maureen. »Die ewige Magie der Symbole.«

*Château des Pommes Bleues*
*Gegenwart*

Peter wartete bereits im Château auf Maureens und Berengers Rückkehr. Aus dem Centre Sèvres, der jesuitischen Privatuniversität in Paris, hatte er einen alten Freund und Studienkollegen mitgebracht, den er mit der Übersetzung der Briefe betraut hatte. Peter war ein hervorragender Linguist, aber vom Französisch der Renaissancezeit hatte er kaum Ahnung; deshalb war er froh, über ein Netzwerk zu verfügen, das ihm den Kontakt zu Experten ermöglichte.

Während Maureen und Berenger in London waren, hatte Peter in Paris die Ergebnisse ihrer Untersuchung bearbeitet. Annes zweites Tagebuch endete an ihrem letzten Abend in Chartres; deshalb tat sich bis zu den Briefen, von denen der erste 1527 geschrieben wurde, eine große zeitlich Lücke auf. Nun war es an Maureen, eine Zeitachse zwischen Annes Aufenthalt in Frankreich und dem ersten bekundeten Beweis ihrer Rückkehr nach England zu konstruieren. Das war zu erwarten gewesen. Historiker waren sich uneinig, an welchem Tag genau Anne und Heinrich ihre Beziehung aufgenommen hatten, oder wie es überhaupt dazu kam.

Peter warnte Maureen, dass in den Briefen nicht alle ihre Fragen beantwortet würden. »Ich habe aber ein paar Überraschungen für dich«, fuhr er fort. »Die letzte Untersuchung hat ergeben, dass die meisten Briefe Annes an Marguerite gerichtet sind. Sie gehen sehr ins Detail und geben uns Einblick in eine

Geschichte, die vorher nicht bekannt war. Mach dich auf ein paar Überraschungen gefasst!«

»Was denn für welche?«

»Da sind Schreiben von Thomas Boleyn an Marguerite – eines nach Annes Verhaftung, eines von einem späteren Datum. Außerdem gibt es einen Brief von einer Dame, die Anne im Orden nahestand und die sie im Tower sah, bevor sie starb. Diese Briefe sind hochinteressant, aber auch sehr traurig. Außerdem gibt es noch einige Briefe … von Heinrich.«

»Was? Das ist unmöglich. Von Heinrich? An wen?«

»Von Heinrich an Anne. Eines der kleineren Bündel waren Heinrichs Briefe an Anne, aber aus einem sehr frühen Stadium ihrer Beziehung. Es kommt mir fast so vor, als hätte jemand diese Briefe an Marguerite geschickt, damit sie sie sicher aufbewahrt. Ich wüsste nicht, wie sie sonst unter die anderen geraten sein könnten.«

»Unfassbar.« Einen Augenblick sinnierte Maureen über die Ungeheuerlichkeit dieser Entdeckung. »Wir wissen, dass es undatierte Liebesbriefe von Heinrich an Anne gibt. Die lagerten in den vatikanischen Archiven. Wie sie dort hingekommen sind, weiß auch kein Mensch. Also könnte es durchaus sein, dass Annes Briefe von einer oder mehreren Personen aus dem Weg geschafft wurden. Aber wichtiger ist doch: Was steht darin?«

»Mach's dir gemütlich, und wir gehen sie zusammen durch«, schlug Peter vor und nahm die Übersetzungen zur Hand.

# DRITTER TEIL

## *Die Zeit kehrt wieder*

# Greenwich Castle

*London*
*2. April 1527*

»*Hier ruht Artus, der König, der war, und der König, der sein wird.*«

König Heinrich VIII. schaute aus einem Fenster seiner Privatgemächer. In dem Wissen, dass niemand ihn hören konnte, richtete er seine Worte an die Themse. Ihm war nicht nach Gesellschaft zumute. Ein Monarch konnte sich nur selten zurückziehen, und gerade an diesem traurigen Jahrestag war die Einsamkeit ein Geschenk für ihn.

Heinrich kannte das walisische Vermächtnis auswendig, so wie jeder Tudor. Es war die Prophezeiung des einstigen und künftigen Königs, des idealen Prinzen, der das zerschlagene Reich wiederherstellen und in ein neues Goldenes Zeitalter führen sollte. Die Prophezeiung, die er in den heiligen Hallen von Pembroke Castle gelernt hatte, war ein Eckstein seines walisischen Erbes: Die Tudors glaubten, ihre Ursprünge auf die Familie von Uther Pendragon und seines legendären Sohnes, König Artus, auch genannt Arthur, zurückführen zu können.

An dem Tag, als sein Vater als Heinrich VII. den Thron von England bestiegen hatte, erbte er ein zerschlagenes, ausgeblutetes Königreich. Die Rosenkriege hatten dem geliebten Vaterland neue Ausgeburten der Gewalt beschert. In den letzten Jahren des Terrors hatte Englands Kultur ausschließlich im Töten bestanden. Es sollte Heinrichs VII. vordringlichste Aufgabe werden, die erbitterten, verwundeten Parteien zu einen und dem Reich wieder Frieden zu bringen. Doch als König, der den Thron mit Gewalt erobert hatte, war Heinrich VII. besessen davon, das Recht der Tudors auf die Herrschaft zu beweisen. Mit der Hilfe der gelehrtesten Historiker untermauerte er seine Abstammung von dem großen Artus und bemühte sich, Camelot wiederzuerschaffen.

Wie der Heros König Artus die verfeindeten Stämme Englands versöhnt hatte, so sollten die Tudors die Kluft zwischen den Häusern Lancaster und York ein für alle Mal überbrücken. Heinrich VII. heiratete die York-Prinzessin Elizabeth und vereinte die beiden feindlichen Häuser durch den heiligen Stand der Ehe.

In den letzten Schwangerschaftswochen der Königin Elizabeth von York zog der königliche Haushalt nach Winchester um, denn die königshörigen Historiker hatten verkündet, Winchester sei der Ort des einstigen Camelot – vielleicht, weil dort der Tisch der Tafelrunde erhalten war. Heinrich VII. wollte, dass der kleine Prinz aus der Weissagung in jenen heiligen Mauern zur Welt kommen sollte. Es kam ihm überhaupt nicht in den Sinn, dass das Kind ein Mädchen sein könnte, denn der göttliche Plan zur Wiedererstehung Camelots sah kein anderes Ergebnis vor.

Als das Kind, ein kräftiger Junge, zum glückverheißenden Datum des Herbst-Äquinoktiums geboren wurde, feierte der Hof tagelang. Im Bruch mit der königlichen Tradition wurde der Knabe nicht nach seinem Vater getauft, denn es gab nur einen Namen, der einem Kind von solch göttlichem Schicksal zustand: Arthur.

Arthur Tudor wurde zu dem geliebten Prinzen seines Volkes und dessen Prophezeiung; er war aufgeweckt, kräftig und besaß eine hohe Bildung. Seine Lehrer priesen seinen Intellekt, während seine Eltern ihn anbeteten. In Übereinstimmung mit der Sage war es nun unerlässlich, die Guinevere zu finden, die

Arthurs Frau werden sollte. Sie erschien in der Verkleidung einer spanischen Prinzessin namens Catalina, der goldhaarigen Tochter König Ferdinands und Königin Isabellas. So wie einst König Artus Prinzessin Guinevere gefreit hatte, um die verfeindeten Stämme Britanniens zu einen, und wie ein Lancaster eine York zur Frau genommen hatte, so sollte der junge Arthur in die spanische Königsfamilie einheiraten, um einen ewigen Frieden zwischen England und Spanien zu stiften. Die mächtige Allianz würde dem aufblühenden Tudor-Reich Schutz und Wohlstand bescheren.

Die schöne Catalina wurde mit Arthur verheiratet und damit Prinzessin von Wales; später wurde sie in England Katharina von Aragon genannt. Es war eine Freude, das junge Paar zu sehen, das voller Liebe und Hingabe füreinander war. Auf den Landstraßen stauten sich die treuen Untertanen, um einen Blick auf das junge Prinzenpaar zu werfen, das zu seinem neuen Heim Ludlow Castle reiste. Wie ein heilender Balsam war der Anblick des strahlenden jungen Paares für die verwundete Seele Englands.

Nichts, so schien es, konnte die Tudors auf dem Weg zur Erfüllung ihres göttlichen Schicksals aufhalten. Der einstige und künftige König Arthur war auf sein Amt vorbereitet, und England sah einer Zeit des Friedens und des Wiederaufbaus entgegen.

Doch am 2. April 1502 enthüllte der Allmächtige seinen erschütternden Plan für die Zukunft des Königreiches: Unerwartet und unaufhaltsam wurde Ludlow vom tödlichen Schweißfieber befallen. Binnen Stunden war der Traum von Camelot auf tragische Weise zerstört.

Arthur Tudor starb – im Alter von fünfzehn Jahren.

Der Zweitgeborene König Heinrichs VII. und der Königin Elizabeth, ein kräftiger und fleißiger Zehnjähriger namens Heinrich, wurde unversehens aus seiner idyllischen Existenz als

Herzog von York gerissen und in die sofortige Nachfolge eingesetzt.

Der junge Heinrich war nie für den Thron bestimmt gewesen. In den Hallen des Palastes wurde geraunt, dass er weder die Veranlagung noch das Talent für Staatsgeschäfte besäße, die sein Bruder von Geburt an mitgebracht hatte. Heinrich war ein glänzender Schüler, sprach mehrere Sprachen fließend und war auf dem Weg, ein großer Gelehrter zu werden. Er liebte seine Bücher und hegte eine tiefe Leidenschaft für die Theologie; mit zehn Jahren konnte er lange Abschnitte in nahezu fehlerfreiem Latein aus den Büchern Exodus und Levitikus zitieren. Lernen war seine größte Freude, und im Grunde wollte er nichts lieber, als bei seinen Lehrern in York bleiben. Es war allgemein bekannt, dass er für eine Laufbahn in der Hochkirche bestimmt war, und sein Vater wollte ihn als Erzbischof von Canterbury sehen. Der Traum des alternden Königs war gewesen, Arthur auf dem Thron und Heinrich neben ihm mit der Mitra zu sehen, sodass die Tudors über Staat und Kirche gleichermaßen herrschten. Niemals hatte ein Plan der Familie vorgesehen, dass statt Arthur Heinrich auf dem Thron sitzen sollte.

Sieben Jahre lang erduldete der jüngere Heinrich die wachsende Verbitterung des Vaters. *Du bist nicht Arthur, und du wirst ihm niemals gleichkommen. Trachte lediglich danach, dem Namen Tudor keine Schande zu machen*. Der Tod des Lieblingssohnes nagte an dem alten König, bis nicht mehr viel von seiner Menschlichkeit übrig war. Seine Vision war dahin. Camelot war tot und hatte nur ein zerlumptes England hinterlassen.

Doch der jüngere Heinrich wurde zum König gekrönt – im Alter von siebzehn Jahren, als sein Vater an Tuberkulose starb. Die Tudors, kaum jemals in der Schlacht besiegt, erlagen häufig dieser gefährlichen Krankheit. Heinrich entsann sich, dass er in den Hallen des Palastes so etwas hatte munkeln hören, an jenem elenden Tag, als sein Bruder starb. Es war ein Satz, der ihm noch Jahrzehnte in den Ohren klingen sollte: »Der Tod ist Gottes Werkzeug, das Schicksal zu wenden.«

Silberne Lichtpunkte glänzten auf der Themse, als die Sonne hie und da durch die Wolken brach. Heinrich betrachtete die Wellen des Flusses, der dunkel und ewig dahinströmte wie der Styx, während er die Ereignisse seit seines Bruders Tod Revue passieren ließ. Heute war es auf den Tag genau fünfundzwanzig Jahre her, dass der Traum von Camelot ausgeträumt war. Seltsamerweise konnte er sich besser an den Moment erinnern, als man ihm vom Tod seines Bruders berichtete, als an seinen Bruder selbst. Sie waren getrennt voneinander aufgewachsen und hatten sich nur zu besonderen Staatsanlässen gesehen. Als Heinrich in den Armen seines Lehrers geweint hatte, war es nicht um den Verlust seines Bruders gegangen, vielmehr hatte er Angst vor den Veränderungen, die ihn als einzigen überlebenden Sohn erwarten würden. Er war nicht geboren, um König zu sein, und er wollte es auch nicht. Gott hatte einen schlimmen Fehler gemacht, indem er Arthur zu sich nahm und nicht ihn. Aber nun war die Welt, vor allem seine Welt, eine andere geworden.

Heinrich VII. war durch den Verlust ein gebrochener Mann. Dazu gezwungen, seinen ursprünglichen Plan zu retten und sich mit dem schlechteren Prinzen zu begnügen, hatte der alte König eine neue Strategie ersonnen. Er berief die junge Katharina von Aragon von ihrem Witwensitz und versuchte, sie erneut zu verheiraten, diesmal mit seinem jüngeren Sohn. Wenn er die goldhaarige und allseits verehrte Guinevere wieder als künftige Königin einsetzen konnte, würde das Volk Heinrich vielleicht als neuen Artus anerkennen. Außerdem müsste er in dem Fall Katharinas ansehnliche Mitgift nicht zurückzahlen. Der Plan war kühn als auch strittig und erforderte geschicktes Taktieren nach zwei Seiten, mit Spanien und mit Rom.

Der junge Heinrich konnte sich nicht darüber beschweren,

dass ihm Katharina von Aragon zur Frau gegeben wurde. Sie war in ganz Europa berühmt für ihr liebliches Gesicht und ihr anmutiges Betragen und war von Hofdichtern als »schönstes Geschöpf auf Erden« bezeichnet worden. Sie war sechs Jahre älter als Heinrich und hatte ihr Leben an Königshöfen zugebracht. In den ersten Jahren seiner Regierung war sie es, die ihm in schwierigen Fragen der Politik Rat erteilte. Sie war ihm Freundin, Ratgeberin und Ehefrau zugleich, und das Paar war glücklich – bis Gott seine Hand wieder einmal in Englands Angelegenheiten steckte.

Ein Jahr nach ihrer Krönung wurde Königin Katharina von dem hübschesten kleinen Prinzen entbunden, den die Christenheit je gesehen hatte. Geboren am 1. Januar 1510 und deshalb als »Neujahrsprinz« bezeichnet, wurde der Kleine in ganz England mit Festspielen und Prunkzügen gefeiert.

Tragischerweise dauerten die Feste länger als das Leben des Kindes. Der kleine Prinz Heinrich erkrankte und schied nur fünfzig Tage nach seiner Geburt aus dem Leben.

Und König Heinrich VIII. und Königin Katharina sollten noch mehr Tragödien zu erdulden haben: Die Königin erlitt drei Totgeburten, zwei Knaben und eine kleine Prinzessin, die nur wenige Stunden lebte. Katharina wurde durch die Gnade Gottes sechsmal schwanger, doch nur eines ihrer Kinder sollte überleben – Prinzessin Maria. Heinrich betete seine Tochter an, doch sie war eben nur ein Mädchen.

Es war klar, dass Katharina niemals einen Sohn zur Welt bringen würde. Der Grund dafür wurde Heinrich mit der Zeit immer deutlicher: Er stand im Buch Levitikus, Kapitel 20, Vers 21.

*Nimmt einer die Frau seines Bruders, so ist das Befleckung. Er hat die Scham seines Bruders entblößt; sie sollen kinderlos bleiben.*

Gott zürnte ihm, weil er Arthurs Frau geheiratet hatte; also würde er niemals einen Sohn haben. Katharina war nie für ihn bestimmt gewesen, sondern für Arthur. Deshalb wurde Heinrich, ja die Tudor-Dynastie als Ganzes bestraft für die furchtbare Übertretung der Gesetze Gottes. Konnte man irgendetwas tun, um den Zorn des Allmächtigen zu beschwichtigen?

Heinrich hatte sich darüber mit seinen engsten Ratgebern auseinandergesetzt, zunächst mit Wolsey. Er war noch nicht so weit gegangen, eine Annullierung vorzuschlagen. Zwar galt er schon jetzt in ganz Europa als goldener und kühner Prinz Englands, doch selbst er hätte sich nicht ohne reifliche Überlegung mit Rom angelegt. Wolsey hatte Vorschläge zu Verzicht und Sühne gemacht, jedoch niemals von Scheidung gesprochen. Daran auch nur zu denken, war verboten. Katharina von Aragon war die Tochter Spaniens und seit beinahe zwanzig Jahren die rechtmäßige, beliebte Königin Englands. Wenn Heinrich sie verstieß, riskierte er einen Aufstand der Christenheit, wenn nicht sogar einen Krieg.

Und was war mit Katharina selbst? Heinrich verehrte sie und empfand tiefe Zuneigung zu ihr, die von Katharina erwidert wurde. Es gab keine große Leidenschaft, doch ihre Ehe war friedlich und gewinnbringend. Als Königin war Katharina über jeden Tadel erhaben. Am spanischen Hof zum Königtum erzogen, trug sie ihre Überzeugung des *noblesse oblige* hoch erhobenen Hauptes. Nie krümmte sie sich unter dem Druck ihrer Verantwortung.

Katharina zu kränken lag Heinrich fern; sie verdiente es nicht. Er war allerdings nicht verliebt in seine Frau, war es nie gewesen. Trotz ihrer Ehrerbietung hatte er das Gefühl nie ganz loswerden können, dass Katharina ihn mit demselben Blick betrachtete wie sein Vater in den letzten Jahren seines Lebens. Es gab Momente, da hätte er schwören können, dass sie *Du bist nicht Arthur, und mir war nie bestimmt, deine Frau zu werden* dachte. Bei Katharina wie ehedem bei seinem Vater würde er immer nur an zweiter Stelle stehen. Und selbst nach zwanzig

Jahren Ehe kam sie ihren Pflichten immer noch mit derselben Kälte nach, mit der sie ihre Aufgaben als Königin versah. Katharina von Aragon war keine Frau der Leidenschaft, sondern ein Wesen kühler, spröder Vornehmheit.

Doch welcher König konnte sich schon den Luxus leisten, verliebt zu sein? Königsehen wurden aus dynastischen Gründen oder diplomatischen Erwägungen geschlossen, ohne Rücksicht auf Liebe und Leidenschaft. Wahrscheinlich hätte Heinrich weiterhin an das erprobte und bewährte Instrument der arrangierten Ehe geglaubt, wäre *sie* nicht aus Frankreich zurückgekehrt wie ein Sommerwind von der Seine: kühn, stürmisch und vollkommen unerwartet.

Anne Boleyn.

Heinrich erbebte innerlich, wenn er nur an sie dachte. Wenn er die Augen schloss, spürte er sie bei jedem Atemzug neben sich im Zimmer. Sein Inneres war vollkommen von ihr erfüllt, und wenn sie durch äußere Zwänge voneinander getrennt waren, rief er sich die Augenblicke mit ihr ins Gedächtnis – die Sonne auf ihrem herrlichen langen Haar, das nach Lilien duftete, die leise Berührung ihrer anmutigen Hand auf seinem Arm, seine Hände auf ihrer schlanken Taille. Doch die meisten seiner Tagträume drehten sich um Annes Augen, diese dunklen, fast schwarzen Mandelaugen, die bei seinem Anblick vor Freude aufleuchteten.

Anne liebte ihn und glaubte an ihn als Mann und nicht nur als König. Sie versicherte ihm, dass er jeder Zoll ein König sei, so wie sein Bruder, und mehr als dieser. Sie behauptete kühn, dass auch Gott dieser Meinung sei, denn Heinrich trage die Krone, während sein Bruder seit fünfundzwanzig Jahren im Grab liege.

Heinrich wusste in seinem Herzen und seiner Seele, dass Anne Boleyn von Gott einzig und allein für ihn erschaffen worden war. Sie hatte nie einem anderen Mann angehört und kam daher mit reinem Körper und reiner Seele zu ihm. Erst als Anne in einem gelben Seidenkleid und mit dem Lächeln eines Engels in sein Herz getanzt war, hatte er gewusst, was Liebe ist. Und nun, da er es wusste, wollte er sie nicht mehr fortlassen. Sie waren wie eine Seele in zwei Körpern, und er konnte die Trennung von ihr nicht ertragen.

Natürlich gab es Komplikationen. Doch Heinrich war immer mehr davon überzeugt, dass Gott wünschte, er möge die Witwe seines Bruders fortschicken und jene Frau lieben, die nur für ihn gemacht worden war. Gott konnte alles geschehen lassen, wenn es sein Wille war, man musste nur weiter darum beten.

Heinrich dachte einige Zeit über das alles nach, ehe er einen Liebesbrief an Anne schrieb, in dem er diese Empfindung mit ihr teilte. Bevor er den Siegelbewahrer herbeirief, der das Wachssiegel aufdrücken und für das Überbringen des Briefes sorgen sollte, trat Heinrich noch einmal ans Fenster und warf einen letzten, langen Blick auf den Fluss. Die Themse mit ihren Windungen und Schleifen war so veränderlich wie das Schicksal eines Menschen.

Wieder wisperte Heinrich dem Wasser etwas zu, doch diesmal änderte er die Richtung der uralten Prophezeiung auf König Artus' Grabstein:

*»Hier ruht Arthus, der König, der nie war. Und hier steht Heinrich, der König, der sein wird.«*

# Hever Castle

*Kent*
*April 1527*

*Ich suche keine andere.*

Anne las den Brief erneut, flüsterte die Worte und genoss jede der von Leidenschaft erfüllten Silben.

*Von nun an, das versichere ich Euch, wird mein Herz Euch allein gehören. Ich wünschte, auch mein Körper würde der Eure sein! Dies kann von Gott bewirkt werden, so er es will. Ich bete jeden Tag dafür in der Hoffnung, dass mein Gebet erhört wird.*

*Ich wünschte, die Zeit wäre kurz, aber ich fürchte, es wird lange dauern, bis wir uns wiedersehen.*

*Von der Hand dessen geschrieben, der nach seinem Willen der Eure war, ist und immer sein wird.*

Der liebeskranke Freier, der gelobte, Anne auf ewig zu gehören, beendete seinen Brief mit einem Satz in mittelalterlichem Französisch, der aus der Liebeslyrik der Troubadoure stammte: *Aultre ne cherse.*

*Ich suche keine andere.*

Anne seufzte, so schön war der Brief. Aber es lag auch Schmerz in ihrem Seufzer, denn so glühend sie die Liebe dieses Mannes erwiderte – nach den Gesetzen seines Landes war er unerreichbar für sie. Er war verheiratet, hatte ein Kind und war deshalb tabu.

Der Plan, einen König zu umgarnen, war kühn gewesen. Als Anne einwilligte, hatte sie gewusst, dass die Chancen durchaus nicht auf Erfolg standen. Selbst wenn der König ihren Reizen erliegen sollte und glaubte, was sie über Prophezeiungen und Gottes Wille zu sagen hatte, war doch die Vorstellung ungeheuerlich, dass er alle Regeln brechen und sie zur Frau nehmen würde. Und was Anne nicht vorausgesehen hatte, war die Beteiligung ihres Herzens: Indem sie die Aufmerksamkeit des Königs zu erregen suchte, hatte sie sich in ihn verliebt. Natürlich war Heinrich in jeder Hinsicht eine Herausforderung. Ihr Vater, ihr Bruder und selbst ihre Schwester hatten es ihr ja vorhergesagt: Der König war launenhaft und schwierig, beherrscht von seiner Eitelkeit und seinem überbordenden Selbstbewusstsein. Aber er war auch geistreich und dank seiner athletischen Gestalt sehr attraktiv und ausgesprochen männlich. Am meisten aber hatte Anne sein Hang zur Romantik erstaunt. Inzwischen war es mehr als eine Mission für sie. Es war Liebe geworden.

Anne glaubte an den Weg der Liebe; sie hatte in Frankreich viel über dieses Glaubenssystem gelernt. Dazu gehörte die Überzeugung, dass die Liebe alle Widerstände besiegen konnte und dass alle bedeutenden Frauen das Wesen der Beharrlichkeit verkörperten.

Mit diesem Gedanken holte Anne ihr Stundenbuch vom Nachttisch. Ein Lächeln spielte auf ihren Lippen, als sie in dem Büchlein blätterte. Es war ein Meisterwerk flämischer Druckerkunst, so prachtvoll bebildert wie das Stundenbuch, das sie von ihrer geliebten Lehrerin Margarete von Österreich erhalten hatte. Doch weder die künstlerische Ausführung noch der Erinnerungswert des Büchleins waren der Grund für ihr Lächeln. Dieses Stundenbuch war ein Geschenk des Königs – ein geschickt ausgedachtes Geschenk überdies, denn am Rand einer Seite, die Jesus nach der Geißelung als Schmerzensmann zeigte, stand in Annes geliebtem Französisch:

*Wenn Ihr meine Liebe so innig in Euer Gebet einschließt, wie ich Euch anbete, wird man mich nicht vergessen, denn ich gehöre Euch auf ewig.*

Später am Nachmittag, in der Königskapelle, in der sich eine kleine Gemeinde zur Messe eingefunden hatte, reichte Anne das Stundenbuch heimlich ihrem Vater, der als geheimer Bote zwischen ihr und ihrem Liebhaber fungierte. Sir Thomas' Rang bei Hofe gestattete ihm, während des Gottesdienstes an einem Ehrenplatz gleich hinter seinem Souverän zu sitzen. Thomas war mehr als gewillt, die Liebe zwischen seiner jüngeren Tochter und dem König zu fördern – schon seit einem Jahr.

Anne hatte sich ihre Antwort sorgfältig überlegt. Sie wählte eine illustrierte Seite aus der Verkündigung, auf der der Engel Gabriel der Jungfrau Maria mitteilt, dass sie einen Sohn gebären wird. Anne reimte ein Couplet auf Englisch und schrieb:

*Täglich sollt Ihr finden mich*
*Ein liebend Weib auf ewiglich.*

Die Symbolik war unmissverständlich; Anne hatte ihre Worte klug gewählt. Und mit der Wahl des Motivs der Verkündigung betonte sie das glorreiche Ereignis, das Gott einer Frau einen Sohn schenkte. Denn dies war Annes Versprechen an ihren Liebsten: Sie würde ihn ewig lieben, ihm aber auch schenken, was er sich am meisten wünschte – einen Sohn.

Nach der Messe hatte Heinrich Anne vor den lauernden Blicken des Hofstaates in die Sakristei gezogen, wo er sie küsste und ihr für die Nachricht dankte. Vorerst mussten sie sich mit kurzen, gestohlenen Augenblicken zufriedengeben. Doch Heinrich versicherte Anne, dieser Zustand werde nicht mehr lange andauern. Er sei unermüdlich damit beschäftigt, eine dauerhafte Verbindung zwischen ihnen zu schmieden.

Wieder hatte er sie bedrängt, seine Mätresse zu werden. Heinrich wollte Himmel und Hölle in Bewegung setzen, damit Kinder aus dieser Verbindung hervorgingen, wobei Söhne in bevorzugter Linie der Thronfolge stehen würden. Und er war sicher, dass sie viele Söhne haben würden.

Anne hatte Einwände. Sie sagte ihm, sie glaube an die Macht und Göttlichkeit der Liebe und sei deshalb nicht zur Mätresse bestimmt. Ihrer beider Liebe sei ohnehin zu Größerem ausersehen, nämlich dazu, die Welt zu verändern. Und dies werde viel intensivere Anstrengungen erfordern – einen geheiligten Bund, von Gott gesegnet.

Dies war Annes letzte Begegnung mit Heinrich, bevor sie nach Hever reiste. Sie hatte ihm gesagt, sie müsse sich um ihre kranke Mutter kümmern, doch in Wahrheit war es Strategie: Anne musste sich ein paar Wochen von Heinrich trennen. Sie wusste, dass ihre Abwesenheit Heinrichs Sehnsucht steigern würde, während es ihr selbst Zeit verschaffte, über ihren weiteren Weg nachzudenken.

Der Brief, den sie gerade erhalten hatte, war ein klarer Hinweis darauf, dass ihre Strategie von Erfolg gekrönt war.

»Ich möchte kurz über Reliquien sprechen«, sagte Anne zu ihren Zuhörern in der Bibliothek von Hever Castle.

Seit ihrer Rückkehr aus Frankreich hatte sie mehrere Versammlungen der Evangelikalen abgehalten – Verwandte und engste Freunde, denen sie Abschriften der Psalmen in Englisch sowie Passagen aus dem Neuen Testament geschenkt hatte. Alle diese Schriften stammten von Druckern auf dem Kontinent und waren ins Land geschmuggelt worden. Während seiner Jahre als Diplomat und Ordensmitglied hatte Thomas Boleyn ein gut funktionierendes Netz aufgebaut. Er wusste, wo die

Schriften zu bekommen waren und wie man sie nach England schmuggelte. Vor allem wusste er, wie man die Spitzel von Kardinal Wolsey umging.

Der Kardinal war seit zehn Jahren Lordkanzler und rechte Hand des Königs, und seine Macht schien größer denn je. Anne und ihr Vater hofften, ihn aufhalten zu können, besonders, seit Wolsey unbarmherzig gegen die Reformer vorging, die für ihn der Inbegriff von Ketzern waren. Der Kardinal hatte eine Art Geheimpolizei geschaffen, die Reformergruppen infiltrierte, um die Verbreitung der Heiligen Schrift in der Volkssprache zu verhindern. Alle Texte der Bibel in Englisch wurden verbrannt – und manchmal auch jene, in deren Besitz sie gefunden wurden.

Die Boleyns allerdings waren aufgrund Annes entstehender Beziehung zum König unantastbar. Vorsichtig versuchten sie, Heinrich in Richtung Reformen zu locken. Doch sie hatte längst erkannt, wie mühsam dies sein würde. Der König war erzkatholisch und obendrein abergläubisch. Er war zwar klug genug, die Argumente für eine Kirchenreform zu verstehen und zu würdigen, zugleich aber hatte er eine Heidenangst davor, seine unsterbliche Seele in Gefahr zu bringen.

Heute Abend war die Gruppe von Annes Zuhörern ziemlich klein, wurde jedoch durch ihren Bruder verstärkt, der vom Hofe gekommen war, um Anne einen weiteren Liebesbrief und ein Geschenk des Königs zu überbringen. George war königlicher Mundschenk, doch er durfte für seinen Herrn diverse Aufträge erledigen, die zumeist Anne betrafen. Sie antwortete absichtlich nicht auf jeden Brief und stürzte den König damit in tiefe Verzweiflung.

Die Anwesenden waren hauptsächlich Nachbarn. Auch Margaret Wyatt war dabei, von Anne in Erinnerung an unbeschwerte Kindertage immer noch »Margie« genannt. Margie war die Tochter des mächtigen Sir Henry Wyatt, der dem alten König Heinrich VII. treu gedient hatte. Nach seinem Tod war

Sir Henry Vormund des jüngeren Heinrich geworden. Nun gehörte er wie sein Sohn Thomas Wyatt dem Kronrat an.

Thomas und Margie Wyatt waren Annes engste Freunde und ihre spirituelle Familie in der englischen Heimat. Die Wyatt-Geschwister und die Boleyns pflegten die Sommerzeit gemeinsam zu verbringen, abwechselnd in Hever oder in der Wyatt-Festung Allington Castle im nahe gelegenen Maidstone. Thomas und Anne waren als Kinder unzertrennlich gewesen, und ihre beiden Väter hatten eine spätere Verbindung ins Auge gefasst – ein Plan, der sich zerschlug, als Anne an Margaretes Hof in Mecheln als Ehrenjungfer aufgenommen wurde und nach Frankreich kam. Thomas Wyatt hatte jung geheiratet, aber die Ehe war nicht glücklich. Er versuchte, seinem traurigen Eheleben mit Hilfe seiner Schriften zu entkommen.

Seit Annes Rückkehr hatten die Boleyns und die Wyatts die alte Freundschaft wieder aufleben lassen. Thomas und seine Schwester Margie waren glühende Anhänger der Reformbestrebungen und halfen Anne bei der Verbreitung der Evangelien. Außerdem war Thomas der vielgerühmte Hofdichter Heinrichs VIII. Er schrieb Anne regelmäßig und schickte ihr seine Gedichte, weil er ihre Meinung dazu hören wollte. Normalerweise hätte er an der heutigen Versammlung teilgenommen, doch er war auf eine wichtige diplomatische Mission nach Rom geschickt worden. Es ging um die Annullierung der Ehe König Heinrichs mit Katharina von Aragon.

»Ich habe mit Marguerite darüber korrespondiert, welche Haltung wir zu Reliquien einnehmen«, sagte Anne nun zu ihren Zuhörern. »Luther und die deutschen Reformatoren machen sich lustig über die Reliquienverehrung. Für sie ist es abergläubischer Unsinn. Nun, man kann den Grund dafür verstehen. Schon immer hat die Kirche gefälschte Reliquien benutzt, um Pilger und Spender anzulocken. Das Blut Christi ist in Wirklichkeit eine Phiole mit Gänseblut, oder die Gebeine einer

Heiligen sind die Knochen einer Ziege. Die Führer der Reformation auf dem Kontinent sind der Meinung, dass Reliquien, Bilder von Heiligen und sogar Wallfahrten zu einer fehlgeleiteten Verehrung führen und daher abgeschafft werden sollen.«

George ergriff das Wort. »Wenn wir allein dem Glauben leben und als Beweis für diesen Glauben nur die Heilige Schrift akzeptieren, müssen wir ihrem Beispiel folgen. Wir können nicht behaupten, nur für das Wort des Herrn zu leben und dann die Knochen eines Heiligen verehren, selbst wenn sie echt sein sollten.«

»In der Theorie stimme ich dir zu«, sagte Anne. »Doch ich war selbst auf einer Wallfahrt. Ich habe die Gebeine einer Heiligen und die bedeutendste Reliquie der Christenheit gesehen, und diese Erfahrung hat mich verändert. Ich konnte Jesus' Nähe spüren, wirklich und wahrhaftig. So eine Gotteserfahrung kann man nicht einfach übergehen! Marguerite ist ebenfalls dieser Meinung. Es ist ein Streitpunkt zwischen ihr und den Anhängern Luthers, die sie unterstützt.«

»Aber Anne«, wandte Margie Wyatt ein. »Du hast eine außergewöhnliche Erfahrung gemacht, die den meisten Menschen nicht vergönnt ist. Du lebst nicht in einem abgeschiedenen Dorf auf dem Lande, wo du vor dem Altar kniest und die Gebeine irgendeines obskuren Heiligen anbetest. Du hast das Grabtuch gesehen, das den fleischlichen Körper Jesu umhüllt hat und Beweis für das Wunder der Auferstehung ist. Das ist nicht miteinander zu vergleichen. Und die Gebeine, zu denen du gepilgert bist, gehörten der Frau, die an Jesu Seite geschritten ist.«

»Richtig«, sagte George. »Aber ist eine Reliquie immer eine Reliquie, egal von wem sie stammt? Wo sollen wir die Grenze ziehen? Wo machen wir eine Ausnahme und nach welchen Regeln?«

»Wir müssen hervorheben, dass wir keine Lutheraner sind«,

sagte Anne. »Das versuche ich euch damit zu sagen. Katholiken können nicht begreifen, dass es Unterschiede zwischen den Reformern gibt. Für sie stehen die Katholiken den Anhängern Luthers gegenüber, und dazwischen gibt es nichts. Sie wollen offenbar nicht begreifen, dass bereits seit dem ersten Jahrhundert ein Graben zwischen der römisch-katholischen Kirche und anderen christlichen Strömungen verläuft.«

»Eine Reform der Kirche ist kein neuer Gedanke, der Martin Luther gekommen ist«, betonte George. Er hatte zwar nicht Annes häretische Bildung auf dem Kontinent genossen, doch er war ein Boleyn und ebenso von Frankreich beeinflusst wie sein Vater und seine Schwester.

»Es gibt keinen Grund, etwas zu verwerfen, das der Erfahrung nach gut ist«, hob Anne hervor. »Darum geht es. Ich kann das Wort Gottes über alles lieben und den Glauben über alles stellen, aber ich kann trotzdem anerkennen, dass ich auf einer Pilgerfahrt in Frankreich eine tiefe spirituelle Erfahrung gemacht habe.«

»Du könntest das zu deinem Vorteil beim König ausspielen«, sagte George.

»Wie meinst du das?«

Margie Wyatt lauschte dem Schlagabtausch von Bruder und Schwester. Wieder einmal wandten sie sich vom Bibelstudium ab und steuerten geradewegs in die Hofpolitik. Das geschah jetzt immer häufiger bei den Versammlungen. Mit jedem neuen Tag wurden die beiden Themen stärker miteinander vermischt.

»Der König liebt doch Rituale«, erklärte George. »Wenn er glaubt, dass Gott ihm zürnt, besucht er die Messe dreimal am Tag. Er wird sich niemals zur Reform bekehren lassen, wenn wir ihm alles nehmen, was ihm Trost spendet. Lass ihm seine katholischen Prinzipien. Zeig ihm, dass unsere Ansichten nichts von dem bedrohen, was ihm lieb und teuer ist. Berichte ihm von deinen Erfahrungen mit den heiligen Reliquien. Nutze deinen Einfluss, um ihn näher an uns heranzuführen. Er frisst dir doch bereits aus der Hand! Wenn wir ihn dazu bringen, dass er Wolseys Jagdhunde zurückpfeift, wäre das schon mal ein guter Anfang.«

Anne lächelte ob der Klugheit ihres Bruders und öffnete den Mund, um ihm ein Lob auszusprechen. In diesem Moment erschrak sie heftig, denn die Tür ging auf, obwohl sie niemanden mehr erwartete.

»Vater!« Anne sprang freudig auf, als sie Thomas in die Bibliothek treten sah.

Thomas hob Anne an der Taille hoch und schwenkte sie herum. »Mein liebes Mädchen!« Er küsste sie auf französische Art auf beide Wangen. Dann tat er dasselbe bei »unserer kleinen Margie Wyatt«, bevor er seinen Sohn umarmte.

»Ich dachte, du hättest mir vielleicht ein paar Briefe mit auf die Reise zu geben. Außerdem habe ich hier noch einiges vorzubereiten«, sagte er.

»Gibt es Neuigkeiten vom Hof?«, fragte Anne.

»Der König hält an seiner Überzeugung fest, dass seine Ehe widernatürlich und ungültig ist und dass es Inzest war, die Frau seines Bruders zu heiraten. Er ist der Meinung, die Ehe müsse aufgelöst werden, damit er frei ist für eine neue Verbindung.« Er blickte zu Margaret Wyatt. »Der König hofft, dass dein Bruder in Rom dieses Ziel erreicht, Margie.«

»Das hoffen wir alle«, entgegnete Margaret.

»Es ist des Königs Wunsch, dass er Verstärkung bekommt. Deshalb reise ich unverzüglich nach Italien und werde ihn in Rom treffen.«

»Die Last des Königs ist schwer und bedarf einer raschen Linderung«, warf George ein. »Katharina ist aus dem gebärfähigen Alter heraus, und seine einzige Tochter ist mehr Spanierin als Engländerin. Sie ist der Überzeugung, dass eine Frau ihrem

Ehemann stets gehorchen soll. Heinrich quält die Vorstellung, dass England in die Hände eines ausländischen Prinzen fällt, der sie heiratet und dann über sie herrschen wird – und über uns alle.«

»Die Tudors haben Himmel und Hölle in Bewegung gesetzt, um die Krone zu erringen«, sagte Thomas. »Heinrich wird das alles nicht an eine Tochter verschwenden, die ihm gegenüber möglicherweise nicht loyal ist.«

»Er muss es ja auch nicht«, sagte Anne. »Wo wir ihm doch Erben schenken können, die sein Vermächtnis in die Zukunft tragen, für Gott und für England.«

»Das schärfe ich ihm ja immer wieder ein, und er glaubt von ganzem Herzen daran.«

»Wann reist Ihr ab?«, fragte Anne. Sie brauchte noch ein wenig Zeit, um einen Brief an Marguerite zu verfassen. Außerdem wollte sie noch an Georges de Selve schreiben, der inzwischen Bischof von Lavaur geworden war.

»Du wirst morgen den ganzen Tag für deine Korrespondenz haben. Ich reise erst übermorgen. Zunächst mache ich am französischen Hof Station. Franz ist in letzter Zeit schwierig geworden. Seine Mutter und seine Schwester machen sich Sorgen.«

»Weshalb?«, fragte Anne.

»Franz fürchtet Rom und das Heilige Römische Reich und will beide beschwichtigen. Er hat mehrere Reformer als Ketzer verbrennen lassen und ihre Überreste den Mönchen an der Sorbonne geschenkt, um die Erzkatholiken in Paris zu besänftigen.«

»Oh, heiliger Jesus«, murmelte Anne. Marguerite hatte schon seit einiger Zeit nicht mehr geschrieben, da ihr Leben seit Annes Abreise aus Frankreich einem ständigen Wandel unterworfen gewesen war. Sie war 1525 Witwe geworden, als der Herzog von Alençon in einer Schlacht des nie endenden Krieges um die italienischen Territorien gefallen war. Im folgenden Jahr hatte sie Henri von Navarra geheiratet und Anne gleich nach der Hochzeit geschrieben, voller Freude darüber, dass sie nun Königin von Navarra und Gräfin von Foix sein würde, einem Gebiet, in dessen Grenzen altes Katharerland und auch Lavaur lagen. Marguerite schien glücklich zu sein mit ihrem neuen, jüngeren Mann, der einer langen Tradition französischer Häresie entstammte. Sie verstanden sich in jeder Hinsicht gut, schrieb sie, und sie hoffe, vielleicht doch noch Mutter zu werden. Vielleicht war die Unfruchtbarkeit, die ihr so schwer zu schaffen gemacht hatte, auf den verstorbenen Herzog zurückzuführen und nicht auf sie selbst.

Im letzten Brief, den Anne erhalten hatte, berichtete Marguerite, sie habe den Bau eines »geheimen Schlosses« in der Nähe von Foix in Auftrag gegeben, das als Hauptquartier des Ordens dienen sollte und als sicheres Haus für Anführer der Reformbewegung, die sich verbergen mussten. Es liege gut versteckt, aber dennoch auf geheiligtem Katharerboden. Marguerite hatte für die Arbeit eine ortsansässige Familie engagiert, die seit Menschengedenken mit dem Orden verbunden war. Die Familie führte den Namen Saint Georges; angeblich waren sie Nachfahren des mythischen Ritters Georg aus seiner Ehe mit der geretteten Prinzessin Sabra waren.

»Marguerite hat das vergangene Jahr mit Henri im Süden verbracht und konnte daher nicht mehr auf ihren Bruder einwirken, sodass er, fürchte ich, eine Reihe schlechter Entscheidungen getroffen hat«, sagte Thomas. »Louise steht nun vor dem Problem, zwischen ihren Kindern vermitteln zu müssen. Franz ist in ihren Augen zwar immer noch ohne Fehl und Tadel, aber ich konnte ihr anmerken, dass die Verbrennungen und Verfolgungen, die Franz veranlasst hat, ihr zusetzen. Sie sagt, es sei unter Franz' Würde, als christlicher Fürst gelehrte Männer hinrichten zu lassen, nur um die Vipern an der Sorbonne zu beschwichtigen.«

»Recht hat sie!«, bekräftigte George. »Und es ist ein Argument, das wir uns in England zu Herzen nehmen sollten. Es ist unter der Würde eines christlichen Fürsten, gelehrte Männer zu verfolgen, nur um Vipern zu besänftigen.«

*Greenwich Castle*
*Mai 1527*

Jesus – ein verheirateter Mann und Vater?«, stieß Heinrich hervor. »Anne, das ist Ketzerei!«

»Sind wir uns darin einig, dass Jesus Rabbiner war?«, fragte Anne gelassen.

»Ja, natürlich«, antwortete Heinrich. »Ich wüsste keinen Theologen, der etwas anderes behaupten würde.«

»Dann ist es doch gar nicht so merkwürdig, wäre er verheiratet gewesen und hätte Kinder gehabt. Hätte er *keine* Frau und *keine* Kinder gehabt – *das* wäre seltsam gewesen. Ein Rabbiner musste Familie haben.«

»Aber in den Evangelien steht nichts davon«, wandte Heinrich ein.

»In den Evangelien steht vieles nicht«, entgegnete Anne.

Heinrich lebte für diese Diskussionen. Anne Boleyn war die erstaunlichste Frau, die ihm je begegnet war, denn er konnte sie als Frau begehren und zugleich mit ihr reden und debattieren wie mit den klügsten Männern seines Reiches. Er war geblendet von ihrer Bildung, Klugheit und Kühnheit. Diese Attribute erregten ihn ebenso wie ihre äußeren Vorzüge.

Anne speiste nun regelmäßig privatim mit dem König. Sie unterhielt ihn mit Berichten über das Leben in Frankreich und die Gepflogenheiten bei Hofe, die sich deutlich von den englischen unterschieden. Heinrich stand als junger Herrscher in Rivalität zu König Franz und war begierig zu erfahren, wie das Leben an dessen Hof ablief. Anne hatte ihm zu erklären versucht, dass in Frankreich der Hofstaat engere Kontakte zur Königsfamilie pflegte, als dies in England mit seinen strengen Hierarchien der Fall war. Natürlich gab es auch am französischen Hof ein reglementiertes Zeremoniell, doch die Höflinge wurden mehr in das Leben der königlichen Familie einbezogen als an jedem anderen Herrscherhof in Europa.

Anne wusste, dass sie bei ihren Darlegungen behutsam vorgehen musste, damit der König sie nicht als Kritik an seinem Hof oder den englischen Gepflogenheiten auffasste. Sie bewegte sich auf einem schmalen Grat, wenn sie die Vorzüge in Frankreich pries, aber gleichzeitig Respekt und Achtung für die englischen Traditionen zum Ausdruck bringen musste. Dennoch waren die Unterschiede immens und vor allem auf das spirituelle Erbe zurückzuführen, das in Frankreich bewirkt hatte, dass sich ein Christentum fern der Edikte und Einschränkungen Roms entwickeln konnte – ein Glaube auf der Basis der alten Kulturen der Provence und Okzitaniens, die zu einem Leben in Gemeinschaft und Teilhabe aufriefen.

»Seht Euch doch an, wie wenig die Evangelien über Jesus als Person berichten«, nahm Anne den Faden wieder auf. »Man kann getrost davon ausgehen, dass es nicht als erschöpfende Biografie des berühmtesten Menschen aller Zeiten gedacht war, was Lukas, Marcus, Matthäus und Johannes überliefert haben. Es war ja auch nicht Sinn und Zweck der Evangelien, jedes Detail von Jesu Leben zu beschreiben, sondern wichtige Stationen seines Wirkens zu zeigen, damit wir uns an ihm ein Beispiel nehmen und aus seinen Gleichnissen lernen sollen.«

Heinrich wurde nachdenklich. »Gewiss, es gibt vieles, was wir aus jener Zeit nicht wissen. Es gibt große Lücken in den Berichten der ersten Apostel. Aber besitzen die Franzosen denn entsprechende Dokumente? Und Reliquien? Und habt Ihr sie gesehen?«

»Das habe ich«, erwiderte Anne. »Und ich habe in den letzten zwölf Jahren die Lehren der Maria Magdalena in meinem Herzen bewahrt.«

»Die Bußfertigkeit, nicht wahr?«, fragte Heinrich. »Die steht im Mittelpunkt ihrer Lehre.«

»Nein. Beharrlichkeit.«

Als sie den verblüfften Blick des Königs sah, führte Anne weiter aus: »Stellt Euch diese Frau vor, die so vieles erduldet hat. Sie musste mit ansehen, wie ihr geliebter Herr Jesus Christus gemartert und ermordet wurde. Sie musste vor den Römern fliehen, die sie verfolgten und ihre Kinder und Verwandten bedrohten. Da es keine andere Möglichkeit gab, stieg sie auf ein Schiff ohne Steuermann und Ruder. Sie war allein, hat sich aber tapfer den Stürmen und dem Unbekannten gestellt. Alles, was vor ihr lag, war gefährlich, dennoch gab sie nicht auf. Sie kämpfte weiter und blieb beharrlich. Und warum? Weil ihre Liebe und ihr Glaube so stark waren, dass sie sich lieber von diesen Lichtern leiten ließ als von der Dunkelheit, die Angst genannt wird.«

Heinrich, der eine zutiefst empfindsame Seite besaß, die er in der Öffentlichkeit zu verbergen suchte, bekam feuchte Augen. Er griff über den Tisch und nahm Annes Hände.

»Das ist eine wundervolle Geschichte, mein Herz. Dieselbe Kraft erkenne ich in Euch.«

Anne senkte sittsam die Augen. »Ich danke Euch, mein geliebter Herr und König. Ich werde stets beharrlich sein im Angesicht der Gefahr, und auch um meiner Liebe und meines Glaubens willen.«

Wie jedes Mal versuchte Heinrich, Anne dazu zu bewegen, die Nacht bei ihm zu verbringen, denn das Gespräch mit ihr hatte seine Leidenschaft entfacht. Anne jedoch lehnte es ab, wie er vorher schon gewusst hatte, erlaubte ihm aber, sie lange und innig zu küssen. Bevor es zu hitzig wurde, löste sie sich von ihm.

Nie kam Anne ohne Begleitung an den Hof; stets waren entweder ihre Mutter oder ihr Vater bei ihr, damit es keine üble Nachrede wegen sittenlosen Betragens gab. Sie hatte ihre Jungfernschaft lange und sorgsam gehütet und würde sie nun nicht leichtfertig hergeben.

Heinrich hatte sie gebeten, nicht nach Hever zu reisen, damit sie ihr Gespräch über die Kirche und den Glauben am nächsten Tag fortsetzen konnten. Tagsüber hatte er wichtige Regierungsgeschäfte, doch am Abend würde er wieder mit ihr speisen.

»Ich habe letzte Nacht nicht schlafen können vor lauter Gedanken an Euch, Anne, aber auch an unser Gespräch«, gestand er, als sie sich einander gegenüber an den kleinen Tisch setzten, der für ihre Mahlzeiten zu zweit vorbehalten war, denn Heinrich wollte Anne eingehend beobachten, die Hand ausstrecken und sie liebkosen können.

»Mit Wolsey kann ich nicht darüber sprechen, er würde es als Häresie bezeichnen. Er fürchtet, dass alles, was aus dem Hause Boleyn kommt, des Teufels ist.« Heinrich lachte laut auf, doch Anne merkte sich diese Bemerkung für die Zukunft. »Und dann fiel mir auf«, fuhr er fort, »dass es niemanden gibt, mit dem ich darüber reden kann. Die Kirche würde Euch verbrennen für das, was Ihr so laut ausgesprochen habt, nicht wahr?«

»Ich fürchte, da habt Ihr recht, denn zunächst einmal und vor allem bin ich eine Frau. Und weibliche Ketzer wurden immer als Erste dem Tod überantwortet.«

»Sind viele für ihren Glauben gestorben?«

»Zehntausende, vielleicht Hunderttausende. Ob Ihr diese Zahlen nun für wahr haltet oder nicht – als christlicher Fürst und gebildeter Mann müsstet Ihr Euch doch fragen, warum so viele Menschen für diesen Glauben gestorben sind. Und auch, warum die Kirche so darauf bedacht war, sie zu ermorden.«

»Das sind gute Fragen, in der Tat.« Heinrich war gefesselt, das sah Anne.

»Während der Katharer-Kreuzzüge«, fuhr sie fort, »hat einer der Inquisitoren gesagt, das Massaker in Béziers sei die gerechte Strafe für die Ketzer, weil sie glaubten, ich zitiere: ›dass die Hure Maria Magdalena mit unserem Herrn Jesus Christus verheiratet war.‹ Und so wurden dreißigtausend Bürger abgeschlachtet, vom Kleinkind bis zum Greis, und die Straßen färbten sich rot von Blut. Deshalb wäre ich nicht unbedingt versessen darauf, meine Ansichten von den Burgzinnen herab zu verkünden.«

»Aber Béziers war vor dreihundert Jahren!«

»Na und? Erst letzte Woche hat Wolsey einen Mann auf der Straße verbrennen lassen, weil er Abschriften der Psalmen in englischer Sprache besaß.«

Heinrich tat den Einwurf über Wolsey mit einer Handbewegung ab, denn er war bereits mit etwas anderem beschäftigt. »Glaubt Ihr denn, dass es wahr ist? Dass die Königsfamilien Frankreichs Nachfahren dieser unglaublichen und gefährlichen Ehe sind?«

»Ja. Sie wird die heilige Ehe genannt. Die französischen Königsfamilien können beweisen, dass sie von dieser Blutlinie abstammen. Ihr übrigens auch, Majestät, sowohl von der väterlichen, wie auch von der mütterlichen Seite.«

»Wie bitte? Was soll ich sein?«

»Durch Eure Großmutter Margaret Beaufort seid Ihr ein Plantagenet. Und die Plantagenet-Linie ist die Blutlinie der Tochter Maria Magdalenas, deren Vater Jesus war.«

Heinrich strich sich über den Bart, während er nachdachte. Anne sah, dass es ihn gepackt hatte. Noch aber war er nicht bereit, ihr den ganzen Weg zu folgen.

»Aber das ist noch nicht alles«, fuhr Anne fort. »Es heißt, dass Jesus und Magdalena auch einen Sohn hatten. Und dieser Sohn wurde von Josef von Arimathea nach England gebracht – nach Glastonbury.«

Heinrich hieb auf den Tisch und rief nach mehr Wein. Da sein Mundschenk George Boleyn hieß, wussten beide, dass sie vor diesem Höfling in der Abgeschiedenheit des Zimmers nichts zu fürchten hatten. George zwinkerte Anne zu, als er nachschenkte.

»Ich kenne die Legende von Glastonbury«, sagte Heinrich. »Mein Vater war von Camelot besessen und wollte beweisen, dass die Tudors von König Artus abstammen. Er liegt in Glastonbury begraben, an der Seite seiner geliebten Guinevere. Ich bin dort gewesen und habe das Eisenkreuz gesehen, das ihre Gräber bezeichnet. Ihr müsst mich unbedingt dorthin begleiten, wenn sich der Hof auf Sommerreise begibt!«

Anne beschloss, das Feuer weiter zu schüren. »Dann wisst Ihr sicher auch, dass Josef von Arimathea in Glastonbury die erste christliche Kirche in England erbaute. Und das Kind, das er mitbrachte, wurde zum Gründer des Königshauses Wales, wie es heißt. Der erste David von Wales.«

Heinrich blickte sie fassungslos an. »Die walisische Königslinie wurde die Davidslinie genannt!

»Denn Jesus stammte aus dem Hause David«, hakte Anne nach. »Seht Ihr, wie alles zur Geschichte dieser Insel passt?«

Heinrich saß da wie vom Blitz getroffen.

»Und daran, Hoheit, könnt Ihr obendrein erkennen, dass Ihr königlicher seid, als Ihr gedacht hattet. Aber das ist noch nicht alles.«

Heinrich nahm einen tiefen Schluck Wein. »Fahrt bitte fort, Anne.«

»Für die nächste Antwort werdet Ihr Euch allerdings ein wenig anstrengen müssen. Ich muss Euch in Genealogie prüfen.«

Der König lächelte ihr mit unverhohlener Lüsternheit über den Tisch zu. »Was bekomme ich, wenn meine Antwort richtig ist?«

Anne beugte sich weit über den Tisch, dass ihre Brüste aus dem Mieder quollen. »Dann habt Ihr die Genugtuung, dass Ihr recht hattet.«

»Ihr seid eine Verführerin, Anne Boleyn. Fragt nur. Mir gefällt dieses Spiel.«

»Wer war der erste Plantagenet-König von England?«

»Heinrich II., einer meiner Lieblingsvorfahren.«

»Und wer war seine Frau?«

»Eleonore von Aquitanien. Die großartigste Königin, die je gelebt hat. Und das will etwas heißen, da ich ja von einer langen Linie wunderbarer Königinnen abstamme.«

Anne nickte. Heinrich war in der Tat von starken Frauen erzogen worden und hatte eine beeindruckende weibliche Abstammungslinie aufzuweisen. Eines der Dinge, die Anne an ihm bewunderte, war seine aufrichtige Liebe und Verehrung starker, kluger Frauen.

»Richtig. Und welche Sprache war nun Eleonores Muttersprache?«

»Französisch«, antwortete Heinrich.

»Falsch!«, gab Anne zurück und lachte. Sie ließ dem König Zeit, seinen Irrtum zu begreifen, und nippte an ihrem Wein.

»Macht Euch nicht lächerlich, Anne. Sie war eine der berühmtesten Königinnen Frankreichs, bevor sie Herrscherin über England wurde. *Natürlich* war Französisch ihre Muttersprache!«

»Verzeiht, wenn ich Euch verbessern muss, aber es ist ein wichtiger Aspekt, den die meisten Menschen außerhalb von Frankreichs Süden nicht verstehen. Eleonores Muttersprache war Okzitanisch. Sie wurde zwar in Poitiers geboren, verbrachte ihre Kindheit jedoch in Toulouse, daher sprach sie verschiedene

Dialekte des Südens, bevor sie das höfische Französisch des Nordens lernte.«

»Und wieso ist das wichtig?«, fragte Heinrich.

»Eleonores Großvater war Wilhelm, der neunte Herzog von Aquitanien. Man nannte ihn auch den ersten Troubadour, denn ihm wird die Entstehung und Entwicklung der Kultur der Troubadoure zugeschrieben. Er war ein gefeierter Dichter, und seine Höfe im Süden waren Orte der Kunst, der Gelehrtheit und – ja, auch der Häresie. Über dem Hauptportal seiner Burg stand ein Motto in großen Lettern. Wisst Ihr, wie es lautet?«

Heinrich schüttelte den Kopf.

*»Le temps viendra.* Die Zeit wird kommen.«

Anne hatte ihm bereits bei den letzten gemeinsamen Abendessen von den Prophezeiungen erzählt. Daher wusste Heinrich, wie wichtig dieser Satz Anne und ihren französischen Freunden war.

»Woher wollt Ihr das wissen?«, fragte er.

»Weil ich es mit eigenen Augen gesehen habe«, erwiderte Anne. »Das Motto steht noch dort. Wir haben auf dem Rückweg zur Loire am Château Guillaume Halt gemacht. Louise verehrt Eleonore und wollte ihren Geburtsort sehen. Wir alle waren überrascht, als wir das Motto dort sahen, offen und unverhohlen über der Tür in Stein gemeißelt.«

»Aber was bedeutet es? Und was sagt es über Eleonore und ihre Familie aus?«

Dass sie Katharer waren. Eleonore herrschte über die Katharerburg Puivert als Schirmherrin der Troubadoure. Später brachte sie alle diese Vorstellungen an den Palast von Poitiers. Er wurde der Königshof der Liebe genannt. Ist das nicht wunderschön? Könnt Ihr Euch vorstellen, über einen solchen Hof zu herrschen?«

»Oh ja. Bei Gott, Anne, das kann ich. Und das werde ich! Wir zwei gemeinsam!«

Am nächsten Morgen machten sie einen Spaziergang durch den Garten, bevor für Heinrich der Tag begann und Anne nach Kent abreiste.

»Majestät.« Anne machte einen tiefen Knicks. »Ich möchte Euch um eine bescheidene Gefälligkeit bitten. Und ich bitte nicht nur für mich, sondern auch für Euch, meinen geliebten Herrn, denn ich möchte etwas von mir mit Euch teilen.«

Heinrich küsste ihr die Hand, zog sie an sich und spannte seine großen Hände um ihre schmale Taille. »Alles, was Ihr begehrt. Bittet, und Euch wird gegeben.«

»Ihr seid zu freundlich.« Anne lächelte. »Könnt Ihr Euch an das Buch erinnern, das der Dechant der Königskapelle beschlagnahmt hat? William Tyndales *Obedience of a Christian Man?*«

»Ich entsinne mich nicht, aber wenn es ein Buch von Tyndale war, ist es kein Wunder, dass der Dechant es Euch weggenommen hat. An diesem Hof speien viele Leute Feuer, wenn Tyndales Werk auch nur erwähnt wird.«

»Ja, Majestät. Und das ist bedauerlich, wo doch gerade dieses Buch das wahre Wesen des Christenmenschen feiert. Ich erwähne es nur, weil sich eine Passage darin findet, die Ihr möglicherweise auf unsere … *Sache* anwendbar findet.«

Heinrich verharrte mitten im Schritt. Ihre »Sache« war der bedeutende Schritt, Anne zur Frau zu nehmen und Thronfolger zu zeugen. »Welche Passage meint Ihr?«

»Die, in der Tyndale den König mit Gott gleichsetzt«, antwortete Anne. Heinrich erschrak sichtlich und wich einen Schritt zurück, doch Anne fuhr unbeirrt fort: »Er schreibt, dass jeder, der sich dem König widersetzt, sich damit auch Gott widersetzt, und dass jeder, der den König verurteilt, auch Gott verurteilt.« Sie blickte Heinrich fest an. »Wenn es wirklich so ist, Majestät, dass niemand zwischen Gott und einem König steht, gibt es keinen Raum für die Einmischung eines Papstes. Dann hätte der Papst keine Macht über den König.«

»Schreibt er das ganz offen?«, fragte Heinrich fasziniert.

»Ja. Master Tyndale schreibt, dass der Papst sich seine Rechte angemaßt hat und dass ein König nur vor Gott Rechenschaft ablegen muss. Und das bringt mich auf die entscheidende Frage, Majestät: Warum solltet Ihr die Zustimmung des Papstes für etwas benötigen, das nur zwischen Euch und Gott auszuhandeln ist?«

»In der Tat«, sinnierte Heinrich. »Warum sollte ich eine Erlaubnis vom Papst anstreben, wenn ich weiß, dass ich als König ohnehin Gottes Zielen diene? Ich muss dieses Buch sofort lesen. Es scheint mir ein Buch zu sein, das alle Könige lesen sollten!«

Anne kehrte mit ihrer Mutter nach Hever zurück. Sie war zufrieden, dem König mit William Tyndales Hilfe Munition für seinen Krieg gegen den Papst in die Hand gegeben zu haben. Gleichzeitig legte sie dadurch den Grundstein dafür, dass Heinrich die englische Fassung des Neuen Testaments anerkannte. Tyndale hatte eine lyrische, leicht zugängliche englische Übersetzung angefertigt, wobei er sich an die griechischen Quellen hielt, die Erasmus zusammengetragen hatte. Damit war der lateinische Einfluss der Amtskirche beseitigt; es konnte eine Bibelfassung entstehen, die nach Auffassung der Reformer reiner und ursprünglicher war.

Die Boleyns hielten Tyndales Bibelübersetzung für ein gelehrtes, ja beseeltes Werk, wie es in der englischen Sprache noch keines gegeben hatte. Leider war Tyndale von Wolsey zum Ketzer erklärt worden, und die Auseinandersetzung zwischen dem Kardinal und dem Gelehrten wurde mit aller Schärfe geführt. Wolsey trachtete danach, möglichst jede Tyndale-Bibel, die mühsam von Wittenberg über Antwerpen ins Land geschmuggelt wurde, zu konfiszieren und zu verbrennen. Doch es gab zwei Abschriften, die der Kardinal nicht anzurühren wagte: Eine gehörte Anne, die andere dem König.

Anne versuchte alles, den König zu bewegen, das Verbot der Tyndale-Übersetzung des Neuen Testaments aufzuheben und Heinrich die Vision einer gemeinsamen Zukunft zu verheißen, in der sie gemeinsam über den Königshof der Liebe herrschen würden.

Heinrich war geradezu berauscht von dieser Vorstellung. Nie wieder würde er wie früher leben können, bevor diese Frau, von Gott so perfekt für ihn geschaffen, aus Frankreich gekommen war. Ohne Anne war die Welt ohne Sinn für ihn. Er war entschlossen, Anne für immer zu der Seinen zu machen. Täglich wartete er auf Nachricht aus Rom, um die Ehe mit Katharina auflösen zu können. Anne versprach er in seinen Briefen ein Leben als Königin am Königshof der Liebe.

Anne beschloss, in ihrer Beziehung zu Heinrich einen großen Schritt nach vorn zu tun. Sie beauftragte einen für seine Schöpfungen berühmten Hofjuwelier, ein Schmuckstück für Heinrich zu fertigen. Es sollte ihm eine stumme Botschaft überbringen, die er auf Anhieb verstehen würde. Annes Mutter spendete einen Brillanten im Tropfenschliff, ein Erbstück aus dem Familienschmuck der Howards, und der Juwelier schuf ein Schiff aus Gold von der Größe einer Brosche. Auf dem Schiff stand eine einsame Frau, deren Haar vom Sturmwind gepeitscht wurde. Vom Bug des Schiffes hing der Tropfendiamant herab, das Symbol ihrer Liebe und ihres Lichts.

Der König war von diesem Geschenk überwältigt; er begriff das Symbol und die Macht der Botschaft. Umgehend schrieb er einen langen Brief an Anne:

*Ich danke Euch für dieses schöne Geschenk, nicht nur für den kostbaren Brillanten und das Schiff, auf dem die einsame Jungfer vom Sturm umhergeworfen wird, sondern auch für die gute Absicht und den bescheidenen Gehorsam, den Ihr mir so freundlich bezeugt. Ich werde Euch von ganzem Herzen lieben, achten und Euch dienen. Von nun an soll mein Herz Euch allein gehören. Ich hoffe, dass dieses Glück auch meinem Körper gewährt sein möge.*

Annes Schiff war eine Botschaft der Beharrlichkeit. Sie würde auf ihren Glauben und ihre Liebe vertrauen und weitersegeln, selbst wenn es gefährlich war. Das Juwel war der Wendepunkt in ihrer Beziehung zu Heinrich. Von diesem Tag an waren sie ein Paar. Gemeinsam würden sie die stürmischen Wellen auf der Suche nach dem Königshof der Liebe bezwingen.

*Château des Pommes Bleues*
*Gegenwart*

Die Brosche mit der sturmgeplagten Jungfer ist eines der berühmtesten Artefakte der Geschichte«, sagte Maureen. »Heinrichs Brief ist alles, was von diesem Juwel geblieben ist. Aber es ist legendär.«

Peter, Maureen und Berenger vertieften sich in die neuesten Entwicklungen der Geschichte von Anne und Heinrich.

»Was ist aus der Brosche geworden? Gibt es sie noch?«, wollte Peter wissen.

»Niemand weiß es«, gab Maureen zur Antwort. »Sie ist verschwunden, zusammen mit dem Großteil von Annes Besitztümern. Wahrscheinlich hat man sie eingeschmolzen, und der Brillant wurde für ein anderes Schmuckstück verwendet – so war es damals üblich. Aber niemand konnte je eine schlüssige Erklärung dafür geben, warum Annes offizielles Ja auf Heinrichs Werben auf diese Art und Weise erfolgt ist.«

»Aber in unserem Kontext ergibt es Sinn«, meinte Berenger.

»Oh ja«, entgegnete Maureen. »Denk an die Fresken und Buntglasfenster in Chartres. Dort wird Anne gesehen haben, wie Maria Magdalena mit dem Schiff nach Gallien gelangt ist.« Sie schüttelte den Kopf. »Nun kenne ich diese Geschichte schon so lange, und doch kenne ich sie in mancher Hinsicht noch gar nicht. Ich habe sie nie durch das richtige Objektiv betrachtet, um sie wirklich zu verstehen.«

»Was ist mit der Bombe, die mitten in diese Ereignisse hineingeplatzt ist?«, warf Berenger ein.

»Bombe?«, fragte Peter. »Was meinst du damit?«

»Die Bombe, dass Marguerite schreibt, sie ließe ein geheimes Schloss im Katharerland erbauen – als Zentrale für den Orden und als Versteck für ihre häretischen Freunde.«

»Sabra«, sagten alle wie aus einem Munde.

»Unser eigenes geheimes Schlösschen.« Maureen nickte. »Kein Wunder, dass es so angefüllt ist mit Schätzen. Es wurde erbaut, um unsere Leute zu verbergen und ihnen Unterschlupf zu gewähren.«

»Kein Wunder, dass Sabra dich von Anfang an magisch angezogen hat«, meinte Peter. »Ich frage mich nur, weshalb auf keiner einzigen Wand in Sabra *le temps viendra* steht.«

Maureen meinte: »Vielleicht, weil es ein geheimer Ort ist.« Sie überlegte kurz. »Könnte es nicht sogar sein, dass Sabra *selbst* die symbolhafte Darstellung der Prophezeiung ist, dass die Zeit kommen wird?«

»Interessante Idee«, bemerkte Berenger. »Als Wilhelm der Troubadour sein Schloss baute, waren die Katharer noch nicht verboten. Es wurde gut hundert Jahre vor dem Genozid errichtet. Vielleicht wollte nach den schrecklichen Kreuzzügen gegen die Ketzer niemand mehr ein Risiko eingehen, nicht einmal eine so mutige Frau wie Marguerite. Also haben sie das Symbol benutzt – für jene, die Augen haben, um zu sehen, und Ohren, um zu hören.«

»Ich fürchte, wir werden gleich auf die nächste Lücke in unserer Zeitachse stoßen«, sagte Peter. »Das letzte Datum hier war 1527, und das nächste ist 1531.«

»In diesen vier Jahren ist eine Menge geschehen«, sagte

Maureen. »Und das meiste war für Anne und Heinrich enttäuschend.«

Sie ließen die geschichtlichen Ereignisse Revue passieren, wobei Maureen aus dem Gedächtnis Einzelheiten über Anne einfügte. Heinrich VIII. führte in jenen Jahren einen komplizierten Vielfrontenkrieg, um die Scheidung von Katharina von Aragon zu erlangen. Katharinas Neffe, Karl V. von Spanien, wurde Kaiser des Heiligen Römischen Reiches; 1529 setzte Papst Clemens ihm die Kaiserkrone auf. Damit war Heinrichs Hoffnung auf eine Annullierung seiner Ehe dahin. Er schickte Thomas Boleyn als seinen Abgesandten nach Rom, um bei Kaiser und Papst zu bitten, doch das Gesuch wurde nicht erhört. Der König wurde vom Papst mit einer happigen Geldbuße belegt, weil er nicht persönlich vor dem Tribunal erschienen war; außerdem drohte ihm die Exkommunikation, sollte er versuchen, Anne zu ehelichen. Die Heirat kam nicht infrage – davon rückte Clemens keinen Deut ab.

Für England war es eine Zeit des Wandels, aber auch des Aufruhrs, denn reformfreudige Parteien waren bestrebt, die Scheidung Heinrichs von Katharina zu unterstützen. Sie wollten die Freiheit, die Heilige Schrift lesen zu dürfen – ebenso wie die Freiheit für ihren Herrscher, dass er sich wieder verheiraten dürfe. Niemand wollte eine Rückkehr zu dem Chaos, das sich aus einer ungeklärten Thronfolge ergab; die Rosenkriege waren den Menschen noch allzu frisch im Gedächtnis. Ein Thronfolger war wichtig für die Stabilität des Landes, und Heinrich brauchte einen Sohn, um diese Stabilität zu garantieren. Es war kein Geheimnis, dass Katharinas fruchtbare Tage gezählt waren. Um die Thronfolge zu sichern, gab es keine andere Möglichkeit als eine königliche Scheidung und Wiederverheiratung.

Die Aragon-Partei war entschlossen, alle Anstrengungen in Richtung Scheidung und Kirchenreform zu vereiteln. Katharina war immer noch die geliebte Königin aller englischen Katholiken, die im Land die Mehrheit bildeten. Bei Hofe und draußen im Land wurden Grenzen gezogen zwischen traditionellen Katholiken und jenen, die den allmählich sichtbarer werdenden Anführern der Reform folgten – allen voran die Boleyns.

In diesen Konflikt drang noch eine dritte Kraft von außen ein, die den Gang der Geschichte verändern sollte: Eustace Chapuys, der neue kaiserliche Gesandte in England. Chapuys, mehrsprachig, in Frankreich geboren und in Italien erzogen, war Kaiser Karls Auge und Ohr. Allerdings sprach er kein Englisch, sodass er gezwungen zwar, Spitzel in Dienst zu nehmen, die ihn mit Informationen vom Hof versorgten. Chapuys verbarg sich hinter der Bezeichnung »Botschafter«, die ihm diplomatische Immunität verschaffte. Im Grunde aber war er Spionagechef, Agitator und Agent provocateur im Dienst des Heiligen Römischen Reiches.

Chapuys setzte sich zum Ziel, Anne Boleyn, ihre Familie und ihre Reformpartei zu vernichten. Er wurde zur Geheimwaffe, indem er Katholiken bei Hofe beauftragte, nicht nur Informationen zu beschaffen, sondern auch Aufruhr und Empörung zu schüren. Chapuys war neben Katharina der führende Kopf hinter einem Staatsstreich, der König Heinrich entmachten und seine Tochter, Prinzessin Maria, auf den Thron bringen sollte. Chapuys ständige Intrigen, um Heinrichs Macht zu untergraben, hätten ihn längst dem Henkersbeil überantwortet, wäre er nicht durch seine diplomatische Immunität geschützt gewesen. Das wusste er und prahlte damit.

Eustace Chapuys hatte Anne Boleyn noch nicht zu Gesicht bekommen und wollte es auch nicht. In seinen Briefen bezeichnete er sie nur mit den abwertendsten Begriffen. Sie war die Hure, die Konkubine, das Werkzeug des Teufels, die Hexe. Jahrelang bezog Chapuys sein Salär, um so viel Schlechtes über Anne Boleyn zu verbreiten, wie er sich nur ausdenken konnte, in England und darüber hinaus. Er war erfahren auf diesem Gebiet – möglicherweise der Beste, den der Kontinent für solche Propagandadienste aufzubieten hatte. Keine Rufmordkampagne der Geschichte war so erfolgreich wie die des »Botschafters« und seiner bezahlten Agenten, deren Ziel es war, Anne Boleyn zu verleumden.

»Eustace Chapuys war der Erfinder der Fake News«, sagte Maureen. »Ich glaube, man kann ihn als ersten Propaganda-Schmied der Geschichte betrachten, indem er Klatsch, versteckte Anspielungen und dreiste Lügen verbreitete und sich aller möglichen schmutzigen Tricks bediente.«

»Leider war er obendrein der produktivste Autor seiner Zeit«, setzte Peter hinzu.

Maureen verzog die Lippen vor Zorn. Das Thema Chapuys ging ihr unter die Haut. »Vieles von dem, was für uns gesicherte historische Fakten sind, stammt in Wahrheit aus der Feder eines professionellen Attentäters, der unter Historikern jedoch als Autorität in Sachen Anne gilt. Viele Gelehrte erkennen Chapuys an, dabei war er unehrlich und unzuverlässig – und das mit purer Absicht. Er hat Privatgespräche von Heinrich und Anne wiedergegeben, die er gar nicht belauscht haben konnte, aber bis zum heutigen Tag berichten Historiker über diesen Boulevard-Trash der Tudor-Zeit, als wäre es tatsächlich geschehen, und als wären sie dabei gewesen.«

Berenger nickte. »Und wenn du eine starke, freimütige Frau immer wieder als Hure oder Hexe bezeichnest, wirst du sie schließlich zu Fall bringen. Das ist im 21. Jahrhundert nicht anders. Wenn du eine Frau lange genug schmähst und ständig Schmutzkampagnen gegen sie führst, wird sie schließlich daran zugrunde gehen. Diese Taktik hatte immer schon Erfolg.«

Maureen setzte sich abrupt im Bett auf und schnappte erschrocken nach Luft.

»Was hast du?« Berenger hatte zwar einen tiefen Schlaf, doch die Bewegung hatte ihn geweckt.

Maureen atmete schwer. »Mir … mir ist gerade etwas eingefallen!«

»Was denn?«

»Etwas über Simone. An dem Tag, als wir zusammen Mittag gegessen haben …«

Berenger setzte sich auf. Nun war er hellwach. »Sag schon.«

»Es hatte mit deinem Bruder zu tun … und auch wieder nicht.«

»Mein Bruder?«

Berengers Bruder Alexander war das sprichwörtliche schwarze Schaf der Familie, der er in den letzten sieben Jahren erhebliche Sorgen bereitet hatte. Maureen und Berenger waren immer wieder als Pflegeeltern für Alex' Sohn eingesprungen, wenn sein Vater wieder einmal in der Entzugsklinik war.

»Ja. Simone fand dich scharf, wie sie sich ausgedrückt hat. Sie hat mich gefragt, ob du einen Bruder hast. Ich sagte ihr, ja, hat er tatsächlich, aber der Bruder ist ein Schurke. Sie lachte nur und sagte, oh je, ich hab eine Schwäche für Schurken, deshalb sollte ich mich lieber von solchen Männern fernhalten.« Maureen blickte ihn an. »Heute Abend, als Alex anrief, habe ich gehört, dass du ihn ›Schurke‹ genannt hast. Das hat offenbar eine vergessene Erinnerung bei mir geweckt.«

»Und weiter?«

»Ich glaube, es ist sehr wichtig.«

»Ich verstehe nicht …«

»Simone hat so etwas gesagt wie ›Ich habe eine Schwäche für schwarze Schafe, und heute Abend habe ich ein Date mit einem solchen Mann, sofern ich nicht so klug bin und vorher absage.‹ Hältst du das nicht für wichtig?«

»Ich halte es sogar für verdammt wichtig, Liebling. Wir sollten gleich morgen früh Chopard anrufen und es ihm mitteilen.«

Am nächsten Morgen rief Maureen die Dienststelle von Inspektor Chopard an und hinterließ ihm eine Nachricht. Berenger tat das Gleiche mit Kat Elgin. Dann gelang es ihm, Sabine de Bourbon an den Apparat zu bekommen.

»Simone bezeichnete den Mann, den sie in Paris treffen wollte, als Schurken«, begann er. »Und Sie haben dasselbe Wort benutzt, als Sie über den Unbekannten sprachen, dessentwegen Simone sich so ›albern‹ verhalten hat. War ›Schurke‹ ein Wort, das sie oft in Bezug auf Männer benutzt hat? Oder könnte es sein, dass sie damit ein und denselben Mann meinte?«

»Gut möglich, dass es sich um ein und denselben Kerl gehandelt hat.«

»In London und in Paris?«

»Wissen Sie, wie oft wir den Eurostar nehmen?«

»Sie haben recht, heutzutage ist das ein Katzensprung. Ein entschlossener Liebhaber dürfte kein Problem damit haben, ein paar Stunden im Zug auszuharren, um zu seiner Liebsten zu kommen.«

»Oder ein entschlossener Mörder.«

»Verzeihen Sie, Sabine. Das alles muss schrecklich für Sie sein.«

»Solange wir diesen Psycho nicht geschnappt haben, ist es noch viel schrecklicher. Danke für Ihre Hilfe. Bleiben Sie am Ball, ich tue es auch.«

*Greenwich Castle*
*Oktober 1531*

»Ich habe schon so viel von Euch gehört, dass ich mich frage, ob ich nicht eifersüchtig sein sollte!«

Dröhnend begrüßte der König den Gast, der bei Anne in dem riesigen und doch intimen Empfangszimmer saß, das extra für Versammlungen im kleineren Rahmen eingerichtet worden war.

Jean de Dinteville, der seinen ersten Besuch am Londoner Hof machte, verneigte sich tief vor dem König von England und dankte ihm für die Güte der gewährten Audienz. Jean war nicht in offizieller Mission gekommen, da es bereits einen französischen Botschafter gab; er residierte in Bridewell Palace. Jean war in anderem Auftrag hier, in seiner Eigenschaft als Bruder des Ordens vom Heiligen Grab. Im innersten Kreis, den Jean, Marguerite, Georges de Selve und Diana von Poitiers bildeten, war beschlossen worden, dass der Zustand Europas eine Strategiesitzung erforderte, zu der Jean am besten selber reiste. Er würde noch viele Persönlichkeiten in London treffen und über unterschiedliche Themen sprechen. Doch zunächst einmal brachte er Neuigkeiten, die er Annes Wunsch zufolge Heinrich persönlich mitteilen sollte.

Jeans Bruder François war Bischof von Auxerre, Sitz des Ordens in Zentralfrankreich. Bis vor Kurzem war er französischer Gesandter in Rom gewesen. Daher waren ihm viele Gespräche zu Ohren gekommen, in denen es um König Heinrichs Bitte um Scheidung und seinen Wunsch gegangen war, Anne Boleyn zu heiraten.

»Majestät«, begann Jean nun. »Ich brauche Euch ja nicht zu sagen, dass Papst Clemens der jüngste der Medici-Söhne ist, der unter der Ägide Lorenzos aufgewachsen ist. Ich bin sicher, Anne hat Euch bereits über die Verbindung der Medici zum Orden informiert …«

»In der Tat«, antwortete Heinrich. »Und ich war kein bisschen überrascht. Ich kenne Giulio de' Medici seit Kindertagen. Wolsey hatte ihn zum Apostolischen Administrator von Worcester ernannt, und wir standen in regem Briefwechsel.«

Jean nickte. »Ich kann Euch versichern, Majestät, dass Papst Clemens bittere Tränen wegen Eurer Probleme vergossen hat. Als mein Bruder und der Bischof von Tarbes vor einige Zeit bei ihm waren, beklagte er sich, dass er Euch weder das Recht auf Scheidung bestätigen noch die Erlaubnis geben könne, Anne zu heiraten. Und das will er unbedingt, wie mein Bruder mir sagte.«

Heinrich schaute erst Anne an, dann Jean. »Und was haltet Ihr selbst davon? Glaubt Ihr, dass noch Hoffnung besteht, Clemens umzustimmen?«

»Ich bin nicht hier, um Euch falsche Hoffnungen zu machen, Majestät. Mein Bruder hat berichtet, dass Clemens weinte und lamentierte, er wolle lieber tot sein als gezwungen, Eure Bitte zurückzuweisen. Man sagte mir, dass er tiefe Liebe für Euch empfindet … eine ebenso große Liebe, wie er sie für den Orden verspürt. Aber seine Angst vor dem Reich ist noch größer. Ich glaube nicht, dass Ihr je von ihm bekommen werdet, was Ihr Euch ersehnt. Andererseits möchte ich darauf hinweisen, dass Euch dies zum Vorteil gereichen kann.«

Erneut schaute Heinrich Anne an, die eifrig nickte. Sie wusste, worauf Jean hinauswollte.

Heinrich richtete den Blick wieder auf Jean. »Inwiefern?«, fragte er – weniger als König, sondern als Freund.

»Vielleicht erweist sich Clemens' Verhalten letztlich als Segen«, antwortete Jean. »Indem er sich den Wünschen Karls und des Reiches fügt, zwingt er Euch zum Handeln. Ein König kann nicht untätig bleiben, wenn ein anderer über ihn und das Schicksal seines Reiches entscheidet – selbst wenn der andere der Papst ist. Ein König hat Pflichten gegenüber Gott und seinem Volk. Deshalb kann er keine Einmischung dulden, und es ist gerechtfertigt, wenn er seine Autorität behauptet und nicht um die Erlaubnis einer fremden Macht bittet. Ich habe Befehl von meinem König, Euch dies mitzuteilen.«

Heinrich saß nur da – überwältigt, sprachlos. Nach der Lektüre von Tyndales Buch hatte er mit Anne öfter über den Schritt gesprochen, eigenständig zu handeln; einer seiner vertrautesten Ratgeber, Thomas Cranmer, hatte ebenfalls dafür plädiert.

»Wollt Ihr damit sagen, dass Franz mich unterstützt, wenn ich mich dem Papst widersetze?«

»Wie Ihr wisst, Sire, bin ich nicht ermächtigt, in diplomatischem Auftrag für Frankreich zu sprechen. Doch ich habe das Versprechen des Königs und seiner Schwester, dass sie Eure Entscheidung unterstützen werden. Ein entsprechender Brief des Königs liegt bereits vor. Als Mann und Souverän versteht seine Majestät, König Franz, dass Ihr Euch nicht von den Gesetzen Romas beherrschen lassen könnt.«

Anne legte ihre Hand auf Heinrichs und sagte: »Warum sollten wir hinnehmen, von den Gesetzen Romas beherrscht zu werden, wenn wir stattdessen das Gesetz Amors herrschen lassen können?«

# Durham House

*London*
*November/Dezember 1531*

Anne hatte ihren eigenen Haushalt in einer der ehemaligen Residenzen Kardinal Wolseys bezogen, nachdem dieser endgültig beim König in Ungnade gefallen war. Die unbarmherzige Verfolgung der Ketzer und sein Hass auf die Boleyns hatten zu Wolseys Untergang geführt. Der alternde Kardinal hatte sich durch seinen großen Plan, die Katholiken zu unterstützen, in ein Netz aus Lügen und Verrat verstrickt. Nun hatte er alle seine Besitztümer eingebüßt, darunter York Place und Hampton Court, sowie kleinere Anwesen in Themsenähe. Wolsey war dem Henker gerade noch entkommen: Er war an einer Krankheit verstorben, bevor man ihn in den Tower sperren konnte.

Durham House war nun Hauptsitz der Boleyns in London, und Anne empfing des Öfteren ihren Vater oder ihren Bruder und die Wyatts, um über Ordensangelegenheiten zu sprechen. Außerdem ließ sie im privaten Zirkel die Heilige Schrift lesen. Im Augenblick hatte sie Jean de Dinteville zu Gast, der sehr froh darüber war, Anne allein sprechen zu können.

»Ich mache mir große Sorgen um Marguerite«, begann Anne. »Sie hat ein schweres Jahr hinter sich und viele Verluste erlitten.«

»Wir alle waren um sie besorgt«, sagte Jean. »Ich weiß nicht, ob sie jemals aufhören wird, um ihren kleinen Jungen zu trauern.«

Im vergangenen Sommer hatte Marguerite einem kleinen Jungen das Leben geschenkt, dem sie den Namen Jean gab. Es war ihr zweites Kind mit Henri von Navarra; sie hatten bereits eine Tochter von fast drei Jahren. Wie man hörte, war Marguerite in den Kleinen vernarrt und vernachlässigte darüber alle anderen Pflichten. Doch ihr Glück sollte nur kurz währen, denn der kleine Jean verstarb im Alter von fünf Monaten am Weihnachtstag.

Marguerite war verzweifelt, ja untröstlich über den Tod ihres Kindes. Doch das Schicksal ließ ihr keine Zeit zum Atemholen, denn zur gleichen Zeit erkrankte auch ihre Mutter schwer. In den nächsten neun Monaten kümmerte Marguerite sich ausschließlich um Herzogin Louise, die sich in ihren letzten Monaten als schwierige Patientin erwies, bis sie am 22. September das Zeitliche segnete. Es hieß, Louise habe in der Nacht vor ihrem Tod einen Kometen über den Himmel ziehen sehen und habe in diesem Augenblick gewusst, dass ihre Stunde gekommen war.

»Habt Ihr das Motto Louises gekannt?«, fragte Jean. »Tränen, Freude, Tränen, Freude?«

Anne nickte. Das Motto ähnelte dem von Madame Margarete, das sie vor so vielen Jahren in Mecheln vernommen hatte: Fortune, Infortune, Fortune.

»Jedenfalls«, fuhr Jean fort, »hat Marguerite ein Mittel gefunden, ihren Schmerz zu lindern. Seit dem Tod ihres Kindes und der Krankheit ihrer Mutter hat sie unablässig geschrieben, darunter ein Langgedicht, das sie *Spiegel der sündigen Seele* nannte.«

Anne sah die Verbindung auf Anhieb. Offenbar hatte Marguerite sich an dem Werk ihrer Namenspatronin und ihres Vorbildes Marguerite Porète orientiert. Aus dem *Spiegel der einfachen Seelen* war *Ein Spiegel der sündigen Seele* geworden.

»Sie hat mich gebeten, Euch ein Exemplar zu bringen, weil

sie Eure Meinung dazu wissen möchte. Hier ist es – von Hand geschrieben.«

Jean reichte Anne die Seiten, die als lose Blätter in einer Lederhülle steckten.

»Es ist noch nicht veröffentlicht, denn es ist noch nicht ganz fertig. Sie hat es lediglich Georges und mir und möglicherweise Diana gezeigt. Im Augenblick ist es nur für jene bestimmt, die Augen haben zu sehen, und Ohren zu hören. Sie schreibt von den vielen Gelegenheiten, an denen sie Gott nicht gehorsam war, aber dennoch Vergebung erlangte. In einem späteren Teil dann versetzt sie sich in sämtliche Rollen der Maria Magdalena: Königin, Mutter, Geliebte und Büßerin.«

Anne blätterte in den Seiten, gerührt von der Schönheit des Geschenks und dem Vertrauen, das sich darin ausdrückte.

An einer Stelle hielt sie inne und las:

*Mein Bräutigam trägt meine Sünden,*
*Und sind sie noch so schwer,*
*Denn nur er kann sie vergeben,*
*Er ist mein Heiland, Gott der Herr.*

»Das ist wirklich schön«, sagte sie. »Aber es ist …«

»Das ist fast schon Häresie, ich weiß. Und Marguerite weiß es auch. Es wird einen Aufschrei geben, wenn sie es veröffentlicht, aber das kümmert sie wohl nicht.«

»Wie geht es meiner liebsten Schwester in Navarra?«, fragte Anne.

Jean seufzte tief. »Sie ist hin- und hergerissen zwischen dem Leben im Süden und der Treue zu ihrem Bruder. Sie liebt Navarra und Foix, das Volk und die Kultur. Aber Henri … Er ist nicht gut zu ihr. Er ist in vieler Hinsicht Anhänger unseres Glaubens, lebt aber nicht die Heiligkeit der Liebe in dem Maße, wie Marguerite es braucht. Er ist ein Frauenheld und macht auch keinen Hehl daraus. Nun ja – jetzt, wo Louise nicht mehr lebt, wird Marguerite wohl öfter im Norden beim König weilen.«

»Und Franz? Lässt er immer noch Ketzer verbrennen?«

»Ja. Und er erklärt es damit, dass er die Katholiken an der Sorbonne und all jene, die Rom folgen, beschwichtigen muss, um den Frieden in seinen Territorien zu wahren. Marguerite steht beständig in der Kritik, weil sie Männer wie Marot und Jacques Lefèvre d'Étaples Obdach gewährt und der König stets aufgerufen ist zu vermitteln. Er sagt, gelegentlich müsse ein Unglücklicher für das Wohl des höheren Ziels geopfert werden. Dies sei der Preis für Reformen. Und jeder Ketzer, den er hinrichten lasse, lenke die Aufmerksamkeit von Marguerite ab. Ich fürchte, damit hat er sogar recht.«

Anne konnte sich vorstellen, wie sehr Marguerite unter dieser Strategie litt. »Ich wünschte, ich könnte bei ihr sein«, sagte sie leise. »Und wie geht es unserer Renée?«

»Oh, von der habe ich nur Gutes zu berichten. Wie Ihr wisst, hat sie Ercole d'Este geheiratet, den Sohn des Herzogs von Ferrara und der Lucrezia Borgia. Vor Kurzem hat sie ihr erstes Kind zur Welt gebracht, ein kleines Mädchen. Sie haben es Anne getauft.«

Anne klatschte vor Freude in die Hände. Natürlich war das Kind nicht nach ihr, sondern nach Renées Mutter Anne de Bretagne benannt worden, aber es war trotzdem ein schönes Gefühl.

»Sie ist eine wahre Reformerin und hat in Ferrara, wo sie eines Tages als Herzogin regieren wird, schon für viel Aufsehen gesorgt. Genau wie Marguerite veranstaltet sie Salons. Übrigens hat sie Clément angeboten, ihm Asyl vor seinen Verfolgern zu bieten.«

Beide mussten lachen, denn beide dachten daran, wie Renée den Poeten Clément Marot mit Blicken verschlungen hatte.

»Ich glaube, da hat sich nicht viel geändert«, sagte Jean. »Nur dass sie jetzt in der Lage ist, ihn zu beschützen. Ich fürchte nur, ihrem Mann ist nicht ganz wohl bei ihrem Gefolge von Häretikern, obwohl er ihre ansehnliche Mitgift nur zu gern genommen hat. Aber das kümmert Renée wahrscheinlich nicht. Ihr wisst ja, wie sie ist!«

Jean berichtete von den anderen Freunden. Diana hatte Louise bis zu deren Tod treu gedient und gehörte nun zum Haushalt der neuen französischen Königin Eleonore von Kastilien, die Schwester Karls V. Franz hatte sie aus dynastischen Gründen geheiratet und sich damit einen Friedensvertrag mit dem Heiligen Römischen Reich gesichert. Diana sorgte dafür, dass Franz über alles informiert war, was in den Gemächern seiner neuen Königin geschah.

»Und was Georges angeht – er ist ein Heiliger«, fuhr Jean fort, wie stets voller Ehrfurcht für seinen jungen Freund. »Unermüdlich versucht er, in Lavaur die Reformtheologie unter die katholische Landbevölkerung zu bringen, damit alle in Frieden miteinander leben. Jeder soll die Evangelien lesen können, damit Europa nicht von innen zerrissen wird, wie es die Lutheraner am liebsten hätten. Es muss einen anderen Weg geben.«

»Und wo ist der Meister?«

»Bei Georges natürlich. Er lässt Euch grüßen und ermahnt Euch, das Sacre Bleu nicht zu vergessen, das blaue Licht Christi. Ihr braucht nur in ein Zimmer zu gehen, sagt er, und die Tür zu schließen, dann spürt Ihr es. Er lässt Euch ausrichten, dass der Weg zu Eurem hohen Ziel nicht leicht sein wird, aber eines sollt Ihr nie vergessen: Ihr habt das Bessere gewählt, das soll Euch nicht genommen werden.«

*York Place*
*Dezember 1531*

Der Besuch Jean de Dintevilles war eine willkommene Aufmunterung sowohl für Anne wie auch für Heinrich. Der König gewann frische Kraft, als er von der Unterstützung auf dem Kontinent hörte, und Anne freute sich, Zeit mit einem Mitglied ihrer französischen spirituellen Familie verbringen zu können.

Zu Jeans Abschied, der noch vor Weihnachten wieder in Frankreich sein wollte, gaben sie ein Essen mit Annes engsten Freunden und Verwandten. Heinrich hatte York Place ausgewählt, da er Wolseys früheren Vorzeigesitz umgestalten ließ und die Meinung seiner Freunde über die Verschönerungen hören wollte.

Nach dem Mahl spielte Anne die Laute und sang Weihnachtslieder, wobei sich herausstellte, dass sich in ihrer Mitte weitere begabte Musiker befanden. Der junge Francis Weston, der schon bald ein Günstling Heinrichs werden sollte, hatte eine wundervolle Stimme und sang im Duett mit Jean ein französisches Lied, das er von seinem Vater gelernt hatte.

Francis Weston war der einzige Sohn Sir Richard Westons, der schon Heinrich VII. gedient hatte. Jean war mit den Westons befreundet, da er Sir Richard während seiner Zeit als Schatzmeister von Calais kennengelernt hatte. Jean hatte mit dem jungen Weston am Morgen *Jeu de paume* gespielt und mit seinem Vater am Nachmittag ein kleines Mahl eingenommen.

Anne genoss es, dass ihre vertrautesten Freunde und Heinrichs innerer Kreis in solcher Harmonie zusammenkamen. Das Festmahl am heutigen Abend erinnerte an Marguerites Salons, an die Essenz des »Paratge«, und Anne wollte solche Bestrebungen bei Hofe nähren und fortführen.

Als das Mahl sich dem Ende näherte, führte Heinrich Anne in seine Privatgemächer. Er ließ von einem Pagen eine der Lauten bringen und schickte ihn sogleich wieder fort.

»Ihr seid ein Traumbild in Grün, Mistress Boleyn«, schwärmte der König. Anne trug ein Kleid in Smaragdgrün mit goldenen Damasteinsätzen und goldener Spitze am tief ausgeschnittenen Mieder. Die Farbe hob ihr glänzendes dunkelbraunes Haar hervor, das sie offen trug, weil Heinrich sie oft darum bat.

»Es ist eine Farbe, die Euch großartig steht. Natürlich seid Ihr auch in Gelb atemberaubend, und ebenso in Rot, in Blau …« Er fasste Anne um die Taille, hob sie lachend vom Boden hoch, setzte sie sanft wieder ab und liebkoste ihren Hals. Anne, die sich wohl bewusst war, wie sehr andere Damen bei Hofe sie um ihren schlanken Hals beneideten, hob den Kopf und bog ihn zurück, um ihm reichere Ausbeute zu gewähren – ein Angebot, das Heinrich nur zu gern annahm, wobei er lüstern auf ihre Brüste über dem grünen Damast des Mieders starrte.

»Mmm … du duftest nach Lilien und Rosen. Ich will dich ganz riechen, will dich berühren, dich überall liebkosen …«

Anne schob ihn fort – sanft, aber unmissverständlich. »Mylord, nichts würde mir besser gefallen. Aber Ihr wisst, das ist nicht möglich.«

»Doch. Ist es. Ich bin der König. Ich kann alles möglich machen … nur nicht deine Hingabe.« Er zog sie an sich und liebkoste sie wieder. »Nun komm schon.«

Anne wehrte sich. »Ich kann nicht.«

»Warum nicht? Weißt du denn nicht, dass dein Bruder neben meiner Kammer schläft?«

»Natürlich weiß ich das, Mylord. Ich verstehe nur nicht, was die Stellung meines Bruders mit dem zu tun hat, was Ihr von mir erbittet.«

»Nun, ich würde es vorziehen, wenn mir heute Nacht ein anderer Boleyn Gesellschaft leistet. Es ist ganz einfach: Ich tausche einen Boleyn gegen einen anderen.«

Anne riss die Augen auf. »Ihr möchtet, dass mein *Vater* Euch Gesellschaft leistet? Ich bin sicher, er käme sofort, wenn Ihr nach ihm schicken lasst.« Als sie Heinrichs verwirrtes Gesicht sah, konnte sie nicht mehr an sich halten und lachte lauthals.

»Ihr seid boshaft, Anne Boleyn«, schmollte er. »Ihr quält mich mit Eurer Weigerung, mir ein wenig … Freude zu machen.«

»Ich will meinem Herrn und König nur zu gern ein wenig Freude machen. Mit meiner Laute, wie Ihr es befohlen habt.«

»Ich soll von den Brocken leben, die Ihr mir zuwerft, als wäre ich ein Hund unter Eurem Tisch?«

Anne nahm ihn bei der Hand und führte ihn zu der samtbezogenen Polsterbank, die extra für seine mächtige Gestalt gebaut war. Sie legte die Laute hin und schüttelte die Kissen auf, um es ihm bequem zu machen. Heinrich murrte noch ein wenig, war aber von ihren Bemühungen sichtlich angetan.

»Kommt, oh verehrtester Fürst der Christenheit. Ich werde für Euch spielen, um Euren ruhelosen Geist zu besänftigen.« Anne ließ sich am Ende der Bank nieder und begann die Laute zu schlagen, wobei sich der schwere Ärmel aus golddurchwirktem Samt in den Saiten verfing. Heinrich half ihr, den Ärmel aufzukrempeln, wobei er zärtlich über ihre Hand strich.

»Du hast so schöne Hände, meine Anne. Kein Wunder, dass du so gut zu spielen weißt. Und deine Haut leuchtet vor dem dunkelgrünen Samt wie Porzellan.« Heinrich küsste ihr die Hand; dann gab er sie frei, lehnte sich zurück und befahl: »Spielt.«

Anne gehorchte. Heinrich beobachtete, wie ihre schlanken Finger über die Saiten glitten, und ließ den Blick über ihr Haar schweifen, das in einer mahagonifarbenen Woge über ihre Schultern fiel. Er wirkte entspannt und genoss dieses Spiel aus Musik und Kameradschaft, das zwischen ihm und Anne entstanden war. Schon jetzt war sie auf viele Weise seine Königin. Sie wusste ihn zu beschwichtigen, wenn er gereizt war, und wusste auf seine Stimmungen einzugehen. Sie amüsierte ihn, regte ihn an, und manchmal machte sie ihn rasend. Doch vor allem verstand sie ihn. Nie zuvor hatte Heinrich eine Frau so sehr begehrt. Viele Frauen hatten ihm Stunden und Tage sinnlichen Vergnügens beschert, doch nie hatte er Herz, Verstand und Seele einer Frau begehrt. Im Dunkel der Nacht, wenn er allein im Bett lag, begann er immer mehr zu verstehen, dass er Anne nicht nur wollte – er *brauchte* sie.

Sie hatte mit dem Spielen aufgehört und schaute auf, um zu sehen, ob sie ihn erfreut hatte.

Er lächelte. »Einfach wunderbar. Und so ganz anders als unsere englischen Lieder. Das soll von nun an meine Lieblingsmelodie sein. Woher stammt sie?«

»Es ist die Abwandlung einer Melodie, die uns der spanische Lautenmeister bei Madame Margarete in Mecheln beigebracht hat. Der Stil ist auf dem Kontinent gerade sehr in Mode. Hierher nach England muss er erst noch gelangen.«

»Das werden wir beschleunigen. Gibt es einen Text?«

Anne kicherte. »Ja, aber der ist nicht gerade elegant. Ich singe ihn Euch vor, dann könnt Ihr mir sagen, was Ihr davon haltet.«

Wieder spielte sie die Melodie und sang dazu:

*»Lass uns die Rinder, lieber Schatz,*
*nach draußen auf die Weide bringen,*
*und dort all den dummen Kühen,*
*beim Wiederkäu'n ein Liedlein singen.«*

Heinrich lachte auf. »Meine Güte, Ihr habt recht. Die Worte taugen gewiss nicht dafür, von Euren schönen Lippen gesungen zu werden. Ebenso wenig könnte ein Fürst sie vor seinem Volk singen. Ich glaube, da müssen wir Abhilfe schaffen. Sollen wir neue Verse dichten, die besser zur Melodie passen?«

»Wenn es meinem Herrn und König Freude macht – mit dem größten Vergnügen. Soll ich die Melodie noch einmal spielen?«

»Ja.« Heinrich lauschte, dann hielt er die Hand hoch. »Dieses Stückchen, spielt es noch einmal.«

Als Anne die Melodie der Strophe spielte, sang er mit dramatischer Betonung:

*»Mein Lieb', tust Unrecht mir*
*grob fortzustoßen mich im Streite.«*

Anne schaute ihn misstrauisch an.

»Spielt weiter«, verlangte der König. »Ich dichte den Text dazu.«

*»So lange hielt ich treu zu dir*
*voller Glück an deiner Seite …«*

Anne lachte und hörte auf zu spielen.

»Spielt weiter, Anne, jetzt sind wir auf dem richtigen Weg. Versuchen wir's mit dem Refrain. Spielt den Refrain.«

Heinrich summte die Melodie mit. Er dachte angestrengt nach und versuchte, Worte zu finden, während er beobachtete, wie Annes schlanke Finger über die Saiten huschten. Plötzlich rief er:

»Der Refrain … Spielt ihn noch einmal, bitte.«

Als Anne den Refrain spielte, sang er:

*»Greensleeves war meine Freude,*
*Greensleeves war mein Entzücken,*
*Greensleeves war mein gold'nes Herz,*
*Wer anders als Lady Greensleeves.«*

Das nächste Jahr war ereignisreich.

Anfang 1532 zog Anne in die Gemächer der Königin in Greenwich ein. Katharina von Aragon wurde in einen früheren Wohnsitz von Kardinal Wolsey in Hertfordshire gebracht, wo sie dem Einfluss des Hofes noch weiter entrückt war. Sie beklagte sich bitter, dass sie in die Gosse gestoßen werde, obwohl mit ihr gemeinsam zweihundert Diener das fürstliche Schloss bezogen, das man ihr bewilligt hatte.

Anne und Heinrich wurden weiterhin enttäuscht, weil sie mit der Scheidung bei den maßgeblichen Stellen nicht weiterkamen. Dennoch gewann der König neuen Mut dank eines Beraters, den er kürzlich hinzugezogen hatte, einen Bürgerlichen mit Namen Thomas Cromwell, der sich aus eigener Kraft hochgearbeitet hatte. Er war ein Kaufmann, der mehrere Sprachen beherrschte und sowohl die humanistische Philosophie als auch brisante italienische Schriftsteller wie Machiavelli und Castiglione studiert hatte. Cromwell hatte vorher in Wolseys Diensten gestanden, war aber fest entschlossen, dem König seine Zuverlässigkeit zu beweisen. Cromwell wusste obendrein, wie er Anne für sich gewinnen konnte, denn auch er war Anhänger religiöser Reformen.

Anne war dankbar, einen neuen Streiter für ihre Sache gewonnen zu haben. Mehr denn je brauchte sie Unterstützung, denn die Parteien der Katholiken und der Boleyn-Reformer entzweiten sich immer mehr. Selbst in ihrer eigenen Familie forderte der Streit seinen Tribut. Annes Onkel, der herrische, arrogante Herzog von Norfolk, war ein frommer Katholik, wie auch seine aus dem Adel stammende Gemahlin, eine zänkische Frau, die erst kürzlich erklärt hatte, Anne werde noch »das Verderben aller Howards« sein. Die Herzogin war in das Komplott verwickelt, das Katharina den Thron erhalten sollte, und stand in geheimer Korrespondenz mit Rom und Spanien. Gemeinsam mit Chapuys verbreitete sie üblen Klatsch über Anne, der umso mehr Wirkung zeigte, da er von einer Adeligen kam, die zur Familie gehörte.

Als die Verschwörung eine Gefahrenstufe erreicht hatte, die nicht mehr ignoriert werden konnte, wurde die Herzogin des Hofes verwiesen. Heinrich hatte ihr nie über den Weg getraut; sie war die Tochter des Herzogs von Buckingham, den er vor zehn Jahren hatte hinrichten lassen. Der König wusste genau, dass die Herzogin von Norfolk einen Groll gegen ihn hegte. Diesmal hatte sie Glück im Unglück: Wäre sie nicht durch Heirat eine Howard gewesen, wäre ihr übler mitgespielt worden.

Ihr Mann, Annes Onkel, war viel zu klug, um sich auf Verschwörungen einzulassen, und ließ es geschehen. Er hatte eine Geliebte, die er seiner Frau bei Weitem vorzog; hinter vorgehaltener Hand wurde sogar geflüstert, Norfolk selber habe seine Frau verraten und ihr Exil in die Wege geleitet.

Zur selben Zeit wurde Thomas Cromwell, der sich bei der Boleyn-Partei beliebt machte, von einem aufsteigenden Stern zu einem strahlenden Kometen. Er wurde Sprachrohr des Königs und riet ihm, sich nicht mehr um die Meinung Roms zu scheren. Keine fremde Macht dürfe sich in die Angelegenheiten Englands einmischen, Heinrich solle sich in seinem Land zum

Oberhaupt der Kirche erklären lassen; dies würde seine Macht und seinen Reichtum mehren und könne ihm seinen größten Wunsch erfüllen: die Heirat mit Anne.

Im Februar berief Heinrich die Bischöfe des Landes zu einer Konferenz und verlangte, von ihnen als *caput ecclesiae*, als Oberhaupt der Kirche, anerkannt zu werden. Der Erzbischof von Canterbury, William Warham, widersprach und bestand darauf, dass Kirche und Staat getrennt bleiben müssten. Schließlich war es Annes Bruder George, der seine klassische Bildung und sein diplomatisches Talent nutzte, um eine Formulierung zu entwerfen, auf die sich die Bischöfe verständigen konnten. Der König von England verkündete, dass »der Papst keine Zuständigkeit in diesem Königreich England« habe.

Eustace Chapuys berichtete nach Spanien, hinter all diesen Machenschaften stünde niemand anderes als Anne Boleyn. Er erklärte sie zur »großen Feindin des Papstes und Spaniens«.

Anne war trotz allem enttäuscht von ihrem geliebten König, denn ungeachtet seiner prahlerischen Loslösung von Rom fürchtete er die Exkommunikation und die damit verbundene ewige Verdammnis seiner Seele. Anne verlor allmählich den Mut. Würde sie ihn jemals aus dem Aberglauben des Katholizismus herausführen können?

Dennoch hoffte sie, Heinrich werde früher oder später begreifen, dass kein Würdenträger sich in seine Beziehung zu Gott einmischen konnte. Dieses Element war das wichtigste der Kirchenreform – der Schlüssel zur Befreiung des Menschen von seiner Abhängigkeit. Nur hatte der König von England es offenbar noch nicht begriffen.

Viele Reformen, die Anne durchgesetzt sehen wollte, wurden von Heinrich nicht unterstützt. Außerdem gestattete er noch immer die Verbrennung von Tyndale-Bibeln und die Verfolgung von Häretikern. Zwar brachten die Boleyns weiterhin Gottes Wort in englischer Sprache unter das Volk, nun aber streng geheim. Doch englische Traktate wurden zunehmend beliebter, die Nachfrage stieg, und Anne fühlte sich von dem Bewusstsein gestärkt, dass das einfache Volk nach diesen Schriften verlangte und die Reformation unterstützte.

Das große Ziel von Heinrich und Anne, bald Königspaar zu werden, wurde von Frankreich gestützt; Anfang Juli wurde ein Vertrag unterzeichnet, der die Kräfte beider Königreiche gegen das Heilige Römische Reich einte. Gemeinsam mit dem französischen Diplomaten Jean Du Bellay planten sie einen englisch-französischen Gipfel, der im Herbst in Calais stattfinden sollte.

Als der achtzigjährige Erzbischof von Canterbury im August starb, erkannten Heinrich und Anne eine weitere Möglichkeit, ihrem Ziel näherzukommen. In der Vergangenheit hatte der Papst die Bischöfe eingesetzt, doch nun nutzte Heinrich die Gelegenheit, um einen Verbündeten zu gewinnen: Er erklärte den reformfreudigen Thomas Cranmer, der bereits als königlicher Diplomat nach Deutschland gereist und sich mit der lutherischen Reformation vertraut gemacht hatte, zum neuen Erzbischof.

Die englischen Katholiken wurden unruhig, als sie von der Ernennung erfuhren, und das nicht ohne Grund. König Heinrich war bis dato strikt gegen Luther gewesen. Er ermutigte zwar sein Volk, die Bibel in der eigenen Sprache zu lesen, lehnte es jedoch ab, den katholischen Glauben vollends zu verwerfen. Die Ernennung Cranmers jedoch wurde von den Katholiken als möglicher radikaler Gesinnungswechsel verstanden. Eustace Chapuys gab Anne die Schuld, sowohl in seinen Briefen, wie auch in seinen sonstigen Schriften.

Als der französisch-englische Gipfel näherrückte, verlieh Heinrich Anne einen hohen Rang, mit dem er seine Zuneigung ausdrücken wollte. Er machte sie zu einem Erbtitelträger der Peerage von England und verlieh ihr den männlichen Titel

Marquess of Pembroke – eine Ehre, die noch nie einer Frau vergönnt gewesen war. Mit dem Titel waren Geld und Landbesitz verbunden, sodass Anne nun eine reiche Frau aus eigenem Recht war.

Die Ernennung zielte auch darauf ab, dass die englischen Adeligen Annes Stellung in Zukunft ernster nehmen sollten. Auf dem Kontinent jedoch gab es eine beträchtliche Zahl papsttreuer Katholiken, die Anne nur mit den Augen Chapuys' sehen wollten: als Hure und Ketzerin. Das konnte sich für den bevorstehenden Gipfel in Calais als problematisch erweisen. Anne war nicht mit Heinrich verheiratet, sie war nicht seine Königin, und daher ziemte es sich nicht, wenn sie der neuen Königin von Frankreich begegnete oder mit ihr gemeinsam amtliche Pflichten wahrnahm. Außerdem war Franz mit Eleonore von Kastilien verheiratet, der Schwester Kaiser Karls, und die katholische Halbspanierin Eleonore würde ganz gewiss nicht mit jener Frau verkehren wollen, die Anspruch auf den Thron ihrer Tante Katharina erhob.

Anne ihrerseits hoffte, dass sie bei diesem Ereignis mit Marguerite zusammentraf, der einzigen Frau, die sie als wahre Schwester betrachtete. Doch sie wusste, dass es wenig wahrscheinlich war. Marguerite war in die Sicherheit ihres häretischen Navarra zurückgekehrt und wohnte in ihrem geliebten Refugium in Foix. Klugerweise hielt sie Abstand zu den konservativen Katholiken im Norden, die ihr Buch *Ein Spiegel der sündigen Seele* verdammt hatten. Das Werk war öffentlich verbrannt worden, und manche der kühneren Priester hatten Marguerites Verhaftung gefordert. Franz erstickte solches Gerede zwar rasch, doch ein Treffen seiner Schwester mit Anne Boleyn musste unter den gegebenen Umständen als äußerst ungünstig angesehen werden. Daher ließ er verbreiten, Marguerite fühle sich nach ihrem schrecklichen und verlustreichen Jahr nicht wohl genug, um die Reise anzutreten.

Natürlich packte Eustace Chapuys die Gelegenheit beim Schopf, um Anne zu schaden: Er berichtete, sie habe von des Königs Schwester eine Abfuhr erhalten. Marguerite unterstütze die Heiratspläne nicht und wolle nicht in Gesellschaft von des Königs Hure gesehen werden. Diese niederträchtige Verleumdung breitete sich im gesamten katholischen Reich aus und gab den Gegnern der Reform Munition in die Hand.

## Englisches Territorium Calais

*Frankreich*
*Oktober 1532*

Die Zusammenkunft in Calais wurde mit Prunk und Pracht begangen, denn hier versuchten zwei hochmütige und großspurige Herrscher einander auszustechen. Während die Könige und ihre Ratgeber bei diplomatischen Gesprächen saßen, vergnügte sich ihr Hofstaat mit Festumzügen, Banketten, Turnieren, Maskenbällen und Tanzveranstaltungen. Die Wyatt-Geschwister Thomas und Margie waren mitgereist und nahmen an den Festlichkeiten teil. Wieder einmal war Anne entzückt darüber, ihre Freunde von beiden Seiten des Kanals zusammen zu sehen.

Voller Freude begrüßte sie die Mitglieder ihrer spirituellen Familie und musste die Tränen zurückhalten, als sie zum ersten Mal nach sieben Jahren Claudes Kinder wiedersah. Sie waren groß geworden, und jedes von ihnen war auf seine Weise schön. François, der Dauphin, war vierzehn und das Ebenbild seines Vaters, obwohl er ein scheuer Junge war, der um keinen Preis auffallen wollte. Henri mit seinen dreizehn Jahren war spitzbübischer und anziehender als je zuvor.

Prinzessin Madeleine, das zarte kleine Mädchen, das Marguerite ihre »petite Marie-Madeleine« genannt hatte, war nun ein Engel von elf Jahren. Ihre Haut war so weiß, dass sie fast durchscheinend wirkte, und sie besaß die hohen Wangenknochen ihrer Großmutter. Ihr prachtvolles Haar war dunkelrot, so wie das Haar der Magdalena, das Anne vor so vielen Jahren gesehen hatte – dunkler als der goldrote Kupferton der kleinen Charlotte, die Marguerite einst »meine Kleine« genannt und die sie aufzuziehen gehofft hatte, nachdem Claude so jung gestorben war. Einer der vielen Schicksalsschläge, die Marguerite in ihrem Leben erleiden musste, war der Tod der kleinen Charlotte kurz vor ihrem achten Geburtstag gewesen: Das hübsche, strahlende Kind war in ihren Armen an den Masern gestorben.

Anne hatte ein bisschen Zeit für Diana und Prinzessin Madeleine und stellte fest, dass das Mädchen die Klugheit der Tante und das reine Herz der Mutter geerbt hatte. Madeleine besaß die Seele einer Königin, war aber kränklich, wie Anne mit Kummer bemerkte. Diana vertraute ihr an, dass Madeleine viele Tage ihres Lebens im Bett hatte verbringen müssen. Dennoch war sie das Licht am Königshof, und alle beteten sie an, allen voran der stolze Vater.

»Sie ist zäher, als sie aussieht«, versuchte Diana Anne zu beruhigen. »Nicht umsonst wurde sie nach unserer Lieben Frau der Beharrlichkeit getauft.«

Anne war ein wenig besorgt gewesen, wie Franz sie empfangen würde. Doch falls sie irgendwelche Zweifel gehegt hatte, wurden diese unverzüglich zerstreut, als der König sie beim Festbankett voller Herzlichkeit begrüßte. Als er Anne sah, in Goldbrokat gekleidet und ihr berühmtes Haar mit Perlen und Edelsteinen eingeflochten, sagte er galant: »Ich dachte immer, Venus sei blond. Doch nun erkenne ich, dass die Göttin der Liebe in Wahrheit brünett ist.«

In den vier Tagen ihres Aufenthalts unterhielt sich Franz des Öfteren mit Heinrich und Anne, einmal auch mit Anne allein. Der König vertraute Anne an, wie schwierig es sei, einen humanistischen Hof zu führen, der offen war für die Ideen der Reform, wenn man stets gegen die Kräfte der konservativen katholischen Welt ankämpfen musste. Sie sprachen auch über die schwierige Lage, in der sich Marguerite befand, da sie im Streit mit der Sorbonne und deren Anhängern lag. Franz bat Anne, ebenfalls Zufluchtsorte für die mit der Familie befreundeten Dichter und Theologen zu schaffen. Renée, so erzählte er, habe bereits Clément Marot und anderen im fernen Ferrara Schutz gewährt. Sie sei eine tüchtige, temperamentvolle Streiterin für die Sache der Reform geworden. Er fürchtete allerdings, dass sie schon bald einen sicheren Ort für Jacques Lefèvre d'Ètaples finden müssten, der zurzeit noch unter Marguerites Schutz auf Schloss Nérac lebe. Ein anderer Freund der Familie, der Dichter Nicholas Bourbon, saß zurzeit im Gefängnis. Franz wollte ihn freilassen, wusste aber, dass der Poet dann zu seiner Sicherheit außer Landes gebracht werden musste.

Franz umarmte Anne zum Abschied und überreichte ihr ein Exemplar von D'Étaples Bibelübersetzung ins Französische, die Marguerite ihm geschickt hatte. Um zu zeigen, wie viel ihm Anne persönlich bedeutete, schenkte er ihr überdies einen kostbaren Diamanten – ein Geschenk, das einer Königin würdig war.

Um Mitternacht flackerten hundert Kerzen an den alten Mauern von Notre-Dame de Calais, der römisch-gotischen Kathedrale, welche die Hafenstadt seit vierhundert Jahren überragte. Die Kirche war tief in französischer und englischer Historie verwurzelt, da sie den Mittelpunkt vieler Kriege zwischen den beiden Nationen bezeichnet hatte. Hier war der passende Ort für eine Zeremonie, die heiligsten Traditionen Frankreichs mit der Geschichte Englands zu verbinden.

Anne trug ein cremefarbenes Gewand mit weißem Fellbesatz. Ihr Haar fiel lang und weich herab und wurde von einem goldenen Reif mit eingefassten Perlen gekrönt. Heinrich trug ebenfalls Creme, dazu Goldbrokat.

Nun stand er seiner geheimen Braut gegenüber, die im Kerzenlicht atemberaubend aussah. Die Zeugen dieses Ereignisses waren sorgfältig ausgewählte Ordensmitglieder. Anne wurde von Diana von Poitiers und Margie Wyatt begleitet, Heinrich standen George Boleyn und Thomas Wyatt zur Seite.

Jean de Dintevilles stand neben dem Meister des Ordens vom Heiligen Grab, als dieser die Braut fragte: »Willst du, Anne, diesen Mann aus freiem Willen zu deinem Geliebten nehmen und deinen Leib und deine Seele im Licht Gottes mit ihm vereinigen, an einem Ort, wo Vertrauen und Bewusstheit herrschen?«

Annes schwarze Augen glänzten vor Tränen, als sie antwortete: »Ich will.«

»Willst du, Heinrich, diese Frau aus freiem Willen zu deiner Geliebten nehmen, deinen Leib und deine Seele im Lichte Gottes mit ihr vereinigen, an einem Ort, wo Vertrauen und Bewusstheit herrschen?«

»Ich will«, sagte Heinrich mit fester Stimme und blickte in Annes dunkle Augen.

Der Meister sprach den Segen aus dem *Buch der Liebe*, der heiligsten Schrift des Ordens: »Im *hieros gamos*, der heiligen Vereinigung der Liebenden, ist Gott in eurem Gemach anwesend. Damit die Vereinigung von ihm gesegnet werde, müssen Vertrauen und Bewusstheit in der heiligen Umarmung zum Ausdruck gebracht werden. Wenn die Liebenden zusammenkommen, feiern sie ihre Liebe im Fleisch; sie sind nicht länger zwei, sondern eins. Außerhalb des Gemachs werden sie die Liebe leben, die sich im Geiste ausdrückt.«

Er winkte Jean, die *cordelière* zu bringen, die aus Seide geflochtene Kordel, die im Orden seit Jahrhunderten bei der Hochzeitszeremonie benutzt wurde, um die Hände des Paares zusammenzubinden. Die Seide franste aus, und die Troddeln waren fadenscheinig, dennoch war es immer noch ein edles Artefakt. Mit Jeans Hilfe schlang der Meister die Kordel sanft um die Hände des liebenden Paares und knüpfte einen großen, flachen Knoten als Symbol, das diese beiden Menschen, wie von Gott bestimmt, zusammengebracht worden waren.

Während der Meister seine Hände segnend über das Paar erhob, sang Diana von Poitiers ein mittelalterliches Lied auf Französisch, wie es bei der Zeremonie mittlerweile Brauch war:

*»Ich liebe dich seit langer Zeit,*
*Nie kann ich dich vergessen,*
*Deinen Liebreiz, deine Lieder,*
*Doch die Zeit, sie kehret wieder …«*

»Der Bräutigam darf nun der Braut den *nashakh* schenken, den heiligen Kuss, der die beiden Seelen durch den Atem miteinander verschmilzt.«

Heinrich beugte sich vor, um Anne zu küssen, die nun vor Freude weinte. Sanft ruhten seine Lippen auf ihren, als sie diesen kostbaren Augenblick teilten.

Sie waren eins.

»Was nun Gott zusammengefügt hat«, schloss der Meister, »das soll der Mensch nicht scheiden.«

Nach der geheimen Zeremonie um Mitternacht wurden Heinrich und Anne in ein privates Gemach geführt, das Diana von Poitiers im Sinne des Ordens vorbereitet hatte. Sämtliche Möbel waren in weiße Seide gehüllt worden. Die Ordenstradition verlangte, dass die erste Liebesbegegnung von Mann und Frau an einem makellosen Ort geschehen solle, der als einzige Farbe ihre Liebe enthielt.

Die geheime Hochzeit in Calais war seit Dezember geplant worden, als Jean de Dinteville nach London gekommen war. Der Meister und Georges de Selve hatten vorgeschlagen, die traditionelle Zeremonie in Frankreich stattfinden zu lassen, auch wenn sie vielleicht rechtlich nicht bindend wäre.

Anne hatte Heinrich in den Traditionen des *hieros gamos* unterwiesen, der heiligen Hochzeit der Seelen im Lichte des Vertrauens und der Bewusstheit. Das strahlend weiße Brautgemach war Symbol der Heiligkeit dieser Vereinigung vor Gott, und sie beide würden sich in ihren Herzen stets daran erinnern, wann immer sie als Mann und Frau zusammenkamen. Denn dies war die ursprüngliche Bedeutung der unbefleckten Empfängnis: Ein Kind, das an einem Ort der reinen Liebe und des Vertrauens empfangen worden war.

Obwohl es für Heinrich und Anne noch viele Hindernisse zu überwinden galt, um ihre Ehe rechtlich durchzufechten und dafür zu sorgen, dass ihre zukünftigen Kinder in der Thronfolge standen, gab es einen gewichtigen spirituellen Grund, die heilige Zeremonie nicht aufzuschieben. Weil sich das Jahr 1532 seinem Ende zuneigte, wurde die Zeit für Anne knapper, jetzt noch zu empfangen, um im Jahre 1533 ein Kind zu gebären. Sie hatten keine Zeit zu verlieren.

Anne und Heinrich waren die Hoffnung der Zukunft. Ihr gemeinsames Kind würde die Prophezeiung der Zeit erfüllen.

*London*
*1533*

Nach der Rückkehr aus Calais überschlugen sich die Ereignisse. Um das Fest der Heiligen Drei Könige war Anne sicher, schwanger zu sein.

Am 24. Januar ernannte Heinrich Thomas Cranmer zum Erzbischof von Canterbury, um sicherzugehen, dass es keine Hindernisse oder Einwände gegen seine private, für ihn jedoch bindende Hochzeit mit Anne mehr gab. Am 25. Januar ließen sie sich im kleinen Kreis im frisch umgebauten York Place trauen. Im April verabschiedete das Parlament das Verbot der Appellationen an die Kurie, mit dem die Rechtsmittel der römisch-katholischen Kirche wirksam beschnitten wurden. Dieses Statut sicherte dem König die letztgültige Autorität über die Rechtsprechung in England, während es gleichzeitig jedwede Petitionen an Rom verbot. Die Vorlage war von Thomas Cromwell entworfen worden, dessen Stern an Heinrichs Hof immer heller leuchtete.

George Boleyn wurde unverzüglich zu König Franz entsandt, um diesem mitzuteilen, dass die Ehe nun offiziell sei und Anne Englands Thronerben erwarte. Als George zurückkehrte, brachte er einen überraschenden Gast mit: Georges de Selve, den Bischof von Lavaur. Sie trafen gerade rechtzeitig an, um alles für die Karwoche vorzubereiten.

Jean de Dinteville war nun der offizielle französische Botschafter in England und steter Begleiter von Annes und Heinrichs Leben. Voller Freude begrüßte er seinen Helden und Freund Georges de Selve. Kurz nach dessen Ankunft wurde eine Versammlung des Ordens in der ersten Aprilwoche einberufen.

»Wir müssen diese heilige Zeit gebührend feiern«, sagte Georges de Selve. »Der Karfreitag wird der Prophezeiung zufolge die Hälfte der Zeit nach der Zeit kennzeichnen, tausendfünfhundert Jahre nach dem Tod unseres Herrn Jesus am Kreuz.«

Sie saßen in dem eleganten Privatgemach von York Place, das Anne scherzhaft »Refugium« nannte. Hier wurden die wichtigen Dinge besprochen.

Georges de Selve war mit seinen fünfundzwanzig Jahren zu einem gut aussehenden Mann herangereift. Das Haar, das er früher lang getragen hatte, war nun geschoren, wie es seiner Stellung als Bischof zukam, und er trug einen hübsch gestutzten Bart. Doch in seinen Augen glühte noch immer der alte Funke, und Anne hätte jedes Mal, wenn sie ihn anschaute, vor Freude weinen mögen.

Heinrich hielt ihre Hand, während er den Worten des jungen Bischofs lauschte. Er hegte großen Respekt vor den versammelten Männern und vor Annes Glauben an die Prophezeiung. Es war eine berauschende und überwältigende Vorstellung, einen Messias gezeugt zu haben, doch Heinrich wagte es, daran zu glauben. Anne und er waren wie ein gewaltiges Epos der Liebe und Beharrlichkeit. Sie waren von Gott vereint worden – nicht nur einmal, sondern zweimal.

»Wer außer Heinrich hätte dieses Schicksalskind zeugen können? Wer außer Anne hätte die Madonna sein können, die es zur Welt bringt?«, bemerkte Jean de Dinteville.

»Wir müssen ihre Krönung planen«, mahnte Heinrich.

»Denn sie muss großartig und einer Kaiserin würdig sein. Wir dürfen aber auch die Frau, die mein Kind bekommt, nicht in Not bringen. Also müssen wir uns Zeit nehmen für den Plan.«

»Aber auch nicht zu lange warten, Liebster«, sagte Anne. »Wenn ich aus irgendeinem Grund früher ins Wöchnerinnengemach ziehen muss …«

»Sagt nicht so etwas, Anne. Mit dem Kind wird alles gut, da bin ich sicher. Aber Ihr habt recht. Eure Salbung zur Königin muss so rasch wie möglich erfolgen, damit Ihr wahrlich die Herrscherin Englands seid.«

Georges de Selve warf ein einziges Wort in die Runde: »Pfingsten.«

»Pfingsten …«, wiederholte Anne. »Natürlich! Oh, Georges, Ihr seid so klug.«

Pfingsten war der Tag, an dem der Heilige Geist auf die Jünger herabgekommen war. Daher wurde dieses Datum als eigentlicher Ursprung des Christentums in Jerusalem angesehen. Anne als heilige Taube, die auf England herabkam, wäre ein kraftvolles Symbol.

»Das ist fünfzig Tage nach Ostern«, sagte Georges. »Genug Zeit für die Planung?«

Anne schaute Heinrich an. Der nickte. »Ja, ich glaube, das wird gut passen. Wir werden dafür sorgen.«

George Boleyn hatte aufmerksam zugehört. Nun sagte er: »Wir werden Handzettel an die Leute verteilen, die schon jetzt Psalmen und Evangelien auf Englisch kaufen. Auf den Zetteln wird stehen, dass Anne vom König und daher von Gott erwählt wurde, England von fremder Vorherrschaft zu befreien.«

Alle stimmten zu. George empfahl, nach der öffentlichen noch eine private Karfreitagszeremonie abzuhalten – nur für Mitglieder aus Heinrichs und Annes engstem Kreis, um den Jahrestag der Hälfte der Zeit nach der Zeit würdig zu begehen.

Als die Versammlung sich auflöste, kam Anne noch eine Idee. »Ich wüsste eine außergewöhnliche Methode, dieses wichtigen Datums, des Karfreitags 1533, im Orden zu gedenken.«

»Welche?«, wollten alle wissen.

Anne lächelte. »Ihr werdet schon sehen«, versprach sie. »Georges und Jean – nach unserer Feier am Freitag nehmt Euch bitte nichts mehr vor, denn Ihr werdet beschäftigt sein!«

Die Aufregung der Osterwoche wirbelte den Königshof durcheinander. Hunderte von Menschen in ganz London waren mit den Vorbereitungen für Annes Krönung beschäftigt; Schneider, Tuchhändler, Baumeister und Kunsthandwerker aller Art widmeten sich voller Hingabe ihrer Arbeit. Begeisterung lag in der Luft, fuhr wie ein Windstoß durch die ganze Stadt.

Der Karfreitag, das Gedenken an Jesu Kreuzigung, war wie immer ein ernster und feierlicher Tag. Der König und Anne besuchten die öffentliche Messe; danach begaben sie sich zu einem schlichten Gottesdienst unter der Leitung von Georges de Selve, eine private Zeremonie im engsten Kreis. Zugegen waren Thomas und Margie Wyatt, Annes Eltern, ihr Bruder und Jean de Dinteville. Georges rezitierte die Prophezeiung der Zeit und segnete Annes Schoß, auf dass sie »ohne Mühe von dem Kind erlöst werden« solle, »das seinerseits uns erlösen wird«.

Nach dem Gottesdienst kam Anne auf ihre Überraschung zurück und brachte Jean de Dinteville und Georges de Selve in ihr »Refugium«. Dort wartete bereits Hans Holbein auf sie, der Hofmaler des Königs.

»Der König und ich haben Meister Holbein beauftragt, ein Doppelporträt von Euch zu malen«, sagte Anne. »Eure Anwesenheit in London am heiligsten aller Tage sollte niemals vergessen werden. Wir wollen es für die Ewigkeit festhalten.«

Georges de Selve blieb bis nach Pfingsten, um an den Festumzügen zur Feier der Krönung Annes teilzunehmen. Für ihn war es gut, dass er so entschieden hatte, denn die Arbeit an Meister Holbeins Doppelporträt nahm unvorhergesehene Ausmaße an. Holbein war bei Hofe eine starke Stimme für die Sache der Reform, in seiner Arbeit jedoch pflegte er sich subtiler auszudrücken. Bei seinen Gesprächen mit Dinteville und Selve über die Art der Darstellung wurde den dreien klar, dass sie die einzigartige Gelegenheit hatten, ein ganz besonderes Kunstwerk zu erschaffen. Besonders Georges mit seiner humanistischen Bildung und Holbein selbst, der ihm ein Bruder im Geiste war, brachten die Sache voran. Im Laufe der nächsten fünfzig Tage wuchsen die beiden zu einem amüsanten und brillanten Duo zusammen: Holbein, der akribische Deutsche, der jedes noch so winzige Detail im Auge behielt, und Georges, der französische Mystiker, der sich mit der Symbolik bestens auskannte.

Inmitten der Arbeit musste Holbein eine Pause einlegen und ein Bühnenbild fertigstellen, das er für Annes Krönung entworfen hatte. Er hatte ein Bild des Parnass entworfen, jenes mythischen Berges, an dem der Gott Apollon mit den Musen lebte. Durch Säulenreihen und unter Bögen hindurch sollten Gesang und Tanz zum Lob der schönen jungen Königin aufgeführt werden, während aus einem Marmorbrunnen Wein sprudelte. Zum Glück hatte Holbein eigene Arbeiter, die nach seinen Entwürfen bauten, doch als Perfektionist wollte er bei allem selbst mit Hand anlegen.

Die Planung für Annes Krönung war überaus aufwendig.

Heinrich scheute keine Kosten für diese Feier, auf die beide so lange gewartet hatten. Vor und nach der Krönung gab es Festumzüge und eine Bootsfahrt auf der Themse. Annes Barke sollte mit Goldbrokat drapiert sein, passend zu ihrem goldenen Kleid, damit sie ein Bild glänzender Anmut bot. Die Häuser entlang der Themse sollten mit Fahnen geschmückt werden, und Musiker aus ganz England sollten zusammenströmen, um Lieder des Willkommens und der Freude für Anne zu singen.

Doch bei allen Umzügen und Festen war es die Krönung selbst, die für Anne Boleyn die größte Bedeutung hatte. Am Pfingstmorgen stand sie vor dem Hochaltar von Westminster Abbey, gekleidet in ein hermelinbesetztes rotes Kleid, das für ihr Königtum stand. Unter einem hauchdünnen Schleier mit Perlen trug sie das Haar offen. Ihr engstes Gefolge aus zehn Hofdamen trug rote Kleider und goldene Haarreifen. Bischöfe und Erzbischöfe aus dem ganzen Land in ihren besten Roben und mit dick beringten Händen säumten Annes Weg, während der Herzog von Suffolk, der Schwager des Königs, die Krone trug. George Boleyn und Annes Vater trugen das Zepter und den weißen Herrscherstab. Auch Jean de Dinteville und Georges de Selve befanden sich im Gefolge.

Nach der Kommunion wurde Anne in einer feierlichen Zeremonie von dem neuen Erzbischof von Canterbury und Freund der Familie, Thomas Cranmer, zur Königin gesalbt. Dann setzte er ihr die Krone des heiligen Eduards des Bekenners auf.

Ein kaum hörbares Raunen ging durch die Menge – ein Ausdruck ungläubigen Erstaunens, dass Anne Boleyn ausgerechnet mit dieser Krone ausgezeichnet wurde. Denn es war die Krone einer Herrscherin, nicht die einer Gemahlin. Niemals zuvor in der Geschichte Englands war eine Frau mit Eduards Krone gewürdigt worden. Diesmal aber war es geschehen, auf besondere Bitte Heinrichs. Damit gab er der Welt zu verstehen, dass Anne Boleyn seine ebenbürtige Gefährtin war und als solche an seiner Seite herrschen würde.

Anne Boleyn war nun die mächtigste Königin, die je auf dem englischen Thron gesessen hatte.

Angeregt durch die Krönungsfeierlichkeiten hielt Anne den ersten ihrer »Salons« ab, um der Tradition des französischen Hofes nachzueifern, wo Marguerite die Besten und Klügsten zu Gesang und Feierlichkeit eingeladen hatte. Anne brachte ihrem Hof die Bedeutung des Wortes *paratge* bei und seine Beziehung zu höfischer Liebe. Sie sang die okzitanischen Lieder berühmter weiblicher Troubadoure wie Garsenda von der Provence. Annes Bruder leitete die jungen Männer an, die höfische Liebesstücke aufführten. Anne, ihre Familie und der König erlebten eine kurze Zeit ungetrübten Glücks. Heinrich bewunderte seine kluge, schöne Frau, die nun seine Königin war – die Frau, die Gott nur für ihn erschaffen hatte.

Manchmal jedoch herrschte in den Salons ein ernster Ton, wenn aus der Bibel vorgelesen wurde. Anne machte unmissverständlich klar, dass jeder, der im inneren Zirkel verbleiben wollte, Interesse am Wort Gottes zeigen musste. An diesen Abenden pflegte sie aus den Evangelien in englischer Sprache vorzulesen. Eine ihrer ersten Amtshandlungen als Königin hatte darin bestanden, die englische Bibel auf einem Ständer auszustellen, damit sie vom ganzen Hof gesehen werden konnte – ein Schritt, den manche reichlich kühn fanden, denn es galt immer noch als Häresie, die von der römisch-katholischen Kirche mit dem Tod bestraft werden konnte.

Doch Anne trotzte der Kirche nun ganz offen und ohne Angst. Papst Clemens sprach im Juli über Heinrich den Kirchenbann aus – für den König ein harter Schlag. Anne ärgerte sich, dass Heinrich der Exkommunikation solche Bedeutung beimaß. Sie verstand nicht, warum er dem Papst immer noch so viel Macht über England zugestand. Hatten sie nicht rechtlich und geistlich vereinbart, dass Clemens keine Rechtsgewalt mehr über ihre souveräne Insel besaß?

Es war nach Eintreffen der päpstlichen Bulle, dass Anne beschloss, die Tyndale-Bibel öffentlich auszustellen. Luther hatte die päpstliche Bannbulle zum Zeichen seiner Verachtung öffentlich verbrannt, doch Anne glaubte, dass ihr Vorgehen größere Wirkung zeigen würde. Überdies wollte sie Chapuys und dessen Geiern etwas zum Fraß hinwerfen. Wenn sie schon eine Ketzerin sein sollte, dann eine einflussreiche!

Anne und Heinrich kämpften den ganzen Sommer mit der Aragon-Partei und versuchten, mit den Konsequenzen des Kirchenbanns zu leben. Heinrich stand auch mit seiner Tochter, Prinzessin Maria, auf Kriegsfuß; er hatte sie von ihrer Mutter getrennt, weil er den beiden zutraute, ein Komplott gegen ihn zu schmieden. Eustace Chapuys folgte Katharina von Aragon ins Exil. Er tat es aus Protest, da er Anne nicht als Königin anerkennen wollte.

Georges de Selve musste nach Lavaur zurückkehren, und Anne ließ ihn mit Trauer im Herzen ziehen. Er war ihr Licht und ihre Inspiration; sie wünschte sich, er gehöre zu ihrem Haushalt, doch sie wusste, dass das Schicksal ihn zu Höherem bestimmt hatte. Er musste weiter zwischen der Partei der Reformer und der Kirche vermitteln, was ihm zunehmend besser gelang. Und es gab die Hoffnung, dass er eines Tages in einer reformierten Kirche selbst die Papsttiara tragen würde.

Meister Holbein war mit seinem Porträt noch lange nicht fertig. Jean de Dinteville versprach seinem Freund, ihn stets über alle Fortschritte auf dem Laufenden zu halten.

Ende August erklärte Anne sich bereit, das Wöchnerinnengemach zu beziehen, und ließ sich in die vorbereiteten Zimmer auf Schloss Greenwich bringen. Das Geburtszimmer war dunkel und glich einer Höhle. Schwere Wandteppiche hingen vor den Fenstern, um Licht und Luft fernzuhalten, denn man glaubte, Unheil und Krankheiten könnten durch die Fenster eindringen. Kind und Mutter waren gefährdet; die Todesrate bei Geburten lag hoch. Deshalb mussten alle notwendigen Vorsichtsmaßnahmen getroffen werden.

Anne lag mitten im Zimmer auf einem großen Bett, das mit Stoff verhängt war wie ein Zelt. Hebammen und Zofen standen rund um die Uhr bereit. Die Königin und ihre Hofdamen mussten nun für eine Weile von der Außenwelt abgeschirmt leben. Anne durfte den König nicht sehen, bis ihr Kind geboren war, so wollte es der Brauch – sehr zum Unmut Annes und Heinrichs, waren beide doch gewöhnt, sich nicht an althergebrachte Bräuche zu halten. Es war ihnen verhasst, auch nur für einen Tag getrennt zu sein; deshalb hatte Anne ja so lange gewartet, bis sie sich zurückzog. Nun fiel es George Boleyn zu, den König durch Jagd und Sport so gut wie möglich abzulenken.

Heinrich freute sich auf seinen Sohn und Erben. Die Hofastrologen sagten voraus, dass das Kind zum glückverheißenden Zeitpunkt des Herbst-Äquinoktiums zur Welt kommen werde. Der König plante Turniere und Festzüge zur Feier der Ankunft seines Goldjungen, den er nach seinem Großvater, König Eduard IV., taufen wollte. Dokumente wurden vorbereitet und Banner gemalt, die die Ankunft des kleinen Prinzen verkünden sollten. Die Spannung wuchs.

Am 7. September 1533 setzten die Wehen früher als erwartet ein. Die Geburt ging erstaunlich rasch und unkompliziert vonstatten. Als ein kräftiger Schrei die Ankunft eines gesunden Babys verkündete, atmeten alle im Geburtszimmer erleichtert auf. Mutter und Kind waren wohlauf.

Das Baby war wunderschön und hatte den roten Haarschopf der Tudors.

Und es war ein Mädchen.

»Es tut mir leid, Heinrich.« Anne weinte, als der König sie umarmte.

Heinrich setzte sich aufs Bett. »Schon gut, mein Liebes.« Er strich ihr übers Haar. »Das hatten wir nicht erwartet, und wir sind beide erschrocken. Doch Gott hat uns dies Kind geschenkt, und er tut nichts ohne Grund. Schau sie dir an, sie ist wunderschön. Sie sieht mir ähnlich!«

Anne lachte durch ihre Tränen. Sie war erleichtert über Heinrichs Trost, denn sie hatte befürchtet, dass er voller Zorn und Schmerz war. Ihre Tränen versiegten, als die Erleichterung ihre Angst davonschwemmte. Heinrich hasste sie also nicht, und er hasste auch das Kind nicht. Alles würde gut werden.

»Die Hebamme sagte mir, sie habe noch nie eine Frau gesehen, die ihr Kind so leicht zur Welt gebracht hat. Du hättest nicht einmal geschwitzt. Wir werden weitere Kinder haben, Anne – Prinzen, die ihrer Schwester folgen werden.« Er lachte. »Meine ältere Schwester Margaret hat mich immer beschützt, als wir klein waren, und so wird auch dieses Mädchen seine Brüder beschützen. Schon bald wird Taufe sein.«

Anne und Heinrich ließen ihre Tochter auf den Namen Elisabeth taufen – nach ihren beiden Müttern.

Eustace Chapuys und die Aragon-Partei aber nannten das Mädchen den »kleinen Bastard«.

*Château des Pommes Bleues*
*Gegenwart*

Heinrich und Anne waren John und Yoko der Renaissance.« Tammy lachte herzhaft. »Ich weiß, das hört sich respektlos an, aber so ist es nicht gemeint. Ihre Beziehung war intensiv und ungewöhnlich. Ich glaube, viele Menschen in ihrer Umgebung haben sie nicht verstanden.«

Sie saßen im Esszimmer des Châteaus. Tammy und Roland verbrachten das Wochenende bei Maureen, Berenger und Peter. Französische Feiertage hatten die Arbeiten an Château Sabra zum Stillstand gebracht. Wegen der unverhofften Pause – und weil Peter die noch ausstehenden Übersetzungen aus Paris erhalten hatte –, hatten sie beschlossen, das letzte Material gemeinsam zu lesen. Die kleine Seraphina schlief in einer Babytrage in einer Ecke des Zimmers. Wenn man ein Baby auf einer Dauerbaustelle aufziehe, meinte Tammy scherzend, lerne es, überall zu schlafen.

»Anne Boleyn verwirrt mich«, kam Roland zum Thema.

»Warum?«, fragten beide Frauen wie aus einem Munde.

»Wegen ihrer Motive. Ihren Worten kann man entnehmen, dass sie Heinrich liebte, aber gleichzeitig entschlossen war, ihre Mission zu Ende zu führen.«

»Kann sie denn nicht beides tun?«, fragte Tammy.

»Natürlich«, machte Roland rasch einen Rückzieher, als ihm klar wurde, dass er sich Ärger mit seiner Liebsten einhandeln könnte.

»Niemand würde so etwas über einen Mann sagen«, setzte Tammy nach. »Kein Mensch würde sagen: ›Es verwirrt mich, dass er seine Arbeit ebenso liebt wie seine Frau.‹ Religiöse Reform war sozusagen Annes Job, ihr Beruf, dem sie sich mit aller Kraft widmete.«

Maureen war zwar der gleichen Meinung, doch Roland tat ihr ein wenig leid. »Vielleicht verwirrt es dich«, warf sie ein, »dass alles auf eine Art Verschwörung hindeutet, einen Komplott, Anne auf den englischen Thron zu bringen, um England von innen heraus zu verändern.«

Roland lächelte ihr dankbar zu und nickte. »Ja, vielleicht ist das der Grund.«

»Lasst uns eines klarstellen«, meldete Peter sich zu Wort. »Weder in den Tagebüchern noch in den Briefen ist explizit die Rede davon. Es gibt Andeutungen, dass im Hintergrund ein Plan existiert, ein gewaltiger Plan, aber ausdrücklich gesagt wird es nirgends.«

»Aus Erfahrung kann ich sagen«, ergriff Berenger das Wort, »dass niemand, der einer Geheimgesellschaft vorsteht, so dumm wäre, solch einen Plan aufzuschreiben. Es gibt triftige Gründe, dass Jean de Dinteville immer wieder nach England fuhr und George Boleyn und Thomas Wyatt ständig zwischen Frankreich und der Insel hin und her reisten. Sämtliche Absprachen wurden stets persönlich getroffen.«

Tatsächlich wurden viele dieser Reisen in den Briefen erwähnt; manche standen sogar in den Geschichtsbüchern. Da hieß es dann: »George Boleyn reiste eilends nach Frankreich, um den König zu sprechen« oder »Thomas Wyatt wurde erneut nach Frankreich geschickt«. Doch Einzelheiten, erklärte Berenger, seien nie zu finden und würden auch niemals zu finden sein. Er fügte hinzu: »Es wäre interessant zu erfahren, wie viele Reisen die üblichen Verdächtigen in den Jahren 1532 bis 1535 tatsächlich unternommen haben. Bestimmt waren es zahlreiche.«

»Annes Briefe an Marguerite«, sinnierte Maureen. »Wenn ich sie lese, frage ich mich stets, wie wohl meine Briefe an Tammy vor fünfhundert Jahren gelautet hätten. Anne spricht in diesen Briefen zu einer Schwester und bedient sich dabei einer Art Kurzschrift, die schwer zu entziffern ist, wenn man nicht zu der Welt gehört, in der die beiden aufgewachsen sind. Aber für mich ist klar, dass sie Heinrich ebenso liebt wie den Orden.«

»Und dann ihre Trauer, als sie ein Mädchen bekommt und keinen Jungen. Das hat mir beinahe das Herz gebrochen«, sagte Tammy und schaute hinüber zu ihrem schlafenden Baby. Musste man für ein solches Wesen nicht die tiefste Liebe der Welt empfinden?

»Was sollen wir nun davon halten?« Tammy wandte sich an Peter. »Hat er diese Frau, um die er so hart gekämpft hat, wirklich deswegen getötet, weil sie ihm keinen Sohn schenken konnte? Wenn ich diese Liebesgeschichte sehe, kann ich offen gestanden nicht daran glauben.«

»Nun ja«, erwiderte Peter. »Wir haben einen Grund, warum wir euch an diesem Wochenende zu einer gemeinsamen Sichtung der Dokumente hergebeten haben. Und dieser Grund ist …« Er legte eine bedeutungsschwangere Pause ein.

»Nun sag schon. Die Spannung bringt mich noch um«, schimpfte Tammy.

Peter lachte. »Ich glaube, wir haben Einblick in das gewonnen, was damals wirklich geschah. Diese Ereignisse sind bislang in den Theorien, warum Heinrich VIII. seine Frau töten ließ, weitgehend ignoriert worden.«

»Und wir wollten, dass wir alle gemeinsam entscheiden, wie wir mit dieser Information weiter verfahren«, ergänzte Maureen. »Aber zunächst müsst ihr auf den neuesten Stand gebracht werden. Wir haben Heinrich und Anne Ende 1533 verlassen. Der nächste Brief, der uns vorliegt, ist vom Januar 1536. Und nun kommt, was die Geschichtsschreibung über die Lücke zwischen unseren Briefen zu sagen hat.«

Berenger öffnete eine weitere Flasche Wein, während Maureen die Ereignisse nach Elisabeths Geburt zusammenfasste.

»Um Weihnachten 1533 war Anne erneut schwanger, und dann plötzlich, im Frühling 1534, war sie es nicht mehr. Die Berichte sind äußerst spärlich, es heißt lediglich, dass die Schwangerschaft im sechsten oder siebten Monat endete, entweder durch Tot- oder Fehlgeburt. Ich würde auf Fehlgeburt tippen, sonst gäbe es vielleicht doch mehr historische Daten. Im gleichen Jahr hatte Anne noch eine Schwangerschaft und eine weitere Fehlgeburt. Wir können nur ahnen, wie schlimm diese Verluste für sie gewesen sein müssen.«

Tammy nickte. »Für jede Frau ist es schlimm, ihr Kind zu verlieren, egal in welcher Phase der Schwangerschaft. Wie schrecklich muss es erst für Anne gewesen sein, wo doch gleichzeitig diese enorme Verantwortung auf ihr lastete. Aber auch für Heinrich muss es furchtbar gewesen sein.«

»Am Ende gewiss, zunächst aber nicht«, hielt Maureen dem entgegen. »Heinrich und Anne veranstalteten auch während dieser Zeit ihre Salons, und die jüngeren Kammerherren des Königs schwelgten in der Troubadourkultur der Musik und der höfischen Liebe. Mit Sicherheit war Anne der bewunderte Mittelpunkt des Salons, und viele Gedichte wurden zu ihren Ehren verfasst. Vermutlich wurden die anderen Frauen bei Hofe eifersüchtig.«

»Und wir wissen nur zu gut, wohin Eifersucht und Neid führen können«, meinte Tammy.

»Das ist leider nur zu wahr«, pflichtete Maureen ihr bei. »Doch für einen kurzen, glänzenden Augenblick gelang es den beiden, Camelot wieder zum Leben zu erwecken. Diese literarischen Salons, wo das Beste der französischen und englischen Kultur zusammenkam, müssen grandios gewesen sein. Dann aber kam es in der Welt der religiösen Reformen zu einer verheerenden Explosion.«

Mit Peters Unterstützung gab Maureen einen Überblick über die religiöse Gewalt in den Jahren 1534 und 1535. In Frankreich kam es im Oktober 1534 zur sogenannten Plakataffäre. Über Nacht wurden in Paris und den größeren Städten des Nordens Plakate angeschlagen, auf denen die Katholiken und die katholische Messe angeprangert wurden. Sogar an die Tür des königlichen Schlafgemachs in Schloss Amboise war ein Plakat genagelt worden – ein Anschlag auf die Sicherheit des Königs.

Diese Kränkung des Monarchen war der schlimmste Fehler der Plakatautoren. Bisher hatte König Franz Geduld mit den Lutheranern bewiesen, auch wenn sie ihn zur Verzweiflung brachten. Das sollte sich nun ändern. Seine Sicherheit und die seiner katholischen Königin waren bedroht, und das konnte er nicht hinnehmen. Er vollführte eine Kehrtwendung, bekräftigte seinen Glauben an die katholische Kirche und begann mit der Verfolgung von Lutheranern und anderen Reformern. Ketzer wurden zusammengetrieben. Viele erlitten den Flammentod.

Marguerite von Navarra war gezwungen, sich in ihr südliches Herrschaftsgebiet zurückzuziehen. In dem Land, das ihr Bruder regierte, war sie nicht mehr sicher. Foix lag in Okzitanien und war ebenfalls sicher vor Verfolgungen aus dem Norden. Zum Glück war das kleine Navarra ein Königreich und Marguerite dessen souveräne Herrscherin. Befreundete Reformatoren suchten bei ihr Schutz, darunter ein Emporkömmling namens Johannes Calvin. Auch die Herzogin Renée von Ferrara bot den Reformern Asyl. Der Dichter und Gelehrte Nicholas Bourbon reiste nach England und bat Anne um Schutz, den sie ihm bereitwillig gewährte. Sie verschaffte ihm überdies Arbeit als Lehrer für die Söhne der Adeligen im Kronrat des Königs. Offenbar hatten Marguerite, Renée und Anne ein Netz geschaffen, um sich gegenseitig Unterstützung bei der Hilfe für Verfolgte geben zu können.

Im Herbst 1535 begaben sich Anne und Heinrich auf die jährliche Reise, diesmal in den Südwesten Englands. Allen Berichten zufolge verlebten sie so etwas wie ihre zweiten Flitterwochen. Vielen Beobachtern fiel auf, wie außergewöhnlich liebevoll der König seine Königin behandelte. Miles Coverdale, der Bischof von Exeter und vielgerühmte Bibelübersetzer, schenkte Heinrich und Anne seine Übersetzung der Heiligen Schrift in Englisch, die er beiden gewidmet hatte. Meister Holbein schuf ein Titelbild, das Heinrich auf dem Thron als König Salomon und Anne zu seinen Füßen als die Königin von Saba darstellte.

Zur selben Zeit begehrte Katharina von Aragon mit der Hilfe von Eustace Chapuys offen gegen Heinrich auf. Sie schrieb an den Papst und bat ihn, seine Truppen in England einmarschieren zu lassen, um sie und ihre Tochter Maria zu befreien. Doch Katharina starb am 7. Januar 1536. Heinrich und Anne feierten ihren Tod, was nicht gut aufgenommen wurde. Heinrich sollte sich später damit rechtfertigen, dass nun, da die Bedrohung durch Katharinas Machenschaften wegfiel, die Gefahr eines Krieges gebannt sei. Er plante ein Turnier zur Feier des Friedens in seinem Königreich.

Doch es gab noch einen anderen Grund: Anne war im siebten Monat schwanger.

1536 versprach ein gutes Jahr zu werden.

*Greenwich*
*24. Januar 1536*

Der Morgen des Turniertages war düster und kalt. Reif lag auf dem Gras, und die Bedingungen für Ross und Reiter waren alles andere als ideal. Anne fröstelte stark und beschloss, länger im Bett liegen zu bleiben.

Heinrich kam herein, um nach ihr zu sehen, bevor er sich zum Turnier begab. Er wirkte sehr besorgt um Annes Zustand. »Was plagt dich?«, fragte er. »Soll ich den Arzt rufen lassen?«

Anne antwortete matt: »Nein, ich bin nur müde. Aber dieser Himmel gefällt mir nicht, Heinrich. Er ist heute Morgen bedrohlich schwarz. Vielleicht solltest du lieber nicht am Turnier teilnehmen, wenn der Regen stärker wird.«

»Ich bin König von England, nicht von Spanien. Wenn ich eine Garantie für Sonnenschein haben wollte, müsste ich mit Karl tauschen.«

Anne versuchte, über diesen Scherz zu lächeln, aber es wurde nur ein matter Versuch. Sie blickte in Heinrichs Gesicht. Er wurde bald fünfundvierzig und litt zudem unter einer Reihe von Erkrankungen und Verletzungen, die sich besonders im Winter bemerkbar machten. Die schlimmsten waren alte Verletzungen durch das gefährliche Lanzenstechen. Doch Anne wagte nicht, ihn darauf anzusprechen; das würde nur dazu führen, dass er noch entschlossener zum Turnierfeld stürmte, um seine Männlichkeit zu beweisen. Stattdessen sagte sie: »Vielleicht solltest du heute die Rolle des Zuschauers einnehmen. Gönne dir ein wenig Ruhe, Liebster. Lass dich von den anderen Kämpfern unterhalten.«

»Würde es dich glücklich machen?«

»Ja.«

»Dann tut es mir leid, dir sagen zu müssen, dass es mich *nicht* glücklich machen würde. Sprich ein kurzes Gebet für meinen Sieg. Zum Ende des Tages bin ich wieder bei dir. Am Bankett wirst du doch teilnehmen können?«

»Ganz gewiss. Ich muss nur ein wenig ruhen. Wie es scheint, fordert das Kind mir jetzt, im vierten Monat, mehr ab als im vergangenen Vierteljahr.«

»Nun, dann bleibst du eben den ganzen Tag im Bett. Ich werde dir bringen lassen, was immer du wünschst, und deine Damen anweisen, sich zu deiner Verfügung zu halten.«

»Das ist nicht nötig. Viele werden beim Turnier zuschauen wollen. Erlaube es ihnen. Ich möchte nur Margie bei mir haben.«

»Ich schicke sie herein. Und nun *adieu*, meine süße Königin … *adieu*, mein künftiger Sohn. Ich werde erst wieder glücklich sein, wenn ich Euch heute Abend wiedersehe.«

Als Heinrich gegangen war, betrat Margie Wyatt das Gemach. Seit mehreren Jahren war sie nun mit dem Höfling und Parlamentsmitglied Sir Anthony Lee verheiratet. Margie war eine jener beneidenswerten Frauen, die Schmerzen bei der Geburt nicht zu kennen schienen. Sie hatte bereits drei Söhne, von denen einer Cromwell Lee getauft worden war – nach Thomas Cromwell, dem Lieblingsminister des Königs.

Anne hegte gewisse Bedenken, was die Nähe Cromwells zur Familie Lee betraf, obgleich sie Margie ebenso vertraute wie ihrem Bruder. Und abgesehen von seinen offenkundigen Machtspielen bei Hofe hatte Thomas Cromwell Anne noch keinen Anlass für Misstrauen gegeben. Doch er war arrogant und äußerst klug, und Anne hatte schon erlebt, dass eine Verbindung dieser Eigenschaften ein zweischneidiges Schwert sein konnte. Im Augenblick war Cromwell noch ihr wichtigster Verbündeter für die Kirchenreform und hatte sich auch ihrer »Großen Sache« als dienlich erwiesen, indem er das Parlamentsgesetz entwarf, das den König von allen Pflichten gegenüber dem Papst befreite. Doch Anne hatte in ihrem Leben genug Gelegenheiten gehabt, die menschliche Natur im Bannkreis der Macht zu studieren, und ihr wurde klar, dass Cromwell etwas ausbrütete.

Er war ein humorloser Reformer der sturen Art; weder nahm er an Annes Salons teil noch konnte er deren parnassartigem Stil etwas abgewinnen. Erst kürzlich hatte er zu Heinrich gesagt, Salons seien frivol und nicht die beste Verwendung für die Mittel des königlichen Kabinetts. Er hatte diese Kritik nach einem langen Abend geübt, als Heinrich und seine Kammerherren ohnehin erschöpft waren. Heinrich hatte diese Worte nicht ernst genommen, doch Anne hatte den scharfen Ton sehr wohl herausgehört. Außerdem war ihr aufgefallen, dass Thomas Cromwell mit keinem der engeren Vertrauten des Königs eine Freundschaft anstrebte.

Margie hatte Anne erzählt, der Name des kleinen Cromwell Lee beruhe auf einer Wette zwischen Sir Anthony Lee und Thomas Cromwell. Sir Anthony hatte den Entwurf für das Verbot der Appellationen an die Kurie gelesen und den Scharfsinn der Formulierungen bewundert. »Bei Gott«, hatte er zu seinem Freund gesagt, »wenn das Parlament dieses Statut genehmigt, wird es England für immer verändern. Ich glaube zwar nicht, dass es dir gelingt, aber wenn doch, werde ich meinen nächsten Sohn nach dir nennen!« Beides war eingetroffen, und Sir Anthony und Thomas Cromwell blieben enge Freunde.

Margie brachte nun ein wenig Brühe für Anne und schüttelte die Kissen auf, als Anne unvermittelt fragte: »Margie, was ist, wenn es wieder passiert?«

Die Freundin setzte sich auf die Bettkante und hielt Annes Hand. Sie wusste genau, wovon die Rede war.

»Pssst, Liebe, sprecht nicht davon. Gott wird es nicht zulassen. Alles wird gut. Wollt Ihr nicht versuchen, einen Bissen zu Euch zu nehmen?«

»Und wenn es wieder ein Mädchen wird?«

»Fühlt sich diese Schwangerschaft denn nicht anders an als damals bei Elisabeth? Ich habe festgestellt, dass ich stets kränker war, wenn ich einen Jungen erwartete. Auch Euch war öfter übel, oder nicht? Das deutet auf einen Jungen hin.«

Sie gab Anne ein wenig Brühe zu trinken und erhob sich dann, um nach dem Wetter zu sehen. Im Moment regnete es nicht, und Margie sah mehrere Damen über den Rasen in Richtung Turnierfeld gehen. Sie machte ein finsteres Gesicht.

»Was ist?«, fragte Anne.

»Oh, nichts«, beeilte sich Margie zu versichern. »Ich wünschte nur, wir hätten besseres Wetter für den Tjost.«

»Margie, ich kenne dich, seit wir als Kinder im Park von Hever gespielt haben. Du hast doch etwas!«

Margie schritt ein paar Mal im Zimmer auf und ab, bevor sie sich zu einer Entscheidung durchgerungen hatte. »Ihr habt recht, meine Königin …«

»Und Schwester und Freundin«, mahnte Anne.

»Und Schwester und Freundin«, bestätigte Margie. »Und dafür bin ich dankbarer, als Worte es ausdrücken können. Ich würde Euch niemals kränken, doch es gibt etwas, das Ihr meiner Meinung nach wissen solltet.«

»Was?« Anne erkannte, dass Margie wirklich besorgt war, und setzte sich im Bett auf.

»Ihr solltet Jane Seymour aus Euren Diensten entlassen.«

Anne war geschockt. Das hatte sie am wenigsten erwartet. »Jane Seymour? Die schlichte Jane, das Milchmädchen? Warum? Weil sie früher zu Katharinas Gefolge gehört hat? Glaubst du, sie ist ein Spitzel der katholischen Partei? Glaub mir, Jane ist ein Einfaltspinsel. Sie ist nicht schlau genug für Spionage.«

»Mag sein. Ich weiß nur, dass ich ihr nicht über den Weg traue. Bei Euch spielt sie die Ruhige und Schüchterne, aber sie ist ein verschlagenes Ding, diese Jane. Ich habe sie mit dem König beobachtet, und das will mir gar nicht gefallen.«

»Hmm. Hat sie denn dem König gefallen? Hast du irgendetwas gesehen?«, fragte Anne. Viele Frauen flirteten mit dem König, und Anne wusste genau, dass Heinrich sich während der Schwangerschaften, wenn er sie nicht anzurühren wagte, durch gelegentliches »Reiten einer willigen Stute« Erleichterung verschaffte. Anne hieß das keineswegs gut, wusste aber, dass es nichts Ernstes bedeutete. Außerdem durfte sie bei ihren Schwangerschaften tatsächlich kein Risiko eingehen. Und mit zunehmendem Alter würde Heinrichs sexuelle Lust ohnehin nachlassen.

»Nun ja«, sagte Margie. »Ich habe gesehen, dass Jane sich mehr als einmal vom König hat anfassen lassen. Ich habe sogar gesehen, wie sie auf seinem Schoß saß.«

Das erschreckte Anne nun doch. Damit hatte sie nicht gerechnet – am wenigsten bei Jane Seymour, die unter ihren Hofdamen die farbloseste war.

»Jane kann nicht einmal lesen. Sie weiß nichts und will auch nichts wissen oder lernen. Ich kann mir nicht vorstellen, dass Heinrich sie öfter als einmal ansehen würde.«

»Ich glaube ja auch nicht, dass er ihr nachstellt. Aber Jane hätte es gern, da bin ich mir sicher. Und da ist noch etwas. Sie hat etwas über Euch und George verlauten lassen, das ich unschicklich fand. Sie sagte zu Eurer Schwägerin Lady Rochford: ›Findet Ihr es nicht merkwürdig, wie viel Zeit Euer Mann mit seiner Schwester verbringt? Ich würde mir große Sorgen machen, wenn ich einen Ehemann hätte, der seine Schwester mir vorzieht.‹«

Dies war ein wunder Punkt für Anne. George war in einer unglücklichen Ehe an eine Frau gefesselt, die er nicht liebte und die nicht zu den Boleyns passte. Auch sie hieß Jane und war für ihre böse Zunge bekannt. George nannte sie »Jane-meine-Pein«.

»Und was hat meine Schwägerin darauf geantwortet?«

»Nichts. Sie hatte bemerkt, dass ich lausche. Sie ist älter als Jane Seymour und mit Sicherheit klüger. Sie weiß genau, dass ich solche Dinge an Euch weitergebe. Aber ich finde, dass Ihr Jane, dieses Milchmädchen, nach Wolf Hall zurückschicken solltet. Ihre Eltern sind praktizierende Katholiken, die um Katharina trauern. Bevor Chapuys den Hof verließ, habe ich ihn oft mit Janes Brüdern sprechen gesehen. Seit Kurzem taucht er wieder in London auf. Ich verachte diesen kaiserlichen Zuträger, und die Machenschaften der Seymours gefallen mir erst recht nicht.«

Margies Enthüllung über Jane Seymour beunruhigte Anne, doch sie blieb im Bett liegen und versuchte, trotz allem ein wenig Schlaf zu finden. Dann aber wurde sie von einem schrecklichen Aufruhr im Gemach geweckt. Sie rieb sich die Augen und sah ihren Onkel, den Herzog von Norfolk, neben ihrem Bett stehen.

»Onkel?«, fragte Anne benommen. Was um alles in der Welt hatte er in ihrem Schlafgemach zu suchen? »Was ist geschehen? Was bringt Euch hierher?«

»Anne, es gab einen Unfall beim Lanzenstechen. Der König ist schwer verletzt.«

»Was?« Anne setzte sich auf. Eiskalt lief es ihr den Rücken hinunter. Mit einem Schlag war sie hellwach. »Wo ist er? Bringt mich zu ihm!«

Norfolk legte ihr eine Hand auf die Schulter. »Ruhig, Mädchen. Bleibt liegen.« Er hatte sie immer schon wie ein Kind behandelt; daran würde sich wohl nie etwas ändern. »Ihr wollt doch nicht das Kind in Gefahr bringen.«

»Was ist passiert?!«, rief Anne.

Der Herzog berichtete, dass sich erneut Reif auf dem Rasen gebildet habe. Das Pferd des Königs sei in vollem Galopp gestürzt. Heinrich sei abgeworfen worden und auf dem Rücken gelandet. Das allein wäre nicht so schlimm gewesen, aber das Pferd, ein gewaltiges Streitross, sei auf ihn gefallen – auf seinen Kopf.

»So etwas habe ich noch nie gesehen. Ich kann mir nicht vorstellen, dass er das überlebt. Anne, Ihr werdet an seiner statt regieren müssen, sollte es zum Schlimmsten kommen.«

»Hört auf, hört auf!«, schluchzte Anne verzweifelt. »Lebt er noch? Sagt mir, lebt der König noch?«

»Ich weiß es nicht, Anne. Er ist nicht bei Bewusstsein. Ich werde versuchen, mehr herauszufinden, aber Ihr müsst im Bett bleiben, zum Wohle Eures Kindes!«

Anne schluchzte und schrie, doch niemand konnte sie trösten. George kam zu ihr, nachdem er gehört hatte, wie verzweifelt sie war. Er betete mit ihr, und Anne murmelte unablässig den Psalm 6, das erste der Bußgebete in Todesnot, das Herzogin Louise sie gelehrt hatte:

*Weicht zurück von mir, ihr Frevel,*
*der Herr hat mein lautes Weinen gehört.*
*Gehört hat der Herr mein Flehen,*
*der Herr nimmt mein Beten an.*

George erinnerte Anne an die Meditation, von der sie ihm so oft erzählt hatte. »Sacre Bleu, Annie. Mach einfach die Augen zu und schaue das blaue Licht, das dich mit der Liebe Jesu umgibt, dann wird der Herr dein Gebet erhören.«

Anne tat es, und es half. Wie immer.

Nach zwei Stunden Warten kehrte Norfolk mit Neuigkeiten zurück. »Der König ist bei Bewusstsein. Er lebt.«

Wieder schluchzte Anne, diesmal vor Erleichterung.

»Die Ärzte meinen, dass er überleben wird. Es ist noch zu früh, um sagen zu können, ob er Schaden genommen hat, aber immerhin drückt er sich verständlich aus, Gott sei Dank.« Norfolk bekreuzigte sich und verließ das Zimmer.

Margie schickte alle hinaus, auch George. Ihre Herrin brauchte nach den Ereignissen des Tages vor allem Ruhe, und sie war entschlossen, Annes Ängste zu vertreiben, so gut es ging.

Dann geschah etwa Eigenartiges. Nachdem Anne ruhiger geworden war und die Fassung wiedererlangt hatte, wurde sie mit einem Mal kreidebleich.

»Margie«, stieß sie hervor. »O Gott, Margie, hilf mir ...«

Margie schlug die Bettdecke zurück und sah sofort, dass hier jede Hilfe zu spät kam.

Das Blut strömte bereits aus Annes Schoß.

*Château des Pommes Bleues*
*Gegenwart*

»Das Kind, das Anne verloren hat, war voll ausgebildet«, sagte Maureen. »Und es war ein Junge.«

»Wie in der griechischen Tragödie«, bemerkte Tammy. »Anne verliert den lange ersehnten Sohn ausgerechnet, weil sie aus Angst um ihren Mann beinahe verrückt wird.«

»Und dann überlebt dieser Mann und lässt sie hinrichten, *weil* sie seinen Sohn verloren hat«, ergänzte Berenger. »Das ist allerdings eine griechische Tragödie.«

»Oder ein französischer Film aus den Achtzigern«, meinte Tammy.

»Sie schreibt an Marguerite«, las Maureen vor, »dass Heinrich die Fehlgeburt bedauerte, dass er mit ihr weinte, sie tröstete und ihr versprach, sie würden es erneut versuchen. Aber natürlich bekam sie nie mehr Gelegenheit dazu.«

Nach Heinrichs Unfall überschlugen sich die Ereignisse. Der Hof war in Aufruhr. Wieder einmal wurden Fragen nach der Thronfolge laut. Wäre Heinrich gestorben, hätte Anne das Amt der Regentin übernommen, wie es vom König testamentarisch bestimmt war, und Elisabeth hätte den Thron geerbt. Es war nicht das Ergebnis, das etliche Leute bei Hofe ersehnt hatten – ein Umstand, den sich die katholische Partei begierig zunutze machte. Eustace Chapuys kehrte an den Hof zurück und traf sich regelmäßig mit den katholischen Sympathisanten, besonders mit den Seymour-Brüdern.

Die wirkliche Gefahr für Anne bildete aber nicht die Religion oder die Thronfolge, sondern die finanzielle Lage des Landes. Der König brauchte Geld, und Cromwell wusste, wie es zu beschaffen war. Die Kirchen in England waren eine lohnende Quelle, die es anzuzapfen galt, auch wenn Cromwell den Klöstern bereits seit über einem Jahr hohe Steuern abpresste. Jetzt beschloss er, die Kirchen systematisch ihres Reichtums zu berauben. Er entwarf das Gesetz zur Auflösung der Klöster, wodurch der Grundbesitz und das Vermögen aller kleineren Abteien im Lande an den König überführt wurden. Damit sollte ein gewaltiges Vermögen in die königliche Kasse fließen.

Natürlich war Gewalt bei der Durchsetzung dieses Vorhabens unumgänglich. Cromwell hatte empfohlen, etwaigen Widerstand im Keim zu ersticken, indem die Kirchengebäude völlig geplündert und niedergebrannt wurden. Anne war entsetzt. Bei ihren Reisen durch Frankreich hatte sie die Schönheit von Abteien und ihren historischen Wert schätzen gelernt. In ihren Augen war es weder klug noch gerechtfertigt, einen Teil der Geschichte Englands zu plündern und zu brandschatzen. Das war keine Reform, wie sie sie verstand, das war Raub.

Andererseits konnte der Reichtum, der von willigen Klosterherren in die königliche Kasse strömte, dabei helfen, die Lebensbedingungen des Volkes zu verbessern. Anne hatte auf der Herbstreise in manchen Dörfern extreme Armut gesehen. Also bat sie darum, dass ein Teil des Geldes für wohltätige Zwecke aufgewendet werden solle: für bessere Häuser, reichere Ernten und die Einrichtung von Schulen in ländlichen Gebieten.

Cromwell lachte sie aus, und es kam zum Streit, den Heinrich persönlich schlichten musste. Der König versprach Anne einen kleineren Fonds für ihr gemeinnütziges Anliegen, während er gleichzeitig darauf hinwies, wie sehr die Krone das Geld benötigte. Cromwells zufriedenes Feixen beim Verlassen des

Zimmers trieb Anne zur Weißglut. Von diesem Augenblick an war der Machtkampf zwischen den beiden im Gange.

Anne Boleyns legendäre Beharrlichkeit fand in Thomas Cromwells Gier und Machthunger ihren Meister. Sie unterschätzte den Mann und seinen Einfluss auf den König. Erst als es zu spät war, erfuhr sie, dass Cromwell sich direkt nach ihrem Streit mit Chapuys getroffen und ihn auf seine Seite gezogen hatte. Cromwell versprach eine Allianz mit dem Reich, wenn Chapuys ihm helfen würde, Anne Boleyn zu stürzen. Sieben Jahre hatte Eustace Chapuys auf diese Gelegenheit gewartet.

»Der vorletzte Brief von Anne an Marguerite schließt damit, dass Anne sich Sorgen um des Königs Gesundheit macht«, sagte Peter. »Sie schreibt, nach dem Unfall sei er nicht mehr der Gleiche gewesen, er habe unter schrecklichen Kopfschmerzen und Stimmungsumschwüngen gelitten. Und genau darüber wollten wir mit euch sprechen.«

»Worüber?« Tammy wusste nicht, ob sie richtig verstanden hatte.

»Über traumatische Hirnverletzungen«, erwiderte Peter. »Verletzungen des Frontallappens. Ich glaube, eine derartige Verletzung könnte durchaus für Heinrichs dramatische Persönlichkeitsveränderung verantwortlich sein, für seine Stimmungsumschwünge und seinen gesteigerten Hang zu Gewalt. Immerhin war er nach dem Unfall stundenlang ohne Bewusstsein – wie lange genau, weiß man nicht. Aber jedenfalls lange genug, damit einige Leute schon glaubten, er wäre bereits tot oder werde bald sterben. Das weist doch eindeutig darauf hin, dass etwas Einschneidendes passiert war.«

»Ich möchte zu dem Thema einige Neurologen und Spezialisten befragen«, sagte Maureen. »Außerdem glaube ich, dass da Stoff für eine Doku drinsteckt, Tammy, zumindest für einen Beitrag in meiner Show: Wie Heinrichs Unfall die Geschichte Europas veränderte.«

Peter ergriff wieder das Wort. »Ich habe einen alten Freund an der University of Wisconsin angerufen und ihn um seine Meinung gebeten. Ich habe ihm nicht gesagt, um wen es ging, nur gefragt, was er zu einem Unfall meint, bei dem ein Pferd von siebenhundert Kilo im vollen Galopp stürzt und im Fallen die Stirn eines Menschen streift. Er meinte, es sei ein Wunder, wenn jemand so etwas überlebt, aber eine schlimme Verletzung mit unübersehbaren Folgen sei es auf jeden Fall. Der Frontallappen bestimmt die Persönlichkeit des Menschen und bildet das Zentrum der Selbstkontrolle. Mein Freund hat mir die möglichen Symptome aufgezählt. Das erste und wichtigste ist Paranoia.«

»Wow«, machte Tammy. »Paranoia ist die erste Eigenschaft, die mir im Zusammenhang mit Heinrich VIII. einfällt. Das ist ja ein Riesending!«

»Allerdings«, bestätigte Peter. »Weitere Symptome sind fehlende Impulskontrolle, erhöhte Impulsivität und Neigung zu Gewalt sowie Mangel an Empathie, wenn diese vorher bestand. Sie werden dadurch hervorgerufen, dass Eindrücke nicht mehr richtig verarbeitet werden. Das Gehirn ist nicht mehr fähig, aus verschiedenen Möglichkeiten eine auszuwählen, und damit ist der Mensch mit Hirnverletzung hilflos Manipulationen preisgegeben.«

»Cromwell«, warf Roland ein.

»Richtig. Heinrich war physisch und geistig geschwächt, und Cromwell nutzte das aus«, vermutete Berenger. »Er konnte natürlich nicht wissen, was ein Schädel-Hirn-Trauma war, aber er hat zweifellos erkannt, dass sich der König in einem geschwächten und verwundbaren Zustand befand. Raubtiere spüren so etwas. Sie wittern Schwäche. Und Cromwell war ein Raubtier.«

»Anne wurde keine fünf Monate nach dem Turnierunfall hingerichtet«, fuhr Peter fort. »Und nach so einem schweren Unfall kann es ein Jahr oder noch länger dauern, bis überhaupt die ersten Anzeichen einer Besserung eintreten. In moderner Zeit hätte Heinrich vermutlich Monate im Krankenhaus verbracht.«

»Stattdessen«, nahm Maureen den Faden auf, »überzeugte Cromwell ihn, dass Annes Kinder nur aus dem Grund starben, weil sie eine Ehebrecherin war, und die Kinder nicht von ihm, Heinrich, gezeugt waren. Gott weise ihn so auf Annes Untreue hin.«

»Das ist das Abscheulichste, was ich je gehört habe!«, rief Tammy.

Sie sprachen darüber, wie Cromwell einen tollkühnen Plan ersonnen hatte, um seine politische Gegnerin zu stürzen. Dieser Plan war so unerhört, dass niemand – schon gar nicht Anne selbst – ihn für bare Münze nehmen konnte. Dann aber war es zu den Verhaftungen gekommen.

»Sie wurde des Ehebruchs mit fünf Männern angeklagt, darunter mit ihrem Musiklehrer, der unter Folter – in Cromwells Haus – gestand, er habe die Königin ›entehrt‹«, sagte Maureen.

»Wir sollten dem bösen Genie Cromwell aber nicht zu viel Verehrung widmen«, mahnte Berenger. »Im Grunde ist es doch ganz einfach: Wo er schon einmal dabei ist, beschließt Cromwell, sich auch gleich noch seiner größten Rivalen zu entledigen, die Heinrich im Kabinett am nächsten stehen – und die im Übrigen jene Männer sind, die Anne verteidigen und ihr ein Alibi geben würden. Also klagt er sie gleich zusammen mit Anne an, um sie aus dem Feld zu räumen. Alle sind unschuldig, und alle werden sterben.«

»Moment mal«, warf Tammy ein. »Das nennst du böses Genie? Ich nenne das Massenmord … oder Serienmord, begangen von einem Soziopathen. Cromwell überliefert die Leute dem Henkersbeil, weil er es *kann*. Warum wurde er nicht als Psychopath gebrandmarkt? Wo bleibt die Empörung unter den Historikern?«

»Oh, ich bin durchaus empört.« Maureen hob die Hand. »Aber ich bin ja auch in der Minderheit.«

»Bücher und Kinotickets werden verkauft, indem man aus Cromwell eine Art Antiheld und aus Anne eine niederträchtige Hure macht«, sagte Berenger. »Sie wurde sogar des Inzests mit ihrem Bruder bezichtigt – eine so ungeheuerliche Anschuldigung, dass Anne es nicht glauben konnte.«

»Georges giftiges Weib hat gegen ihn ausgesagt, weil sie die ganze Zeit eifersüchtig auf Anne war«, ergänzte Maureen. »Und hinzu kamen die Aussagen der Hofdamen und Zofen über ihren Charakter. Sie beruhten lediglich auf Hörensagen und waren sichtlich von Eifersucht diktiert, aber sie zeigten Wirkung. Manche der sogenannten Zeugen sind wahrscheinlich für ihr falsches Zeugnis gut bezahlt worden. Alle Anklagen erwiesen sich schließlich als ernst gemeint, und Annes Haftbefehl trug die Unterschrift des Königs.«

Die Anklagen und Verhaftungen waren geradezu blitzartig erfolgt. Cromwells brillanter und schrecklicher Coup war von chirurgischer Präzision. Die Angeklagten wurden in den ersten Maitagen verhaftet, und die Schauprozesse waren bis zur Mitte des Monats abgehandelt.

Diese Farce einer Gerichtsverhandlung barst vor falschen Anschuldigungen, Geständnissen, die unter Folter und durch Drohung erzwungen wurden, und gefälschten Beweisen. In der Mehrheit der Fälle, in denen Anne des Ehebruchs beschuldigt wurde, konnte sie mithilfe der Hofberichte beweisen, dass sie sich jedes Mal in einem anderen Schloss, oft sogar in einer anderen Stadt aufgehalten hatte, meistens in Gesellschaft des Königs. Es war buchstäblich unmöglich, dass sie die Verbrechen, derer sie angeklagt war, begangen haben konnte.

George Boleyn trat in seinem Prozess sehr sprachgewandt auf, und die Beweise deuteten so eindeutig auf seine Unschuld hin, dass jeder mit seinem Freispruch rechnete. George war allgemein beliebt, freundlich und stets bestrebt, anderen Menschen den Zugang zum Wort Gottes zu ermöglichen. Jeder wusste, dass er nie und nimmer jenes scheußliche Verbrechen namens Inzest begangen haben konnte und dass es sich um Verleumdung handeln müsse. Doch es kam anders. George wurde des Inzests mit seiner Schwester »überführt« und zum Tod durch das Beil verurteilt. Das gleiche Schicksal traf die vier anderen angeblichen Liebhaber der Königin: den Musiker Mark Smeaton sowie drei von Annes und Georges engsten Freunden, die zum inneren Kreis des Königs zählten: Henry Norris, William Brereton und Francis Weston. Die Familie Weston bot dem König ein Lösegeld in Höhe ihres gesamten Vermögens, das heute einen Wert von acht Millionen Pfund hätte. Erstaunlicherweise verzichtete Cromwell auf das Geld, so sehr brannte er darauf, seinen Plan durchzusetzen. Auch Jean de Dinteville, der französische Gesandte, bat für das Leben des jungen Höflings, den Sohn seines alten Freundes. Vergebens. Cromwells Blutbad war nicht aufzuhalten.

»Am schlimmsten finde ich, dass Anne nicht einmal mehr mit Heinrich sprechen durfte«, sagte Maureen. »Nie hat sie aus seinem Mund gehört, warum er sich gegen sie wandte, warum er diese schrecklichen Lügen glaubte. Nachdem sie beinahe zehn Jahre lang ein Paar mit der gemeinsamen Mission waren, England zu reformieren, hat er sich nach ihrer Verhaftung einfach geweigert, mit ihr zu reden.«

»Feigling!«, fauchte Tammy. »Es ist widerlich!«

Fünf Männer wurden verhaftet; vier kamen vor Gericht und wurden zum Tode verurteilt. Ursprünglich sollten sie gehängt, ausgeweidet und gevierteilt werden. Heinrich wandelte die Urteile gnädigerweise in Enthauptung um. Es hieß, er sei von Gewissensbissen geplagt gewesen, weil er drei seiner engsten Freunde ermordete, von deren Unschuld er wissen musste. An dem bescheidenen Musiker, der als Einziger gestanden hatte, lag Heinrich nichts, doch auch sein Urteil wurde in Enthauptung umgewandelt, weil es zu viel Zeit und Mühe gekostet hätte, für einen einzelnen Mann einen Galgen zu errichten.

Der fünfte Verhaftete war noch nicht vor Gericht gestellt worden und schmachtete im Tower von London. Es handelte sich um Annes Freund aus Kindertagen, um Thomas Wyatt.

*Der Tower of London*
*18. Mai 1536*

»Wie ist es nur möglich, dass Liebe sich in Hass verwandelt?«

Anne hatte viel Zeit, über diese Frage nachzudenken, als sie in ihrer düsteren Zelle im Tower saß. Gab es einen schicksalhaften Ort, einen schrecklichen Augenblick, ein schlecht gewähltes Wort, einen dummen Fehler, der zu diesem Sinneswandel geführt hatte?

Heinrich hatte mit ihr um den Prinzen geweint, der tot das Licht der Welt erblickt hatte. Anne kannte ihren Mann so gut, er war so sehr Teil von ihr, dass sie seinen Schmerz genauso stark spürte wie ihren eigenen. Es war nicht nur die Trauer und Verzweiflung eines Königs gewesen, der seinen Thronfolger verloren hat. Es war die Agonie eines Vaters und Ehemannes, der zu viel Leid und Verlust erdulden musste. Heinrich trauerte mit Anne und sprach noch Wochen später davon, es »wieder zu versuchen«. Sie beteten gemeinsam und vertrauten sich ihren geistlichen Beratern an.

Und dann, plötzlich, hatte Heinrich sich von ihr abgewendet.

Erschrocken vernahm Anne das Kratzen eines eisernen Schlüssels in der lastenden Stille. Ihr Herz klopfte schneller. Sie hielt den Atem an und schaute beklommen zur Kerkertür, die nun langsam aufschwang. Nie wusste sie, wer der nächste Besucher sein würde oder welche Nachricht er brachte.

Sie seufzte vor Erleichterung, als sie Margaret Wyatt Lee

hereinkommen sah. Das höfische Begrüßungszeremoniell spielte jetzt keine Rolle mehr – die beiden Frauen stürzten einander in die Arme.

»Margie, Gott sei Dank.« Anne löste sich aus der Umarmung, hielt aber die Hand der Freundin fest. Menschliche Berührung war nun ihr einziger Trost, und Margaret Wyatt war einer der wenigen Menschen, dem sie noch vertraute. Anne hatte zwar Dienerinnen im Tower, aber sie waren Spitzel, die sie belauschten und jede belastende Äußerung weitergaben.

»Wie bist du hereingekommen, Margie?«

Margaret drückte Annes kalte, feinknochige Hand. Sie versuchte nicht zu zeigen, wie erschrocken sie vom Anblick ihrer Königin war. In den Wochen im Tower war Anne förmlich in sich zusammengefallen. Immer schon zierlich, sah sie nun einem Gespenst ähnlich. In dieser Zelle spukte bereits der Geist eines verronnenen Lebens.

»Wer hat es gestattet?«, fragte Anne weiter. Beinahe hoffnungsvoll fügte sie hinzu: »Der König?«

Margaret schaute zu Boden, während sie den Kopf schüttelte. Anne wusste nicht, dass es mittlerweile schon als Hochverrat galt, vor dem König ihren Namen auszusprechen, doch Margaret sah keinen Grund, Annes Schmerz jetzt auch noch dieses Gift hinzuzufügen. Stattdessen antwortete sie wahrheitsgemäß: »Mir wurde erlaubt, meinen Bruder zu sehen. Ich komme gerade von ihm. Konstabler Kingston ist kein schlechter Mensch, und seine Männer sagen zum Gold der Wyatts nicht Nein. Und auch wenn Cromwell, dieses Ungeheuer, für das gestrige Gemetzel in der Hölle schmoren wird, ist er noch lange kein Dummkopf. Er weiß genau, wie weit er gehen kann, und er wagt es nicht, meinen Vater noch mehr zu erzürnen.«

»Sir Henry wird von allen geliebt, auch vom König.«

Margaret nickte. »Deshalb haben wir ja noch Hoffnung. Unser Thomas ist noch nicht vor Gericht gestellt worden, und ein mögliches Urteil liegt in weiter Ferne. Wir beten, dass Cromwells Blutdurst im Laufe der letzten Tage befriedigt worden ist und dass unser Thomas freigelassen wird. Mein Mann hat seinem alten Freund ins Gewissen geredet, Thomas zu verschonen …« Margaret musste einen Augenblick innehalten, um nicht in Tränen auszubrechen. »Mein Mann glaubt, dass sie Thomas verhaftet haben, um ihn aus dem Weg zu haben, damit er nicht zu deiner oder Georges Verteidigung aussagen konnte. Jeder weiß doch, wie beredt er ist, und er würde sein Leben für dich aufs Spiel setzen. Ich bete, dass sie ihn freilassen.«

»Ich werde dafür beten, dass wenigstens eine von uns ihren Bruder behält.«

»Oh, liebste Anne, es tut mir ja so leid. Ich …« Die Schrecken der vergangenen Tage überwältigten Margaret, und ihr versagte die Stimme, obwohl sie sich vorgenommen hatte, um Annes willen stark zu sein, selbst wenn die Rede auf George kam.

Annes Stimme war fest, als sie entgegnete: »Ich habe nicht zugesehen, als mein Bruder starb, Margie. Ich konnte es nicht. Ich habe nur einen kurzen Blick auf ihn geworfen, als er die Stufen zum Schafott hochstieg. Ich wollte George lebend in Erinnerung behalten, nicht seinen Tod. Er war so stark, so ehrlich, ein wahrer Ritter des Christentums bis zum Ende. Ich war stolz auf ihn, schon vor seiner Rede.«

Margaret lächelte unter Tränen. »Die Rede. Sie war unglaublich. Mein Bruder hat in seiner Zelle jedes Wort gehört und alles aufgezeichnet. Sie hatten ihm Papier und Tinte erlaubt, wenigstens das. Deshalb hat er Georges letzte Worte aufgeschrieben, sodass sie uns erhalten bleiben. Du weißt ja, wie unser Thomas ist, wie er schon als Kind war. Nie ohne Feder, nie ohne ein Gedicht oder einen kleinen Vers, mit dem er alles kommentierte.«

Annes Züge wurden bei der Erinnerung weicher. Sie würde für Thomas' Überleben beten, denn er war einer ihrer ältesten und liebsten Freunde, aber auch ein glühender Anhänger von Weg und Wort.

»Thomas sagte zu mir, wenn George sterben musste, damit solche Worte gesprochen werden, hat Gott letztendlich vielleicht doch einen Plan.«

Anne ging zu dem vergitterten Fenster in der Kerkerecke, das auf den Rasenplatz mit dem Schafott blickte.

»Ich bin ein Wegbereiter von Gottes Wort und ein Gläubiger, der das Evangelium Jesu Christi liebte«, zitierte sie aus der Rede, die George auf dem Schafott gehalten hatte. Niemand musste ihr sagen, was ihr Bruder gesprochen hatte – eine Minute nur, bevor das Beil fiel. George hatte in seinen letzten Augenblicken nicht um Gerechtigkeit gebettelt. Stattdessen hatte er sie genutzt, um erhobenen Hauptes die Mission zu verkünden – für alle, die Ohren hatten zu hören. Anne und George hatten einen großen Teil dazu beigetragen, dass die Evangelien nun in englischer Sprache vorlagen und dem gemeinen Volk zugänglich waren.

»Dafür ist es wert, in den Tod zu gehen, Margie.«

»Aber warum ist es so weit gekommen? Wir hatten schon so viel erreicht. Wie konnte der König …«

»Still.« Anne hob rasch die Hand, bevor die Freundin Hochverrat begehen konnte. Sie waren allein im Kerker, doch Margaret hatte vor Empörung die Stimme erhoben, und die Wände im Tower hatten tausend Ohren.

»Ich hatte Zeit, zu überlegen, zu erwägen und die Ereignisse der letzten Monate zu prüfen«, fuhr Anne fort. »Im Februar liebte er mich noch. Wäre unser armer Prinz am Leben geblieben, sähe mein Schicksal heute anders aus. Doch Gott hielt es für angebracht, meinen Sohn zu sich zu nehmen, und erst jetzt fange ich an, den Grund dafür zu verstehen. Gestern Nacht hatte ich einen Traum, einen merkwürdigen und doch wunderschönen Traum, der eine himmlische Botschaft brachte. Die muss ich nun befolgen, weil sie mir Trost spendet.«

Margaret blickte Anne erwartungsvoll an und schwieg. Sie wollte diese Frau, die in ihrem Herzen immer noch die Königin war, nicht unterbrechen.

Anne schloss die Augen, um die Vision wieder zu schauen. »Es war meine Tochter Elisabeth«, fuhr sie fort. »Ich träumte von ihr. Sie war schön und stark, und das rotgoldene Tudor-Haar fiel ihr auf die Schultern. Eine zur Vollkommenheit gelangte Mischung aus ihrem Vater und mir. Sie saß auf einem Thron und … sie trug die Krone von Eduard dem Bekenner.«

Margaret schnappte nach Luft.

»Wieso konnte ich das nicht schon früher erkennen? *Elisabeth ist Gottes Plan*. Hätte ich einen Prinzen zur Welt gebracht, könnte meine außergewöhnliche Tochter ihre Bestimmung nicht erfüllen. Ich wünschte nur …« Für einen Moment brach ihre Stimme. »Ich wünschte nur, Elisabeths Vater könnte erkennen, dass er bereits die vollkommene Thronerbin hat, die in der Zeit der Prophezeiung geboren wurde.«

Nun konnte Margaret ihren Zorn nicht mehr beherrschen. »Warum er es nicht erkennen kann! Weil sein Geist von Cromwell und den anderen vergiftet ist, die ihm ständig einreden, dass …« Sie brach ab, bevor sie zu viel sagen konnte.

Anne beendete den Satz. »Dass mein Schoß verflucht ist.«

Das Übrige musste sie nicht erst hinzufügen. Margaret wusste so gut wie alle anderen, dass Cromwell noch sehr viel mehr und sehr viel Schlimmeres gesagt hatte. Er hatte behauptet, dass Anne keinen gesunden Jungen zur Welt bringen könne, weil ihre Kinder in Ehebruch gezeugt worden seien. Cromwell verstieg sich gar zu der Behauptung, Gott wache über Heinrich, indem er Annes »Bastarde« tötete. Nach der dritten Fehlgeburt hatte der Lordkanzler seine Chance wahrgenommen, die absolute Kontrolle an sich zu reißen.

Margaret schauderte. Zu sehen, wie Anne mit Schimpf und Schande übergossen wurde, hatte sie mit Abscheu erfüllt. Die

Wyatts, die seit fast drei Jahrzehnten dem inneren Kreis um den König angehörten, hatten jede Szene des schrecklichen Lügenschauspiels aufmerksam verfolgt. Hilflos hatten sie zusehen müssen, wie Cromwell auf Heinrichs Verunsicherung spielte wie auf einer perfekt gestimmten Laute. Cromwell flüsterte und erging sich in Andeutungen, während er gleichzeitig Geständnisse sammelte und durch Folter, Bestechung und Drohung »Beweise« erpresste. Keine Freveltat war zu drastisch für Cromwells Drama.

Als er dem König schließlich die Anklage mit allen Beweisen für Annes Untreue vorlegte, fühlte der sich hoffnungslos gedemütigt. Die einzige Möglichkeit, seine Würde zu retten, bestand darin, sämtliche Angeklagten zu beseitigen, auch seine einstmals geliebte Ehefrau. Zudem war Heinrich durch diese unbarmherzige Wende des Schicksals nahezu handlungsunfähig geworden, und Cromwell wurde nun de facto zum Herrscher Englands. So stieg der Sohn eines trunksüchtigen Schmiedes zum mächtigsten Mann des Königreiches auf.

Margaret Wyatt wusste, wie tief Heinrichs Liebe zu Anne ging und wie innig ihre Vereinigung als Mann und Frau, König und Königin gewesen war. Sie konnte nicht begreifen, wie Heinrich die Todesurteile der Geschwister Boleyn hatte unterschreiben können.

»Du musst nicht schlecht von deinem König denken, Margie«, mahnte Anne. »Gerade heute hat mir Kingston gesagt, dass Heinrich mir eine Gnade gewährt hat. Er hat meine Strafe zu Enthauptung gemildert. Wie ich hörte, hat Cromwell dafür plädiert, mich auf den Scheiterhaufen zu stellen und mit Pech zu übergießen, und dass er bereits Bilder des Spektakels in Gold gravieren ließ, die er nach Spanien schicken wollte. Aber Heinrich wollte nichts davon hören.«

Margaret schwieg. Obwohl Enthauptung eine mildere Strafe war als Verbrennung, hatten die gestrigen Exekutionen alle Nachteile dieser Tötungsart gezeigt. Das Beil war ein höchst unsicheres Instrument und gewährte selbst in den Händen eines erfahrenen Henkers nicht jedes Mal einen schnellen Tod. Bei dem armen George Boleyn hatte der Henker dreimal zuschlagen müssen. Die Zeugen auf dem Tower Green würden noch jahrelang darüber reden.

»Heinrich lässt einen französischen Scharfrichter aus Calais kommen, der zur Enthauptung das Schwert benutzt«, fuhr Anne fort. »Es ist eine Waffe mit schärferer Schneide, und die französischen Scharfrichter sind im Allgemeinen geschickter. Heinrich wird nicht mehr zu mir kommen und mit mir sprechen. Er darf es nicht, wenn er seinen Stolz bewahren will. Dennoch war seine letzte Handlung ein Akt der Gnade, vielleicht sogar eine Bitte um Verzeihung … auf seine Art und Weise.«

»Du zollst ihm Dank, der ihm nicht zusteht«, flüsterte Margie.

»Mag sein. Aber ich habe Heinrich einmal etwas über die Fenster in der Kathedrale von Chartres erzählt, über die Darstellungen der heiligen Katharina und der heiligen Margareta von Antiochia, die hoch erhobenen Hauptes starben, den Blick zum Himmel gerichtet. Sie haben einen Mut gezeigt, der unverzichtbar ist. Wie die heilige Lucia, die sterben musste, weil sie den Reichtum ihrer Familie unter die Armen verteilen wollte. Sie wurde enthauptet, weil sie das Gleiche gewollt hat, was ich Cromwell vorgeschlagen habe. Verstehst du nun, Margie? Heinrich kennt diese Geschichten; er weiß, was sie mir bedeuten. Und nun gesteht er mir den Tod der Märtyrerinnen zu. Am Ende erweist er mir diese letzte Ehre, weil er es kann. Ich darf sterben wie diese Frauen, die ich bewundere. Das ist ein Geschenk.«

Margie war immer noch der Überzeugung, dass Heinrich kein Dank gebühre, schwieg jedoch, denn sie war froh, dass Anne in diesen Gedanken ein wenig Trost gefunden hatte.

»Ich werde bereits bei meinem Herrn Jesus und meinen Kindern im Himmel sein, bevor ich die Schneide spüre. Und von dort oben werde ich über mein geliebtes Kind wachen. Meine Elisabeth wird eines Tages dieses Land regieren, mit der Kraft des Glaubens, den wir ihr hinterlassen haben.« Anne atmete tief ein und richtete ihre Augen gen Himmel. »Nun habe ich keine Angst mehr vor dem Tod. Im Gegenteil, ich heiße ihn willkommen. Denn als ich nach dem Traum erwachte, wusste ich, dass ich sterben muss. Vorher hätte ich nicht geglaubt, dass Heinrich dazu fähig wäre. Ich hatte die Hoffnung, dass er mich mit unserem Kind ins Exil schickt, vielleicht nach Antwerpen zu unseren geistigen Brüdern und Schwestern. Und doch ist es nicht Heinrichs Schuld, dass es anders gekommen ist, nicht einmal sein Werk. Es ist Gottes Wille. Damit Elisabeth triumphieren kann, muss sie in England bleiben und hier aufwachsen. Und wenn ich sterben muss, damit meine Tochter ihre Bestimmung erfüllen kann, steige ich ohne Bedauern aufs Schafott.«

Anne nahm Margarets Hände und drückte sie. Ihre dunklen Augen blitzten. »Du und all jene, die mich noch lieben – ihr müsst Elisabeth die Treue geloben. Ich schwöre dir, meine letzte Vision von Gott hat mir gezeigt, dass er Elisabeth auf dem Thron sehen will. Wenn du auf Gottes Seite stehst, gibt es keinen Feind, der dich besiegen kann.«

Anne senkte die Stimme zu einem Flüstern, damit die allgegenwärtigen Wachen an der Tür nichts hören konnten. »Schwöre mir, dass du es zu deiner Lebensaufgabe machst, meine Tochter zu beschützen, komme, was da wolle, und dass du deine Kinder in der Gewissheit erziehst, Elisabeth als ihre rechtmäßige Königin anzuerkennen. Sie ist unsere Hoffnung, Margie. Sie ist die Hoffnung aller guten Menschen, die Gerechtigkeit lieben und Gott über alles andere stellen.«

Anne wusste, dass ihre Ehe für ungültig erklärt worden war und dass man Elisabeth zum unehelichen Kind abgestempelt hatte. Sie hatte die entsprechenden Dokumente unterzeichnen müssen. Doch jetzt wusste sie, dass es keine Rolle spielte. »Schwöre mir, Margie, dass du täglich für Elisabeth betest.«

Margaret erwiderte Annes Händedruck, wobei ihr Tränen über die Wangen liefen. Sie wusste nicht, worauf das alles hinauslief, aber sie glaubte an ihre älteste Freundin und an die Vision eines neuen und besseren Königsreichs. Vor allem aber wollte sie Anne in den letzten Stunden Trost spenden. »Ich schwöre es dir«, flüsterte sie. »Elisabeth ist Englands Hoffnung. Ich werde für sie beten … und zu deinem Gedenken.«

Anne beugte sich vor und küsste ihre Freundin auf die Wange. »Du bist die treueste aller Frauen, Margie. Darf ich dich um einen letzten Gefallen bitten? Könntest du mir von Thomas ein paar Blätter und Tinte besorgen?«

Von liebevollen Gedanken an Margie erfüllt, strich Anne das Blatt glatt, das von dem kostbaren Stapel stammte, den Thomas Wyatt in seiner Zelle hortete. Margaret hatte sich als wahre Herzensschwester erwiesen, treuer und anhänglicher, als Annes eigene Schwester es jemals gewesen war. Sie hatte Anne Papier und Tinte gebracht und dann unter vielen Tränen von ihren beiden liebsten Menschen im düsteren Tower, Anne und ihrem Bruder, Abschied genommen. »Thomas schickt dir dieses Papier in Liebe und Ergebenheit«, hatte sie gesagt. »›Gott schütze die Königin‹ waren seine Abschiedsworte, und das sollen auch die meinen sein.« Dann hatte Margaret einen tiefen Knicks gemacht, bevor sie sich zum Gehen wandte.

Anne wischte sich mit dem Ärmel die Tränen ab. Sie hatte nur wenig Tinte zur Verfügung und durfte sie nicht mit ihren Tränen verschmieren. Etwas war noch zu tun, bevor sie diese Welt verließ, ein letzter Akt der Hinwendung an ihr Lebenswerk. Anne nahm die Feder zur Hand und schrieb auf Französisch:

*Liebste Schwester Marguerite,*

*wenn Ihr diese Zeilen lest, werdet Ihr bereits wissen, wie schrecklich ich Eure Erwartungen enttäuscht habe. Es bleibt mir nur wenig Zeit, meine Trauer und mein Bedauern auszudrücken. Und doch ist nicht alles verloren. Wir haben schon viele unserer Ziele erreicht und dürfen nicht zulassen, dass mein Tod die Flut aufhält, die über dieses wundervolle Land hinwegbrandet.*

*Ich schreibe, um Euch meine tiefe Liebe und Bewunderung auszudrücken und eine letzte Bitte an Euch zu richten: Gebt unsere gemeinsame Vision an meine Tochter weiter. Seid versichert, dass Elisabeth das goldene Kind unserer Träume ist, zum rechten Zeitpunkt in Liebe, Vertrauen und Bewusstheit empfangen und geboren gemäß der Prophezeiung der Zeit, im Jahre 1533.*

*Gestern Nacht hat Gott mir eine Vision zuteil werden lassen – und Ihr wart es, die mich gelehrt hat, dass ich an Gottes Wort glauben muss, wenn er zu mir spricht. Es war eine Vision von meiner Tochter als Königin, als Herrscherin über England und Verteidigerin unseres Glaubens.*

*Schon jetzt zeigt sie eine Klugheit und Entschlossenheit, die für ein Mädchen ihres Alters ohne Beispiel ist. Mein einziger Wunsch ist und wird immer sein, dem Wort und dem Weg zu dienen, im irdischen Leben und darüber hinaus. Wenn dieser Wunsch auch in Elisabeth verankert wird, dann wird sie England – und vielleicht ganz Europa, ja möglicherweise die Welt – verändern. Ich weiß es, denn ich habe es geschaut.*

*Bis zu dem Tage, wo wir im Himmel wiedervereint sein werden, bin ich*

*Eure Schwester in Jesu*
*Anne Boleyn*

Unter den Brief setzte Anne ein Gedicht, das sie aus Marguerites Buch *Ein Spiegel der sündigen Seele* im Gedächtnis behalten hatte, um ihrer Schwester zu zeigen, dass sie bis zum Ende an ihrer Seite war.

*Willkommen soll mir sein der Tod,*
*er schenkt mir ein Ende aller Not*
*Und die Stunde meiner Ruh'.*

Zum letzten Mal zeichnete Anne die winzige Armillarsphäre und lächelte unter Tränen auf das ewige Symbol des Kreislaufs der Zeit hinunter.

# Tower Green

*London*
*19. Mai 1536*

Begleitet von Margie Wyatt und dem Kerkermeister, Sir William Kingston, schritt Anne zum Schafott. Ihr Haar war unter einer französischen Haube verborgen, und ihr Nacken lag frei, um der Schneide kein Hindernis zu bieten.

Anne sah Cromwell, der mit seinem Sohn als Zeuge der Hinrichtung beiwohnte, und andere Mitglieder des Kronrats, die ihren Aufstieg zur Macht gefürchtet hatten. Ihr Onkel, obgleich er ihre Hinrichtung befürwortet hatte, hatte nicht den Mut besessen, seine Nichte sterben zu sehen, ebenso wenig wie ihr Vater. Anne war nicht gestattet worden, Verbindung zu ihren Eltern aufzunehmen, deshalb wusste sie nicht, wie sie diese schwere Zeit überstanden. Eine Dienerin im Tower hatte gesagt, dem Vernehmen nach würden Annes Eltern sich »in Kent verkriechen«.

Margie hatte ihr erzählt, dass Jean de Dinteville bei der Exekution von George und von Francis Weston zugegen gewesen war, damit die beiden in der Menge das Gesicht eines Bruders erblickten. Heute jedoch würde er nicht dabei sein, denn Cromwell hatte verfügt, dass bei ihrer Hinrichtung keine Ausländer zuschauen durften. Falls Anne eine Rede hielt, sollten später keine Berichte darüber kursieren. Die englischen Chronisten konnte er kontrollieren, aber ausländische Würdenträger, die ihm möglicherweise schaden wollten, waren seiner Macht entzogen.

Anne stieg auf das Podest. Das Blut ihres Bruders und seiner Freunde war aufgewischt worden; man hatte frisches Stroh ausgebreitet, und der Richtblock vom Vortag war entfernt worden.

Anne betete mit Margie und reichte ihr das Stundenbuch. »Du findest darin eine Botschaft an dich«, sagte sie. »Meine liebste Schwester.«

Sie küsste Margie auf beide Wangen. Dann wurde die Freundin beiseite geführt, um neben dem Schafott zu warten. Margie und zwei von Annes jüngeren Hofdamen, die ihr treu geblieben waren, sollten Annes Leichnam nach der Hinrichtung in ein Tuch wickeln. Margie stand nahe genug, um alles zu sehen und zu hören, mochte Cromwell ihr auch finstere Blicke zuwerfen. Sie jedenfalls würde wissen, wie die letzten Worte ihrer Freundin und Königin lauteten.

Anne wandte sich an die versammelten Edelleute. Schweigen senkte sich über die Menge, als die Frau, die von fast allen verachtet wurde, zu sprechen begann. Wer geglaubt hatte, Anne Boleyn werde diesen Augenblick nutzen, um ihre Unschuld zu beteuern oder sich zu verteidigen, sollte sich getäuscht sehen. Alles, was sie auf Erden noch tun konnte, musste dem Schutz ihrer Tochter dienen, ihrer letzten Hoffnung für die Mission ihres Glaubens.

»Gott schütze den König«, begann sie mit fester Stimme, ohne zu zittern oder eines der sonstigen Anzeichen von Furcht zu zeigen. »Möge er noch lange über Euch herrschen, denn einen sanftmütigeren Fürsten als ihn gab es nie. Mir war er stets ein guter und freundlicher Herr. Und so nehme ich meinen Abschied von der Welt und Euch allen. Betet für mich, das ist mein letzter Wunsch an Euch.«

Sie wandte sich an den Scharfrichter und sagte ihm auf Französisch, dass sie ihm vergebe. Während er ihr zunickte, drehte er sich von der Menge fort und schlug seinen schwarzen Umhang zurück. Darunter trug er eine rote Tunika mit einem goldenen Kreuz. Anne sah es eben lange genug, um das Emblem wiederzuerkennen. Es war das Kreuz des Ordens vom Heiligen Grab.

Der Henker bedeutete Anne, sich hinzuknien. Während er ihr die Hände im Rücken fesselte, flüsterte er ihr zu: *»Sacre bleu, ma Soeur.«*

Anne sah nach vorn und erblickte eine Gestalt, die eine Kutte mit hochgeschlagener Kapuze trug; sie stand ein wenig nach rechts versetzt hinter Thomas und Gregory Cromwell. Zuerst hielt sie den Mann für einen Mönch, für einen ihrer katholischen Widersacher, den sie aus genau diesem Grund vorher nicht beachtet hatte. Vermutlich hatte ihm seine Unauffälligkeit geholfen, an den Wachen vorbeizuschlüpfen. Der Scharfrichter jedoch schaute betont in Richtung des Mannes.

Der Mönch trat einen Schritt vor und hob den Kopf, sodass Anne seinen leuchtend weißen Bart und die gezackte Narbe auf der linken Gesichtshälfte erkennen konnte. Der Ewige Meister des Ordens vom Heiligen Grab richtete den Blick zum Himmel, als Aufforderung an Anne, es ihm gleichzutun. Sie lächelte ihm zu, hob den Kopf und schaute in das *Sacre bleu*, das helle, leuchtende Blau des Himmels, während sie zu Jesus betete, dass er ihre Seele zu sich nehmen möge.

Später sollte die erstaunliche Furchtlosigkeit festgehalten werden, mit der Anne Boleyn in den Tod ging. Ihre Haltung wurde von allen Chronisten als tapfer, kühn, sogar als heiter beschrieben. Ihr erbittertster Feind, Eustace Chapuys, schrieb: *Anne Boleyn besitzt das Herz einer Löwin.*

Margie wartete, bis sie nach Hause kam, um das Blut abzuwaschen, das sogar ihr Gesicht besudelt hatte. Dann schlug sie das Stundenbuch auf, das Anne ihr gegeben hatte. Cromwell hatte darauf bestanden, einen Blick hineinzuwerfen, hatte aber nichts gefunden, was er beanstanden konnte, und es Margaret zurückgegeben. Vielleicht hatte er für einen Tag genug schurkische Dinge getan, oder aber er war vor Margies mörderischem Blick zurückgeschreckt, als er verkündet hatte, er werde das Buch konfiszieren.

Sie musste noch vieles für den Abend vorbereiten. Dann würde sie Jean de Dinteville treffen und ihm Annes Brief an Marguerite übergeben. Auch Margie selbst würde einen Brief schreiben. Der Meister wollte mit Jean zu ihr kommen, und gemeinsam wollten sie für ihres Bruders Freilassung beten.

Margie blätterte, um die Stelle zu finden, an der Anne ihre Botschaft hinterlassen hatte. Da stand:

*Gedenket meiner im Gebet,*
*Auf dass die Hoffnung*
*Tag um Tage weiterlebt.*
*Anne Boleyn*

Der Eintrag fand sich neben einer Illustration, welche die Verkündigung darstellte. Der kindliche Messias hatte rot-goldenes Haar. Das Geschlecht des Kindes war nicht zu erkennen.

*Hoffnung, in der Tat*, dachte Margie. Sie strich mit der Hand über das Bild des Kindes und wisperte: »*Le temps viendra*, Elisabeth.«

# Tagungszentrum

*Kent, England*
*Gegenwart*

Maureens Herz strömte über vor Stolz beim Anblick der unzähligen TEAM-ANNE-T-Shirts im Tagungscenter. Es gab auch einige JANE-Shirts in Hot Pink, und ein paar Leute hatten sich beschwert, dass es keine TEAM-ELIZABETH-Shirts gab, doch die große Mehrheit der Besucher waren ohnehin Anhänger von Anne Boleyn. Maureen war stolz, auf den letzten Drücker so viele ihrer Leser und Follower hergelockt zu haben, die obendrein zufrieden zu sein schienen. Die Tagung war ausverkauft. Die Nachfrage war so groß gewesen, dass sie für mehrere Vorträge auf ein Hotel in der Nähe von Hever hatten ausweichen müssen.

»Ich muss vielen Leuten Abbitte leisten«, sagte Maureen zu Ana Gabriel. »Ich hatte nicht damit gerechnet, dass so viele kommen.«

»Das verheißt Gutes für die Zukunft der Menschheit«, meinte Ana. Sie wandte sich ab, um einer Teilnehmerin ein Buch zu signieren. Genau wie Maureen, hatte auch Ana eine ansehnliche Schar Follower mitgebracht und hatte sichtlich ihren Spaß. Maureen freute sich schon jetzt auf den Vortrag ihrer Freundin. Er würde humorvoll sein, aber auch voller messerscharfer Argumente. Das war Anas Stärke: Sie konnte die Leute zum Lachen und gleichzeitig zum Nachdenken bringen.

Maureen zuckte zusammen, als jemand ihr auf die Schulter tippte. Richie. Er trug als Einziger das extra für ihn angefertigte

TEAM-HEINRICH-T-Shirt – schwarz mit goldenen Buchstaben.

»Na, Rotschopf? Sei nicht böse, aber ich hab das Programm ein wenig ändern müssen.«

»Warum?«

»Ich habe eine weitere Gastrednerin bekommen.«

»Und wen?« Maureens Argwohn war geweckt. Das klang sehr nach Lockvogeltaktik.

»Eine Ersttäterin. Ihr Buch ist gerade erst rausgekommen. Eine Verteidigung der Schriften von Eustace Chapuys.«

Maureen stöhnte auf. Das war schlimmer, als sie erwartet hatte. »Warum stemmst du dich gegen den Fortschritt, Richie? Sieh dich doch um. Fast alle gehören zum Team Anne. Die Leute wollen keinen Propaganda-Remix hören.«

»Das Buch ist ziemlich gut. Toll recherchiert.«

»Ist mir egal. Es geht um Chapuys, den Renaissance-Erfinder der Fake News, den König der Desinformation. Das Quellenmaterial ist von Grund auf faul!«

»Seit Kurzem gilt es in Tudor-Gelehrtenkreisen als schick, die Schriften Chapuys' als fundiert anzusehen.«

»Genau da liegt das Problem, und du machst es noch schlimmer, indem du so was unterstützt. Mir ist egal, was als schick gilt. Mir geht es um die Wahrheit. Und die lautet, dass Chapuys ein religiöser Fanatiker war, der die Inquisition für das beste politische Werkzeug seiner Zeit hielt. Außerdem war er ein Frauenfeind.«

»Das Buch ist von einer Frau geschrieben worden.«

»Spielt keine Rolle. Auch Frauen sind unter Frauenfeinden zahlreich vertreten. Das Zicken-Gen sitzt tief. Wir sind schneller als die Männer dabei, uns gegenseitig in Grund und Boden zu stampfen. Ich bin nicht erstaunt, dass sich eine Frau zu Chapuys' Verteidigung aufschwingt, nur ein bisschen … angewidert.«

»Tja, und ich fürchte, du wirst jetzt noch angewiderter sein, Darling. Ich musste eine Stunde für die Neue herausschlagen, also habe ich deinen und Anas Vortrag um eine halbe Stunde gekürzt. Tut mir schrecklich leid, aber ich halte das Buch für sehr wichtig und finde, es hat ein Podium verdient.«

Er zuckte die Achseln und schlenderte hinüber zu Jane, die auf der anderen Seite des Saals feixend auf ihn wartete.

Als Maureen ihm nachschaute, überkam sie das dumpfe Gefühl, hereingelegt worden zu sein.

*London*
*Gegenwart*

Kat Elgin legte den Hörer auf und ließ sich in den Sessel zurücksinken. Das Telefonat mit Chopard in Paris hatte eine bedeutsame Information offenbart, die sie erst einmal verdauen musste. Die Information deutete in eine bestimmte Richtung, in der so schnell wie möglich ermittelt werden musste, sonst würde eine weitere Frau sterben.

Es hatte sich herausgestellt, dass der Holzsplitter, den man in Simone de Bourbons Haar gefunden hatte, zu dem Splitter in Joanna Reeds Haaren passte. Beide Frauen waren mit derselben Mordwaffe getötet worden.

Kat drückte auf die Schnellwahltaste, um mit Berenger verbunden zu werden, erreichte aber nur seine Mailbox. Sie hinterließ eine kurze, kryptische Nachricht mit der Bitte um Rückruf.

Kats Theorie lautete, dass der rituelle Charakter und die Brutalität der Morde zuzunehmen schienen. Das erste Opfer war die spanische Professorin Luz Espinosa gewesen. Noch war zwar nicht bestätigt, dass die Tat zur Mordserie gehörte, aber Kat hätte ihr Abzeichen darauf verwettet. Luz war von einem Felshang gestoßen worden. Vielleicht hatte der Täter sie erst niedergeschlagen und dann herabgeworfen, aber es blieb ein Mord, so oder so. Für einen Serienkiller ein ziemlich simples Vorgehen ohne ritualisierte Gewalt. Das aber konnte daran liegen, dass es ein erster Versuch gewesen war – oder ein Mangel an Gelegenheit.

Das nächste Opfer: Marie-France Lagarde. Sie war bei

einem Hausbrand ums Leben gekommen, nachdem sie zuvor betäubt worden war. Wieder keine besonders einfallsreiche Tötungsweise, obwohl zwischen ihrer Todesart und dem wahrscheinlichen Motiv für den Mord eine klare Verbindung bestand, denn Marguerite Porète, über die Marie-France geschrieben hatte, war auf dem Scheiterhaufen verbrannt worden, und Marie-France selbst war in einem Feuer umgekommen. Also war hier das Feuer das verbindende Element – und das kam Kat wie ein Prolog zu den nächsten beiden Morden vor.

Bei Joanna Reed handelte es sich auf jeden Fall um einen Ritualmord. Ihre Ermordung war die grausamste von allen, wenn auch nicht die aufwendigste – das war der Mord an Simone de Bourbon.

Die Eskalation war nicht zu übersehen. Der Mörder genoss sein Spiel und hob es mit jedem Mord auf eine höhere Stufe. Kat fragte sich, wohin ihn das führen mochte. Konnte Simones durchgeplante Ermordung noch übertroffen werden?

Aufgrund der eben erhaltenen Information wusste Kat nicht, wie viel Zeit ihr noch blieb, deshalb traf sie eine spontane Entscheidung, mit der sie ihre Kompetenzen überschritt. Aber Berenger war für sie immer wie ein Bruder gewesen, und manchmal musste man für die Familie ein Wagnis eingehen.

Hoffentlich entdeckte Berenger bald ihre Nachricht!

Berenger war für Kat nicht zu erreichen gewesen, weil er mit Tammy telefoniert hatte. Leider fiel ihm auch nicht auf, dass er eine Sprachnachricht erhalten hatte.

Er war ganz in Kats Nähe, in London, da er nicht weit von Maureen weg sein wollte, wenn sie seine Hilfe brauchte. Und dass sie wahrscheinlich gerade in diesem Augenblick vor Hunderten von Fremden redete, machte ihn nervös.

Tammy hatte sich tief in ihre Recherchen vergraben und klang ein wenig atemlos.

»Es geht um Ana Gabriel«, sagte sie ohne Einleitung, sobald Berenger sich meldete. »Maureen ist mit ihr in Kent auf dieser Tagung, stimmt's?«

Normalerweise war Tammy über Maureens Aufenthaltsort bestens informiert, doch in letzter Zeit hatte sie wie alle anderen bis über beide Ohren in Arbeit gesteckt. Das Baby, die Restaurierung von Château Sabra, die Entdeckung der Briefe – sie hatten kaum Zeit gehabt, um über andere Dinge zu reden. Tammy wusste zwar, dass Maureen an einem Vortrag für die Tagung arbeitete, in dem sie ihrer Freundinnen Joanna Reed und Simone de Bourbon gedenken wollte, aber über die Einzelheiten war sie nicht informiert. Sie meinte sich jedoch zu erinnern, dass Maureen Ana Gabriel erwähnt hatte. Tammy hatte Anas Buch gelesen und fand es großartig, aber hatte Maureen wirklich von ihr gesprochen?

»Ja, sie ist mit Ana in Kent«, antwortete Berenger. »Zum Glück, denn Ana gibt ihr stets Rückendeckung. Warum fragst du?«

Tammy stieß einen Seufzer aus. Es gab keine Möglichkeit, die Sache zu beschönigen. »Ana Gabriel steht auf der Todesliste der Antifeministen. Auf der Website der Dead Feminists gibt es ein Wanted-Poster von ihr.«

»Um Himmels willen!«, stieß Berenger hervor.

»Und das ist noch nicht alles. Ich glaube, ich habe etwas herausgefunden. Du weißt ja, dass Chopard mit den belgischen und spanischen Behörden zusammenarbeitet. Ich nehme aber an, dass der Mörder Brite ist.«

»Wieso?«

»Ana Gabriel hat keine internationale Anhängerschar. Als ich das Buch online gesucht habe, konnte ich es nur auf britischen Sites finden. Falls der Mörder sie als einflussreiche Feministin eingestuft hat, leitet es sich von ihrer Popularität in England ab.«

»Okay, ich rufe sofort Kat an und gebe es an sie weiter. Hast du ihr schon die Links zu den Websites geschickt?«

»Natürlich. Und ich habe auch Sites ausgedruckt und gescannt, denn ich glaube nicht, dass sie ohne die Passwörter hineinkommt. Du musst nämlich Teil dieses kranken Netzwerks sein, das ich geknackt habe. Ich bin gerade in einem der geheimen Chatrooms mit einem Typen zugange, der anscheinend so einiges weiß. Ich habe ihn dazu gebracht, mir zu vertrauen, weil er früher mal zu einer Underground-Sekte gehörte, über die ich eine Doku gedreht habe. Das habe ich ihm natürlich nicht auf die Nase gebunden, aber ich konnte an seinem Künstlernamen und seinem Avatar erkennen, dass er Anhänger dieser Sekte gewesen ist.«

»Und was ist das für eine Sekte?«

»Sie nennen sich Tempel der Apokalypse. Kannst du dich an den Verein erinnern? Vor dreißig Jahren haben sie in einem Vorort von Chicago Massenselbstmord verübt, was in den Neunzigern den Anstoß zur Gründung einer ganzen Reihe von Selbstmordsekten gab. Den Tempel der Apokalypse kann man zeitlich zwischen Jonestown und Heaven's Gate einordnen. Der Anführer war einer von diesen charismatischen Priestertypen. Er hieß Nathaniel Culp und hatte einen ziemlichen Schlag bei den Frauen, was der Kerl brutal ausgenutzt hat. Er suchte gezielt wehrlose Frauen und bot ihnen Schutz in seinem Tempel an, wo er sie dann sexuell gefügig machte und ihnen einredete, sie seien Huren, unrettbar der Verdammnis preisgegeben, falls sie nicht genau taten, was er von ihnen wollte.«

»Ich kann mich vage daran erinnern. Aber das war doch in Amerika, nicht wahr? Wo ist die Verbindung zu England?«

»Ursprünglich war es auf Amerika beschränkt. Aber ich habe eine Doku über den zwanzigsten Jahrestag der Apokalypse-Tragödie gemacht und die Weltanschauung mit der anderer Sekten verglichen. Ich bin davon ausgegangen, dass einige der Kinder gerettet wurden oder sonstwie überlebt haben. Und für meine Doku habe ich die wenigen ehemaligen Mitglieder interviewt, die bereit waren, darüber zu sprechen. Das Merkwürdige war, dass diese einstigen Sektenkinder bis auf ein, zwei Ausnahmen immer noch Teilen dieser Weltanschauung anhingen. So funktioniert nun mal die Gehirnwäsche: Die Kinder werden indoktriniert, solange ihre Gehirne noch formbar sind. Später wird es dann schwierig, wenn nicht sogar unmöglich, diesen Wahn wieder zu tilgen. Bei diesen Interviews habe ich erfahren, dass einige Kinder nach England gekommen waren und dort einen Zweig des Tempels der Apokalypse gegründet hatten.«

»Und natürlich haben sie via Internet die Möglichkeit, ihre Ansichten weltweit zu verbreiten«, sagte Berenger. »Ist dieser Typ, mit dem du chattest, einer der Überlebenden?«

»Nein. Aber er hebt die Sekte in den Himmel, und das nutze ich aus. Ich kenne ihre Geheimcodes und habe ihm einen davon hingeworfen, und seither textet er mich zu.«

»Was ist denn ihre Anschauung?«, fragte Berenger.

»Die Reinheit von Rasse und Religion. Sie sind weiße Rassisten und Christen, die an den Weltuntergang glauben. Typen, die Waffen horten und den dritten Weltkrieg anzetteln wollen, weil sie sich nach Apokalypse und Erneuerung sehnen. Sie haben keine Angst vor dem Tod, weil sie ohnehin glauben, das Ende der Welt ist nahe, und das macht sie besonders gefährlich. Bevor sie sterben, wollen sie noch so viele Menschen wie möglich mitnehmen, vor allem die sogenannten Unreinen. Sie glauben, dass der Feminismus von Eva stammt, und dass daher alle Frauen, die ihn propagieren, Werkzeuge des Teufels sind. Sie nennen sie WOBs, was für Whores of Babylon steht. So hatte auch Nathaniel Culp die Frauen im ursprünglichen Tempel der Apokalypse genannt. Daran konnte ich die moderne Gruppe erkennen und die Verbindung herstellen. Die Männer in der Sekte haben mit möglichst vielen Frauen Sex, denn Frauen sind für sie ja nichts als Huren. Und den Frauen hat man eingetrichtert, dass sie diese Behandlung sogar verdienen.«

»Glaubst du, dass es hier auch um Frauenhandel geht? Kann die Sekte nicht gleichzeitig ein Syndikat sein?«

»Möglich. Diese Typen meinen es ernst, Berenger. Ich glaube auch, dass viel Geld in der Sache steckt, obwohl ich nicht weiß, woher es kommt. Es könnte tatsächlich mit Menschenhandel oder der Ausbeutung von Frauen zu tun haben. Außerdem reden sie ständig davon, ›WOBs plattzumachen‹ – das ist ihr Jargon für den Mord an Feministinnen. Es gibt sogar sogenannte Bonuspunkte für jeden, der ein Ziel unschädlich macht, und der Betreffende kriegt offensichtlich einen bevorzugten Platz im Apokalypse-Jenseits.«

»Diese Art von Jenseits klingt verdammt nach Hölle. Weiß der Kerl, mit dem du chattest, dass du eine Frau bist? Das könnte gefährlich werden.«

»Ja, weiß er. Ich wollte ursprünglich einen Männernamen und einen männlichen Avatar benutzen, habe mich dann aber anders entschieden. Ich tue so, als wäre ich mit einem Überlebenden des ursprünglichen Tempels verwandt und wollte meine Informationen nur zögernd preisgeben. Der Typ will natürlich alles Mögliche wissen, aber ich lasse ihn zappeln, um möglichst viel herauszukriegen. Ich glaube, er will Eindruck schinden mit seinem Wissen, und wie nahe er den Sektenführern steht. Ich aber brauche mehr Infos, und zwar schnell. Denn es soll irgendwas Schlimmes passieren – ich fürchte, schon dieses Wochenende.«

*Kent, England*
*Gegenwart*

Maureens Vortrag am Freitagmorgen war sehr gut aufgenommen worden. Die Aufgeschlossenheit ihrer Zuhörer hatte sie angenehm überrascht, und alles in allem war die Atmosphäre progressiver und frauenfreundlicher gewesen, als Maureen es erwartet hatte. Ihre Laune wurde noch besser, nachdem sie Ana Gabriels Beitrag gelauscht hatte, der wie immer witzig und fesselnd war.

Das änderte sich am Nachmittag. Richie schmollte, weil Maureen und Ana seine Vorgaben ignoriert und ihren Zeitrahmen überzogen hatten. Doch Maureen hatte es als reichlich unprofessionell erachtet, dass Richie ihnen nur einen Tag im Voraus mitgeteilt hatte, ihr Vortrag müsse gekürzt werden. Veranstaltungen dieser Art erforderten akribische Planung, um den Stoff in sorgfältig ausgeloteten Zeitfenstern unterzubringen; bei Änderungen in letzter Minute brachte man den Vortragenden in arge Verlegenheit. Maureen wollte ihr Publikum aber nicht betrügen. Ihre Zuhörer wollten konkrete Inhalte, und die sollten sie auch bekommen. Die Autorin des Buches über Chapuys, wer immer sie sein mochte, hatte sich gedulden müssen.

Maureen besuchte den Vortrag – der Name der Chapuys-Apologetin war Emily. Alle Argumente Emilys hatte sie zuvor schon zur Genüge gehört. Maureens Befürchtung, dass Emily auch an der Podiumsdiskussion teilnahm, die den Abschluss des Freitagabends bilden sollte, bewahrheitete sich. Richie und Jane waren die Moderatoren, und von Anfang an war klar, dass es ihnen um einen Streit zwischen den divergierenden historischen Positionen ging. Maureen hasste Schlammschlachten und versuchte, so nüchtern wie möglich zu bleiben, doch Richies Taktieren brachte sie zur Weißglut. Sie war so sauer auf ihn, dass sie nach dem Ende der Diskussion mit Ana vom Podium rauschte.

Sie verschwanden in Maureens Suite und teilten sich eine Flasche Wein, wobei sie Richies Anrufe und SMS geflissentlich ignorierten. Er wusste sehr gut, dass er seine Befugnisse überschritten hatte, und versuchte nun, die Scharte auszuwetzen, indem er sich darauf hinausredete, dass alles nur »Showbiz« sei.

Maureen hatte am nächsten Tag keinen Vortrag. Ihr letztes Referat würde sie am Sonntagnachmittag halten – einen Vortrag über die Arbeit ihrer Freundin Joanna Reed. Morgen stand lediglich das abendliche Kostümfest an. In der Zwischenzeit wollte sie Richie und Jane so weit wie möglich aus dem Weg gehen.

Richies Verhalten während der Podiumsdiskussion hatte Maureen gründlich vergrätzt. Sie hatte immer geglaubt, dass sein Machogehabe bloß Theater sei. Es war lästig und mitunter anstößig, aber im Großen und Ganzen harmlos. Richie war wie der nervige Typ auf der Highschool, der seine Grenzen nicht kennt. Doch heute hatte sie ihn beim Gespräch mit Tagungsteilnehmerinnen beobachtet und einige seiner Bemerkungen gehört. Und ihr Urteil stand fest: Richie war alles andere als harmlos. Sein Verhalten Frauen gegenüber war herablassend, ja verächtlich. Als »professioneller« Moderator war er nicht anders gewesen: Er hatte einen Zickenkrieg haben wollen und die Vortragenden bis zur Weißglut provoziert, um einen Streit zu entfesseln.

Das machte Maureen eine Gänsehaut.

Noch nie hatte sie Richie Williamson über einen längeren

Zeitraum in Fleisch und Blut erlebt, aber nun zog sie eine nützliche Lehre daraus: Im Internet lernst du einen Menschen nie richtig kennen, du musst ihn erst einmal längere Zeit persönlich erleben.

Maureen hatte keine Lust, mehr Zeit mit Richie zu verbringen als unbedingt nötig.

Ana half Maureen, das Kleid im Rücken zu schnüren. Es war eine Kopie des Gewandes aus nachtblauem Samt mit Keulenärmeln, das Marguerite von Navarra auf dem Porträt von Jean Clouet trug. Maureen hatte sich sogar einen grünen Plüschpapagei besorgt, der in einem Kostümgeschäft als Accessoire zu einer Piratenmontur angeboten wurde, und ihn am rechten Handgelenk befestigt.

»Los geht's, Ferdie«, sagte sie zu dem Vogel, dessen Bedeutung den meisten Gästen leider entgehen würde, denn sie wussten über Marguerite von Navarra nur das, was Maureen bei ihrem Vortrag erwähnt hatte. Doch Simone hätte dieses Kostüm ausnehmend gut gefallen, und immerhin taugte es als witziges Fotomotiv.

Ana ging als Elisabeth. Ihr Kostüm war umwerfend, von einem Designer kreiert, der für Spielfilmproduktionen arbeitete. Es war dem Kleid in Elisabeths berühmtem »Regenbogenporträt« nachempfunden, einem geheimnisvollen Gemälde mit möglicherweise alchemistischen Bezügen. Ana hatte sich in diesem Kostüm für ihr Buchcover fotografieren lassen. Auf den linken Ärmel war eine mit Edelsteinen besetzte Schlange gestickt, aus deren Maul ein roter Rubin baumelte. Auf den safrangelben Taftrock waren Augen und Ohren appliziert – ein bizarres, aufwendiges Gewand, über dessen Bedeutung Historiker bis zum heutigen Tage stritten.

»Was bedeutet dieses Kleid deiner Meinung nach? Oder vielmehr, was bedeutet es für dich?«, fragte Maureen. Ana musste ein Vermögen dafür ausgegeben haben.

»Ich glaube, Elisabeth wollte damit die Legende der Eva ausdrücken«, erwiderte Ana. »Die Einstellung, dass du ein Argument nicht gegen mich verwenden kannst, wenn ich es zuerst benutze. Sie war Expertin darin, Argumente vorwegzunehmen, die von den Männern ihrer Zeit gegen sie verwendet wurden.«

Sie überprüften noch einmal den Sitz ihrer Kostüme. Während Ana Maureens Kleid zurechtzupfte, fragte sie: »Ob Elisabeth Marguerite gekannt hat?«

»Das können wir nicht mit Bestimmtheit wissen. Elisabeth war sechzehn, als Marguerite starb. Ich bin mir aber sicher, dass es da eine Verbindung gegeben hat. Elisabeth hatte definitiv eine Beziehung zu Marguerites Tochter, da sie beide Reformationsführerinnen waren. Ist auf jeden Fall eine schöne Vorstellung, dass Elisabeth und Marguerite im Briefwechsel standen.«

»Heute Abend sind wir jedenfalls die besten Freundinnen!«, sagte Ana. »Jetzt sollten wir uns aber auf den Weg machen, sonst fährt das Shuttle nach Hever ohne uns los!«

Da die Tagung an einen anderen Ort verlegt worden war, hatten Richie und Jane Shuttlebusse organisiert, die die Teilnehmer nach Hever Castle brachten, wo die Kostümparty steigen sollte. Zunächst hatte Maureen das unnötig gefunden: Warum wurde das Fest nicht gleich in das größere Hotel verlegt? Doch als sie in Hever eintrafen, verstand sie, warum dieser Ort gewählt worden war. Jane und Richie hatten ihre Fehler, aber sie wussten, wie man eine Party steigen lässt. Sie hatten fast das gesamte Hotelgelände in Beschlag genommen. Die alten Tudorbauten waren mit Blumen geschmückt und wurden von Fackeln erhellt, und überall flatterten Banner und Wimpel. Die Gäste wurden bei der Ankunft mit einer Fanfare und einem Chor begrüßt.

Die Kostüme verschlugen einem den Atem. Wie oft bei solchen Events variierte die Art der Verkleidung: Manche Frauen trugen moderne lange Abendkleider, die mit Schmuck und aufwendigen Frisuren aufgehübscht waren; andere demonstrierten anhand ihrer Kostüme, dass sie sich in Reenactments der Renaissance auskannten. Auch die Kellner und Kellnerinnen, von Jane Morrison angeheuert, steckten in Tudor-Kostümen.

Die Atmosphäre war heiter und frivol. Alle amüsierten sich prächtig nach zwei Tagen anstrengender Vorträge. Auch Maureen entspannte sich endlich und war entschlossen, den Abend zu genießen. Als sie in den Ballsaal traten, fiel ihr etwas ins Auge, auf das sie sofort Ana aufmerksam machte: An einer Seite des Saals hing ein TEAM-JANE-Banner in leuchtendem Rosa, während ein blutrotes TEAM-ANNE-Banner die andere Seite zierte.

»Wofür sind die?«, rief Ana Jane Morrison zu.

»Für ein kleines Spiel, das wir später veranstalten!«, lautete die Antwort.

Ana verdrehte die Augen, wurde dann aber von mehreren Fotografen abgelenkt, die ihr Kleid bewunderten und fotografieren wollten.

Eine hochgewachsene Brünette in einem eleganten burgunderroten Seidenkleid erschien plötzlich rechts neben Maureen und streckte die Hand aus. »Maureen Paschal? Ich bin ein großer Fan von Ihnen und Ihren Büchern. Freut mich sehr, Ihre Bekanntschaft zu machen.«

»Vielen Dank«, erwiderte Maureen. »Ihr Kostüm ist fantastisch. Sind Sie eine der Königinnen?«

»Katherine Parr«, sagte die Brünette. »Meine Lieblingskönigin. Aber nicht, weil sie diejenige war, die Heinrich überlebt hat, sondern weil ich sie für einen wirklich guten Menschen halte. Außerdem heiße ich selbst Katherine, das macht es einfacher.«

»Sind Sie nach ihr getauft worden?«

»Ich glaube nicht, aber tun wir doch einfach so! Diese Version gefällt mir viel besser, als gestehen zu müssen, dass mein Vater meine Großtante Katherine sehr gern hatte.«

Lachend fragte Maureen: »Was fasziniert Sie denn am meisten an Katherine Parr?«

»Nun ja, sie war eine Friedensstifterin. Und sie hat Heinrich dazu gebracht, eine Beziehung zu seinen Töchtern aufzubauen, nachdem er sich von ihnen abgewandt hatte. Darüber hinaus hatte sie ein gutes Verhältnis zu ihrem Stiefsohn und betete Elisabeth an, die sie nach Heinrichs Tod in ihren Haushalt aufnahm. Katherine Parr hat die religiöse Bildung des Mädchens in die Hand genommen. Außerdem war sie Schriftstellerin.«

»Das wusste ich noch gar nicht«, sagte Maureen. »Ich muss gestehen, ich weiß nur sehr wenig über Heinrichs andere Ehefrauen. Ich habe so viel über Anne Boleyn recherchiert, dass ich kaum Luft für etwas anderes hatte. Ich weiß nur, dass Katherine die protestantische Reform voranbrachte.«

Maureen genoss das Gespräch, doch in einem Saal mit dreihundert Menschen, in dem sie eine der Berühmtheiten war, würde man ihr kaum erlauben, viel Zeit im Gespräch mit einer einzigen Person zu verbringen. Schon drängten sich andere Gäste heran, um ein Wort mit ihr zu wechseln. Katherine Parr bemerkte es und trat liebenswürdig einen Schritt zurück, um Maureen Raum zu geben.

Einer der Haken bei Renaissancekostümen bestand darin, einen sicheren Platz für sein Mobiltelefon zu finden. Maureen hatte sich ein Samttäschchen im Farbton ihres Kleides schneidern lassen, doch nun fiel ihr auf, dass sie es in der Eile im Zimmer vergessen hatte.

Sie seufzte tief, beschloss aber, sich nicht darüber zu ärgern.

Einen Abend lang konnte sie sich erlauben, nicht an Berengers Leine zu sein.

Was konnte es schon schaden?

Tammy versuchte verzweifelt, Maureen zu erreichen, hatte aber keinen Erfolg. Auch Berenger, der zuerst nicht gewollt hatte, dass Tammy Maureen über ihre Recherchen in Kenntnis setzte, war unruhig geworden und versuchte es unablässig. Doch Maureen meldete sich nicht.

Tammys Kontakt im Dark Web war seit gestern nicht mehr online gewesen, und ohne ihn kam sie nicht weiter. Also folgte sie ihrem Instinkt und schlug einen anderen Weg ein: Sie sichtete ihre alten Unterlagen über den Tempel der Apokalypse. Die Doku war fast zehn Jahre alt, aber Tammy besaß Backups. Sie hatte immer schon Angst vor Datenverlust gehabt und speicherte alles auf externen Festplatten – ein Dienst, den sie auch Maureen erwies, die in Bezug auf ihre Dateien eine mittlere Katastrophe war. Dass Tammy die besser Organisierte der beiden war, erstaunte viele Außenstehende, aber in diesem Fall machte es sich bezahlt.

Tammy öffnete ihre Recherche-Dateien und suchte in den Namen und Lebensdaten, die sie von den Überlebenden des Massenselbstmords besaß. Sie wusste, dass Nathaniel Culp, der Sektenführer, mit mehreren Frauen in der Sekte Kinder gezeugt hatte; den meisten war beim Massenselbstmord der vergiftete Punsch von den eigenen Müttern eingeflößt worden. Tatsächlich stieß Tammy schon nach kurzer Zeit auf etwas, das ihrem Gedächtnis auf die Sprünge half: Zwei von Nathaniels Kindern, ein Mädchen im Teenageralter und ein kleiner Junge, waren dem Massaker entkommen. Das Mädchen hatte seinen jüngeren Bruder an die Hand genommen und war in der Nacht vor dem Massenselbstmord mit ihm aus dem Camp geflohen – mit Hilfe ihrer Mutter, die die Flucht der beiden gedeckt und dafür mit dem Leben bezahlt hatte. Man hatte sie mit einer Kugel im Kopf aufgefunden; es war gut möglich, dass Nathaniel ihr auf die Schliche gekommen war und sie getötet hatte, damit sie seinem großen Plan nicht noch mehr schaden konnte.

Die Namen der Kinder lauteten Meredith und Richard. Um sich zu schützen, hatten sie den Nachnamen ihrer Mutter angenommen: Williamson.

»Verdammt!«, fluchte Tammy, während sie bereits Berengers Nummer wählte.

»Hör zu, Tammy, ich bin gerade unterwegs nach Kent und kann jetzt beim Fahren nicht reden, aber es ist dieser Bastard Richard Williamson!«

»Ich weiß. Deshalb rufe ich ja an. Wie hast *du* es herausgefunden?«

»Warte, ich leg dich auf den Lautsprecher. Kat hat angerufen, aber irgendwie ist mir das entgangen. Manchmal zeigt mein Handy die Nachrichten auf der Mailbox nicht sofort an. Jedenfalls, es waren zwei Anrufe von Kat darauf. Die Mordwaffe, sagt sie, habe Spuren von Silberweidenrinde hinterlassen, und das Holz sei mit Leinöl behandelt worden. Dir als Amerikanerin sagt das vielleicht nichts, aber ich bin mit Cricket groß geworden, und ich habe meinen Cricketschläger aus Silberweide stets mit Leinöl gepflegt. Die Mordwaffe war ein Cricketschläger! Und das einzige Mal, als ich diesen Schleimscheißer Richard Williamson gesehen habe, konnten wir uns im Grunde nur über Cricket unterhalten.«

Tammy stockte der Atem.

»Und die Telefonnummer«, fuhr Berenger fort, »von der Simone an dem Abend in der National Gallery angerufen wurde, gehörte zwar zu einem britischen Wegwerf-Handy, sodass man den Anruf nur schwer zurückverfolgen konnte, aber in der Woche vor ihrer Ermordung war Joanna von derselben Nummer angerufen worden. Und Maureens Mobiltelefon ist bei einem britischen Provider registriert, deshalb konnte Kat die Liste ihrer Anrufe bekommen: Maureen wurde von derselben Nummer angerufen – und zwar von Richie, der mit ihr über die anstehende Tagung sprechen wollte. Es passt alles zusammen. Was hast du herausgefunden?«

Tammy sagte es ihm. Berenger fluchte wieder.

»Wo ist Kat?«, fragte sie dann.

»Ich weiß es nicht. Ich habe ihr zehn Nachrichten hinterlassen, aber sie meldet sich nicht. Ich habe schon die Polizei in Kent angerufen, aber wie soll ich denen das alles so schnell beibringen? Ich weiß nur, dass ich Maureen da rausholen muss.«

»Vergiss Ana nicht«, sagte Tammy. »Hol sie beide da raus.«

»Das Gute ist, dass heute Abend das Kostümfest stattfindet«, meinte Berenger. »Maureen hat mir Fotos von sich und Ana in ihren Kostümen geschickt. Das bedeutet, dass sie im Moment in Sicherheit sind, nicht wahr? Ich meine, was könnte Richie in einem Saal mit dreihundert kostümierten Leuten schon anrichten?«

»Ladies and Gentlemen!« Richie holte das Letzte aus seinem Auftritt als Heinrich VIII. heraus. Sein Kostüm musste ein Vermögen gekostet haben. Wenngleich Maureen den Mann kein bisschen attraktiv fand, musste sie zugeben, dass er in schwarzem Samt schick aussah.

»Möchtet ihr alle meine sechs Frauen kennenlernen?«, neckte er das Publikum, während er seine »Ehefrauen« in chronologischer Reihenfolge aufmarschieren ließ – irgendwie hatte er sogar eine Anne von Kleve aufgetan. Die Frauen singsangten den alten Spruch: »Geschieden, geköpft, gestorben. Geschieden, geköpft, überlebt.« Das Publikum fiel ein, während Richie seinen »Frauen« schöne Augen machte. Jane Morrison war selbstverständlich als Jane Seymour verkleidet und platzte fast vor Steifheit und Reinheit.

Die Katherine Parr auf der Bühne war eine andere als die Frau, die Maureen vor Kurzem kennengelernt hatte. Richies Katherine war eine vollbusige Blondine mit tief ausgeschnittenem Kleid, und seine Anne Boleyn war gekleidet wie eine Burlesque-Stripperin. Maureen fand es widerlich, war aber nicht erstaunt. Richies Anne trug Strumpfbänder und ein freches Mieder, und ihren Hals zierte die berühmte Kette mit dem »B« der Boleyns, die man auf vielen Porträts zu sehen bekam.

Zwei Brunnen, aus denen augenscheinlich Wein sprudelte, standen zu beiden Seiten des Saals auf Tischen, die in schwarzen Satin gehüllt waren. Auf den Tischen daneben stapelten sich Weingläser aus Plastik.

»Vielen Dank, Ladys!«, rief Richie. Dann packte er Catherine Howard von hinten und nahm eine eindeutige Pose eine, bevor er sie wieder losließ. Einige Zuschauer lachten über seine Possen, aber Maureen sah vor allem Verlegenheit auf den Gesichtern. Die brünette Katherine Parr wirkte besonders angewidert. Maureen fiel auf, dass sie ihr Mobiltelefon in der Hand hielt; wie es schien, schrieb sie eine Nachricht.

»Jetzt machen wir ein kleines Spiel!«, rief Richie. »Wenn Anne und Jane bitte zu mir kommen wollen …«

Die Burlesque-Anne tänzelte zu ihm in die Mitte des Saals. Auch Jane Morrison scharwenzelte auf ihn zu, wobei sie heftig mit ihrem Fächer wedelte und unschuldig mit den falschen Wimpern klimperte.

»Ihr wählt jetzt eure Seite, Leute! Dann werden wir sehen,

aus welchem Holz ihr geschnitzt seid«, verkündete Richie mit seiner besten Zeremonienmeisterstimme. Maureen fand es widerlich, was der Kerl aus dieser Veranstaltung machte, musste ihm aber zugestehen, dass er ein begnadeter Showmaster war. Er schaffte es, die Leute mitzureißen.

Jetzt rief er im Tonfall eines Ringrichters beim Boxkampf: »Wenn ihr zu Team Jane gehört, zur schönen und keuschen Jane Seymour, dem Inbegriff einer Prinzessin, dann begebt euch auf diese Seite des Saals.«

Er schwenkte den Arm zu der Seite, wo das TEAM-JANE-Banner hing. Jane Morrison tanzte wie ein Cheerleader, um Mannschaftskameraden für sich zu gewinnen. Doch nur ungefähr zwanzig Prozent der Anwesenden kamen auf ihre Seite. Jane verzog das Gesicht.

»Der Rest von euch gehört also zum Team Anne, ja?«, rief Richie hörbar wütend, während die Burlesque-Anne aufreizend um ihn herum tanzte. »Ihr zieht die Hure Babylon vor?«

Die Menge buhte ihn aus, und seine Anne blickte gekränkt drein. Richie zog sie an sich, wieder ganz nahe, und vollführte erneut eindeutige Beckenbewegungen, diesmal auf übertriebene Weise.

»Aber Huren sind nützlich, nicht wahr? Jeder König muss ein gerüttelt Maß von denen haben! Wer würde seinem König das Recht verweigern? Würde eine von euch dem König irgendwas verweigern?«

Maureen erkannte, was Richie tat: Er hatte sein Publikum beinahe schon verprellt, deshalb kehrte er in seine Rolle als Heinrich VIII. zurück. In dieser Rolle konnte er sich so viel Unanständigkeit und schlechtes Benehmen leisten, wie er nur wollte.

»Na schön, meine lieben Untertanen. Wir werden nun einen Toast auf die Freundschaft ausbringen. Lasst uns Einigkeit stiften, obwohl wir auf verschiedenen Seiten stehen! Meine Königinnen werden nun die Gläser mit Gewürzpunsch füllen. Keine Bange, es ist kein Alkohol darin!«

Wieder brandeten Buhrufe auf.

»Gemach, gemach. Wer Wein oder Bier will, wird es bekommen. Lasst uns aber dafür sorgen, dass jeder aus dem Becher der Einigkeit trinkt! Ich werde euch, geliebte Untertanen, nun genaue Anweisungen erteilen, also hört gut zu, denn jetzt kommt etwas Besonderes. Es ist eine Wiederbelebung des alten Trinkrituals, das Heinrich VIII. an seinem Hof bevorzugte. Deshalb befolgt meine Hinweise ganz genau. Also: Wenn meine Königinnen euch die Gläser reichen, ist es *unerlässlich*, dass ihr erst trinkt, wenn ich euch die Erlaubnis erteile. Der König muss den Segen sprechen und dann den Trinkbefehl geben, sodass alle gleichzeitig die Gläser zum Mund führen. Jeder, der vor dem Befehl des Königs trinkt, wird sterben. Jeder! Habt ihr verstanden?«

»Ja!«, brüllte die Menge begeistert. Das Spiel fand zunehmend Anklang.

»Gut. Und wenn ihr trinkt, dann nicht in kleinen Schlucken. Ihr müsst euer Bestes geben und jeden Tropfen austrinken. Okay, dann werden meine Königinnen jetzt damit beginnen, den Punsch auszuschenken!«

Zwei Trompeter traten vor und bliesen ein kurzes Signal, während Jane Seymour und Anne Boleyn den anderen Königinnen winkten, vorzutreten und ihnen beim Einschenken behilflich zu sein. Während Maureen zuschaute, spürte sie, dass etwas Seltsames vorging. Sie sah eine plötzliche Bewegung zu ihrer Rechten: Die brünette Katherine Parr schritt auf den Trinkbrunnen auf der Seite des Teams Anne zu.

»Wen haben wir denn da?«, fragte Richie launig. »Eine siebte Königin? Ich fürchte, Sie werden sich noch ein wenig gedulden müssen, meine Liebe. Oder besser noch, die beiden Katharines können um die Ehre kämpfen, von mir vernascht …«

Richie sollte seinen Satz nicht mehr zu Ende bringen, denn

die brünette Katherine Parr, die Maureen vorher so elegant erschienen war, stieß einen markerschütternden Schrei aus.

*»Neiiin!«*, kreischte sie, wobei sie den Tisch mit dem Trinkbrunnen umstürzte. Sie ließ ihn auf die Seite kippen, die von der Menge abgewandt war, sodass sich der Punsch hauptsächlich auf den Boden ergoss. Einige, die direkt daneben standen, bekamen zwar Spritzer ab, doch es war kaum der Rede wert.

»Trinken Sie nichts davon!«, rief Katherine Parr. »Der Punsch ist vergiftet!«

Die Festgäste gerieten in Aufruhr. Zunächst glaubte man, es gehöre zur Show, doch schon bald wurde klar, dass es sich um etwas Ernstes handeln müsse, denn Polizisten stürzten in den Saal und riefen: »Alle an den Wänden aufstellen!«

Katharine Parr rief den Officers zu, Richie festzunehmen, denn er machte Anstalten, aus dem Saal zu fliehen. Als Katherine den Tisch umgestürzt hatte, war Richie in der Flüssigkeit ausgerutscht, war aber wieder auf die Beine gekommen.

Jetzt ging alles blitzschnell.

Richie blieb abrupt stehen und schnappte sich eines der Gläser vom Nebentisch, die Burlesque-Anne bereits eingeschenkt hatte. Bevor sie ihn daran hindern konnten, hatte Richie das Glas Giftpunsch hinuntergestürzt.

Es war ein langes, qualvolles Sterben für Richard Williamson.

Nachdem das Drama vorbei war, stürmten weitere Polizisten den Saal und nahmen die sechs Ehefrauen von Heinrich VIII. in Gewahrsam. Jane Morrison hatte noch versucht, sich eines der übrigen Gläser zu schnappen, wurde aber vorher verhaftet.

Die brünette Katherine Parr wandte sich nun an Maureen und Ana. »Geht es Ihnen gut? Haben Sie einen Spritzer abbekommen? Dann müssten Sie sofort ins Krankenhaus.«

Maureen und Ana schüttelten den Kopf. Sie hatten nicht in der Nähe des Tisches gestanden.

»Was war in dem Punsch?«, fragte Maureen mit belegter Stimme, denn sie fürchtete sich vor der Antwort.

»Blausäure vermutlich. Aber das können wir erst mit Gewissheit sagen, wenn eine Probe untersucht wurde. Zunächst einmal sollten jetzt alle den Saal verlassen. Sie zuerst.«

Sie wurden in die kühle Nacht geführt, immer noch betäubt vom Schock.

Plötzlich hörte Maureen, wie jemand ihren Namen rief.

»Maureen!« Berenger stürzte auf sie zu und riss sie in seine Arme. »Gott sei Dank«, stieß er atemlos hervor und zog sie an sich. »Gott sei Dank!«

Eine Frauenstimme hinter ihm sagte: »Gutes Timing, Berenger.«

Er löste sich von Maureen, drehte sich um und umarmte seine alte Freundin, Detective Kat Elgin, die als eine sehr attraktive Katherine Parr kostümiert war.

Soeben hatte sie Maureen und mehrere hundert andere Partygäste im letzten Moment vor einer Blausäurevergiftung gerettet.

Im Zuge der Ermittlungen sollten sie sehr viel mehr über Richard Williamson und seine Neubelebung der Apokalypse-Sekte erfahren. Richie starb in Krämpfen auf dem Fußboden des Country Clubs an einem Gift, bei dem es sich tatsächlich um Blausäure gehandelt hatte.

Aber Richie hatte etwas ganz anderes vorgehabt.

Der Punsch im Boleyn-Trinkbrunnen war vergiftet, der im Seymour-Brunnen jedoch nicht. Richie hatte auf seine Weise Gott spielen wollen und jene Frauen ausgewählt, die seiner Meinung nach den Tod verdient hatten. Einige seiner »Ehefrauen« waren an dem Mordkomplott beteiligt gewesen; sie waren Sektenmitglieder, denen man Machtpositionen an der Seite ihres Führers versprochen hatte.

Die Burlesque-Anne war bereit auszupacken, wenn man ihre Strafe milderte. Der Richter war einverstanden, und so enthüllte Anne den ganzen Plan.

Jane Morrison war nicht in die Sache eingeweiht gewesen. Nicht nur, dass sie unschuldig war – Richie hatte sie obendrein zum Sündenbock auserkoren. Er hatte spezielle Kelchgläser für seine Königinnen bereitstellen lassen; in Janes Glas jedoch wäre Blausäure gewesen. Es hatte wie Selbstmord aussehen sollen.

Die Polizei würde Jane eingehend vernehmen, damit die Ermittler auf der Grundlage ihrer früheren Beziehung zum Sektenführer mehr über Richies Vergangenheit herausfinden konnten.

Die Morde an Joanna Reed und Simone de Bourbon waren endlich aufgeklärt. Später sollte sich herausstellen, dass alle vier Frauen Richie Williamson und seiner rassistischen, frauenfeindlichen Sekte zum Opfer gefallen waren. Burlesque-Anne sagte aus, Richie habe das »Kopfgeld« für alle vier kassiert.

Die Aussagen der Frauen aus der Apokalypse-Sekte würden den britischen Ermittlern helfen, in Zusammenarbeit mit den französischen, belgischen und spanischen Behörden ein internationales Kartell des Bösen zu Fall zu bringen. Doch Kat Elgin war sich bewusst, dass dieser Kampf lange dauern würde, da die Frauen ausgedehnte medizinische und psychologische Behandlung brauchten.

Doch am Ende, daran zweifelte Kat nicht, würden sie den Sieg davontragen.

Sie waren ihrem Ziel, die Welt für couragierte Frauen sicherer zu machen, einen großen Schritt näher gekommen.

*Château Sabra*
*Gegenwart*

»Simone hätte es hier gut gefallen«, meinte Sabine, als sie von Maureen durch das Château geführt wurde.

»Das glaube ich auch«, entgegnete Maureen, die die Gelegenheit nutzte, ihre Besucherin auf die vielen Spuren hinzuweisen, die Marguerite von Navarra im Château hinterlassen hatte.

»Wo werden Sie das Bild hinhängen?«, wollte Sabine wissen. Sie hatte eine lebensgroße, hochwertige Reproduktion von Holbeins *Die Gesandten* als Einweihungsgeschenk mitgebracht.

Maureen zeigte ihr die vorgesehene Stelle am Haupteingang. »Unsere Besucher werden das Bild dann als Erstes sehen, wenn sie eintreten«, erklärte sie. »Aber es wird noch einige Zeit dauern, bis wir hier Gäste empfangen können.«

Kurz nachdem Maureen und Berenger nach Frankreich zurückgekehrt waren, war eine der Wände im zweiten Stock eingestürzt. Es war eine Innenwand der Privatkapelle, die allem Anschein nach schon immer als Kulissenwand gedient hatte. Hinter der Wand befanden sich mehrere Schatullen mit Dokumenten und Briefen. Maureen und die anderen hatten noch nicht begonnen, das Material zu sichten, doch es schien eine sehr persönlich gehaltene Geschichte der Reformation und der Religionskriege zu sein, gesehen durch die Augen Marguerites von Navarra und ihrer Tochter, der Reformerkönigin Jeanne d'Albret.

Jeanne d'Albret war die Mutter des späteren französischen

Königs Heinrich IV., der als *le Vert galant* Bekanntheit erlangte, der grüne Ritter, und der als »unser guter König Heinrich« ein beliebter Monarch der Franzosen war. Er war in den Religionskriegen stets um Frieden bemüht gewesen und war schließlich für die gute Sache gestorben. Seine Bronzestatue stand noch immer auf dem Pont Neuf in Paris.

Heinrich IV. wurde im Dezember 1533 geboren. Der Orden betrachtete ihn als das zweite Kind der Prophezeiung der Zeit, als männliches Pendant Frankreichs zum weiblichen Kind in England.

Maureen, Berenger, Tammy und Roland hatten beschlossen, das Château in ein Museum mit Park zu verwandeln und der Öffentlichkeit zugänglich zu machen. Die Überfülle an Geschichte, die dieser außergewöhnliche Ort zu bieten hatte, durfte der Welt nicht vorenthalten werden, davon waren sie überzeugt.

Peter hatte sich bereit erklärt, noch eine Zeit lang bei ihnen zu bleiben, um gemeinsam mit seiner Petra die Dokumente zu sichten und auszuwerten.

Sie hatten erneut einen Schatz entdeckt, bei dem alles möglich zu sein schien.

Sabine de Bourbon schrieb einen Essay über *Die Gesandten*, wobei sie sich auf Holbeins Arbeitsnotizen stützte – ein Büchlein, das aus Schloss Polisy stammte. Es hieß, Holbein habe es der Familie Dinteville überlassen, damit sie einen Bericht über die Zeit erhielten, in der das Gemälde geschaffen worden war. Natürlich stand nicht alles in Holbeins Notizbuch; manche Dinge mussten geheim bleiben. Aber der Künstler hatte jede einzelne Seite mit derselben Signatur wie auf dem Gemälde versehen:

*Johannes Holbein pingebat 1533*

Hans Holbein malte dies im Jahre 1533

Marie-France hatte Sabine das Notizbuch geliehen, da sie es

für ein geheimes Forschungsprojekt benötigte, an dem sie mit ihrer Schwester in der National Gallery gearbeitet hatte. Erst jetzt gab Sabine alles preis. Simone war sich bewusst gewesen, dass Teile des Puzzles fehlten, und hatte sich unbändig darüber gefreut, Maureen kennenzulernen, denn diese, davon war sie überzeugt, würde die fehlenden Teile einfügen.

Jetzt, nach Simones Ermordung, sollte Maureen eng mit Sabine zusammenarbeiten, um die Lücken zu füllen, damit eine umfassende Geschichte des Ordens vom Heiligen Grab und der Prophezeiung der Zeit erzählt werden konnte – anhand des Holbein-Gemäldes, eines der eindrucksvollsten und rätselhaftesten Porträts der Renaissance.

Das alles würde Zeit brauchen, und das war gut so. Denn sie hatten ein ganz bestimmtes Datum im Sinn.

Den 21. Oktober 2021.

Dann würden siebenhundert Jahre vergangen sein, seit der letzte in Okzitanien verbrannte Katharerführer seine Prophezeiung verkündet hatte. Die Worte das Guillaume Bélibaste waren seit dem Jahre 1321 in den Herzen der guten Männer und Frauen bewahrt worden.

»Die Zeit wird kommen, wenn der Weg der Liebe mit seiner Lobpreisung des Friedens, der Schönheit, des Glaubens, der Gemeinschaft und der Wohltätigkeit alle starren Dogmen und blutigen Machtkämpfe besiegt.«

*Le temps viendra.*

*Illuminati, Sakrileg, Das verlorene Symbol und Inferno – vier Erfolge, die mit Origin ihre Fortsetzung finden.*

Dan Brown
ORIGIN
Aus dem amerikanischen Englisch
672 Seiten
ISBN 978-3-404-17714-1

Der Milliardär und Zukunftsforscher Edmond Kirsch hat eine Entdeckung gemacht, die das Weltbild Millionen Gläubiger auf diesem Planeten zutiefst erschüttern könnte. Diese Erkenntnis ruft Gegner auf den Plan, denen jedes Mittel recht ist, die Bekanntmachung von Kirschs Entdeckung zu verhindern. Doch es gibt jemanden, der unter Einsatz des eigenen Lebens bereit ist, das Geheimnis zu lüften und der Welt die Augen zu öffnen: Robert Langdon, Symbolforscher aus Harvard, Lehrer Edmond Kirschs und stets im Zentrum der größten Verschwörungen

*Seine bevorzugte Waffe ist das Rasiermesser. Mit ihm nähert er sich lautlos aus der Dunkelheit.*

Wolfgang Hohlbein
KILLER CITY
Thriller
496 Seiten
ISBN 978-3-7857-2598-6

Chicago, 1893: Die kürzlich eröffnete Weltausstellung lockt Millionen Besucher nach Chicago. Alle wollen sich an den neuesten technischen Wundern ergötzen. Doch unter die nichts ahnenden Besucher hat sich ein Raubtier gemischt.

Thornhill hat schon viele Menschen getötet. Immer auf der Suche nach seiner nächsten Beute, zieht er durch Amerika. In Chicago hofft er, in der Masse der Touristen unterzutauchen. Bald entflammt sein Hunger nach dem berauschenden Gefühl des Tötens, der tief am Grunde seiner Seele lauert, jedoch erneut. Und wenn die Dunkelheit ruft, muss Thornhill dem Ruf folgen …

Bastei Lübbe